中华内丹学典籍丛书

黄元吉集

道德经注释
乐育堂语录
道门语要

〔清〕黄元吉 撰

盛克琦 整理

华龄出版社
HUALING PRESS

图书在版编目（CIP）数据

黄元吉集 /（清）黄元吉撰；盛克琦整理 . -- 北京：
华龄出版社，2025. 3. -- ISBN 978-7-5169-2941-4

Ⅰ. I214.92

中国国家版本馆 CIP 数据核字第 2025GQ1852 号

策划编辑	南川一滴		责任印制	李末圻	
责任编辑	郑 雍		装帧设计	陈 志	

书 名	黄元吉集	
作 者	［清］黄元吉 撰	
	盛克琦 整理	

出 版
发 行　华龄出版社 HUALING PRESS

社 址	北京市东城区安定门外大街甲 57 号	邮 编	100011	
发 行	（010）58122255	传 真	（010）84049572	
承 印	运河（唐山）印务有限公司			
版 次	2025 年 3 月第 1 版	印 次	2025 年 3 月第 1 次印刷	
规 格	710mm×1000mm	开 本	1/16	
印 张	29	字 数	467 千字	
书 号	ISBN 978-7-5169-2941-4			
定 价	115.00 元			

《中华内丹学典籍丛书》
编 委 会

整理说明

一、明清以来，道教仙真辈出，如伍冲虚、柳华阳、刘一明、闵一得、李涵虚，等等。其中最具神秘色彩的当系清咸丰（1851—1862）至光绪（1875—1908）年间的黄元吉，神龙见首不见尾，查阅史书笔记之类鲜有记载，生平事迹所知甚少，被后世丹家群目为"隐仙派"的宗师。据记载，黄元吉，名裳，字元吉，江西丰城人，清光绪年间曾在四川富顺"乐育堂"授道讲学，著有《道德经注释》，以及由门下弟子笔录编纂而成的《乐育堂语录》和《道门语要》二书。据说尚有《玄宗口诀》《醒心经注》《求心经注》等书，可惜未见流传。黄元吉学际天人，达到金液还丹的仙人境界。他将高深的内丹修炼秘诀和千古口口相传的返本还原之法，阐述的清晰明细，将修炼秘密的十之八九都在书之中给予宣泄。

二、《道德经注释》，萧天石先生（1909—1986）评价甚高，称"黄元吉先生本书，成于前清道咸之交，故能畅述玄秘，大露宗风，举往圣之所不泄者而泄之，尽往圣之所不传者而传之。就丹法言丹法，即此一编已括尽千经万典之要蕴而巨细无遗矣！""每章首揭常道，次述丹道，首揭世法，次述丹法。道学精微，文理密察；本末兼赅，体用咸宜。其要尤在其融儒入道而能凿空无痕，因道弘儒而能浑全一体。明道修德，可端天下之风尚；养心养气，足正万世之人心。本人道以明仙道，字字金科玉律；体圣学以阐玄学，言言口诀心传。道为千古之大道，理为千古之至理，文为千古之奇文，义为千古之圣义。穷身心性命之理以端其大本，究天人物我之原以立其大宗。深入浅出，亲切平实。以之为用，可以明心养性，可以入圣登真，可以明哲处世，可以治国平天下。守藏可用，仕隐咸宜。衡情而论，确为《道德经》解本中之不朽名著，而无论道家儒家，皆可奉为无上圣经，视作修圣修仙之不二法门也。"[①]

三、《乐育堂语录》，萧天石先生也给予了很高的评价："先生讲道于乐育

---

① 萧天石《道德经精义例言》。

堂时，先后入门弟子数千人，其《乐育堂语录》与《道门语要》早已风行，为世所重。"①"《乐育堂语录》一书，乃黄元吉先生讲道于四川乐育堂时传授道门心法，由其门弟子记载并经核正而流传于世之巨构。言言通大道，字字值千金！且多泄千古来丹经之所未泄，指千古来道典之所未指。本书纯为讲切性命双修之学，始之修性以立命，继之修命以了性，终之福慧双圆、性命合一而证入圣登真之功。其论道概自人生日用常行处入手，既不立异为高，亦不弄玄干誉，故说理朴实而不奥，述义精深而易明。传绝学，极尽简易晓畅之能，尽人可解；谈工夫，极尽条理畅达之妙，尽人可行。既可由此以领悟，亦可本此以修证。深者能得其深，浅者能得其浅，无论上智下愚，皆可循此而升堂入室，诚性学之梯航，命宗之津逮也。"②

四、《道门语要》一书，比较有条理，略有门径可循。工夫从守中入手，讲究采取烹炼之工、运行周天之法，似详说命功，其要仍归性学。该书大概也是黄门弟子按照笔记整理而成，较之《乐育堂语录》为精简明朗。

五、黄元吉先生的著作在晚清、民国间非常流行，尤其《乐育堂语录》一书，曾被多次翻刻，所以版本众多。本次整理以早期木刻本为底本，参校民国间铅印本等，参考了蒋门马先生点校的《道德经注释》和《乐育堂语录》二书的工作成果，在此表示衷心的感谢！

六、本书附录了《唱道真言》，可以与黄元吉著作相互研读，对理解本书会有所帮助。《口诀钩玄录》是陈撄宁先生（1880—1969）在20世纪30年代所撰写，连载于《扬善半月刊》。陈撄宁认为："《乐育堂语录》《道德经讲义》③二书，乃当年黄元吉前辈之门弟子所记录，文字冗繁重复，在所不免"，"颇欲加一番整理功夫，使其醒豁动人"，故而对黄著做一番钩玄提要，将实修口诀显露出来。但是，当时"道门中之卓识者，多不赞成此举，谓为泄漏天机，于道有损无益"，因此《口诀钩玄录》未能完稿。

编者

2022 年 10 月 28 日

---

① 萧天石《道德经精义例言》。

② 萧天石《乐育堂语录序》。

③ 与《道德经注释》为同一本书。

黄元吉语录要旨①

（代序）

陈撄宁②

一、论道学仙术

粤自崆峒演教，轩辕执弟子之仪；柱下传经，仲尼兴犹龙之叹。道教渊源，由来久矣。盖以天无道则不运，国无道则不治，人无道则不立，万物无道则不生，道岂可须臾离乎？（《道》2 页）故尝谓吾国一日无黄帝之教，则民族无中心；一日无老子之教，则国家无远虑。（《道》3 页）

吾人今日谈及道教，必须远溯黄老，兼综百家，确认道教为中华民族精神之所寄托，切不可妄自菲薄，毁我珠玉而夸人瓦砾。须知信仰道教即所以保身，弘扬道教即所以救国，勿抱消极态度以苟活，宜用积极手段以图存，庶几民族尚有复兴之望。武力侵略，不过裂人土地，毁人肉体，其害浅；文化宗教侵略，直可以夺人思想，却人灵魂，其害深。武力侵略我者，我尚能用武力对付之；文化宗教侵略我者，则我之武力无所施其技矣，若不利用本国固有之文化宗教以相抵抗，将见数千年传统之思想一朝丧其根基，四百兆

---

① 本篇是蒋门马先生摘录陈撄宁先生著作妙论而成。蒋先生所辑此篇，虽是摘录而成，却是精思巧妙，文气顺畅，一气呵成，叹为观止。今征得蒋先生同意，置于《黄元吉集》书首，可作为黄元吉内丹奥妙之钩玄。

② 陈撄宁（1880—1969），近代著名道教学者，中国道教协会第二届会长（1961—1969）。1933—1941 年任《扬善半月刊》《仙道月报》主笔。著作文章，编纂有《中华仙学》（台北真善美出版社，1977 年）、《道教与养生》（华文出版社，1989 年）、《仙学解密：道家养生秘库》（大连出版社，1991 年）等等。

民族之中心终至失其信仰，祸患岂可胜言哉！（《道》9—10页）

他教每厌弃世间，妄希身后福报，遂令国家事业尽堕悲观。道教倡唯生学说，首贵肉体健康，可使现实人生相当安慰。他教侈讲大同，然弱国与强国同教，后患伊于胡底！道教基于民族，苟民族肯埋头建设，眼前即是天堂。（《道》3页）

佛教耶教是世界性，道学仙术是种族性。凡含有世界性的宗教，无论你是什么种族，总普遍欢迎你加入他们的教团，你不信，劝你信，你既信，拉你进。至于道学仙术，恰好立在反对的地位。设若你不是中华民族黄帝子孙，你就莫想得他丝毫真诀。我当日学道时曾经照例发过誓语，永不公开，就是怕让外国人得着去拼命死炼。假使他们一旦炼成功，真似虎之添翼，我们中华民族更要望尘莫及了。不如保留这点老祖宗的遗传，尚有几分希望，将来或可以拿肉体炼出的神通打倒科学战争的利器，降伏一般嗜杀的魔王。（《道》353页）

至于将来神仙学术传到外国的话，此事须要慎重。外国的人力财力胜过我们百倍，所缺少的就是这个法子。假使一旦被他们知道，他们立刻就能实行，不比我们中国人能知而不能行，岂非是老虎添上了两只翅膀么？（《道》401页）

现在这个时代，是动真刀真枪的时代，不是弄笔杆子的时代，说得好听没有用处，必须要做出一点实在工夫，方足以使人相信。你若要救国，请你先研究仙学，待到门径了然之后，再去实行修炼，待到修炼成功之后，再出来做救国的工作。那个时候，你有神通，什么飞机炸弹毒气死光你都可以不怕。（《道》405页）

顿（陈撄宁道名圆顿）研究仙学已三十余年，知我者固能完全谅解，不知者或疑我当此科学时代尚要提倡迷信，其实我丝毫没有迷信，惟认定仙学可以补救人生之缺憾，其能力高出世间一切科学之上。凡普通科学所不能解决之问题，仙学皆足以解决之，而且是脚踏实地步步行去。（《道》480—481页）故愚见非将仙学从儒释道三教束缚中提拔出来，使其独立自成一教，则不足以绵延黄帝以来相传之坠绪。环顾海内尚无他人肯负此责，只得自告奋勇，尽心竭力而为之耳。（《道》458页）

中国仙学相传至今，将近六千年。史称黄帝且战且学仙，黄帝之师有数位，而其最著者，群推广成子。黄帝至今计四千六百三十余年，而广成子当黄帝时代已有一千二百岁矣。广成子未必是生而知之者，自然也有传授。广成之师更不知是何代人物，复不知有几千岁之寿龄。（《道》458 页）

仙家见解，认为人生是缺憾的，所以宗旨在改革现状，推翻定律，打破环境，战胜自然，以致思想与行为往往惊世而骇俗。（《道》300 页）

神仙家的宗旨，要与造化争权，逆天行事，所谓"我命由我不由天"也。若只知安命以听天，则与世俗之庸人何以异乎？（《秘库》15 页）

仙要打破宇宙之定律，不肯受造化小儿之戏弄，不肯听阎王老子之命令，故说"长生不死"。（《道》407 页）

神仙之术，首贵长生，惟讲现实，极与科学相接近。有科学思想科学知识的人，学仙最易入门。若普通之宗教家以及哲学家，皆不足以学仙，因为宗教家不离迷信，哲学家专务空谈，对于肉体之生老病死各问题无法可以解决，亦只好弃而不管，就算是他们高明的手段。（《道》328 页）仙学乃实人实物、实情实事、实修实证，与彼等专讲玄理之事不同。（《道》407 页）

神仙要有凭有据，万目共睹，并且还要能经过科学家的试验，成功就说成功，不成功就说不成功，其中界限犹如铜墙铁壁，没有丝毫躲闪的余地，如何可以同宗教徒一样看待，也说他是渺茫无凭呢？（《道》403 页）

神仙家的思想理论与方术，综合而观，可以称为超人哲学。虽其中法门种种不同，程度有深浅之殊，成功有迟速之异，然其本旨总在乎改变现实之人生，不在乎创立迷信之宗教。（《道》353 页）

神仙家虽是由生理入手，但是要用方法改变常人的生理，所以他的目的是超人的而非平凡的，他的学术是实验的而非空谈的。（《道》322 页）

神仙家的口诀不肯轻传，又不肯在书上发表，就是因为它是超人的，凡人听了定要惊骇，又因为它是实验的，你只要依它的法子去做，就可以得到同样的效果，用不着许多理论。（《道》322 页）

真正神仙学术若要彻底研究，颇需要岁月，及至一朝实行起来，复有种种障碍，未必皆能顺利。丹经道书不可不读，亦不可尽信。（《道》477 页）

二、论黄元吉丹法

读者须知，儒家缺点就是把人事看得太重，毕世讲究做人的方法，没有了期。设若一旦我们感觉人生若梦，人寿短促，人之能力薄弱，人之范围窄狭，生不愿意做人，死不愿意做鬼，既不欲为肉体所拘，又不甘偕肉体同归于尽，是必求超人之学术，然后才能达到我们之目的。此等超人学术，求之儒家，颇不易得。当年孔子赞《易》，亦深悉此中玄妙，但是他对于门弟子不肯显言，除颜、曾而外，得传者甚少，因此后来儒家仅知世间法，而不知出世法；止有山林隐逸之士，如陈希夷、邵康节辈，尚私相授受耳。黄元吉先生所传之道，就是此一派。（《道》343页）

道家南北两派各走极端，而实行皆有困难，其势不能普及。惟有陈希夷、邵康节一派，最便于学者。黄元吉先生所讲，即是此派，亦即顿所私淑而且乐为介绍者。（《秘库》92页）

天元丹法证明"先天一气从虚无中来"之语决非欺人者，但其入手法门亦有上中下三等，故见效之快慢、用功之巧拙，遂由此分。伍柳一派不是上乘，惟李清庵、陈虚白、黄元吉诸公庶几近之。（《道》46页）

天元丹法，可看黄元吉先生所著《道德经讲义》并《乐育堂语录》二书，已足应用，不必他求矣。（《秘库》158页）此二书虽曾经好道之士捐赀刊印，惜流传不广，甚难购置。至于坊间通行之道书，名目虽多，然言理者不言诀，言诀者不言理，学者观之，或感觉空泛无入手处，或执著死法而不知变化，以致皓首无成。故黄先生昔日教人，理与诀并重。学者先明其理，而后知其诀乃无上妙诀，与旁门小术不同；既知其诀，更能悟其理乃一贯真理，与空谈泛论不同，余所以亟为介绍于今世好道之士。（《道》341页）

书中有历代圣哲口口相传之秘诀。学者果能按其所说，见诸实行，则了道成真自信当有几分把握。从此以后，不必累月经年搜神语怪，乃知正道本属平淡无奇；不必千山万水访友寻师，乃知真诀即在人生日用。岂非一大幸事乎？（《道》341—342页）

清代黄元吉所撰《道德经讲义》，全部用修养法作注，虽亦不免有牵强附会之处，但比较尚属可观。（此书原名《道德经注释》，是清光绪十年即1884年的作品。到了1920年第二次翻印时，才有人把它改名《道德经讲义》。原作者是黄裳，字元吉，清代江西省丰城县人。）（《道》156页）

黄元吉先生（原文黄氏）所作《道德经讲义》（原文道德经注），原是借题发挥，不必尽合于老子的本意。读者只求其说有裨于修养功夫已足，毋须将《讲义》（原文黄注）与《道德经》两相对照，以免多生疑问。

余细察黄元吉先生所传《讲义》《语录》二书，皆当时黄先生口授，而门弟子笔录，其初意本不要著书传世，故其书无次序先后，无纲领条目，东鳞西爪，不易贯串，而且文笔亦不整齐，烦冗琐屑处甚多，虽有最上乘修炼口诀包含在内，但初学观之，亦难领会。（《道》342页）

"守中抱一，心息相依"，这是陈希夷派的要旨。（《道》451页）所谓"抱一"者，即心息相依、神气合一而不分离也。所谓"守中"者，即神气合一之后，浑然大定于中宫，复还未有天地以前混沌之状态也。此乃最上乘丹法，有利而无弊。（《秘库》259页）

此派最要紧的，就是"玄关一窍"，既不是《参同》《悟真》之法，亦不是冲虚、华阳之法，乃是陈希夷、邵康节他们传流下来的。（《道》424页）。"玄关一窍"者，既不在印堂、眉间，亦不在心之下肾之上，更非脐下一寸三分；执著肉体在内搜求，不过脑髓、筋骨、血脉、五脏、六腑，秽浊渣滓之物，固属非是；离开肉体在外摸索，又等于捕风捉影、水月镜花，结果亦毫无效验。总之，著相著空，皆非道器。学者苟能于内外相感、天人合发处求之，则庶几矣。此乃实语，非喻言也。（《道》337页）

二书论玄窍之文字，皆散见于各处而不成系统。（《道》342页）学者果能将玄窍之理论一一贯通，玄窍之工夫般般实验，何患不能缩天地于壶中、运阴阳于掌上？功成证果，可与三清元始并驾齐肩，岂区区玉液、金液、长生、尸解之说所能尽其量哉？（《道》342页）

三、入门须知

吾人求学，当以真理为依归，不可随世俗相浮沉，况且此等学问本是对上智之人说法，不是拿来普度一般庸愚之士，因为此事非普通人所能胜任。试观历史传记，每一个时代数百年间，修行人何止千万！结果仅有少数人成就，可以想见此事之困苦艰难，谈何容易！（《道》344页）

造化弄人，要人有生有死、有死有生，而修道者偏要长生不死，或永死不生，以与造化相抗。设若你没有超群的毅力、绝顶的聪明、深宏的德量，结果定归失败。（《道》349页）

古人学道，有从师二十余年或十余年者，如阴长生、白玉蟾、伍冲虚之流，皆是师与弟子同居一处，实地练习，随时启导，逐渐正误，然后能收全功。今人志气浮薄，作事无恒，所以难于成就；其狡诈者每喜用市侩手段，旁敲反激，窃取口诀，以为一得口诀立刻登仙，不知所得者乃死法耳。而真正神仙口诀皆从艰苦实验中来，彼辈何曾梦见！敬告读者，若有所得，务要小心磨炼，努力修持，否则得与不得等。（《道》181页）

读者诸君若有大志者，不妨先下一番研究工夫，把这条路认识清楚，然后再讲实行的方法。（《道》345页）

读书明理为最要，不可先求法子。俟书理透彻之后，法子一说便知。再者，除读书而外，尤须立德立品。如果品学兼优，更遇机缘辏合，则所得者必是上上等法子；若品德虽好而学问不足者，则所得者当是上中等法子；若学问虽好而品德欠缺，此种人只能学普通法子；若品学俱无者，此种人对于仙道可谓无缘，纵然勉强要学，只好学一点旁门小术、江湖口诀而已。（《秘库》132页）

四、论道

老子为道家之祖。凡讲道，无有过于老子者。（《道》345页）他的哲学理论先从整体宇宙观出发，然后将自然之道、治国之道、修身之道都归纳于一个共同的自然规律中，在理论上并没有三种看法。后之学者如果能够懂得他所说的道理，就可以"达则兼善天下，穷则独善其身"。（此二句借用《孟子》成语）在人生短短的数十年间，不至于感觉前路茫茫、进退失据、寿夭莫测、我命由天，这就是道家处世的哲学精神和道教超世的修炼方术结合一起互相为用的优越性，也就是我们所谓的道教优良传统。（《道》106页）

《道德经》上有许多话都是"吾道一以贯之"（借用《论语·里仁篇》孔子一句成语），不管它是讲自然之道或是讲治国之道，后人也可以把它当做修身之道去体会，并且可以在自己身中用工夫实际试验。（《道》107页）他认为，以道为准则，通过一定的修炼，人就可以返本还原，和大自然之道同一体性，而处于永恒不变的境地。（《道》109页）

一部《道德经》中，有讲天道的，有讲人道的，有讲王道的，皆是杂记古圣哲之精义微言，并非专指某事某物而作此说。至其最上一层，乃是讲道之本体，其言曰："有物混成，先天地生。寂兮寥兮，独立而不改，周行而不殆，可以为天下母。吾不知其名，字之曰道。"其意盖谓道是宇宙万物之根源，无名无形，绝对不二，圆满普遍，万古常存。所谓修道者，就是修这个道，读者须要认识清楚。（《道》345 页）

《庄子·在宥篇》引广成子教黄帝之言曰："至道之精，窈窈冥冥；至道之极，昏昏默默。无视无听，抱神以静，形将自正。必静必清，无劳汝形，无摇汝精，乃可以长生。目无所见，耳无所闻，心无所知，汝神将守形，形乃长生。慎汝内，闭汝外，多知为败。我为汝遂于大明之上矣，至彼至阳之原也；为汝入于窈冥之门矣，至彼至阴之原也。天地有官，阴阳有藏，慎守汝身，物将自壮。我守其一，以处其和，故我修身千二百岁矣，吾形未尝衰。"圆顿按：这段文章把长生不死的道理和盘托出，玄妙无伦。凡后世丹经所言炼己、筑基、周天、火候之说，无不在此。黄帝为道家之祖，而广成子又是黄帝之师，其言如此显露、如此切实，奈何后世学道者不于此寻一个出路，反去东摸西撞、七扯八拉，真所谓盲人骑瞎马，愈来愈错，越弄越糟。（《道》347 页）

《乐育堂语录》《道德经讲义》二书，乃当年黄元吉前辈之门弟子所记录，文字冗繁重复，在所不免。昔日愚见与尊见相同，颇欲加一番整理功夫，使其醒豁动人。但道门中之卓识者，多不赞成此举，谓为泄漏天机，于道有损无益。仆认为彼等未尝无理由，故不敢轻率从事于此，今日请先生对该二书亦取慎重之态度。（《道》464 页）

本篇，系根据《道教与养生》和《道家养生秘库》两书，参校《中华仙学》，集辑而成。各节后的数字表示原句的出处，为《道教与养生》华文出版社 2000 年版的页码，简称《道》；凡出自《道家养生秘库》的，则简称《秘库》。

目　录

---

① 本书系古籍整理，由繁体竖排改简体横排。为保持原本的风格，各章、节的名称均保留原来的版式，不增加书名号或序号。

目录

第一编

道德经注释[①]

黄元吉　撰

《道德经精义》例言[②]

一、老子《道德经》五千言，历代解者数百家，收入于《道藏》之解本，亦达五十余种。解注《老子》之最早者，为韩非、河上公。韩非仅《解老》《喻老》两篇，主释义者则仅前一篇耳。全注者，自河上公始，河上公注今仍有传本。数千年来，盛行于世者，首推王弼注本。唐宋间，羽流之注盛行，其后逐年递增，有得而可传之佳本，亦当在二三十种之间，惟得全而无一失者则不多观。

二、《道藏》中所收《道德经》解本之最著者，均各有所长，各得一是。如唐玄宗之《道德真经疏》，则以穷理尽性、坐忘遗照、损事无为、理身理国为主旨。宋徽宗之解本共三种，内多引《庄》《易》词理参证。明太祖之解注，则纯以修齐治平为法。苏子由注本，彻了根宗而多见性之言，融合三家于一旨。邵若愚之《直解》本，言德则涉孔氏之义，言道则参佛乘之旨，以儒、释二教为证，撮道德合为一家。严君平之《指归》本，则多言天地阴

---

① 本篇据 1886 年木刻本《道德经注释》整理，参校萧天石《道藏精华》第四集之一《道德经精义》本。

② 本例言据萧天石《道藏精华》本《道德经精义》增补。

阳、性命神明、变化始终、自然演化之旨。杜时雍之《全解》本，则以言阴阳理炁为主。李约之《新注》本，则以言清静养心、无为保国之旨。顾欢之《注疏》本，则以言清静临民、无为用政之旨。李荣之注本，则以明道无为、显德有用为主旨。纯丹道派解本中，如莹蟾子李道纯之《道德会元》，玉宾子邓锜之《道德真经三解》，道门高士杜道坚之《道德玄经原旨》，其《原旨发挥》与《道德真经圣义》本，及碧虚子陈景元之藏室纂微本，均为丹家之上乘解本。至王弼与河上公注本，坊间流行本多，不赘举其义。各解本中，尚多有集注本、集解本、纂疏本、疏义本，惟林志坚之注本，则为以本经解本经为体裁。有清一代，道门中人才辈出，解《道德经》者，以龙渊子宋常星与黄元吉祖师为最上乘，而黄本则尤能综各家之所长，补百说之所不足。宋本已影刊于（《道藏精华》）第三集中，兹再影刊黄本。

三、黄注本《道德经精义》，每章首揭常道，次述丹道；首揭世法，次述丹法。道学精微，文理密察；本末兼赅，体用咸宜。其要尤在其融儒入道，而能凿空无痕，因道弘儒而能浑全一体。明道修德，可端天下之风尚；养心养气，足正万世之人心。本人道以明仙道，字字金科玉律；体圣学以阐玄学，言言口诀心传。道为千古之大道，理为千古之至理，文为千古之奇文，义为千古之圣义。穷身心性命之理，以端其大本；究天人物我之原，以立其大宗。深入浅出，亲切平实。以之为用，可以明心养性，可以入圣登真，可以明哲处世，可以治国平天下。守藏可用，仕隐咸宜。衡情而论，确为《道德经》解本中之不朽名著，而无论道家、儒家，皆可奉为无上圣经，视作修圣、修仙之不二法门也。

四、丹家经籍，愈古愈玄。上古丹经，十隐八九；中古丹经，十隐其半；迄乎近世，十隐其二三。黄元吉先生本书，成于前清道、咸之交，故能畅述玄秘，大露宗风，举往圣之所不泄者而泄之，尽往圣之所不传者而传之。就丹法言丹法，即此一编，已括尽千经万典之要蕴，而巨细无遗矣。先生讲道于乐育堂时，先后入门弟子数千人，其《乐育堂语录》与《道门语要》，早已风行，为世所重。至其所著《玄宗口诀》，传本甚少；所注《求心》《醒心》诸经，世不传。今得斯书，不忍令其再烟灭也。

五、本书原刻于光绪十年（1884 年），版存自流井（今四川省自贡市自井区），鲁鱼亥豕，误刻不少。三年前得一刊本于殷启唐先生处，后复璧还，今已寄往南美矣。本年夏间，先得马炳文、马杰康二先生所藏乙亥华阳汪氏养性斋刊本，无句读，经其细心圈点之，惜未竟；后复得南京红卍字会道院精刻本于俞安澄先生处。本次所景印，原拟用马藏养性斋刊本，经仔细校勘之后，又改用俞藏道院刊本。俞以正忙于佛事，未及执笔述其藏书因缘。又本书之景行，三年来叠经道友通玄老叟、南天浪迹翁、针石子，与张恩溥、许卓修等诸先生再三催促，兹值付印之始，特述本末一二如上，以志共善与不忘耳！

庚子（1960年）孟冬月谷旦文山遁叟萧天石于台北石园

翻印黄注《道德经》序①

大道无名，寓物成相，太素无华，繁衍为文，转相归本，化文为实，此仙学之所以演道明德，以冀无量含灵均能溯流不迷，而返乎厥初也。吾国仙学之成熟绵延，迄今数千年矣。如此超凡入圣之学，数千年来见之于文字者，虽指不胜屈，然而道学之祖书，莫不以太上之《道德》为旨归焉。

蓝养素仙师云："《道德经》，太上之圣经也，包括三才，混合八卦，绍玄女之心传，开诸天之法界。圣真如不身心体验，奚以承先启后，为大罗一等天仙？"故历代之学仙者，无不熟读《道德》，至诚参究，以期经诀相印，身心合一，成就无边无尽之道力，参赞化育，利济众生。

《道德》为丹经之祖，是以太上之后，祖述是经而为注释者，比比皆是。注释中则以黄元吉仙师者最为详尽。愚读之十有余年，其中对于道修之法程、口诀之节次、炉鼎之安立、火候之变化，以及筑基得药、炼己还丹、脱胎神化，晋而至于炼神还虚、炼虚合道，种种过程，无不深入浅出，吐露无遗，为诸家之所罕见者。唯得诀多者，则发现者多；得诀少者，则发现者少。亦显亦隐，唯精唯细，处处圆通，面面俱到，诚不愧为真仙之手笔，接引后昆之宝筏也。

吾人修道，其旨有三：一则益寿延年，二则不生不灭，三则度尽众生。如欲益寿延年，得药结丹可也。如欲不生不灭，脱胎神化可也。如欲度尽众

---

① 本序言据萧天石《道藏精华》本《道德经精义》增补。

生，统归无极可也。此种益寿延年、不生不灭之仙学，有开始，有步骤，有结果，全系脚踏实地之功夫，为我中华民族之所特有者。学者果能至诚参访，际遇真师，获得全部真传，再备十分信心，复有修炼条件（财、侣、地），则成仙证圣，胜券在握矣。学者如拟印证一己所得之诀真假全缺，质之是经及注即可矣；考验师之真伪，请益是经及注即可矣；察一己修证功行之是非正误，对证是经及注即可矣。愚以是经之注，一经广布，必使盲师无由施计，邪说无法横行，而正心诚意、返本还原之仙学，必如日月之经天，而浮云无能掩其光明也。

呜乎！百岁光阴，转瞬即逝，吾人此生如不成道，他日必入轮回，盲者醉者、昏者迷者，读是经也，可不戒惧乎哉？诸君子之读是经及注也，亦当知太上之旨，黄仙之慈，以及萧天石先生翻印是经之本旨云尔。

庚子（1960年）冬涡阳马杰康拜序于台湾烟酒公卖总局

重印《道德经讲义》序 ①

余向不知道，亦正不以其道为然，惟念近今讲道者日益多，而师友中亦屡屡以此相告语，殆不容恝然而已也。夫人心、道心之别，实发明于《尚书》，由尧、舜、禹、汤、文、武、周、孔以来，圣圣相传，无一不言道者，是道之为道，必有精微奥妙，不可以言语迹象求之者也。昔程子言《大学》为入德之门，《中庸》乃传授心法，而二书功用，皆归本于定静之初，修持于隐微之内，盖亦可以知其要矣。

余于去年十月，始学静坐之法，以求所谓道者，不数旬而程效略睹，乃恍然于斯道之不可诬也。然窃意道必以老子为宗，不法老子而他求乎道，未有不流为旁门别户者。昔仲尼师老子，谓其明道德之归。圣人且如此，而况下焉者乎？特其书古奥深远，令人不易卒读，且自汉迄今，注者无虑数十家，求其洞明妙窍，能切日用者，盖亦寡矣。丰城黄元吉先生，著有《道德经注释》，承友人曹知玄君之赠，欣然受而读之。其书分章演绎，始言性命之理，终言修治之功，洋洋数万言，由体及用，内外兼赅，盖不啻假五千言

---

① 本序据1920年江起鲲重刊本《道德经讲义》增补。

为现身说法。语云："莫为之前，虽美弗彰；莫为之后，虽盛弗传。"有老子为之前，殆不可无先生为之后焉。

顾原本刊于四川自流井，鲁鱼虚虎，舛误错出。余既一一校而正之，而又以其书虽名《注释》，实非规规于注释者，盖当时先生在乐育堂，聚群弟子讲道其中，每讲必引《道德经》为证，是编即其所讲时笔述之书，名曰《注释》，毋宁名曰《讲义》之为得也。因易名重印，期于普渡，使夫后之闻道者，手此一编，皆得如环桥听讲，而无复有执经问难之苦，不其善欤？

庚申（1920 年）大暑前一日奉化朴民江起鲲识

按：原本卷首，先《朱序》，次《自序》，次《道德经总旨》，次《弟子等序》，而《总旨》不署撰者姓名，以其在《自序》后，疑亦先生之所作也。兹因文体与序不类，特移置于《讲义》终篇之后，以示总括全经之意云尔。《弟子等序》亦移殿卷末，改为《后序》，庶于体裁稍有合焉。

又按：《道德经》传本至夥，字句各有不同，明焦弱侯著《老子翼》，附有《考异》一篇，搜订颇详，然是书所引正文，有往往出于焦氏《考异》之外者，不知其所据何本。兹悉仍之，以俟异日订正焉。

原刻分四卷，惟第三卷不曰"卷三"而曰"卷下"，第四本之署卷四者，又仅仅数页，余皆附刊《乐育堂语录》，不标卷第。当时门人付梓，期在急就，未经先生鉴订可知。兹将《语录》另为一编，而本书则分三卷。起鲲又识。

道德经注释序

余幼读传记，见述老氏之言者曰："大道废，有仁义；智慧出，有大伪""天地不仁，万物刍狗"云云。尝窃怪之，以为老氏之贤，孔子称之，何其言乃与所闻于孔子者显相畔耶？少长，纵观古今事变，乃真有仁义掠美，智慧长奸，如老氏所云者，又未尝不怃然若失。急购其书读之，然后乃知所谓老氏者，以无为为治，以不言为教，以柔弱为自强，以盈满为大戒，约之于无声无形之地，而守之以若冲若退之心，大之足以资斯民亭毒长育之功，而次之亦足敛吾身耳目聪明之用。虽其立说敢于非圣人，要以寻崆峒之坠绪，辟清净之妙门，衣被群生，规楷百代，不能使孔子稍贬其尊，而亦不能以孔子之尊而废其言也。汉兴以来，宰相大臣多治其学，曹平阳之日饮醇酒，汲长孺之卧理淮阳，其效盖亦可睹矣。而洁修之士，如穆生、君平辈，处污浊之世，则又师其遗意以养晦而全真。呜呼！治国治身，不能躬孔孟之道，而犹能为老氏之徒，视申韩之操切、庄列之放达，不犹贤乎哉！

是书之有注无释，无下数家，惟晋王弼注最有名，近则丰城黄元吉先生以四子书注释五千言，张皇幽渺，参互异同，道家者流，珍若鸿宝，而余固未及见其稿也。李君爵从，年少知道，肆力于先生之注释者，盖有日矣。今将刊以公世，走书丐余言弁首。余不文，而又焉辞？其韩昌黎原圣人之道，力攻二氏，至欲人人火其书。今观先生命注命释之意，若欲并孔、李之教而一之，此必非率尔操觚者所办。李君非阿所好者，惜乎余之未见其稿也。

时在光绪丙戌（1886 年）六月既望后学朱有芬谨识

道德经注释序

予幼读儒书，遂闻《道德》一经相传已久，恨未得见。嗣后岁月云遥，功名未遂，始受业于丰城黄先生，号元吉，讲究身心性命之理、天人物我之原。先生每遇讲时，辄引《道德经》以为证。予取是经阅之，见其文古奥难窥，复寻各家注释细玩，均略而不详，隐而不发，此心歉然。因于先生席前请曰："先生学贯天人，丹还金玉，何不于《道德》一经详加注释，以醒天下后世乎？"先生首肯，每日讲后书一二章，不数月而注释告成。予细心捧读，觉他注只言其理，而先生之注，句句在身心上立论，尤亲切不浮，此正本清源之学、尽性立命之功，诚非他书所可比。伏愿读是注者，探讨个中消息，印证身上工夫，知放心所由收，浩气所由养，从此精进，庶否塞之时可易为昌明之会也。夫他书劝孝、劝忠，所以端一时之风俗，而此注养心、养气，尤足正万世之人心。人心既正，又何虑风俗之不端也哉？

光绪十年（1884 年）小阳月受业弟子等顿首敬序

道德经注释序

三教之道，圣道而已。儒曰至诚，释曰真空，道曰金丹，要皆太虚一气，贯乎天地人物之中者也。惟圣人独探其源、造其极，与天之虚圆无二，是以成为圣人。能刚能柔，可圆可方，无形状可拟，无声臭可拘，所由神灵变化，其妙无穷，有不可得而窥测者。若皆自然天然本来物事，处圣不增，处凡不减。即等而下之，鸟兽草木之微，亦莫不与圣人同此一气，同此一理。试观汪洋大海，水至难测者也，然而一海所涵，水也；一勺所容，亦无非水；鼋鼍蛟龙所受以生成者此水，而鱼鳖虾蟹所赖以养育者，亦无非此水。太虚之气，亦犹海水一般。天地、圣贤、人物，虽纷纭错杂，万有不齐，而其受气成形之初，同此一气，除此以外，别无生气，亦别无生理，所争者姿禀之各殊耳。孟子曰："尧舜与人同。"又曰："人之所以异于禽兽者几希。"诚确论也。

无如世风日下，民俗益偷，大道虽属平常，而人多以诡怪离奇目之，所以儒益非儒，释亦非释，而道益非道矣。若不指出根源，抉破窍妙，恐大道愈晦而不彰，人心愈坏而难治，势必至与鸟兽草木同群，而圣贤直等诸弁髦，大道益危如累卵，虚悬天壤，无人能任斯文之责矣。

恭逢盛世，天下乂安，适遇名山道友谈玄说妙，予窃听久之，实非空谈者流，徒来口耳之用，因得与于其际。群尊予以师席，故日夜讲论《道德》一经，以为修身立德之证，不觉连篇累牍。第其中瑕疵迭见，殊难质诸高明，然亦有与太上微意偶合处，不无小补于世，众友请付剞劂，公诸天下后世。予于此注，实多抱愧，不敢自欺欺人，无奈众友念切，始诺其请。兹值刊刻肇始，予故弁数言于篇首，以叙此注之由来如此。

光绪十年（1884 年）孟冬月谷旦元吉黄裳自序

道德经总旨

太上修身治世之道，原是一贯，不分两事。若不推开说明，只云修身即以治世，治世厥惟修身，如《大学》开口说"自明明德"一句便了，而"新民"一概不管，亦属一偏之学，不足以见圣道之宏，体用兼赅，本末并进者也。盖圣人之道，不外一"敬"而已。人果以敬存心应事，天下有何难治者哉？孔子曰："能以礼让为国乎，何有？不能以礼让为国，如礼何？"自古圣贤，无有只修其身，不应乎世者，观天地即可知圣贤矣。夫天地以一元之气自运，即以一元之气育民，其间寒暑温凉，与夫风云雷雨，即天之行其政令，以施生化之功，虽变幻无穷，而天只顺其气机之常。其在圣贤，以此敬自持，即以此敬及物，其间哀怒喜乐，与夫礼乐刑政，即圣人顺行其治道，以定人物之情，虽风土不齐，而圣人只尽其在己之性，故曰："风云雷雨，天所不能无，而不得谓风云雷雨之即天；哀怒喜乐，圣人不能无，而不得谓哀怒喜乐之即圣。天有真天体，圣有真圣心。"总皆主之以敬，一任天下事变万端纷纭来前，无一不得其当。

噫！大道不明久矣！论道者但曰虚静无为，言治者但曰功业彪炳，天德王道，分而为二，此三代下所以难索解人也。太上所说，修身治世，不分两事，不是板执修己、全不理治民事，亦不是理治民事、不从内修己来。识得此旨，以修诸己者，即以治诸人，则内无损于己，外无损于人，即《中庸》云"成己，仁也；成物，知也；性之，德也，合内外之道也"。处为圣功，出为王道，谁谓老子之学寂灭无为也哉？

卷上　道经①

第一章　众妙之门②

太上曰：道可道，非常道；名可名，非常名。无名天地之始，有名万物之母。故常无欲以观其妙，常有欲以观其窍。此两者，同出而异名，同为之玄，玄之又玄，众妙之门。

朱子云："道，犹路也，人之所共由者也。"其实生天生地、生人生物，公共之理，故谓之道。天地未判以前，此道悬于太空；天地既辟而后，此

---

① "卷上道经"，标题底本无，校者加，下同。底本虽分"卷一"（第一章至第二十六章）、"卷二"（第二十七章至第五十三章）、"卷三"（第五十四章至第八十一章，附《乐育堂语录》，即上篇之"《乐育堂语录》卷五"），但不合理，现据通行本《道德经》将之"道经""德经"分为上下卷。

② 原书各章无标题，本书标题参考梅自强《颠倒之术》一书所加，人民体育出版社，1993年。

道寄诸天壤。是道也，何道也？先天地而长存，后天地而不敝；生于天地之先，混于虚无之内，无可见，亦无可闻。故太上曰：以言夫道，费而且隐，实无可道。所可道者，皆道之发见耳，非真常之道也。以言其名，虚而无物，实无可名。所可名者，皆道之糟粕耳，非真常之名也。人不知道，曷观之《诗》乎？曰："上天之载，无声无臭"，道不可以自言矣。又曰："维天之命，於穆不已"，道不可以无称矣。须知至无之内，有至有者存；至虚之中，有至实者在，道真不可以方所形容也。太上慈悲度世，广为说法曰：鸿濛未兆之先，原是浑浑沦沦，绝无半点形象，虽曰无名，而天地、人物，咸毓个中，此所以为天地之始也。及其静之既久，气机一动，则有可名，而氤氤氲氲，一段太和元气，流行宇宙，养育群生，此所以为万物之母也。始者，天地未开之前，一团元气在抱是也；母者，天地既辟而后，一气化生万物是也。

学人下手之初，别无他术，惟一心端坐，万念胥捐，垂帘观照，心之下、肾之上，仿佛有个虚无窟子，神神相照，息息常归，任其一往一来，但以神气两者，凝注中宫为主。不顷刻间，神气打成一片矣。于是听其混混沌沌，不起一明觉心，久之，恍恍惚惚，入于无何有之乡焉。斯时也，不知神之入气、气之归神，浑然一无人无我、何地何天景象，而又非昏瞆也，若使昏瞆，适成枯木死灰。修士于此，当灭动心，莫灭照心，惟是智而若愚，慧而不用。于无知无觉之际，忽然一觉而动，即太极开基。须知此一觉中，自自然然，不由感附，才是我本来真觉。

道家谓之玄关妙窍，只在一呼一吸之间。其吸而入也，则为阴、为静、为无，其呼而出也，则为阳、为动、为有，即此一息之微，亦有妙窍。人欲修成正觉，惟此一觉而动之时，有个实实在在、的的确确、无念虑、无渣滓一个本来人在。故曰：天地有此一觉，而生万物；人身有此一觉，而结金丹。但此一觉，有如电光石火，当前则是，转眼即非，所争只毫厘间耳。学者务于平时审得清，临机方把得住。古来大觉如来，亦无非此一觉积累而成也。

修士兴工，不从有欲无欲、观妙观窍下手，又从何处以为本乎？虽然，无与有、妙与窍，无非阴静阳动，一气判为二气，二气仍归一气而已矣。以其静久而动，无中生有，名曰阳生活子时；以其动极复静，有又还无，名曰复命归根。要皆一太极所判之阴阳也。两者虽有异名，而实同出一源，太上谓之玄。玄者，深远之谓也。学者欲得玄道，必静之又静，定而又定，其中浑无物事，是为无欲观妙，此一玄也。及气机一动，虽有知，却不生一知见，虽有动，却不存一动想，有一心，无两念，是为有欲观窍，此又一玄也。至玄之又玄，实为归根之所，非众妙之门而何？所惜者，凡人有此妙窍，不知直养，是以旋开旋闭，不至耗尽而不已。至人于玄关窍开时，一眼觑定，一手拿定，操存涵养，不使须臾或失，所以直造无上根源，而成大觉金仙。

下手工夫，在玄关一窍。太上首章，即将无名有名、观妙观窍指出，足见修道之要，除此一个玄关窍，余无可进步也。故开首四句，说大道根源，实属无形无状，不可思议穷究。惟天地未开之初，混混沌沌，无可端倪，即人致养于静时也。天地忽辟之际，静极而动，一觉而醒，即人侦气于动，为炼丹之始基。第此倏忽之间，非有智珠慧剑，不能得也。要之，念头起处为玄牝，实为开天辟地、生人育物之端，自古神仙无不由此一觉而动之机造成。又曰：无欲观妙、有欲观窍，两者一静一动，互为其根，故同出而异名。凡有形象者，可得而思量度卜度，若此妙窍，无而有，有而无，实不可方所名状，纵舌如悬河，亦不能道其一字，所以谓之玄玄。学者亦不得视为杳冥，毫不穷一个实际下落。果于此寻出的的确确处，在人视为恍惚，在我实有把凭，久之著手成春，头头是道矣。

第二章　功成弗居

太上曰：天下皆知美之为美，斯恶已；皆知善之为善，斯不善已。故有无相生，难易相成，长短相形，高下相倾，音声相和，前后相随。是以圣人处无为之事，行不言之教，万物作焉而不离①，生而不有，为而不恃，功成而弗居；夫惟弗居，是以不去。

古云："劝君穷取生身处，返本还原是药王。"又曰："穷取生身受命初，莫怪天机都泄尽。"由此观之，足见受命之初，浑然天理，无有瑕疵，彼说

---

① 离，通行本作"辞"。

美说恶，说善说丑，皆为道之害也。夫道究何状哉？在儒家曰"隐微"，其中有不睹不闻之要；释家曰"那个"，其中有无善无恶之真；道家曰"玄关"，其中有无思无虑之密。大道根源，端本于此。一经想像，便落窠臼；一经拟议，便堕筌蹄。虽古来神仙，赞叹道妙，曰美曰善，要皆恍惚其象，非实有端倪。盖以为美也，就有恶对；以为善也，就有丑对。又况美在是，恶亦在是；善在是，丑亦在是。此殆后天阴阳，有对待，有胜负、参差，而非先天一元之气也。故太上曰："天下皆知美之为美，斯恶已；皆知善之为善，斯不善已。"是知，人不求虚无一气，而第言美之为美、善之为善，是亦舍本而逐末也。

太上特示下手之工，为大众告曰：凡人打坐之始，务将万缘放下，了无一事介于胸中，惟是垂帘塞兑，观照虚无丹田，即凝起神，又要调息，调起息，仍要凝神，如此久之，神气并成一团，顷刻间自入于杳冥之地，此无为也；及无之至极，忽然一觉而动，此有为焉。我于此一念从规中起，混混续续，兀兀腾腾，神依气立，气依神行，无知有知，有觉无觉，即玄牝之门立矣。由是恪守规中，凝神象外，一呼一吸，一往一来，务令气气归玄窍，息息任天然，即天地人物之根，圣贤仙佛之本，此最吾道家秘密天机，不容轻泄者也。

修士行持，与其求之无极，不可捉摸，何若求之阴阳，更有实据。经曰：有无相生，不过动而静，静而动，出玄入牝，燮理阴阳者也。难易相成，不过刚而柔，柔而刚，鼎炉琴剑，一烹一温者也。长短相形，即出入呼吸，任督往来，前行短、后行长之谓也。高下相倾，即火在上而使之降，水在下而使之升，上下颠倒，坎离之妙用也。音声相和，即神融气畅，百脉流通，不啻鸣鹤呼群，同声相应，不召自来也。前后相随，即子驰于后，午降于前，乾坤交媾，和合一团，依依而不舍也。此数者，皆由后天之阴阳，而返乎先天之无极也。圣人知道之本原，冲漠无朕，浩荡无痕。其处事也，则以无为为尚，而共仰恭己垂裳之风；其行教也，则以不言为宗，而自寓过化存神之妙。圣人作而万物睹，又何离之有耶？自此耕田凿井，被生成而竟忘其行；开源节流，勤化导而并化其迹。即使功满乾坤，名闻天下，而圣人若耻，为虚名未尝有实绩也。夫岂若《书》云："汝惟不矜不伐，天下莫与争能、争功"者，尚有弭人争竞之想哉？此殆归于神化之域，淡定之天，一惟自适其乐，而不忘自得之真。古言：视富贵如浮云，弃功名若敝履者，其斯之谓欤？虽然，道成德自立，实至名自归。圣人纵不居功，而天下后世，咸称道不衰。是不言功而功同日月，不言名而名重古今。夫惟弗居，是以不去也。

学者须从虚极静笃中，养出无美无善之真出来，才算修炼有本。其道维何？玄关窍也。舍此则无生矣。修道者，舍此玄关一窍，别无所谓道矣。如以美善为道，亦属后天尘垢。太上以此言警之，望人因流而溯源也。不然，美善之称，亦三代下之君子，又乌可厚非哉？

《易》曰："一阴一阳之谓道。"是阳非道也，阴亦非道，道其在阴阳之间乎！又况道者理也，阴阳者气也。理无气不立，气无理不行。单言道，实无端倪可状，惟即阴阳发见者观之，庶确有实据。此章言无美无善之真，直抉大道根源，望人端本立极，以为修身治世之基。"有无难易"数句，是教人由对待之阴阳，返乎真一之气。其中又教人，从有无相入处，寻出玄关一窍，为炼丹本根。至于守中养丹，阳生活子，运转河车，亦无不层层抉破。惟圣人直探其源，故恭己无为，不言而信，虽有生有为，而在己毫无德色。迨至功成告退，视富贵为不足重轻，非圣人，其孰能与于斯？学者玩索而有得，非但下手有基，即通天亦有路矣。他注云：天下皆知美善之所以为美善，则自不为恶与不善矣。此讲亦是。但太上之经，多在原头上说，不落二乘。

第三章　不见可欲

太上曰：不尚贤，使民不争；不贵难得之货，使民不为盗；不见可欲，使心不乱。是以圣人之治，虚其心，实其腹，弱其志，强其骨，常使民无知无欲，使夫知者不敢为也。为无为，则无不治。

圣人之治天下也，与其有为，不如无为，尤不知有为而无为。其化民成俗也，与其能感，不如能化，尤不如相安于无事之为得。是以尧舜恭己垂裳，而四方悉昭风动，此何如之化理哉？不过上无心而民自静，上无好而民自正，上无欲而民自定耳。否则，纷纷扰扰，自以为与民兴利除弊，而不知其扰民也实甚。故曰：民本无争也，而上争夺之；民本无贪也，而上贪婪之；民本无私无欲也，而上以奇技淫巧、鲜衣美食先导之。欲其不争不贪、无嗜无好也，得乎？苟能修其身，正其心，恬然淡然，毫无事事，不以贤能相尚，则民自安靖而不争矣；不以难得之货为贵，则民重廉耻，而不为盗矣。且声色货利之场不一，属于目则无见无欲，己与民各适其自在之天，而虚灵活泼之神，自常应常静而不乱矣。此事岂异人任哉？惟圣人屏除耳目，斩断邪私，抱一以空其心。心空，则炼丹有本，由是而采天地灵阳之气，以化阴精，日积月累，自然阴精消灭，而阳气滋长，则实腹以全其形，所谓"以道凝身，以术延命"，即是超生拔死之法。而且专气致柔，如婴儿之力弱，不能持物者然。虽至柔也，而动则刚。观其浩浩渊渊，兀兀腾腾，真可包天地而入日月，贯金石而格鬼神，其气骨自有如是之强壮者。如此性修命立，彼浩然刚大之气，绰绰有余，一切知觉之心、嗜欲之性，不知消归何有。圣人以此修身，即以此治世。在己无知无欲，使民亦无知无欲，不但愚者混混沌沌，上合於穆之天，即聪明才智之儒，平日矜能恃智，惟恐以不逞为忧，至此亦淡恬无事，自忘其知识之私，一归浑朴。此能为而不为，非不能也，实不敢也。虽然，人生天地，不能逃虚空而独超物外，必有人伦日用之道，又乌得不为哉？然顺其自然，行所无事，虽有为，仍无为也，亦犹天不言而自化，四时代宣其教矣；帝无为而自治，百官代理其政矣。为者其迹，不为者其神，是以南面端拱，天下悉庆平成，猗欤盛哉！

　　道本平常，不矜新颖，不尚奇异。如国家尊贤，原是美事，若以此相夸相尚，则贤者固贤，而不肖者，亦将饰为贤。甚至贤以否为否，而不肖者又以贤为否，于是争端起矣。彼此互相标榜，迭为党援，而天下自此多事。国家理财，亦是常经，而若贵异物，宝远货，则民必梯山航海，冒险履危，不辞跋涉之苦、性命之忧，搜罗而致之朝廷。至求之不得，千方万计，虽奸盗劫夺，所不顾也。至于衣服饮食，亦日用之常，而若食必珍馐，衣求锦绣，见可欲而欲之，奢风何日已也？是以圣人内重外轻，必虚心以养神，实腹以养气，令神气打成一片，流行于一身之中，条畅融和，苏绵快乐，而志弱矣；且神静如岳，气行如泉，而骨强矣。常常抱一，刻刻守中，非独一己无欲无思，即聪明才智之士，亦观感而悉化，不敢妄有所为。或曰：有为则纷更致讹，无为则清净贻讥，为不为之间，亦几难矣。讵知，顺理而为，非冒昧以为，有为仍与无为等，所以孔子赞舜曰：无为而治者，其舜也欤？

第四章　和光同尘

太上曰：道冲而用之，或不盈，渊兮似万物之宗。挫其锐，解其纷，和其光，同其尘，湛兮似若存。吾不知谁之子，象帝之先。（帝者，上帝也。先者，无始之始也。）

道者何？太和一气，充满乾坤，其量包乎天地，其神贯乎古今，其德暨乎九州万国，胎卵湿化、飞潜动植之类，无在而无不在也。道之大何如耶？顾其为体也，空空洞洞，浑无一物，若不见为有余；及其发而为用，冲和在抱，施之此而此宜，措之彼而彼当，《诗》曰："左之左之，无不宜之；右之右之，无不有之。"真若百川朝海，而海不见盈也，不诚为万物之宗旨哉？孔子曰："鬼神之为德，体物不遗。"又曰："语小，莫破；语大，莫载。"其浩浩渊渊，实有不可穷究者。道之难状如此，后之人又从何而修乎？太上悲悯凡人，乃指其要曰：凡人之不能入道者，皆由才智之士，自恃自恣，任意纵横，于以锢蔽虚灵而不见耳。兹欲修道，须知聪明智慧，皆为障道之魔，从此黜聪堕明，屏其耳目之私，悉归混沌，而一切矜才恃智、傲物凌人之锐气，概挫折而无存，则人心死而道心生，知见灭而慧见昭矣。先儒曰："聪明才智之人不足畏，惟沉潜入道，澄心观理者为可畏。"斯言不诚然乎？修行人，务以沉神汰虑，寡欲清心为主。那知觉思虑之神、恶妄杂伪之念，纷纷扰扰，此念未休，彼念又起，前思未息，后思又来，我必自劝自勉，自宽自解，如乱丝之纠缠，我必寻其头绪而理之，若蔓草之荒芜，我必拔其根株而夷之。如此则纷纭悉解，而天君常泰矣。虽然，此独居习静之功，犹未及于闹处也。苟能静而不能动，犹是无本之学。必静时省察，一到闹热场中，尤要兢兢致慎，凡事让人以先，我处其后，尊人以上，我甘自下，若此则与世无忤，与人无争焉。又况好同恶异，世俗大抵皆然，我惟有随波逐流，从其类而和之，虽有光明正大之怀，我决不露其圭角，惟有默识其机，暗持其体，同己者好之，异己者听之。所以鲁人猎较，孔子亦猎较。古圣人，当大道未明之时，莫不以此混俗也。又观六祖，得衣钵之后，道果虽圆，尚未尽其微妙，由是留形住世，积功了道，隐于四会山中，猎夫与居，恬不为怪，所以得免于难。若非和光同尘，乌能长保其身？由此动静交修，常变有权，则本来一点湛寂虚明之体，自然常常在抱。而又非果在也，若有所在，却无所在，若有所存，却无所存，一片灵光，闪灼于金庭之下。此道究何道哉？生于天地之先，混于虚无之际，吾不知从何而来、从何而去，究为谁氏之子也？经曰："有物混成，先天地生。"其斯为大道之玄妙欤？帝之先，有何象？亦不过混沌未开，鸿濛未判，清空一气而已矣。迨一元方兆，万象回春，即发散于天地人物之间，而无从窥测。修士欲明道体，请于天地将开未开、未开忽开处而揣度之，则得道之原，而下手不患无基矣。

太上将道之体，画个样子与人看。又教体道者，欲修大道，先认道源；欲寻道源，先从自家心性中闲邪存诚，自下学循循修之，久则底于神化之域，方知吾心性中有至道之精，常常不离怀抱也。须从静中寻出端倪，用存养省察之功，以保守天真，不以盛气凌人，不以繁冗乱性，即张子所谓"解脱人欲之私"也。拨开云雾，洞见青天，斩断葛藤，独露真面。一旦动与人交，不知有光埋光，在尘混尘，或显才智，或炫功能，抑或现烟霞泉石之身，露清致高标之态，历观往古，惹祸招灾，为大道之害者不少。如汉朝党锢之禁，晋时清流之祸，虽缘小人之奸，亦由己不知明哲保身之道也。人能混俗和光，与世同尘，一若灵芝与众草为伍，凤凰偕群鸟并飞，不闻其香而益香，不见其高而愈高。如是藏拙，如是直养，则湛寂真常之道，自恍惚于眉目之间，不存而若存，有象而无象。《中庸》云："上天之载，无声无臭。"至矣！非居帝之先而何？

第五章　不如守中

太上曰：天地不仁，以万物为刍狗；圣人不仁，以百姓为刍狗。天地之间，其犹橐籥乎？虚而不屈，动而愈出。多言数穷，不如守中。

天地间，生生化化，变动不居者，全凭此一元真气，主持其间，上柱天，下柱地，中通人物，无有或外者焉。此气之浑浑沦沦，主宰万物，有条不紊者曰理；此气之浩浩荡荡，弥纶万有，宛转流通者曰气。理气合一曰仁。故先儒云："仁者，人欲尽净，天理流行，无一毫人为之伪。"又曰："生生之谓仁。"要之，仁者如木果之有仁，其间生理生气，无不完具。天地生万物，圣人养万民，无非此理此气为之贯通，夫岂区区于事为见耶？故太上设言以明道曰：向使天地无此一腔生气，惟有春夏秋冬、寒暑温凉之教，以往来运度，则万物无所禀赋，气何由受，形何由成？其视万物也，不啻刍狗之轻，毫不足珍重者然，有日见其消磨而已。又使圣人，无此真元心体，惟仗公卿僚寀、文诰法制之颁，以训戒凡民，则草野无由观感，人何以化、家何以足？真是视斯民如刍狗之贱，全不关痛痒者然，有日见其摧残而已。顾何以天地无心，而风云雨露，无物不包含个中？圣人忘言，而辅相裁成，无人不嬉游宇内？足见天地圣人，皆本此一元真气，贯注乎民物之间，虽有剥削，亦有生成；虽有刑威，亦有德化。是天地圣人之不仁，正天地圣人仁之至处。人不知圣，盍观天地？上浮为天，下凝为地，其中空洞了明，浑无物事，不过一开一阖，犹橐之无底、籥之相通，浑浩流转，毫不障碍焉。当其虚而无物也，固随气机之升沉，而不挠不屈，及其动而为声也，亦听人物之变化，而愈出愈奇。以观天地，无异橐籥，圣人又岂外是乎？学者守中抱一，空空无迹，浩浩无痕，藏之愈深，发之愈溥。以视言堂满堂、言室满室者，相隔不啻天渊。彼以言设教，以教有尽，何若宝吾之精，裕吾之气，神游象外，气注规中，而无一肤一发不周流遍及之为得哉？甚矣！守中之学，诚修身之要道也。

此是一元真气，修身在此，治世亦在此。除此以外，所谓制度法则，犹取鱼兔之筌蹄也。鱼兔必假筌蹄而得，谓取鱼兔不用筌蹄不可，谓筌蹄即鱼兔亦不可。金丹大道，如采阳补阴，前行短、后行长，玉液小还、金液大还，皆是取鱼兔之筌蹄，若竟视为道源，差毫厘而谬千里矣。惟此元气，无声无臭，无象无形，天地人物公共之生气。学者修炼，必寻得此一件丹头，方不空烧空炼。否则，炼精、炼气、炼神、炼虚，皆属无本之学。一任童而习之，到老犹无成焉。太上教人，从守中用功，而消息在橐籥，学人须自探讨。章内"不仁"二字，是设词。

第六章　谷神不死

太上曰：谷神不死，是谓玄牝。玄牝之门，是谓天地根。绵绵若存，用之不勤。

修炼一事，只缘人自有身后，气质拘于前，物欲蔽于后，犹精金良玉，原无瑕疵，因陷于污泥之中，而金之精者不精，玉之良者不良，所以欲复原形，非用淘汰之力、琢磨之功，不能还乎初质也。太上示人下手之工曰："谷神不死。"何以为谷神？山穴曰谷，言其虚也；变动不拘曰神，言其灵也。不死，即惺惺不昧之谓也。人能养得虚灵不昧之体，以为丹头，则修炼自易。然而无形无影，不可捉摸，必于有声有色者，而始得其端倪。古云："要得谷神长不死，须从玄牝立根基。"何以谓之玄？玄，即天也。何以谓之牝？牝，即地也。天地合而玄牝出，玄牝出而阖辟成，其间一上一下，一往一来，旋循于虚无窟子，即玄牝之门也。孔子曰："乾坤，其易之门"，不诚然乎？第此门也，阴阳往来之路，天地造化之乡，人物发生之地，得之则生，失之则死，凡人顺用之则为死户，圣人颠倒之则为生门。人欲炼丹，以成长生久视之道，舍此玄牝之门，别无他径也。非天地之根而何？修士垂帘观照，混沌无知时，死凡心也；忽焉一觉而动，生道心也，所谓"静则为元神，动则为真意"。是其中胎息一动，不要死死执著丹田，必于不内不外之间，观其升降往来，悠扬活泼，即得真正胎息矣。古人云"出玄入牝"，是出非我本来面目，入亦非我本来面目，惟此一出一入间，中含妙谛，即虚灵也，所谓"真阴真阳形而为真一之气"是也。天地之根，岂外此乎？要之，谷神者，太极之理；玄牝者，阴阳之气。其在先天，理气原是合一；其在后天，理气不可并言。修道人，欲寻此妙窍，著不得一躁切心，起不得一忽略念，惟借空洞之玄牝，养虚灵之谷神，不即不离，勿忘勿助，斯得之矣。故曰："绵绵若存，用之不勤。"

大道无形，生育天地；大道无名，发育万物。圣人以有而形无、实而形虚，显呈此至隐至微之一物，曰谷神。谷神者，空谷之神，问之若答，应焉如响，即不死也。其在人身，总一虚灵不昧之真。自人丧厥天良，谷神之泊没者久矣！后之修士，欲得谷神长存，虚灵不昧，以为金丹之本，仙道之根，从空际盘旋，无有把柄，惟从无欲观妙、有欲观窍下手，有无一立，妙窍齐开，而玄牝立焉。故曰："此窍非凡窍，乾坤共合成。名为神气穴，内有坎离精。"总要精气神三者，打成一片，方名得有无窍、生死门。否则，为凡窍，而无先天一元真气存乎其中。虚则落顽空，实则拘形迹，皆非虚灵不昧之体。惟此玄牝之门，不虚不实，即虚即实，真有不可名言者。静则无形，动则有象，静不是天地之根，动亦非人物之本，惟动静交关处，乃坎离颠倒之所，日月交光之乡，真所谓"天根地窟"也。学人到得真玄真牝，一升一降，此间之气，凝而为性，发而为情，所由虚极静笃中，生出法象来。知得此窍，神仙大道，尽于此矣。其曰"绵绵若存"者，明调养必久，而胎息乃能发动也；曰"用之不勤"者，言抽添有时，而符火不妄加减也。人能顺天地自然之道，则金丹得矣。

第七章　天长地久

太上曰：天长地久。天地所以能长且久者，以其不自生，故能长生。是以圣人后其身而身先，外其身而身存。非以其无私耶？惟其无私，故能成其私。

天地之气，浑浩流转，历亿万年而不敝者，皆由一元真宰默运其间，天地所以悠久无疆也。即发育万物，长养群黎，而生生不已，天地亦未尝不足，气机所以亘古不磨也。太上曰："天长地久"，不诚然哉？然天地之能长且久者，其故何欤？以其不自生也。设有自生之心，则天地有情，天亦老矣。惟不自有其生，而以众生为生，是众生之生生不息，即天地之生生不息也，故曰长生。世人多昧此生生之理，不求生而求死，不求长生而求速死，陷溺于富贵功名，沉沦于声色货利，时时握算，刻刻经营，不数年而精枯气弱，魄散魂飞，费尽千辛，难享一世，营生反以寻死，可胜浩叹！是以圣人法天效地，不惟势利之场不肯驰逐，即延年益算之术亦不贪求，惟以大道为先，净扫心田，精修命蒂，举凡一切养身章身之具，在在不暇营谋，一似后其身、外其身者然，卒之，德立而同类莫超其上，名成而后世犹仰其型，非所谓"后其身而身先，外其身而身存"者乎？视世之自私其身，反戕其生者，诚高出万万倍。而圣人究非矫情立异也，自来恬淡是好，清净为怀，不随俗而浮，不依形而立，阔然大公，一似天地之无私者焉。夫人多自私而戚戚于怀，圣无一私而皎皎物外，一片虚灵之象、空洞之神，常照耀而不可稍遏。向使区区以血肉躯、臭皮囊，时刻关心，昼夜系念，又乌能独先而不后、长存而不亡耶？惟其无私，故与天地合撰、日月并明，而能成其私也。后之修道者，欲此身不朽、此神不坏，须用刻苦工夫，摆脱尘垢，久久煅炼，自然干干净净，别有一重天地，另有一番世界，而不与世俗同生死也，何乐如之？

天地不言，全凭一元真气斡旋其间，所以周而复始，生机毫无止息，天地之久长，故历万古而常新也。圣人参天两地，养太和之气，一归浑沌之真，处则为圣功，出即为王道。何世之言修己者，但寻深山枯坐，毫不干一点人事，云治世者，纯用一腔心血，浑身在人物里握算？若此者，各执一偏，各为其私，非无事而寂寂、有事而惺惺者焉。圣人穷则清净无尘，而真形与山河并固；达则人物兼善，而幻身偕爵位俱轻。迨其后，名标宇宙，身独居先，功盖寰区，形存异世，非以其无私耶？学人能去其私，一空色相，永脱尘根，积功则留住人间，飞升则长存天壤，不私其身而卒得长生，较世之为身家计者，不啻云泥之判也。人可不绝外诱之私欤？

第八章　上善若水

太上曰：上善若水。水利万物而不争，处众人之所恶，故几于道。居善地，心善渊，与善仁，言善信，政善治，事善能，动善时。夫惟不争，故无尤。

大道原无他妙，惟是神气合一，还于无极太极，父母生前一点虚灵之气而已矣。人若不事乎道，则神与气，两两分开，铅走汞飞，水火所由隔绝也。孟子曰："民非水火不生活。"是言也，浅之则为日用之需，深之则为修炼之要。有时以火温水而真阳现，有时以水济火而甘露生。水火之妙，真有不可胜言者。然水火同宫，言水而火可知矣。水性善下，道贵谦卑。是以上善圣人，心平气和，一腔柔顺之意，任万物之生遂，无一不被其泽者焉。究之，功盖天下而不知功，行满万物而不知行，惟顺天地之自然，极万物之得所，而与世无忤，真若水之利济万物，毫无争心。不但此也，万物皆好清而恶浊，好上而怨下，水则处物以清，自处以浊，待物以上，自待以下。水哉水哉，何与道大适哉？圣人之性，一同水之性，善柔不刚，卑下自奉。众人所不能安者，圣人安之若素；众人所为最厌者，圣人处之如常。所以于己无恶，于人无争，非有道之圣人，不能如斯。故曰："处众人之所恶，几于道矣。"夫以道之有于己也，素位而行，无往不利。即属穷通得丧，患难死生，人所不能堪者，有道之人，总以平等视之。君子论理不论气，言性不言命，惟反身修德焉耳。虽然，德在一心，修不一途，又岂漫无统宗，浩浩荡荡，而无所底极哉？必有至善之地，止其所而不迁，方能潜滋暗长，天真日充，而人欲日灭。《易》曰："艮其背，不获其身。行其庭，不见其人。"此即圣人之"居善地"也。居之安，则资之深，内观其心，虚而无物，渊渊乎其渊也；外观所与，择人而交，肫肫乎其仁也。至于发之为言，千金不及一诺，"言善信"也。施之于政，小惠何如大德，"政善治"也。推之一物一事、一动一静之间，无不头头是道。任人以事，惟期不负所能。虑善以动，只求动惟厥时。圣人之修身治世如此，此由"止于至善"，得其所安，而后发皆中节也。惟其在在处处，无一毫罅漏，无一丝欠缺，又何争之有耶？夫惟不争，而人之感恩戴德，刻骨铭心者，方且瞻依不忘，又有何怨？又有何尤？虽有恶人，亦相化于善矣。及其至也，无为自然，群相安于不识不知之天，几忘上善之若水，柔顺而利贞，无往不吉焉。

指点上善之心，平平常常，无好无恶，浩浩荡荡，无陂无偏，极其和柔。是以居上不骄，为下不倍；于己无尤，于人无怨。顾其所以能至此者，究非世俗之学所能造其巅，亦非无本之学所能建其极也。故太上"处众人所恶"之后，旋示一善地。究竟此地是何地？吾不惜天机泄露之咎，乃为指其真际曰：此个善地，非世人择地而蹈之地，乃所谓心地性地、寸衷寸地是也。得其地，则性命有依；失其地，则神气无主。无主则乱，安能事事成宜、合内外而一致、处人己而无争哉？然谓其地为有，则多堕于固执；若谓其地竟无，又多落于顽空，此殆有无不立、动静不拘者也。欲修至道，请细参其故。于以多积阴功，广敦善行，庶几上格神天，或得师指，或因神悟，于以会通其地，而始不堕旁门左道，得遂生平志愿也。此地了然，道过半矣。以下曰"心"、曰"言"数句，明在在处处，俱当检点至善，使不先得善地而居，以后所云，无一可几于善者。此真头脑学问，本原工夫。如或昧焉，则持己接物，万事皆瓦裂矣。吾故略泄于此。愿世之有志者，毋自恃才智，妄猜妄度，而不修德回天，惟虚心访道可也。

第九章　功成身退

太上曰：持而盈之，不如其已。揣而锐之，不可长保。金玉满堂，莫之能守。富贵而骄，自贻其咎。功成名遂，身退，天之道。

古云："过河须用筏，到岸不须舟。"又曰："未得功时当学法，既得功时当忘法。"斯数语，诚修道之至要也。若修道行工，业已造精微广大之域，犹然兢兢致守，自诩学识高、涵养粹，未免骄心起而躁性生，不有退缩之患，即有悖谬之行。若此者，道何存焉？德何有焉？故太上曰："持而盈之，不如其已；揣而锐之，不可长保。"修行人，当精未足之日，不得不千淘万汰，洗出我一点至粹之精，以为长生之本；若取得真阳，朝烹暮炼，先天之精，充满一身内外，则身如壁立千寻，意若寒潭秋月，外肾缩如童子，则无漏尽通之境证矣。斯时也，精满于身，不宜再进火符，即当止火不用，且宜无知无识，浑浑沦沦，顿忘乎精盈之境为得。若持盈不已，难免倾丹倒鼎之虞，不如早已之为愈也。当气未充之时，须千烧万炼，运起文武神火，煅炼先天一元真气出来，以为延寿之基。到得凡气炼尽，化为一片纯阳，至大至刚，贯穿乎一身筋骨之内，夭矫如龙，猛力如虎，此何如之精锐也！我当专气致柔，一如婴儿之沕穆无知，庶几长保其气，可至形神俱妙，与道合真。若揣锐不休，难免燎原遍野之虑，安望其长保乎？若是者，犹金玉满堂，莫之能守，一同富贵人家，怙侈灭义，骄奢凌人，如栾氏族灭、范氏家亡，要皆不自戒满除盈，以至横行不轨，自贻其咎。如此征之人事，而天道可知矣。试观当春而温，至夏则暑阳司令，而温和不在矣；至秋而凉，及冬则寒冷秉权，而西风无存矣。物育功成，时行名遂，天地于焉退藏，以畜阳和之德。倘冬寒而间春温，夏热而杂秋凉，即是天道反常，时节愆期，功成不退，适为乖戾之气，其有害于人者多矣。故曰："功成名遂，身退，天之道也。"夫天且如是，而况于人乎？古来智士良臣，功业烂如，声名灿著，而不知退隐山林，如越之文种、汉之韩信，酿成杀身亡家之祸者不少。是以学道人，当精盈气足之候，不可不忘法忘形，以自败其道也。若未臻斯境者，又乌可舍法舍形哉？

　　此教学人，修炼大道，做一节，丢一节，不可自足自满，怠心起而骄心生，祸不旋踵而至矣。即无渗漏之患，然亦半途而废，无由登彼岸以进于神化之域焉。《悟真》云："未炼还丹须速炼，炼之还须知止足。若也持盈未已心，不免一朝遭殆辱。"足见道无止境，功无穷期，彼满假何为哉？古来修士，多罹杀身亡家之祸，皆由不知韬光养晦、混俗同尘之道也。丹经云："修行混俗且和光，圆即圆兮方即方。隐显逆从人莫测，教人怎得见行藏？"是以有道高人，当深藏不露，随时俯仰，庶几不异不同，无好无恶，可以长保其身。否则，德修而谤兴，道高而毁来，虽由人之无良，亦自张扬太过。《易》曰："慢藏诲盗，冶容诲淫"，诚自取也，又何怪自满者之招损乎？吾愿后之学者，未进步则依法行持，既深造，当止火不用，庶可免焚身之患欤！

第十章　专气致柔

太上曰：载营魄抱一，能无离乎？专气致柔，能如婴儿乎？涤除玄览，能无疵乎？爱国治民，能无为乎？天门开阖，能无雌乎？明白四达，能无知乎？生之畜之，生而不有，为而不恃，长而不宰，是谓玄德。

此章开口，即说炼精化气之道。既得精气有于身，即要一心一德而不使偶离，离则精气神三宝，各分其途，不能会归有极，以为炼丹之本。故太上曰："载营魄抱一，能无离乎？"夫营者，血也，血生于心，魄藏于肺，其必了照丹田，一心不动，日魂方注于月魄之中，月乃返而为纯乾。此由心阳，入于肾阴，神火照夫血水，虽水冷金寒，却被神火烹煎，而油然上升，自蓬勃之不可遏。至人知此玄牝为天地人物之根，于是一呼一吸间，微阳偶动，即一眼觑定，一手拿住，运一点己汞以迎之，左旋右抽，提回中田，凝聚不散，即载魄而返，抱一而居，不片刻间，而真阳大生，真气大动矣。由是运行河车，自虚危穴起火，引至尾闾，敲九重铁鼓，运三足金蟾，上升于顶，俱要一心专注，不贰不息。及至升上泥丸，牟尼宝珠已得，若不于此温养片时，则泥丸阴精不化，怎得铅汞融和，化成甘露神水，以润一身百脉？既温养泥丸矣，复引之下重楼，入绛宫，即午退阴符也。但进火之时，法取其刚，非用乾健之力，真金不能自升；退符之候，法用其柔，非以柔顺之德，阳铅依然散漫，不能伏汞成丹。故曰："专气致柔，能如婴儿乎？"其意教人，于阴生午后，一心朗照，任其气机下降，如如自如，了了自了，却不加一意，用一力，此即坤卦柔顺利贞，君子攸行之道也。至绛宫温养，送归土釜，牢牢封固，惟以恬淡处之，冲和安之，一霎时间，气息如无，神机似绝，此致柔也。温养片响，神气归根，自如炉中火种。久久凝注，不令纷驰，自然真气流行，运转周身，一心安和，四肢苏软，不啻婴儿之体，如絮如缕，有柔弱不堪任物之状，此足征丹凝之象。从此铅汞相投，水火既济，又当洗心涤虑，独修一味真铅。苟心一走作，丹即奔驰，不惟丹无由就，即前取水乡之铅，亦不为我有。《清静经》云："心无其心，物无其物，空无所空，无无亦无，湛然常寂。"又何瑕疵之有？故曰："涤除玄览，能无疵乎？"倘外丹虽得，内照不严，则人欲未净，天理未纯，安得一粒黍珠虚而成象？到得丹有于身，犹须保精裕气以成圣胎。虽然，其保精也，要顺自然；其裕气也，须随自在，此不保之保胜于保，不裕之裕胜于裕。否则，矜持宝贵，鲜不危焉。夫以丹为先天元气，无有形状，何须作为？若执迹象以求，未免火动后天，而先天大道亡矣。故曰："爱民治国，能无为乎？"民，比精也；国，喻气也。治世之要，推恩以爱民，立法以治国，霸者之驺虞小补，大远乎王者之无为而治。重熙累治，气象所争，在有为、无为间耳。治身之道，以精定为民安，以气足为国富。炼己则精定，直养则气足，极之浩然刚大，充塞两间，亦若视为固有之物，平常之端，不矜功能，不逞才智，浑浑沌沌，若并忘乎盈满者然，无为也而大为出焉矣。学人到此，精盈气足，养之久久，自然裂顶而出，可以高驾云霞，遨游海岛，视昔之恪守规中，专气致柔者，大有间矣。故曰："天门开阖，能无雌乎？"此言前日调神养胎，不能不守雌也；而今则阳神充壮，脱离凡体，冲开天门，上薄霄汉，诚足乐也，气何壮乎！到此心如明镜，性若止水，明朗朗天，活泼泼地，举凡知觉之识神，化为空洞之元神矣，前知后晓，烛照靡遗，此明明白白，所以四达而不悖也。然常寂而常照，绝无寂照心，常明而常觉，绝无明觉想，殆物来毕照，不啻明镜高悬，无一物能匿者焉，而要皆以无为为本，有为为用。当其阳未生，则积精累气以生之；及其阳已生，则宝精裕气以畜之。迨其后留形住世，积功累仁，虽生而不夸辅育之功，为而不恃矜持之力，长而不假制伏之劳，一劫此心，万劫此心，真可为天上主宰分司造化之权，是以谓之"玄德"。

此将筑基得药、炼己还丹、脱胎得珠，九节工夫，一一说出，要不外虚极静笃，含三抱一，恍惚杳冥为主；自守中以至还丹，皆离不得浑有知于无知，化有为于无为。夫以先天一元真气，隐于虚无，不在见见闻闻之地。人能泯其知觉，去其作为，则一元真气常在。故太上曰："惚兮恍，其中有象；恍兮惚，其中有物；杳兮冥，其中有精。"此可知，道生天地，原是浑浑沌沌，无可拟议。惟浑其神知，没其见闻，道即在其中矣。倘起大明觉心，则后天识神应念而起，已非先天元神，故必恍惚中求，杳冥中得，修士其亦知所从事矣。

第十一章　无之为用

　　太上曰：三十辐，共一毂，当其无，有车之用。埏埴以为器，当其无，有器之用。凿户牖以为室，当其无，有室之用。故有之以为利，无之以为用。

　　夫道，生于鸿濛之始，混于虚无之中，视不见，听不闻，修之者又从何下手乎？圣人知道之体无形，而道之用有象，于是以有形无、以实形虚，盗其气于混沌之乡，敛其神于杳冥之地，以成真一之大道，永为不死之神仙焉。所谓"实而有"者何？真阴、真阳，同类有情之物是也。所谓"虚而无"者何？先天大道根源，龙虎二八初弦之气是也。有气而无质，大道彰矣。故曰："阴阳合而先天之气见，阴阳分而后天之器成。"《易》曰："形上谓之道，形下谓之器。"是非器无以见道，亦非道无以载器也。太上借喻于车曰：车有辐有毂，辐共三十，以象日月之运行，毂居正中，为众轴所贯；毂空其内，辐凑其外，所以运转而无难。若非其中有空隙处，人何以载、物何以贮乎？故曰："当其无，即车之用。"又如陶器然，以水和土，揉土为器，一经冶炼，外实中空。究之，凡人利用，不在埏埴之实，而在空洞之虚，如陶侃运甓，非其间虚而无物，安能运转自如？故曰："当其无，即器之用。"再拟诸筑室，必凿户牖于其中，而后光明大放；及入此室处，户牖亦觉无庸，务于空闲之间，乃堪容膝。虽借有形以为室，必从空际以为居。故曰："当其无，即室之用。"从此三者观之，无非有象以为车、为器、为室，无象以为载、为藏、为居，而凡涉于有象者，即属推行之利矣。凡居于无象者，即裕推行之用矣。故曰："有以为利，无以为用。"有有无无，亦互为其根焉耳。要之，道本虚无，非阴阳无以见；气属阴阳，非道无以生。阴阳者，后天地而生，有形状方所，不可为长生之丹；惟求道于阴阳，由阴阳而返太极，则先后混合，而大道得矣。后之修金丹者，徒服有形之气，不知炼无形之丹，欲其成仙也，不亦南辕而北辙耶？

　　道本无名，强名曰道；道本无修，强名曰修。夫以道之为物，至虚至无，方能至神至圣。试观天地，一气清空，了无一物，及伏之久，而气机一动，阴阳生焉。于是形形色色，莫不斐然有文，灿然成章，充满于四塞之中。谁为造之？谁与生之？何莫非道生一气，一气化为阴阳，而万物于是滋生矣。故曰："道自虚无生一气，便从一气产阴阳。阴阳自是成三姓，三姓重生万化昌。"修行人，欲求至道之真，以成仙圣之体，必先以阴阳为利器，后以虚无为本根，而大道得矣。章内三"无"字，指其空处曰无，大约言修炼人，自无而有，自有还无，以至清空一气，而大道乃成，其意殆取此耳。

第十二章　去彼取此

太上曰：五色令人目盲，五音令人耳聋，五味令人口爽。驰骋田猎，令人心发狂；难得之货，令人行妨。是以圣人为腹不为目，故去彼取此。

世之营营逐逐，驰心于声色货利之场，极目遐观，爽心悦口者，非以此中佳境诚足乐耶？孰知人世之乐，其乐有限。惟吾心之乐，其乐无穷。又况乐之所在，即忧之所在。有益于身者，即有损于心。如五彩之章施也，其色光华，其文灿烂，谁不见之而色喜、望之而神惊？讵知目之所注，神即眩焉。人生精力，能有几何？似此留心物色，纵性怡情，以为美观，未有不气阻神销，胸怀缭乱，而目反为之盲也。故曰："五色令人目盲"，诚至论也。至若丝桐之韵、箫管之声，古圣亦所不废；胡昏庸之子，暱女乐，比歌童，竭一己之精神，取片时之欢乐。究之，曲调未终，铿锵犹在，而耳灵之内蕴者，尽驰于外，而耳反为之聋矣。故曰："五音令人耳聋"，不诚然哉！他如口之于味，甘旨调和，浓淡适节，圣人亦所必需。无如饕餮者流，贪口腹，好滋味，嘉殽满座，异物充厨，虽一箸数金、一餐万费不辞，其亦知利于口者，不利于心乎？况人心中，有无限至味，不肥腯而自甘，不膏粱而自饱，彼徒资餍饫者，亦只求适口焉耳。故曰："五味令人口爽"，良非虚矣。若夫田猎一事，古帝王原为生民除残去害、乐业安耕起见；后世人民，从禽从兽，于猎于田，专以走狗为事，甚至燎原遍野，纵犬搜山，直使无辜之蛇蝎、昆虫，受害不少。更有逞残暴以伤物命，专杀害以为生涯，毫不隐痛，卒之天道好还，冥刑不贷，一转瞬间，而祸患随之矣。又况驰骋田猎之时，即暴戾性天之时，其身狂，其心亦狂，太上所以有"驰骋田猎，令人心发狂"之戒也。再者，异采珍奇，帝王不寓于目，所以风醇俗美，群相安于无事之天；后人以奇异为尚，于是百计经营，千方打算，半生精气，尽销磨于货物之中，讵知己之所羡，人亦羡之，以其羡者而独有诸己，此劫夺之风所由日炽也。古云："匹夫无罪，怀璧其罪。"是知藏愈厚，祸弥深，洵不诬也。即使急力防闲，多方保护，而神天不佑，终亦必亡而已矣。人生性命为重，一旦魄散魂飞，货财安在？何不重内而轻外耶？太上所以有"难得之货，令人行妨"，谆谆为世告也。是以有道高人，虚其心，以养性；实其腹，以立命。知先天一气，生则随来，死则随去，为吾身不坏之至宝，一心专注于此，而外来一切，皆视若浮云，所以虚灵不昧，或受人间禋祀，或为天上真宰，至今犹昭然耳目也。试问舜琴牙味、赵璧齐庐，今犹有存焉者乎？早已湮没无闻矣。是知物有尽，而道无尽；人有穷，而道无穷。人欲长生，须将人物之有限者置之，性命之无形者修之，庶知所轻重矣。呜呼！非见大识卓之君子，乌能去彼而取此耶？

教人修身大旨，原与尘世相反。须知，世人之所好者，道家之所恶；世人之所贪者，道家之所弃。盖声色货利，百般美好，虽有利于人身，究无利于人心。又况人心一贪，人身即不利焉。惟性命一事，似无形无象，不足为人身贵者，若能去其外诱，充其本然，一心修炼，毫不外求，卒之功成德备，长生之道在是矣。天下一切宝贵，孰有过于此乎？但恐立志不坚，进道不勇，理欲杂乘，天人迭起，遂难造于其极。愿后之学者，始则闲邪存诚，继则炼铅伏汞，及至返本还原，抱朴归真，又何难上与仙人为伍耶？是以圣人修内不修外，为腹不为目，去彼存此，于以壹志凝神，尽性立命，岂不高出尘世之荣华万万倍乎？

第十三章　宠辱若惊

太上曰：宠辱若惊，贵大患若身。何谓宠辱若惊？宠为下，得之若惊，失之若惊，是谓宠辱若惊。何谓贵大患若身？吾所以有大患者，为吾有身，及吾无身，吾有何患？故贵以身为天下者，则可以寄于天下；爱以身为天下者，乃可以托天下。

孟子曰："守孰为大？守身为大。"《诗》曰："既明且哲，以保其身。"古人于身，亦何重哉？夫以此身也，不但自家性命依之而存，即一家之内，无不赖之以生。推而言之，"为天地立心，为万物立命，为往圣继绝学，为万世开太平"，无非此身为之主宰。虽然，主宰宇宙者此身，而主宰此身者惟道。道不能凭空而独立，必赖人以承之。故曰："身存则道存，身亡则道亡。"大修行人，当大道未成之时，身远尘世，迹遁山林，韬光养晦，乐道安贫，耳不闻人声，口不谈时世，足不履红尘，岂徒避祸以全身哉？亦欲安身以立命也。至于人世荣宠之事，耻辱之端，皆视为平常故事，毫不足介意者然。虽无端而弓旌下逮，币聘来临，君相隆非常之遇，蓬荜增盖代之辉，人所喜欲狂者，己则淡弥甚也。倘不幸而闻望过隆，戮辱旋及，奸邪肆谗谤之口，身家蒙不白之冤，亦惟不诿罪于人，归咎于己而已。古圣人，居宠不灭性，受辱不亡身，良有以也。要皆明于保身之道，不以功名富贵养其身，而以仁义道德修其性，所以成万年不坏之躯，为古今所倚赖也。倘一有其身，自私自重，与人争名争利，为己谋食谋衣，逐逐营营，扰扰纷纷，争竞不息，攘夺无休，不旋踵而祸患随之矣。君子所以贵藏器以待时，安身以崇德也。太上见人不能居宠思畏，弭患无形，所以有"宠辱若惊""贵大患若身"之慨。何谓"宠辱若惊"？盖以宠为后起之荣，非本来之贵，故曰"宠为下"。但常人之情，营营于得失，故得之若惊，失之若惊，是为"宠辱若惊"。其曰"贵大患若身"者何？殆谓人因有身，所以有患，若吾无身，患从何来？凡人当道未成时，不得不留身，以为修炼之具，一到脱壳飞升，有神无身，何祸之可加哉？即留形住世，万缘顿灭，一真内含，虽云游四境，亦来去自如，又何大患之有？世之修士，欲成千万年之神，为千万人之望，造非常之业，建不朽之功，须一言一行，不稍放肆，即贵其身而身存，乃可为天下所寄命者；一动一静，毫不敢轻，即爱其身而身在，乃可为天下所托赖者。如莘野久耕，而三聘抒忧，慨然以尧舜君民自任；南阳高卧，而几经束帛，俨然以鼎足三分为能。所谓"托六尺之孤，寄百里之命"者，非斯人，其谁与归？彼自私其身而高蹈远引，不思以道济天下，使天下共游于大道之中者，相去亦远矣。

此言人身自有良贵，不待外求，有非势位之荣可比者。人能从此修持，努力不懈，古云"辛苦二三载，快乐千万年"，洵不诬矣。有何宠辱之惊，贵患之慨耶？学者大道未得时，必赖此身以为修炼。若区区以衣服饮食、富贵荣华，为养身之要，则凡身既重，而先天真身未有不因之而损者。先天真身既损，而后天凡身，亦断难久存焉。此凡夫之所以爱其身，而竟丧其身也。惟至人，知一切事物，皆属幻化之端，有生灭相，不可认以为真。惟我先天元气，才是我生生之本，可以一世，可以千万年。若无此个真修，则凡身从何而有？此为人身内之身，存之则生，失之则死，散之为物，凝之为仙，不可一息偶离者也。太上教人，兢兢致慎，不敢一事怠忽，不敢一念游移，更不敢与人争强角胜，惟恬淡自适，清净无尘，以自适其天而已。虽未出身加民，而芸芸赤子，早已庆安全于方寸。斯人不出，如苍生何？民之仰望者，深且切矣。所谓"不以一己之乐为乐，而以天下之乐为乐；不以一己之忧为忧，而以天下之忧为忧"，其寄托为何如哉！

第十四章 无象之象

太上曰：视之不见名曰夷，听之不闻名曰希，搏之不得名曰微。此三者，不可致诘，故混而为一。其上不曒，其下不昧，绳绳兮不可名，复归于无物。是谓无状之状，无象之象，是谓恍惚。迎之不见其首，随之不见其后。执古之道，以御今之有，能知古始，是名道纪。

大凡天下事，俱要有个统绪，始能提纲挈领，有条不紊，况修道乎哉？且夫大道之源，即真一之气也；真一之气，即大道之根也。何谓真一之气？《诗》曰："维天之命，於穆不已"是。何谓大道之根？《诗》曰："上天之载，无声无臭"是。理气合一，即道也。修士若认得这个纲纪，寻出这个端倪，以理节情，以义定性，以虚无一气为本根，长生之道得矣。如以清清朗朗、明明白白为修，吾知道无真际，修亦徒劳也。太上所以状先天大道曰："视之不见曰夷，听之不闻曰希，搏之不得曰微。"夫心通窍于目也，目藏神，肾通窍于耳也，耳藏精，脾通窍于四肢也，四肢属脾，脾属土，土生万物，真气凝焉，即精神寓焉。若目有所见，耳有所闻，手有所把捉，皆后天有形有色、有声有臭之精气神，只可以成形，不可以成道。惟视无所见，则先天木性也；听无所闻，则先天金情也；搏无所得，则先天意土也。故曰：后天之水火土，生形者也；先天之金木土，成仙者也。其曰夷、曰希、曰微者，皆幽深玄远，不可捉摸之谓，真有不可穷诘者焉。能合五气为一气，混三元为一元，则真元一气在是，天然主宰亦在是。所以《悟真》云："女子著青衣（火生木），郎君披素练（水生金）。见之不可用（后天水火土），用之不可见（先天木金土）。恍惚里相逢（混而为一），杳冥中有变。霎时火焰飞，真人自出现。"修士知此，即知大道之源、修道之要矣。若不知始于虚无，执着一身尸秽之气、杂妄之神，生明觉心，作了照想，吾恐藏蓄不深，发皇安畅？此炼精、炼气、炼神之功，所以不离乎混沌焉。既混沌，久之则胎婴长，阳神生，而其间毓胎养神之法，又不可不知，即前章"爱民治国，行无为道"是。阳神出入，运行自然，时而神朝于上，则不知其所自，上所以不曒也；时而神敛于下，则不忽其所藏，下所以不昧也。由此绵绵密密，继继绳绳，无可名状，亦无有作为，仍还当年父母未生之初，浑然无一物事。《易》曰："洗心退藏于密"，是其旨矣。故云："复归于无物。"虽然，无物也，而天下万事万物，皆自此无中生来，太上所以有"无状之状，无象之象"之谓也。然究有何状、何象哉？不过恍恍惚惚中，偶得之耳。果能恍惚，真阳即生，迎其机而导之，殆不见其从何而起，是前不见其首也；随其气而引之，亦不见其从何而终，是后不见其尾也。道之浩浩如此。此不亦"大周沙界，细入毫芒"者乎？是道也，何道也？乃元始一气，人身官骸之真宰也。得之则生，失之则死，完则为人，歉则为物，所争只毫厘间耳。学人得此元始之气，调摄乎五官百骸，则毛发精莹，肌肤细腻，是谓"执古之道，以御今之有"者此也。人能认得此开天辟地，太古未有之元始一气，以为一身纲纪，万事主脑，斯体立而用自行，本正而末自端矣。倘学人，不以元始一气为本，欲修正觉，反堕旁门，可悲也夫！

此状道之体。学道人，会得此体，方有下手工夫。若真一之气，是先天性命之源，非后天精气神可比。欲见真气，必将性命融成一片，始得真一之气。第此气，浑浑沦沦，浩浩荡荡，虽无可象可形，而天下之有象有形者，皆从此无形无象中出，诚为大道纲维，天地人物之根本也。道曰守中，佛曰观空，儒曰慎独，要皆同一功用。故自人视之，若无睹无闻，而自家了照，却又至虚至实，至无至有。所以子思曰："莫见乎隐，莫显乎微。"君子慎独之功，诚无息也。要之，隐微幽独之地，虽有见显可据，而大道根源，只是希夷微妙，无可状而状，无可象而象，极其浑穆。学道人，总要于阳之未生，恍惚以待之；于阳之既产，恍惚以迎之。于阳之归炉入鼎，恍惚以保之、养之。绝不起大明觉，庶几无时无处，而不得大道归源焉。前言阳神出现，明天察地，通玄达微，及了悟之候，光明景界，纯任自然，有知若无知，有觉若无觉。况下手之初，可不恍恍惚惚，死人心以生道心乎？

第十五章　微妙玄通

太上曰：古之善为士者，微妙玄通，深不可识。夫惟不可识，故强为之容：豫兮若冬涉川，犹兮若畏四邻，俨兮其若客，涣兮若冰之将释，敦兮其若朴，旷兮其若谷，浑兮其若浊。孰能浊以澄，静之徐清？孰能安以久，动之徐生？保此道者，不欲盈。夫惟不盈，故能敝不新成。

太上前章言道体，此章言体道之人。人与道，是二而是一也。道无可见，因人可见。人何能仙？以道而仙。道者何？真一之气也。真一之气，即《中庸》之德也。欲修大道，岂有他哉？文王小心翼翼昭事上帝，孔子足缩缩如有循。道之为道，不过一敬焉耳。人能以敬居心，一念不苟，一事不轻，大道不即此而在乎？虽然，道无奇怪，尤赖有体道者，存乎其间，斯道乃不虚悬于天壤。故太上云：古之善为士者，"其为物不二，则其生物不测"，何其至微而至妙乎？"寂然不动，感而遂通"，何其至玄而至通乎？顾其心之浩浩、气之洋洋，不啻江海之深，令人无从测识。故太上曰："夫惟不识，故强为之容。"以明其内之真不可得而测，其外之容有可强而形焉。其心心慎独，在在存诚，如豫之渡河，必俟冰凝而后渡；若犹之夜行，必待风静而后行，最小心也。其整齐严肃，亦如显客之遥临，不敢稍慢。其脱然无所累，夷然无可系，又似冰释为水，杳无形迹可寻。其忠厚存心，仁慈待物，浑如太朴完全，雕琢不事，而浑然无间。其休休有容，谦谦自抑，何异深山穷谷，虚而无物，大而能容耶？其形如此，其性可知。要皆浑天载于无声，顺帝则而不识，宛若舜居深山，了无异于深山野人者，其浑噩之风，岂昏浊者所得而拟乎？但浑与浊相肖，圣与凡一理。凡人之浊，浊真浊也；圣人之浊，浑若浊也，实则至浊至清而已。然圣不自圣，所以为圣；凡不自凡，竟自终凡。孰能于心之染污者，而澄之使静，俟其静久而清光现焉？孰能于性之本安者，而涵泳之，扩充之，迨其养之久久，而生之徐徐，采以为药，炼以为丹？保生之道，不诚在是乎？此静以凝神，动以生气，即守中，即阳生活子时也。由此一升一降，收归鼎炉，渐采渐炼，渐炼渐凝，无非一心不二，万缘皆空，保守此阳而已。有而不有，虚而愈虚，有至虚之心，无持盈之念，是以能返真一之气，得真常之道焉。又曰"能敝不新成"者何？

盖以凡事之新成者，其敝必速，兹则敝之无可敝也，敝者其迹，不敝者其神，一真内含，万灵外著，其微妙玄通，固有如是焉耳。

此言体道者之谨慎小心。虽曰道本虚无，而有道高人，自能无形而形，无象而象，若内外一致者然。章内"若"字七句，皆借物以形容道妙，正见微妙通玄，渊深不可测度处。"孰能"以下数句，是言未能成德而求以入道者，浊不易澄，静存则心体自洁；安贵于久，动察则神智不穷。满招损，故不欲盈也；速易敝，故不新成也。吾愿学人，虚而有容，朴而无琢，浑浑灏灏，随在昭诚悫之风，斯人心未有不化为道心，凡气未有不易为真气者。切勿以深莫能测，逡逡巡而不前也！

第十六章　虚极静笃

太上曰：致虚极，守静笃，万物并作，吾以观其复。夫物芸芸，各复归其根。归根曰静，静曰复命，复命曰常，知常曰明。不知常，妄作凶。知常容，容乃公，公乃王，王乃天，天乃道，道乃久，没身不殆。

人欲修大道，成金仙，历亿万年而不坏，下手之初，不可不得其根本。根本为何？即玄关窍也。夫修真炼道，非止一端，岂区区玄关妙窍，可尽其蕴哉？盖天有天根，物有物蒂，人有人源，断未有无始基而能成绝大之功、不朽之业者。试观天地未开以前，固阒寂无闻也；既辟而后，又浩荡无极矣。谓未开为天根乎？茫荡而无著，固不可以为天根。谓已辟为天根乎？发育而无穷，亦不得指为天根。是根究何在哉？盖在将开未开处也。又观人物未生之时，固渺茫而无象也；既育以后，又繁衍而靡涯矣。谓未生为本乎？溟漠而无状，固不得以为人物之本。谓既育为本乎？变化而靡穷，亦不得视为人物之本。是本果何在哉？亦在将生未生时也。欲修大道，可不知此一窍而妄作胡为乎？太上示人养道求玄之法曰："致虚极，守静笃，吾以观其复。"此明修士，要得玄关，惟有收敛浮华，一归笃实，凝神于虚，养气于静，致虚之极，守静之笃，自然万象咸空，一真在抱。故《易》曰："复，其见天地之心乎？"又邵子云："冬至子之半，天根理极微。一阳初动处，万物未生时。"此时即天理来复，古人喻为活子时也。又曰："一阳初发，杳冥冲醒。"此正万物返本，天地来复之机，先天元始祖气，于此大可观矣。但其机甚微，其气甚迅，当前即是，转念则非，不啻石火电光，俄顷间事耳。请观之草木，当其芸芸有象，枝枝叶叶，一任灿烂成章，艳彩夺目，俱不足为再造之根、复生之本。惟由发而收，转生为杀，收头结果，各归其根，乃与修士丹头无或异也。归根矣，是由动而返静矣。既返于静，依然复诞降嘉种之初，在物为返本，在人为复命，非异事也。一春一秋，物故者新；一生一杀，花开者谢。是知修士，复命之道，亦天地二气之对待，为一气之流行，至平至常之道也。能知常道，即明大道。由此进功，庶不差矣。世之旁门左道，既不知大道根源，又不肯洗心涤虑、原始要终，或炼知觉之性，或修形气之命，或采七金八石以为药，或取童男幼女以为丹，本之既无，道从何得？又况狃于一偏，走入邪径，其究至于损身殒命者多矣。是皆由不知道为常道，以至索隐行怪，履险蹈危，而招凶咎也。惟知道属真常，人人皆有，物物俱足，知之不以为喜，得之不以为奇，如水火之于人，一任取携自如，休休乎虚而能容，物我一视，有廓然大公之心焉。至公无私如此，则与王者"民，吾同胞；物，吾同与"，"体天地而立极，合万物以同源"，不相隔也，斯非"与天为一"乎？夫天即道，道即天，天外无道，道外无天。惟天为大，惟王则之；惟道独尊，惟天法之。故人则有生而有死，道则长存而不敝。虽至飞升脱壳，亦有殒灭之时，然形虽亡而神不亡，身虽没而气不没。《诗》曰："文王在上，於昭于天"，其斯之谓欤？是皆从虚极静笃，而观来复之象，乃能如此莫测也。学者可不探其本，而妄作招凶哉？

太上示人本原上工夫，头脑上学问。此处得力，则无处不得力。学者会得此旨，则恪守规中，绵绵不息，从无而有，自有而无，虽一息之瞬，大道之根本具焉；即终食之间，大道之元始存焉。从此一线微机，采之炼之，渐渐至于蓬勃不可遏抑，皆此一阳所积而成也。纵浩气塞乎天地，阳神贯乎斗牛，何莫非一点真气所累而致乎？学人不得这个真气，但以后天形神为炼，不过如九牛之一毛、沧海之一粟耳，何敢与天地并论乎？惟行此道，而与天地同体，乃极亿万年而不坏。修道者，须认真主脑，采取不失其时可也。

第十七章　功成事遂

太上曰：太上，不知有之（诸家皆作"下知有之"，然与经意不合，此传写之误也）；其次，亲之誉之；其次，畏之；其次，侮之。信不足焉，有不信焉。犹兮其贵言。功成事遂，百姓皆谓"我自然"。（"犹兮"句，言优游感孚，慎重其语言。）

太上治身之道，即治世之道，总不外一真而已。真以持己则己修，真以应物则物遂，虽有内外之分，人己之别，而此心之真，则无或异焉。人能至诚无息，则人之感之者亦无息；人或至诚有间，则物之应之者亦有间。盖人同此心，心同此理，修其身而天下自平，丧其真而天下必乱也。自三皇五帝，以逮于今，从未有或异者。太上欲人，以诚信之道自修，即以诚信之道治人。不见而章，不动而变，无为而成，在己不知有治之道，在人观感薰陶，亦不觉其自化而不知其所之。此上古之淳风，吾久不得而见矣。故太上曰："太上，不知有之。"以君民熙熙皞皞，共嬉游于光天化日之下，倘非诚信存存，乌有如斯之神化乎？至皇古之休风已邈，太上之郅治无闻，则世风愈降，大道愈乖，有不堪语言见闻者。若去古未远，斯道尚存，天性未漓，真诚尚在，但非太古之笃实，亦为今世之光华。同一治也，一则无心而自化，一则有意以施仁，保民如保赤子，爱民如爱家人。斯时之尊上而敬长者，亦若如响斯应，即感孚不一，德化难齐，亦惟亲之爱之、奖之誉之，绝不加以词色，俾之怀德畏威，是虽不及乎太上，然亦遵道遵路之可嘉，所谓"大道废，有仁义"者是。是皇降为帝，帝降为王，皆本天德以行王道者也。以后古风愈远，大道愈偷，王降为霸，假以行真，心各一心，见各一见，与帝王之一德感孚者远矣。故礼教犹是，政刑犹是，法制禁令亦犹是，而此心之真伪，则杳不相若焉。惟借才华以经世，凭法度以导民，处置得宜，措施合法，使民望而畏之，不敢犯法违条，即是精明之主，太平之世。等而下之，不堪言矣。恃智巧以驱民，逞奸谋以驭众，以神头鬼面之心，为神出鬼没之治；当其悻悻自雄，嚣嚣自得，未有不以为智过三王、才高五霸，而斯世之百姓，卒惕惕乎中夜各警，其侮民也实甚，斯民虽不敢言，而此心睽违，终无一息之浃洽，所以不旋踵而祸乱随之矣。孔子曰："上好信则民用情。"倘信不足于己，安能见信于民？此上与下所以相欺而相诈也。夫制度文诰、条教号令之颁，虽圣人亦所不废，然情伪分焉，感应殊焉。惟帝王以身作则，以信孚民，法立而政行，言出而民信，卒至光被四表，功成事遂，如尧之於变时雍，舜之躬己无为，而百姓皆谓"我自然"。噫！此真信之所及，以视信不足于内者，相判何啻天渊哉！

《道德》一经，原是四通八达，修身在此，治世在此，推之天下万事万物，亦无有出此范围者。即如此章"太上"二字，言上等之人，抱上等之质，故曰太上。上德清净无为，六根皆定。其次爱敬化民，有感即通。其次以威严驭世。其次以智巧导民，所谓术也。而其极妙者，莫如信。信属土，修炼始终，纯以意土为妙用。故太上云："其精甚真，其中有信"，是丹本也。信非他，一诚而已。人能至诚无息，则丹之为丹，即在是矣。但信与伪，相去无几。克念作圣，罔念作狂，人禽界，生死关，所争只一间耳。吾愿后学，寻得真信，以为真常之道可也。信在何处？即是玄关一窍。人其知之否？

第十八章　大道之废

太上曰：大道废，有仁义。智慧出，有大伪。六亲不和，有孝慈。国家昏乱，有忠臣。

尝观上古之世，俗尚敦庬，人皆浑朴，各正其性，定其命，安其俗，乐其业，一如物之任天而动，率性以行，无事假借，不待安排，顺其性之当然，有不知其所以然者。庄子谓臃肿鞅掌之徒，蠢朴劳瘁，动与天随，饶有真意，此所以"不识不知，顺帝之则"。是何如之化理哉？要不过浑浑沦沦，无思无虑，与大道为一而已矣。无如皇风日降，大道愈衰，为上者于是有仁义之说，兢兢业业，无敢或荒。夫由义居仁，亦圣贤美事，未可厚非，而特拟诸古昔盛时，大道昌明，人心浑噩，不言仁义而仁义自在个中者，固大有闲矣。故太上为之叹曰："大道废，有仁义。"由是上与下，慕仁义者窃其名，假仁义者行其诈，虽仁义犹是，而作为坏矣。此岂仁义之不良耶？殆由穿凿日甚，拘于仁、狃于义者之为害耳。然犹曰仁义也，虽不及大道之真，尚未至于大伪也。自此以后，世俗愈乖，人心弥坏，即仁义之传，其所存者亦几希。但见朝野内外，上下君臣，一以智而炫其才，一以慧而施其伎，此来彼往之内，大都尔诈我虞矣。不能一道同风，安望齐家治国？所以父子生嫌，兄弟启衅，甚至夫妇朋友、亲戚乡邻，人各一心，心各一见，几如胡越之不相亲也，何况其他？万一有子能孝，朝廷特为奖之；有父能慈，乡里共为称之。噫！父慈子孝，原属天地之常经，家庭之正轨，又何足表扬哉？乃自三党六亲不和，而忤逆之风日炽，阋墙之衅时闻，所以有能孝能慈者，固不胜郑重而表其里居，以风天下焉。不诚远逊大道隆盛之期，子有孝而不知其为孝，父克慈而并忘其为慈者哉！虽然，即此能孝能慈，亦是因不和而返为和之道。但今之世，好为粉饰，徒事铺张，言慈孝而袭取夫慈孝之名者，殊难枚举。又况五霸而后，骨肉相摧，君臣交质，无怪乎上有昏庸之主，下有跋扈之臣，而国家自此不靖矣。赖有忠肝义胆者，出而安邦定国，虽成败利钝，未可预知，而尽瘁鞠躬，一片孤忠可表，数不可回，以力挽，势不可救，以心全，如诸葛武侯之六出祁山，姜伯约之九伐中原是也。况人臣事主，愿为良臣，不愿为忠臣。幸而国祚承平，同襄补衮之职。不幸而强梁迭起，各展济世之才。世有昏乱，天所以显忠臣也；世有忠臣，天所以维昏乱也。然忠臣出矣，即使昏乱能除，一洗干戈之气，化为礼义之邦，亦不及皇古之无事远矣。呜呼！忠靖之臣，愿终身埋没而不彰。不然，一人获忠臣之名，天下蒙昏乱之祸，不大可痛哉！

此太上感慨世道，伤今思古，欲人返朴还真，上与下同于无知，其德不离，同乎无欲，其道常足，熙熙皞皞，大家相安于无事而不知其所之者。即有仁义智慧，孝子忠臣，一概视为固然，不知其为有，且羞称其为有，此何如之浑朴乎？虽然，此为治世之论，推之修身之法，亦不外是。首句喻言浑沦之俗，太朴未彫，犹童贞之体，不假作为，自成道妙。若一丧其本来之天，则不得不借先天阴阳以返补之。夫阴阳，一仁义也，即"大道废，有仁义"之说也。至于审取一身内外两个真消息，凭空以智慧采之取之，温之养之，此中即不纯正，多杂后天，不能不有伪妄。此又"智慧出，有大伪"之意也。他如采阴补阳，所以和六根之不和，使归于大定，即孝慈之喻也。猛烹急炼，所以靖一身之昏乱，使跻于清明，即忠臣之旨也。知此，则道不远矣。此太上明复命归根之学，究有何道哉？不过率其浑然粹然之天而已，修之者，亦修此而已。

第十九章　少私寡欲

太上曰：绝圣弃智，民利百倍；绝仁弃义，民复孝慈；绝巧弃利，盗贼无有。此三者，以为文不足，故令有所属。见素抱璞，少私寡欲。

天下人物之众，贤愚贵贱不等，总不外理气贯通而已。其所以扞隔不通，情暌意阻者，皆由上之人无以为感，下之人无以为化耳。古来至圣之君，顺自然之道，行无为之政，不好事以喜功，不厌事而废政，虽有聪明睿智，一齐收入无为国里、清净乡中。而下观而化，自然亲其亲，长其长，安其俗，乐其业，无一民不复其性，无一物不遂其生者。此上古之世，人皆敦厚，物亦繁衍，其利不诚百倍哉？若至仁之主，素抱慈良之性、恻怛之心，一以济人利物为事，浩浩荡荡，浑浑沦沦，不言是非，不言曲直，而任天以动，率性以行，自然无党无偏，归于大中至正之域。斯民之观感而化者，为子自孝其亲，为父自慈其子，虽有不孝不慈之人，相习成风，旋且与之俱化，此何如之隆盛也耶！后世聪明绝顶，敏捷超群之君出，其宰物治世，不知道本无为，顺而导之则易，逆而施之则难，故或喜纷更而扰民，设法兴条，究至国家多难，民不聊生。或好功烈而荒政，穷兵黩武，卒至府库空虚，民不堪命，无怪乎民穷国病，攘窃劫夺之风起，而盗贼公行天下。若是者，皆由至巧之君，不知用巧于无为之天、自在之地，欲富国而贪利，以至国势不振，民风不靖如此也。苟能至巧无巧，如其心以出之，顺其势以导之，“正其谊不谋其利，明其道不计其功”，“君子之德风，小人之德草”，自然如水之趋下，火之炎上，有不可遏抑者焉。斯时之民，犹有不顾廉耻，作盗贼，好非为者乎？无有也。此大圣若愚，大仁若忍，大巧若拙，后人视之，若有不堪为君、不足为政者然。然而圣德之涵濡，仁恩之感被，知巧之裁成，虽文采不足于外，而质实则多于内也。理欲原不相谋，足于外，自歉于中，减其文，自饶其实。圣之所以弃智，仁之所以弃义，巧之所以弃利，无非自敦其实，自去其文而已。虽然，下民至愚，恒视上之所为以为去就。如此黜华崇实，自使小民一其心于本原之地，而不彫不琢。盖所见者，为质实无文之政；斯所抱者，皆太璞不凿之真。如此浑完自然，衣服饮食，各安其常，酬酢往来，各率其分，虽气禀有限，难保无私欲之偶萌，然亦少矣寡矣。总之，圣也、仁也、巧也，皆质也；智也、义也、利也，皆文也。绝圣弃智，绝仁弃义，绝巧弃利，皆令文不足，质有余，而各有专属也。民之食德，饮和于其中者，又乌有不利益无穷，孝慈日盛，盗贼化为良善耶？此隆盛之治，吾久不得而见之矣。

此喻修养之道，先要存心养性。心性一返于自然，斯后天之精气，亦返于先天之精气。倘未见性明心，徒以后天气质之性、知觉之心为用，则精属凡精，气属凡气，安得有真一之精、真一之气，合而成丹乎？修行人，须从本原上，寻出一个大本领、真头脑出来作主，于是炼精、炼气、炼神，在在皆是矣。悟得此旨，不但知太上之经，治世修身，处处一串，即四书五经，无在非丹经矣。他注言，在上之人，绝弃圣智，而民只知有利，故趋利者百倍；绝弃仁义，而民不知爱亲，故大反乎孝慈，此不当绝弃者而绝弃之，其弊如此。至于巧利，与圣智仁义相悖，能绝之弃之，盗贼何有？此当绝弃者，而绝弃之，其效如此。此讲甚高。三者以下，谓治民不必以令，但命令必本于躬行所系属者为要。见素则识定，抱璞则神全，少私寡欲，所谓"有天下而不与也"，非裕无为之化者，曷克臻此？

第二十章　独异于人

太上曰：绝学无忧。唯之与阿，相去几何？善之与恶，相去何若？人之所畏，不可不畏。荒兮其未央哉！众人熙熙，如享太牢，如登春台，我独泊兮其未兆，如婴儿之未孩（是未离母腹时）。乘乘兮（是任天而动）若无归（是不著迹）。众人皆有余，我独若遗。我愚人之心也哉，沌沌兮。俗人昭昭，我独昏昏；俗人察察，我独闷闷。澹兮（谓无欲于外）其若晦，漂兮（谓不泥于形）若无所止。众人皆有以，我独顽且鄙。我独异于人，而贵求食于母。

圣人造诣极高，称为绝学，纯是一腔生意，融融泄泄，无虑无思。《诗》曰："上帝临汝，毋贰尔心。"以故素位而行，一任穷通得丧，无入而不自得，故曰"无忧"。此等境界，以常人不学无术者较之，殆不啻天渊之别。然亦所隔不远焉，如应声然，同一应也，唯者之直与阿者之谀，应犹是也，而所以应者，相去究竟有几何哉？自古圣凡之分，不过善恶，而善恶之别，只在敬肆，所争仅一念之间耳，又相去何若哉？人能尘根悉拔，色相俱空，自有真乐，不待外求，又何忧之有？虽然，无忧之诣，惟圣能之，凡人之所畏而却步者也。有志圣学者，切不可视之为难，而畏人之所畏也。古仙云："绝学无为闲道人，不求妄念不求真。"《易》曰："乐天知命故不忧。"只在还于虚寂，纯任自然，适己之天，复己之命而已矣，又何足畏之有耶哉？但下手之初，务须收敛神光，一归混沌，于动于静，处常处变，俱如洪荒之世，天地未辟，浩浩荡荡，不啻夜之未央。如此，则中有所主，外物不扰，于以施之事为，措诸政令，自然众人化之。熙熙然，食圣人之德者，如享太牢之荣；游圣人之宇者，如登春台之乐，此岂孤修寂静可比其性量哉？所以，"功满天下而不知功，行满天下而不知行"。众人所喜，我独淡泊恬静，渺无朕兆，如婴儿初胎、孩子未成之时，一团元气浑然在抱，上下升降，运行不息，适与天地流通，杳不知其归宿矣。人有为而我无为，是众人有余地以自容，我竟遗世而独立，迥非众人所能知、所能及也。自人视之，鲜不谓为愚；返而观之，惟觉洗心退藏于密，安其天，定其命，此岂愚人之心哉？不过大智若愚，大巧若拙焉耳。不然，何以使人乐业安居，如此之感而神，化而速也？若此者，皆由太极一团，浑沦在抱，沌沌兮如鸡子之未雏，无从见为阴阳，亦且毫无知识。俗人则昭昭然无事不详，我独昏昏然一无所识；俗人则察察然无事不晓，我独闷闷然一无所明。岂真昏而无知、闷而无觉哉？殆晦迹韬光，寓精明于浑厚，日增月益，丹成九转，德极圣人，而成万古不磨之仙也。其大而化也，若天地之晦蒙，万象咸包念内；其妙而神也，若行云流水之无止所，群生悉毓个中。由其外而观之，众人皆有用于世，我独愚顽而鄙陋；就其中而言，道则高矣、美矣，为超群拔萃，绝世特立之圣人，此所由独异于人，而为人不可及也。盖凡人纷驰于外，失其本来之天，圣人涵养于中，保其固有之性。圣异于凡，皆由后天以返先天故耳。夫后天为情，子气也；先天为性，母气也。由情以归性，一如子之恋母，依依不舍，故曰"贵求食于母"。孟子云："学问之道无他，求其放心而已矣。"圣狂之分，只在一念，道岂远乎哉？术岂多乎哉？人欲修道，不于冲漠无朕之际求之，又从何处用功？故曰："玄牝玄牝真玄牝，不在心兮不在肾。穷取生身受气初，莫怪天机都泄尽。"生身之初，究何有乎？于此思之，道过半矣。

首言圣人绝学，已得常乐我静，并无忧虑，日用行习，一归混沌之天，不彫不琢，无染无尘，所谓"仰之弥高"，令人无从测度，真有可望而不可及者。顾功虽如此之极，究其相隔，不过一念敬肆之分。人可畏其高深莫测，而却步不前耶？颜子谓："舜何人？予何人？有为者，亦若是"，洵不诬也。然却非等顽空之学，了无事功表见于世。圣人自明德，以至新民，使群生食德饮和，嬉游于光天化日。斯道也，何道也？至诚尽己性、人性、物性之道也。噫！尽性至此，复何学哉？不过食母之气而已。

他注云：绝学是圣学，断绝之时，别无他忧，惟是非得失之间，有应答而无问难，为可惧耳。唯者未必即阿，而相去正自不远；善恶原是各异，而辨别介于几希，此人所宜戒惧者，不可不知。又云：本文是"不可不畏"，此连二"畏"字，有错。"未央"以下，言修道人要混混沌沌，方得玄关一窍，故人皆智而我独愚，人皆明而我独暗，正养此玄关一窍。"无极之真，二五之精"，正吾人受气之本，是为母气，又曰一粒阳丹，号为母气，人得食之，可以长生。此讲亦是。

第二十一章　孔德之容

太上曰：孔德之容，唯道是从。道之为物，惟恍惟惚。惚兮恍，其中有象；恍兮惚，其中有物；窈兮冥，其中有精。其精甚真，其中有信。自古及今，其名不去，以阅众甫。吾何以知众甫之然哉？以此。（甫者，始也，言万物初生之始。）

孔德之容，即玄关窍也。古云："一孔玄关窍，乾坤共合成。中藏神气穴，名为坎离精。"又曰："一孔玄关大道门，造铅结丹此中存。"《契》曰："此两孔穴法，金气亦相胥。"故道曰"玄牝之门"，儒曰"道义之门"，佛曰"不二法门"，总之皆孔之德器能容，天地人物咸生自个中，无非是空是道，非空非道，即空即道，空与道两不相离，无空则无道，无道亦即无空，故曰"唯道是从"。欲求道者，舍此空器，何所从哉？但空而无状，即属顽空，学者又从何处以采药而结丹乎？必须虚也而含至实，无也而赅至有，方不为一偏之学。修行人，但将万缘放下，静养片晌，观照此窍，惚兮似无，恍兮若有，虚极静笃之中，神机动焉。无象者有象，此离己之性光，木火浮动之象，即微阳生时也。再以此神光偶动之机，合目光而下照，恍兮若有觉，惚兮若无知，其中之阳物动焉，此离光之初交于坎宫者。其时气机微弱，无可采取，惟有二候采牟尼法，调度阴蹻之气，相会于气穴之中。调度采取为一候，归炉温养为一候。依法行持，不片晌间，火入水底，水中金生，杳杳冥冥，不知其极，此神气交而坎离之精生矣。然真精生时，身如壁立，意若寒灰，自然而然，周身苏软快乐，四肢百体之精气，尽归于玄窍之内，其中大有信在，溶溶似冰泮，浩浩如潮生，非若前此之恍恍若有，惚惚似无，不可指名者也。此个真精，实为真一之精，非后天交感之精可比，亦即为天地人物发生之初，公共一点真精是矣。如冬至之阳，半夜之子，一岁一日之成功，虽不仅此，而气机要，皆自此发端，俨若千层台之始于累土，万里行之始于足下一般。此为天地人物，生生之本。本原一差，末流何极？以故自古及今，举凡修道之士，皆不离此真气之采，然后有生发之象。遍阅众物初生，无不同此一点真精，成象而成形。我又何以知众物之生有同然哉？以此空窍之中，真气积累久，则玄关开而真精生焉。要之，恍是光之密，惚是机之微，离中真阴是为恍惚中之物，坎中真阳是为杳冥中之精。学者必知之真，而后行之至也。

此恍兮惚，是性光发越，故云有象；惚兮恍，是以性光下照坎宫，而真阳发动，故云有物。窈冥之精，乃二五之精，故云"甚真"。欲得真精，须知真信。真信者，阴阳迭运，不失其候之调，俟其信之初至，的当不易，即行擒伏之功得矣。凡人修炼之初，必要恍惚杳冥，而后人欲净尽，天理常存，凡息自停，真息乃见。此何以故？盖人心太明，知觉易生；若到杳冥，知觉不起，即元性、元命打成一片。此个恍惚杳冥，大为修士之要。学人当静定之时，忽然偶生知觉，此时神气凝聚胎田，浑然粹然，自亦不知其所之，此性命返还于无极之天也。虽然，外有是理，而丹田中必有融和气机，方为实据。由此一点融和，采之归炉，封固温养，自能发为真阳一气。但行工到此，大有危险。惟有一心内守，了照当中，方能团聚为丹药，可以长生不老。若生一他念，此个元气即已杂后天而不纯矣。若动一淫思，此个气机即驰于外，而真精从此泄漏矣。古人云："泄精一事，不必夫妻交媾，即此一念之动，真精已不守舍，如走丹一般。"学人必心与气合，息与神交，常在此腔子里，久之自有无穷趣味生来。然而真难事也。设能识透玄机，亦无难事。起初不过用提摄之功，不许这点真气，驰而在下，亦不许这个真气，分散六根门头，总是一心皈命，五体投诚，久久自然精满不思色矣。愿学者，保守元精，毫不渗漏，始因常行熟道，觉得不易。苟能一忍再忍，不许念头稍动，三两月间，外阳自收摄焉。外阳收摄，然后见身中元气充足，而长生不老之人仙，从此得矣。仙又何远乎哉？

第二十二章　全而归之

太上曰：曲则全，枉则直，窪则盈，弊则新，少则得，多则惑。是以圣人抱一，为天下式。不自见故明，不自是故彰，不自伐故有功，不自矜故长。夫惟不争，故天下莫与之争。古之所谓"曲则全"者，岂虚言哉？诚全而归之。（窪，音羽。言其卑也。）

大道之要，必至无而含至有，却至有而实至无，始为性命双修之道。盖以性本无也，无生于有；命本有也，有生于无。若著于虚无，便成顽空，著于实有，又拘名象，纵不流于妄诞不经，亦是一边之学，究难与大道等。修行人，必先万缘放下，纤尘不染，于一无所有之中，寻出一点生机出来，以为丹本，古人谓之真阳，又曰真铅，又曰真一之气是也。太上云："曲则全"，言人身隐微之间，独知独觉之地，有一个浑沦完全、活泼流通之机，由此存之养之，采取烹炼，即可至于丹成仙就。昔人喻冬至，一线微阳；至于生生不已，又喻初三一弯新月，渐至十五月圆，无非由曲而全之意也。夫曲，隐也。隐微之处，其机甚微，其成则大，即《中庸》云"曲能有诚"是。要之，一曲之内，莫非理气之元；全体之间，亦是太极之粹，即曲即全，故曰"曲则全"。圣人寻得此曲，兢兢致慎，回环抱伏，如鸡温卵，如龙养珠，一心内守，不许外露，久则浩浩如潮，逆而上伸，一股清刚之气，挺然直上，出乎日月之表，包乎天地之外。坤卦谓：坤至柔而动也刚，皆由致曲之余，潜伏土釜，积而至于滔天，勃不可遏，有如是耳。且夫枉而为阴、为柔是此气，直而为阳、为刚亦此气，虽曰由枉而直，其实即枉即直。自隐曲中，洞彻本源之后，其见则易，为守则难，惟优焉游焉，直养其端倪，更卑以下人，谦以自待，庶无躁暴急迫之性，不生邪见，不动凡火，方能养成金丹。由是以神驭气，以气合神，隐显无端，变化莫测，所谓"至诚无息"，"体物不遗"，无在而无不在也，何其盈乎！然要必谦乃受益，窪乃为盈也，不然乌能包涵万有哉？况乎一曲之微，皆吾人本来之物，所谓弊也，弊即故也，《论语》"温故而知新"是。学人欲得新闻生新意，非从此故有之物以温之，何能得新？是亦即弊即新也。虽然，弊亦无几耳，惟从其少而养之浩然之气，大可以塞天地、贯斗牛。若谓，道浩瀚弥纶，无在不是，取其多而用之，吾恐理欲杂乘，善恶莫辨，时而守中，时而采药，时而进火退符，著象执名，多多益善，究属无本之学，未得止归，终是一个谜团，无怪乎毕生怀疑莫悟也。圣人抱一以自修，又将施之天下，为天下楷模，使不知一曲之道，实为一贯之道，而偶有所离，偶离则无式，无式则无成，道何赖乎？夫道本天人一理，物我同原，为公共之物，何今之学者每固执己见，谓人莫己若？即此矜骄之念，已觉障蔽灵明，而不知酌古准今，取法乎上。《中庸》云："君子之道，闇然日章；小人之道，的然日亡。"诚修士所宜凛凛矣。纵使几于化神，亦属分所宜然，职所当尽，何必炫耀于世，夸大其功？若使自伐，不但为人所厌，即功亦伪而不真。古人功成告退，并不居功之名，宜其功盖天下，为万世师也。至于自修自炼，犹衣之得暖，食之得饱，皆自得之而自乐之，且为人所各有而各足之，何必骄傲满假，自矜其长？虽云智慧日生，聪明日扩，亦是人性所同然，不过我先得之耳，何长之有？若使自矜其长，则长者短矣！人虽至愚，谁甘居后？争端有不从此起耶？君子无所争，故天下莫与争能。古所谓"曲则全"者，诚非虚言也，谓非"全受而全归之"者欤？

此即《中庸》"其次致曲，曲能有诚"之道。曲即隐曲，道曰"玄窍"，佛曰"那个"，儒曰"端倪"是。又非虚而无物也。天地开辟，人物始生，尽从此一点发端，随时皆有动静可见。其静而发端也，不由感触，忽然而觉，觉即曲也；其动而显象也，偶然感孚，突焉而动，动即曲也。要皆从无知无觉时，气机自动，动而忽觉，此乃真动真觉。但其机甚微，为时最速，稍转一念，易一息，即属后天，不可为人物生生之本，亦不可为炼丹之根。吾人受气成形，为人为物，都从此一念分胎。修道之邪正真伪，孰不自此一息发源耶？《周书》曰："罔念作狂，克念作圣。"圣狂一念之分，如此其速，即此一曲之谓也。古人喻如电光石火，又如乘千里骥绝尘而奔，此时须有智珠朗照，方能认得清楚。既识得此个端倪，犹要存养之、扩充之，如孟子所谓"火始然，泉始达"，浩浩炎炎，自然充塞天地。然扩充之道，又岂有他哉？非枉屈自持，则不能正气常伸；非卑窪自下，则不能天德常圆。惟守吾身故物，不参以贰，不杂以三，温其故，抱其一，不求之于新颖之端，不驰之于名象之繁，斯乃不至愈学愈迷，而有"日新又新"之乐矣。古圣人知一曲为成仙证圣之阶，遂将神抱气，气依神，神气合一而不离，以为自修之要，以为天下之式。倘自见自是，即昧其明而不彰，况自伐则劳而无功，自矜则短而不长，智起情生，往往为道之害。惟不自见自是、自伐自矜，斯心平气和，自然"在彼无恶，在此无斁"，又谁与争哉？道之潜移默契如此，非抱一者，乌能全受全归，以返其太始之初乎？

第二十三章　希言自然

太上曰：希言自然。故飘风不终朝，骤雨不终日。孰为此者？天地。天地尚不能久，而况于人乎？故从事于道者，道者同于道，德者同于德，失者同于失。同于道者，道亦乐得之；同于德者，德亦乐得之；同于失者，失亦乐得之。信不足焉，有不信焉。

道本无声无臭，故曰希言。道本无为无作，故曰自然。夫物之能恒、事之能久者，无非顺天而动，率性以行，一听气机之自运而已。若矫揉造作，不能顺其气机，以合乾坤之运转，日月之升恒，适有如飘荡之风、狂暴之雨，拔大木，涌平川，来之速者去亦速，其势岂能终日终朝哉？虽然，孰是为之？问之天地，而天地不知也。夫天地为万物之主宰，不顺其常，尚不能以耐久，况人在天地，如太仓一粟，又岂不行常道而能悠久者乎？故太上论道之原，以无为为宗，自然为用。倘不从事于此，别夸捷径，另诩神奇，误矣。试观学道之士，虽东西南北之遥，声教各异，然既有志于道，不入邪途，无不吻合无间。行道而有得于心，谓之德。既知修道，自然抱德。凡自明其德，绝无纷驰者，无不默契为一，故曰"道者同于道，德者同于德"。又何怪诞之有耶？下手之初，其修也有道有德，有轨有则，脱然洒然，无累无系，到深造自得之候，居安资深，左右逢源，从前所得者，至此爽然若失；工夫纯粹，打成一片，恰似闭门造车，出而合辙，无不一也，故曰"失者同于失"。此三者，工力不同，进境各别。至于用力之久，苦恼之场，亦化为恬淡之境，洋洋乎别饶佳趣，诩诩然自畅天机。苦已尽矣，乐何极乎？故曰："同于道者，道亦乐得之；同于德者，德亦乐得之；同于失者，失亦乐得之。"可见无为之体，人所同修；自然之工，人所共用。虽千里万里之圣，千年万年之神，时移地易，亦自然若合符节，有同归于一辙者焉。倘谓自然者，不必尽然，则有臆见横于其中，有异术行乎其内，或执于空而孤修寂炼，或著于实而固执死守，如此等类，不一而足，皆由不信无为之旨、自然之道，而各执己见以为是，无惑乎少年学道，晚景无成，志有余而学不足，终身未得真谛，误入旁门也。可悲也夫，可慨也夫！

此言无为自然之道，即天地日月、幽冥人鬼，莫不同此无为自然，以生以遂，为用为行而已矣。凡人自有生后，聪明机巧，昼夜用尽，本来天理，存者几何？惟有道高人，一顺天理之常，虽下手之初，不无勉强作为，及其成功，一归无为自然之境，有若"不思而得，不勉而中，从容中道"者焉。故以圣人观大道，则无为自然之理，昭昭在人耳目，有不约而同者；若以后人观大道，则无为自然之诣，似乎惟仙惟圣方敢言此，凡人未可语此也。《中庸》云：生学困勉，成功则一。不将为欺人之语哉？非也。缘其始有不信之心，由不道之门，其后愈离愈远，所以无为自然之道，不能尽同，而分门别户从，此起矣。学者明此，方不为旁门左道所惑也。

第二十四章　跂者不立

太上曰：跂者不立，跨者不行，自见者不明，自是者不彰，自伐者无功，自矜者不长。其于道也，曰余食赘行，物或恶之，故有道者不处也。（跂，音器）

前云希言自然，非若世之蚩蚩蠢蠢，顽空以为无为，放旷以为自然者比，其殆本大中至正之道，准天理人情，循圣功王道，操存省察，返本还原，以上合乎天命，故无为而无不为，自然而无不然也。《易》曰："穷理尽性，以至于命"，殆其人欤？过则病，不及亦病，《书》曰"无偏无党，王道荡荡"是也。即如人之立也，原有常不易。跂者，两足支也。《诗》曰："跂予望之。"以之望人，则可高瞻而远瞩，若欲久立，其可得乎？跨者，两足张也。以之跨马，则可居于鞍背，若欲步行，又焉能乎？明者不自是，自是则不明。彰者不自见，自见则不彰。自伐者往往无功，有功者物莫能掩，何用伐为？自矜者往往无长，有长者人自敬服，奚用矜为？若不信无为自然之道，不知"莫之为而为，莫之致而致"，致为皆听诸天，何等自在！"行乎不得不行，止乎不得不止"，行止浑于无心，何等安然？倘不知"虚而无朕"，即是"大而能容"，或加一意，参一见，若食者之过饱，行者之过劳，非徒无益，而又害之。学者须顺天德之无违，循物理之自得，不惟人不可参杂作伪于其间，即物亦当听其安闲，调其饮食。苟稍不得其宜，越乎常度，或多食之，或苦行之，如犬之过饱则伤，牛之过劳则困，是亦不安于内而有恶于己焉，故曰"物或恶之"。彼矫揉造作，以期能立、能行，昭明表彰，功堪动人，长可迈众者，断断乎其难之也。有道之君子，深为鄙之，不屑处己。

此希言自然，不外一个清净。何谓清？一念不起时也。何谓净？纤尘不染候也。总要此心如明镜无尘，如止水无波，只一片空洞了灵之神，即清净矣。倘若世之庸夫俗子，昏昏罔罔，终日无一事为，即非清净。惟清中有光，净中有景，不啻澄潭明月，一片光华，乃得清净之实。若有一毫自见自是、自伐自矜之意，便是障碍。所以学道人，务使心怀浩荡，无一事一物，搅我心头，据我灵府，久久涵养，一点灵光普照，恍如日月之在天，无微不入焉。只怕一念之明，复一念之肆，则明者不常明矣。昔孟子之所长在于养气，气不动则神自灵，神灵则心自泰，故不曰"养心"，而曰"养气"，诚以志壹则动气，气壹则动志也。苟不求养气，而徒日养心，无惑乎终身不得其心之宁者多矣。心果清净，真阳自生，一切升降运行，顺其自然为要。如跂者必使之立，跨者必使之行，余食过饱，赘行过劳，皆未得其当，物犹恶之，而况人乎？是以有道之君子，不忍出此也。

第二十五章　道法自然

太上曰：有物混成，先天地生，寂兮寥兮，独立而不改，周行而不殆，可以为天下母。吾不知其名，字之曰道，强为名之曰大。大曰逝，逝曰远，远曰反。故道大，天大，地大，王亦大。域中有四大，而王居其一焉。人法地，地法天，天法道，道法自然。

道者何？即鸿濛未判之前，天地未兆，人物无形，混混沌沌，浑然一气，无涯无际，无量无边，似有一物，由混沌而成，盘旋空际，先天地而生者，所谓"无极"是也。寂虚而毓生机，寥廓而含动意，所谓"太极"是也。万物皆有两，惟太极无二。自一动而开天地、分阴阳，四象五行，包含个内，人物繁衍，日月充盈，岂不生育多而太极衰乎？不知此个混成之物，视不见，听不闻，无物不有，无时不在，孑然独立，浑然中处，却又生生不已，化化无穷，自混沌以迄于今，初不改其常度，且独立之中，一气流行，周通法界，开阖自如，循环不已。以凡物而论，似乎其有困殆矣。孰知周流三界，充满群生，天赖之以清，地赖之以宁，谷赖之以盈，人赖之以生，无非顺其自然之运，其间生者自生，成者自成，而太极浑然完全，却不因之而稍殆，虽千变万化，迭出不穷，莫不由此而有兆有名，故可为天下母也。夫天至高也，以高而可名；地至厚也，以厚而可名。惟此无极之极，不神之神，无声无臭，无象无形，而於穆不已，吾亦不知其所名，惟字之曰"道"，以道为天地群生共由之路、公共之端。道可包天地，天地不能包道；道可育群生，群生不能育道。以其浩浩渊渊，靡有穷极，强名之曰"大"。大哉道乎！何其前者往，后者续，长逝而靡底乎？大之外又曰"逝"。何其超沙界、充绝域、悠远而难测乎？逝之外又曰"远"。凡事变极则通，穷极则反，何其宛转流通，回环而不已乎？故又名之曰"反"。如此之名，不一其称，只可稍状其大。然大孰有过于道哉？道之外，惟天为大；天之外，惟地为大；地之上，惟王为大。故东西南北之中，有四大焉，王处其一。王为庶物首出之元，以管理河山，统辖人物，可与天地并称为大。但王为地载，故王法地以出治也。地为天覆，故地法天以行令也。且天为道毓，故天法道以行政也。而要皆本于自然，无俟勉强，不待安排。是道岂别有所法哉？吾亦强名之曰"道法自然"而已矣。学者性命交修，惟法天地之理气以为体，法天地之功效以为用，斯修性而性尽，炼命而命立矣，岂空言自然者所可比哉？

天地间，浑沦磅礴，浩荡弥纶，至显至微，最虚最实，而凡形形色色，莫不自个中生来。此何物耶？生于天地之先，宰乎天地之内，立清虚而不稍改易，周沙界而无有殆危，真可为天下母也。未开辟以前，有此母气而后天地生；既开辟以后，有此母气而后人物肇，吾不知其名，强字之曰"道"、曰"大"。大则无所不包，逝则无所不到。无曰远莫能致，须知穷极必反，道之大，不诚四大中所特出者哉？学人欲修至道，漫言自然，务须凝神调息。凝神则神不纷驰，人之心正，即天地之心亦正；调息则息不乖舛，人之气顺，即天地之气亦顺。参赞乾坤，经纶天地，功岂多乎哉？只在一心一身之间，咫尺呼吸而已矣。《中庸》云："致中和，天地位，万物育。"其即此欤？人果时时存心，刻刻养气，除饥时食饭、困时打眠之外，随时随处，常常觉照，不许一念游移，一息间断，方免疾病之虞。否则稍纵即逝，外邪得而扰之，正气不存，邪气易入，有必然者。古云："人能一念不起，片欲不生，天地莫能窥其隐，鬼神不能测其机。"洵非诬也。人谓筑基乃可长生，那知学道人就未筑基，只要神气常常组成一团，毫不分散，则鬼神无从追魂摄魄，我命由我不由天也。吾不惜泄漏之咎，后之学者，苟不照此修持，则无以对我焉。

第二十六章　重为轻根

太上曰：重为轻根，静为躁君。是以圣人终日行不离辎重，虽有荣观，燕处超然。奈何万乘之主，而以身轻天下？轻则失臣，躁则失君。

修炼之道，不外神气二者，调之养之，返乎元始之天而已。其在先天，气浑于无象，厚重常安，神寓于无形，虚灵难状；一到后天，气之重者而轻扬，神之静者而躁动，气不如先天之活泼、常氤氲而化醇，神不似先天之光明、脱根尘而独耀。此命之所以不立，性之所以难修也。学者欲得长生，须知气必归根。夫根何以归哉？必以气之轻浮者，复还于敦厚之域，屹然矗立，凝然一团，则气还于命，而浩浩其天矣；以神之躁妄者，复归于澄彻之乡，了了常明，如如自在，则神还于性，而浑浑无极矣。如此神返元性，气返元命，不啻天地未兆之前，浑沦无际，浩荡靡穷，斯其凝愈固，其行愈速也，其虚无朕，其用无方也。由是气愈重而愈轻，所谓"浩然之气，至大至刚，充塞天地"是；神能静而亦能动，《易》所谓"妙万物而为神"，子思子曰"至诚如神"是。是以君子之于道也，终日行不离乎辎车之重，恐气轻而累重，反滞其行之机。如此稳重自持，不愈速其行乎？纵有声色之美，货利之贵，是为众人所荣观，不为君子所介意，当前寓目，君子一如燕居独处，超然于物色之外，莫知其为有焉。奈何以万乘之主，至尊至贵，可仙可佛之身，而不自爱，反以世路荣观、人寰乐趣为缘，不亦轻其身而自视太小耶？夫轻则失臣，臣即气也，失臣则失气矣；躁则失君，君即神也，失君则失神矣。神气两失，而谓身能存，有几乎？此殆不知人身难得，中土难生，而反自轻其身也，不诚大可慨欤？在彼恋尘世之荣华，慕当途之仕宦，只说利己者多、肥家者盛，哪知富贵之场，即是干戈之地，古来象以齿焚身、璧因怀获罪，其为害可历数也。人奈何只见其小，而不从其大耶？噫嘻！痛矣！

此言水轻而浮，为后天之气，属外药；金沉而重，为先天之元命，号真铅，又号金丹，又号白虎初弦之气，其名不一，是为内药。先天金生水，为顺行之常道，生人以之，故曰"重为轻根"。夫人生于后天，纯是狂荡轻浮之气作事，以故水气轻而浮，情欲多生，命宝丧失，所以易老而衰。君子有逆修之法，无非水复生金，轻返于重，以复乎天元一气，是以终日行之而不离乎辎重，不过亭亭蠢蠢，屹然特立，厚重不迁，养成浩气，充塞乾坤而已矣。此为逆修之仙道，炼丹以之。总之，由有形以复无形，丹道之一事也。火燥而动，为后天之神，属外药；木静而凝，为先天之元性，曰真汞，曰真精，又曰青龙真一之气，其名亦多，要皆内药。先天木生火，为顺行之常道，生人以之，故曰"静为躁君"。夫人成形而后，纯是智虑杂妄之神用事，以故火性飞扬，变诈百出，性真梏没，所以易弱而倾。君子有倒施之工，无非火复生木，躁返于静，以还乎不二元神，于此虽有荣观，燕处超然，无非万象咸空，一真在抱，养成大觉金仙，昭回霄汉而已矣。此为逆炼之丹道，成仙以之。要之，自有觉以还无觉，又修道之一端也。皆由外药以修内药，自后天而返先天也。吾更为之畅言曰：生人之道，顺而生；修仙之道，逆而克，盖不克则不能生，亦不克则不能成，《河图》《洛书》之所以生克并用也。今之儒释修养，与吾道有异者，大抵彼用顺行，一循自然之度；吾道独逆炼，则有勉强作为之工，倘有不克，无以为生成也。但顺而修则易，逆而修则难，不得真师，不明正法，妄采妄炼，鲜不为害。既得真师，明正法矣。不结仙缘，不修功善，则神天不佑，魔魅来缠，必有将成而败，倾丹倒鼎，连身命俱丧者，此诚不可不慎也。何以逆之克之？始用顺道之常，效夫妇交媾之法，以火入水乡，即是以神入气中，此为凡父、凡母交而产药；迨至火蒸水沸，水底金生，斯时玄窍开，而真信至，是为真阳生，而小药产，此为外药；金气既生，真铅自足，于以火促水腾，木载金升，切切催之，款款运之，上升乾鼎，以真铅配真汞，以真火、真意引之，下入丹田，即入坤腹，以炉鼎和药物炼丹，此返坎为男，复离为女，颠倒女男，迭为宾主，收归坤炉，烹炼一晌，再候真阳火动，以为金丹大药，此为内药生，又曰大药产，此为灵父、圣母交媾而育者也。且前小药之生，动在肾管外，其气小，故曰小药、外药；此则动于气根之内，生时有天应星、地应潮、六根震动之状，故曰内药、大药，又曰金丹。再以此金丹，运起河车，鼓动巽风，施用坤火，合离宫真精而煅之，真气合真精，即以先天阳气，制伏后天阴精，阴精亦合真气，而化为圣胎。夫真气，自真精而生者也，为子气，气复归精，故喻子投母胎，所谓"子恋母而来，母恋子而住，子母相抱，神气相依"。即内用天然真火，外用阴符阳火，内外交炼，即结为圣胎，所谓"铅将尽，汞亦干，化成一块紫金霜"。金丹大道，与生人异者，只此处处逆施造化，颠倒乾坤耳。凡有功德、有缘、有道之士，遇吾此注，尽可施功，不受异端惑乱。然而天机尽泄于此，如有功德之人，得天启沃，明白此旨，亦毋得轻泄，致干罪咎焉。至若经云"万乘之主"，即人身中之元神也。夫人之心，莫不欲一身安泰，百岁康强，奈何知诱物化，欲起情生，而以身轻用于天下也。此气虚浮而丧气，此神躁率而失神，身之存者，盖亦鲜矣，何况金丹大道乎哉？此注已将筑基炼己、结丹还丹、玉液金液、小大周天之法则，详细剖明，生等当书诸绅，佩服不忘，庶知之真而行之至也。由是功成道就，永为天上神仙，不受人间苦恼，岂不甚幸？各宜勉旃！

第二十七章　常善救人

太上曰：善行无辙迹，善言无瑕摘，善计不用筹策，善闭无关键而不可开，善结无绳约而不可解。是以圣人常善救人，故无弃人；常善救物，故无弃物，是谓袭明。故善人者，不善人之师；不善人者，善人之资。不贵其师，不爱其资，虽智大迷，是谓要妙。（袭者，重也。《易》曰"重明以丽乎天下"是也）

圣人之心，只求诸己，不求诸人；其施之于事物也，无为不通，随在皆当，内无歉于己，外无恶于人，《易》所谓"时止则止，时行则行，动静不失其时，其道光明"，殆斯人欤？其于行也，时而可行，行之而已，前不见其所来，后不见其所往，抑何辙迹之俱无哉？其行之善有如此。其于言也，时当可言，言之而已，内不见辱于己，外不贻羞于人，抑何瑕摘之悉化哉？其言之善有如此。至于物之当计，事之宜筹，揆之以理，度之以情，顺理而施，如情而止，宜多则多，当少则少，何须筹策之劳？即此因应无心，物我俱化，非善计而何？更有宜、闭宜结之事，其在他人，不闭则乱，不结则散，而圣人外缘胥绝，内念不生，完完全全，非所谓善闭、善结者乎？虽无绳约之束、关键之防，而无隙可乘，俨若弥缝甚固，其不可开不可解也，不诚天理浑全、无懈可击耶？之数者，殆顺乎自然之天，不参以人为之伪，故其效如此。要皆内修而无外慕，自正而无他求，所以立己立人，人无遗类，成己成物，物无弃材，其济人利物之善，为何如者？是皆自明明德，又推之以理民及物，不谓之重袭其明哉？然而善人，初不自知也。善人浑忘物我，故不善者感之而尊为师；善人亦不自满也，见不善人，善人即以之为资，见善则从，不善则改，善人所由益进于善而，至于美大化神之域焉。若凡人，自恃其才，自逞其能，见善者，置之不问，不知奉以为模；不善者，弃之如遗，反鄙之而不屑，不知见贤思齐，不贤内省，善恶虽殊，而为己之师资则一也。似此不贵其师，不爱其资，殆愚而好自用，贱而好自专者，不诚昏昧人哉？夫善者师之，恶者戒之，随在皆有益于己，无人不有益于身，是诚修己之要术，治身之妙道也。人其勉之！

　　此见圣人之语，无所不通。事物之理，即性命之道，体用原是兼赅，本末由来不离。如云"善行无辙迹"，推之气机流行，河车自运，亦是如此；若有迹象，即属搬运存想，非自在河车，上合天道之流行。曰"善言无瑕摘"，即"无法可说，是名说法"。又曰："祖师西来意。"孔子曰："天何言哉？四时行焉，百物生焉。"有瑕可摘，即有言可见，非圣人心领神会之宗旨。释氏曰："道本无言，却被人说坏了"，是其意矣。曰"善计无筹策"，周天之数，不过喻名三百之数，实非有爻策可计，有则非自然火候。曰"善闭无关键"，本是鸿濛未破，元神默默，元气冥冥，返还于元始之初，以结胎而成圣；若有闭则有开，非内炼之道也。曰"善结无绳约"，言神恋气而凝，命依性而住，神气吻合，复还太极，以结成黍米之珠、阳神之体。若有则勉强撮合，非自然之凝聚，而不可以复命归真。顾其功效如此，而修养之要，不过见善则迁，有过则改，取法乎善与不善之类，返观内省，以为功也。倘矜才恃智，傲法凌人，不贵其师，不爱其资，纵有才智，亦愚昧之夫，终不足以入道矣。于此见修道之要妙，圣凡原同一辙焉。

第二十八章 常德不离

太上曰：知其雄，守其雌，为天下谿；为天下谿，常德不离，复归于婴儿。知其白，守其黑，为天下式；为天下式，常德不忒，复归于无极。知其荣，守其辱，为天下谷；为天下谷，常德乃足，复归于朴。朴散则为器，圣人用之，则为官长。故大制不割。

修炼之道，气从阳生，运转河车，行凭子午，到得铅气抽尽，汞精已足，是铅汞会合为一气。此既得雄归以合丹，尤要雌伏以养丹，故曰："知其雄，守其雌。"夫雄，阳也；雌，阴也。阴阳和合，雌雄交感，而金藏于水；复水又生金，金气足而潮信至，其势有如溪涧然，自上注下，犹溪涧之所蓄靡穷。修行人，知阳不生于阳而生于阴，故不守雄而守雌，久之微阳渐生，阴滓胥化，而归根复命之常德，不可一息偶离。从此阴阳交媾，结成仙胎，于是逐日温养，以成婴儿，有必然者。《悟真》云："雄里怀雌结圣胎"是也。既铅汞混合，打成一片，复将此交媾之精，养于坤宫煅炼，先天真铅生矣，此谓"知其白，守其黑"。夫白，精也；黑，水也。此精未产之日，坤体本虚，因上与乾交，坤实为坎，是水中金生，赖坤母以养成，故称母气。《悟真》云："黑中取白为丹母"是也。得到真铅既至，即运一点己汞以迎之，左提右挈，静候白虎首经，果听地下雷鸣，实有丹心贯日、浩气凌霄之状，我仍守吾虚无窟子，不稍惊惶，此即炼精化气时也。以后运辘轳，升三车，由夹脊双关，上至泥丸，行子午卯酉四正之工，合春夏秋冬四时之序，此即为天下式。凡人物之生长收藏，亦无丝毫差忒不与天合度焉。由是上升下降，送归土釜，化有象以还无象，复归无极之天，此大周天之候，玉炼之丹即在此矣。斯时也，金丹既归玄窍，复合青龙真一之气，炼成不二元神，此即炼气化神时也。再修向上一层，炼神还虚之道，惟混混沌沌，涵养虚无，浑浑沦沦，完全理气，化识成智，浑圣如愚，一日一夜，言不轻发，心无他思，有如椎鲁之夫，毫无知见，纵有侮辱频来，俨若不识不知，一如舜之居深山，无异于深山野人焉。此即知成人之荣，而守成仙之辱也，不如此，不足以养虚合道。故曰："口开神气散，意乱火功寒。能知归复法，金宝重如山。"若妄发一言，妄生一念，即同走丹。道愈高，势愈险。炼丹到此，尤为危险之地。是以古人道果圆成之后，装聋卖哑，作颠放狂，殆为养虚合道计也。否亦何乐为此耶？所以心中无一物，实为天下谷。既为天下谷，尤须意冷于冰，心清似水，而真常之玄德，于此方能充足。然而真空不空，妙有不有，始而从无入有，继而从有归无，终则有无不立，此所以由太极而复归浑朴，返本还原之道得矣。虽然，其聚则一，其散则万，以至生生不已，化化无穷，何莫非器之所在，亦何莫非朴之所散？此朴散为器之说也。而圣人用之，不尚器而尚朴，殆谓虚寂为一身之主宰、万变之总持，犹人世官长无二。又曰"大制不割"者何？盖以浑然之道，范围不过，曲成不遗，足为宰制之需；若或割焉，亦是矫揉造作，初非本来性天。圣人不割，亦还其混沌之天而已。学者知之否？

此合《孔德之容》章并看，则知化精、化气、化神之旨，尽于此矣。虽然，其中细密处，吾不妨再言之。"昔日逢师亲口诀，只要凝神入气穴。"若非回光返照丹田，则金水必然浑浊。既知凝神坤宫，或作辍不常，则水火必然散漫，先天真一之气又从何生？虽然，修炼之法，凝神要矣，而调息亦不可少焉。苟知神凝气穴，而不知调呼吸之息，下入阴蹻穴中，则神虽住而息不畅，无以扇风动火，使凡息停而真息见，凡心死而真心生；又况神火全凭神息，若无神息吹嘘，不惟水火不清，亦且金胎不化。既凝神调息，知所归宿矣，尤要于神融气畅之际，如天地未开，冥冥晦晦，然后一切游思浊气，方能收拾干净，犹日月剥蚀一番，自有一番新气象。如此细细缊缊，于无知无觉时，忽然有知有觉，即是太极开基，玄关现象，又是"一阳初动处，万物始生时"。此际能把得住，拿得定，正所谓"捉雾拿云手段"。丹经云"时至神知"，又云"真活子时"，正此谓也。此时急当采取，若稍迟晷刻，又起后天知觉之私，不堪为金丹之药矣。此个机关，总要于万缘放下、一念不起时，急以真意寻之，方得真清药物。总要静之又静，沉之又沉，于无知无觉时，寻有知有觉处，庶乎得之。既曰一念不起，又何事用意去寻？岂不是有意去寻，又落后天识神乎？殊不知，此个真意，如种火然，不见有火而火自在，不过机动而神随，自然之感触，有如此者。若谓真属有意，则落于固执；若谓真果无意，又堕于顽空。此有意无意之间，学人当自会之。《易》曰："寂然不动，感而遂通"是也。如此方是真知真觉，要皆真意为之。虽然，真意由于真心，必其心空洞了灵，不以有物而增，无物而减，有此真心，方有真意，有此真意，乃有真息。总要具有慧照，不错机宜，则炼一次自有一次之长益。到此地步，常常采取，自有真阳发生。还要炼己待时，不可略起一点求动之意，则后天识神不来夹杂，即先天至阳之精、真一之气，久久薰蒸积累，自有大药发生，可以返老还童。只怕不肯积功累行以立外功，敦伦饬纪以修内德，无以为承受之基耳。俗云："不怕一，只怕积。不怕聚，只怕凑。"诚哉是言也。学人欲知用意之道，切勿徒听自然焉可。

第二十九章　去奢去泰

太上曰：将欲取天下而为之，吾见其不得已。天下神器，不可为也，为者败之，执者失之。凡物或行或随，或呴或吹，或强或羸，或载或隳。是以圣人去甚、去奢、去泰。（呴音虚，隳音恢。缓曰呴，急曰吹。）

道本无声无臭，清净自然，修道者亦当不识不知，纯任自然，此历代祖师心印，自开辟以至于今，无有或外者。无如世之异端旁门，反讥吾道为孤修寂炼，卒至顽空无用，我岂不自思哉？将欲取天下而行有为之政，吾见其不为而不得已，愈为而愈不得已也。盖天下虽大，原有神器为之先，所谓"先天大道，希言自然"者是。天下为神器之匡廓，神器乃天下之主宰，天下可为，而神器不可为也。苟有为焉，始则纷更多事，究至荡检逾闲，而天德尽废，为之正所以败之也；若或执之，始则胶固自苦，究至反道败德，而天真无存，执之正所以失之也。审是，与其有为而偾事，何如无为而成功乎？与其有执而失常，何如无执而得道乎？况道原于天，天道无为而自化，生其中者又何异耶？试观初生之时，乾元资始，或阳往而行先；坤元资生，或阴来而随后，一动一静，互为其根，有必然者。他如气之由伸而屈，吸之则油然而呴；气之由屈而伸，呼之则悠然而吹，如是则生气畅，生机永矣。至于禀受不同，刚柔亦异，或受气多而精强，或受气少而精羸，要皆后天之不齐，物生之各别。故有时而伸，气机蓬蓬上载，有时而降，气机油油下隳，是皆天道之自然，非人力所可致也。虽下手之初，不无勉强之迹，然亦因其势、顺其时，可行则行，可止则止，勉强中寓自然，固久远而不弊耳。是以圣人，于采药炼丹时，要知去其已甚，去其太奢，去其过泰，在在归于中正，时时处以和平，虽曰有为，而亦等于无为矣；虽曰有作，而亦同于无作矣。故有无相生，始可言大道。

此言大道无为，无为者，先天养性之学；然亦有为，有为者，后天炼命之工。须知，有为、无为，性命之修持各异，而其中之主宰，总不可以偶动，动则非中，无论有为不是，无为亦非。惟中有主而不乱，知时识势，见可而进，知难则退，则无为得矣，即有为亦得焉。主宰者何？即天下之神器是也。人能知得本原，一归浑浑沦沦，虚灵不昧，始而有为，有为也是，终则无为，无为也是。不然，概曰无为自然，则孔子何必言道，何必言困知勉行，何必言择善而固执？知修身之道，端在性命，性命之工，须分安勉，不必强为分别，总在人神明其德，如治国然，治则用文，乱则用武，相时而动，听天而行，庶乎左右逢源，无在不得其宜矣。第此可为知者道，难为板滞者言也。

第三十章　故善者果

太上曰：以道佐人主者，不以兵强天下，其事好还：师之所处，荆棘生焉，大军之后，必有凶年。故善者果而已矣，不敢以取强。果而勿矜，果而勿伐，果而勿骄，果而不得已，果而勿强。物壮则老，是谓不道，不道早已。

上古之世，各君其国，各子其民，熙熙皞皞，共安无事之天，人己浑忘，畛域胥化，又焉有战争之事哉？迨共工作乱而征伐起，蚩尤犯上而兵革兴，于是文则有玉帛，武则有兵戎，治则用礼乐，乱则用干戈，朝廷所以文武并重也。然有道之君子，达而在上，辅佐熙朝，赞襄郅治，惟以道事人主，不以兵强天下。此是何故？盖杀人之父兄，人亦杀其父兄，人心思返，天道好还，冤仇报复，靡有休息。又况兵过之乡，人民罹害；师行之处，鸡犬亦空，以故杀戮重而死亡多，尸填巨港，血满长城，无贵无贱，同为枯骨，生之数不畣杀之数，死之人多于生之人，由是井里萧条，田野荒废，而荆棘生焉。且肃杀之气，大伤太和，乖戾之风，上干天怒，因而阴阳不燮，雨旸不时，旱干水溢，频来凶荒，饥馑渐至，民不聊生，朝不及夕。古云："大军之后，必有凶年"，势所必至也。然而饥寒交迫，盗心日生，年岁凶荒，乱民迭作，亦有不得不为兵戎之诘者。古云："兵贵神速，不贵迟疑。"故善用兵者，亦果而已矣。行仁义之师，望若时雨；解倒悬之苦，迎以壶浆。如武王壹戎衣而天下定，无非我武维扬，歼厥渠魁已耳，何敢逞杀戮于片时，取强威于一己？其果而胜也，切勿自矜，矜则有好兵之念；切勿自伐，伐则有黩武之心。就令除残暴于反掌，登人民于春台，亦安邦定国之常、救世扶危之道，为将帅者分所应尔，何足骄于人哉？夫骄人者，好杀人者也。纵使果敢弭乱，出斯民于水火，然有此三心，虽无杀之事，而杀之机已伏于中，非道也。须知，行兵之事，圣人不得已而用之，即未损一兵，未折一将，不伤一民，不戕一物，亦未足语承平之雅化，何况非圣王所期许者，果而勿强焉可也。诗云："劝君莫觅封侯事，一将功成万骨枯。"以此思之，兵危事，战凶机，非天下生生之道也。况乎主宾相敌，旷日持久，师老财殚，臣离民怨，可已而不已，其何以为国乎？更有坚壁相持，连年转饷，一旦偶疏，而敌或扼其险要，绝其粮饷，士闻风而预走，军望气以先逃，昔日雄师，今成灰烬，亦何怪其然耶？夫亦曰"物壮则老"，其势有必然者。且夫用兵之事，以有道诛无道者也。如此喜兵好战，欲安民，反致害民，欲弭乱，反将生乱，不道极矣。夫诛无道而自行不道，何如屯田防寇，休兵睦邻，早已之之为愈也。否则，如舜伐三苗，苗民负固，舜不修戎而修德，舞干羽于两阶，七旬而有苗格。此不威之威、不武之武，甚于威武者多矣。为上者，知之否？

此言用火、行符、采取、烹炼之道，是有为有作，比之用兵克敌，大是一场凶事，不可大意作去。如曾子之战兢自惕，子思之戒慎时严，方可变化气质之躯，复还先天面目。若童真之体，未经凿破，未曾损坏者，固可相时而动，遵道而行，无偏无党，无险无危，直臻神化之域。如破漏之人，与年老之体，后天铅汞将尽，性命何依？不得不用敲竹唤龟、鼓琴招凤二法，而后有玉芝灵苗、刀圭上药，可采可炼，化凡躯于乌有，结圣胎于灵关。第火候至密，非得真师口授，万不能洞彻精微，即得秘密天机，然内德外功，一有不满，犹为神天所不佑。惟虚心访道，积德累仁，事事无愧，在在怀仁，以谦以柔，以忍以下，神依于气，气恋夫神，绵绵不绝，造到固蒂深根，决不时而忘之，纷纷驰逐，时而忆之，切切不已，故曰："以道佐人主者，不以兵强天下。"即使尽善，而火煅之后，凡气已除，真气未曾积累，势必似无似有，微而难测。且有不炼而气散，愈炼而气愈散者，皆由心有出入，似蔓草之难除。故曰："师之所处，荆棘生焉。"况夫神火一煅，而多年之残疾、自幼之沉疴，阳火一逼，阴气难留，其轻者，或从汗液浊溺而出，其重者，或外生疮毒而化，种种不一，修士不可惊为病也。只要心安，即能化气。可见炼己之道，必化凡体为玉体，变浊躯为金躯，切不可惊，惊则又动后天凡火，而大伤元气也。故曰："大军之后，必有凶年。"善用兵者，贵果敢；善用火者，贵神速。故曰："果而已矣。"在修士，当此体化纯乾之时，切不可恃，恃其才以为不饥不渴，可以行步如飞，冬不炉，夏不扇，无端妙用，迥异常人，而自以为强也。自谓为强，又动后天凡火，不遭外人诽谤，必至内药倾危。况生一自强之心，即令十月怀胎，三年乳哺，件件功成告毕，不差时刻，而自矜自伐，骄傲凌人，殊非载道之器。纵果于成功，亦必果于偾事。倾倒之患，安可胜言哉？又况自恃其强，不知谦下存心始可修德凝道，是犹草木之柔脆者有生机，坚强者无生气，日复一日，年复一年，光阴逾迈，岁月云遥，而年华不待，身体难康，精衰气弱，故曰"物壮则老"。以此言之，自高者适以自下，自豪者适以自危，不道甚矣！不如去其刚强之心，平平常常，安安稳稳，认理行将去，随天摆布来，庶几不强而自强，不道而有道耶？此下手用火之工，大有危险存焉，学者其慎之。

第三十一章　恬淡为上

太上曰：夫佳兵者，不祥之器，物或恶之，故有道者不处。是以君子居则贵左，用兵则贵右。兵者，不祥之器，非君子之器，不得已而用之，恬淡为上，胜而不美。而美之者，是乐杀人也。夫乐杀人者，不可得志于天下矣。故吉事尚左，凶事尚右。是以偏将军处左，上将军处右，以丧礼处之。杀人众多，以悲哀泣之；战胜，以丧礼处之。（佳者，利也。）

圣人之治天下也，道德为上，政教次之。至不得已而兴征伐之师，备干戈之用，"长子帅师，弟子舆尸"，为贞为凶，《易》所深戒也。而况逞虎视之雄，奋鹰扬之烈，耀兵革于疆场，肆威武于边鄙，以侵伐为利用，以争战为能事者乎？如此用兵，非弭乱也，实佳兵也。夫佳兵者，不祥之器。古人以止戈为武，此则以穷兵为能，非君子常用之器也。君子常用之器为何？道也，德也，好生恶杀也。若言兵，则杀机见矣。夫杀伐声张，河山震动，虽鸡犬亦为之不安，惨何极乎？况蚯蚓尚且贪生，蝼蚁亦知畏死，物之至微至蠢者犹深恶之，何论乎人？是以有道之士，不屑处也。凡物贵阳而贱阴，左为阳，生气也；右为阴，杀机也。是以君子之居，平常尚左，独至用兵之际，则不尚左而尚右，其贱兵可知矣。就令除残去暴，伐罪吊民，悬正正之旗，布堂堂之阵，要属不祥之器，圣王所不乐耳。夫国家承平，固无需乎武备。一旦边陲告急，畔乱频生，万不得已而用兵，亦惟是步伍整齐，赏罚严肃。凡师行之处，乐供壶浆，兵过之乡，仍安耕凿，所谓"克柔克刚，以威以德"者，于此可验矣。不逞兵威，不夸将略，惟是恬淡无为，从容自得，虽处戎马纷争之地，俨具步武安祥之风。以此攻城，何城不克？以此制敌，何敌不摧？其胜有必然者。虽然，其胜也亦兵家之常，乌得谓钟鼎铭勋，旗裳纪绩，遂以此为后世美观乎？倘以此为美观，是必忍万姓之荼毒，博一己之功名，无生人之德，而有杀人之心，亦奚可哉？夫乐杀人者，其心残忍，其法森严，不能大度以容人，常苛刻而自是，斯人也，不可得志于天下，如得志于天下，苍生无遗类矣。古者吉事尚左，凶事尚右。彼偏将军，将之次也，反居其左；上将军，将之上也，转居其右。亦知专杀伐之权者，为上将军，而偏将军必禀命于其上，不得逞杀伐之威，是以丧礼处军礼矣。夫岂若国书对垒，命士卒咸歌送葬之词也哉！此谨慎小心之至也。又曰"杀人众多，以悲哀泣之"者何？明战伐之事，伤彼苍好生之心，实出于无可奈何。故吊古战场者，睹此尸满城濠，血盈沟壑，天地一若含愁，草木一若生悲，而况于人乎？即使战而胜，群酋率服，万姓乂安，而反己思维，觉宇下苍苍赤子，遭锋镝而流离者半，死亡者亦半，心滋戚矣，何敢以奏凯还朝，歌功颂德，而自炫其才能耶？念及此而毫无德色，反多戚容，仍以丧礼处之而已矣。孟子曰："我善为陈，我善为战，大罪也；惟国君好仁，天下无敌焉。"又曰："威天下不以兵革之利。"足见神武不杀，仁者无敌，允为治世之良模。而用兵，非圣人之常道，王者所不贵也。

　　此喻临炉用火，实为老弱之人，扶衰救弊，不得已而为之，何敢矜奇立异，自诩为功耶？彼旁门左道，以进火退符，采药炼丹，一切有作有为之法，视为神仙之道，误矣，远矣！然少壮之体，不须采炼之工，可以得药结丹，而衰老之躯，气质物欲，濡染已久，不加猛烹急炼之功，则气质不化，物欲难除，以污浊之身而欲行无为自然之道，安可得乎？是犹屋宇不洁，嘉宾难迎。人须扫除身中污垢，而后色相俱空，尘根悉拔，本来真性自在个中。虽然勉强修持，亦要安然自在，方不动后天凡火，有伤性命，故太上以恬淡为上，胜而不美。否则有后天而无先天，仅凡气而无真气，一腔火性，其能久耶？故曰：美之者，是以杀人为乐也。以杀人为乐，则杀机满腹，乌足为天下之主，受天下之福？其不可得志于天下也必矣。是知修炼之士，虽用作为工夫，亦要有仁慈恻怛、谦下柔和之心，斯后天中方有先天。古人火候无爻策，药物无斤两，顺天而动，率性以行，虽有作为，亦不为害也。

第三十二章　知止不殆

太上曰：道常无名。朴虽小，天下不敢臣。侯王若能守，万物将自宾。天地相合，以降甘露，人莫之令而自均。始制有名，名亦既有，夫亦将知止，知止所以不殆。譬道之在天下，犹川谷之于江海也。

道本冲漠无朕，而实万象森列，无人不具，无物不有。人物未生以前，此物实为之本；人物既生以后，此物又为之根，虽至隐至微，而要不可一刻离也，离则万事万物皆瓦裂矣，故曰"道常无名"。为学人计，不得不强为之名曰黍珠一粒，阳神三寸，自在玄宫，周通法界，犹之太朴完全，其物虽小，其用则大，天下万事万物，俱赖此以为君，孰得臣而后之耶？即如侯王，操生杀之权，为万民之主，孰敢不奉其命令？人苟得此太朴，拳拳服膺，守而弗失，虽殊方异域，莫不航海梯山而来，况近者乎？可见万国宾服，皆由斯朴之能守也。夫人自有生后，气质拘之，物欲蔽之，斯道之存者几希。若欲抱朴完贞，惟效法天地而已。天气下降，地气上腾，犹人身坎离交媾，水火调和，天地相合，而甘露垂珠，自然降于中宫。此阴阳燮理，日月同宫，谁为为之，孰令听之？皆由以道为之主宰也。然道究有何名哉？或曰"真铅"，或曰"金丹"，古人制此名，皆为后之修士计耳。修士既知其名，即当求其实。彼自阴阳交媾，一点落于黄庭，就当止其所而不迁，安其居而不动，斯大道乃常存矣。既知所止，中有主而不易，又奚至生灭而遭危殆之辱耶？可见道散于外，浩淼无垠，浑沦莫测，及敛之于内，混混沌沌，退藏宥密。学者苟莫知统宗，无从归宿，则散而无纪，即立己犹不能，焉能及人？故曰："道之在天下，犹川谷之于江海。"惟有主归，所以成其大也。子思谓"君子之道费而隐"，其即此"一本散万殊，万殊归一本"之道也欤？

　　此章甘露，是铅汞合而始降，知止是神气萃于中宫，太上俱浑言之，吾再详道之。学人欲修性命，先明铅汞。古云："汞是我家固有之物，铅乃他家不死之方。"若但言心性，无从捉摸，古仙真借名为汞，此个汞非他，乃心中之灵液，从涕唾津精气血液，后天所生阴滓物中，加以神火下照，久久化为至灵之液。此个灵液，元性所寄。盖以本性原来真常清净，不染纤尘，与太空等，非从后天色身所有之精，用起文武火，加以神光了照，则灵液不化，灵性无依，故炼丹之士，必先炼精化气。所谓"其精不是凡精，乃是玉皇口中涎"，玉皇比心也，心中真液即涎也。既得精生汞化，由是灵液下降坎宫，真阳亦复上升，交会于黄庭土釜，我以神气凝住于此，久之，真铅从此蓬勃氤氲而有象，此即所谓"得药"也。然灵液即真水，真水即汞也；真阳即真气，真气即铅也。汞为精，铅为气，二者皆后天有形有象之铅汞，只可顺而生男育女，不可为长生大药。必从此汞之下降，铅之上升，会合中宫，凝神调息，片刻间，兀兀腾腾，如雾如烟，如潮如海，才算是真铅，可为炼丹之本，所谓"坎离交而得药"是也。于是运起阳火阴符，逆从尾闾直上泥丸，泥丸久积阴精，与我这点真铅之气，配合为一，即所谓"乾坤交而结丹"是也。阳气上升泥丸，有何景象？觉得头首爽利，非等平日之昏晕，有如风吹云散而天朗气清，另有一番气象，才算是真汞。以前之汞，还是凡汞，不可以养成仙胎。铅汞会于泥丸，斯时之凡精、凡气，合同而化，不见有铅，并不见有汞，只是一清凉恬淡之味，化为甘露神水，香甜可口，不似平日粗精浊气，即古人谓"醍醐灌顶"是，从上腭落下，吞而服之，送入黄庭温养，即封固矣。此个真精一生，浑身苏软如绵，欲睡不睡，欲醒不醒，而平日动荡之身心，至此浑然湛然，不动不摇，自安所止而得所止，又何殆之有哉？此境非大静大定不能。若夫采取之法，即一意凝注，毫不分散，古人谓"不采之采胜于采"是。所谓交媾者，即"神入气中，气包神外，两两不分"是。学人行一步，自有一步之效验。若无真实处，工犹未至。天机毕露，人其自取证焉可。

第三十三章　知人者智

太上曰：知人者智，自知者明，胜人者有力，自胜者强，知足者富，强行者有志，不失其所者久，死而不亡者寿。

修身之道，不外性命。人欲尽性立命，必先存心养性，保命全形，于以修之炼之，积之累之，则本性长圆，天命在我矣。然欲尽心，必先知性。知得人生之本，纯乎天理，不杂人欲，谓之睿智。由此遏欲存理，时时省察，刻刻防闲，务令私欲尽净，天理流行，洞见本来面目，惺惺不昧，了了常昭，即是圆明妙觉。此非外面之想象，乃自家之真知，他人莫能喻也，故曰"知人者智，自知者明"。若欲立命，必先炼己。炼己有两端：一曰物欲，物欲不除，天真难现，舍此而欲得药结丹，亦犹嘉谷杂莨稗之中，不先芟夷，势必苗莠并植，非先胜人欲，常操常存，则有定守，未必有定力也，故曰"胜人者有力"。一曰气质，气质不化，身何由固？所以剥肤存液，剥液存神，剥神还虚，层层剥尽，方能与道合真。苟非精固气壮，焉能战退群阴，扫除六贼，致令一身内外精莹如玉，变化凡躯，炼成仙体哉？故曰"自胜者强"。如是性已了矣，命已立矣，功不于此尽乎？道不于此成乎？虽然，起火有时，止火有候。若当火足之时，不行止火之功，精必随气之动而动，故知止养丹，如贫者之积财而富，常觉有余。既知止火，尤要进火以养丹，退火以温丹。非有志修士，断不能绵绵密密，不贰不息如此也。《易》曰："天行健，君子以自强不息。"其即此"强行者有志"之谓欤？自此温养之后，但安神息，一任天然，无一时一刻之失所，子思子谓"至诚无息，不息则久"者此也。至若凡身脱化，真灵飞升，亦犹凡人之死。但凡人之死，死则神散；而圣人之死，死犹神完，形虽死而神如生，乌得不与天地同寿耶？

此云知人道，胜人欲，犹是穷理尽性一边之学，惟性见心明，洞彻本原，神强气壮，煅尽阴滓，始能了性而立命，性命不分两途，复还于混沌未开之天，而阴神尽灭，阳神完成矣。其间炼精化气，炼气化神，尚有止火养丹。《悟真》云："若也持盈未已心，不免一朝遭殆辱。"此之谓也。夫炼精化气，为入胎之始；炼气化神，为成胎之终。不知止火，则气不入于胎，精虽炼而为气，犹可因气之动而复化为精，且不知止火，则神不凝于虚空，气虽炼而成神，犹可因神之动而复化为气。故"知足常足，终身不辱"，太上之言，非欺我也。至若神归大定，气亦因之大定，百年之久，浑同一日，一念游移，即同走丹。如此任重道远，非强行有志者，不能常止其所，历久而不懈也。三昧火化，立上凌霄，虽死犹生，其精神直与天地同寿。金丹始终，尽于此矣。

第三十四章　终不为大

太上曰：大道泛兮，其可左右。万物视之以生而不辞，功成不名有，衣被万物而不为主。常无欲，可名于小。万物归焉而不为主，可名于大。是以圣人终不为大，故能成其大。（泛者，滥也。）

道本渊涵无极，浩荡无涯。《诗》曰："左之左之，君子宜之；右之右之，君子有之。"观此可见，道之随时取用，无人不遂，无物不充焉。斯道也，何道也？万物生生之本也。道在天地，万物资以为生，而不辞其纷扰，以道无不足，故其生无不畅也。虽然，生之遂之之道既足，而物赖以成，亦若物之自生自遂，而道不见为有，其成功为奚若乎？虽不名为有，而天地之大，四海之遥，无人不被其涵濡，无物不荷其牸襁，且听物之自生自育，而道若不知其为生为育，普护一切，包涵万有，斯诚"衣被万物而不以为主"焉。道之功成，浩浩乎无可名也，常无欲也，无欲即常清常净，真常之道也。就其小而名之，虽一草一木之微，无有或外，弥纶万有，无隙可寻，浑然一团，纤尘悉化，此"小莫能破"之义也，故曰"常无欲，可名于小"。就其大而名之，铺天匝地，统育群生，亘古及今，包含万汇，而究无一物之不归并，无一夫之或外，此"大莫能载"之旨也。故曰："万物归焉而不为主，可名于大。"圣人之道，何其费而隐哉？夫圣人，与道合真，静则守中抱一，浑同於穆之天；动则因物随缘，俨寓时行之象。惟天为大，惟圣则之，圣实与天同其大也，然圣终不以为大也。惟不以为大，故能成其大，此所以为大圣人欤？

此言道之浩浩，生万物而有余，被万物而至足，无小无大，悉包个中。圣人能成其大，皆由修造有本。今特详下手之工：如打坐之时，先凝神，继调息，到得神已凝了，不必有浩然正气，至大至刚，充塞天地，只要心无烦恼，意无牵累，觉得心如空器，一点不有，意若冰融，片念不生，此身耸立，恍如山岳静镇，不动不摇，由是以神光下照于气穴之中，默视吾阴蹻之气，与绛宫之气，两相会于丹鼎之中，我即以温温神火细细烹炼，微微巽风缓缓吹嘘，自然精融气化，此即炼精化气也。何以知其炼精化气哉？前此未采外来之气，与吾心内之神，两相配合，会成一家，此个坎离各自分散，全不相依，呼吸亦不相调。到得收回外气，以制内里阴精，气到之时，阴精自化。上下心肾之气，既合为一，自然绛宫安闲，肾府自在，外之呼吸与内之真息，合为一气，浑如夫妇配成，聚而不散，日充月盈，真阳从此现象矣，此即化气之明征也。既已化气，再行向上之事。何谓向上之事？斯时呼吸合，神气交，凝聚丹田，宛转悠扬，几如活龙游泳，一日有无数变化，我惟凝神于中，注息于外，听其天然，自然静极而动，动极而静，此即炼气化神也。到得静定久久，我气益调，前此宛转流行于丹田者，此时烹炼极熟，觉得似有似无，若动若静，粗看不觉，细会始知。此际务将知觉之心，一齐泯去，百想无存，万虑全消，即丹田交会之神气，听他自鼓自调，自温自煅，我惟致虚守寂，纯任自然，神入气中而不知，气周神外而不觉。如此烹炼一阵，自有一阵香风上冲百脉，遍体薰蒸，此所谓神生气也。又觉精神日长，智慧日开，一心之内，但觉一气从规中起，清净微妙，精莹如玉，此所谓气生神也。如此神气交养，两两相生，斯时正宜撒手成空，不粘不脱，若有心，若无意，此炼神还虚之实际也。此三件功夫，一时可行可到。学人须遵道而行，不可但到神气粗交，未至大静，即行下榻；又不可但到神气大交，凝成一片，两不分明，未到虚无清净自在之境，速离坐地。必须照此行持，从炼精起，至于气长神旺，久久化为清净自然，再加归炉封固工法，然后合乎天地盈虚消息，与一年春夏秋冬气象，如此始完全一周工夫。照此修持，自然我气益调，我神益静，中有无穷变化，不尽生机。由是日夜勤工，绵绵密密，寂照同归，自有真气薰蒸，上朝泥丸，下流丹府，透百脉而贯肌肤，勃然有不可遏之状。此河车之路，自然而通，我不过顺其所通而略为引之足矣，非若旁门左道，以自家私意，空空去运，死死去行，不观他自动自静，而为之起止也。久之丹成道立，走雾飞空，与天为徒。圣人之成其大，诚非轻易也已。

第三十五章　往而无害

太上曰：执大象，天下往，往而不害，安平泰。乐与饵，过客止。道之出口，淡乎无味。视之不可见，听之不可闻，用之不可既。

何谓大象？即生天生地、生人生物之大道，以其无所不包，故曰大象。究何象哉？殆无极而已矣。顾无象为象，究将何所执乎？亦无执为执，斯于道不悖矣。人能常操常存，勿忘勿助，则大象执焉，大道在焉。昔孔子告颜渊曰："一日克己复礼，天下归仁。"是知大道所归，即天下所归；无论归人归道，俱是心悦诚服，又何害之有耶？吾知一气相贯通，万物皆默化，融融泄泄，上下相安于泰运之天。此皆自然之依归，非一时所感激。苟徒饰片时之耳目，未始不源源而来，但如世之雅乐可怀，香饵可口，亦足令过客停骖，流连不去，然可暂而不可常也。惟道无味，不似肥浓甘脆，令人咀嚼不已，餍饫无穷，而人之爽口悦心者，自不厌焉。此无味中有至味，非世味之浓所可拟。虽然，道无方体，亦无形状，难想像，亦难捉摸，故曰：视不见，听不闻，而取之靡穷，用之不竭，有如是也，诚"范围天地而不过，曲成万物而不遗"，斯道之所以为大耳。学者其知所向往哉！

此言人必效天地交泰，而后融融泄泄，不啻雅乐可怀，香饵堪味，令人叹赏不置。然其境正非易到也。苟当私欲甚炽，血气将衰之候，不先从极动之处，渐而至于静地，则人心不死，道心不生，凡息不停，真息不见。惟动极而静之际，忽来真意以主持之，此意属阴，谓之己土。少焉恍恍惚惚，阴阳交媾，大入杳冥之境，似梦非梦，似醒非醒。于此定静之中，忽觉一缕热气，混混续续，气畅神融，两两交会于黄房之间，将判未判，未判忽判，此即真铅现象；心花发露，暖气融融，元神跃跃，不由感触，自然发生，斯乃玄关兆象，太极开基也。斯时惟用一点真心发真意以收摄之，此意属阳，为戊土。其实一意，不过以动静之基，分为戊己之土而已。盖玄牝未开，混沌之中，有此真意为主，即无欲观妙之意，谓之阴土；及玄牝开而真机现，即有欲以观其窍，谓之阳土。一为无名天地之始，一为有名万物之母。生天生地、生人生物，皆此一点真意为之贯注。修行人，能以真意主宰运行，庶不至感而有思，动而他驰。所谓"天关由我，地轴由心"，"宇宙在乎身，万化生于心"，皆此时之灵觉，为之运用而主持也。故曰：略先一意①，则真机未现，采之无益；略后一息，则凡念已起，采之又多夹杂，不堪为我炼丹大药。此须有大智慧、大力量，方能于此一息中，认得清、把得定，以为成仙证圣之本。虽然，此个玄关，始而其气柔脆，只觉微有热意从下元起，久则踊跃周身，似有不可遏抑之势。学人须于至微处辨得明白，以我真意主持，毫不分散，久之气机大有力量，一任兀兀腾腾，随其所至，不加一意，不参一见，斯得之耳。到得气机壮旺，一静即天机发动，迅速如雷，虽一切喧哗之乡，不能禁止。总要有灵觉之心，为之主持，乃无差也已。

第三十六章 国之利器

太上曰：将欲噏之，必固张之；将欲弱之，必固强之；将欲废之，必固兴之；将欲夺之，必固与之。是谓微明。柔胜刚，弱胜强，鱼不可脱于渊，国之利器不可以示人。

天有盈虚消长，人有寿夭穷通，此亦气数之常，然只可以概凡夫，而不可以律圣人。圣人则有挽回天地之能，扭转乾坤之德，要不外颠倒阴阳，逆施造化而已。即如时至秋也，万物将收，而欲噏弱而难整，圣人则有张天地之气运，强血气之功能焉；时至冬也，万物皆废，而欲搞夺而难生，圣人则有气象之重兴，岁月之我与者。此至微而至明，实常而实异，非圣人莫喻也。易危为安，反乱为治，非神勇者，不能臻此神化。然究其所为返还之术，不过曰柔、曰弱。惟其柔也，故能胜刚；惟其弱也，故能胜强。所用者何？人无精则绝，鱼无水则灭，一旦脱之于渊，则水涸而生机息矣，亦犹人无真一之精，则所存者几希。人之与鱼，同一不离乎水，但非天露之水，乃造道渊深而一元之水，汩汩乎来频相灌溉也。昔庄子谓"相濡以沫，相呴以湿，不若相忘于江湖"，是其旨也。后世旁门，以有形有质之精，为修炼长生之本，殆不知，道之为物，刚健中正，纯粹以精，都从恍惚杳冥、虚无自然而生者。其间火药之密机、烹调之的旨，非圣师不授，非至诚不几，非有功有德、虚心访道、竭诚求师者，未易仙缘凑合。盖天机密秘，天地至重，

---

① 意，萧天石本《道德经精义》作"息"。

鬼神最钦，妄传匪人，殃遗九祖，犹国家利用之密器，不可以轻示人，是以君子慎密而不出也。学者亦见及此乎？

此言修道之士，真有宇宙在手、万物生心之妙，然亦不过"观天之道、执天之行"，顺而取之、逆而施之足矣。其寓生机于杀机之中，即所谓"至阴肃肃，至阳赫赫，肃肃出乎天，赫赫出乎地"；由至阴而取至阳，所谓"盗机"者此也。人能于"黑山窟取阳，鬼窝里取宝"，即是盗生机于杀机之内，要皆在天地虚空中取，人身虚静处夺，此精才是真精，非世之凡精可拟。人能盗之，不失其时，用一度工，自有一度之进益。劝学者，以柔以弱，立德立功，庶得神天之佑，自有仙人传授口诀。否则，最大事情，惊天地而动鬼神，纵是神仙，要皆不传者多。盖天机至密，天律最严，不可违也。庄子曰："使道可献人，则人莫不献之于君。使道可进人，则人莫不进之于亲。使道可与人，则人莫不与之于弟兄。使道可传人，则人莫不传之于子孙。而皆不可者何？诚以中无德而道不立，中无主而道不行也。"合数圣之言观之，则知国之利器，不可轻以示人矣。后世修士，切勿以大道为公，不择人而授，以致自遭天谴，悔之无及。斯殆有公而不公、不公而公之旨，非下学所能参其微也。尚其懔之。

第三十七章　道常无为

太上曰：道常无为而无不为。侯王若能守，万物皆自化。化而欲作，吾将镇之以无名之朴。无名之朴，亦将不欲。不欲以静，天下将自正。

道虽自然无为，然著于无为，又成顽空之学，须以无为植其本，有为端其用，无为而有为，有为仍无为，斯体立而用行，道全而德备矣。所谓"常应常静"，"常寂常惺"，"放之则弥纶六合，卷之则潜伏寸衷"，即此冲漠无朕之时，有此坐照无遗之概。虽曰无为，而有为寓其中；虽曰有为，而无为赅其内，斯大道在我，大本常存。任尊贵王侯，若无此道为根本，则万物皆隔阂而难化。惟能持守此道，则天下人物，性情相感，声气相通，自默化潜移，而太平有象矣。虽然，承平日久，古道难敦，此亦情所必至，理有固然，无足怪也。及创造频仍，繁华肇起，人心愈险，祸乱弥多，此又天地之气数，人所不能逃者。惟圣人具保泰持盈之法，久安长治之谋，于文物初开之世，而以无为无作、无思无虑、浑然无名之太朴，为之修诸己而措诸民，导于前而引于后，纯乎天，不杂以人，所以内镇宫庭，外镇天下。《屯》之初九曰："盘桓，利居贞"，为草昧初开者之一镇也。夫石蕴玉而山辉，水怀珠而川媚，凡朴之镇，犹且如此，况无名之朴，合民物而一，为之镇乎？倘不归浑穆，断难使会极归极，咸登衽席之安。惟不识不知，顺帝之则，浑忘道德，不识天人，斯为得之。故曰："无名之朴，亦将不欲，不欲以静，天下自正。"此殆恬淡无欲，郅治无为，上不知所为化，下不知所为应，上与下两相安于无为之道，有不知其然而然者。舜之无为而治，所以独隆千古也。为民上者，可不以无为为本哉？

此论治世之道，无为为本。修身之道，亦不外此。侯王比人之身，至尊至贵。俗云"一劫人身万劫难，既得人身遇已奇"矣，又闻正法，不更美乎？于此不修，则精神必耗，身命难延，一转眼间，气息泯灭，又不知为鬼为蜮，或兽或禽，轮回六道，辗转不停，何时才得出头？今逢法筵大展，大道宏开，可不急急修持，而令岁月之蹉跎耶？万物比人身中五官百体，血气精神。能守此无为常道，则诸虑自息，百骸俱理，肌肤润泽，毛发晶莹，不啻金相玉质。侯王能守，万物自化，比一心内照，则变化通灵。然火候未纯，气质尚在。当此精神大整，智慧频生，或好谈过去未来以逞其才，或喜语建功立业以夸于世，种种作为，皆由道德未纯之故。惟此玉液丹成，重安炉鼎，再辟乾坤，仍以无名太朴，倾于八卦炉中，内用天然神火，外加增减凡炉，久久火化，连无名之朴亦浑忘焉。此无知无欲，恬然淡然，则凡身变化，自返还于先天一气，而仙道成矣。所谓"不欲以静，天下将自正"者，太上治世修身之道，其一以贯之者欤？

卷下　德经

第三十八章　上德不德

太上曰：上德不德，是以有德。下德不失德，是以无德。上德无为而无以为，下德为之而有以为。上仁为之而无以为，上义为之而有以为。上礼为之而莫之应，则攘臂而仍之。故失道而后德，失德而后仁，失仁而后义，失义而后礼。夫礼者，忠信之薄而乱之首也。前识者，道之华而愚之始也。是以大丈夫处其厚，不处其薄；居其实，不居其华。故去彼取此。

　　上古之风，浑浑噩噩，一任其天，浩浩渊渊，各安其性，上下无为，君民共乐，忠厚成风，讼争不起。何世道之敦厐若此乎？皆由安无为之天，率自然之性，一时各老其老、幼其幼、贤其贤、亲其亲，安耕乐业，食德饮和，不知道德之名，更不闻仁义、礼智之说，然而抱朴完贞，任气机之自动，与天地以同流，俨若不教而化，无为而成，自与道德为一，仁义礼智不相违焉。夫以道德并言，道为体，而德为用；以道德、仁义、礼智合论，则道德又为体，而仁义、礼智又为用。后世圣人，虽为化民起见，而立道德之名，分为仁义、礼智之说，其实道德中有仁义礼智，仁义礼智内有道德，无彼此，无歉缺也。降至后世，而道德分矣。等而下之，仁义礼智，亦多狃于一偏。此皆由气数之推迁，人心之变诈，故至于此。太上欲人返本还原，归根复命，乃为之叹曰：上德无为之人，惟率其性，不知有德，是以其德常存；下德有为之士，知德之美，因爱其名，好行其德，惟恐一失其德，顿丧其名，此两念纷驰，浑沦顿破，不似上德之一诚不二、片念无存，由有德而反为无德也。且上德无为，斯时天下之民，一道同风，群安无为之世；下德有为，际此繁华渐起，俗殊政异，共乐有为之常。岂非"忘机者息天下之机，好事者启天下之事"乎？然时穷则复，物穷则变，人穷则返。当此多事之秋，风俗浇漓，人心变乱，滔滔不返，天真梏没久矣，必有好仁之主，发政施仁，清源正本，易乱为治，转危为安，势不能不有为，然虽有为之迹，而因时制宜，顺理行去，有为仍属无为，所以垂衣裳而天下治也。更有好义之人，际此乱离之日，欲复承平，大兴扫除之功，欣欣自喜，惇惇称雄，不能一归淡定，虽或乂安宇宙，人物一新，而上行下效，民物之相争相夺者，不能已也。至于上礼之君，人心愈变矣，习往来之仪，论施报之道，或厚往而薄来，或施恩而报怨，则不能相安于无事。朝有因革，俗有损益，不能彼此相合，远近同情，稍有不应，而攘臂相争，干戈旋起，不能与居与处而相安。故曰："失道而后德，失德而后仁，失仁而后义，失义而后礼。"迄于今，人愈变，事愈繁，而忠信之坏已极，不得不言礼以维持之。无如徒事外面之粉饰，不由中心之发皇，酬酢日多，是非愈众。彼缘礼以为维系人心之计者，殆未思应于外不由于中，必至凶终而隙末，欲安而反危。故曰："忠信之薄，而乱之首也。"他如智非奇计异谋，预度先知之纠察，乃由诚而明，不思而得，不学而能，自然虚明如镜，岂逆诈億信所可比哉？然道之华，非道之实，且察察为明，必流于虚诬诈伪而不觉，在己或矜特识，其实愚之始也。是以大丈夫有真识定力，知敦厚以为礼，故取其厚，不取其薄；知虚华之非智，故取其实，不取其华。去取攸宜，而大道不难复矣。

此言道德废而有仁义，仁义废而有礼智，愈趋愈下，亦人心风俗使然，无足怪者。至于修养一事，咽津服气出而道一变，采药炼丹出而道一变，迄于今纷纷左道，不堪言矣。谁复知玄关一窍，为修道之要务乎！吾今为人示之：人欲识此玄关，须于大尘劳、大休歇后，方能了彻得这个玄关。又曰"念起是病，不续即药"，又曰"放下屠刀，立地成佛"，总不外尘情杂虑纷纷扰扰时，从中一觉而出，即是玄关，所谓"回头是岸"，又曰"彼岸非遥，回光返照即是"。但恐于玄关未开之前，先加一番意思去寻度，于玄关既开之后，又加一番意思去守护，此念虑纷纷，犹天本无云翳，云翳一散即现太空妙景，而却于云翳已散之后，又复加一番烟尘，转令清明广大之天，因之而窄逼难容、昏暗莫辨矣。佛云："应如是住，如是降伏其心。"此等玄机，总著不得一毫拟议，拟议即非；著不得半点思虑，思虑即错。惟于玄关未开时，我只顺其了照之意；于玄关既开候，我亦安其坐照之常。念若纷驰，我即收回，收回即是；神如昏罔，我即整顿，整顿即是。是何如之简而捷、便而易乎？特患人于床上安床，动中寻动，静里求静，就涉于穿凿，而玄关分明在前，却又因后天知虑遮蔽，而不在矣。吾今示一要诀，任他思念纷纭，莫可了却，我能一觉而动，即便扫除，此即是玄关。足见人之修炼，只此觉照之心，亦如天宫赤日，常须光明洞照，一毫昏黑不得，昏黑即落污暗地狱。苟能拨开云雾，青天白日，明明在前，如生他想，即落凡夫窠臼，非神仙根本。总之，仙家无他玄妙，惟明心见性，乃修炼要诀。若丹是何物，即吾丹田中絪缊元气是也。然此元气，与我本来不二元神，会合一处，即是返还太极无极、父母未生前一点天命。人能以性立命，以命了性，即可长生不死。但水府求玄，欲修成金液之丹，不得先天神息，采取烹炼、进退温养，则先天元性与先天元命，不能自家会合为一、攒五簇六而成金丹。虽然，既得元性、元命矣，若无真正胎息，犹人世男女，不得媒妁往来交通，亦不能结为夫妇。故丹经云："真意为媒妁。"兹又云"真息为媒妁"，岂不与古经相悖乎？不知真意者，炼丹交合之神；真息者，炼丹交合之具，要皆以神气二者，合之为一而已矣。第无真息，则真气不能自升自降，会合温养，结成玄珠；既得真息，若无真意为之号令，摄持严密，则使真息亦不能往来进退，如如自如。故曰：真意者，炼丹之要。然真意不得真正元神，则真意从何而始？惟于玄关窍开之初，认取这点真意，于是返而持之，学颜子拳拳服膺，斯得之矣。况元神所流露，即是真意，即是"一善"，亦即"得一而万事毕"之道。学人认得分明，大丹之本立矣。昔邱祖云："息有一毫之未定，命非己有。"吾示学人，欲求长生，先须伏气。然伏气有二义：一是伏藏此气，归于中宫，如如不动；一是管摄严密，降伏后天凡息，不许内外呼吸出入动摇吾固有之神气。久久降伏，自能洗心退藏于密。长生即在此伏气中，除此别无他道。修行人，须照此行持，乃不负吾一片苦衷耳。

第三十九章　以贱为本

太上曰：昔之得一者：天得一以清，地得一以宁，神得一以灵，谷得一以盈，万物得一以生，侯王得一以为天下贞。其致之，一也。天无以清，将恐裂；地无以宁，将恐发；神无以灵，将恐歇；谷无以盈，将恐竭；万物无以生，将恐灭；侯王无以贞贵高，将恐蹶。故贵以贱为本，高以下为基。侯王自谓孤、寡、不毂，此其以贱为本也，非乎？故致数车无车，不欲琭琭如玉，落落如石。（琭，音禄）

大道无他，一而已矣。一者何？即鸿濛未判之元气，混沌未开之无极，生成万物之太极。要之，元气无形，谓之无极；万物皆从无极而有形，实为天下之根，谓之太极。即此是道，圣人无可名而名之，故曰一。若无一则无物，无物便无一，得之则生，失之则没。自昔元始以来，其得一而成形成象，绳绳不已，生生不息者，大周沙界，细入微尘，无或外也。《中庸》云："视之不见，听之不闻，体物不可遗"，孰非此一乎？故综而计之，天之清也，得一而清；地之宁也，得一而宁；神之灵也，得一而灵；谷之盈也，得一而盈；万物之生也，得一而生；侯王之正己以正天下也，无非得一以贞而已。纵或大小异象，贵贱殊途，表里精粗，幽明人鬼，至于不可穷诘，孰能外此一以为包罗哉？即如天至高也，无一将恐崩裂；地至厚也，无一将恐发决；神至妙也，无一将恐不灵；空谷传声，气至盈也，无一则恐竭矣；万物负形，气至繁也，无一则恐灭矣；侯王至高而至贵也，无一以贞天下，恐位高则危，名贵则败矣，是一安可忽乎？果能由一散万，浩荡无垠，渊深莫测，则天地神谷、万物侯王，俱赖此一以为主宰，而蟠天际地，弥纶无隙，充周不穷，如此其极，是高莫高于道，贵莫贵于一也。虽然，自无而有，有何高焉？由微而著，又何贵焉？即使贵莫与京，亦由气之自微而显，故曰"贵以贱为本"；即使高至无极也，亦由气之自下而上，故曰"高以下为基"。他如世之位高如侯，分贵如王，知道之自下而高、由贱而贵，故自称曰"孤"、曰"寡人"、曰"不穀"，此非以贱为本欤？否或不居于贱，自置太高，则中无主而道不立，心已纷而神不凝，欲于事事物物之间，合夫大中至正，复归于一道，盖亦鲜矣。犹推数车者，不能居中制外，反不如驱一车者之尚处其内而得以操纵自如。噫！有车而等于无车，贪多诚不如抱一。又如玉之琭琭而繁多，多则贱生焉；如石之落落而层叠，叠则危起焉，均太上所不欲也。何若抱一者之自贱而自下，后终至于高不可及、贵莫可言之为愈哉！

此言修道成真，只是此一，无有二也。孔子曰："吾道一以贯之。"孟子曰："夫道，一而已矣。"然究何一哉？古人谓：鸿鸿濛濛中，无念虑，无渣滓，一个虚而灵、寂而惺者之一物也。此物宽则包藏法界，窄则不立纤尘，显则九夷八荒无所不到，隐则纤芥微尘无所不察，所谓无极之极、不神之神，真无可名言、无从想象者。性命之道，惟此而已。太上以侯王喻人之心。心能常操常存，勿忘勿助，刻刻返观，时时内照，即不失其一。一即独也。独知独觉之地，戒慎恐惧，斯本来之至高至贵者，庶可长保。然此是修性之学，故一慎独便可了得。若炼命，则有为有作，倘非从下处做起，贱处炼来，药犹难得，何况金丹？下即下丹田也，贱即下部污秽处也。学者欲一阳来复，气势冲冲，非由下而升至于顶上，安得清刚之气，以为我长生至宝？非从下田浊乡，以神火下照，炼出至阳之气，何以为药本丹基？古人谓"阴中求阳，鬼窟盗宝"，洵不诬也。尤须有一心、无两念，方是守一之道。到得自然，人我俱忘，即得一矣。修士到此地位，一任天下事事物物，无不措之而咸宜，处之而恰当，所谓"得一而万事毕"，其信然耶！倘著形著象，纷纷驰逐，与夫七情六欲、身家妻孥，死死牵缠，不肯歇手，则去道远矣。莫说外物纷纭，不可言道，即如存心养性、修道炼丹，进火退符，采取封固，一切名目，皆是虚拟其象，为后之学者立一法程。若其心有丝毫未净，即为道障。太上所以说致数车无车，不欲琭琭如玉、落落如石焉。夫道只一道，学者又何事他求哉？

第四十章　有生于无

太上曰：反者道之动，弱者道之用。天下万物生于有，有生于无。

大道，人人具足，个个圆全，又何待于复哉？不知人自有生而后，气拘欲蔽，知诱物化，斯道之为所汨没者多矣。苟非内祛诸缘，外祛诸扰，凝神调息，绝虑忘机，安得一阳发生，道气复返乎？故曰："反者道之动。"此炼丹之始基也。迨至药已归炉，丹亦粗结，汞铅浑一，日夜内观，而金丹产焉。自此采取之后，绵绵不绝，了了常存，以谦以下，以辱以柔，就是还丹之妙用。然非但还丹当如此，自下手，以至丹成，无不当冥心内运，专气致柔。盖丹乃太和一气炼成。修道者，当以谦和处之，苟稍有粗豪，即动凡火，为道害矣。故曰："弱者道之用。"天下万事万物，虽始于有形有象、有物有则，然其始不自有而肇也。圣人当大道之成，虽千变万化，无所不具，而其先必于至虚至无中采之炼之，然后大用流行，浩气充塞于两大。若非自无而炼，焉得弥纶天地，如此其充周靡尽乎？故曰："有生于无。"学人修养之要，始也自无而有，从静笃中炼出微阳来；继也自有而无，从蓬勃内复归于恬淡；其卒也，又自无而有，混混沌沌，人我俱忘，久之自炼出阳神三寸，丈六金身。可见有有无无，原回环不已，迭运靡穷。学者必照此行持，方无差忒。

此言金丹大道，非有他也，只是真气流行，充周一身。其静也，如渊之沉；其动也，如潮之涌。惟清修之子，冥心内照，自考自证，方能会之，非言语所能罄也。人能明得动机，是我生生之本，彼长生不老之丹，岂外是乎？况人人共有之物，无异同、无欠缺，只为身动而精不生，心动而气不宁，于是乎生老病死苦，辗转不休，轮回不已。若欲脱诸一切，非先致养于静，万不能取机于动，返我生初元气。但此个动机，其势至微，其气至嫩，稍不小心，霎时而生癸水、变经流，为后天形质之私，不可用矣。故曰："见之不可用，用之不可见。"由此一动之后，采不失时，则长生有本，大丹有根。如执所有而力行之，笃所好而固守之，虽得药有时，成丹可俟，无如冲气至和，而因此后之采取不善、烹炼不良，一团太和之气，遂被躁暴凡火伤之。道本至阳至刚，必须忍辱柔和，始克养成丹道，太上所以有"挫锐、解纷、和光、同尘"之教也。然道虽有气动，犹是无中生有，有而不以弱养之，则不能返于虚无之天，道又何自而成乎？人第知一阳来复，乃道之动机，而不知返本还原、有象者仍归无象。盖有象者，道之迹；无象者，道之真也。知此，则修炼不患无基矣。

第四十一章　大器晚成

太上曰：上士闻道，勤而行之；中士闻道，若存若忘；下士闻道，大笑之，不笑不足以为道。故建言有之，明道若昧，进道若退，夷道若类，上德若谷，大白若辱，广德若不足，建德若偷，质直若渝，大方无隅，大器晚成，大音希声，大象无形，道隐无名。夫惟道，善贷且成。

天地未有之先，原是虚虚无无，鸿鸿濛濛，一段氤氲太和之气，酝酿久之，气化充盈，忽焉一觉而动，太极开基矣。动而为阳，轻清之气上浮为天；静而为阴，重浊之气下凝为地。天地开辟而人物滋生，芸芸万姓有几能效天地之功用哉？惟圣人从混沌中一觉而修成大丹，以此治身，即以此淑世。虽未敢缄口不言，却亦非概人而授，随缘就缘，因物付物，方合天地大公无我之量。时而遇上士也，闻吾之道，欣然向往，即勤而行之，略无疑意，此其人，吾久不得见之矣。时而遇中士也，出于予口，入于伊心，亦属平常，了无奇异，未始不爱之慕之，一蹴而欲几之，无奈世味浓而道味淡，圣念浅而俗念深，或迁或就，若存若亡，知不免焉。至于下等之士，习染日深，气性多戾，一闻吾道，不疑为妖言惑世，便指为聚众敛财，讵知君子之修，造端夫妇，圣人之道，不外阴阳，顺则生人，逆则成仙，其事虽殊，其理则一，而贸贸者乃谓神仙为幻术，岂有如此修持遂能上出重霄乎？否则谓天地至广，万物至繁，如此成性存存，即上下与天地同流乎？何以自古仙圣，至今无几也？于是笑其言大而夸，行伪而僻。噫！斯道只可为知己者道，难与浅见寡闻者言矣！夫蜉蝣不知晦暮，蟪蛄不知春秋，井蛙不知江海，又何怪其笑耶？不笑不足以见道之至平而至常，至神而至奇，神奇即在平常中也。况道本无声色，何有所言？其有所言，亦因后之修士，无由循途而进，历阶而升，故不得不权建虚词、假立名号以引之。人果知虚无为道，自然为功，尤须自阴而阳，由下而上。昧为明本，退为进基，虽明也而若昧，庶隐之深而明之至焉，虽进也而若退，庶却之愈速而进之弥远焉。道原远近皆具，我虽与道大适，亦若于己无增，于人无减，夷若类焉。道本大小兼赅，我虽与德为一，亦若无而不有，虚而不盈，德若谷焉。时而大显于世也，啧啧称道，不绝人口，我若无益于己，反多抱愧，故曰"大白若辱"。时而德充于内也，处处施为，不穷于用，亦若有缺于中，益形支绌，故曰"广德若不足"。即其修德立身，建诸天地而不悖，我若自安偷薄，绝无振拔之心，故曰"建德若偷"。或已至诚尽性，质诸鬼神而无疑，我若常变可渝，毫无坚固之力，故曰"质直若渝"。如此存养心性，惕厉神明，虽有谗言，无间可入，纵多乱德，何隙可乘？世有修道明德而遭侮辱者，其亦返观内省？果如此藏踪敛迹，卑微自下，怍辱为怀，德广而不居，德建而弗信，亦若忠直难言，诪张为幻者耶？吾知其未有此也。纵或数有前定，劫莫能逃，天之所危，人当顺受，安于命而听诸天，是以"君子有终身之忧，无一朝之患"，我于此益信焉。且道无方所、形状、声臭可言，彼世之廉隅自饬者，规规自守，不能圆转自如，我则大方无方，浑然一团，不落边际，又何模棱之有？凡物之易就者不美观，急成者非大器，我能循循善造，弗期近效，不计浅功，久于其道，自可大成，又何歉于己乎？要之，道本希言自然，恍惚为状，我能虚极静笃，则无音而大音出矣，无象而大象形矣。施之四海皆准，传之万世不穷，岂仅推重于一时而不能扬徽于万代耶？《诗》曰："在彼无恶，在此无斁。"道之建施，实有如此神妙者。其间孰是为之，孰是与之？亦曰：夫惟道，善贷且成而已。此言抱道人间，用无不足，给万物而不匮，周沙界而有余，且使化功大成，真上士也。

太上为世之不自韬光养晦、立德修身者言，彼稍有所得，便矜高自诩，五蕴未空，六尘不净，犹屋盖草茅，火有所借而燃。若只修诸己，不求诸人，浑浑乎一归于无何有之乡、广漠之野，纵有外侮，犹举火焚空，终当自息。如此修己，真修己也。惟其如此，故人与己两相安于无事之天，否则于道无得，反招尤也。孔子曰："无而为有，虚而为盈，约而为泰"，其见恶于人也宜矣。修道者知此，可以免务外之思，亦可无外侮之患焉。

第四十二章　冲气为和

太上曰：道生一，一生二，二生三，三生万物。万物负阴而抱阳，冲气以为和。人之所恶，孤、寡、不穀，而王公以为称。故物或损之而益，或益之而损。人之所教，我亦教之。强梁者不得其死，吾将以为教父。（父与甫同，从上声，言其众也，将以之教众人也。）

道家始终修炼，惟以虚无为宗。元始天王，道号虚无自然，即是此义。由虚而实，是谓真实；由无而有，是谓真有。倘不虚不无，非但七情六欲，窒塞真灵本体，无以应万事，化阳神，即观空了照，有一点强忍意气持之，亦是以心治心，直将本来面目遮蔽无存。总之，虚无者，道之体；冲和者，道之用。人能如是，道庶几矣。太上曰："道生一。"道何有哉？虚而已矣。然至虚之中，一气萌动，天地生焉，故曰："有物混成，先天地生"也。无极之先，混混沌沌，只是一虚；及动化为阳，静化为阴，即"易有太极，是生两仪"是，所谓"道生一，一生二"也。其在人身，即微茫之中，一觉而动，乾坤阖辟，气机往来，静而凝聚者，为阴为精；动而流行者，为阳为气。若无真意主之，则阴阳散乱，无由生人而成道。可见阴阳二气之间，甚赖元神真意主持其际，所谓"二生三"也。由是一阴一阳，一动一静，气化流行，主宰如故，而万物生生不穷矣，所谓"三生万物"也。或曰："天一生水，金生水也；地二生火，木生火也；天三生木，水生木也；地四生金，土生金也。"以五行所生，解太上"一二三万物"生生之义，总属牵强。不若道为无极，一为太极，二为阴阳，天一地二合而成三，斯为明确之论。"万物负阴而抱阳，冲气以为和"，明明道元始虚无一气，化生阴阳，万物之生，即阴阳为之生。冲者，中也。阴阳若无冲气，则中无主而神不宁。物之生也，犹且不能，况修道乎？《易》曰："天地絪缊，万物化醇。"可见精气神三者俱足，斯阴阳合太极而不分。使阴阳虽具，太极无存，则造化失权，万物之生机尽灭。大凡修道炼丹，虽离不得真阴、真阳，若无太和元气，则丹无由结，道亦难成，盖道原太和一气所结而成也。生人生仙，只是一理，所争在顺逆间耳。惟以元气为体，阴阳为用，斯金丹之道，于是得矣。试观王公大人，位至高也，分至贵也，而自称曰孤、曰寡、曰不穀，其意何居？盖高者易危，满者易倾，电光之下，迅雷乘之。惟高不恃其高，贵不矜其贵，而以谦下柔和之心处之，斯可长保其富贵，而身家不至危殆焉，所以孤、寡、不穀，凡人所恶，王公反以之自称也。然则道为天地至宝，修之者可不矢谦柔之意乎？《书》曰："满招损，谦受益。"从无有易之者。夫益不始于益，必先损而后益；损不始于损，必先益而后损。可见富贵贫贱，穷通得丧，屈极则伸，伸极必屈，此天道循环，自然之运，虽天地莫能逃，何况人乎？噫！人道如斯，大道奚异？修士欲得一阳来复，必先万缘俱寂，纯是和平之气，绝无躁切之心。如此损之又损，以至于无，则群阴凝闭之中，始有真阳发生，为吾身之益不少。倘或自恃其才，自多其智，心不虚而志自满，未有不为识神误事，邪火焚身者。欲益而反损，天下事大抵如斯，岂独修道乎？至于一切事宜，无非幻景，不足介意，而人犹以为后起者教。须知金丹大道，所为在一时，所关在万世，岂可不以为法耶？太上所以云："人之所教，我亦教之"也。所教维何？至柔已耳。若不用柔而用刚，必如世上强梁之徒，横行劫夺，终无一人不罹法网而得以善终。是知横豪者，死之机；柔弱者，生之路。此诚修道要术，吾之教人，所以柔弱为先也。修士其可忽乎？《悟真》云："道自虚无生一气，便从一气产阴阳。阴阳自是成三体，三体重生万物昌。"此即"一生二，二生三，三生万物"之谓。修行人，打坐之初，必先寂灭情缘，扫除杂妄，至虚至静，不异痴愚，似睡非睡，似醒非醒，此鸿濛未判之气象，所谓道也。忽焉一觉而动，杳冥冲醒，我于此一动之后，只觉万象咸空，一灵独运，抱元守一。或云真意，或云正念，或云如来正等正觉，此时只一心，无两念焉。观其阳生药产，果能蓬勃絪缊，即用前行二候法，采取回宫一候，归炉封固一候。是即一动为阳，阳主升；一静为阴，阴主降。再看气机壮否？若已大壮，始行河车运转，四候采取烹煎，饵而服之，立干己汞。此即采阳配阴，皆由一而生者也。至于一呼一吸，一开一阖，无不自一气而分为二气。然心精肾气，心阴肾阳，无不赖真意为之采取烹炼、交媾调和。此即阴阳二气，合真意为三体，皆自然而然，无安排、无凑合也。而要必本于谦和退让，稍有自矜自强之心，小则倾丹，大则殒命，故曰："强梁者不得其死，吾将以为教父"。学者须知，未得丹时，以虚静之心待之；既得丹后，以柔和之意养之，慎勿多思多虑、自大自强可也。此为要诀中之要诀，学者知之。否则满腔杂妄，道将何存？如此而炼，是瞎炼也。一片刚强，即得亦丧，如此而修，是盲修也。似此无药无丹，遽行采炼运转，不惟空烧空炼，且必伤性伤精，其为害于身心不小，乃犹不肯自咎，反归咎于大道非真，金丹之难信。斯其人殆不知，道之为道，至虚至柔。惟以虚静存心，和柔养气，斯道乃未有不成也已。

此言道家修炼，却病延年，成仙作圣，不外精气神三宝而已。然精非交感之精，所谓"元始真如，一灵炯炯"，前云"惚兮恍，其中有象"是，是由虚而生。虚即道。"道生一"，即虚生精，精即性也。气非呼吸之气，所谓"先天至精，一气氤氲"，前云"恍兮惚，其中有物"是，是由一而生。一即精。"一生二"，即精生气，气即命也。神非思虑之神，所谓"灵光独耀，惺惺不昧"，前云"杳兮冥，其中有精，其精甚真，其中有信"是，自二而化。二即气。"二生三"，即气化神，神即元神真意也。要皆太和一气之所化也，惟以柔和养之，斯得之耳。若著一躁心，生一暴气，皆不同类，去道远矣。去道既远，保身犹难，安望成仙？所以有强梁之戒也。太上以"忍辱慈悲"为教，故其言如此。孔子系《易》，尝于"谦卦"三致意，而金人、欹器之类，示训谆谆，其即此意也欤？

第四十三章　无为之益

太上曰：天下之至柔，驰骋天下之至坚，无有入于无间，吾是以知无为之有益。不言之教，无为之益，天下希及之。

道者何？鸿濛一气而已。天地未开以前，此气在于空中；天地既辟而后，此气寓于天壤。是气，固先天地而常存，后天地而不灭也。天地既得此气，天地即道，道即天地，言天地而道在其中矣。惟天地能抱此气，故运转无穷、万年不敝者此气，流行不息、群类资生者亦此气，一气原相通也。圣人效天法地，其诚于中者，即所以形于外，内外虽异，气无不同；其尽乎己者，即所以成乎人，人己虽殊，气无不一。究何状哉？空而已矣。空无不通，一物通而物物皆通；空无不明，一物明而物物俱明。孔子云："为政如北辰居所，而众星自共。"孟子云："君子过化存神，上下与天地同流。"是诚有不待转念移时，而自能如此一气潜孚、一理贯注者。故曰："天下之大，自我而安。人物之繁，自我而育。古今之遥，自我而通。"圣道之宏，真不可及也。以是思之，宇宙何极，道能包之，抑何大乎？金玉至坚，道能贯之，不亦刚乎？然闻之《诗》曰："维天之命，於穆不已。"又曰："上天之载，无声无臭。"是柔莫柔于此矣。虽然，天地无此气，则块然而无用，人物无此气，亦冥顽而不灵，有之则生，无之则没，是"天下之至柔，驰骋天下之至刚"，以无气则无物也。大而三千世界，小而尘埃毫发，无不包含个中。不惟至柔，抑且无有，非孔子所谓"视之不见，听之不闻，体物不可遗"者欤？夫何相间之有？顾物至于极柔，则无用矣，惟道之至柔，乃能撑持天下之至坚。物至于无有，又何为哉？惟道之无有，乃能主宰天下之万有，此不过浑然一气，周流不滞焉耳。故太上曰："吾是以知无为之大有益焉。"且夫天地无为而自化，圣人无为而自治，究无一民一物不被其泽，非由此气之弥纶而磅礴也哉？其在人身，浩气流行，不必搬运，自然灌溉周身，充周毛发，其获益良非浅矣。至于教之一事，古人以身教，不以言教，是有教之教，诚不若无教之教为倍真也。夫天不言而四时行，圣不言而天下化，视之端拱垂裳，无为而平成自治者，不同一辙耶？故曰："不言之教，无为之益，天下希及之。"孔子曰："中庸之德，民鲜能久。"不诚然哉？何今之执迷不悟，甘居下流者，竟甚多也？噫！良可慨矣。

此状道之无为自然，包罗天地，养育群生，本此太和一气，流行宇宙，贯彻天人，无大无小，无隐无显，皆具足者也。是至柔而能御至刚，至无而能包至有，以故一通百通，一动群动，如空谷传声，声声相应。道之神妙，无以加矣。非圣人，孰能与于此哉？若在初学之士，具真信心，立大勇志，循途守辙，自浅而深，由下而上，始由勉强，久则自然，方能洞彻此旨。总要耐之又耐，忍之又忍，十二时中，不起厌心，不生退志，到深造有得，居安资深，左右逢源，乃恍然于太上之言，真无半句虚诳。至于修炼始基，古云："精生有调药之候，药产有采取之候。"先天神生气，气生精，是天地生物之理，顺道也。若听其顺，虽能生男育女，而精耗气散，败尽而死。太上悲悯凡人流浪生死，轮回不息，乃示以逆修之道，返本归根，复老为少，化弱为强，致使成仙证圣，永不生灭。始教人致虚养静，从无知无觉时，寻有知有觉处,《易》曰:"寂然不动,感而遂通"是也。后天之精有形,先天之精无迹,即"恍恍惚惚,其中有物",所谓"玄关一动,太极开基"也。自此凝神于虚,合气于漠,冥心内照,观其一呼一吸之气息,开阖往来,升降上下,收回中宫,沐浴温养,少倾杳冥之际,忽焉一念从规中起,一气自虚中来,即精生气也。此气非有形也。若有形之气,则有起止、有限量,安望其大包天地,细入毫毛,无微不入,无坚不破者哉?是气原天地人物生生之本也,得之则生,失之则亡,虽至柔也,而能御至坚,虽至无也,而能宰万有,古仙喻之曰药,以能医老病、养仙婴也,故曰"延命酒、返魂浆",又曰"真人长生根",诚为人世至宝,古人谓万两黄金换不得一丝半忽也。凡人能得此气,即长生可期。然采取之法,又要合中合正,始可无患。若有药而配合不善,烹煎不良,饵之不合其时,养之不得其法,火之大小文武,药之调和老嫩,服之多少轻重,一有失度,必如阴阳寒暑,非时而变,以致天灾流行,万物湮没矣。学者能合太上前后数章玩之,下手兴工,方无差错。吾点功至此一诀,诚万金难得。能识透此诀,则处处有把握,长生之药可得,神仙之地无难矣。

第四十四章　多藏厚亡

太上曰:名与身孰亲?身与货孰多?得与亡孰病?是故甚爱必大费,多藏必厚亡。知足不辱,知止不殆,可以长久。

夫人之好名、好货者,莫不以名能显扬我身,货足肥润我身。身若无名,则湮没不彰矣;身若无货,则困苦难堪矣。是以贪名者,舍身而不顾;黩货者,丧身而不辞。贾子曰:"贪夫徇财,烈士徇名。"人情类然,古今同慨。然亦思名与身孰亲耶?以名较之,名,外也;身,内也。人只为身而求名,何以因名而丧身?岂名反亲而身反疏乎?货与身孰多耶?以身拟之,身,贵也;货,贱也。人皆求货以为身,何以亡身而因货?岂身反少而货反多乎?亦未思之甚也。夫有名而性不存,与有身而名不显,孰得焉?孰失焉?舍生而货虚具,与失货而命常凝,孰存耶?孰亡耶?以是思之,与其得名货而失身,不如得身而失名货之为愈。况好名位者,损精神,伤生命,甚爱所以大费也;厚储蓄者,用机谋,戕身心,多藏所以厚亡也。望重为国家所忌，积厚为造物所尤，古来势大而罹祸，财多而受诛者，不知凡几？皆由不知敛抑，不自退藏，贪多不止，以致结怨于民，获罪于天也。惟知足知止者，一路平常，安稳到底，无辱无殆，不危不倾，而长保其身家，并及其子孙。范蠡所以无勾践之患，张良所以有赤松之游也，诚知几之士哉！后起者，将有鉴于斯文。

此借知足知止者，喻止火养丹，以名喻景、货喻药。贪幻景者，多被魔缠；好搬运者，难免凶咎。药未归炉，宜进火以运之；药既入鼎，宜止火以养之。火足不知止火，非但倾丹倒鼎，致惹病殃，亦且丧命焚身，大遭危殆。又况大道虚无，并无大异人处。或贪美酒美味、艳色艳身、金玉珠玑、楼台宫殿，又或天魔地魔、鬼魔神魔，种种前来试道，或充为神仙，夸作真人，自谓实登凌霄宝殿，因此一念外驰，以致精神丧败，大道无成者不少。又或识神作祟，三尸为殃，自以为身外有身，而金丹至宝遂戕于倾刻者亦多。若此等等，总由火足不止火，丹回不养丹，所以志纷而神散，外扰而中亡。修炼之士，幻名幻象、幻景幻形，须一笔勾销，毫不介意，如此知止知足，常养灵丹，则止于至善，永无倾颓焉。

第四十五章　大成若缺

太上曰：大成若缺，其用不敝。大盈若冲，其用不穷。大直若屈，大巧若拙，大辩若讷。躁胜寒，静胜热，清静为天下正。

道本虚无自然，顺天而动，率性以行，一与天地同其造化，日月同其升恒，无有而无不有，无为而无不为也。当大道未成未盈之时，不无作为之迹，犹有形象可窥，觉得自满自足，不胜欣然。乃至大成之候，又似缺陷弥多，大成反若无成焉。大盈之余，又似冲漠无状，大盈反若未盈焉。是岂愈学而愈劣，愈优而愈绌乎？非也。盖道本人生固有之良，清空无物，静定无痕。一当形神俱妙，与道合真，我即道，道即我，有何成何盈之有？若使有成有盈，犹是与道为二，未底神化之域。是以修道之士，愈有愈无，愈多愈少，绝不见有成与盈也，故大成若缺，大盈若冲。以故万象咸空，一真独抱，因物为缘，随时自应，诚塞乎天地，贯乎古今，放之而皆准也，其用岂有敝哉？其用岂有穷哉？当其心空似海，神静如岳，又觉毫无足用者然。及其浩气常伸，至刚至大，抑何直也，乃反觉屈郁之难堪。神妙无方，可常可变，抑何巧也，乃惟觉愚拙之无知。言近指远，词约理微，非义不言，非时不语，辩何大乎，而总觉讷讷然，如不能出诸口。惟其如屈如拙、如讷若此，是以心愈虚，志愈下，德愈广，业愈崇焉。此殆道反虚无，学归自在，一与天地之运转而不知，日月之往来而不觉，所以其成大且久也。若皆本太极之理，顺阴阳之常，久久薰蒸，铅火充盈，寒数九而堪御，蒲团镇定，伏经三而可忘，太上所谓"躁胜寒，静胜热"者，其即此欤？至于清明在躬，虚灵无物，一归浑穆之天，概属和平之象，又何躁、何寒、何静、何热之有哉？学者具清静之心，化寒暑之节，而吾身之正气凝，即天下之正道立矣，又何患旁门之迭出耶？

此明道本至虚至无，至平至常。人未造虚无之境、平常之域，只觉其盈，不见其缺；只觉其优，不见其绌，所以太上云："少则得，多则惑"。谚云："洪钟无声，满瓶不响。"洵不虚也。大德不德，是以有德；大为无为，是以有为，非谦词也。道原虚无一气，惟其有得，是以无得，惟其无得，是为有得。故道愈高，心愈下，德弥大，志弥卑，斯与道大适焉。若一有所长，便诩诩然，骄盈矜夸，傲物凌人，其无道无德，大可见矣。太上故云："为学日益，为道日损，损之又损，以至于无"，方为得之。学者切勿视修道炼丹，一如百工技艺之术，自觉有益，斯为进境。若修道，总以虚无为宗，功至于忘，进矣，至于忘忘，已归化境。夫以学道之士，退则进，弱则强，虚为盈，无为有，以反为正，以减为增，故学之进与不进，惟视心之忘与不忘耳。

第四十六章　天下有道

太上曰：天下有道，却走马以粪；天下无道，戎马生于郊。罪莫大于可欲，祸莫大于不知足，咎莫大于欲得。故知足之①足常足。

天下有道，君民皆安，征伐无用，故放马归林，开田辟地，以期粪其田而已。天下无道，世已乱矣，时有为焉，盗贼叠兴，干戈日起，不用兵马，

---

① 之，底本作"知"，改。

乌能已乎？故戎马养于郊野，以待国家之需用。是马之却也，为有道；马之生也，因无道，马之关于天下大矣。呜呼！安得君君臣臣，父父子子，型仁讲义，敦诗说礼，长安有道之天乎哉？无如升平久而享用隆，嗜好兴而贪婪出，既得乎此，又羡乎彼，而奇技淫巧之物，悉罗列于前，鲜衣美食之不足，又思及乎琼室瑶台，千里邦畿犹不广，复念及于万里圻封。吁嗟！内作色荒，外作禽荒，又益之以尚利急功，穷兵黩武，苟求不已，贪得无厌，内外侮乱，不亡何待？缘其故，皆由一念之欲肇其端也。欲心起而贪心生，贪心生而未得期得，既得恐失。若此者，纲常不坏，祸患不兴，国家不至覆败，天下不底灭亡，未之有也，故曰："罪莫大于可欲"。假使无欲，贪何由生？贪既不生，则苟合、苟完、苟美之风，不难再见也。其曰"祸莫大于不知足"，夫人既欲心不起，此志常满，此心常泰，无求于世，无恶于人，事之得也听之，事之不得也亦任之，祸从何而起乎？又曰"咎莫大于欲得"，人既知足，自能守分安命，顺时听天，无谄无骄，不争不夺，率由坦平之道，长沐太和之风，又何咎之有哉？况真心内朗，真性内凝，修己以敬，常乐于中，素位而行，不愿乎外，自然有天下者常保其天下，有国家者常保其国家，有身命者常保其身命。所患者，欲心一起，不克剪除，卒至穷奢极欲，而莫之救也，欲求天下有道，得乎？自古得失所关，只在一念，一念难回，遂成浩劫，此罔念所以致弥天之祸也。存亡所系，介于几希，几希克保，定启鸿图，此克念所由造无穷之福也。如此则知，一念之欲，其始虽微，其终则大，可不慎欤？故曰："知足之足常足。"彼不知足者，愈求愈失，因愈失而愈求，遂至力倦神疲，焦劳不已，有何益耶？岂知穷通得丧，主之在天，非人力所能为，与其劳劳而日拙，何若休休之为得也。若知足者，顺其自然，行所无事，何忧何虑？不忮不求，又焉往而不臧耶？人其鉴诸！

此以天下比人身，以马比用火炼丹。人如有道，则精盈气足，何事炼为？惟顺而守之足矣。如其无道，则精消气散，不得不用元神真息，以修治其身心。但下工之始，养于外田，故曰"戎马生于郊"。俟其阳生药产，而后行进火退符之功、野战守城之法，收归炉内，慢慢温养，迨垢秽除尽，清光大来，一如天下乂安，国家无事，归马华山，故曰"却走马以粪"。但天下之乱，一身之危，莫不由一念之欲所致。若不斩除，潜滋暗长，遂至精髓成空，身命莫保，可悲也夫！凡人欲心一起，必求副其愿而后快，即令事事如愿，奈欲壑难填，贪婪无厌，得陇望蜀，辗转不休，有天下者遂失天下，而有身命者又岂不丧其身命乎？《诗》曰："不忮不求，何用不臧？"惟知足者，可以安然无事，而常居有道之天，不须功行补漏，但顺其自然，与天为一而已矣。太上戒人曰"罪莫大于可欲"三句，是教人杜渐防微、戒欺求慊工夫，与孔门言"慎独"、佛氏云"正觉"，同一道也。学者曾见及此否？

第四十七章　不为而成

　　太上曰：不出户，知天下。不窥牖，见天道。其出弥远，其知弥少。是以圣人不行而知，不见而名，不为而成。

　　君子万物皆备，不出户庭以修其身，而世道之变迁，人心之更易，与夫推亡固存，反乱为治之机，无不洞晰于方寸。此岂术数为之哉？良以物我同源，穷一己之理，即能尽天下之理，是以不出户而知天下也。古人造化由心，不开窗牖以韬其光，而无言之帝载，不息之天命，与夫生长收藏，阴阳造化之妙，无不了彻于怀。此岂揣摹得之哉？亦以天人一贯，修吾身之命，即能契帝天之命，是以不窥牖而见天道也。若遨游他乡，咨询天下之故，交接良友，讲求天命之微，未尝不有所知，吾恐不求诸己而求诸人，不索之内而索之外，纵有所知，较之务近者，为更少矣。故曰："其出弥远，其知弥少"焉。明明道在户牖之间，奈何舍近而图远耶？孟子曰："言近指远者，善言也；守约施博者，善道也。"以此思之，为学愈近愈远，弥约弥博，近与约，安可忽乎哉？是以圣人抱一涵三，观空习定，身不出门庐，足不履廛市，木石与居，鹿豕与游，一步不移，一人不友，似乎孤寂矣，而神定则慧生，虽不行而胜于行者多矣，虽无知而胜于知者远矣。凡人以所见为务，圣人则不见是图，故终日乾乾，惟于不睹不闻之地，息虑忘机，莫见莫显之间，戒欺求慊，只有内知，绝无外见，似乎杳冥矣，而无极则有生，虽不见而弥彰矣，虽无名而愈著矣。至于天下人物之繁，幽冥鬼神之奥，皆此无为之道为之，有伦而有要，成始以成终。所患者，拘于知觉，著于名象，功好矜持，心多见解，致令此志纷驰，不能一德，此心夹杂，不如太虚，所以道不成而德不就，无惑乎枉劳一世精神，终无所得也。若此者，以之治世，不能顺理成章，无为而天下自归画一；以之修身，不能炼虚合道，无为而此身自获成真。彼徒外求，奚益耶？故君子惟慎其独，而人道之要，天命之原，有不求而自知者。

此言道以无为为宗，慎独为要，则无为而无不为，无知而无不知矣，然非枯木槁灰以无为也。吾前云"万象咸空，一灵独照"，此为真意。又曰"一觉而动，一阳发生"，是为元气。采药炼丹，不过炼此性命二者。若无真意，性将何依？若无真气，命由何修？以真意采真气，两者浑化为一，即返于太极之初，斯谓之丹。故无为之中，又要有作有为，无知之内，又要有知有觉，方不堕空、不著有。迨至功力弥深，空即是色，色即是空，久之空色两忘，浑然物化，斯与道大适矣。不知人道，观天道可知。孔子曰："天何言哉？四时行，百物生"，即是无为之为，斯为至道之精。盖无为，是天性；有作，是天命。无知，是元神；有觉，是元气。天地间，非二则不化，非一则不神。神而不神，不神而神，斯得一而两、神而化之妙境焉。此非吾言所能罄也，在尔修士，长养虚静，常守虚灵，斯性命常存，而大道可成矣。切勿以无为有为，各执一边，虽正宗也，而旁蹊开焉。请各自揣量可也。

第四十八章　为道日损

太上曰：为学日益，为道日损，损之又损，以至于无为，无为而无不为矣。故取天下者，常以无事。及其有事，不足以取天下。

学者记诵词章，与百工技艺之务，皆贵寻师访友，多见多闻，而后才思生焉，智巧出焉，知能愈广，作为愈多，始足以援笔成文，运斤成风，故曰"为学日益"。若为道，则反是。如以博览群书、泛通故典为事，不克返观内照，静守一心，则搜罗遍而识见繁，必心志纷而神明乱，虽学愈多，道愈少，久则浑然太极，汩没无存矣。故为道者，须如剥蕉抽茧，愈剥愈少，弥抽弥无，以至于无无之境，斯为得之。修道至此，自然神妙莫测，变化无方，其聚则有，其散则无，欲一则一，欲万则万，日月星辰，随我运转，风云雷雨，听我经纶，其大为何如哉？虽然，学者行一节，丢一节，如食蔗然，吃尽丢尽，仍返于无，故曰"为道日损，损之又损，以至于无为"，无为而无不为得矣。试观取天下者，不得不兴兵动马，称干比戈，乌得无事？

然有事之中，须归无事，庶能一心一德，运筹帷幄，则心志不纷，谋猷始出。故出征者，号令严明，耳不听外言，目不见外事，心不驰外营，始能运用随机，取天下犹如反掌。不然，纷纷扰扰，事愈多则心愈乱，心愈乱则神愈昏，贼甫至而不能静镇自持，兵初交而遂至凌乱无节，如此欲一战成功，难乎不难？又况东夷未靖，西戎又兴，彼难未平，此波复起，若不知静以制动，逸以待劳，鲜有不委去者。古之败北而走，倾城而亡，莫不由有事阶之厉也。兵法所以有出奇制胜、设疑设伏之谋，敌人望之，旌旗满目，草木皆兵，虽大敌当前，亦心惊胆落，未有不望风先遁者。惟有事视如无事，万缘悉捐，一心内照，如武侯于百万军中纶巾羽扇，自在清闲，所以西蜀偏安，得延汉祚于危亡之际。若有事于心，则方寸已乱，灵台无主，似徐元直之为母归曹，不能再献奇谋，佐先帝以中兴，乌足取天下乎哉？

此言修道之人，若见日益，不见日损，则心昏而道不凝矣。故曰："德惟一，二三则昏。"惟随炼随忘，随忘随炼，始不为道障。若记忆不置，刺刺不休，实为吾道之忧也。故必渐消渐灭，至于一无所有，斯性尽矣。然后由无而生有，实为真有，所以能出没鬼神，变化莫测焉。经中"天下"喻道，"取天下"喻修道，"有事、无事"喻有为、无为。人能清净无为，纯是先天一气，道何难成？此即取天下之旨也。若搬运有为，全是后天用事，便堕旁门，此又不足取天下之意也。或曰：采药炼丹，进火退符，安得无为？须知，因其升而升之，非先有心于升也；随其降而降之，非先有心于降也，即至采取不穷，烹炼多端，亦是纯任自然，并无半点造作，虽有为也，而仍属无为矣。彼徒咽津、服气者，乌足以得丹而成道哉？

第四十九章　圣无常心

太上曰：圣人无常心，以百姓心为心，善者吾善之，不善者吾亦善之，德善矣；信者吾信之，不信者吾亦信之，德信矣。圣人在天下，惵惵为天下浑其心。百姓皆注其耳目，圣人皆孩之。（惵惵，诚切貌。孩之，以赤子育之也。）

圣人之心，空空洞洞，了了灵灵，无物不容，却无物不照，如明镜止水，精光四射，因物付物，略无成心，何其明也？大无不载，小无不包，妍娩美恶，毫无遗漏，何其容也？虽然，究何心哉？不矫情，亦不戾物，故曰："圣人无常心。"盖谓圣人，未至不先迎，已过不留恋，当前不沾滞，无非因物赋形，随机应变，以百姓之心为心而已。夫百姓，又有何心哉？不过好善恶恶而已。所以圣人于百姓之善者，奖之劝之；于百姓之不善者，亦无不诱之掖之，是善与不善，圣人皆以阔大度量包容之，自使善者欣然神往而益勉于为善矣，不善者亦油然心生而改不善以从善矣，斯为"德善"矣。上好善，则民莫敢不从，其感应之机，自有如此之不爽者。圣人又于百姓之信者，钦之仰之；于百姓之不信者，亦无不爱之慕之，是信与不信，圣人俱以一诚不二包涵之，自使信者怡然理顺而弥深于有信矣，不信者亦奋然兴起而易不信以从信矣，斯为"德信"矣。上好信，则民莫敢不用情，其施报之理，不诚有如此之至神哉？民德归厚，又何疑乎？况人同此心，心同此理，圣人以一心观众心，一理协万理，天下虽大，纳之以诚，百姓虽繁，括之以义，纵贤奸忠伪，万有不齐，而圣人大公无我，一视同仁，开诚布公，推心置腹，浑天下为一体，自有民日迁善而不知为之者，其过化存神之妙，岂若后世劝孝劝忠、示礼示义，所能几及耶？故曰"惵惵然为天下浑其心"焉。盖视天下为一家，合中国如一人，其仁慈在抱，浑然与百姓为一如此。故百姓服德怀仁，无不爱之如父母，敬之若神明，仰之同师保，凡系耳之所闻、目之所见，恒视圣人之声容以为衡，此外有所不知，故曰："百姓皆注其耳目"。百姓之望圣人如此，圣人亦岂有他哉？惟御众以宽，使众以慈，如父母之于孩子，贤否智愚，爱之惟一，提携保抱，将之以诚。如此而天下有不化者，未之有也。无为之治如此，以视夫言教法治者，相距不啻天渊矣。

经中"圣人"喻心，"天下"喻身。圣人之修身，不外元神、元气。然人有元神，即有凡神；有元气，即有凡气。下手之初，岂能不起他念，不动凡息？惟知道者，养之既久，自有元神出现，我以平心待之，即他念未除，我亦以平心待之。如此而元神有不见者，未之有也。元神既生，修道有主，又当静守丹田，调养元气，我于此时，于元气之自动，当以和气处之，即凡气之未停，亦当以和气待之。如此而元气有不生者，亦无之也。须知，元神为凡神遮蔽，如明镜为尘垢久封，不急磨洗，岂能遽明？元气被凡气汨没，犹白衣为油污所染，不善浣濯，焉得还原？于此而生一躁心，动一恶念，是欲寻元神以为体，而识神反增其势，欲求见性，不亦难乎？是欲得元气以为主，而凡气愈觉其盛，欲求复命，岂易事哉？惟圣人之治天下，不论善恶诚伪，一以仁慈忠厚之心待之，善者善之，不善者亦善之，信者信之，不信者亦信之，一团天真，浑然在抱。即此是虚，即此是道，虚自生神，道自生气，应有不期然而然者。否则，心若不虚，己先无道，而欲虚神之克见，道气之长存，其可得乎？修身治世，道同一道，理无二理，知治世即知修身，明外因即明内理，故以此理喻之，其示学者至深切矣。学人用功，当谨守真常，善养虚无，则元神、元气，自然来归。若起一客念，动一客气，恐不修而道不得，愈修而道愈远矣。学者慎之戒之！

第五十章　生生之厚

太上曰：出生入死。生之徒十有三，死之徒十有三，民之生，动之死地亦十有三。夫何故？以其生生之厚。盖闻善摄生者，陆行不遇兕虎，入军不被甲兵；兕无所投其角，虎无所措其爪，兵无所容其刃。夫何故？以其无死地。

天地之生物也，虽千变万化，无有穷极，而其道不外一阴一阳，盈虚消长，进退存亡而已，其间亦无非一太极之理气流行而已。夫生死犹昼夜也，昼夜循环，运行不息，亦如生死之循环，迭嬗不已。但其中屈伸往来，原属对待两呈，无有差忒。自出生入死者言之，则遇阳气而生者十中有三，逢阴气而死者亦十中有三。其有不顺天地阴阳之常，得阳而生，犹是与人一样，自有生后，知识开而好恶起，物欲扰而事为多，因之竭精耗神，促龄丧命，所谓动之死地者亦十中有三。是生之数不敌其死之数，阴之机更多于阳之机，造化生生之理气，不虞其竭乎？然而太极之元，无声无臭，动而生阳，静而生阴，发为五行，散为万物，极奇尽变，莫可名言，亦无欠缺。所以顺而出之，源源不绝，逆而用之，滴滴归宗。生者既灭，死者又添，死者既静，生者又动，此造化相因之道、鬼神至诚之德，寓乎其间，自元始以至于今，未有易也。不然，万物有生而无死，将芸芸者充满乾坤，天地不惟无安置之处，亦且难蓄生育之机。此消者息之，盈者虚之，正所以存生生之理也。人能知天地生生之厚，即在此消息盈虚，于是观天之道，执天之行，于杀中觅生机，死里求生气，行春夏秋冬之令，合生长收藏之功，顺守逆施。彼天地生化众类，而成万年不敝之天，以此人身返本还原，以作千古非常之圣，亦莫不由此。此岂靡靡者所能任哉？惟善于摄生之人，用阴阳颠倒之法，造化逆行之方，下而上之，往而返之，静观自在，动候阳生，急推斗柄，谩守药炉，返乎太极，复乎至诚，出有入无，亘古历今，同乎日月，合乎乾坤，以之遗大投艰，亦无入不得，即猛如虎兕，亦且化为同俦，利若甲兵，亦皆销为乌有，又何畏兕角之投、虎爪之措、兵刃之加，而计生死存亡于一旦耶？此何以故？以其无死地也。况圣人炼性立命有年，聚则成形，散则成气，日月随吾斡旋，风雷任其驱使，虎兕纵烈，兵刃虽雄，只可以及有形，安能施于无形？天下惟无形者，能制有形，岂有有形者而能迫无形乎？噫！万物有形则有生死，圣人无形则无生死，且主宰乎生生死死之原，万物视之以为生死，有何人灾物害而漫以相加者哉？

此言十为天地之全数，三为三阳三阴。人禀乾三阳而生，遇坤三阴而死。此原是天地一阴一阳，屈伸往来，循环相因之理，非阴无以成阳，非死无以为生，故休息退藏，无非裕生生之厚德于无疆也。其在纵情肆欲，灭理丧心，不顺阴阳，自戕身命，所谓动之死地，非耶？其生虽与人同，其死却与人异。盖顺阴阳而生死者，固太极之浑然在抱，俱两仪之真气流行；若逆造化而生死者，皆本来之元气无存，因后起之阴邪太甚，故皆曰"十有三"也。十者全数，即道之包罗天地；三者，天一生水，地二生火，一天二地，合水火而为三。且天一生水，金生水也，地二生火，木生火也，四象具焉；土无定位，游行于四象之中，即太极之"纯粹以精"者，主宰阴阳之气，运行造化之机，在天地则为无极，而太极之原在人身，静则无声无臭、不二之元神，动为良知良能、时措之真意，合之即五行也。此天地人物公共生生之厚德，有物则在物，无物则还太虚，不以人物之生死而有加减也。是以善摄生者，入室静修，观我一阳来复，摄之而上升，摄之而下降，摄之而归炉温养，丹成九转，火候十分，所谓"道高龙虎伏，德重鬼神钦"者是，有何虎兕兵刃之害哉？试观古人深山僻处，虎兕为群，豺狼与伍，甘心驯伏，自乐驰驱者不少。又有单骑突出，群酋倾心，弃甲抛枪，敬如神明，爱若父母者。他如孝心感格，贼寇输诚，节烈森严，奸回恻念，皆由至诚之德，有以动之也。观此而"兕无所投其角，虎无所措其爪，兵无所容其刃"，洵不诬也。要之，一元之理气，非造化有形之阴阳，我能穆穆缉熙至于光明，又何生死之有？彼有生死者，其迹也，我能泯其迹，一归浑沦之命、太和之天，虽迹有存亡，而理则长存而不敝，又何生之足乐、死之堪忧乎？古圣人舍身取义，杀身成仁，视刀锯为寻常，烹鼎镬为末事，此何以故？良以有得于中，无畏于外焉耳。故曰"无死地"。

他注：水之成数六，火之成数七，合为十三，亦是。

第五十一章　尊道贵德

太上曰：道生之，德蓄之，物形之，势成之，是以万物莫不尊道而贵德。道之尊，德之贵，夫莫之命而常自然。故道生之，德蓄之，长之育之，成之熟之，养之覆之。生而不有，为而不恃，长而不宰，是谓玄德。

道，无名也，无名即无极，所谓清空一气，天地人物公共生生之本。以其非有非无，不大不小，无物不包涵遍覆，故曰大道。德者，万物得天之理以成性，得地之气以成形，物各得其所得，无稍欠缺者，故曰大德。道即万物所共之太极也，德又万物各具之太极也。是故万物资生，本太虚之理，一元之气，溥博弥纶，无巨细，无隐显，莫不赖此道以为生而托灵属命。阴阳燮理于其中，日月斡旋于其内，有如草木然，日夜之所息，雨露之所润，而得以培植其本根，是即"道生之，德蓄之"也。万物得所涵育，则薰蒸陶熔，始而有气，久则有形，由是潜滋暗长，日充月盛，而人成其为人，物成其为物，又即"物形之，势成之"也。惟其生也以道，蓄也以德，万物虽繁，皆无遗漏，是以万物莫不以道为尊，以德为贵焉。盖道为生人之理，非道则无以资生；德为蓄物之原，非德则无由蕴蓄。道之尊，德之贵，为何如乎？然皆自天而授，因物为缘，不待强为，天然中道，无事造作，自能合德，若或使之，莫或命之，而常常如是，无一勉强不归自然者。是道也，何道也？天地大中至正之途，圣人成仙证圣之要也。欲修金仙者，舍道奚由入哉？是以凝神于虚，合气于漠，虚无之际，淡漠之中，一元真气出焉，此即道之生也。道既生矣，于是致养于静，取材于动，一真在抱，万象咸空，常操常存，勿忘勿助，则蓄德有基矣。然顺其道而生之，则道必日长；因其德而蓄之，则德必日育。以长以育，犹物之畅茂繁殖，一到秋临，而成熟有期也。夫道之既成，且熟如此，而其间以养以覆，又岂有异于人哉？要不过反乎未形之初，复乎不二之真而已矣。究之，生有何生？其生也，一虚无之气自运，我又何生之有，而敢以为有乎？虽阳生之候，内运天罡，外推斗柄，似有为也，而纯任自然，毫无矜心作意于其际，非"为而不恃"者欤？以此修道，则德益进而道日长，自然造化在手，天地由心，虽万变当前，亦不能乱我有主之胸襟。此不宰而宰之胜于宰也，非深且远之玄德哉？

此言人能盗天地之元气，以为丹本，而后生之蓄之，长之育之，以还乎本来之天，即得道矣。然欲盗天地之元气，须先识天地之玄关。玄关安在？鸿濛未判之先，天地初开之始，混混沌沌中，忽然感触，真机自动，此正元气所在也。而修炼者，必采此以为丹头，有如群阴凝闭，万物退藏，忽遇冬至阳回，即道生矣。由是成性存存，温养于八卦炉中，久久气势充盈，一如夏日之万物畅茂，即德蓄矣。物生既盈，花开成实，一如秋来之万宝告成。其在人身，养育胎婴，返转本来面目，即成之熟之矣。物既成熟，仍还本初，一如冬日之草木成实，叶落归根，还原返本，《易》云"硕果不食"，又为将来发生之机。其在人身，三年乳哺，九载面壁，炼就纯阳之体，实成金色法身，必须养之覆之，而后可飞空走电。然下手之初，岂易臻此？必须万缘齐放，片念不存，空空洞洞，静候阳生。虽然，其生也，原来自有，而不可执以为有；即用升降之术，进退之工，未免有为，要皆顺气机之自然，而无一毫矫强，非有为而不恃所为耶？至德日进，道日长，而文武抽添，沐浴封固，无不以元神主宰其间，此有主而无主，无宰而有宰存焉。如此修道，道不深且远哉？故曰玄德。

第五十二章　天下有始

太上曰：天下有始，以为天下母。既得其母，以知其子；既知其子，复守其母，没身不殆。塞其兑，闭其门，终身不勤。开其兑，济其事，终身不救。见小曰明，守柔曰强，用其光，复归其明，无遗身殃，是谓袭常。

金丹一物，岂有他哉？只是先天一元真气，古人喻为真铅，为金花，为白雪，为白虎初弦之气，种种喻名，总不外乾坤交媾之后，乾失一阳而落于坤宫，坤得此乾阳真金之性，遂实而成坎。故丹曰金者，盖自乾宫落下来的，在人身中谓之阳精，此精虽在水府，却是先天元气，可为炼丹之母。修士炼药临炉，必从水府逼出阳铅，以为丹母。故曰："一身血液总皆阴，一物阳精人不识。"此个阳精，不在内，不在外，不入六根门头，不在六尘队里，隐在形山，视而不见，听而不闻，却又生生不息，是人身之真种子，大根本也。一己阴精，不得先天阳铅以为之母，则阴精易散，无由凝结为丹。是以古仙知己之阴精，难擒易失，不能为长生至宝，乃以真阴、真阳，二八初弦之气，同类有情之物，烹炼鼎炉，然后先天真一之气，至阴之精，从虚极静笃，恍惚杳冥时，发生出来，此丹母也，亦母气也。用阳火以迫之飞腾而上至泥丸，与久积阴精混合融化，降于上腭，化为甘露，此阴精也，亦号子气。由是下降重楼，倾在神房，饵而吞之，以温温神火，调养此先天真一之气、至阴之精，此即太上云："既得其母，以知其子；既知其子，复守其母"。始也母恋子而来，继也子恋母而住，终则子母和偕而相育，阴阳反覆以同归，虽没身无殆也。从此确守规中，一灵内蕴，务令内想不出，外想不入，缄口无言，六门紧闭，绵绵密密，不贰不息，勿助勿忘，有作无作，若勤不勤，如此终身，金仙证矣。否则，有济于外图，先已自丧其内宝，所谓"口开神气散，意乱火功寒"。重于外者轻于内，命宝已失，命根何存？故终身不救也。人能塞兑闭门，宝精裕气，母气子气合化为丹。古云："元始天王悬一黍珠于空中，似有非有，似虚非虚，惟默识心融者乃能见之。"小莫小于此丹，能见者方为明哲之士。当其阳气发生，周身苏软如绵，此至柔也。能守此至柔之气，不参一意，不加一见，久之自有浩气腾腾，凌霄贯日，故"守柔曰强"。然下手之初，神光下照于气海，继则火蒸水沸，金精焕发，如潮如火，如雾如烟，我当收视返听，护持其明，送归土釜，仍还我先天一气，小则却病延年，大则成仙证圣，身有何殃可言哉？不然，老病死苦，转眼即来，能不痛耶？要皆人自为之，非天预为限之也。夫人既不爱道，独不爱身乎？切勿自遗身殃，后悔无及。此为真常之道，惟至人能袭其常，不违其道，故日积月累，而至于神妙无方，变化莫测。语云："有恒为作圣之基，虚心实载道之器"，人可不勉乎哉？

　　此言真阳一气，原从受气生身之初而来。人之生，生于气，气顾不重哉？试思未生以前，难道无有此气？既死而后，未必遂灭此气。所谓先天一气，悬于太空之中，有物则气在物，无物则气还空。天地间，举凡一切有象者，皆有生灭可言，惟此气，则不生不灭，不垢不净，不增不减，空而不空，不空而空，至神而至妙者也，故为天下万物生生不息之始气。学道人，知得此个始气，则长生之道可得，而神仙之位可证焉。夫神仙，亦无他妙，无非以此阳气留恋阴精，久久烹炼，则阴精化为阳气，阳气复还阳神，所谓"此身不是凡人身，乃是大罗天上仙真"。倘若独修一物，焉得此形神俱妙，与道合真，而极奇极变，至圣至灵者哉？故火候到时，金丹发相，自然口忘言，舌忘味，鼻忘臭，视而不见，听而不闻，所谓"丹田有宝"，自然"对境忘情"。此轻外者重内，守内者忘外，一定理也。然在未得丹前，又当塞兑闭门，为积精累气之功。且知小丹者为明哲，守太和者自刚强。以神入气，即气存神，忽然一粒黍珠，光通法界，此即金丹焕发，大道将成之候矣。始也以神降而候气，继则气生，复用神迫之使上，驱之令归，即长生之丹得，而身何殃之有哉？是在人常常而守，源源不息可也。

第五十三章　行于大道

太上曰：使我介然有知，行于大道，惟施是畏。大道甚夷，而民好径。朝甚除，田甚芜，仓甚虚；服文綵，带利剑，厌饮食，财货有余，是谓盗竽。非道也哉！（他经不书"盗竽"，书"盗夸"，言以夸大为道也。）

君子之道，造端夫妇；圣人之道，不外阴阳。苟能顺天而动，率性以行，成己为仁，成物为智，合内外而一致，故时措而咸宜，有何设施之不当，足令人可畏乎哉？无如道本平常，并无隐怪，末世厌中庸而喜奇异，遂趋于旁蹊曲径而不知。有如朝廷之上，法度纪纲，实为化民之具，而彼昏不觉，概为改除，且喜新进而恶老臣，好纷更而变国政，先代典型尽为除去，犹人身之元气伤矣。朝无善政，野少观型，于是惰农自安，田土荒芜，草莱不治，财之源穷矣。靡费日甚，仓廪虚耗，菽粟无存，财之储罄矣，非犹人身之精气概消磨，而无复有存焉者乎？不图内实，只壮外观，由是衣服必极光华，刀剑务求精彩，饮食须备珍馐，财货更期充足，不思根本之多匮，惟期枝叶之争荣，如此而欲取之无尽，用之不竭，在在施为俱无碍也，不亦难乎？是皆由不顺自然之天，日用常行之道，有以致之也。犹盗者窃物，藏头露尾，如竽之立，见影而不见形，喻修道者之以假乱真也。大道云乎哉！

此介然有知，是忽然而知，不待安排，无事穿凿，鸿鸿濛濛，天地初开之一气，先天元始之祖气是，是即孟子"乍见孺子入井"，皆有怵惕恻隐之一念，吾道云"从无知时，忽然有知"，真良知也。此等良知之动，知之非艰，而措之事为，持之永久，则非易耳。当其动时，眼前即是，转瞬而智诱物化，欲起情生，不知不觉流于后天知识之私，此"顺而施之"，所以可畏也。惟眼有智珠，胸藏慧剑，照破妖魔，斩断情丝，自采药以至还丹，俱是良知发为良能，一路坦平，并无奇怪，此大道所以甚夷也。无奈大道平常，而欲躁进以图功者，往往康庄不由，走入旁蹊小径，反自以为得道，竟至终身不悟，良可慨也夫！朝喻身也。身欲修饬，不至覆灭，必须闲邪存诚，而后人欲始得尽净，天理乃克完全。久久灵光焕发，心田何至荒芜之有？精神团结，仓廪何至空虚之有？不文绣而自荣，匪膏粱而克饱，又何服文彩、厌饮食之有？且慧剑锋锐，身外之利刃无庸；三宝克全，身内之货财不竭。若此者，真能盗天地灵阳之气以为丹者也。胡今之人，不由中庸，日趋邪径，一身垢尘，除不胜除，而且妄作招凶，元阳尽失，于是纷来沓往，并鲜空洞之神，荒芜已极，关窍非尽塞乎？力倦神疲，毫无充盈之象，空乏堪嗟，精气非尽耗乎？徒外观之有耀而文彩是将，徒利剑之锋芒而腰带是尚，亦已末矣，乃犹厌饮食以快珍馐，好货财以期丰裕，何不思学道之巧用机关，盗回元气，固求在内而不在外者也。《易》曰："作易者，其知盗乎？"正此之谓也。若舍此而他图，支离已甚，敢云大道？他注云，"介然"数句，是倏忽间有一线之明，何尝非知？但验诸实行，每多穷于措施，故云可畏，此明大道之不易也。下一节，言学者不探本原而徒矜粉饰，不求真迹而徒务虚名，是犹立竿见影，得其似，不得其真，故谓之"盗竿"。此讲亦是。古来凡有道者，肌肤润泽，毛发晶莹，等等效验，要皆凡人所共有，然未可以为定论也。又况炼精、炼气，阳光一临，阴霾难固，犹霜雪见日而化，故神火一煅，陈年老病，悉化为疮痏脓血，从大小二便而出，不但初学有之，即至大丹还时，亦有变化三尸六贼，流血流脓，臭不堪闻者。惟有心安意定，于道理上信得过，于经典中参得真，足矣。须知遏欲存诚，去浊留清，层层皆有阴气消除，阳气潜长，学道人不可不知。以外之事，莫说身体光荣，行步爽快，不可执以为凭，即飞空走雾，出鬼没神，霎时千变，俄顷万里，亦不可信以为道。盖奇奇怪怪，异端邪教，剑客游侠之类，皆能炼之，未可以为真。若认外饰为真，必惑奇途，造成异类，可惜一生精力，竟入左道旁门，欲出世而涉于三途六道，不亦大可痛哉！太上此章大意，教人从良知体认，方无差误。无奈今之学道者，只求容颜细腻，身体康强，岂知外役心劳，而良田荒芜，宝仓空旷，先天之精气，为所伤者多矣。后天虽具，又何益乎？果然三宝团聚，外貌自然有光。彼驰之于外，而矜言衣食者，何若求之于内而先裕货财也。内财既足，外财自贱，岂同为盗者，不盗天地灵阳之气，而徒盗圣人修炼之名也哉？

第五十四章　修之于身

太上曰：善建者不拔，善抱者不脱，子孙祭祀不辍。修之于身，其德乃真；修之于家，其德乃余；修之于乡，其德乃长；修之于国，其德乃丰；修之于天下，其德乃普。故以身观身，以家观家，以乡观乡，以国观国，以天下观天下。吾何以知天下之然哉？以此。

天地之生人也，赋之气以立命，即赋之理以成性，理气原来合一，性命两不相离，要皆清空一气，盘旋天地，盈虚消息，纯乎自然，造化往来，至于百代者也。人类虽有不齐，造物纵有不等，而此气同，即此理同，终无有或易者。圣人居中建极，亭亭矗矗，独立而不倚，中行而不殆，虽穷通得丧，忧乐死生，万有不同，而此理此气，流行于一身之中，充塞乎两大之内，绝不为之稍挫，谓非"善建者不拔"乎？否则，有形有质，即岩岩泰山，高矣厚矣，犹有崩颓之患，盖以有形者，虽坚固而难久。惟无形之理气，不随物变，不为数迁，历万古而常新焉。此道立于己，化洽诸人，自然深仁厚泽，沦肌浃髓，斯民自爱戴输忱，归依恐后，无有一息之脱离不相联属者。虽曰胶漆相投，可谓坚矣，水乳融洽，可谓和矣，而聚散无常，变迁亦易，不转瞬而立见睽违。惟仁心仁闻，被其泽者，爱之不忘，即闻其风者，亦怀之不置，何异子弟之依父兄、臂指之随身心，无有隔膜不属者，谓非"善抱者不脱"乎？自此君子，贤其贤而亲其亲，小人乐其乐而利其利，无非垂裳以治，共仰无为之休。圣人虽不常存，而其德泽之深入人心者，终古未常稍息。《诗》曰："子子孙孙，勿替引之。"其斯之谓乎？昔孔子赞舜之大孝曰："宗庙享之，子孙保之。"足见德至无疆，子孙祭祀，亦万古蒸尝不绝，千秋俎豆维新。语云："有十世之德者，必有十世子孙保之。有百世之德者，必有百世子孙保之。"至于大德垂诸永久，虽亿千万年，而子孙继继绳绳，愈悠久，愈繁盛，其理固有如是之不爽者。此皆以无为自然之道，内修诸己而不坠，外及诸人而勿忘，所以天休滋至，世享无穷焉。人以此道修之于一身，而形神俱妙，与道合真，道即身，身即道，是道是身，两无岐也，德何真乎？以道修诸于一家，亲疏虽异，一道相联，亲者道亲，疏者道疏，亲疏虽别，道无二也，德何余乎？且道修之乡，乡里联为一体；道修之于国，国家视如一人，其德之长之丰又何如乎？果能静镇无为，恬淡无欲，自然四方风动，天下归仁，民怀其德，无有穷期，德何普乎？此非以势迫之，以利啖之也，盖本固有之天良，以修自在之身心，如游子之还家、故老之重逢，其乐有莫之致而至者。人与己，异体而不异心，同命而应同性，故明德即新民，安人由修己，无或异也。况乡为家之所积，国为乡之所增，天下之大，万民之众，无非一家、一乡、一国之所渐推而渐广，愈凑而愈多。知一人之道，即家国天下之道；一己之修，即家国天下之修。反求诸己，顺推诸人，自有潜孚默化，易俗移风，而熙熙皡皡，共乐其乐也。故曰："有德化而后有人心，有人心而后有风俗。"其道在乎身，其德及乎家，而其化若草偃风行，无远弗届，将遍乡国以至于天下。呜呼噫嘻！吾何以知天下之然哉？以此故也。

《易》曰："大哉乾乎！刚健中正，纯粹精矣！"是知道为先天乾金，至刚至健，卓立于天地之间，流行于万物之内，体物不遗，至诚不息，势常伸而不屈、直而不挠，擎天顶地，摩汉冲霄，固未尝稍拔也。然皆无极之极、不神之神，以至于卓卓不摇如此。人能以无极立其体，元神端其用，即古云"采大药于不动之中，行火候于无为之内"，居中建极，浩然之气，常充塞于宇宙间焉。自此一得永得，一立永立，神依于气，气依于神，神气交感，纽结一团，即归根复命，道常存矣。夫人之生也，神与气合；其死也，神与气离。人能性命混合，神气融和，即抱元守一，我命在我不由天矣，何脱之有？由是神神相依，气气相守，一脉流传，一真贯注，自能千变万化，没鬼出神，有百千万亿之化身，享百千万亿之大年，谓非"子生孙，孙又生子，子子孙孙，根深叶茂，源远流长，万代明禋不辍"乎？要不过以元气为药物，以元神为火候而已。夫元气者，无气也；元神者，不神也。以神炼气而成道，如以火炼药而成丹。凡丹有成有毁，神丹则无终始，故曰"金丹大道，历万古而不磨"，无非以己之德，修己之身，非由后起，不自外来，其德乃真矣。天地生人，虽清浊不同，贤否各异，而维皇诞降，由家庭以及天下，无不厥有恒性，故一心可以贯万姓，一德可以孚万民，是修身齐家，德有余矣；修身化乡，德乃长矣。至于治国平天下，莫非垂衣裳而天下化，究无有外修身而可以普获骈臻者，此治世之常道也。反之修身，又何异耶？论国家天下，原是由近而远，一层深一层之意，如精气神三者一齐都有，不是一步还一步。自初工言曰炼精，而气与神在焉；二步曰炼气，而神与精在焉；三步曰炼神，而精与气亦在焉；即还虚合道，道合自然，自始至终，俱不离也，离则非道矣。身比精，精非交感之精，乃受气生形之初，所禀太虚中二五之元精。修之身，即炼精化气。修行人，初行持也，人得此精以生，亦得此精以长，以精修身，不啻以身修身矣，其真为何如哉？以气而论，精为近于身者，气则稍远，故曰"修之于家，其德乃余。"夫采外边真阳之气，炼内里真阴之精，即如以身齐家，其得于己者不绰绰然有余裕耶？乡视身又更远，比家稍近，犹之神然。神如火也，热者属气，光者属神，是二而是一，修之乡即炼神还虚，故曰"其德乃长"，以其长生而悠久也。至于国视乡为近，比身又更远，其广宽非一日可睹。国比虚也，修之国即炼虚合道。夫炼至于虚，与清虚为一，朗照大千，而况天下乎？故曰"其德乃丰。"至于天下，则与道为一，纯乎自然，可以建天地而不悖，质鬼神而无疑，百世以俟圣人而不惑矣，此皆自然之精、之气、之神、之虚之道，非有加增者也，故曰"其德乃普"。他如以身观身、家观家、乡观乡、国观国、天下观天下，无非以一己之身家，为天下身家之表率，以一人之乡国，为天下乡国之观型，默契潜孚，相观而化，天下皆然，何况托处宇内者哉？太上取喻，其意切近，其义精微。大道无他，精之又精，以至于虚无自然，尽矣！学大道者，亦无他，惟损之又损，以至于无为自然，无为而无不为，尽矣！然内药外药，内丹外丹，取坎填离，抽铅添汞，种种喻象比名，要无非以身中禀受于天地之精气神，以其生来素具，只因陷于血肉躯壳之中，故曰"阴精、阴气、阴神"，以其与生俱来，故曰"内药"。修士兴工之始，必垂帘塞兑，凝其神，调其息，将三元混合于一鼎，一鼎烹炼乎三元，名曰炼精，实则神气俱归一窍；直待神融气畅，和合为一，于是气机发动，蒸蒸浮浮，是曰气化，又曰水底金生，又曰凡父凡母交而产药，此是人世男女顺以生人之道。若不知逆修之法，顷刻化为后天有形之精，从肾管而泄，故"固气留精，决定长生"。人欲长生，此精之化气，即是长生妙药。如有冲突之状，急需内伏天罡，外推斗柄，进退河车，收回中宫再造，此为炼内药也，精气神亦混合为一者也，岂仅气化云哉？一内一外，一坎一离，始而以身之所具，交会黄房，温养片晌，则气生焉，此以神入气，以身中之精，炼出天地外来灵阳之气，即炼精化气。继以此气采之而升，导之而降，送归土釜，再烹再炼，即是以铅制汞，以阳气伏阴精。盖精原己身素具，故曰"离己阴精"；气由精化而产，故曰"坎戊阳气"。非精属心中，气生肾内也。自涌泉以至气海，皆属阳，阳则为坎；自泥丸以至玄关，皆属阴，阴则为离。是水火之气为坎离，非以心肾为坎离也明矣。又曰坎中有气曰地魄，在外药，白虎是也，在内药，金丹是也。此丹从抽铅添汞合一而生者也，均属水府玄珠。内外之说，一层剥一层，非真有内外也。离宫有精曰天魂，在外药，青龙是也，在内药，己之真精是也。水中金生，即精中气化，在外药，白虎初弦之气是也，在内药，铅中之银是也，又曰金丹长生大药。只此乾元一气，陷入人身，非以神火下煅，则沉而不起，且欲动而倾，此如灯之油，灯无油则息，人无气则灭，人之生，生于此，故为长生大药。以其自乾而失于坎，今复由坎还乾，金丹之说，所由来也。夫人欲求长生，除此水乡铅一味，别无他物。但此金丹，虽曰人人自有，然非神火烹煎，别无由生。及真金一生，再将白虎擒龙，自使青龙伏虎，龙虎二气，复会黄房，二气相吞相啖，而结金丹。运回土釜，会己真精，再以神火温养，而结圣胎。胎既结，内用天然真火，绵绵于神房之中，外加抽添凡火，流转于一身之际，即日运己汞包固真精，久则脱胎而出，升上泥丸，炼诸虚空，务归本来自然之地。不是精气神三宝攸分，亦不是内外二药各别，苟非坐破蒲团，磨穿膝盖，自苦自炼，安能了悟底蕴？吾今聊注大概，不过为后学指条大路耳。且道本平常，非有奇异，愈精深，愈平常。他如变化莫测，在世人视之，以为高不可望，妙无从窥，而以太上《道德》一经思之，即如三清太上，亦只是一个凡人造成。但凡人以生死为喜忧，仙则视生死如昼夜。一生一死，即如一起一卧，顺而行之，不尽安然？有谓长生不死，为仙家乐事者，非也。人以长生为荣，仙则以顺理为乐。虽杀身成仁，舍生取义，亦所素甘。不然，刀锯之惨，谁不畏哉？古来志士仁人，多视鼎镬为乐地、死亡为安途者，盖见得理明，信得命定，其生其死，无非此心为之运行，生而不安，不如速死，犹醒而抱痛，不如长眠。只要神存理圆，生何足荣，死何足辱，一听造化流行，决不偷生于人世。如好生恶死，是庸夫俗子之流，非圣贤顺时听天之学也。否则，孔子何以七十而终，颜子何以三十而卒？顺天而动，不敢违也。此岂凡人所能见哉？窃愿学者，只求于内，无务于外，患难生死，一以平等视之，此心何等宽阔，何等安闲？谚云："认理行将去，凭天摆布来。"如此落得生安死泰，永为出世真人，岂不胜于贪生怕死之徒，时而欣欣于内，时而戚戚于怀，此心终无宁日耶？况有道高人，天欲留之，以型方训俗，我不拒之，亦不求之，但听之而已，初何容心于其间乎？盖生死皆道也，尽其道而生，尽其道而死，又何好恶之有哉？凡有好恶于中者，神早乱，性早亡，不足以云仙矣。

第五十五章　含德之厚

太上曰：含德之厚，比于赤子。毒虫不螫，猛兽不据，攫鸟不搏。骨弱筋柔而握固，未知牝牡之合而峻作，精之至也。终日号而嗌不嗄，和之至也。知和曰常，知常曰明，益生曰祥，心使气曰强。物壮则老，是谓不道，不道早已。（嗌，音益。嗄，音杀。牝牡交欢，峻作丧命。赤子无知无欲，则其阴缩而不举，故曰未知　作。峻，即阴也。号，呼也。嗌，咽也。嗄，言声破，又云气逆。）

《易》曰："天地纲缊，万物化醇。男女媾精，万物化生。"以发生之初，去天未远，其气柔脆，顺其势而导之，迎其机而养之，犹可底于纯化之域、太和之天。孟子曰："大人者，不失其赤子之心也。"以赤子呱地一声，脱离母腹，虽别具乾坤，另开造化，然浑浑沦沦，一团天真在抱，无知识，无念虑，静与化俱，动与天随。古仙真含宏光大，厚德无疆，较诸赤子，殆相等也。当父母怀抱之时，鞠育顾复，足不能行，手不能作，虽有毒虫，不能螫焉；虽有猛兽，不能据焉；虽有攫鸟，无从搏焉。以动不知所之，行不知所往，是无虞于毒虫，而毒虫不得螫之也，无虞于猛兽，而猛兽不得据之也，且危居在榻，偃息在床，不为攫鸟所窥，而攫鸟亦不得搏之也。倘年华已壮，动履自如，虽有游行之乐，不获静室之安，其能免恶物之患者，盖亦鲜矣。况赤子初生，气血调和，筋骨柔软，而手之握者常固，盖以阴阳不乱，情欲不生，未知牡牝之交欢合而峻作，足见元精溶溶，生机日畅。人能专气致柔，如婴儿之初孩，则自有精之可炼。第其时，呱呱而泣，声声不断，虽至终日呼号，而咽嗌不嗄，此非随意而唤、任口而腾也，要皆天机自动，天籁自鸣，无安排，无造作，和之至矣。知得元和内蕴，适为真常之道，不假一毫人力以矫强之，而守其真常，安其固有。《诗》曰："既明且哲，以保其身"，其斯之谓欤？若非以和柔之气，修诸身心之中，安得生而益生，天休滋至于勿替？人之祥，莫祥于此。第自强壮而后，天心为人心所乱，精神之耗散者多。今以太和为道，大静乃能大动，至柔方克至刚，于是以心役气，务令此气同于赤子，不以气动心，致使此心乖夫太和，庶几"和而不流，强哉矫"矣。非独赤子为然也。观之万物，其始柔脆，其终强壮。柔脆者，生之机；强壮者，死之兆。是以物壮则老，不如物稚则生。生者其道存，老者其道亡，故曰物老为不道，不道不如其早已。世之修道者，盍早已其老之气，而求赤子之气乎？果得同于赤子，无恐无怖，无识无知，一片浑沦，流于象外，所谓和也。夫天道以和育物，人能知之，则健行不息，故曰常。知常则洞达阴阳，同乎造化，故曰明。修身立命，夺天地生杀之权，人之祥瑞莫大于此。炼神还虚，得长生不坏之道，强斯至也，又何不道之有哉？

此教人修身之法，取象于赤子。庄子曰："儿子动不知所为，行不知所之，身若槁木，心如死灰，祸亦不至，福亦不来。祸福无有，乌有人灾物害哉？""毒虫"等句，即此意。后云采药炼丹，须取天一新嫩之水，此水即人生生之本，犹如一轮红日，夜半子初，清清朗朗，照耀于沧海之中，又如一弯秋月，发生于庚震之方，正是修士玄关窍开，恍惚杳冥，方有此境。盖以初气致柔，犹万物甲坼抽芽，于此培之养之，方能日增月长，至于复命归根，以成硕果之用。若桑榆晚景，则物既老而将衰，不堪采以为药。但老非年迈之谓也，是云药老不可以为丹。若以年而论，即老至八、九十岁，俱可修炼以成长生不老之仙。何者？一息尚存，此个太和之气，具足于身，无稍欠缺。非至人挟破水中之天，一身内外两个消息，则当面错过者多矣。学者欲修金丹大道，非虚心访道，积德回天，则真师无由感格，白虎首经莫觅，一任青年入道，必至皓首无成，更有误认邪师，错走岐路，一生之精力，竟流落于禽兽之域者不少。学者慎之！

第五十六章　为天下贵

太上曰：知者不言，言者不知。塞其兑，闭其门，挫其锐，解其纷，和其光，同其尘，是谓玄同。故不可得而亲，不可得而疏，不可得而利，不可得而害，不可得而贵，不可得而贱，故为天下贵。

大凡无德之人，当其闻一善言，见一善行，辄欣欣然高谈阔论，以动众人之耳，取容悦于一时，不知革面洗心，返观内证。孔子曰："道听途说，德之弃"，洵不诬矣。若真知大道之人，方其偶有所知，朝夕乾惕之不暇，安有余力以资口说，徒耸外人之听闻耶？即令温故知新，悠然有会意处，亦自有之而自得之，犹饮食餍饫，既醉既饱，惟有自知其趣味，难为外人道也。彼好与人言者，殆有不足于己者焉。而况德为己德，修为己修，知之既真，藏之愈固，窃恐一言轻出，即一息偶离，斯道之失于吾心者多矣。此知者所以不言也。若言焉者，其无得于己，实不知乎道。使果有所知，又孰肯轻泄如斯乎？是言者不知，益审矣。又况不可言者精华，可言者皆糟粕。知者非不言，实难言也。言者非不知，盖徒见其皮肤耳。所谓"得了手，闭了口"者，诚知得道匪易，讵容以语言耗其气，杂妄损其神，矜才炫能标其异，徒取恶于流俗哉？以故有道高人，塞兑闭门，养其气也；挫锐解纷，定其神也；和光同尘，则随时俯仰，与俗浮沉，如愚如醉，若讷若痴，众人昏昏，我亦昏昏，不矜奇，不立异，与己无乖，于世无忤也。苟有一毫粉饰之心、驰骛之意，即不免放言高论，以取快于一堂。如此者，非为名，即为利。岂不闻太上告孔子之言乎："可食以酒肉者，我得而鞭扑。可宠以爵禄者，我得而戮辱。"惟闭户潜修，抱元守一，神默默，气冥冥，沉静无言，恬淡无欲，无为为为，无事为事，则人不可得而亲，亦不可得而疏，不可得而利，亦不可得而害，不可得而贵，亦不可得而贱。此求诸己，不求诸人，尽其性，复尽其命，故为天下之所最贵。三界内外，惟道独尊。我修我道，即我贵我道，天下无有加于此者。太上曰："知我者希，则我贵焉。"学者亦知之否？

此言有道之人，必不轻言，以世上知道者少，苟好腾口说，不惟内损于己，亦且外侮于人。《易》曰："机事不密则害成。"古来修士，因轻宣机密，以致惹祸招灾者不少，是以君子慎密而不出也。即使可与言者，亦兢兢业业，其难其慎，试之又试，然后盟天质地，登坛说法，亦不敢过高过远，刺刺不休。足见古人韬光养晦之功，即见古人重道敬天之意。彼轻易其言者，皆无得于己，不知道者也。若果知之，自修自证之不遑，又安有余闲以为谈论地耶？彼放言无忌者，非欲人亲之、利之、贵之乎？不知有亲即有疏，有利即有害，有贵即有贱，何如缄默不言，清静自养，使人无从亲疏、利害、贵贱之为得欤？夫以我贵我道，自一世可至万世，天下孰有加于此者？学者修其在己，刻刻内观，勿徒议论之风生可也。

第五十七章　以正治国

太上曰：以正治国，以奇用兵，以无事取天下。吾何以知其然乎？以此。夫天下多忌讳，而民弥贫；人多利器，国家滋昏；人多技巧，奇物滋起；法令滋彰，盗贼多有。故圣人云："我无为而民自化，我好静而民自正，我无事而民自富，我无欲而民自朴。"

孔子曰："吾道一以贯之。"是知道只一道，而天下万事万物，无不是此道贯通流行，所谓"一本散为万殊，万殊仍归一本"是。治身治世，其大端也。治世之道，无过士农工商，各安生理，孝悌忠信，各循天良。此日用常行之事，即天下之大经，万古之大法，固常道也，亦正道也。人人当尽之事，即人人固有之良。为民上者，躬行节俭，力尽孝慈，为天下先，而又庄以莅之，顺以导之，不息机以言静镇，不好事以壮规模，一正无不正，自有风行草偃，捷于影响者焉。孟子曰："一正君而国定矣。"又曰："天下之生久矣。"一治一乱，循环相因，自古及今，未有或爽。虽然，治则用礼乐，乱则用兵戎。一旦两军对垒，大敌交锋，社稷安危，人民生死，系于一将，顾不重哉？虽权谋术数之学，智计机变之巧，非君子所尚，然奉天命以讨贼，仗大义以弔民，又不妨出奇制胜也，兵法所以有掩袭暗侵、乘劳乘倦、离间反间、示弱示强、神出鬼没之奇谋焉。惟以奇用兵，战无不胜，攻无不克，不伤民命，不竭民财，而万民长安有道之天，共享太平之福，不诚无事也哉？然联山河为一统，合乾坤归一人，此中岂无事事？但任他事物纷投，而此心从容坐镇，自然上与天通而天心眷顾，下为民慕而万民归依，天下于焉可取也。故曰："唐虞揖让三杯酒，汤武征诛一局棋。"惟见天下不甚希奇，取天下亦不介意，所以胸中无事，其量与天地同，故莅中国，抚四夷，有不期然而然者。此治世之道如是。吾何以知其然哉？以治世之道，不外治身，身犹国也。视听言动，一准乎礼，心思智虑，一定以情，内想不出，外想不入，性定而身克正矣。至于静养既久，天机自动，以顺生之常道，为逆修之丹法。临炉进火，大有危险，太上喻为用兵，务须因时而进，相机而行，采取有时，烹炼有地，野战有候，守城有方，不得不待时乘势，出之以奇计也。他如药足止火，丹熟温炉，超阳神于虚境，养仙胎于不坏，又当静养神室，毫无一事于心，而后仙可成、丹可就。此治身之道，即寓治世之功。吾所以知治世之道者，即此治身之法而知之也。夫取天下者在无事，而守天下者，又不可以多事，否则兴条兴款，悬禁悬令，使斯民动辄龃龉，势必奸究因之作弊，民事于焉废弛，天下多忌讳，而民所以日贫也。金玉玑珠，舆马衣服，民间之利器弥多，而贪心一起，欲壑难填，神焉有不昏，气焉有不浊者哉？浑朴不闻，奸诈是尚，一有技巧者出，人方爱之慕之，且群起而效尤之，于是奇奇怪怪之物，悉罗致于前。呜呼，噫嘻！三代盛时，君皆神圣，民尽淳良，令悬而不用，法设而不施，所以称盛世也。今则法网高张，稠密如罗，五等刑威，违者无赦，三章法典，犯者必诛，顾何以法愈严而奸愈出，令愈繁而盗愈多乎？盖德不足以服民心，斯法不足以畏民志耳。古来民之职为乱阶者，未有不自此刑驱势迫使然也。秦汉以来，可知矣。古圣云："天以无为而尊，人以有为而累。"我若居敬行简，不繁冗以扰民，不纷更以误国，但端居九重之上，静处深宫之中，斯民日迁善而不知为之者，且淡定为怀，渊默自守，惟以诚意正心为事，而孰知正一己即以正朝廷，正百官即以正万民，皆自此静镇间来也。万民一正，各亲其亲、长其长，无越厥命，永建乃家，于是耕田而食，凿井而饮，日出而作，日入而息，仓箱有庆[①]，俯仰无虞，而民自富矣。若此者，皆由上之人，顺其自然，行所无事，有以致之也。又况宁静守寂，恬默无为，一安浑浑噩噩之真，而民之感之化之者，有不底于忠厚长者之风、浑朴无华之俗，未之有也。《书》曰："一人元良，万国以贞。"其机伏于隐微，其效察乎天地。吾愿治世者，以正君心为主；

---

① 庆，底本作"度"，据萧天石本改。

治身者，以养天君为先焉。

　　此理已明，不容再赘。吾想打坐之顷，其始阳气沉于海底，犹冬残腊尽，四顾寂然。以神光下照，即是冬至阳回，此时虽有阳生，而阒寂无声，四壁萧条，仍如故也。从此慢慢气机旋运，不觉三阳开泰，而万物回春，花红叶绿，水丽山明，已见阳极之甚。天道如斯，人身奚若？惟有以头稍稍向下，以目微微下顾，即是阴极阳生。第此个工夫，不似前此下手执着一个意思去数呼吸之息，须将外火不用，内火停工，一任天然自然，随其气机之运动，但用一个觉照之心，以了照之，犹恐稍不及防，又堕于凤根习气而不自知。此即存有觉之心，以养无为之性是也。迨至觉照已久，义精仁熟，又何须存，又何须养？一顺其天然之常而已。不然，起初不用力操持，则狂猿烈马，一时恐难降伏。及至猿马来归，即孟子所谓"放豚入苙"，切不可从而束缚之，反令彼活泼自如者，转而踡蹐难安也。其法维何？《易》曰："天地絪缊，万物化醇。"这个絪缊之气，在人身中，即是停内火外符，浑然不动，任气息之流行。在工夫纯熟者，斯时全不用意，若未到此境，觉照之心，不可忘也。若或忘之，又恐不知不觉，一念起，一念灭，转转生生，将一个本来物事，竟为此生灭之心而汩没焉。古佛云："了知起处，便知灭处。"如此存养，久久而见起灭之始，又久久而见未有念之始，斯得之矣。至于黄庭之说，在不有不无，不内不外，又在色身中，又不在色身中。此个妙窍，到底在何处？古所谓"凝神于虚，合气于漠"是也。夫凝神于虚，合气于漠，亦犹是在丹田中，但眼光不死死向内而观耳，神气不死死入内而团耳，惟凝神于脐下，离色身肉皮不远，此即不内不外之说也。以意凝照于此，但觉口鼻呼吸之气一停，而丹田之气，滚滚辘辘，在于内外两相交结之处，纽成一团，直见絪絪缊缊，浑浑沦沦，悠扬活泼之机，一出一入，真与天之元气，两相通于无间。生精、生气、生神，即在此处，与天相隔不远，此即"合气于漠"之说也。昔人谓之"元气""胎息""真人之息以踵"者，非此而何？所谓元气者，即无思无虑、无名无象中，浑沦一团，清空一气是也。所谓胎息者，盖人受气之初，此身养于母腹，此时口鼻未开，从何纳气而生？惟此脐田之气，与母之脐轮相通，是以日见其长。及至呱地一声，生下地来，此气即从口鼻出入往来，所谓"各立乾坤"者此也。吾示脐轮之气，与外来之天气相接，不内不外，絪缊混合，打成一片，即是返还于受气之初，而与母

黄元吉集 [道德经注释·乐育堂语录·道门语要]

第一编

气相连之时，即是胎息也。所谓"真人之息以踵"者，盖以真人之息，藏之深深，达之亹亹，视不见，听不闻，搏不得，深而又密，如气之极于脚底是也。彼口鼻之气，非不可用，但当顺其自然，不可专以此气为进退出入。若第用此气，而不知凝神于脐下一寸三分之地，寻出这个虚无窟子，以纳天气于无穷，终嫌清浊相间，难以成丹。昔人云："天以一元之气生人"，此气非口非鼻，非知觉运动之灵可比。又云："玄牝之门世罕知，休将口鼻妄施为。饶君吐纳经千载，怎得金乌搦兔儿？"即此数语观之，明明道"出玄入牝"，实在脐下丹田，离肉一寸三分之间，氤氤氲氲，凝成一片者是。学道人，无论茶时饭时，言语应酬时，微微用一点意思，凝神于虚无一穴之中，自然合气于漠，直见真气调动，有不可名言之妙。然于此调息，则知觉不入于内，而坎水自然澄清。此历代仙圣不传之秘，吾今一口吐出，后之学者，勿视为具文而忽之也。

第五十八章　祸兮福倚

太上曰：其政闷闷，其民醇醇。其政察察，其民缺缺。祸兮福所倚，福兮祸所伏，孰知其极？其无正耶？正复为奇，善复为妖。人之迷，其日固久。是以圣人方而不割，廉而不刿，直而不肆，光而不耀。（闷闷，浑朴意。缺缺，疏忽意。刿，伤残也。）

天地无心而化育，帝王无为而平成，此无为之道，圣人开天辟地、综世理物之大经大法，人主统摄万民，纲纪庶物，无有过于此者。若涉于有为，则政非其政，治非其治，虽文章灿著，事业辉煌，而欲其熙熙暤暤，共乐时雍之化也不能，故孔子云："政者，正也"，以己正，正人之不正也。自古为民上者，肇修人纪，整饬天常，有知若无知，有作若无作，一任天机之自动，初无有妄作聪明，创矩陈规，悬书读律，而一德相感，自有默喻于言语之表者，故其政闷闷，若愚朴无知者然，而其民之感乎，亦淳淳有太古之风，无稍或易。上以无为自治，下以无为自化，上下共安无事之天，休哉，何其盛欤！苟为上者，励精图治，竭力谋为，拔去凶邪，登崇俊杰，小善必录，大过必惩，赏罚无殊冰镜，监观俨若神明，其政之察察，无有逃其藻鉴者，此岂不足重乎？而无如上好苛求，下即化为机巧，缺缺然无不以小智自矜；上以有为倡之，下以有为应之，甚矣，民心之难治也！夫非上无以清其源，斯下无以正其本也哉！盖无为者，先天浑朴之真；有为者，后天人为之伪。闷闷察察，其效纯驳如此，此可知道，一而已，二之则非。况先天，太极未判，纯朴未分，无阴阳之可名，无善恶之可见，《易》曰："易则易知，简则易从"，其政之所以可大可久也。若后天，太朴不完，贯阴阳于始终，互祸福为倚伏，祸中有福，福中有祸，祸福所以循环无端也。故有为之为，未必不善，但物穷则变，时极则反，阴阳往复之机，原属如此，有孰知其底极而克守其正耶？且正之复则为奇，善之反则为妖。无为之政，政纯乎天；有为之政，政杂以人。杂以人者，正中有奇，善中有妖，其机肇于隐微，其应捷于影响，其势诚有不容稍间者，无怪乎尔虞我诈，习与性成，执迷而不悟也，其日固已久矣。是以圣人御宇，一本无为之道，整躬率物，正己化人。本方也，不知其为方，殆达变通权而不假裁截者欤？本廉也，竟忘其为廉，殆混俗和光而不致伤残者欤？时而直也，虽无唯诺之风，亦非径情之遂，认理行持，不敢自肆，其梗概风规，真有可敬可畏者。他如化及群生，恩周四表，几与星辉云灿，上下争光，而独自韬藏，不稍炫耀，其匿迹销声，为何如哉！此无为为体，自然为用，从欲以治，顺理以施，四方风动，有不於变时雍，共游于太古之天也，有是理乎？

道曰大道，丹曰金丹，究皆无名无象，在天则清空一气，在人则虚无自然。修炼始终，要不出此而已。人能知冲漠无朕，是大道根源、金丹本始，从虚极静笃中，养得浑浑沦沦，无知识、无念虑之真本面，则我之性情精气神，皆是先天太和一气中的物事，以之修道则道成，以之炼丹则丹就，又何奇邪可云，危险可畏哉？惟不知无为为本，第以有为为功，则知识不断，纷扰愈多，虽有性有情，皆后天气质之私，物欲之伪，至于精气神，又乌得不落后天有形有色之杂妄耶？太上以政喻道，以民比身。道炼先天无为，则成不坏金身；道炼后天有识，安有不二元神？纵炼得好，亦不过守尸鬼耳，乌能超出阴阳，脱离生死，永为万代神仙？又况一堕有为，则太极判而阴阳分，阴阳分而善恶出，祸福于以相往来也。孰知修道之极功，虽其中炼命一步，不无作为之用，然必从"有用用中无用，无功功里施功"，方不落边际。孟子曰："必有事焉而勿正。"修道之要，即在于此。论人心，一动则有一静，一阴则有一阳，邪正善恶，原是循环相因，往来不息，故有正即有邪，有善即有恶。惟一归浑忘，不分正邪，安有善恶？否则正反为奇，善复为妖。庄子曰："天以无为为尊，人以有为为累。"是知有为之时，亦必归于无为，方免倾丹倒鼎之患。无奈世上凡夫俗子，开口言丹，即死守丹田，固执河车路径，即在身形之中，其未了悟无为之旨也久矣。惟圣人，知修炼之道，虽有火候药物、龙虎男女、鼎炉琴剑，种种名色，犹取鱼兔之筌蹄。鱼兔未得，当用筌蹄；鱼兔入手，即忘筌蹄。若著名著象，皆非道也。故方则方之，廉则廉之，直则直之，光则光之，要皆为无为、事无事，一归浑穆之天焉。愿学者，以无为自然之道为体，体立然后用行，虽有为，仍是无为也。知否？信否？

第五十九章　长生久视

太上曰：治人事天莫如啬。夫惟啬，是谓早服，早服谓之重积德，重积德则无不克，无不克则莫知其极，莫知其极可以有国，有国之母可以长久，是谓深根固蒂，长生久视之道。

治人之道，即事天之道，天人固一气也，故治人所以事天，事天不外治人。莫谓天道甚远，即寓于人道至迩之中。不知天道，且观人心。能尽人事，即合天道。虽一高一卑，迥相悬绝，惟在于安民为主，民治定则天心一矣。其要在于重农务本，教民稼穑为先。夫以民为邦本，食为民天，啬事既治，则衣食有出，身家无虞，孟子所谓"树艺五谷，五谷熟而民人育。"又曰："圣人治天下，使有菽粟如水火，而民焉有不仁者乎？"是知为人上者，以啬为急图，而民得以乐业安居，养生送死，早有以服民心于不睹不闻之际，而欣然向往，如享太牢之荣，如登春台之乐矣，是不言修德而德自修，不言尚德而德日尚。且耕三余一，耕九余三，多黍多稌，为酒为醴，以畀祖妣，以洽百礼，其德之积与积之重，不谓此而谁谓耶？如此重开有道之天，大被无穷之泽，自然兼弱攻昧，取乱侮亡，而无往不克矣。既所向披靡，无敢交锋，非特接壤邻封，云霓慰望，即彼殊方异域，亦时雨交欢。若此东被西渐，北达南通，声教四讫，伊于胡底，夫谁知其极也哉？既无其极，立见帝道遐昌，皇图巩固，而得有其国也。《汉书》云："黄河如带，泰山若砺。国以永宁，爰及苗裔。"夫固有不爽者。人既抚有一国，即有得国之由，其由维何？国之母气也。若无母气，焉能得国？此根本之地，人所宜急讲者。在未有其国，必须寻母；既有其国，尤当恋母。国之有母，犹树之有根，水之有源，可以长久而不息。此治世之道，通乎治身。学道人，能守中抱一，凝神调息，始以汞子求铅母，继以铅母养汞子，终则铅汞相投，子母混合，复乎本来，还乎太朴，是谓深根固蒂，长生久视之道。如此则凡也而圣，人也而天矣。治身之道，又岂异治世哉？

此治人事天，即尽人事以合天道。以"天人本一气，彼此感而通。阳自空中来，抱我主人翁"，非易易事也。其道不外虚无，其功同乎稼穑。始而存养省察，继而以性摄情，迨水火混融，坎离和合，先天气动，运转周天，所谓"乾坤交媾罢，一点落黄庭"是。此取坎中之满，填离中之虚，即命基筑固，人仙之功了矣。此犹治啬者，开田辟土，载芟载柞，然后可得而耕种，以树艺乎五谷也。由是再将离中阴精，下入于坎户之中，将坎中阳气，合离中阴精，配成一家，种于丹田，炼而为药，所谓"彼家无而自我有之，彼家虚而由我实之。"直待此中真铅发生，即以阳铅制阴汞，汞性之好飞者不飞矣；又以阴汞养阳铅，铅情之好沉者不沉矣。《悟真》云："金鼎欲留朱里汞，玉池先下水中银。"待至铅金飞浮，如明窗中射日之尘，片片飞扬而去，将坎府外之余阳化尽，收入离宫，又将离己阴汞私识，一并消化，复还纯阳至宝之丹，可以升汉冲霄，飞灵走圣，即神胎成、仙婴就矣。虽然，其功岂易及者？始须持志养气，如农者之耕耘，不无辛苦，终则神闲气定，内而一理浑然，外而随时处中，非偶一为之即与道大适，由其修性炼命，早有以宾服乎后起之缘，而万累齐绝，一丝不存，尽人道以合天德也，匪伊朝夕矣。犹国家然，保赤诚求，深仁厚泽入于民心，沦肌浃髓，其德之积与积之重也，岂有涯哉？自是欲无不除，己无不克，天怀淡定，步伍安详，无论处变处常，自有素位而行、无入不得之概。若此者，以之炼性而性尽，以之修命而命立矣，冲漠无朕之中，万象森然毕具，真有莫知其底极者焉。太上所谓"内观其心，心无其心。外观其身，身无其身。远观其物，物无其物，空无所空，无无亦无。能悟之者，可传圣道。"此即外其身而身存。身犹国也，即如王者无为而治，可以正南面而有天下有国，亦如阴精在己，杂于父精母血之中者已久，非得先天阳气，不能自生自长，盖后天阴精原从先天生来，但阴精难固，情欲易摇，非得天地外来灵阳之气，必不能结而成丹，长生不死。故曰："有国之母，可以长久。"惟圣人，以真阴真阳二气合为一气，三家融成一家，煅出黍米一珠，号曰金丹，曰真铅，曰白虎首经，要无非先天一气而已，从色身中千烧万炼，千磨万洗，渐采渐凝，时烹时炼，而金丹外成，英英有象，所谓"人盗天地之气，以为丹母"者是，是即深根固蒂，长生久视之道。夫以天地灵阳，合一己真气，结成圣胎，即古仙云"先天一阳初动，运一点己汞以迎之，于是内触外激而有象，外触内感而有灵，如磁吸铁，自然吻合"，即汞子造水府而求铅母，既得其母，复依其子，子母和谐，团结中宫，而大丹成、神仙证矣。夫炼丹始终本末，太上已曾道尽，学者细心体会，迹象虽相似，而精粗大有分别。然未到其时不能知，非得真师指授，亦无由明，此须天缘、地缘、人缘，三缘辏合，始可入室行工。后之学者，第一以积诚修德，虚己求师，庶可结三缘而入室，切勿一得自喜，即无向上之志，务要矢志投诚，一力前进，迤逦做去可也。惟下手之初，无缝可入，无隙可乘，不啻咀嚼蜡丸，淡泊无味。朱子云："为学须猛奋体认，耐烦辛苦做一晌，久之苦尽甘回，闷极乐生，道进而心有得矣。"当此理欲杂乘，天人交战，最难措手。其进其退，就在此关。此关若攻得破，孔子所谓"宗庙之美，百官之富"，赏玩之不置矣。切不可萎靡不振，自家精神放弱，则终身不得其门而入焉。尤要虚其心，大其志，鼓其神，立德立功，修性修命，须知是天地间第一大事，非有大力量不能成。吾闻对云："修来铁肩担当道义，放开辣手做出文章。"噫！世间一材一艺，小小科名之取，犹要辛苦耐烦，做几件大功德，用满腹真精神，始可为神天默佑，用观厥成，何况道也者，天大一件事乎？所以佛说"我为大事因缘下界"，吾亦尔尔。学者既遇真师，须以真心诚意，体认吾言，始可算人间一大丈夫也。

第六十章　两不相伤

太上曰：治大国者，若烹小鲜。以道莅天下，其鬼不神。非其鬼不神，其神不伤人。非其神不伤人，圣人亦不伤人。夫两不相伤，故德交归焉。

夫道者，天下人物，共有之理也。以此理修身，即以此理治世。欲立立人，欲达达人，不待转念，无俟移时，何其易而简欤？故太上曰："治大国若烹小鲜。"夫国大则事必烦、人必众，苟不得其道，则必杂乱繁冗，犹治乱丝之不得其绪，势必愈治而愈棼。惟以人所共有之道，修诸一人之身，统御万民之众，其理相通，其气相贯，而其势亦甚便焉。不然，徒以法制禁令，权谋术数之条，号召天下，明则结怨于民，而民心变诈多端矣；幽则触怒于鬼，而鬼怪灾殃叠见矣。盖人者，鬼神之主也。人君横征暴敛，淫威肆毒，民无所依，则鬼怪神奸，亦无所附丽，不得不兴妖作祟，凶荒疫疠所不免焉。故石言于晋，篿见于齐，蛇斗于郑，伯有为厉，申生降灵，二竖梦而病入膏肓，有莘降而虢遂灭亡，若皆鬼神为之，亦由上无道以致之也。为民上者，诚能以道修身，即以道化民，鬼虽阴气，得所依归，鬼即冥顽，咸为趋附，人无怨讟，鬼不灾殃，山川弗见崩颓，物产不闻怪异，熙熙皞皞，坐享升平。《书》曰："古我先王，方懋厥德，罔有天灾，山川鬼神亦莫不宁"是也。此岂鬼之不神哉？盖魑魅魍魉，以及山精水怪，亦皆依傍有所，血食有方，顺其自然，毫无事事，虽有神亦无所施，即有施亦乌得为祟？故阴阳人鬼，共嬉游于光天化日之中，又何伤人之有哉？亦非神不伤人也，由圣人有道，无事察察之智，无矜煦煦之仁，慎厥身修，敦叙彝伦，居敬行简，不务纷纭，无有一毫伤乎人者，在乎阴阳和而民物育，祀典崇而鬼神安，幽冥之间，两不侵害，故天下咸服圣人之德而交归焉。呜呼！无为之治，近取诸身，远取诸物，不识不知，顺帝之则，以视尚政令者严诰诫，希勤勉者重典型，孰难孰易，为简为烦，奚啻云泥之判，人何不反求其本哉？

此大国喻大道，烹小鲜喻炼丹。小鲜者，羔羊鱼肉之类，其烹也，惟以醯醢盐梅，调和五味，扶其不及，抑其太过，而以温养之火，慢慢烹煎，不霎时而滋味出，口体宜矣。大丹之炼，亦惟取和合四象，攒簇五行，使三花聚于一鼎，五气聚于中田，于是天然神火，慢慢温养，不用加减，无事矫持，逆而取之，顺而行之，七返九还，易于反掌间矣。古云："慢守药炉看火候，但安神息任天然。"何便如之？是故无为之道，即临驭天下之道，亦即炼吾人大还之丹。太平盛世，治臻上理，庆洽重熙，上无为而自治，下无为而自化，一切鬼怪神奸，皆不知消归何有，非谓其灭迹亡形也，亦化于无为自然之道，而诪张变幻无所施，旱潦疫疠无从作矣。其在人身，鬼阴静无知觉者，神阳动有作为者也。大修行人，心普万物而无心，情顺万物而无情，阴中含阳，阳中含阴，静而无静，动而无动，一动一静，交相为用，一阴一阳，互为其根。非谓无觉竟无觉、有为竟有为也，其实无觉中有觉，有为中无为焉。曰"其鬼不神"，非谓蠢蠢而无灵爽也，盖无觉之觉实为正等正觉，无为之为无非顺天所为，岂似有觉者之流于伪妄、有为者之类于固守，而有伤于本来之丹也哉？曰"其神不伤人"，亦非神不伤人也，以无为而为之道，原人生固有之天真，生生不已之灵气，至诚无息，体物不遗，虽有造化，实无存亡，虽有盈虚，原无消息，所谓"不扰不惊，无忧无虑"者此也，又何伤人之有耶？亦非圣人之不伤人也，盖以勃发之生机，裕本来之真面，以调和之三昧，养自在之灵丹，立见神火一煅，而鬼哭神号，阴邪退听，真人出现矣，谓为两不相伤，谁曰不宜？天上人间，皆归美其德。噫！幽明交格，非德之神，乌能至此？

第六十一章　大者宜下

太上曰：大国者下流，天下之交，天下之牝。牝常以静胜牡，以静为下。故大国以下小国，则取小国；小国以下大国，则取大国。故或下以取，或下而取。大国不过欲兼畜人，小国不过欲入事人。夫两者各得其所欲，故大者宜为下。

太上言修道炼丹之学，皆当以柔为主，以静为要。虽曰柔懦无用，孤寂难成，而打坐之初，要必动从静出，刚自柔生，方是真正大道。喻曰"大国者下流"，言水有上有下，上之水必流于下而后已，如大国自谦自抑，毫无满假之思，必为天下所景仰，犹下流之地，为万派所归，其势有必然者，故曰："天下之交"。夫天下交归，以其能自下也，自下则其气最柔也，非至刚也。彼物之至刚者，孰有过于牡乎？物之至柔也，孰有过于牝乎？牡为阳为刚，牝为阴为柔，宜乎阳刚之牡，常胜阴柔之牝矣，顾何以牝常胜牡耶？夫亦曰牝之能静焉耳。古云"静以制动"，其言不爽，亦同下之承上，其势必然。何况抚兹大国者，卑以自牧，虚以下人，而万国有不来享来王者乎？是以下为高之基，静又为下之本也。古今来，或大国以下小国，如成汤下葛伯，卒取葛之地，抚而有之是也；或小国以下大国，如勾践下吴王，卒取吴之业，兼而有之是也。又或大国不自大而自小，所以取小国如反掌也；亦或小国安于小而事大，所以取大国如拾芥也。论赫赫大邦，实为诸国表率，而抚绥有道，怀柔有方，不欲并吞天下，以山河为一统，乃欲并畜小国，以天下为一家，是非有大过人之德者，不能休休有容也，宜天下归仁，万方奉命矣。区区蕞尔，同属分封藩臣，而贡献频来，奔趋恐后，不欲高人以取辱，莫保宗社之灵长，惟期事人以自全，幸延苍生之残喘，亦非有小过人之智者，不能抑抑自下也，宜人心爱戴，天命来归矣。况乎人必有所志，而后有所欲。今大国欲兼畜人，小国欲入事人，两者所欲，一仁一智，已各得其欲，而不流于人欲之私，足见大小诸邦，各循其理、安其分，而无敢越厥职者焉。虽然，小者自下，其理固然，彼大者尤宜居下，始见一人之端拱，为天下之依归。治世如此，治身又何异乎？

大国喻元神也，下流喻以神光下照于丹田，而阴精亦下流入丹田，神火一煅，精化气矣。此个丹田，即玄关也。夫人一身之总持，五气之期会，三花之凝聚，结丹成胎，出神入圣，无不于丹田一穴是炼焉，故曰"天下之交"，犹百川众流之朝宗于海也，炼丹之所在此。而合药之道，又贵以柔顺为主，故取象于天下之牝。牝，柔也，和也，即"太和所谓道"，又曰"专气致柔"。如此至柔至和，则元精溶溶，可以化气而生神，且元精在内，静摄肾气于其中，迨神火一煅，精化为气，于是行逆修之术，运颠倒之工，升而上之，饵而服之，送归土釜，以铅制汞，即以牡制牝，此河车以后之事。若在守中之始，心本外阳而内阴，肾本外阴而内阳。以后天身形而论，心之外阳为牡，肾之外阴为牝。今自离中虚而为阴，坎中满而为阳，即《悟真》云"饶他为主我为宾"，又曰"阳本男身女子身，阴虽女体男儿体"，此颠倒乾坤，离反为牡，坎反为牝矣。修炼之法，务令心之刚者化柔、动者为静，肾之柔者化刚、静者反动，是以离之柔和，温养坎之阳刚，此即"火中生木液，水里发金刚"。以心使气，以性节情，情不妄动，无非以默以柔，谦和忍下，以炼心性，故上田美液，流入元海，液又化气，而入丹田。"大国下小国"，即由上田到下田也。"取小国"者，采取丹田金水之气，逆运河车，上转天谷是也。"小国下大国"，又从下田上昆仑是也。"取大国"者，并合昆仑金液，共入黄庭也。或以上田甘津美液，流入下丹田以生气，则取丹田之气者，是为大国之自下以取。又或丹田之气，逆上天谷以生液，则吞天谷之气，是为小国之以下而取也。此即金水上升，铅气合髓，精凝气调，片晌间化为甘露神水，流于上腭，滴滴归源，即液化气之候也。待气机充壮，又运河车，送上昆仑，吞脑海髓精，复降下黄庭，是气又化液之时也。然"大国者下流"，以柔以静，休休有容，诚有大过人之度，此即神化气而气化精，于以充满丹田也，故有欲兼畜人之德。小国亦有内朗之智，自知势力不敌，甘愿入觐奉命，诚有小过人之量，此即精生气而气生神，亦以归依黄庭也，故有欲入事人之道。两者所欲，均无外慕，故丹成九转，道高九天，永与乾坤并寿焉，其德之交归为何如哉？修身妙诀，无出于此。得者宝之，勿轻泄焉。

第六十二章　为天下贵

太上曰：道者，万物之奥，善人之宝，不善人之所保。美言可以市，尊行可以加人。人之不善，何弃之有？故立天子，置三公，虽有拱璧以先驷马，不如坐进此道。古之所以贵此道者，何也？不曰求以得，有罪以免耶？故为天下贵。

夫道者，生于天地之先，混于虚无之内，杳冥恍惚，视不见，听不闻，搏不得，而实万物所倚以为命者也。子思子曰："君子之道费而隐。"无道无物，无物无道。大周沙界，细入微尘，不可以迹象求，不可以言语尽，诚至无而含至有，至虚而统至实，浩淼无痕，渊深莫测。万物之奥，莫奥于此。善者知此道，为人身所最重，故珍而藏之，炼而宝之，不肯一息偶离。不善者，亦知有道，则身可存而福可至，无道则命难延而祸亦多。保身良策，莫道若也。况本中庸之道，以发为言，则为美言，犹美货之肆于市朝，人人知爱而慕之，且欲抚而有之。本寻常之道，以见诸行，则为尊行，犹王公大人之身价，人人皆敬而礼之，且各尊而上之。若非言可为表，市之反以招辱；若非行可为坊，加之又以致谤。《诗》曰："天生烝民，有物有则。民之秉彝，好是懿德。"足见善恶虽殊，而其好德之心，则一而已。见有善者，吾当敬之，即有不善者，亦乌可恶之？不过气质之偶偏，物欲之未化，而有戾于道耳，而其源终未有或异也。人能化之导之，即极恶之人，亦可转而之善。甚矣，天地无弃物，圣人无弃人也！如有弃人，是自弃也，岂有道者所忍出哉？天生民，而立之君，即作之师，将以君临天下，而置三公，无非统驭群黎，化导万姓，正一身以正朝廷，正朝廷以正天下，务使万邦协和，而四方风动，天子长保其尊，三公长享其贵而后已。假使不能奉若天道，以与斯民维新，又安有永保天命以享无疆之福乎？虽有拱璧之贵，罗列于前，驷马之良，驰驱于后，亦不能一息安也。又何如日就月将，时时在道，朝乾夕惕，念念不忘，而坐进此道也哉？《楚书》曰："楚国无以为宝，惟善以为宝。"《尚书》曰："所宝惟贤，则迩人安。"是道也，自古帝王公卿，所贵重者也。古之所以重此道者何？以道为人人固有之道，求则得之，其势最为捷便。人能奉持此道，则为人间一大丈夫。若违悖此道，则为天地一大罪人，岂但有过而不免入于邪途也耶？子思子曰："道也者，不可须臾离也。"人其勉之！

此言道为人生一件大事，无论天子三公，俱宜珍重，虽有拱璧驷马，不如坐进此道之为愈，切勿谓衰迈年华、铅汞缺少、自家推诿可也。要知金丹玉丹，虽借后天精气神，而成仙证圣，此却一毫用不著。古云"太和所谓道"，又曰"虚无即道。"可见学道人，不悟虚无之理、太和之道，纵使炼精伏气，修入非非，亦与凡夫无别。所以吾道炼丹，必须以元神为主，元气为助神之用，以真呼吸为炼丹之资。若无元神，则无丹本；若无元气，则无丹助，是犹胎有婴儿，不得父精母血之交媾，亦是虚而无著。既得元神、元气，不得真正胎息，则神气不能团凝一处，合并为一，以返于太素之初。吾更转一语曰：夫人修炼，既得元神、元气，又有真息运用，使之攒五簇四，合三归一，然非真意为之主帅，必然纷纷驰逐，断无有自家会合而成丹也。虽然，真意又何自始哉？必从虚极静笃，无知无觉时，忽焉气机偶触而动，始有知觉之性，此即真意之意，非等凡心凡性也。故古云"仙非他，只此一元真性，修之而成者。"然不得水中之金、精中之气，以为资助，则元性亦虚悬无着，不免流于顽空。既知金生，不得真息调摄，又安能采取烹炼而成丹？然则真息为炼丹之要具，而真意尤为真息之主宰。学道人，未得神气合一，安能静定？苟得神气归命，必要酝酿深厚，而后金丹始得成就。切不可起大明觉心，直使金木间隔，坎离不交也。吾借此以明道奥。后之学者，有得于中，尚其宝之慎之！

第六十三章　终不为大

太上曰：为无为，事无事，味无味。大小多少，报怨以德。图难于其易，为大于其细。天下难事必作于易，天下大事必作于细，是以圣人终不为大，故能成其大。夫轻诺必寡信，多易必多难，是以圣人犹难之，故终无难。

道本中庸，人人可学，各各可成，只因物蔽气拘，不力剪除，安能洞见本来面目？如浣衣然，既为尘垢久污，非一蹴能去，必须慢慢洗涤，轻轻拔除，始能整敝为新。若用力太猛，不惟无以去尘，且有破衣之患。修士欲洞彻本原，又可不循序渐进哉？始而勉强操持，无容卤莽之力，久则从容中道，自见本来之天。功至炼虚合道，为无为也；顺应自然，事无事也，平淡无奇，何味之有？既无其味，何厌之有？他如大往小来，衰多益少，以至报复者不以怨而以德，此皆极奇尽变，备致因应之常，然而称物平施，无厚薄也，以德报怨，无异情也。且德为人所共有之良，以德报之，即以自然清净之神施之。因物付物，以人治人，即以大小多少投报，亦皆动与天随，头头是道，处处无差，而于己无乖，于人无忤焉。噫！此道之至难而至易，至大而至细者也。无如世之修士，计近功，期速效，往往好为其难，喜务其大，不知图难于易，为大于细，鲜有不蹶者。夫易为难之基，故天下难事必作于易，细为大之本，故天下大事必作于细，况道为万事万物之根，可不由易而难、自细而大乎？不然，进之锐者，退必速矣，又安望几于神化之域哉？是以古之圣人，知道有由阶，学有由进，不思远大之图，惟期切近之旨，淘汰渣滓，涵养本源，如水之浸灌草木，自然日变月化，不见其长而日长，所以自微之著，由粗之精，从有为有事中，而至于无为无事，愈澹愈浓，弥近弥远，而至于美大之诣。圣人终不为大，故能成其大也。今之学者，初起下手，便望成仙，心愈大，事愈难，竟至半途而废者多矣。惟有坚固耐烦，矢以恒久不息之心，庶几易者易而难者亦易，细者细而大者亦细耳。愿学者，图难于易，为大于细，出以持重老成，不至躁暴浅率得矣。不然，非但斯道之大，务以敦厚居心，始克有得，即此一应诺间，轻于唯者必寡信，后悔弥深；一进取内，好为易者每多难，退缩在即，其事有必然者。故圣人修炼之始，虽从易从细以为基，而惟日孜孜其难其慎，此心终未已也，所以先为其难，而其后顺水推舟，行所无事，故曰"终无难"焉。

此"为无为"三句，是纯任自然工夫。以下"图难于易"一节，是欲造精深，必由浅近之意。至于丹道言铅言汞，究是何物？不妨明辨之。要知此个物事，不外阴阳两端。以汞配铅，即如以女配男，交媾之后，化生元气出来，又将元气合阴气入中宫，然后成丹。在先天，离是纯阳之乾，坎是纯阴之坤，因气机一动，乾之中爻走入坤宫，坤之中爻走入乾窍，乾遂虚而为离，坤遂实而为坎，故乾虽阳而有阴，坤虽阴而有阳，即非先天纯阴、纯阳，太极浑沦之旧，然犹不失其正也。久之，神则生精，气则化血，而气质之性、气数之命，从此出矣，盖以有思虑知觉之心、气血形体之身，不似乾坤原物。至人以法追摄，离中一点己汞，汞为心液，液虽属阴，却从离火中出，带有火性，下入坎宫，薰坎宫一点阴血，血为坎水，水虽属阳，却从坎水中生，实为寒体，古人谓"火入水乡，神入气里"，犹冰凝之遇火，如炭火之热釜，自然温暖，生出阴蹻一脉动气来。虽然火入水中，犹釜底加炭，热气薰蒸，蓬勃上腾，即真铅生也。自此以神运之，而上升泥丸（主宰之而已），犹烤酒甑中，热气被火而升于天锅，则成露珠，滴入瓮中，此即吾教曰"真汞"，又曰"忙将北海初潮水，灌济东山老树根"，其实气化为液而已。复行归炉温养，液又化气，循环不已，一升一降，直将气血之躯，阴气剥尽，凡身化为金身，浊体变为乾体，仍还我太极虚无，不生不灭之法身焉。昔朱元育云："对坎离言，身中离精坎气，皆属凡铅。直到坎离交媾，真阴真阳会合，生出一点真阳出来，才算先天真铅种子。"然未得明师口诀，纵使勉强把持，也只可以固色身，到得下元充壮，久必倾泄矣。学人得此阳生，只算一边工夫，安望结胎成圣？惟将此阳气，引之上升，复合周身之阴精，更与泥丸绛宫之神髓灵液，交合为一，此正谓"东家女（木汞也），西舍郎（金铅也），夫妻配合入洞房。黄婆劝饮醍醐酒，每日薰蒸醉一场。"此乾坤交而结丹，前只是坎离交而产药。有此真铅、真汞一合，才可还丹，铅即水中所生之金，汞即火中所生之木。前只算凡铅、凡汞，到此才算真铅、真汞。学人照此用工，运神不运气，庶不至误事焉。

第六十四章　无为无执

太上曰：其安易持，其未兆易谋，其脆易破，其微易散。为之于未有，治之于未乱。合抱之木，生于毫末；九层之台，起于累土；千里之行，始于足下。为者败之，执者失之。是以圣人无为故无败，无执故无失。民之从事，常于几成而败之。慎终如始，则无败事。是以圣人欲不欲，不贵难得之货；学不学，复众人之所过。以辅万物之自然，而不敢为。（脆，言其弱也。）

修身之道，遏欲为先。遏欲之要，治于未然则易，治于将然则难；治于将然犹易，治于已然则难。故太上云："其安易持，其未兆易谋。"言人当闲居独处之时，心不役于事，事不扰于心，寂然不动，安止其所，其持己守身最为易易；且不闻不睹，无知无觉，杳无朕兆可寻，于此发谋出虑，思闲邪以存诚，其势至顺，其机甚便。以凡气柔脆，凡心细微，未至缠绵不已、辗转无休，于此而欲破其邪念、散其欲心，以复天道之自然、至诚之无妄，又何难情缘遽断，立见本来性天？此岂别有为之之哉？不过曰"为之于未有"而已。古君子，防患于未萌，审机于将动，所以烟云尽扫，荆棘不生。又如天下太平，偶有强梁小丑，乘间作乱，亦不难单骑突出，立见投诚，"治之于未乱"，其便固如斯也。此炼己之工，犹易就耳。若欲修成九转，又未可以岁月计者。胡碌碌庸流不知，道为乾坤大道，人为宇宙真人，或有法会偶逢，而一世竟成者；或有因缘不遇，而数世始成者；或有重修数劫，历遇良缘，而功德未圆，性情多僻，势将成而又败，竟败而无成者。甚矣！大道之奥，未易几也。人不知道有由致，请观物所以成。彼夫合抱之木，其生也，特毫末耳，因阴阳煦姤，日变月化，而遂成大木焉；九层之台，其起也，仅累土耳，因人工凑集，日新月盛，而顿见为高台焉。又如一统山川，千里邦畿，欲造其途、底其境，岂容举足便至，计程可期者哉？其始也，无非足下一步一趋，由近及远，而始至其地焉。道而曰大，实具包天容地之量，生人育物之能，岂不劳层叠而至，曲折而前乎？惟知道之至人，不求速效，不计近功，金玉有磨，而心志不磨，春秋有变，而精进不变，庶由小而大，自卑而高，从近及远，一如合抱之木、九层之台、千里之行，而顿见奇观。虽然，道为自然之道，而功须自然之功，孟子"集义生气"，功在"勿助勿忘"，始合天地运行而造化维新也，同日月往来而光明如故也。若使有为而为，则为者败矣；有执而执，则执者失矣。夫天地日月，古今运转不停者，以其无心而成化也。倘天地有为以迭运，日月有执以推移，又安能万古不磨耶？俗云"天若有情天亦老，日惟无意日常明"，不其然乎？是以古之圣人，精修至道，妙顺天然，为而无为，功无败也，执而无执，德何失焉？奈今之从事于道者，为无为有，或作或辍，不知时行则行，时止则止，动静偶乖，与道远矣。又有几成而忽败，一败竟无成者矣。《书》曰："慎厥终，惟其始。"所以历亿万年而不替。至于难得之货，人所贵也，圣人混俗和光，与人无异，独欲道而不欲货，初不知人世间有此珍重者，故不贵之，其淡泊明志如此。他如视听言动，日用云为，其荡检踰闲者无论矣，即有从事于道，为虚为实，著有著无，皆为过失。兹独效法前人，遵行古道，特抒臆见，以为大道权衡，非不称卓卓者，第思道为我之道，学为我之学，我自有之而自得之，又何学之足云？况人多过举，我独无为。以我无为之道，补众人之过举，即正己以正人也。且以我无为之道，辅万物之不及，即整躬以率物也。其不敢为如此。此圣人重德而贱货，正己以化人，民日迁善而不知为之者。噫！此圣人之身，即道之所寄，民物之所依，讵可一息偶违哉？

开首言"其安易持"数句，是言玄关一窍，寂然不动，感而遂通，且不睹不闻之际，此中有无善无恶之真。佛曰"那个"，儒曰"缉熙"，皆是此物。如初日芙蓉，晓风杨柳，娇红嫩绿，嫣然可爱。《易》曰："天地絪缊，万物化醇。男女媾精，万物化生。"无非言初气至柔，去天未远。朱子诗曰："半亩方塘一鉴开，天光云影共徘徊。"此言道心、人心，瞥眼分明。于此持志养气，立教割断牵缠，诞登彼岸。《礼》曰："人生而静，天之性也。感于物而动，性之欲也。"犹天地一元初复，万象回春，虽物交物感，情欲有动，犹是天性中事，出于虚静，本乎自然，只须些些把持，无容大费智谋，即可遏欲存诚，闲邪归正，以萌蘖脆嫩，根芽孱弱，人欲不难立断，天理即可复还。古人谓之玄关一窍，又曰生门死户，以人心退藏，天心照耀，皆由未有未乱之时而为之治之也。但一阳初动，其机甚迅，其势甚微，至于二阳、三阳，则神凝气聚，真精自动，浩浩如潮生，溶溶似冰泮，要皆自微而著，由小而大，自近而远。至于进火退符，河车搬运，阳铅再生，阴汞复合，时烹时炼，渐结渐凝，神完气壮，药熟丹圆，更有六根震动、六通具足之盛，皆自玄关一动始也。惟此时初动，水源至清，古云"白虎首经至宝，华池神水真金"是也。此时一觉而动，把持得定，由此日运己汞，包固阴精，恰如初三一痕新月，至上弦而半轮，至十五而盈满矣。是以圣人知天下事物，无不由卑至高，由近几远，俱有自然之道在，于是为而无为，执而无执，一若天不言而四时行、百物生，岂若民之隳乃事、败乃功者哉？若此者，皆由一片虚灵，浑然无间，目不知所欲，亦并忘为无欲，故曰"欲不欲。"至于泰珠之贵，贵不曾有为，其自无而有，所以既有仍无，修道人素所自具，不待外求，即使有所学，仍是无所学，故曰"学不学"。他如以一己之纯，化天下之驳，合天下之驳，归一己之纯，其诱掖众人，辅相万物，亦本乎自然而已矣，岂同逞其私智者哉？

第六十五章　善为道者

太上曰：古之善为道者，非以明民，将以愚之。民之难治，以其智多。故以智治国，国之贼；不以智治国，国之福。知此两者，亦楷式。能知楷式，是谓玄德。玄德，深矣远矣，与物反矣，然后乃至于大顺。

天下凡事尚智，惟道不尚智而尚愚，愚则近乎道矣。圣门一贯薪传，惟愚鲁之曾子得之。故古之圣人，以道治天下，与民相见以道，不若与民相化于道，浑浑噩噩，同归清净之天，而一时之耕田凿井者，日出而作，日入而息，忘帝力于何有，顺帝则于不知。休哉！何俗之醇欤？降及后世，士大夫不尚愚而尚智，则机械频生，人心愈坏，贪鄙日甚，风俗弥偷，斯民之败度灭礼，犯法违条，慭不畏死者，殊难枚举，要皆尚才华、重聪明之智者，希图取伪，斯民之愚者，亦好阴谋，民之天真凿矣，诡谲多矣，而熙来攘往，彼诈此虞，为上者固有治之不胜治者焉，故曰："以智治国国之贼，不以智治国国之福。"其故何哉？盖使民有知识，已破其浑沌之真。若能不识不知，乃完其无名之朴。两者智愚分焉，利害判焉。与其尚智而有害，何如尚愚而获利？知此两者，非但治世如是，即修身亦然，均堪为楷式焉。知此楷式，则近道矣。大修行人，于不睹不闻之地，返其无思无虑之神，非屏耳目、黜聪明，不能归于定静也。苟有一毫计较，一念谋为，则太朴不完，浑沌之天丧矣。知智之有损于己，愚之有益于身，不逞其智，乐守其愚，是即谓之玄德。大凡可名者非玄德，惟不可以名言，深无其极，远莫能知，乃可为玄德。虽与飞潜动植、蚩蚩蠢蠢之物，同一无欲无知，但物不能即绪穷源，终日昏聩而已。人则由粗及精，从原达委，以至于三元合一，太极归真，犹可底于神化，至于大顺，不诚与物反哉？

治国不尚智，而修道尤贵愚，诚以智为国之贼，愚为道之种也。夫愚何以为道种哉？试思混沌中，无念虑，无知识，非所谓愚耶？忽焉一觉，即是我不生不灭之本来人。莫说把持此觉，修成无上正等正觉，方能免却轮回，不受阴阳鼓铸，不为鬼神拘滞，即此混混沌沌中，忽然一觉，我以真意守而不散，此一觉已到般若波罗蜜。果能拳拳服膺，常常把守，而轮回种子，即从此断矣。若另起一念，生一见，就是后天识欲之神，夹杂其中，所谓"无量劫来生死本，痴人唤作本来人"是也。要之，神一也，有欲则为二矣。二意三心，即是杂妄根尘，所以有生死之路。惟有一心，无二念，有正念，无邪心，道在是矣。若能并将此一心正念而悉化之，是为太极还于无极。金仙之成，即在此炼虚矣。何谓炼虚？即如混沌之际，懵懵懂懂，如愚如醉，无觉无知，即虚也。坐到无人无我，何地何天，即炼虚也。又曰：学道之要，始而忘人，继而忘我，终而忘法，以至于忘忘之极，乃为究竟。人能以把此一刻为主，以真觉为用，道不远矣。然炼虚之法，虽是如此，其功必自炼性始。炼性，古人名为铸镜也。若心有不炼，则昏昏罔罔，冥然无觉，虽近在目前，尚且不能知，何况具六通者乎？若皆由私欲之杂乱其心志，而未至于虚也。如真觉之后，不许一丝半蒂存于胸中，即灵台之宝镜，常放光明。而又非必功满行圆，乃放毫光也，即此混混沌沌中，忽然一知，不复他知，忽然一觉，不更他觉，此一刻中，即洞彻光明，四达不悖。虽然，学人满腔私欲，忽期洁白晶莹，如玉如金，夫岂一念之虚静，所能了哉？必要先铸雌雄二剑，以去有形无形之魔。此剑不利，则欲魔色魔、天魔人魔，难以扫除净尽，现出乾元真面目也。盖人欲天理，混杂多年，虽欲独立中流，势有难于抵敌者，以故明知之而明蹈之，皆由引之入人欲者众，引之入天理者少也。今为学人告，欲成清净法身，必先有清净之神；欲得清净之神，必先有浩荡之气。所云铸剑，无他，即由平旦之气，直养无害，以至于浩然刚大，斯神剑成而锋芒利，可以斩妖断邪。斯时也，莫说淫声绝色入目而心不乱，即有美女同眠，亦不知也；莫说凶魔恶曜到身边而神自如，即有泰山崩前，亦不畏也。此神剑之造成者，自有志气如神之一候。只恐工行不深，或作或辍，不肯当下立定脚跟耳。若能一刀两断，一私起即灭除，灭除不复再生，此断生死轮回之路矣。学道人别无他妙，只怕认不得明镜神剑耳。如能认得，此刻中有明镜普照，恶妄不容，慧剑长悬，欲魔立断，自此一念把持将去，然后神室可成，而仙丹可炼矣。此明镜慧剑，为修道人之要务。设剑锋不利，安能断绝邪魔？所以心愈制而愈乱也。宝镜无光，难以分别理欲，所以己弥克而弥多也。孟子言养气而不言养心，诚谓气足而心自定耳。彼徒强制夫心，而不知集义生气，去道远矣。李二曲①云："人心本自乐，自将私欲缚。私欲一萌时，良知还自觉。一觉便消除，此心依旧乐。"拙翁云："光明寂照遍河沙，凡圣原来共一家。一念不生全体现，六根才动被云遮。断除烦恼重增病，趋向真如亦是邪。世事随缘无罣碍，涅槃生死等空华。"有心性学者，当三复斯言！

第六十六章　为百谷王

太上曰：江海所以能为百谷王者，以其善下之，故能为百谷王。是以圣人欲上人，必以言下之；欲先人，必以身后之。是以圣人处上而人不重，处前而人不害，是以天下乐推而不厌。以其不争，故天下莫能与之争。

夫人莫不欲人之服己也，乃有不欲服而人服，益欲服而人愈不服者，无他，以其自高自大，而不肯低其心、下其气也。试观江海为百谷之所归往者，以其能下之故，所以为百谷王。设江海如百谷之自处于上，百谷虽有归往之势，奈彼无容受何？是以圣人早见及此，欲上人，必以言下之，如尧之咨于四岳，舜之询于四门，举凡教条号令，事事访于臣邻，而不自高其智，此所以愈下而人愈上也。欲先人，必以身后之，如禹、皋、伊、旦，虽属先知先觉，而在在让人以先，自处于后，此所以愈后而人愈先也。惟其自处于下与后，虽居帝王之位，而无震慑之威，所以不重也；掌神灵之统，而无凌厉之气，所以不害也。故天下乐推而为先，绝无厌恶之心焉。《诗》曰："在彼无恶，在此无斁。庶几夙夜，以永终誉。"此岂有他哉？以其不争人上，不争人先，而人自上之、先之，服教畏神，沐恩戴德之不已，又安忍争上争先，而与圣人角胜竞长也哉？

此喻炼丹之学，始以神火下入丹田，然后火蒸水沸，水底金生，长生之药，始得而有。夫人受天地之中以生，原是完完全全；自有生后，气质拘之，物欲蔽之，所得于天之元气，悉散漫于一身尸气之间，不能会萃一区者久矣。今欲攒簇五行，和合四象，会于中宫，归于玄窍，其必万缘放下，一

---

① 李二曲（1627—1705），名颙，字中孚，号二曲，陕西周至人。与孙奇逢、黄宗羲，并称三大儒。著有《四书反身录》《二曲集》等。

私不起，垂帘塞兑，以目视鼻，由鼻对脐，降心火于丹田，不过片晌工夫，即见玄关窍开，一阳来复，周身之气，自然齐集丹田，融融泄泄，乐不可名。但观照之初，火不紧则金不出矿，火太猛则又烧灼精血、窒塞灵机。惟有不粘不脱，若有若无，而下丹田之气，自跃跃欲动。此犹江海之能下百谷，百谷所以归往，圣人能下天下，天下所以归心。夫人一身，心为至大至贵，百体皆小焉贱焉者耳。太上故以江海之大、圣人之贵，喻心；百谷之小、万民之贱，喻百体、喻下田。修道者，亦当以下为本，以贱为基，而不自处于高于贵，庶低下于人，所成自易。若论凡人，原以神为主，气则随之动静，所以生男育女而有生有死。至人则以气为主，而神则听之转移，《悟真》云"饶他为主我为宾"是。大修行人，于气机之动，逆施造化，颠倒乾坤，一听其上下往来，归炉封固，再候真信，循环运转，全不以神为主持，但观真气之冲和，逆施倒行，功成九转，丹熟珠灵，岂不高高乎在上、赫赫乎居先，而为万夫之仰、天下之观者耶？惟其处下居后如此，则一片恬澹之志、谦和之心，所以无倾丹倒鼎、汞走铅飞之害，故处上而人不重，居后而人不害，以其不争，故天下莫能与之争也。

第六十七章　我有三宝

太上曰：天下皆谓我大，似不肖。夫惟大，故似不肖；若肖，久矣其细也夫。我有三宝，持而宝之：一曰慈，二曰俭，三曰不敢为天下先。夫慈故能勇，俭故能广，不敢为天下先，故能成器长。今舍慈且勇，舍俭且广，舍其后且先，死矣。夫慈，以战则胜，以守则固。天将救之，以慈卫之。

夫道，本无极而太极者也，无大无细，非大非细，即大即细，固有言思拟议所不能罄者。若强以大名之，则"浩然之气，至大至刚，充塞乎天地之间"是。如欲以细状之，则"无名之璞，至隐至微，藏于太空之际"是。其在人也，得之则生，失之则死。要皆自无而有，由微而著，盖以微者其原，而大者其委。与其言大以明道，不如言细以显道也。所以太上曰："天下皆谓我大。"夫"我"，即道也。道本无方无体，今以大称，是道有方体可拟，似不相肖。夫惟大莫名其大，故不肖人之所谓大。若欲形天之道，肖我之身，自开天以至于今，体天立极，阐道明教之圣人久矣乎，皆以无极之极，不神之神，至细至微，而为道也。顾道如此无声无臭，恍惚杳冥，学者又从何下手哉？太上曰：我有三宝，持而守之，拳拳弗失，宝而珍之，念念不忘，则可返本还原，以复维皇之诞降。三宝者何？一曰慈，慈即仁也。仁慈蔼蔼，为天下元，君子体仁，足以长人，且统乎四端，兼乎万善，仁在其中，即道在其中，充之至极，可以包罗天地，贯注古今，此为金丹之本，修士所宜珍念也。顾其道及乎至大，其几起于至微，若不知万念俱忘，一灵内照，徒务广而荒，求博而泛，于仁无得，于道无有焉。惟反求诸己，笃守于心，欲立立人，欲达达人，守约施博，古所谓"得其一，万事毕"，非此俭欤？夫俭为求仁之方，修道之要，学者既知其慈，尤当养以俭，始可与道同归。虽然，使自高自大，不有谦和之度，则在内只知一己，在外渺视诸人，自诩聪明，矜言智慧，居然以先知先觉自命，往往视天下人无有能处己先者，究之性不恬静，气不和平，而欲丹成九转，道极九天也，难矣。古云："修丹要诀，以灵觉为道之体，冲和为道之用"，庶在在处处，不敢为天下先也。且夫慈也者，人心之良能也。尽一己之心，以立万物之命，誓愿何其宏也？养寸衷之性，以求万物之安，精力何其壮也？是守慈之人，即养勇之人。曾子谓子襄曰："自反而不缩，虽褐宽博，吾不惴焉；自反而缩，虽千万人，吾往矣。"非一片仁慈，毫无私屈者，能有如此之大勇乎？必所守者约，而后所施者博，是非约无以为博也。惟能慎举动，省思虑，致一心于方寸，收百体于丹田，绵绵密密，不贰不息，继继绳绳，无怠无荒，自然修其身而天下平，非俭何由广乎？至若不敢为天下先，正"谦尊而光，安贞之吉"。其能柔顺乎天下，而天下莫与之争，即能顺承乎天道，而天道默与以成。非有冲和之德，不敢为天下先，焉能大器晚成如是乎？是知慈也、俭也、后也，皆求道之本始也；勇也、广也、先也，皆奉道之末效也。今之学者不然，舍慈且勇，必生忍心；舍俭且广，必怀贪念；舍后且先，必有争竞，皆取死之道。即或幸存，亦行尸走肉，滥厕人群，其与死又何异哉？总之，慈为人之生理，性所同然，惟能守之以约，出之以和，则慈惠恻怛，自出真诚，天下未有不心折而屈伏者。惠足使人，仁者无敌，焉有何战之不胜、守之不固，而贻羞于天下耶？《书》曰："惟天阴骘下民，相协厥居。"俾之以生以遂，永享无事之天，所谓"天将救之"者此也。《诗》曰："维天之命，於穆不已。"足见清空一气，流行不息，发育无疆，夫亦曰"以慈卫之"而已矣。

道曰大道，其实无极而太极也。然非从无极之始，混混沌沌中，觅出津涯，又安知太极之根，能测其起止乎？学者须先明道原，于不睹不闻之中，寻出至隐至微之体，即所谓"虚而灵"者是。顾其细已甚，曰黍珠一粒，又若有可象者。总之，无形之形，无状之状，迎之不见其首，随之不见其后，即人心中蔼然一片仁慈是也。虽至顽至劣之夫，亦不泯仁慈之性。孔子曰："我欲仁，斯仁至矣。"修丹岂有他哉？不过守此仁慈而已。何谓仁慈？如齐王见牛之觳觫而不忍，乡人见孺子之坠井而恻然，此皆仁心发端，天心来复。由此思之，此个动机动念，无时不有，第恐人不及觉耳。学者从天真发动处，扩充行去，自然炼丹有基。但不可务博而荒，只须守约而微，一心皈命，五体投诚，古云"心要在腔子里，念不出总持门"。由此愈约愈博，愈微愈彰，其约之弥精者，其拓之愈广也。学者可不以俭为本乎？虽然，俭德为怀，固以约鲜失之良法，苟不出以谦和，又恐躁暴之性，起火伤丹，故守约尤须致和，在在自卑自小，不居人先，始为虚己下人，仁心常存，道气常存矣。若不尚慈而尚勇，不务俭而务广，不居后而居先，如此则心是凡心，气是凡气，人身虽存，天性已灭，其不死亡者，未之有也，安望我有三宝持而不失乎？且人有仁慈，尤足得人之欢心，以之出战战必胜，以之守城城必固，此即喻临炉进火，烧退六贼三尸，守城沐浴，则保固胎婴元神。是柔和之心，为炼丹养道之要。况天之生人，予之以生，无不予以仁慈。能克念归仁，长生永命之丹，即在是矣。

第六十八章　不争之德

太上曰：善为士者不武，善战者不怒，善胜敌者不争，善用人者为之下。是谓不争之德，是谓用人之力，是谓配天，古之极。

士，士师也。士师用兵，原是尚武。《易》曰："刚中而应，行险而顺"，"神武而不杀"。是用武不武，士之善为士者。及大敌交锋，两军对垒，不得不陈师鞠旅，称干比戈，势奔山河，声震雷电，然究其心，只诛无道，非有恶于人也，虽战而无战，是为善战。纵师徒他出，士卒无多，而强敌忽然压境，不难弹琴退中原之寇，和曲解敌国之围，所谓"不怒而威于鈇钺"者是。迨至班师振旅，奏凯言旋，人皆盈廷奏绩，而彼独逊谢不前，所谓"大树将军"者，可以无愧矣。即或上赏频加，而反躬常觉赧颜，此善胜敌者所由不争也。《书》曰："汝惟不争，天下莫与汝争能"，其斯之谓欤？若此者，皆由推诚布公，集思广益，不自恃其才，善用众人之才以为才，不自矜其智，善用众人之智以为智，所谓"卑以下人"者此也。倘非察纳雅言，咨诹善道，虚怀若谷，谦尊而光，乌有此善战善胜之能王天下犹反掌耶？是皆无争之德，有以服民心也；是皆用人之力，有以威天下也；是皆下顺民心，上合天道，与天地参，而立万古之人极也。噫！非圣人至诚尽性，焉能于干戈扰攘之际，隐然寓太平揖让之风，用武不武，行怒不怒，相争不争如此乎？又况宽以御众，虑以下人，贤者在位，能者在职，天下之士，皆效忠抒悃，而愿赴功趋事，舍生奉命于其间，一如天道不言，四时流行，万物献瑞，此所以配天地而立极也。《诗》曰："思文后稷，克配彼天，莫匪尔极。"微斯人，其谁与归？

此言药生进火，虽有猛烹急炼法工，然亦因时为动，顺势而行，用武无武，所以无倾丹倒鼎之患也。纵气机之动、真阳之生，至大至刚，充塞乎两大，何异战者之赫然震怒，所向披靡？况采取进火，只因其气之浩然者而扩充之，非好为强也，故一经洗炼，而凡骨化为玉骨，凡身化作金身，所谓"一战而天下平"，无非因民之怒，而己无与焉，所以取金丹于反掌，犹取天下如拾芥也。惟其神凝无凝，息调无调，纯任乎天，不杂以人，虽天人交争、理欲迭起，不得不存理以遏欲、尽人而合天，迨至学粹功深，义精仁熟，毫无胜私克己、争功争能之心，仁者所以无敌于天下也。若是者，皆由谦和柔顺，虚己下人，一听气机之动静，而与之为转移。故丹之成也，有不见而章，不动而变，无为而成者焉，何殊善用人者为之下乎？修炼之道，果能在在安和，时时柔顺，欲不用遏而自遏，理不用存而自存，是谓不争之德也。且以不争之心，顺理以施，随机而运，犹用人之力，以成一己之功，是能范围天地之化而不过也。孔子曰："天何言哉？四时行焉，百物生焉。"圣人与道合真，正不啻天经地纬，而立万世之人极也。

第六十九章　哀者胜矣

太上曰：用兵有言："吾不敢为主而为客，不敢进寸而退尺。"是谓行无行，攘无臂，仍无敌，执无兵。祸莫大于轻敌，轻敌则几丧吾宝。故抗兵相加，哀者胜矣。

古人用兵，著为战策，其有言曰："吾不敢为主而为客。"主犹君也，君主出令，得专其政；客犹臣也，臣主奉令，一听之君，所谓"饶他为主我为宾"是。是以吾为主，即以后天人心作主，而先天道心反退听焉。吾岂敢以后天人心为主，而先天道心反退听于后天人心也哉？其必以先天道心为主，而以后天人心为客，在在依之以为命可也。"不敢进寸而退尺"者，盖谓战胜而进，即一寸也宜固守之。如败而退，即跬步也不可让之。若进有寸功而退以尺计，是得少失多，难成易败，在用兵，为不才之将，在修道，为无功之人，吾岂敢哉？亦惟让彼为主，逊我为宾，则彼有可乘之机，我无可抵之隙，所谓"制人而不为人所制"，庶无挫辱之虞矣。见可而进，知难而退。其进也，必鼓其迈往之神；其退也，不予以可攻之势。如此小心，其难其慎，无非凡事让人以先，而己独处于后焉。故其行军也，若人能行而己似不能行者然。及其挺身而往，攘臂而前，又若人有臂而己无臂者然。迨至对垒交锋，两军相仍而战，又若人能敌而我无能敌者然。虽伐鼓渊渊，振旅阗阗，彼有所执，我岂独无兵者哉？然而善用兵者，有如涉春冰、履虎尾，一似人有兵而己无兵者焉。如此进不轻进，退不轻退，诚知社稷存亡、国家成败，系于一战，敌其可轻视乎哉？试观古来慎敌者，往往成功，轻敌者，常常败绩，如管子之伐山戎，子玉之战城濮，可见矣。况朝廷之兴衰，视将帅之得失，如不临事审慎，逞己才，恃己智，而谓人莫己若，似孟明之超乘以过，高固之出贾余勇，未有不败国亡家、覆宗灭祀者。圣人之大宝曰信，轻敌者必丧人君之信。惟两敌相抗，两兵相加，而自弱自柔，至慈至惠，常以杀伐之气，有干天地之和为忧，不以兵革之威，得辟土地之利为乐，有时用兵疆场，亦出于万不得已，虽未哭泣徇师，而仁慈恻怛之心、哀痛迫切之情，早已流露于陈师鞠旅之间，而三军共沐其生成，万姓咸相为感激也。所以君子有不战，战必胜矣，非哀痛之心，有以及人身而入人心也哉？

此喻真阳发生，气机充壮，方可进火行工。如不静候铅气之动，而慢以神火升降进退，循环运转，未有不邪火焚身、大遭困辱者。当其四候之际，必候坎气之自动，而离不得以专主，故曰"吾不敢为主而为客"。修炼之道，进行则常，退后则灾，如天之运行不息、水之流行不停，始克蒸蒸日上。若时作时辍，一曝十寒，则是进寸而退尺，功少而过多，终身必无成功矣。若此者，由不知归根复命之道，乃日用常行之道，不可以智计取，不可以作为得。惟逆修丹道，顺运自然，学如不学，功而无功，相因而造，顺势而前，无毫沮滞，无一把持，若禹之治水，行所无事而已。倘进火行符，轻于进退，犹行兵者之轻视敌人，未有不火起伤丹，炉残鼎败，以致铅汞一齐飞散者。噫！纯任自然，敬慎不败，固缉熙于光明。若妄作聪明，长生之宝，必因此后天尸贼为之戕害无存，又安望其成丹而可大可久哉？惟仁慈一片，哀痛十分，而复出之以和平，行之以柔顺，自然所向披靡，战无不胜。学人慎毋以后天识神为主，而先天元气皆退听焉，庶几其不差矣。

第七十章　被褐怀玉

太上曰：吾言甚易知，甚易行，天下莫能知，莫能行。言有宗，事有君。夫惟无知，是以不我知。知我者希，则我贵矣。是以圣人被揭怀玉。

夫道者，人心固有之良，日用常行之事，至近至约，不可须臾离也，离则无道，无道则无人，又何言之有？况吾之所言，虽累千累万，盈篋盈箱，不可胜数，要皆切于人心，近于日用，无有难知难行者。顾何以天下莫能知、莫能行也？岂吾言之不易知、不易行乎？盖言有宗也，即人所不学而知之良知也；事有君也，即人所不学而能之良能也。惟言知有宗，则近取诸身，而言皆善言；事知有君，则默窥其隐，而行皆善行。夫道若大路然，岂难知难行者哉？"反身而诚，乐莫大焉。"若不知言之有宗，事之有君，而求诸高远之地、广博之乡，是以玩物丧志，务广而荒，心为形役，性为气累，而本来天德之良，迷而不悟，竟以吾言之甚易者，转似大而莫之纪、远而无可稽，不良可慨欤？虽然，其知也，于我何加？其不知也，于我何损？况我之所以为我，初不因人之知不知。知我者希，则我之贵乎？我者仍自若也。是以圣人外被至贱之褐，内怀至贵之玉，晦迹山林，藏身岩穴，亦惟顺性命之理、参天地之道，以修其在己，而人之知否从违，概不问焉，此所以圣者益圣，而愚者愈愚矣。

太上之言，头头是道，字字切身，即人以言道，即道以言身，易莫易于此矣，夫何难知难行者哉？顾人之昧昧者，良由道在迩而求诸远，事在易而求诸难，不务真常大道，反求糟粕绪余，如辞章记诵、刑名术数之类，学愈博而心愈荒，事愈繁而性愈劣，无怪乎太上道言，当时为人心所同，后世为太上所独也，良由不明言之有宗、事之有君耳。夫宗者、君者，即人身之"中"也。尧舜授受心传，无非"允执厥中"而已。后如文之"纯一"，参之"慎独"，轲之"良知"，莫非人身之一"中"也。此个"中"字，所包甚广。其在人身，一在守有形之"中"，朱子云"守中制外"。夫守中者，回光返照，注意规中，于脐下一寸三分处，不即不离是。一在守无形之"中"，《中庸》云"喜怒哀乐之未发谓之中"。罗从彦教李延平"静中观喜怒哀乐未发气象"，此未发时，不闻不睹，戒慎恐惧，自然性定神清，方见本来面目，然后人欲易净，天理复明。自古圣贤仙佛，皆以此为第一步工夫。但始须守乎勉然之中，终则纯乎自然之中。三圣人名目各有不同，总不外此"中"字，为之宗、为之君。即如吾教以凝神调息为主，然后回观本窍，心无其心，气无其气，乃得心平气和，心平则神始凝，气和则息始调，其要只在"心平"二字。心不起波之谓平，能执其中之谓平，平即在此中也。心在此中，即丹经之玄关一窍。到得神气相依，玄关之体已立，此为大道根源，金丹本始。他如进火退符，搬运河车，有为有作，总贵谦和柔顺，以整以暇，勿助勿忘，有要归无，无又生有，至有无不立，方合天然道体，此即"得一而万事毕"，"吾道一以贯之"之旨也。学者知此，太上之经可解，庶不为旁门左道所惑也。若不知言之有宗，事之有君，未许升堂入室而不迷于他往者。人能知此行此，自然有得于中，无慕乎外，如圣人之被褐怀玉，而融融泄泄不已焉。

第七十一章　知不知上

太上曰：知不知，上；不知知，病。夫惟病病，是以不病。圣人不病，以其病病，是以不病。

睿智所照，自如明镜无尘，止水无波，物来毕照，毫无遁情。此神明洞彻，自然而知，因物为缘，如心而出，非亿度以为明、悬揣以为知者。其知也，由于性光之自照，而不是有前知之明，却能知人所不知，此上哲之士，非凡人所能及也。凡人智不能烛理，明不能照物，往往拟议其人之诚伪，逆料乎事之兴衰，幸而偶中，人谓其明如镜，自亦诩其烛如神。此等揣摩之知，非神灵之了照，乃强不知以为知，虽有所知，其劳心苦虑，病已甚矣，是自作聪明者，自耗神气者也。夫惟以强知为病，于是病其所病，而穷理以尽性，修命以俟天，慧而不用，智实若愚，自然心空似水，性朗如冰，一灵炯炯，照彻三千，又何营回之苦、机巧之劳，以为患也哉？是以不病。圣人明烛事机，智周物理，自有先觉之明，绝无卜度之臆。故凡人有病，而圣人不病焉者，以其能病所不知，病所不明，而于是一心皈命，五体投忱，尽收罗于玄玄一窍之中，久之灵光焕发，烛照无遗，固随在皆宜，亦无往不利也。以其病病，是以不病。

此言慧照之知，是为上等。若矫情之知，实为大患。惟以强知之患为患，是以无患。圣人之得免于患者，常以此患为患，所以无患。大旨已明，兹不复赘。今再将道妙详言之。大凡打坐，必先从离宫修定，做一晌，而后自考自证，果然空空无物，于是始向水府求玄。夫离宫修定，是修性也，心空无物，即明心见性矣。所以吾尝云：静坐之初，此心悬之太虚，待身心安定，意气和平，然后徐徐以意收摄，回照本宫。到得了无一物介于胸间，从此一觉一照，即十方三界，无在而不入我觉照之中，然而觉性不生，觉性不灭，不过了了自了、如如自如而已。以此求玄，则水源至清，自可为我结丹之本。一霎时间，自然性光发现。何以见之？即吾前日所示"恍恍惚惚中，忽然一觉而动"是。修道之要，始而以性摄情，若不先讨出性真本来，突地下水府中求玄，不知既无性矣，何以摄得起情来？夫既有虚灵之性，能招实有之情，由此一阳荫动，自然肾间微痒，有氤氲蓬勃之机。要知离非属心也，凡凝耳韵、含眼光，戒香味触法，皆是神火主事，故曰属离；坎非在肾也，一身血肉团子，无非是精，凡精所有，无非是气，精气所在，即是属坎。我以神入血中，火热水里，未必即有气机发动，务须左提右挈，摄起海底之波，上入丹田，久久烹炼，火功既足，忽然天机发动，周身踊跃，从十指以至一身，跳动不止，身如壁立，意若寒灰，丹田气暖，此即血之不老不嫩，合中之时。若非有此效验，尚是微嫩，不可行火；若久见此景，而不知起火，气已散矣，始行用火，是为药老无用。学者审之辨之。然微阳初动，未必即有此盛气，只要心安意适，气息融和，亦可行子午河车。盖人身有形有质之血，不经火煅，尚是污污浊浊一团死血。惟用神火之照，血中自生出一点真气出来，即佛所云"我于五浊恶世修行而得成道果"是，又古谓"鬼窝中取宝，黑山下求铅"是，皆不外浊精败血内，以神火煅出此一点真气来。气既动，阳即生，又当知子进阳火、午退阴符、卯酉沐浴诸法，方能采得此真阳，运行流通，内以驱除脏腑之阴私，外以招摄天地灵阳之真气，久久用功，气质亦变。此河车一法，有无穷妙义也。古有云"气明子午抽添"，抽即抽取水府之铅，添即添离宫之汞。汞即心中灵液，后天中先天，从色中浊精败血中，以神火煅出，而成甘露者；铅即血中之气，气即古人谓水中之金，此为后天中先天，只可以固凡体，不可以生法身。此是坎离交而生出来之药物，犹不可以作神丹。必要以性摄情，以情归性，性情和合，同煅于坤炉之中，忽地真阳发动，此为乾坤交而结丹，始可炼神丹，为真仙子。总之，修炼别无他法，只是一个河车运转。初关河车，犹须勉强；中关河车，天人合发；到得上关河车，纯乎自然之天，不失其时而已。至于卯酉沐浴诸法，不过恐初学人，心烦火起，行工不得不然，若到纯熟，不须法矣。总在学人，神而明之可也。

第七十二章　民不畏威

太上曰：民不畏威，大威至矣。无狭其所居，无厌其所生。夫惟不厌，是以不厌。是以圣人自知不自见，自爱不自贵，故去彼取此。

所谓威者，纲常名教之大，天理所最难犯者。使知慎独于衾影，畏天威于隐微，自然天锡纯嘏，眉寿无疆。《诗》曰："畏天之威，于时保之。"若天威俨在咫尺，而戒慎弗懔旦明，致令伦常渐灭，礼义消亡，则天良无存，天罚不贷，而凶灾不免，性命难全，是民之不畏威，而大威至矣。若是者，皆由不知仁为安宅，旷安宅而弗居，义以生气，舍生气而自丧也。呜呼！彼民不幸，未生太古之世，以德威惟畏，德明为怀，故愚昧多恣，天显罔顾，而旱干水溢，疫疠灾荒，种种祸患兴矣。惟在上者，导以天下之广居，使游心于太和之宇，无狭隘为居而日蹈于危亡也；引以浩然之正气，使直养于清虚之天，无厌弃其生而自罹于断绝也。夫惟自爱其生之理，自保其天之良，而不稍厌斁，即《诗》云："敬天之怒，无敢戏豫；敬天之渝，无敢驰驱"也。"天监厥德"，"俾尔炽而昌，俾尔寿而臧"，实有与天地同为悠久者焉，是以不厌。非圣人，其孰能之？古帝王，恭己无为，懋昭大德，日就月将，洗心涤虑，精参造化之妙，洞晰本来之天，惟自知之耳。至若德业文章，外之所著，圣人绝不以之表见于人，且朝乾夕惕，重道守身，一息不肯离乎仁，天下无有加于己，其自爱为何如哉？他如名位声华，人之所尊重者，圣人绝不以之足贵。虽圣人自知自爱之端，亦凡人共知共爱之端，特凡人知之而必见之，爱之而必贵之，圣人自知不自见，自爱不自贵，其慎幽独而不敢炫耀于人，重保养而不敢矜尚于世，岂凡人所可同日语乎？夫亦曰去欲取理，尽人合天，以至超凡入圣，绝类离群，而成亿万年不朽之神者，皆由此自知广居之安，自爱长生之乐，一于此，不二于彼，而民自迁善而不知为之耳。舍此，乌能若是哉？

此言无狭所居，其所居者必大；无厌所生，其所生者必长。虽然，用工之际，元神、识神，不可不知。夫人受气之初，从父母媾精时，结成一点黍珠，此时细缊缊缊，只有一团太和之气，并无一点知识，然而至神至妙，极奇尽变，作出天下无穷事业出来，都由此一点含灵之气之神，从无知无识而有知有识，从无作无为而有作有为，莫非由此而始。此时天人一理，物我同源，体用兼赅，显微无间，故曰元神，此是天所赋畀的。到得血肉之躯既成，十月胎圆，团地一声，婴儿落生，此时识神始具。夫元神者，先天之元气，天地人物一样，都藏于太虚中，一到人身，则隐伏于人身虚无窟子之内，此是天所赋者。修行人，欲成大道，夫岂可著空著色以求之哉？惟有一无所知，一无所有，扫却一切尘氛，而个中消息自现，灵妙自生。至若识神，乃人身精灵之鬼，劫劫轮回种子。必要五官具备，百骸毓成，将降生落地时，然后这精灵之魂魄，方有依附。古人谓"后天识神，因有形魄而生"者此也。此元神、识神之大分别处也。但有生之后，元、识两神，交合一处，有时元神用事，识神退听，则后天之意气虽动，要皆由仁义礼智而发为喜怒哀乐，识神亦化为元神者此也；有时识神用事，元神隐没不见，虽仁义礼智之见端，亦皆变为私恩私爱、私憎私嫌，元神亦化为识神者此也。总之，为口耳一身起见者，皆是识神。一到识神用事，焉有光明正大、可以对天地、质鬼神的事业出来？惟混混沌沌中，忽焉一感而动，此时天理纯全，毫不挟后天识见，如能稳立脚根，端然行去，即纯乎天理，而无一毫人欲之私。吾故教人于无知无觉时，寻玄关一窍，良以此时，与天地一体，与虚空一致，能从此处把握行将去，则天地之生生，不难自我而为生生，虚空之变化，不难自我而神变化。此时一觉，诚为天地人之根源。修士不从此下手，又从何处以为仙圣之阶哉？要之，无思无虑而出者，元神也；有作为见解，自色身而出者，识神也。元神无形，识神有迹，一自虚无中来，一从色身中出，二者大不相侔。既明得元神生于虚无，识神生于色身，我于是正本清源，务令内外三宝闭塞，不许一知一见从有形有象、有思有虑而出，如此操持，如此涵养，久久尸魄之灵，皆化为清净元神，八万四千毫毛，亦转为护法灵神，所谓"化识为元，转阴成阳"者此也。此在人实力于虚无一边，不要为色身起见著想得矣。

第七十三章　不召自来

太上曰：勇于敢则杀，勇于不敢则活。此两者，或利或害，天之所恶，孰知其故？是以圣人犹难之。天之道，不争而善胜，不言而善应，不召而自来，坦然而善谋。天网恢恢，疏而不漏。

《诗》曰："维天之命，於穆不已。"人盗天地之气以为丹，即盗於穆不已之天命。此命在天即清虚一气，在人即太和一气。惟由平旦直养，至于浩然充塞乎两大，即反本复命，上下与天地同流矣。养之维何？一在于死妄心，死妄心，贵于刚，刚则不屈于物而令正气常伸；一在于生真心，生真心，贵于柔，柔则能悦诸心而令浩气常凝。此两者，一往无前，奋其果敢之力者，死机也；逡巡不进，甘为懦弱之材者，生气也。勇于敢则杀，勇于不敢则活，此进为退基，负为胜本。《易》曰："日中则昃，月盈则食"，"天地盈虚，与时偕行"，或利或害，往往与世相反，故人之所喜，天之所恶也。且夫天，亦何所恶哉？好生者彼苍之心，有时不用生而用杀；尚德者上帝之意，有时不以德而以刑，此间生中寓杀，杀中有生，其意深微，有非人所能测度者。天之所恶，孰能知其故耶？是以修道之圣人，知福为祸基，柔为刚体，酌经权而用其中，忘利钝而守其正，不与凡人争利害，惟于一己辨从违。至于降灾锡福，惠吉迪凶，虽圣人犹难测其微，况下焉者乎？夫圣之道，亦天之道也。圣人纯任自然，而进退升降，自运转于一身之中。天道无为自然，而生长收藏，常流行于太虚之表。所以不与万物争强，而修短频临，究无一夫之能傲，是不争而善胜矣；不与下民言理，而祸福所及，卒无一地之或逃，是不言而善应矣。虽其中或迟或速、或重或轻，暗中自有权衡，有不由人谋者在，故曰："不召而自来，坦然而善谋"。任他才智过人，奸巧绝世，而肺肝洞见，虽张皇掩饰，有何益乎？"天网恢恢，疏而不漏"，洵不诬也。

遏欲贵果，不果则人心放纵，人欲缠绵，故勇于敢则杀，所以杀人心也；存理贵柔，不柔则凡气躁暴，元气动摇，故勇于不敢则活，所以活元神也。然死心所以活神，害中有利；活神方能死心，利中有害；或利或害，两者相济，人心易死，道心易生。顾其中有天道焉。天有好恶，刑与德并施，生与杀共用，人或知之矣。而具生机于杀机之中，伏活机于死机之内，世人未易窥测焉。天之所恶，孰知其故哉？圣人身同天地，知恶之正所以好之，且非恶无以成好，此中循环妙用，虽圣人犹难知之。然而圣人之道，亦即天之道也。天不与凡民争是非，而发育万物，无有不荷其煦妪而驾而上之者；不与凡民言感孚，而阴阳迭运，无有不相为默契而悖而驰之者。盖天人一道，寂然不动，感而遂通，化何神也？物我同源，廓然大公，物来顺应，措何当欤？至人以无思无虑之真，默运神功于生杀之舍，暗袭天机于造化之宫，入水府，造金乡，蹑希夷，绝视听，杀者生之，生者杀之，初不知其何以相胜相应，如子母夫妇，不召自来，不谋自合，如此其感孚之捷而神耶？至灾祥予夺，祸福贞淫，天网恢恢，诚无有逃而脱之者。以虚空即道，道即天，不能逃虚空，即不能逃天。人不违道，即不违天，天休不于以滋至哉？

第七十四章　民不畏死

太上曰：民不畏死，奈何以死惧之？若使民常畏死，而为奇者，吾得执而杀之，孰敢？常有司杀者杀。夫代司杀者杀，是谓代大匠斲。夫代大匠斲者，希有不伤其手矣。

古之治天下者，必因乎民情之所易动，而预为之防，不因人君之喜忧，惟视民情之好恶，顺其势而利导之，所以其教不肃而成，其政不烦而治。若民之灭纪败伦，干名犯分，而毫无畏死之心，我以五刑之设，悬于象魏，读之月吉，是徒劳其设施，而无补于国计民生也，岂不枉费心力哉？惟因民之贪生而惧死，有敢为奸邪奇诡者，吾乃从而杀之，正所谓"制一以警百，少惩而多诫"，斯民自父训其子，兄勉其弟，不敢职为乱阶，以自戕生而就死。然杀之虽在乎其上，而所以杀之，亦视乎其人。惟至仁杀至不仁，则民自杀之而不怨，死之而亦甘，孟子谓"惟天吏则可以杀之"是。夫天吏乃可杀人，是常有司杀人者矣。若非天吏，而以暴诛暴，是以乱治乱，不惟民乱益甚，而且代司杀者杀，犹之代工匠而运斤成风，挥斧斲轮，其能神乎技而妙于成哉？历观古今匠士，其身不能大匠而代大匠斲者，奚有不伤其手耶？彼民不幸，不获生于有道之世，是以寇贼奸宄殊无忌惮，又不幸不遇司杀之人，则启沃无从，反还奚自？以至薄者愈薄，而厚者亦薄矣，不亦大可伤乎？

以畏死，喻慎独。人惟慎独功深，则天人辨白，理欲分明。欲寡过而未能，思免愆而不得，于此兢兢业业，汲汲皇皇，省察其几微，克治其伪妄，不难欲净理纯，立见本来面目。若于不睹不闻之地，平日无操存涵养之功，而于欲动情胜时，思拔除恶孽，顿见性天，势必不除恶而恶多，愈洗心而心乱，太上曰："民不畏死，奈何以死惧之？"理势乃相因也。惟能慎几于幽独，既有以知欲念之非，乃克遏欲于临时，庶可以还天心之正，一念扫除，一念清净，自不萌芽再生于其际。此民常畏死，而为奇者，吾得执而杀之，孰敢颠越不恭，败坏伦常？盖以有道驱无道，犹人君抚绥万姓，统驭群黎，以至仁杀不仁，以大义诛不义，自然没者顺而存者安，近者悦而远者来，不至有倒戈相向，反戟相攻，而为仇为害也。学者欲去伪存诚，反本归根，其必杜之以渐，守之以恒，庶一窍通而窍窍俱灵，元神安而神神听命。所谓"人能常清净，天地悉皆归"，又曰"人能一正其神，则诸邪自不敢犯。"此与司杀者从而杀之不怨、死之亦安，同一自然之道，希有之效焉。

第七十五章　贤于贵生

太上曰：民之饥，以其上食税之多，是以饥。民之难治，以其上之有为，是以难治。民之轻死，以其求生之厚，是以轻死。夫惟无以生为者，是贤于贵生。

从来民为邦本，食为民天。国无民，则国谁与辅？民无食，则民何以生？是在为人上者，有以开田辟土，濬其源于未食之先，制礼谨度，节其流于已食之后，而复省耕以补不足，省敛以助不给，民自家给人足，而无庚癸之呼，饥馑之叹矣。即干旱不一，饥馑荐臻，而仓箱有畜，自凶荒无忧。无如世之人主，骄淫不靖，糜费日繁，或珍奇玩好以为娱，或琼楼瑶室纵其欲，往往仓廪一空，而用度不减，正供尚缺，又加以重征，始而添租益税，犹胥畏乎民岩，继则暴敛横征，并不顾乎天命，声色是尚，奢华并臻，取万民之脂膏，纵一己之淫荡，即至国帑空虚，而诛求不稍贷焉。夫天地生财，只有此数，若此苛求不已，取民无度，即大有频书，丰年屡庆，而欲其不饥也，得乎？郅隆之世，衣衣食食，宅宅田田，各亲其亲，各长其长，其君子无礼义之防而自居仁由义，其小人无忠厚之好而自乐业安居，盖上以无为为治，下以无为自化，俗不期淳而自淳，风不求古而自古，懿铄休哉，何其盛欤？迨其后，科条愈设而风俗愈偷，法令频彰而盗贼弥炽，其在暴虐之君无论矣，甚至英睿之主，奋发有为，励精图治，政愈繁而伪愈多，法愈严而奸愈出，是岂气数之难回、天心之莫易乎？抑以不知穷源固本，而徒求之于末流，不惟无补于民生，反有累于世道焉。盖民心本无事也，而上以政令扰之；民情本无欲也，而上以章程乱之。朝廷多一政令，百姓多一奸欺；朝廷多一章程，百姓多一奇巧。无怪乎世道之大非、民情之日变，而愈治愈难也。惟在上者端拱垂裳，斯在下者自安分守命，上与下相安于无为之天，不亦乐乎？且民以谋衣谋食，多欲多累，为求生之计，不知逐末即以忘本，重外乃致轻内，其劳心也日繁，其损精也愈甚，而神气因之消亡，身命因之殒灭，愈贪生，愈速死矣，是以求生之厚，反轻死也。惟不以生为荣，且不以求生为重，衣食随缘自奉，用度与物无争，则心安而身泰，自性复而命延，永享无疆之福也。养其太和，自邀天眷，较之以为贵者，不贤于万万倍耶？

　　君喻神也，民喻精也。顺行常道，以神为主，而精随之以行，故神一驰，精即泄。精之消耗，由神之飞扬，喻民之饥，由上食税之多。其事不同，其理则一。心为身主，天君泰然，百体从令；天君不宁，则一身精气耗矣，岂但下田倾倒已哉？是以神仙有返还之术，以气为主，而神听其号令，犹君从人欲、顺民情，庶气足神完，而民安国泰。此以上奉下，以上之有余，补下之不足者，即以一人事天下，不以天下事一人之意也。丹道虽曰有为，亦要从无为而有为，有为仍还无为，方是先天之神气，可以入圣超凡。若一概有为，则神不静而气亦弱，势必不炼而气不聚，愈炼而气愈纷。惟因其势而利导之，顺其时而措施之，修身治民，皆作如是观。若恐货财不足，身命难存，于是竭精疲神，希图养后天之命，日夜焦劳，寤寐辗转，神气之消灭者多矣。又况惟天有命，非人所求，吾恐求生者，不惟无以幸生，且促其生于死地。惟不贵后天有限之生，而隐以持先天无穷之命，庶性全而命固，身形亦足贵矣。

第七十六章　柔弱处上

太上曰：人之生也柔弱，其死也坚强。万物草木之生也柔脆，其死也枯槁。故坚强者死之徒，柔弱者生之徒。是以兵强则不胜，木强则拱。强大处下，柔弱处上。

人禀阳和之气则生，阴寒之气则死。一当阳和气聚，则四体柔顺，一身苏绵，而生机不息矣；一当阴寒气结，则肌肤燥熯，皮毛槁脱，而死气将临矣。试观釜甑之间，蒸蒸浮浮，则阳气氤氲，物融而化。到寒凉时候，物冷而坚。又观天地，春夏之交，阳气炽而万物畅茂，无不发荣滋长。迨至秋冬之会，阴气盛而万物飘零，无不枯槁难荣。是知人之生也，逢阳气之温和则柔；人之死也，遇阴寒之凝固则刚。其生也柔脆，其死也枯槁，人物一源，无分彼此。是知天下万事万物，无不以坚强为死之徒，柔弱为生之徒也。譬诸用兵，往往强者取败，弱者取胜，如子玉过刚败绩，伯比赢师胜随是也。其故何耶？盖以强者衰之渐，弱者兴之几，宜其不胜矣。再观诸木，木至坚也，阴气盛而阳气衰，宜其大止拱把而无由滋育焉。夫强大者，生气尽而死气临，诚物之至下者也；柔弱者，阴气消而阳气盛，乃物之至上者也。人奈何不自弱而自强，不处上而处下哉？

修炼之道，最重玄关一窍，是为天地人物，生生之始气。此气至柔而刚，至弱而强，且刚柔强弱，俱无所见，惟恍惚杳冥中，忽焉阴里含阳，杀里寓生，似有似无，若虚若实，此真无声无臭，上天之载之始机也。人能盗此虚无元始之气，则先天生生之本已得，而位证天仙不难矣。既盗得玄关始气，以为金丹之宝，然二候采药，亦当专气致柔，如稚子骨柔体弱而握固，始得初气以为丹本。四候行火，又要知一身苏软如绵，美快无比，方是先天絪缊蓬勃之机，冲和活泼之象。有此阳气，可炼仙丹。再于退符之候，归炉封固，入鼎温烹，犹当绵绵密密，了了如如，无怠无荒，如痴如醉，神懒于思，口懒于语，所谓"天上春云如我懒，谁知我更懒于春"。如此之柔之弱，方是先天阳气，可以长存而不敝。总之，十月怀胎，三年乳哺，九年面壁，无非先天柔弱之气，为之丹成而仙就耳。修士当寻此柔脆之气，始不空烧空炼、枉劳精神也。

第七十七章　为而不恃

太上曰：天之道，其犹张弓乎？高者抑之，下者举之，有余者损之，不足者补之。天之道，损有余而补不足；人之道则不然，损不足以奉有余。孰能以有余奉天下？唯有道者。是以圣人为而不恃，功成而不处，其不欲见贤耶？

天道流行，发育万物，无非一阴一阳，往来迭运，大中至正，无党无偏而已，故阴极生阳，阳极生阴，阴盛阳衰则抑阴扶阳，阳盛阴衰则抑阳扶阴，消息盈虚，与时偕行，庶生生化化，以成自在无为，万年不敝之天。何异张弓者然？持弓审固，内志既正，外体复直，务令前后手臂平正通达，高者抑之，下者举之，有余者损之，不足者益之，然后顺手而发，随几自中，不患其或失。况天之道，亏盈而益谦，损有余以补不足。人则多奸多诈，不若天道之自然，取民脂膏，饱其囊橐，往往损不足以奉有余。孰能以君上之有余，而奉天下之不足哉？惟有道之圣人，法天道而顺人情，损者损之，补者补之，不使小民有怨咨之叹也。虽为者自为，亦顺承天道而已，绝不矜所为焉；成者自成，亦至诚尽性而已，绝不居其功焉。斯人也，殆与天道无为而化成，同归自然运度，不欲见有为之迹、成物之功，赫赫照人耳目，非贤而不欲以贤见耶？此所以"为天无极，惟圣合天"也。

人生之初，原是纯阴纯阳，至平至正，无有胜负参差，故日征月迈，骨柔体弱而滋长焉。迨有生后，火常居上，水常居下，水火不交，是以阴常有余，阳常不足，阳水每为阴火所灼，故人心益多，凡气愈炽，而天心所以日泪，真气所以渐亡，生生之机无有存焉者矣。惟天之道，火居上而必照下，水居下而必润上，如张弓者之高者抑、下者举，则水火平矣。使阴火之有余，下补阳水之不足，既补阳水之不足，仍制阴火之有余，如张弓者然，有余者损，不足者补，则阴阳正矣。此皆水火自运，阴阳自交，而天亦不知其为之也。夫人道以有为而累，天道以无为而尊。修炼岂有他哉？惟以后天阴阳，返还先天阴阳，流行不息，自在无为得矣。

第七十八章　受国之垢

太上曰：天下柔弱莫过于水，而攻坚强者莫之能胜，其无以易之。故弱胜强，柔胜刚，天下莫不知，莫能行。是以圣人云："受国之垢，是谓社稷主。受国之不祥，是为天下王。"正言若反。

太上前章言，"柔弱者生之徒，坚强者死之徒，是以柔弱处上，坚强处下"，可知至柔而至刚，至弱而至强，人当日夜行习，在在以柔弱为重，而不以刚强自用矣。不知人身，试观诸水。夫水至柔而至弱，善利万物而不争，常处污下而不厌，虽一滴之微，人得侮之，一勺之多，人得轻之，及其积而为渊，汇而为海，则汪洋浩瀚，能载舟亦能覆舟，能成物亦能戕物，不惟天下无以胜之，即善攻坚强者，无坚不破，无强不摧，亦莫与之抗衡。是知天下之至柔，能御天下之至刚；天下之至弱，能驱天下之至强。水哉水哉！何其柔弱如此，而刚强如彼哉？且天下之事，无有易于攻水者，而坚强卒莫能胜，人何以不居柔而居刚、不为弱而为强者，随在皆是也？岂不知柔之胜刚、弱之胜强乎？盖以天良之动，莫不有知，而一动之后，顿为情欲所染，习俗所移，故悻悻自雄，不肯安于柔弱，是以机巧熟而义理生，嗜好偏而天真没，致令道心离，人心起，客气盛，正气消，生理无存，生机已灭，欲其生生不息也难矣。圣人云："受国之垢，是为社稷主。"如成汤言："朕躬有罪，无以万方；万方有罪，罪在朕躬。"退步即为进步，所以受天命于无穷也。"受国之不祥，是为天下王。"如武王曰："受克予，非朕文考有罪，惟予小子无良。"自后即为自前，所以荷天休于勿替也。岂同后世之卧薪尝胆、蒙垢纳污者，所得而拟议哉？此真常不易之理，万古不磨之经，是为天下正言，而圣人则反求诸己，又何尝以此苛求于人哉？

水喻一阳初动，真精始生，其机至弱，其势至柔，而渐采渐结，日益月增，以至于浩然之气，至大至刚，塞乎两大，统乎万汇，而无坚不入，无强不破者焉。《悟真》云："白虎首经至宝，华池神水真经。上善若水利源深，不比寻常药品。"顾气之柔弱，有似于水，至柔而寓至刚，至弱而兼至强，实有擎天顶地，捧日举月，呼风唤雨，驱雷掣电之威，是天下之坚强者，虽曰浩气，其实真精。须以至柔至弱之神养之，而无为为为、无功为功，庶几得矣。其曰"受国之垢，是为社稷主；受国之不祥，是为天下王"者何？即古人反躬自责，"朕实不德，民有何辜"之意也。学者求之于人，何若反修诸身之为得耶？

第七十九章　常与善人

太上曰：和大怨，必有余怨，安可以为善？是以圣人执左契，而不责于人。故有德司契，无德司彻。天道无亲，常与善人。

修身之道，惟善为宝。为善之道，自治为先。盖道在内而不在外，修在己而不在人。惟事事内观，时时返照，过则改之，善则加勉，庶明善诚身，永为天地之肖子，圣贤之完人，而不至有所缺矣。足见为善者，只问己之修省，不问人之从违。如责人而不自责，观外而不观内，虽一时小忿，积而至于大怨，纵能十分解散而不至于成仇，然内无返躬自责之道、惩忿窒欲之功，虽能解之于外，而不能释之于隐微，安能清净无尘，潇洒自乐，而复乎本然至善之天也哉？故"和大怨必有余怨，安可以为善"？惟圣人，持身接物，处己待人，一以修己为主，而人之是非好恶，概不计较。譬如合同契约，分左右而执之，永以为凭，明尔无我虞、我无尔诈之意。圣人执德如执左契，只修诸己，不责诸人，此所以与天地同其大也，是谓"有德者司契"。无德之人，重外轻内，常以察察为明，而人之恩怨必较，此为"无德者司彻"。夫司彻者，以考过为事，全不自省，而民弗从，何如司契者，责己重，责人轻，而人无不相孚以信。可知责人者轻己，己之善难完；责己者轻人，己之善克复也。人底于至善，而天心眷顾，自亿万年而不朽。《书》曰："皇天无亲，惟德是辅"，即太上"天道无亲，常与善人"之谓欤？

圣人之学，惟洗心退藏于密，以外之善恶好丑、是非从违，一概不计，所以汰虑沉思，凝神默照，以至于心明性见，欲净理纯，上与天合德，历万古而不磨。其功始于守中，其成由于胎息，人亦知之乎？古人言胎息，学人莫看是外气，的是凡息停时，那丹田中真阴真阳、元神元气，融会一团，混成一气，氤氤氲氲，蓬蓬勃勃，若开若阖，若有若无，视不见，听不闻，想象之而有迹，恍惚之而有形者，此殆人生之始气，心得之而有体，性得之而有用，人非此气不能生，欲成上品之仙，亦离不得此气为之主。古云："人生之始，因理有气，因气有形"，此天地生人之顺道也。返还逆修者，实从形形色色中，慢慢的运起阳火阴符，收归五明宫内，而以太乙祖气、天然神火烹之，即可化形而为一气，又由此气一炼，即可化气成神，于此固守虚无，保养灵阳，即还于无极之初，可以出则成形，入则无迹。道有何异于人哉？总之，此个胎息，即返到父母媾精，一团气血之候。人能养此胎息，日夜以无为有为、无思有思之真意，保守之，团聚之，即结成灵胎，而为元神。迨至十月形全，脱壳而出，上透顶门，直冲霄汉，可以骖鸾鹤，上云霄，遨游天外，飞升玉京，直顷刻间事耳。然此胎息，虽从凡人色身中炼出，却又不是凡精凡气凡神结成。炼丹者，虽离不得后天有形有色之精气以为之本，却亦不全仗于此也。盖后天精气，皆有形质，便有气数，生死轮回，势所不免，又况粗精粗气，尽属蠢钝之物，乌能有灵？要不过借此凡色身中所有之顽物，千烧万炼，取出那一点清净无尘、至灵至神之精气神，以为真一之气，而返之于我，以成仙胎神丹耳。所谓抽铅添汞之说，不过如此。其余著形著色，皆非道之正宗。古人云："胎从伏气中结，气从有胎中息。"是知欲结神丹，成就不老之躯，非养胎息不能；欲得胎息凝结于虚无丹田中，非结得有胎，他亦不肯来归，而纯纯乎动静与俱。若有一点凡气夹杂，凡神外驰，则神必外游，气必外泄，不能如子母夫妇，聚而不散也，知否？

第八十章 小国寡民

太上曰：小国寡民，使有什伯人之器而不用，使民重死而不远徙。虽有舟车，无所用之；虽有甲兵，无所陈之。使民复结绳而用之。甘其食，美其服，安其居，乐其俗。邻国相望，鸡犬之声相闻，民至老死不相往来。

小国寡民，地僻人稀，欲成丰大之邦，敦上礼之俗，似亦难矣。然能省其虚费，裁其繁文，使有什伯人之器而不用，则糜费少而器物多，国家之富可致也。且不纵欲而轻生，营私而罹死，远游他乡，贸居人国，而惟父子相依，兄弟是恋，重死而不远徙，则康乐和亲之世可臻也。以故媚我君王，念兹土宇，虽有舟舆，不肯远适异国以离父母邦焉。朝廷深仁厚泽，沦肌浃髓，恩同父子，谊若弟昆，是以叛乱顽徒，悉化为良善，虽有甲兵，亦无所陈之矣。如此上恬下熙，民安国泰，使复行结绳之政，乐太和之风，亲亲长长，宅宅田田，甘其饮食，美其衣服，于以安居而乐俗，敦厚以成风，又何患国小民寡，难以惇大成裕，仁厚可风哉？第见民爱君如父母，君视民如子弟，中心耿耿，系念殷殷，纵顷刻之别离，亦不忍也。虽邻国在即，举目能窥，鸡犬相闻，倾耳可听，而民则自少至壮，自生及死，不与邻国一相往来，此盖民之感恩戴德，沐化涵情于君上者深矣。是以安无为之治，享有道之天，而不肯一步稍离。如此，则国岂犹患小，民岂犹患寡哉？势必声教四讫，风声远播，而天下归仁，万国来同也。

　　此喻年老精衰者修炼之法。夫人到老来，精气耗散，铅汞减少，欲修金丹大道，亦似难乎其难。不知金丹一事，非属后天精气，乃是先天铅汞。苟得其至一之道，采而取之，饵而服之，不论年老年少，皆可得药于一时半刻，成功于十年三月。特患不闻先天真一之气，徒取服于后天有形之精，不惟老大无成，即少壮之士，亦终无得也。惟下手之初，勉强支持，使手不妄动，足不轻行，目不外视，耳不他听，口绝闲言，心无妄想，自朝至暮，涤虑洗心，制外养中，退藏于密，不使一丝之牵，不令半毫之累，积之久久，诚至明生，自然目光内照，耳灵内凝，舌神内蕴，心灵内存，四肢舒徐，头头合道。此喻什伯人之器而不用，然后用之无不足也。民比身也。人到老来，莫不畏死情极，好生心深，然畏死而不知求生，徒畏亦无益耳。惟谨慎幽独，时时内观，刻刻返照，不离方寸之中，久则致中致和，虽天地可位，万物可育矣，何况近在一身，而有不位不育者乎？此立玄牝，养谷神，绵绵若存，用之不勤，惺惺常在，守之不败，寂而常照，照而常寂，即常应常静，无文无武，所谓"动观自在，静养中和"者此也。固不事河车运转，斗柄推迁，又无须戡乱以武，野战则宜，守城以文，沐浴为尚，取喻于临炉进火，用师克敌也。此清净而修之法，非阴阳补益之工，不但老人行持，可以得药还丹，即少年照此修持，亦可绵绵密密，不贰不息，上合夫於穆之天。第躁进无近功，急成非大器，惟优游餍饫，如水之浸润，火之薰蒸，久则义精仁熟，而道有成矣。故虽有舟舆，无所乘之，虽有甲兵，无所陈之也。且夫进退升降、朝屯暮蒙之法，太上前已喻言："兵者不祥之器，圣人不得已而用之。""师之所处，荆棘生焉。大兵之后，必有凶年。"足见临炉，采药行火，特为后天气拘物蔽之深者立一法程，倘不如此，则凡气无由化，真金不可还也。若能静养为功，不施烹煎之术，惟守虚静之中，则不知不觉，无为无思，自然浑浑沦沦，纯乎以正，默然合天，不待言思拟议，而与天地流行无间。此即使民复结绳而用之，不立文字，不假言诠，而善记不用筹策也。甘其食，美其服，即精贯于中，气环于外，内甘而外美，有不可名言者。安其居，乐其俗，则中心安仁，随其所之，无不宜也。修炼至此，了了常明，如如自在，对境可以无心，遇物何能相染？虽有所见所闻，亦若无见无闻，绝不因色声而生其心，故曰"邻国相望，不相往来。"此无上上乘，无下下乘，玄之又玄、妙而又妙之功。呜呼！学至于此，与道大适矣。

若论修道，古人有两等修法，有清净而修者，有阴阳而补者。清净而修，即炼虚一著，不必炼精、炼气为也。然非上等根器，不能语此。若果根蒂不凡，从此一步做去，俱是顺天地自然之道，不似吾师今日之教，尚多作为也。盖人身之中，原有阴阳坎离，乾坤阖辟，日月水火，升降进退之机，犹天之运行，皆自然而然，无须为之推迁，但只一正其元神，使之不知不觉，无思无虑，那清空一气，浩浩荡荡，自然一呼一吸，上下往来，如乾坤之阖辟，日月之往来，水火之升降，阴阳之否泰进退，如此而已矣。虽有火候，不过清心寡欲，主静内观，使真气运行不息而已；虽有进退升降，不过以真水常升，真火常降而已；纵道沐浴，亦不过惩忿窒欲，涤虑洗心，令太和在抱而已；虽有得药成丹，亦不过以神为父，以气为母，两两扭结一团，融通无间，生出天地、生我之初一点真灵，即所谓离宫之真精，又谓人身之真汞；以我神气炼此一个真汞，结胎成婴，日后生出阳神，官骸血脉，五脏六腑，毛发肌肤，灵明知觉，无一件不与人肖，分之可化为万身，合之仍归于一气，要皆自神父气母两两交媾而煅出这个真汞之精，以为阳神者也。然此真汞，须有生发之候，盖心为五脏之中气，中气一升，五脏之气随升，中气一降，五脏之气随降，其生也由于真汞之动，其息也由于真汞之静。要之，动静升降，皆属自然之道，惟顺其自然之运用可矣。但此步工法，自古神仙少有从此一著下手者。盖以清静之道，听其自然，顺之不逆，非上等根器不能，且亦见效最迟，不若阴阳而补为较易也。何谓阴阳而补？必先识得太极开基，先天一阳发生，然后将我这点真阳之气，投入丹田之中，犹父母交媾，精血合做一团，入于胞胎之内，此为先天真种，种在乾家交感宫，日运铅汞，渐生渐长，他日出胎，方成脱壳神仙。若无此个真种，是空炼也，虽有所得，亦不过保固色身，不能生出法象也。知之否？有此一点真阳之气，入于胞胎，然后加以神光下照，久之真阳有动机，不妨将坎中之水，引之上升，离宫之火，导之下降，直将色身所有阴滓尸气炼化，只取得一味真气，配我灵阳，合而为丹，养之为神，可以飞升变化，然此亦自然之道也。凡人落在后天，神气多耗，年华又老，犹走路之人，离家已远，不得不从远处回来，所以必要费力也。夫以神气两分，不能合而为一，日间打坐，必用一点意思，几分气力，将我神气两两入于丹田之中，不许一丝外走，一息出，一息入，我惟顺其呼吸之息，自一而十，自十而百，而千而万，在所不拘。如此紧闭六门，存神丹扃，作一阵，然后外息暂停，真息始动。我于此又温养一阵，然后真阳之气，蓬蓬勃勃，真如风涌云腾一般，我急忙开关，引之上升，其升也，以神不以气，但须凝神了照尾闾一路之上足矣。到得真气冲冲，温养片刻，然后下降。总之，真阳初动，必须用点气力，然后可升可降。盖以凡身浊气太重，必十分鼓荡，乃能祛其尘垢，而后有清清白白之神气，为我炼成丹本。所以古人云："始而采药，非用武火猛烹急炼，则真金不能出矿"，此武火所以名为野战也。至于升降已毕，丹田气满，心神安泰，然后以炼虚之法，顺其气机而为之足矣。此虽勉强，亦是自然当如此勉强者，生须照此行持可也。

第八十一章　为而不争

太上曰：信言不美，美言不信。善者不辩，辩者不善。知者不博，博者不知。圣人不积，既以为人，己愈有；既以与人，己愈多。天之道，利而不害；圣人之道，为而不争。

此章总结通部，示人《道德》一经，皆真实无妄之言，不得以文词不美，将此经置之高阁，而不论不议也。须知道本无名，强名曰道；道本无言，有言皆障。然为教化众生，不得不权立虚名，以为后学津梁。既有言矣，则言必由衷，发皆中节，此诚笃实之论，酌于古而不谬，准之今而咸宜，无虚饰，无妄吐，不须文采，何事繁多？单传直指，立见性天。言而信也，不求美焉。若夫文章绚烂，询旨风流，殆文人学士之言，尚虚华以悦世，不足以为信也。彼言既信而为善，不求穿凿以惑人，又有何辩哉？其辩之者，殆聋耳目之聪明，饰闻见于伦类，掩耳盗铃，不足以云善也。夫善在一己，知在一心，岂必多乎？孔子曰"吾道一以贯之"，孟子曰"夫道一而已矣"，有何博欤？其博之者，殆道不明其统宗，语不知其归宿，泛滥于诸子百家，此记诵词章之学，非圣人博学于文，约之以大中至正之礼，不足以言知也。要之，道也者，浑于杳茫之际，悬于清空之中，流通于天地人物之内，无时不有，无物不然，取之无禁，用之不穷者。圣人空而不空，有而不有。不啻明镜高悬，清波朗照，何积之有？若有所积，是镜有尘垢之污，水有沙泥之染，非圣人空洞了灵之本体，不足言"廓然而大公"也。惟其空灵若此，则因应随缘，虽万姓纷纭，善难遍及，而一夫得咎，辄引为辜，其为人也，无复加矣。纵九州并列，惠有难周，而一地未沾恩，此心常抱痛，其与人也，何多让焉？故曰既以为人，而己愈有其功，既以与人，而己愈多其德。亦犹镜光之物来则照，物去则已，初无成心于其间也，圣人之心，亦如是焉耳。且夫圣人之心，即天之心也；圣人之道，一天之道也。夫天以默运为生成，虽有消长盈虚，总属生养之机，有利而无害。圣以无心为造化，虽有损益予夺，仍属仁慈之应，亦为而不争。假使天地有利有害，则天地亦私而不公，又焉能万年如一耶？圣人有为有争，则圣人亦积而不散，又安能至诚不息哉？呜呼！天地大矣，圣人大矣，虽有信言，亦因心作则，无假借也，无思为也，本诸身，征诸庶民，亦天德之良知，人心所同具，为人即为己，与人亦与己，所谓"物我一致，天人一源"者，是圣人与天合德，于此见其量焉。

此经注毕，呼群弟子而告之曰：目今大道，危如累卵，所赖尔学道诸人，以撑持天地，救正乾坤。纵说奸匪之徒，将有兵戈之动，然天有安排，总不至令尔等有不测之虞也。只怕尔等执德不宏，信道不笃，二意三心，或作或辍，斯亦自绝于天，不能上与天通，天纵有十分仁爱，欲生尔等于休养安恬之天，而无如其不能承接天休何也？生等近已见道明，体道力，自家确有把持，惟有一言一动，息息与天相流通，天自爱之重之，保抱之而不置也。夫以道在即天在，重道即重天，爱道即爱天，如此默契潜孚，自臻休祥，天道原与人道通也。试观古今来，只有悖道而为天厌者，未有遵道而不获天休也，生等可恍然悟矣。总之各行其是，各尽其诚，那以外之是非祸福，概有天作主张，生等切勿作越俎代庖之忧可也。夫大道之要，不过神气二者而已，但有先后天之别，修士不可不知。古经云："先天元神，体也；后天识神，用也。无先天元神，大道无主；无后天识神，大道无用。"尔等用工修炼，必要于混混沌沌，无知无觉时，养得先天元神以为主宰，然后一惊而醒，一觉而动，发为后天识神。此个识神，非朋从尔思，憧憧往来之私识，乃是正等正觉之元神，因其发动而有知觉，故曰识神。只怕此识一起，即纷纷扰扰，恶妄杂念，纷至沓来而不已者，就堕于私，流于欲，而不可以炼丹也。惟有一心了照，矢志靡他，如此用志不纷，乃凝于神，神凝而息可调，息调即丹可结，故曰："一心只在丝纶上，不见芦花对岸红"。如此一心，虽曰识神，其是即元神也。所以古云"天心为主，元神为用"，巧使盗机，返还造化，何患不立跻圣神？尔等亦明之否？总要于天心发动之后，常常稳蓄，不许一念游移，一息杂妄，庶几天心常在，道心常凝，虽有识亦若无识也。学者修真，下手之际，贵乎一心制服两眼，并口耳身意之妄识，于是集神于丹扃，调息于丹田，务使凡息断灭，然后元气始来归命。既得元气来归，氤氤活泼，宛转悠扬，如活龙动转，十分爽健，此元气之充壮，可以运行河车矣。苟气机大动，不行河车化精为气、化气为神之工，仍然凝聚丹鼎，奈未经火化，阴精难固，不能长留于后天鼎中，一霎时，凡火一起，必动淫根，生淫事而倾矣。即或强制死守，不使他动，奈后天精气，皆属纯阴，未经煅炼，不强制他必泄，即强制他亦必泄也。夫以此诀一行，即可以夺天地鬼神之权，参造化阴阳之法，而自主自夺，我命由我不由天矣，实为长生不老之仙，所谓"阎罗老子亦无奈我何"者此也，所以不许匪人得门而入，使神天无善恶报应之权。尔生属知道者，谅亦深明厥旨，切须稳口闭舌，莫妄泄天机密钥可也。既有元气于丹田，而行河车工法，尤须假后天凡气为阳火阴符，逼迫而催促之，使之上升下降，往来无穷，鼓舞而煅炼之，使之化凡成真，变化莫测。苟徒有元气之发生、活子之现象，而无后天凡气，则先天元气，岂能自上自下、自煅自化？此金丹，虽先天之元气为本，然亦必需后天气为之功用也。至于金丹始终，全仗火候。古人临炉，十分慎重，惟恐一气偶乖，有干阴阳造化，故曰进火行符，犹之煮饭，火缓则生，故贵惺惺常存；火急则焦，故贵绵绵不绝。生于此二语，可知用火之微矣。到得地下雷鸣，火逼金行，此时若非武火，金气安能上升？然必善于用武，任他烈焰万丈，光芒四射，我则以一滴清凉水，遍洒十方足矣。此即"气壮而心享"之道也，亦即清净恬淡为本之妙术也。故曰："龙虎相逢上战场，霎时顷刻定兴亡。劝君逢恶须行善，若要争强必损伤。"诚哉其势可畏，其机甚危，而此心不可不临炉审慎也。生既明得此旨，永无倾泄之患焉。虽然，此行河车之法，当如是耳，若一概施之于守中，气机未畅，心神未宁，一以纯任自然之法行之，则神气安能打成一片，有何药物可采哉？此必于玄关初现之时，肾气上升，心液下降，用起数息之武火，不许一念走作，一息纷驰。如此紧催慢鼓，鼓动橐籥机关，然后凡息方停，真息始见，人心乃死，道心乃生。否则，漫说自然，必无自然也。故曰虽有生知之圣人，亦必下困知勉行工夫始得。古云："西山白虎正猖狂，东海青龙不可当。两手捉来令死斗，化成一块紫金霜。"又曰："降龙须要志如天，伏虎心雄气似烟。痴蠢愚人能会得，管教立地作神仙。"此种武火，施之于龙虎不交、水火不济之时则可，若行河车，则已龙吟虎啸，夫唱妇随，于此仍用此个法则，又恐迫逐真气散乱，孟子云："如追放豚，既入其苙，又从而招之"，此大错矣。吾将全功毕露，生等须努力修持，以慰为师之望焉。切勿妄泄，自干罪咎。

黄元吉道德经注 终

第二编

乐育堂语录 ①

清·黄元吉 著

《乐育堂语录》序 ②

《乐育堂语录》一书，虽为道籍，实可视为三教真传之要典，乃黄元吉先生讲道于四川乐育堂时传授道门心法，由其门弟子记载并经核正而流传于世之巨构。言言通大道，字字值千金，且多泄千古来丹经之所未泄，指千古来道典之所未指。本书纯为讲切性命双修之学，始之修性以立命，继之修命以了性，终之福慧双圆、性命合一，而证入圣登真之功。其论道，概自人生日用常行处入手，既不立异为高，亦不弄玄干誉，故说理朴实而不奥，述义精深而易明。传绝学，极尽简易晓畅之能，尽人可解；谈工夫，极尽条理畅达之妙，尽人可行。既可由此以领悟，亦可本此以修证。深者能得其深，浅者能得其浅，无论上智下愚，皆可循此而升堂入室，诚性学之梯航，命宗之津逮也。

黄元吉先生其人，稽诸往史，系出生于元代，张三丰叙述师承时，亦曾举列先生之名，并述其事。惟讲授是书时，则适在前清道、咸年间，听道者不下数千人，或即为留形住世之俦欤？先生原本博学鸿儒，深究经史，兼精

---

① 本篇据木刻本整理，参校天华馆印本、萧天石《道藏精华》本等。
② 本序据萧天石《道藏精华》本录入，下同。

佛乘，乃儒释二门中之一代巨匠。嗣以生死大事，难得了证，复遍游天下名山，卒获异人指授，终而入道。故其讲述要旨，莫不贯通三教上乘了义而彻见精微。其援儒入道，因佛证真，以期三家一本之苦口婆心，处处昭然。千古丹经，不病于偏执枯滞，即病于玄奥幽眇，不隐于龙虎铅汞，即遁于坎离水火，使读者不穷毕生之精力，即难得融会贯通，不获明师之指点，即难得心领神会。本书则一扫此弊，既极明白简易，复能畅发宗风，对于行工次第，亦复程序粲然，不但为道家登真之捷径，且亦为儒家入圣之坦途，释家作佛之不二法门也。融三教于一炉，诚名山巨著也。

《乐育堂语录》，成都二仙庵刻版原为五卷，镇江道德分社版则为四卷，少后一卷，泰国赞化宫、复圆堂版亦然，想系初版为四卷，后所讲者复列为一卷，故不称为五卷。香港正德公司版，即将后者合刊于四卷末，与二仙庵版同，其所据何版则未叙明，惟四卷末漏出一段。今特据泰国版重刊补入卷五，藉成善本。

本书理事兼举，性命双重，外遣物象，内契造化，养性于太虚，寂心于无为，潜神于幽眇，炼形于有作，而可达于心物交融、天人合一之境地。高逸之士，苟能用志不分，勤而修之，自可脱落凡蹊，上与道合，用其糟糠可以治世，用其玄妙可以通神，岂仅顿超圣地而已哉！当斯时也，虽天地之大、帝王之尊，亦难以易其一毫发矣。盖其修养所至，其精神世界与心灵世界之高旷，远非物质世界与形体世界所得望其万一也。故幸勿以等闲书视之是幸！

辛丑（1961年）仲冬月文山遁叟于石屋草堂

弁言

"乐育堂"之名，即取孟子"乐得英才而教育之"一语为用，其《语录》，如《论》《孟》，然要皆聚徒讲学，为门弟子记载而成。原《序》谓其"理极精深，语却明显，步步引人入胜。修真之士，若得此以为梯航，不难直造上乘。"《跋》语亦云："朴实说理，畅发玄风，诚性学之梯航，命宗之津逮也。"余敬读一过，以为凡丹经谈道，如僧繇画龙，东露一爪，西露一鳞，仙律森严，不能于一篇之内尽露全相，是以修道之士，必须博览群籍，于每一书中，撷取其精英，融会贯通，方可窥其门径。

乃是书四卷，自始至终，直截了当，剀切详明，实足启发后进，唤醒尘迷，与古丹经道籍，后先发明，开其钥，启其扃，而要言不繁也。学者阅之，慧根者，得此自能解悟，有夙根者，解悟后自能修证，若钝根人，虽得之，亦不能解，即能解，亦不能修，故此书虽传，仍俟诸根器之深厚者，立志积功，方可超证也。

镇江红卍字会马云程会长，发心重印，愿吾道同修，皆得而读之，以为虔修大道之基础。去岁通函预约，因复者甚鲜而未成。今年上元节后，毅然输资，先为刊印，其宏道之心，如此其笃，求之今世，已如凤毛麟角矣。书将成，嘱余序言，因佩其弘毅，遂忘简陋，而志其端。

太岁在著雍困敦孟陬月①濠梁王道源颐仙甫序于镇江道院第二副母坛光明亭下

重印《乐育堂语录》序

窃谓炁丹修炼之奥旨，肇于《河图》《洛书》，著于《阴符》《龙虎》，明于《周易》卦爻，集大成于《道德》《黄庭》《南华》《文始》诸经，至汉魏伯阳之《参同契》，而丹诀奥窔之学，灿然备举，实得先天大道之真传者也。嗣后钟吕传授，南北七真，相继而兴，皆以修炼金丹而证真，道成天上，法留人间矣。惟是时当二次收圆，苟非其人，道不虚行。故前哲所著丹经，如《参同》《悟真》等集，虽字字珠玑，句句牟尼，玄圃奇花，美不胜收，然考其所用铅汞、龙虎、乌兔、龟蛇、婴儿姹女、灵父圣母、无缝塔、无孔笛、无弦琴、种种比喻，类多藏头露尾，隐语秘辞，其义蕴，其旨深，致使后之学者，如堕入五里雾中，而有不知所适从之感，甚而至误入旁门邪说，盲修瞎炼，因之堕落沉沦者，实繁有徒。是丹经全，而丹道晦矣，岂不可惜哉！

然余今读《乐育堂语录》，所述黄元吉先生之教授生徒，其所阐明丹道之玄微，则单刀直指，抉发无遗，有以别于前此丹经之所传。虽曰时代不

---

① 著雍困敦，戊子年，1948 年。孟陬月，正月。

同，隐显各异，盖亦痛人心之陷溺日深，而不忍大道之不明不行也。书中所述，如本来面目、心性真诠、玄关一窍、玄牝之门、先后精气、戊己刀圭、性命根蒂等之丹头丹本，以至于采取抽添、药物老嫩、烹炼文武、温养沐浴，由筑基得药、炼己还丹、脱胎神化之程序法则、玄功妙境，无不穷其源委，条析详明，犹如老吏断狱，不留余蕴不已，实为觉世之灵文，渡人之宝筏也。学者苟能手此一篇，深悟而力行之，以书证己，以己证书，则修性性复，了命命归，外加功德培养，内果圆成，性命合一，由太极回无极，形神俱妙，与道合真，上应玉诏，脱凡体而证金仙，白昼飞升矣。懿矣盛哉！是真功成名遂，大丈夫得志之时也。

镇江红卍字会会长马云程先生，所以印宣此书于前，与夫余小子所以集资重印于后，以为暮鼓晨钟，发人深省者，盖欲普天下之善男子、善女人，同登觉岸，共出迷津，人人得道，个个成真也。是为序。

丙年十一月望日 后学弟子一虚韩佛果序于暹京寄修所

《乐育堂语录》序 [2]

予笥中旧有《乐育堂语录》节本，以为寻常劝世文，初不甚厝意。有请印流通者，姑许俟异日考订，犹淡漠置之也。壬申夏，柳君云亭自蜀归，得原本二册，求予审定者再，亦因丛脞，未汲汲从事。已而至同德堂，见曲君月川，案上有此书，且告予曰"甚善"。予信手翻阅，其首卷论阳生之道，甚惬予心。其言曰："阳生之道，不外无思无虑而来。即如贞女烈妇，矢志靡他，一旦偶遇不良，宁舍生而取义。又如忠臣烈士，唯义是从，设有祸起非常，愿捐躯以殉难。此真正阳生也。不然，何以百折不回若是耶？由是推之，举凡日用常行，一切善事义举，做到恰好至当，不无欢欣鼓舞之情，此皆阳生之候。又或读书诵诗，忽然私欲尽去，一灵独存，此亦阳生之一端也。又或朋友聚谈，相契天怀，忽然阳气飞腾，真机勃发，此亦阳生之一道也。更于琴棋书画，渔樵耕读，果能顺其自然，本乎天性，无所求，亦无所

---

① 暹京，暹罗即泰国；暹京，即首都曼谷。
② 本序据北京天华馆印本《乐育堂语录》增补。该本收入《藏外道书》第25册，688页。

欲，未有不优游自得、消遣忘情者，此皆阳生之象也。总要一动即觉，一觉即收，庶几神无外慕，气有余妍，而丹药不难于生长，胎婴何愁不壮旺！尤要知，人有阳则生，无阳则死。从此悟得，方知阳即道，道即虚无自然。子思谓'道也者，不可须臾离也'。其即此收敛阳光，不许一毫渗漏之说欤？诸子卓有见地，吾故以铺天匝地、亘古历今之真正元阳，无时无处而不有者示之。若以此示初学人，反使无路入门"云云。诸如所言，是诚洞见道源，不同小家之论，与夫死于句下、人云亦云者可比，尤非未得师传、妄加揣度者所能梦见。于是更览其余，头头是道，恨相见之晚。且闻孙海波言："吾师述古老人谓'此书谈工太明显，不可泛传。'"则其价值，已可概见。爰为校勘终篇，晤柳君陈其内容。柳君乃醵金若干元付手民，属鄙为序，特识其因缘如此。

　　抑予闻古之大德，访道求师，往往尽弃家财，抛别妻子，负笈万里，跋涉数十年，而不一遇。即遇，又必服劳甚久，折磨备至，而所传不过一二言，服膺久之，乃恍然有得，所谓"得一万毕"者如此，一百十千、愚明柔强者如此，访道、闻道、行道之难又如此。乃或不然，不须挚敬，不须远求，不须服劳，不须久待，不须北面称弟子，而彼得道高人，将毕生心血、无上天机，和盘托出，笔之于书，付之剞劂，人赠一本，则或束之高阁，或计较毫毛之价值，不肯购求，而失之交臂；或以所值甚廉，而走马观花，当面错过者，又比比也。是以易得则易失，久成乃久安。古云："此事至玄至妙，忧君福薄难消。"又云："无因之果，事所必无。"以今人之认假不认真，见小而忘大也，予之所不能已于言者也。抑又闻之，鸡之于食也，三五粒则抵隙尽啄而甘之，多则狼藉满地；猿之攫粱也，空人之田，而腋下所怀者一二。学道者之不在多贪，亦如是也。夫今人之聪明精力几何？人事之奔波奚若？过隙百年，老将至而耄继之。一诀一法，皆可成真。其速务其当务之急，择一善而约守之，简练以为揣摩，火始然，泉始达，扩而充之，不可胜用也。其勿效彼鸡与猴之多取而无当，是又予介绍此书于阅者之微意也。是为序。

　　　　　　　　　　癸酉（1933年）夏四月西昌果圆居士敬撰

第二编

柳云亭序

予素日好印善书，力之所及，或独任，或襄助，必成之而后快。十年来，滥竽佛门，丁时多乱，恒自愧碌碌，无所表见。重以师恩浩大，提挈有加，图报之心，不能自已。

鉴我同人，用工多年，成效尚鲜，真善知识，复不易得，间有质疑问难，辄弗克应病施药，切理餍心。缘是望洋兴叹，越趄中道者有之。譬如关心农事者，只知下种，不解耰耨，奚望苗而秀、秀而实？

壬申岁，于无意中得《乐育堂语录》一书。微窥为道言，莫决纯疵，质之果圆居士，蒙审定曰正宗。爰付手民，以飨同道。至于书中内容，览者自悉，且果圆居士序已微发之，兹不赘。

癸酉（1933年）夏柳昌年云亭氏序

黄元吉先生《语录》序

《语录》一书，黄元吉先生于乐育堂传授心法，原未敢轻泄之书也。今胡为而公之于世耶？盖以运际下元，人心奸险已极，世道沉沦愈深，不有人焉出而讲正本清源之学，大道之晦不知伊于胡底①。先生自丰城应运而来，设帐于兹，十有余载，每于注《醒心经》《求心经》《道德经》之余，辄与及门讲究性命双修之理、天人一贯之原，无一不阐发尽致，意欲造就人才，上为往圣承道统，下为后学肇心传，又何忧至道之不明哉？

虽孔孟诸书，亦赅性命之学，然隐而不发，读者无由会悟也。惟此《语录》，理极精深，语却明显，步步引人入胜。修真之士，若得此以为梯航，不难直造上乘，以遂吾师普度之意。每篇再三告诫，反复叮咛，足见苦口婆心。其有录诸友之过者，非不讳也，盖以人同此病，对勘而当思自新；其有录诸友之善者，非自夸也，盖以人皆可为，返观而自怀精进。且此《语录》，无所不言，亦无所不赅。言命功者，见此而得其关窍；讲性学者，见此而知

---

① 底，底本作"底"，改。

·150·

所操存；谈因果报应者，见此而知重内轻外，修德行仁；其有裨于人心风俗，非浅鲜也。但所教弟子多人，来学早迟不一，其间请问多同，所答遂不无重复之语。阅者须会其意，勿拘执其词，庶有得于身心。若在笔墨字句间讲究，失之远矣。

或曰："此书天机毕露，未可轻传。"岂知剥极必复，穷极必返，斯亦气运之常，无足怪也。况此时不急讲明，将来运转上元，又谁为圣贤扶道脉乎？予等纂集《语录》，非好事也，不得已也。伏冀继起有人，同阐三教大道，庶不负吾师金针尽度之意也。兹值书成，公诸天下后世，各宜珍重，勿以其易得而忽之也。是为序。

乐育堂弟子等顿首谨序

《乐育堂语录》卷一

一、见明道理，矢志修道①

凡人欲学一事，必先见明道理，立定脚根，一眼看定，一手拿定，不做到极处不休。如此力量，方能了得一件事。纵不能造其巅，亦不至半途而废，为不足轻重之人。凡事有然，又何况性命之学哉？

言及神仙，世上人人俱爱，而教之学习此道，百中难得一二。呜呼！红尘滚滚，孽海茫茫，有何乐处？有何美处？独奈何人不及察，反因此而丧厥良心，不惟不能超凡入圣，且宛转生灭，愈趋愈下，其受尽诸苦，更不堪言。吾师是以代为之悲也。今又为尔生幸焉，历年辛苦，一生真诚，故有今日之遇。如精神不振，淡漠相将，今日如故，明日依然，吾恐法收之后，缘了之余，悔亦晚矣。论自古神仙，那一个是天生就的？都由匪朝伊夕，由少而多，自微而著，积而至于铺天匝地、亘古及今得来。故曰："释迦不从地

---

① 《乐育堂语录》原无标题，参考蒋门马点校《道德经讲义·乐育堂语录》标题增补，宗教文化出版社，2003 年。

涌，太上不自天生。"即满空真宰，无一不几经折磨，几遭屈辱，而始修成正等正觉如来金身者，又何况尔中等根器哉？

又莫说年华已迈，岁月无多，恐有心学道而无成道之期，不如听其自然，一任造化为转移，随其意之所之，全不收拾精神，整顿心力，则如无缰之马、无索之猿，势必狂奔妄踯而不已，是又自消前福，以贻后殃，奚可哉？吾想一劫人身，万劫难得，又况生居中国，有礼义文教之光华；又逢法会，得闻道德性命之真谛，此种因缘，即历代仙师亦少有如此之便易者。何也？生等但尽其诚，不待出门一步，自获真传。试思古来仙子，虽今日成道，神住大罗天宫，而当日遨游九州，受尽多般苦恼，历尽无数风霜，至于货财之糜费更无论焉，旁门之拐骗且不言矣，待至积诚久而结念深，居心苦而行道难，然后仙真深怜困穷，切念劳苦，然后感而下降，始将大道玄机，一步一步传出，俟功圆行满，始为一洞真仙焉。生等较前贤之遇师闻道，其难易为何如也？

且自古仙师，多有因时会不良，星辰不偶，深处艰难，无可如何，然后看破红尘，出而访道。如吕祖四十而遇钟离，五十而得闻至道；张祖六十而始抛家访道，七十而得火龙授诀。以此观之，只怕不肯一心向道，那怕年纪之已老耶？吾道有云："凡人不怕不年轻，只怕向道不心诚。"纵至九十、一百岁，果能如法修炼，无论男子妇人，都有移星转斗之权，起死回生之妙也。自古学道最年轻者，除文佛、观音外，不多闻。非少年入道之难也，由少年奉道，多有游移两可，二意三心，更有仗恃时光，怠于从事，不甚迫切，是以学者多而成者少也。惟尔等中年老迈之人，凡尘色相已曾历试其艰，世上名利都是屡经其苦，非但世界声华，视同嚼蜡，了无意味，且知诸般苦趣，皆藏于其中，所以道心生而人心死，人心隐而道心彰，始可了悟前因，深彻命宝。虽曰苦尽甘来，而当其矢志靡他，杳不知有修炼之苦，是以一劫造成，不待另起炉灶焉。生等果能尝得世味苦否？道味甘否？这边重一分，那边轻一分，切莫似少年人，尘缘未了，凡心未空，且功修未积，孽障难消，是以徒思得道而不能成丹也。生等具挺挺志气，浩浩天衷，自然丹成指顾，云腾足下矣。

二、阳生之道，真机勃发

诸子谈及阳生之道，已非一端，总不外无思无虑而来。即如贞女烈妇，矢志靡他，一旦偶遇不良，宁舍生而取义。又如忠臣烈士，惟义是从，设有祸起非常，愿捐躯以殉难。此真正阳生也。不然，何以百折不回若是耶？由是推之，举凡日用常行，或尽伦常孝友，或怜孤寡困穷，一切善事义举，做到恰好至当，不无欢欣鼓舞之情，此皆阳生之候。

只怕自家忽焉见得，忽焉又为气阻也。又怕自家知道，因而趾高气扬，喜发于言，形动于色，洋洋诩诩，不知自收自敛，视有如无，因被气习牵引而散矣。又或读书诵诗，忽焉私欲尽去，一灵独存，此亦阳生之一端也。又或朋友聚谈，相契天怀，忽然阳气飞腾，真机勃发，此亦阳生之一道也。更有琴棋书画，渔樵耕读，果能顺其自然，本乎天性，无所求，亦无所欲，未有不优游自得、消遣忘情者，此皆阳生之象也。

总要一动即觉，一觉即收，庶几神无外慕，气有余妍，而丹药不难于生长，胎婴何愁不壮旺？即或不至成仙，果能持守不失，神常返于穴中，气时归于炉内，久久真阳自发生矣。尤要知，人有阳则生，无阳则死。以此思之，纵自家鲜有功德，不能上大罗而参太虚，亦可迈俗延龄，为世间地仙、人仙焉。诸子从此悟得，方知阳即道，道即虚无自然。子思子谓"道也者，不可须臾离也"，其即此收敛阳光、不许一毫渗漏之说欤？诸子卓有见地，吾故以铺天匝地、亘古历今之真正元阳，无时无处而不有者示之。若以此示初学人，反使无路入门，将他本来色相一片欢欣鼓舞之机亦窒塞焉。

三、人生境遇，回心向道

人生天地之间，除却金丹大道、返还工夫以外，形形色色享不尽之荣华富贵，无非一幻化之具。在不知道之凡夫，第以声色货利为务，谓家有赢余，皆前世修积得好，今生受用甚隆。谁知享用多，则精神消散，到头来，不惟空手归去，而且天地与我之真，亦消归无有。此即太上谓"天地万物，盗我之元气"者是。是知荣华美景，即到帝王将相，不知修性立命，还不是日积日深，惟耗散其真元而已，而真身毫无益焉。故富贵之劳人，不如贫贱之适志者，此也。古云："在世若不修道德，如入宝山空手回。"斯言洵不诬矣。

吾师往来蜀郡，见世人非役志于富贵功名，即驰情于酒色财气，吾心甚是怜悯。独奈何有心拔度，而彼竟不知返也。且不惟不肯受度，反啧有烦言，谓吾道为奇怪。噫！如此其人，吾虽有十分哀怜之意，而亦未如之何也矣！诸子思之，当今之世，人心汩没，不大抵如斯耶？独不思，一劫人身，能有几何？转眼光阴，就是迟暮。焉知今日富贵，转世不贫贱乎？又焉知今日为人，转世不畜类乎？古云"人身难得，中国难生，大道难逢。"既得人身，幸生中国，又闻正法，此即无上因缘也。较诸帝王将相，忽焉而享，忽焉而灭，转世即不堪零落者，此其境遇，不高出万万倍耶？苟能由此潜修，即使不成仙作圣，而转世再生，犹为有根之人，斯亦幸矣！况乎今兹法会，天上格外加恩，直准一劫修成。诸子际此良缘，一个个努力前进，不怕难，不辞苦，惟有矢志于道德之场，潜心于功行之地，难道天上神仙尽属痴聋而不见不闻者乎？只怕人不肯用心耳，莫患天神之不默护提携也。

诸子当此世道纷纷，人心昏愦①，在凡人以为时处其艰，而在有道高人，则又以为大幸。何也？若使境遇平常，不经磨折，不历坎坷，还不是平平度去，又孰肯回心向道，著意求玄？惟此千磨万难，事不遂意，人不我与，方知尘世境况，都是劳人草草，无有一件好处，于是淡于名利而潜心为我，厌于人世而矢志清修。纵今日不得为仙，然仙道已历其阶；若使转世为人，难道天神岂肯舍尔而他求哉？所以古人云："神仙还是神仙种，那有凡夫能作仙"者，此也。

吾再论今日之遇。如今学道人，不下千万，能得真常妙道全体大用无一不与之讲明者，谁乎？惟诸子从吾讲学，无有一丝半点遗漏而堕于一边之学者，此其遇为何如也？足见神天之爱道，独于生不吝焉。且生自入道来，屡遭磨励，历受风波，在旁观看来，学道人还不荷天之庥，反遭许多惊恐。殊不知，遭一番谗谤，即进一分道德；经一番磨炼，即长一分精神。且也夙根习气为之一消，前冤后孽，由此一除，此正如人之染污泥，经一番洗涤，而

---

① 愦，底本作"瞆"，改。

身躯爽泰矣；又如金玉藏于石中，经一番煅炼，而光华始出矣。此福慧双臻之道，不在于安常处顺，而在于历险经艰。生莫因人言肆起，而稍有退缩之志也。吾观诸子，的是神仙真品，不似拖泥带水者，又想神仙，又思富贵，两念交杂于一心者比。

四、先天水火，分辨清浊

吾再谕，修炼之道，莫要于水火。须要水清火白，方为先天水火。

火何在？心中之性，性即火也。然性有二：有气性，有真性。气性不除，则真性不见，仍不免事物之应酬，一时烦恼心起，化为凡火，热灼一身，而真性为之消灭焉。故炼丹者，第一在凝神。凝神无他，只是除却凡火，纯是一团无思无虑、安然自在之火，方可化凡气而为真气也。诸子打坐，务将那凡火一一消停下去，然后慢慢的凝神。如此神为真神，火为真火，然后神有方所。不知其地，漫无归宿；不知其法，何以下手？此气穴一处，所以为归根复命之窍也。其间一开一合，顺其自然，我之神只有主宰之而已，绝不随其长短消息，此即凝神之法也。凝神于此，息自然调，日变月化，仙胎成就，犹赤子初得父精母血，有此一团胎息，不疾不徐，不寒不热，而十月出胎成人矣。

至于水何在？肾中之情，情即水也。然有妄情，有真情，二者不明，丹必不就。苟妄情不除，则水经滥行，势必流荡而为淫欲。学者欲制妄情，离不得元神返观内照，时时检点，自然淫心邪念一丝不起，始是真情。倘有动时，即为真气之累，我于此摄念归真，采取而上升下降，收回中宫土釜，煅炼一番，则大药易得，大丹必成。

此水火二者，为人生身之本，成仙作圣之根，切勿混淆而用，不分清浊也。诸子勉之，此近时急务也。

五、明心见性，修道先务

吾示明心见性之真谛。

夫先天之心即性，先天之性即虚无元气，要之，一虚而已矣。人自有生后，气质之拘，情欲之蔽，恩爱之缠，此心之不虚者久矣。气为心使，精为神役，驰逐妄游，消耗殆尽，此学人下手兴工，所以贵凝神调息也。盖神不凝则散，散则游思妄想迭出，安能团聚一区以为炼丹之主帅？惟能凝则一，一则虚。我心之虚，即本来天赋之性；外来太空之虚，即未生虚无之性。息不调则放，放则内而脏腑、外而肌肤，无非一团躁急之气运行，欲其凝聚一团而为我造命之本，盖亦难矣。惟能调则平，平则和。我身之和，即我生以后受天地之命；太和一气，即未生以前悬于天地之命。此即真性、真命，与天地人物合而不分之性命，亦即神仙造而为神仙之性命也。

生等欲复命归根，以臻神化之域，亦无他修，只是凝神令静，调息令匀，勿忘勿助，不疾不徐，使心神气息皆入于虚极静笃而已矣。但非造作之虚，乃自然之虚。故天地鬼神人物，同一源也。然亦非虚而无实也。惟我之神既虚，则天地清和之气自然相投。人之所以参天地、赞化育、变化无穷、神妙莫测者，即此神息之虚，得感清空之虚之气入来，此虚中所以有实也。久久凝聚，自然身心内外有"刚健中正，纯粹以精"之景。如此见性，方是真性发见。

心何以明？惟虚则灵，灵则明，明则众理俱备，万事兼赅。未动，则浩浩荡荡，无识无知，所谓"内想不出，外想不入"，但觉光明洞达，一理中涵，万象咸包，斯得之矣。及触物而动，随感而通，遇圆则圆，随方则方，活泼不拘，似游龙之莫测。又云："静则为元神，动则为真意。"神与意，一也，不过动静之分焉耳。又闻古云："心无性无主，性无心无依。"心所以载性，性所以统心，是知心之高明广大、神妙无穷者，即性之量也。明得这个真心，即明性矣。但此性，未在人身，盘旋清空为元气，既落人身为元神，要皆虚而不有。

学者下手之初，必要先将此心放得活活泼泼，托诸于穆之天，游于太虚之表，始能内伏一身之铅汞，外盗天地之元阳。久之，神自凝而息自调，只觉丹田一点神息，浑浩流转，似有如无。我于此守之照之，有如猫之捕鼠、兔之逢鹰，一心顾诸，不许外游，自然内感外应，觉天地之元气流行于一身内外，而无有休息也。性功到此，命功自易焉。彼世之山精水怪，能化人形，命功亦云极矣，但出而观玩，见可欲则贪，见可畏则惧，甚至做出不仁不义、无廉无耻事来，所以终遭诛戮而莫能逃者，皆由少炼性之功耳。吾师教人，必以明心见性为先务者，正谓此也。诸子知之否乎？

六、玄关一窍，炼道丹头

"炼心"二字，是千真万圣总总一个法门。除此而外，皆非大道。须知生生死死，轮回种子，皆由一念之不自持，妄情幻想，做出百般怪诞出来。所以古人用工，必先牢拴意马，紧锁心猿。何也？盖一念之动，即一念之生死所关；一念之息，即一念之涅槃所在。是则道之成也，岂在多乎？只须一念把持，自可造于浑浑沦沦、无思无虑之天。纵有时念起心动，亦是物感而动，非无故自动。如此动心，心无其心，虽日应万端，亦真心也。否则，心有其心，虽静坐寂照，亦妄心也。学人造到此境，夫岂易易？要不过由一念之操存，以至于如如自如，了了自了，神通造化，德配乾坤而已矣。只怕玄关一动，而漫不经心耳。果能常操常存，毋稍放逸，遇魔不退，受辱不辞，惟一心一德，将此虚灵妙体涵养久久，自然日充月盛，而玄关现矣。

夫玄关一窍，是吾人炼道丹头，勿区区于大定大静中求。孔子曰："我欲仁，斯仁至矣。"若必待大定大静然后才有，孔子又不如是便易指点。可见学人修养之时，忽然静定，一无所知所觉，突起知觉之心，前无所思，后无所忆，干干净净，即乾元一气之本来面目也。从此一念修持，采取烹炼，封固温养，久久自成不测之仙。然而小定小静，亦见天心之来复。若人事匆匆，思虑万端，事为烦扰，如葛之缘蔓，树之引藤，愈起愈纷，愈纷愈乱，无有止息，为之奈何？但能一念回光，一心了照，如酒醉之夫，迷睡路傍，忽地一碗凉水，从头面喷去，猛然一惊而醒，始知昏昏迷迷一场空梦，此即玄关窍也。

昔南极仙翁示鹤臞子，真元心体实自玄关一窍寻来，动静与俱，随时皆有，但非感动，无以觉耳。试有人呼子之名，子必应之曰"有"，此一应是谁？虽曰是口，然主宰其应者，是真元心体也。是一应间，直将真元心体凭空提出与人看，真善于指点者也。是知知觉不起时，万境皆灭，即呼即应，真元显露，方知此心不与境俱灭；知觉纷起时，万境皆生，一呼一应，真元剖露，方知此心不与境俱生。以此思之，知觉不起时，心自若也；知觉纷起时，心亦自若也。以其为虚而灵也，虚则有何生灭哉？只怕杂妄萦扰，恩爱牵缠，看之不空，割之不断，斯无以为造道之本耳。

总之，此窍只此息之顷，以前不是，以后不是。如人当阒寂之时，忽有人呼其名，猛然一应，即玄关矣。一应之后，阴阳判为两仪，又非玄关也。玄关者，太极将分、两仪将判之时也。动不是，静亦不是，其在静极而动、动极而静之间乎！所谓动静无端，玄关亦无端，学者须善会之。

七、下手识虚，炼心之道

近来所传者，都是上上乘法。生须从静定中细心体贴，方有会悟。不然，恐信手翻阅，无大滋味。不知吾单词只字，都从心坎中抉出，无半句诳汝也。

下工之始，神游太虚，洞观本窍，则以虚合虚，而心明性见，随时俱在，不待真阳生也。可惜人只知养虚，不知去间虚之物；亦第知心驰于欲为不虚，不知力绝夫欲亦为不虚。夫以多欲令人神伤，绝欲亦令人心劳，二者虽有不同，其为心之障，则一而已。顾不曰虚，而曰阳生。盖以虚言，则恐人堕于无一边。曰阳者，即示人虚中得实，含有圆明洞达、无限神通在内。惟能虚之极，阳乃从中而生，我即以真意采取之，烹炼之，沐浴温养之，一如天地初开，烟云障蔽，真阳一到，而融融春意，无非是一团太和，酝之酿之，以外悉化为乌有矣。有者既化，而无者又从此生。盖实者虚，而虚者实，要皆一阳之气自然造化于其中，而初无容心焉。《定观①经》云："得道之验，第一宿疾齐消，身心爽快，行步如飞，颜色光耀。"皆一阳之化化生生者也。但愿生具一坚固耐苦心，不造其极不止。平日用工，亦要识"虚"字之妙，方有进步。此处得力，才算真得力，真实受用。他如一切荣显，皆春花在目、浮云障天，毫无意趣也。若不得此般至乐，断无有不倾于势利场者。学人造到此境，才不枉一番心志。

再示生炼心之道。夫人之心，本自虚灵洞达，只因有心、无心二字著之，所以不明而昏，不虚而窒也。人能存诚以立其体，随缘以应其机，即程子所谓"心普万物而无心，情顺万事而无情"是也。生能如此，即一刻中万

---

① 观，底本作"光"，改。

事应酬，俱如山中习静一般。若不如此，即闭门静坐，亦如万马营中，扰攘不休。故庄子云："不制其心，心不得其正；强制其心，心亦不得其正。"惟有存其心而不使之纵，宽其心而不使之忘，如此动静惟一，隐显无分矣。是岂易得者哉？生须从此审定玄关一窍，常常采取，不失其时，进退火符，不违其制，沐浴封固，不愆于度，则神气打成一片，真机常在目前，自然天然，一任外缘纷集，此心直与太虚同体，毫不动心焉。

八、外物害道，惜福修炼

吾言玄关一窍，是虚而灵者之一物，才能了生死、脱轮回，为亿万年不朽之法身。从此体会出来，务令干干净净，精莹如玉，不使纤芥微尘染而坏之，即是仙家。若有一毫杂著，算不得自在无为、逍遥快乐仙子。自此一想，不但酒色财气，与一切富贵骄淫，一毫染著不得，即功满人寰、德周沙界，亦须一空所有，名立而退，功成不居，才得"灵光独耀，迥脱根尘"。夫以本来物事，无形无影，不可捉摸，是色是空，难于拟议，惟养以虚无之气，宰以虚无之神，斯虚与虚合，而大丹可成矣。他如才知聪明，所为一切文章技艺，极奇尽变，皆是身外之物，当不得生死，抵不倒轮回。不惟于我无干，且心系于此物之中，神牵于此物之内，适为我害道种子。就是立功、立德、立言，功参造化，德并乾坤，只算一点仁心慈悲济世，可以为民父母，若欲卓越成仙，则犹未也。盖以德事在外，而非关乎己之修炼，尽性立命，堪为后世规模也。

尔等得闻此诀，亦是人间第一希有之缘。孔子曰："朝闻道，夕死，可矣。"明道之得闻，亦大幸事、大快事也。何况尔等得闻诀后，吾师更加十分提撕，十分校正，其成真作圣有可必者。总之，此诀均由天授，必其人功德有加，心性不改，遇魔不退，受谤不辞，一任处之维艰，总是心心在道，方许传诀，使之闻正法眼藏。否则，且却且前，私心自用，莫说神天不许，吾师不传，即使传授亲切，有时不免魔鬼阻滞心灵。故古仙云："此道至神至妙，忧君分薄难消。"足见能消受得此诀者，皆是有道德仙根者也。

尔等既闻此诀，莫看容易，皆由十余年辛苦，历试诸艰，在在无辞，然后得闻，且以其为载道法器，异日可成，然后得语。尔等要想，十余年日夜系怀，都为此道，今日幸闻正法，不加工，不前进，不惟无以对我，扪心自问，其何心哉？为山九仞，功亏一篑，岂不可惜？尔等从此加工，不过百日之久，即可筑基，而我命由我，不由神与天也。否则，难矣。就说阴骘可以延年，然亦主之在天，非我可必。又况自古神圣断无不死，以气数之命尚且难傲，何况凡民哉？尔等既闻此诀，莫大宏福，赶紧将基筑成，长生可必矣。

九、神宰太空，心同太虚

太空之所以生生不已，直至亿万年而不灭者，非果空而不实也，中有至诚之神主宰其中，复有流行之气运用于外，而太空浑浑沦沦，初不知有神，亦不知有气，并不知为空，只自顺其气化流行、盈虚消长、与时偕行之常，故曰"其为物不贰，则其生物不测"。夫所谓物者何？无极而太极，太极本无极也。惟其如此，所以生化不测，变化无穷，悠久无疆也。又曰：一个太空，浩浩荡荡，团团圆圆，分之无可分，合之无可合，寂然不动之中，具感而遂通之妙；感而遂通之际，寓寂然不动之神。故无物无感，觉性不灭；有物有感，觉性不生。夫以其生灭在物，而太空无生灭也。若太空有生灭，太空亦有断续时也。且太空之为空，无声无臭，又从何而生灭哉？人亦太空之所生，何以独有生死，而不得上同于太空乎？盖受生之初，其主宰之神、流行之气，原自浑沦磅礴，不识不知，婴孩之所以日长也。迨至成人而后，知识日开，私欲日起，又以物欲之乘，情伪之感，憧憧往来，朋从尔思，是以人心之空，直为物欲所塞，而与太空之空，不相似焉。人欲成不生不灭之神，与太空同无终始，可不虚其心、恬其神，而仍恃血气流行之气可乎？

吾前云，玄关一窍，实在神冥气合，恍恍乎入于无何有之乡、清虚玄朗之境。此时心空似水，意冷于冰，神静如岳，气行如泉，而初不自知也。惟其不知有神，不知有气，并不知有空，所以与太空之空同。功修至此，动静同夫造化，呼吸本夫气机，皆由吾身真阴、真阳合而为一之气，所以与天地灵阳之气，一出一入，往来不停，是以彼此混合，团成一区，空而不有，实而不著也。若使沾滞昏愦，乌能感之而通，如此灵妙哉？

诸子诸子，必须神凝气中，气包神外，两者混融，了无分合，忽焉混混沌沌，入于杳冥之地。斯真虚、真灵，两相和合，不啻人呼而谷传声，风鸣而窍作响，自然之理也。此正静合地体之凝，动合天行之健。其呼也，我之气通乎天之气；其吸也，天之气入于我之气。致中和，天地位，万物育，岂有他哉？亦求诸己而已。

十、进火采药，运用河车

生问进火采药，在后天原是两项，不是一事。吾今细细言之。

夫进火者，凝神一志不分也。采药，是用外呼吸之气，一升一降，一出一入，顺其自然是也。若阳动药生之时，即将内之精神，一意凝于丹鼎，即是进火；将外之呼吸，出入升降以包裹之，即是采药。进火是进火，采药是采药，不可混而为一也。若但用外呼吸升降往还，而神不凝于丹鼎，则虽真机勃发，必散漫一身，而无归宿之处。若但见阳气勃发，以意凝注，而不用后天呼吸以包裹之，则药气止于其所，惟以壮旺下元，冲举肾气而已。生等若未了然，吾再喻之。夫进火，犹铁匠之炉而加以柴炭也；采药，犹铁匠之风箱而抽动之也。若但抽其风箱，而炉中不加以炭火，则火不雄而金不化；若但加以炭火，而手中不抽其箱，纵有柴、有炭，亦只温温炉内而已，安望炼成有用之物哉？生等思之，火是火，药是药，进是进，采是采，后天法工原是如此。他如采大药于无为之内，行火候于不动之中，此是火药合一，进采无分。生等此时工夫，尚未到此。以后阳生之时，还要自家审得归真地步，方是有为无为、有作无作的实际。

吾教生等用数息之法，以收敛其心志。平居无阳之时，有此法工，可以把持自家的心不至乱走。一到阳生药产，须采之归炉，神火温养，尤须要用火无火、采药无药，方合天地纲缊，元气可以生生不已、化化无穷者焉。至于一阳初动，用提摄①之法，此是生等迩时之工，亦不外内之神思聚而不散，外之气息调其自然已耳。

生们打坐时，觉有躁气冲动不安之意，此不是意思打紧，即是自己色身上阴气凝滞，法当用呼吸之凡火、真人之元火以温养之，使之自化而后可。

---

① 摄，底本作"掇"，改。

何谓真人元火？古云："耳目口三宝，闭塞勿发通。真人潜深渊，浮游守规中。"此即真人元火，用而不用、不用而用者也。生等其向自家身心上，体认到恰好处，行持到极当时，自无此躁气焉。不然，或阳气大旺，将用河车之际，亦有此气息冲冲之状，然其神气自若，而心无他也。若是心安气和，又当运用河车，行小周天之法工，生其自审度可也。

十一、真火凡火，煅炼此身

人生天地，不将自家性命修成，终为阴阳鼓铸、天地陶熔，莫说旋转乾坤、挽回造化势有不能，即此一身一心俱被鬼神拘滞，无以潇洒自如。夫人得天地之气，为万物之灵，堂堂七尺躯，不能做一主张，常为气化所移，岂不大可恸哉！吾是以大声疾呼，唤斯人梦中之梦，俾之自修性命，独辟乾坤，以立天外之天，不受苦中之苦，岂不乐乎？无如世道日非，人心日下，各皆安于尘垢之污，以苦为乐，以死为生，而不肯打破愁城、跳出孽海者，随在皆然，真可忧也。更有以吾提撕之言、唤醒之意，为惑世诬民之说。噫！是诚愚也。夫天地古今，只此身心性命，一理气之所维持耳。独奈何迷而不悟者多也？良可慨矣！

近日诸子，用工修炼，第一要调得外呼吸均匀，无过不及，一任出玄入牝，如如自如，可开则开，可闭则闭，为粗为细，略加收敛调协之意足矣。切勿气粗而按之至细，气浮而按之使敛，致令有形凡火烧灼一身精血可也。生须认真此火，或文或武，或沐浴，或温养，虽火有不同，要无不是先天神火，断无有后天凡息一出一入、往来迭运而可以成丹也。故曰："调息要调真息息，炼神须炼不神神。"无息之息，方为真息；不神之神，斯为至神。

学者调息凝神之际，务要寻得真息，认得真神，斯可浑合为一。否则，有形之息，皆凡火也。真火生神，凡火伤身；真神可作主张，凡神骚扰不宁。何谓真息？即丹田中悠悠扬扬、旋转不已者是。何谓真神？即无思无虑之中，忽焉而有知觉，此为真神。修炼家欲采元气以化凡精，欲升真铅以制阴汞，使之返还乾性，仍成不思不虑之元神，非采先天元息不能。夫元息在丹田，若有若无，不寒不暖，如火种者然，外不见有焰，内不知有火，只觉暖气融融，薰蒸在抱，斯无形之神火，自能变化无穷，神妙莫测。否则，有形之火，气势炎炎，未有不忽焉而起，忽焉而灭，其为身心性命之害，不可胜言。

修行人，以无形之真火为用，而外面呼吸有形之火，非谓全然不用，不过如铁匠之风扇，吹嘘于外，周遭包裹，以卫中间神息而已。吾恐诸子未明用火之道，故将呼吸有形之凡火，与先天无形之真火，相提并论，以免妄采妄炼。然外边呼吸凡火，与丹田中悠扬活泼神火，未必割然二物，犹烛照之火，无非成形后天之火，丹田外之呼吸是也。烛未燃之时，油中亦自有火，此即先天之神火，未经燃点者。采此神火，可以千万年不朽。若采凡火，顷刻而即消灭。此可观其微矣。愿诸子，闲时打坐，用此有形之火，祛逐一身之风寒暑湿；复用此无形之火，煅炼此身之渣滓阴霾，而金丹可成矣。

十二、安心久坐，深造以道

诸子近日静养，无非从色身上寻出真身出来。第一要做一次见一次之功效，长一番之精神。法身涵养久久，始足昭高明广大之天。若真机初到，遽行下榻，则真气未充，真神未壮，安能荡开云雾，独见青天？从今后，不坐则已，一坐必要将真神、元气收得十分完足，自然真机在抱，不须守而自存，不费力而自在。俗云："久坐必有禅"，洵不诬也。又三丰云："大凡打坐，去欲存理，务令一枪下马，免得另来打战。"此等语，非过来人不能知也。吾师教诸子静坐，始虽有思有为，终归大静大定。如此打坐，可以三五日不散。否则，忽焉而得，忽焉又失，如此行持，一任千百次坐，有何益哉？望诸子，耐心久坐，不起一烦恼心，庶几深造以道。此为近日切要，不似初入门时但教之寻真机焉。

顾人不肯耐烦就榻者，其故有二。一由于未坐之时，未曾将日间所当应酬之事，如何区处、如何分付后人，一一想透，故上榻时，此心即为尘情牵罣，坐不终局也。非惟不能终局，且一段真机反为思虑识神牵引，而去者多矣。诸子打坐之初，务于当行之事，一一想过，安顿妥贴，然后就坐，庶一心一德，不致于中搅扰焉。一则由于知升而不知降，知进而不知退，知存而不知亡，知得而不知失，是以摄提坎宫真气上冲泥丸，神因之而外越，不知低头下盼、收敛神光于丹鼎，是以忙了又忙，慌了又慌，未到如如自如、了了自了，而即欲下榻也。且道本无物，修原无为，忽见真气冲冲，元神跃跃，不知此气机自然运动，于本来物事无相关涉，却死死执着这个消息，常存不放，因之惹动后天凡息不能平静，扰乱先天元神无以主持，是以坐未十分如意，而遽行下榻也。究之，未上榻时，觉得吾身事忙，犹如救火追亡，一刻难缓；及至下榻，却又无一急切之事，皆由识神为主，而元神不能坐镇故耳。

吾劝诸子，须于不关紧要之事，一概丢开，先行自劝自勉，看这些尘情，都是虚假文章，不堪留恋。惟此先天大道，乃是我终身所依靠者，生与之来，死与之俱，真有不容一刻稍宽者。况桑榆已晚，日月无多，若再因循，后悔其何及乎？趁兹法会宏开，心传有自，敢不争著祖鞭，寸阴是惜？如此看破，无罣无虑，于是安心就坐，向水府求玄，升提阳气，将眼耳口鼻一切神光，会萃中宫，不令一丝外入外出，蕴蓄久久，自焕发焉。尤要知，道本无物，至此跃跃欲出，皆是气机发泄于外，吾道贵收敛，不贵发泄，此处尤须防闲，毋许后天识神扰动，庶可安坐榻上。切记，切记！

十三、顾诶上田，神气周身

今之称道学先生者，莫不记得先贤语录、古圣经文，遂高谈性命，群推理学之儒，而问性命之在身心，究是如何光景、如何模样，未有不咋舌而不能道者。又况既无下学，则基址无本，到头来，书是书，人是人，所述皆其唾余，而微言大义，一毫不能有于身心，虽高谈阔论，一若博大通儒，而施之于日用事为，无有半点如人意者，此无本之学，不足道也。吾师望诸子，为吾传道，最深切矣。

至于命功，虽不一等，顾其要领，总不外一双眼目。夫人一身之中，虽是神气为之运用，要不若两目之神光，炯炯不昧，惺惺长存。故昔人谓："一身皆是阴，惟有目光独属阳。"须常常收摄，微微下照，则精气神自会合一家。到得丹田气壮，直上泥丸，遍九宫，注黄庭，自然阴气消尽，而阳气常存，犹之太空日照，云雾自消归无有。

诸子近时用工，不可专顾下田。虽下田气壮，自能升至泥丸，销铄上田渣滓；若神气犹懦，未至圆明，须久久顾诶，不妨以真心发真意，回顾上田，则泥丸阴气，被阳气一照，自然悉化，而头目不至昏晕也。故古人谓"顶上圆光"者，此也。又观绘画之工，塑一泥木神像，必画一圆光于上者，就是此神光也。所谓"毫光照彻世界，照开地狱"者，就是此元神之光。若单守下田，则神光一时不能自整，未免多昏沉散乱。其昏沉散乱者，即真阳不上升、真阴不下降之故。今欲升降得宜，不可过急，亦不可太缓。比如半夜，忽然阳生，此是一派寒冬，忽有阳气生于地下深深之处，若不知提摄神气，转眼之间，又昏睡不知矣。尔等此时起，立即依吾前法修持，尤要知稍用意思，将神气摄之至上，庶几天清地朗，霎时间即三阳开泰，乐不可及矣。不但此也，平日守中，若神气沉于海底，头目昏晕，亦不妨提摄而上。

夫玄工别无妙法，只在升降上下、往来运度而已。亦非教诸子专将神气升散于外，而不收敛也。夫以神气不运于周身，则周身阴气不化，无非死肉一团，终是无用，且日积一日，不免疾病纠缠。故吾教修命，是教人以水火周身运动，使血肉之躯化为活活泼泼，随心所用，无有阻碍，到得一身毛窍晶莹、肌肤细腻，得矣。又不可贪神气之周于一身，苏软快乐，流荡忘返，还要收之回宫，不准外泄，却不要死死执著一个穴道，认为黄庭。须知，收之至极处，无非与太虚同体，浑不知其所在。时而动也，亦与电光同用，一动即觉，一觉即灭，前无所来，后无所去，仍是一杳冥光景，还于无极焉耳。工夫至此，身外有身。若未到此，不过有相之灵神，不可以云仙也。

吾喜生自幼至老，皆知从日用事，积功累行修起，但以前省察存养似稍疏虞，未能十分著紧。今兹功用已深，吾师特来指点，自下等初迹寻出上上妙谛出来，庶几近道矣。

十四、积功累行，舍财积德

诸子闻吾道之真，须切切提撕，时时唤醒，俾此心常在，此性常存，于以造之深深，习之熟熟，以几乎天然自然之境，然后无歉于为人，亦随在可对乎天，才算大丈夫功成道立之候。不然，一念不持，遂成堕落，不知不觉坠入六道三途，欲出苦海颓波，斯亦难矣。

吾示诸子，欲求色身久固，离不得保精裕气，筑固基址，然后可得人世天年。欲求法身悠远，又离不得炼神还虚，炼虚合道，然后可证神仙之果。

二者不容或缺也。若未能了道，须固色身以明道。既已明道，须炼法身以承道。近时吾不责以炼虚合道之功，但责以保精裕气之学，果能久久积累，而法身自可成焉。

诸子起初，吾每教之积功累行者，非谓功自功而道自道也。盖以功行广积，阴骘多修，无非保其固有天良、仁慈本面，不使有丝毫尘垢夹杂于中，庶杂念邪私消溶尽净，而一元清净之气常在我矣。不然，杂妄未除，即使成仙，亦是顽仙，参不得大罗天阙，上不得逍遥宫中。孔子曰："修身以道，修道以仁。"子思子曰："苟不至德，至道不凝。"是知人有一分德，即有一分道；有十分德，即有十分道。若无其德，至道不凝也。是炼道者，炼此仁慈而已矣。

至于货财，实属身外之物，毫无补于性天。然而当今之世，因有其身，不可无财，因为其财，遂坏其心。于此而能割得爱，则凡事之能割得爱可知矣。人果能割得一切爱，此心已寂然无声，浑然无物，于此炼之，则基可以筑，道可以成，而不至另起炉灶也。又况人生旷劫，谁无怨尤？能积功行，则断障消魔，怨尤自化，而大丹可成矣。且财也者，不但庸众借以肥身家，即鬼神亦借以定赏罚。我能广布金钱，大施拯济，或为超度，或为拯提，又或扶持大道，救正人心，则天地鬼神亦必爱之慕之，窃羡其心之至仁，而于是助之成仙，以为鬼神之羽翼、天地之参赞焉。由是观之，天地鬼神，亦赖有我矣，宁不百般保护者乎？若尘根未除，私恩难割，在世只知名利，不能拔俗超群，及其为仙，享不尽清闲之福，受不尽明禋之享，一旦大劫濒临，还肯舍身以救世、下界以为民哉？无是理也。此神天鉴察，所以必于货财上验操修、分真伪耳。语云："宝道德如金玉，视钱财若粪土"，斯难其人矣。

要之，天无心，以人之心为心；神无念，以人之念为念。人能事事在公道上做，则神天亦必以公道报之。否则，私心必无好报也。生等切勿厌听焉。

十五、玉液炼己，筑固丹基

生学玄道已经数十余年，然而基犹未筑者，其故何哉？良由修炼无序，作为不真，以行火采药不得真实把柄耳。若知吾道之真，采取有时，配合有候，烹炼温养如法，何迟至于今而不成耶？

今虽年华已老，而精神还健，堪为吾门嗣道之人。第念生，家务零落，不能以财作善。须知，自古仙师收取人才，第一以财字试他，看他能把这迷途打得破否？于此能看得穿，以下嗜好之私，不难一一扫除。且人非圣贤，孰无冤怨？能于财上施舍，广积勤修，则天魔地魔、人魔鬼魔，亦不难回嗔作喜，释怨成祥。此财上消魔断障之一法。若以责之于生，势有不能。夫视听言动，日用百端之感，其为善事尤多，只怕不细心检点，真实奉行。苟能一心皈命，则在在处处，善举之大而且久者，较此人天小果，高出万万倍也。学道人要知，不用财、不费力之善举，无论行住坐卧，到处俱有。总要时时省察，不许一念游移，不令一事轻过，如此善事多而良心现，大道斯有其基矣。否则，徒修命宝，不先从心地上打扫，是犹炊沙而欲成饭，其可得耶？所以古仙云："玉液炼己以了性，然后金液炼形以了命。"

何谓玉炼？即修性是也。学道人，必先从事事物物细微上做工夫，由此外身既修，然后言意诚心正之学。到得私欲尽净，天理流行，则炼己熟而丹基可成。不然，炼丹无本，其将何以为药耶？《悟真》云："鼎内若无真种子，犹将水火煮空铛。"生属知道之士，吾言然耶？否耶？既将心地养得圆明自在，然后行一时半刻之工、临炉采药之事，于是抽铅则铅有可抽，添汞则汞实可添，行周天火候，用沐浴温养，则基可筑成，永作人仙。再加面壁之工，而天仙、神仙，不难从此渐造矣。

吾看生学道有年，其所以丹基未固，一由心地上未能扫却尘氛，不免和沙拌土，难成一道金光；一由只知采取外丹，不知烹炼神丹，故一日一夜，间断时多，不能常常封固炉鼎，是以有散失之患。吾今示生一步。古云："凝神于虚，合气于漠。"此个虚无窟子，古人谓"不在身中，又却离不得身中"，此即太上所谓"谷神不死，是谓玄牝"。此个玄牝门，不先修炼则不见象，必要呼吸息断，元息始行，久久温养，则玄牝出入，外接天根，内接地轴，绵绵密密，于脐腹之间，一窍开时，而周身毛窍无处不开，此即所谓胎息，如赤子未离母腹，与母同呼吸之气一般。生能会得此窍，较从前炼口鼻之气，大有不同。生自今后，须从口鼻之气，微微收敛，敛而至于气息若无，然后玄牝门开，元息见焉。此点元息，即人生身之本。能从此采取，庶得真精、真气、真神。

生年华已老，得闻妙谛，须日夜行工，如佛祖之不见如来不肯起身，直于座下立见青天，斯用工猛烈，而功可成矣。非生有一片诚心，吾亦不敢私授，尚其改图焉可。

十六、玄牝的旨，炼丹之本

此时秋气初到，而焰阳天气，仍无殊于三伏之期。其故何也？良由阳气未能尽泄，至于夏秋交际，不得不泄其余烈，而后秋凉可入矣。至人有傲天之学，于残暑将退时，一心收敛，毫无一物介于胸怀，任他烧天灼地之烈气，我自为我，彼焉能入而动我之心哉？盖静，阴也；动，阳也。人能静如止水、如澄潭，又何畏暑气之侵也？其侵之者，非暑之能侵也，亦由我心之动，因之气动神随，而与造化为转移焉。以是思之，则知人之生死，非天之能生死乎人，由人之自生自死于其间也。诸子知得此理，惟一心内守，独观虚无之窍，静听于穆之天，则心常存，气常定，有如太虚之虚，自不与万物同腐朽焉。

总之，此个工夫，无非一个玄牝而已。古云："玄牝之门世罕知，休将口鼻妄施为。饶君吐纳经千载，争得金乌搦兔儿？"是知玄牝之门，非如今之时师传人以出气为玄、入气为牝之谓也，又非在离宫、在坎宫、水火二气之谓也。盖在有无之间，不内不外之地，父母媾精时，一点灵光堕入胞胎内，是为玄牝之的旨。尔学人细心自辨。若说是出玄入牝，则著于后天气息，何以为丹？若说玄牝，是浑浑沦沦，毫无踪迹，又堕于顽空。在他初学之徒，吾亦不过于形色间，指出一个实迹。

若诸子，工夫已有进步，可以抉破其微。吾闻昔人云："念有一毫之不止，息不能定；息有一毫之未定，命不我有。"是知玄牝者，从有息以炼至无息，至于大定大静之候，然后见其真也。近日用工，虽气息能调，究未归于虚极静笃，则玄牝之门犹不能现象。惟于日夜之际，不论有事无事，处变处常，时时以神光直注下田，将神气二者收敛于玄玄一窍之中，始则一呼一吸犹觉粗壮，久则觉其微细，则少静矣。又久则觉其若有若无，则更定矣。迨至气息纯返于神，全无气息之可窥，斯时方为大定大静，炼丹则有药可采，此可悟玄牝之门，此可见生身受气之初，是即真正玄牝之消息，以之修炼，可以得药成丹也。不然，有一息之未止，则神随气动，气与神迁，有何玄牝之可言哉？不知定息静神，徒于有息有虑之神气上用工，莫说丹不能成，即药亦不可得；莫说命不我立，即病亦有难除。此玄牝所以为炼丹之本也。知此，道不远矣。

十七、去欲存诚，交媾玄黄

道家以虚无之神，养虚无之丹，不是无形而有象，亦不是有象而无形。此中真窍，非可以语言文字解得。学道人，须从蒲团上，自家一步一步的依法行持，细细向自家身上勘验，方识得其中消息。

吾前言玄牝之门，其实玄即离门，牝即坎户。惟将离中真阴下降，坎宫真阳上升，两两相会于中黄正位，久久凝成一气，则离之中自喷玉蕊，坎之中自吐金英。玉蕊、金英，亦非实有其物，不过言坎离交媾，身心两泰，眼中有智珠之光，心内有无穷之趣，如金玉之清润缜密，无可测其罅漏者。然非以外之呼吸，时时调停，周遍温养，则内之神气，难以交合。古云："玄黄若也无交媾，怎得阳从坎下飞？"是知天地无功，以日月为功；人身无用，以水火为用。天地无日月，天地一死物而已；人身无水火，人身一尸壳而已。日月者，天地之精神；水火者，人身之元气。惟能交会于中，则内之元气，假外之呼吸以为收敛，始而觉其各别，久则会萃一团，而真阳自此生矣。倘阴阳不交，则氤氲元气不合，而欲阳之生也，其可得乎？

可笑世之凡夫，以全未煅炼之神气，突然打坐，忽见外阳勃举，便以为阳生药产。岂知此是后天之知觉为之，凡火激之而动者，何可入药？生须知，真阳之动，不止一个精生，气与神皆有焉。必先澄神汰虑，寡欲清心，将口鼻之呼吸，一齐屏息，然后真息见焉，胎息生焉，元神出焉，元气融焉。由此再加进火退符、沐浴温养之工法，自有先天一点真阳发生，灵光现象，以之为药，可以驱除一身之邪私，以之为丹，可以成就如来之法相。

古云："勿忘勿助妙呼吸，须从此处用工夫。调停二气生胎息，始向中间设鼎炉。"是知安炉立鼎，以煅炼真药。未到凡息停，而胎息见之时，则空安炉鼎，枉用火符，终不能成丹。即说有丹，亦幻丹耳，不但无以通灵，以之却病延年亦有不能者。

总之，玄牝相交，玄黄相会，无非扫尽阴气，独露阳光，有如青天白日，方是坎离交，真阳现。有一毫昏怠之心，则阴气未消；有一点散乱之心，则阳神未老，犹不可谓为纯阳。吾闻古云："人有一分阴未化，则不可以成仙。"故吕祖道号纯阳也。足见阴阳相半者，凡夫也。阴气充盛者，恶鬼也。阳气壮满者，天仙也。《易》所以抑阴扶阳，去阴存阳也。然此步工夫，岂易得哉？必由平日积精累气，去欲存诚，炼而至于无思无虑之候，惺惺不昧，了了常明，天然一念现前，为我一身主宰，内不见有物，外不随物转，即是金液大还之景象。稍有一念未除，尚不免有凡尘之累。生等要知，修成大觉金仙，离不得慢慢的去欲存诚，学君子慎独之工可矣。

十八、火候大端，文武养固

修炼之术，别无他妙，但调其火候而已。夫炼丹，有文火，有武火，有沐浴温养之火，有归炉封固之火。此其大较也。

夫武火何以用、何时用哉？当其初下手时，神未凝，息未调，神气二者不交，此当稍著意念略打紧些，即数息以起刻漏者，是即武火也。迨至神稍凝，气稍调，神气二者略略相交，但未至于纯熟，此当有文火以固济之，意念略略放轻，不似前此之死死执著数息，是即文火也。

古云："野战用武火，守城用文火。"野战者何？如兵戈扰攘之秋，贼氛四起，不可不用兵以战退魔寇，即是武火之谓。迨至干戈宁静，烽烟无警，又当安置人民，各理职业，虽不用兵威，然亦不可不隄防之耳，此为文火，有意无意者也。若民安物阜，雨顺风调，野无鸡犬之惊，人鲜雀鼠之讼，斯可以文武火不用，而专用温养沐浴之火。

至于沐浴有二。卯沐浴，是进火进之至极，恐其升而再升，为害不小，因之停符不用，稍为温养足矣。此时虽然停工，而气机之上行者，犹然如故，上至泥丸，煅炼泥丸之阴气。此其时也，况阳气上升，正生气至盛，故卯为生之门也。酉沐浴，是退符退之至极，恐其著意于退，反将阴气收于中宫，使阳丹不就。学人至此，又当停工不用，专气致柔，温之养之，以俟天然自然，此即为酉沐浴也，昔人谓之死之门是，是即吾所谓收敛神光，落于绛宫，不似卯门之敛神于泥丸也。然此不过言其象耳，学者切勿泥象执文，徒为兀坐死守之工夫焉。

至归炉封固，此时用火无火，采药无药，全然出于无心无意，其实心意无不在也。此即玄牝之门现其真景。然而此个工夫，非造到火候纯熟之境，不能见其微也。

尔等从此勤修不息，不过一月之久，可以息凡气而见胎息，到得真意生时，胎息见时，自然阴阳纽成一团，气畅神融，药熟火化，有不期然而然者。生等勉之，勿谓吾师之诀易得闻也。若非尔等有此真心，又知行善为宝，亦不轻易道及。还望生等一肩大任，不稍推诿，不辞劳瘁，冥冥中自不负汝也，尔生亦不虚此志愿矣。

十九、调和水火，采取烹炼

吾示生一活法。论丹书所云："初三一痕新月，是一点阳精发生之始，是为新嫩之药，急宜采取。"然以吾思之，不必拘也。如生等打坐兴工，略用一点神光，下照丹田气穴之中，使神气两两相依，乃是一阳初动之始，切不可加以猛烹急炼，惟以微微外呼吸招摄之足矣。古人谓："二分新嫩之水，配以二分新嫩之火。"庶水不泛溢，火不烧灼，漫漫的温养沐浴，渐抽渐添，水火自然调和，身心自然爽泰，而有药生之兆焉。然气机尚微，药物未壮，不可遽用河车，以分散其神气也。此即初八月上弦一点丁火之象。

若要搬运升降，往来无穷，必待药气充盈，勃然溢然，上而眉目之间，朗朗然如星光点点（其气机开朗无比，非谓果有星光点点纷飞而可见也）；下而丹田之中，浩浩然如潮水漫漫（其真气流动充盈有如此，非谓果有潮水泛流也，此是比喻之法，切不可著迹以求），有此景到，始如十五一团明月，遍满大千，普照恒河，即是大药初生，可以兴工采取，搬运河车，升之降之，进之退之，由是而温养烹炼之，日复一日，自然智慧日开，精神大长。否则，水尚初潮，金生未兆，而遽以神火猛烹急炼，不惟金气不生，反因凡火炽热，烧竭一身元精、元气也。

若药气已长，而犹以二分之火应之，则金气旺而火不称，犹之炉火炼铁，矿多炭少而火不宏，火反为矿所埋，安望融化成金而为有用之物哉？此等细密工夫，在生等自家在坐上较量，为增为减，以柔以刚，定其分数铢两可也。故曰："临炉定铢两，二分水有余，其三遂不入，火二与之俱"，是其义也。

大凡用工采取烹炼，总要知得，何者是真阳之气，何者是假阳之气。辨别了然，始不枉用工夫。如子进阳火，以采取真阳之物也；午退阴符，以退却至阴之物也。卯酉二时沐浴，以存真阳者也。要知，阳不宜太刚，太刚则折，当以柔道济之；阴不宜太柔，太柔则懦，须以刚德主之。卯门沐浴者，所以防阳之过刚也；酉门沐浴者，所以防阴之过柔也。若阳气过刚，必将凡火引而至上，以为患于上焦；阴气过柔，必将真阳退却，而阴气反来作主，私欲憧憧，往来无息，身亦因之懦弱不振。此又将何以处之哉？法在以神了照之，提摄之，不使阴气潜滋暗长于其中，自然阳长而阴消，可以炼睡魔矣。

二十、天罡斗柄，进火退符

修养之道，的是返自家故物，还已失本来。无论老少贤愚，皆可学得。无奈世人不明这个消息，不以老自推，便以愚自画。岂知这个天机，原在太虚中，浑浑沦沦，不因老愚而有增减乎？只怕人不立志以求。是以先天一点至阳之精，落于后天尘垢之污者，愈加陷溺而不返也。诸子亦知之乎？

即如阳生药产，总以端庄正坐盘膝为主，呼之至上，上则无形；吸之至下，下则无象，以眼微微向上而观，即采取也。若药气已壮，用吸、舐、撮、闭之法，紧闭六门，存神定虑，此正法也。

吾再进而言之，神要不动不摇，心要能虚、能谦，身如泰山，心似寒潭，专心一志，自然真气冲冲直上，不似旁门纯以意思牵引。要知，此气不是外来之气，是吾人受生之初，先天一点细缊元气，入于胞胎之中者是。只为后天气息用事，先天气息蔽而不见。一朝凡息已停，真息自露。尤要知，真气既生，我家主人翁正正当当坐镇中庭，方有主宰。故丹法云："内伏天罡，外推斗柄"，是其诀也。若药气已生而行周天法工，内不伏天罡，则气机无主，必有差度妄行之弊；若药气已行，外不推斗柄，仍然死守中庭，则无生发之机，犹天地以日月为功用，日月以天地为主宰，斯为体用俱备，本末不违也。

至于进火于子，是鸿濛未判之初，混沌初分之始，其时恍惚杳冥，方是法眼正藏。退符于午，又如春生万物，至午而极，其时生机勃发，阳气极盛，的是正传。若卯时沐浴者，是从子时进火起，以前阴而生阳，至此阳不多而阴不少，丹经所谓"上弦金八两，得水中之金半斤"者，正是阴阳调和，两不相争也，故宜停符不运。然而阳气犹未至于纯，阴气尚未几乎息，不得不再运二时之火，升之直上，斯为卯沐浴。从望六之候，渐渐阳消阴长，谓之阴符者。盖以命系于坎，上半月为进、为阳；性寄于离，下半月为退、为阴，此殆谓"潜心于渊，合气于漠"，"动以炼命，静以养性"，使性之虚无者，至此而入于定静，故曰退阴符，即"卷之则退藏于密"者，是其旨矣。若如时师口诀，直谓阳之生十五而极，阴之长又自十六而生，谓为凡阴犹然昏昏罔罔，斯亦何必退符为哉？无是理也。吾师不为抉破，恐诸子不明升降进退之道皆是扶阳抑阴，彼以退符为昏默寂静，斯大错矣。

吾师所传，万两黄金买不得，十字街前送至人，断无有徇情者也。诸子总要听吾之教，一心向上去做。吾不负汝，切莫似他将信将疑，欲修不修，而以财为命可也。

二十一、防火伤丹，始终工法

诸子工夫愈进，火候愈老，满腔之中，无非真意。盖先天神火既长，则后天凡火自盛，倘念不自持，或生怒心，或生恚念，或起淫心，或生贪念，种种嫉妒嗔恨，要无非后天凡火之起。此火一起，即有邪火焚身之患。吾见几多修士，平日修炼，只在深山静养，不与人事，及至出而和光，竟自一炉火起，而万斛灵砂立地倾矣。此吾所以教人不专在静处修，而必于市廛人物匆匆之地炼也。

夫未经收养之火，还不见大害，若收之至极，藏之愈深，自与火微之日大不相同。或一身抽搐，或六腑动移，或五官发见有象有声，只要真气游行，此神能定足矣，切不可因其有动遂行惊讶。我总是一个不动心，不理他，愈加十分持养，十分谨慎，务期炼而至于死地可也。吾师从此抉破，生等须学曾子一生战兢，自无百般之病。所以学道人，终身俱在无底船中坐，朽木桥上行也。即此日，火虽新生，药亦稚嫩，然犹要隄防火起，以耗散吾之元神。不然，养之数年，败之一旦，良可惜矣。他如接人应物，一切事为，当行则行，当止则止，已经定意，不必三心；即钱财之出，不允则已，允则一诺千金，无有移易，以免外侮之来而心不宁，内念之起而心亦作，此亦除烦恼之一法。盖烦恼即火，火起丹伤，势不能两立也。诸子能体吾言，在在隄防，时时保护，夫焉有不成丹者哉？

总之，丹道千言万语，不过"神气"二字。始而神与气离，我即以神调气，以气凝神，终则神气融化于虚空，结成一团大如黍米之珠，悬于四大五行不著之处，一片虚无境象，是即"打破太虚空，独立法王身"是也。而其工总不外"性情"二字，始而以性和情，继则以情归性，到性情合一，现出本来法身，即返本还原，复吾生身受气之初是。虽然，还未到无上上乘之妙境也。

夫人未生之初，一点灵光，浑然藏于太虚，视之不见，听之不闻，抟之不得，此时有何性，又有何情？以此思之，连"性情"二字，都是有形有质，只算得后天中之先天，以其犹有依傍也。到此绝顶一步，不著于有性，亦不著于无情，连性情之有无亦且不立，此即跳出性情，独炼一点虚无元气，所谓"空空忘忘"。其实忘无所忘，空无所空，还于太虚，连天地都不为我作用，是即可以化子生孙，现出百千万亿法身，变化无穷者矣。若只不离一个虚无，还是二乘。连此虚无亦无，所以神妙莫测也。要之，此金丹始终之工法也。诸子体之，慎之！

二十二、后天尸气，先天元气

炼丹之道，虽曰先天元气酝酿而成，其实非后天有形之气，不能瞥见先天元气，是知先后二气，两不可无者也。若无后天滓质之气，则先天一气无自而生；若非先天清空一气，则后天尸气概属幻化之具，终不足以结成胎仙。

吾观诸子于先天真一之气，不能实实在在认得真、修得足者，皆由后天色身太弱，无以蓬蓬勃勃而洞见本来虚无妙相也。今为诸子再言后天之气。夫人之身所以健爽者，无非此后天之气足也。气何在？即身间一呼一吸，出入往来，纲缊内蕴者是。此气即肾间动气，肺主之而出，肾迎之而入，一出一入，往还于中黄宫内，则内而脏腑，外而肢体，无处不运，即无处不充，所谓身心两泰，毛发肌肤皆精莹矣。顾自后天言，肺之出气，肾之纳气，两相调和匀称，无或长或短之弊，自然无病，可以长生不老。然先天则金生水，即天一生水是，而后天则必自土而生金，金而生水，金水调匀，生生不息，故必节饮食，薄滋味，慎言语以养肺气，少思虑以养脾气，与夫一举一动，节其劳逸，戒其昏睡，则土旺自能生金，金旺自能生水，水气一运，则脾土滋润，而金清水白，可以光华四达，无有违碍焉。

诸子，欲收先天元气，蕴于中宫，生生不已，化化无穷，离不得一出一入之呼吸，息息归根，神气两相融结，和合不解，然后后天气足，先天之气之生始有自也。若不于后天呼吸之息，息息向中宫吹嘘，则金无所生，水不能足，一身内外多是一团燥灼之气，犹之天气亢阳，而土无润泽之气，万物之枯焦不待言，此一呼一吸所以为人生生之本也。诸子于今用工，不必别寻奥妙，但于行住坐卧之时，常常调其呼吸，顺其自然，任其天然，毫无加损于其间，亦不纵放于其际，一切日用云为，总总一个不动心、不动气，不过劳过逸，自然后天气旺，先天元气自回还于五官之地，不必问先天何在，而先天之气自在是矣。若不知保养后天，徒寻先天元气，势如炊沙求饭，万不可得。到得后天尸气一聚于中，先天之气自在于内，细细缊缊，兀兀腾腾，莫可名状，而亦无可名状者。若曰可名，皆是后天之气，不足以还原返本而成神仙骨格焉。诸子知否？

若先天元气到时，只有一点可验之处，心如活泼之泉，体似峻峭之石，自然一身内外无处不爽快，无处不圆融，非可意想作为而得者也。故先天一气，名曰虚无元气。以此思之，足见先天一气，无可名，无可指，后人强名之曰先天一气。既属强名，实无所有。学者于此元和内蕴之时，而犹欲于身心内实实摸拟一个色相出来，错矣错矣！且此摸拟之心，即是后天之意。有此一意，而先天淳朴之气，必为后天之气打散，虽曰先天，犹是后天也。

诸子近于吾道已窥其渊源，谅于吾师今日之言，实能知其底蕴，不复以后天识神作为主翁也。在修道之始，恐其不明真谛，必要寻师访友，求其实在下落，步步都有踏实处。及大道已明，修之于身，炼而为药，又要将从前一切知见，概行泯却，不许一丝半点参错于中，反将玄黄混合者打破，不能凝聚为一团也。古人谓："打破虚空为了当。"诸子思之，"虚空"二字，犹著不得，何物可以添上？只似孩提之童，喜笑怒骂，皆是天然自然，前不思，后不想，当前一任其行止，而己毫无与焉。然此言虽容易，而欲真真实实会悟其妙，非数十年苦工，不能识其微也。

二十三、虚无一气，庶几近道

为师念生辛苦多年，未了然于此一气，不妨预为抉破。

此个虚无一气，又谓真一之气，又曰真一之精，又曰天然元气，又曰清空一气，种种名色，不一而足，要无非无声无臭、无思无虑之真，却不在内，不在外，隐在色身之中，谓之法身。然如此难思量，难揣度，却远在天边，近在咫尺。孔子所谓："我欲仁，斯仁至矣。"足见此个元气，天然自然，未尝一息偶离，离此即不得生，又何以成人耶？然必如何而后可觅哉？虽然，著一"觅"字，又千差万错，增数十重障蔽。惟有如生等所说，一切放下，一丝不罣，万缘不染，此个虚无之气，即在个中。生积久功深，谅已明白无疑。要知此个虚无一气，天地人物，同是一般；富贵贫贱，均是一理，极之生死患难，亦不为之改移。气息有盈虚消长，而此个元气无有盈虚消长。第后学浅见，不知人有清浊明暗，皆是气机运行，而专以气之清明寻虚无一气，而于昏浊之际，则以为不在也。讵知此个元气，不因清明而有，亦不为昏浊而无，只怕不知去欲存理，闲邪归正，于气清时，有一流连顾盼之意；于气浊时，又加一忧郁烦恼之心。明明元气当前，如日月之照临，无不光明洞达，反因此障碍心起，遂如浮云遮蔽，而日月无光矣。尤要明得，此个元气，本无朕兆，亦无形色，实为后天精气神之根本，先天精气神之主宰。故虚无一气，在先天而生乎阴阳，落后天而藏于阴阳。总之，人能打扫得闲思杂虑、一切起心动念的障碍，干干净净，不染纤尘，足矣。

然在后生小子，气息壮旺，易得会其真际。而在年华已迈者，犹难调和气血，保养灵光，采此一点至阳之精，此又将奈之何哉？吾再示生一个采炼法程。《易》曰："寂然不动，感而遂通。"生等于元气未见时，不妨以神光下照，将此神火去感动水府所陷之金，久久自然水中火发，而真金出矿矣。此感而彼应，其机有捷于影响者。故古人教后学，于寂然不动中，无可采取，教以神光下照之法，而于通处下手，以采取先天一味至真之气出来，以为丹本者，此也。亦非此个动气即元气也，要知此个元气，方其未形之时，未尝不在，然而清空之气不可见也，及其既形之际，又非此个有形者即是真一之气，而要不过此真一之气之所发皇也。当其发时，恍惚杳冥，略有可以认识者在，此亦犹见影知形之意，其实仍无所见耳。到此发见昭著，"放之则弥六合"，即天地亦不能载，所谓生天、生地、生人、生物之本者，即此是也。然虽无量无边，而仍不离于方寸，所谓"卷之则退藏于密"者，是其义也。由此以思，纲缊者仍是阴阳真气，而主宰此真气者，始是至真之元气也。知否？故自古仙真，探斯之赜而知源，穷斯之神而知化，炼形复归于一气，炼气复还于虚无，要无非借假以形真也。

又闻古人云："真一之气，视无形，听无声。"如之何而能凝结以成黍米之珠哉？圣人以法追摄，采取于一时辰内，法即回光返照，以我去感，彼自相应者是也。及其既现真一之气，犹不可见，此又何以捉摸之而后采而服之，以成虚无之仙耶？圣人以有而形无，以实而形虚。实而有者，冥昏真阳也；虚而无者，龙虎二八初弦之气也。要不过以此有形而炼出那无形之元气出来，才可为丹。生等今闻吾真一之气，谅不复以后天阴阳、先天阴阳，认为真一之气，庶几近道矣。

二十四、真灵之知，造化根本

修炼之道，人只知两重天地、四个阴阳，岂知先天后天阴阳之外，还离不得真灵之知，才是天地之根，造化之本也。

夫后天阴阳者何？即人身受胎之始，借父精母血而生者。到子时坎中有一阳之气，运行于一身内外；午时离中有一阴之气，周流于六腑官骸，二气迭运，无有窒机，故日见其长。及至成人，多思虑以伤神，好淫荡以损精，精神衰败，此一身内外阴阳不复运行矣。

至人以顺行之常道，为逆修之丹道，始而垂帘塞兑，息虑忘机，默默回光，返照于丹田一窍之中，以采取真阳之气，烹炼至阴之精。此即先天阴阳，生于虚无之际，不区区在色身上寻讨者也。如此凝神调息，调息凝神，阴阳交会，神息相依，而坎中之真阳生于活子时，由是动以采之，上升下降；活午时到，离中真阴生于其际，由是静以养之，收于玄玄一窍。世人只知静养，而不知动采，何以回宫？又或但知动采，而不知静养，何以结丹？

此处切不可胡混。尤要知，活子时到，所谓"恍恍惚惚，其中有物，杳杳冥冥，其中有精"。有物、有精等景象，犹是先天阴阳比象，还不是太极之体。太极之体，彼感此应，一动即觉，所谓"时至神知"，即先天之真知。学道人，须于此认得清，方得先天一气。活午时到，离中虽有至阴之精，兆而为象，如圆陀陀，光灼灼，犹非先天真精、太极立基之本也。要知此时，惺惺不昧，天然一念现前，能为万变主宰，此即古人所谓心中之灵知，先天至真之精发见也。斯时也，在无知之学人，偶然朕兆当前，心神欢悦，即存一了照之心，或欲其长存不去，如此先天虽本无物，因此一心去了照他、留恋他，又添一重障蔽，先天顿为后天所蒙，天心顿为人心所汨。学者于此天然真宰现前，惟有不即不离，勿忘勿助，得矣。

但初行持，须要知肾中一阳生，而有真知现象；心中一阴生，而有灵知兆形。到得功深学久，肾中之真知，亦化为灵；心中之灵知，亦化为真，真灵合而为一，真灵化而无有，所谓陀罗尼谛真灵乾谛萨婆诃者是。

吾观诸子打坐，未尝不是，但未得药生之时，可数息以调息，至于药气已归，切不可再用刻漏武火，须任其天然自然，元神始不为识神打散。知否？诸子行工虽久，不能大生阳气者，由于此处少理会也。孔子称颜子得一善，拳拳服膺而弗失，盖未得而求得，不容不用武火；既求而已得，又不可再行武火，须以天然神火温养还丹，主人翁坐照当中足矣，此方合一动一静、一武一文修养之道。吾师今日所传，自古丹经不肯轻泄者，吾已一口吐出，诸子切勿谓为偶然事也。

二十五、性命双修，虚无妙道

性命双修之学，非独吾道为然，即三教圣人亦莫能外。始以性立命，继以命了性，终则性命合一，以还虚无之体尽矣。

夫性本虚无，浑无物事，然必至虚而含至实，至无而含至有，始不堕于顽空一流。学者下手兴工，万缘放下，纤尘不染，虚极静笃之时，恍惚杳冥，而有灵光昭著，普照大千世界，此即灵台湛寂，佛所谓"大觉如来"，道所谓"灵知真知"是。但人自有身后，一点真灵面目，久为尘垢所污。大修行人，所以必除思虑，祛尘缘，而于静中养出端倪也，此即明心见性也。

诸子探出这个消息，始知我生本性，无时不在，非因静而后有，不过由静以养之耳。至人心一静，又如冰雪融化，于不知不觉中，忽然现出一线灵光，非但人不及知，而已亦不自觉，斯时万境澄彻，片念不生，觉得天地万物无不自我包罗，古今万年无不自我贯注。此即孟子"养浩然之气，至大至刚，则充塞乎两大之间"者是。如此见性，方为真见；如此养性，始成直养。斯时也，神游于穆之表，气贯太和之天，寂然湛然，浑然融然，而后不入于杳冥，使圣学等诸奇怪，亦不至逐于事物，使圣学流于纷驰，斯道得矣。虽日用云为，万端交感，亦惟任天而动，率性以行，如大禹之治水，行所无事，卒之功满天下而不知功，名满天下而不知名，浑如赤子之知能爱敬，一出于天真。虽无所不知，无所不能，实则不自觉其知，不自觉其能，有与物俱化者焉。

诸子果明此道，以一贯万，以万归一，自然炼精得元精，炼气得元气，炼神得元神，而长生可得，神仙可几矣。不论童真、破体，不论老少、贤愚，不论富贵、贫贱，只要有功有德，自成上圣高真。虽曰虚无妙道，其实如如自在，了了长明。昔人谓"针锋上打得筋斗，电光中立得住脚"，才是虚中实、无中有，而不等旁门之依稀仿佛也。诸子由此修持，始焉心无生灭，则性可长存矣。继焉息无出入，则命可长保矣。古云："心在丹田身有主，气归元海寿无穷。"不诚然乎？

无奈今之修士，不知清净为本、真实为宗，或但务于虚静，而不知下学上达之原一致，或但事乎奔驰，而不知天德王道之本一贯；即有究心性之源，明造化之妙，又不知性为气体，气为性用，无性则命无由生，无命则性无所立。漫说尽性即可至命，须知立命乃可了性。彼徒存性，不能立命，每见气动而神随，究不能断夫情欲，神游而气散，更不能逃夫生死。由此言之，修性大矣，而炼命尤急焉。虽然，今之炼命者，但闭目静坐，冥心寂照，徒守离中阴神，不采坎中阳气。倘念动而神驰，长生且不可得，安望不入轮回？又况徒事空静，死守阴神，全无一点阳气，眼前即无生机，安望死后为神？虽有神境通、宿命通、他心通、天眼通、天耳通之五灵，究皆阴神，而神未入气，气未归神，阴阳未合，神气不交，息有出入，神亦变迁，心虽有入定之时，只是强定之阴神，终未炼成不动之阳神，而生死难保，轮回种子尚在。如此修炼，又与凡夫何异哉？

二十六、修性修命，最上乘道

自乾坤破为坎离，已非旧物矣。离外阳而内阴，坎外阴而内阳，外者为假，内者为真。且离中所有者精神，坎宫所有者气血，坎虚而成实，离有而成无。学者先采坎中真阳，补离中真阴，复还乾坤本来真面，即返本还原也。法在以汞投铅，以铅制汞，复用天然神火久久温养。以铅虽先天之物，在人身气血中，夹带有阴气在内，故曰运符火，包固己汞，必将铅气抽尽，化为明窗尘埃，片片飞浮而去，只存得一味灵妙丹药。再加九年面壁工夫，始能无形生形，成就一位真仙。

若但离宫修定，不向水府求玄，则离宫阴神，犹是无而不有，虚而不实，纵静中寻静，深入杳冥之境，只得一个恍惚阴神样子，终不能聚则成形、散则成气，欲有则有，欲无则无，实实在在有个真迹也。故曰："修性不修命，万劫阴灵难入圣。"又有只知炼命者，但固守下田，保养元精，前此未闻尽性之功，后此但求伏气之术，惟炼离宫阴精，使之化气；复守肾间动气，使之不漏，不知移炉换鼎，向上做炼气化神工夫，虽胎田气满，可为长生不老人仙，然气未归神，神未伏气，有时念虑一起，神行气动，仍不免动淫生欲。故曰："修命不修性，犹如鉴容无宝镜。"

必也性命双修，务令一身内外，无处不是元精，无处不是元气。到得精已化气，无复有生精之时，然后精窍可闭。于此急寻圣师口诀，用上上乘法，行五龙捧圣之工，自虚危穴起，上至泥丸，降下丹田，所谓"四象攒来会中宫，何愁金丹不自结"者，此也。斯时凡息停，而胎息见，日夜运起神火，胎息绵绵，不内不外，若有若无，炼为不二元神。如此炼气化神，适为大周天火候。张祖云："终日绵绵如醉汉，悠悠只守洞中春。"又谓："绵绵密密，不贰不息，上合于穆之天。"又谓："无去来，无进退"是也。如此抽铅添汞，以汞养铅，待得铅气尽乾，汞性圆明，外息尽绝，内息俱无，只有一点神光，了照当空，是即气化神矣。

学人初入定时，未至大定，犹为少阳，未炼到老阳之候，尤必惺惺不昧，寂寂无闻，不著有相，不著无相，庶元神才得超脱。不然，神有依傍则不脱，神有方所则不超，安能跳出天地阴阳之外，而不为天地阴阳鼓铸者哉？此炼虚一著，所以无作无为，无思无虑，纯乎天然自然之极。前此炼气化神，虽无为而犹有迹。到得炼神还虚，不似前此温养之工犹有朕兆可寻也。此为最上上乘之道。

二十七、精气与神，三品大药

精非交感之精，乃先天元精也。何谓元精？此精自受生之初，阴阳二气凝结一团，如露如珠，藏于心中为阴精，即天一生水是也。其未感而动也，只一气耳。及乎有触而通，在肝则化为泪，在脾则化为唾，在肺则化为涕，在心则化为脉，在肾则化为精，寒则为涕，热则为汗，闻香生津，尝味垂涎，所谓"涕唾精津气血液，七般灵物总皆阴"是。惟一念不起，一心内照，则七窍俱闭，元精无渗漏之区，久久凝炼，则精生有日，如春暖天气，熟睡方醒，一团温和热气，常发于阴肾之中。斯时也，急以真意摄回丹田土釜，烹之炼之，温之养之，则元精常住，元气可生矣。但药有老嫩，火有文武，运有升降，归炉温养，皆有法度。学者须虚心求师，抉破真机得矣。否则，一有不明，妄采妄炼，鲜不为害也。此中危险，不可不知。所以炼精者，必凝神于中，调息于外，到得精神团聚，气息和平，则精自生而气自化矣。

所谓气者，即此元精所煅炼而成也，但伏阴肾中，恍惚杳冥，凝结一区，静则为气，动则为精。气存则人存，气亡则人亡。气之所关，非细故也。气之衰旺，人之老幼强弱因之。事为之举废，功业之成否，鲜不于气是赖。当其静时，无形无象，只有一团温和之意，薰蒸四体，流贯一身；及有感而动，成孝悌之德，通乎神明，为忠义之举，参乎天地，浩然沛然，至大至刚，有包罗宇宙之概。孟子谓"集义生气，集气成勇，贯金石，格豚鱼"者，皆此正气为之也。志以帅气，气以成义，无是气，则颓靡不振矣。世上凡金凡玉可以买得，惟有此气，生死与俱，性命与共，非由积累功深，无以得其充裕也。生须知，气未动，静以养之；气偶露，动以炼之。古云："忽然夜半一声雷，万户千门次第开。"此即一阳来复之候，眼有金光发见，口有甘露来朝，此即大药发生之验也。急忙采取过关，服食温养。此时淫具缩尽，阳关固闭，绝外吸呼，用内神息，不许一点渗漏，务令息息尽归真，神

第二编

神齐听命，使此气入神中，神包气外，久之浑然无气息往来，惟觉一点灵光，隐约在灵台之上，则元气已化元神矣。

自此气合于漠，神凝于虚，似有似无，不内不外，以炼至虚至灵之神，再行向上工夫，迁神于上田，以无为神火，炼七日过关服食之工，则玉液功成。自此不饥不寒，四时皆春，别有一重天地在我主持，而我有真我矣。再接炼神还虚一步工夫，重置琴剑，再安炉鼎，现神则灵光普照，敛神则元气浑然。倘若神有动时，急忙收拾，摄回中宫，务令定定相续，如如自如，由少阳而养至老阳。然后有感而动，念虑一起，可以跨鹤登云，升天入地，做一切祛邪补正、救人利物之事，且化百千万亿化身，到处现形救世，而不见其有损，即寂寂无迹，收敛至于无声无臭，亦不见其少益。盖神之动也，以物之感而通，非神之无故自动也；其静也，以物之无感而敛，亦非神之恶动常静。其感其应，概因乎物，全不在己，所谓"常应常静，常静常应"，"寂寂而惺惺，惺惺而寂寂"者是，是即还虚之真谛。

否则，神未养老，出之太早，不免见物而迁，堕入魔道而散。即养得老壮，而思虑未绝，则志有所向，意有所图，纵行为得当，亦觉有为而为，殊非虚无之本体。何也？有为而为者，识神也；无为而为者，元神也。识神用事，元神退听；元神作主，识神悉化为元神。此理欲之关，不容并立者也。若识神未化，犹难割断尘情，一念不谨，即堕入于生死轮回而不自知，所谓"无量劫来生死种，痴人唤作本来人"是也。

尤要知，元神无迹，元气中之至灵处，即元神也。然必如谷之应声，影之随形，自然而觉，自然而知，不假一毫安排，无容一丝拟议，如孟子谓"乍见孺子将入于井，皆有怵惕恻隐之心"，是元神也。由此推之，视听言动，日用事为，无在不有元神作用，但有意者属识神，无心者属元神。元神、识神，所争只在些子，学者须自审之。能以元神作主，返入虚无境地，欲一则一，欲万则万，神通无外，法力无边，岂但入水不溺，入火不焚已哉！

二十八、火候神息，炼剑铸镜

火候之事，别无机密，只是一个勉强自然、分文分武而已。

药未生时，必须猛烹急炼以煅真金，如打战然，务要振顿精神，奋力争先，切不可输与他。故丹经云："降魔杵，斩妖剑"，字字皆金针也。药既生后，当行河车工法。若精神不振，亦难使清升而浊降。古云"专气致柔。"亦不过言一心一德之专致，极其和顺，非教之放弱也。

总要将后天凡息停止，不可丝毫运用。盖后天之息，凡火也。凡火伤人，不可用他，必须以先天神息无形无象者为主。纵有后天之息未止，我亦不理他，只心心念念融会先天神息，而后天凡息一听上下往来。我不采他张他、与他作一个主，即得先天神息之用。于是身心内外，自如水晶塔子，琉璃宝瓶，通天通地，亘古亘今，觉得天地人物，无不与我一体，两相关切。迨至三元混合，返乎太古之天，此时用火无火，几于大化流行，上下与天地一也。

学道人，第一要炼剑，剑即先天元气也。第二要铸镜，镜即先天元神也。神无杂妄，常常唤醒，不许走作，即明镜高悬，物来毕照矣。气由积累，时时提掇，不放他弱，即慧剑排空，能斩三尸矣。尤要有绳绳不绝、坚固忍耐之心，方能久道而化成。否则，时作时辍，不能到左右逢原之候。此即《中庸》云："智仁勇三者，天下之大德"是。慧镜即智也，慧剑即勇也，恒久不已，日夜无间，即"仁而守之"也。尔等须向身心上实实讨出凭据，方有把握。

吾观诸子，用火有伤，不是用力之过，是动后天三焦火之过。而今又近柔懦，故阳陷溺，不经神火猛烹急炼，断不能飞腾而上泥丸，以补脑而还精，为长生不死之仙，所以清气不升，浊气日重也。此须勇往为之，必一心一德，毋许走作，方得神气归还。知否？

二十九、阴阳之气，太极之理

天地生生之道，不过一阴一阳往来迭运、氤氲无间而已。然此皆后起之物也，若论其原，只是无极太极，浑浑沦沦，浩浩渊渊，无可测识，无可名状焉。惟静极而动，阴阳兆象，造化分形，而阳之升于上者为天，阴之降于下者为地，天地定位，人物得其理者成性，得其气者成命，而太极不因之有损焉。即天地未兆、人物未生以前，而太极浑沦无际，亦不因之有增焉。夫太极，理也，无可端倪者也，而实为天地万物之主宰。"易有太极，是生两仪。"此言两仪之发端，无不自太极而来。当其动而为阴阳，是气机之蓄极必泄，非太极之有动也，其动也，其气之屈而伸也；及静而为太极，是气机之归根返本，非太极之有静也，其静也，亦其气之伸而屈也。要之，气机有动静，而太极无动静。尔学人，务须明得这个源头，始不堕于形气之私。其在人身，父母未生以前，则虚无而已，此时有何动静？即太极也。然虽无动无静，而动静之机，无不包孕于虚无之内，故先儒谓"理可统气"者，此也。及气机一动，落在人身，而太极判矣，阴阳分矣，五官百骸从此始矣。一阴一阳，往来升降，皆离太极之理不得，若无此理，则亦块然蠢物耳。

生等既明修炼要采阴阳之气机以为长生之药物，尤要得太极之浑沦才是神仙之根本，二者不容偏废也。如打坐时，一心凝神，除却思虑，灭去幻缘，惟以无心为心，出于有意无意，浑浑沦沦，是得天地之始气以为气者也。于是外调口鼻之凡息，内蕴呼吸之神息，一上一下，往来不息，氤氲不穷，而天地万古不磨，即人物发生不息矣。尔等行工，务令百无存想，万虑全消，即得太极之理也。调其神气，运行周天，即是阴阳之气也。夫天地之所以万古不磨者，由此理气之运行耳。我能效天地之无为而行，生生不已，即盗天地之元气也。其实有何盗哉？

人与天地，同一理气，顾何以天地长存，而人物则有生死耶？只因人物之生，虽抱一而居，涵养而处，无如气自为气，不得无思无虑之真，于是纷纷纭纭，纠缠瘤癖，气虽犹是，而理则无存矣。且理既无存，气亦因之馁矣。惟以无思无虑、无作无为为本，其气机之流行，一听诸天道之自然，虽无采炼工夫，无作为意想，而总出之以自然，运之以无迹，如此即虚合道，道合自然矣。虽然，初下手时，人心起灭不常，气息往来不定，不得不勉强以息思虑、调气息，但不可太为著意。如太著意，皆属后天之物，非先天之道，纵云有得于身心，亦不过健旺凡体而已，不可以生法身也。知之否？

《乐育堂语录》卷二

一、除欲克念，凝神交气

夫人为学之始，总要先明各人分际。如祸福死生，荣辱休戚，是非成败，美恶好丑，皆天为之也，而毫不操诸己。惟进德修业，是我事功；修性炼命，是我学问。我可以主张得。且德业为我之本，性命是我之根，可以随我生死，去来自如，极之亿万年而不变。苟不自尽，而徒求之于天，不惟越俎代庖，了无所益，且将我全副精神，困在里许，我之真实色相湛然常寂者，且因之而汩没矣。能见及此，举凡外感之来，无端之扰，全凭眼有智珠，胸藏慧剑，不难照破妖魔，斩断牵绊。无奈人于一念之持不能恒久，故孔子曰："知及之，仁不能守之。虽得之，必失之。"观此，尤贵久于其道，不以有物累无物，方能以无物照有物，绵绵密密，不贰不息，上下与天地合德，方是仁守之功。虽然，其理如此，其功匪易。当下手之初，未必能知，即知未必能守，不妨凝神于虚，调息于漠，使气有所归，神有所主，气不妄动，神不外游，久久神入气中而不知，气包神外而不觉。如此涵养日久，蕴蓄功深，即协天载于无声无臭，此即吾教之真混沌，不堕旁门之寂灭也。

吾甚怪今之儒者，以此欲净理还，为大道之究竟，不肯于百尺竿头再求虚而能实之真际，不免理欲迭见，终不能成大觉如来，而且挟井蛙之见，毁谤交加，意欲倾灭吾道而后已。其间非无哲士力辩其诬，无奈一齐之傅难敌众楚之咻，唯有搔首问天，付之无可如何而已。此大道之所以无传，世道之所以愈坏也。于此有独立不移、遇魔不退、见难不辞而一肩斯道者，其功讵不伟哉？吾为诸子幸矣，且更为诸子勉焉。

夫玄关一窍，是修士第一要务，然不得太极无极之真，焉得玄牝现象？如曰有之，亦幻而不实。夫修丹之要在玄牝，玄牝乃真阴、真阳混合而为太极者也，但未动则浑沦无迹耳，故曰无极。由无极而忽然偶动，即太极动而生阳，静而生阴，一动一静互为其根。此阴阳气机之动静，即万物之生成肇焉。大修行人，将神气打成一片，于此而动，是太极之动，神与气两不相离也；于此而静，是太极之静，神与气自成一致也。其曰"坎离交而生药，乾坤交而结丹"，亦无非此真阴、真阳之动静为之，亦无非此太极圆成之物致之。虽曰药、曰丹，亦非二也，不过阴阳初交，始见灵气之发皇；迨至丹成有象，是采外来之灵阳，以增吾固有之元气，故曰"以外药配内药"；及收归鼎炉，封固温养，焉有不神超无极耶？

但恐克念作圣，罔念作狂，一息之不检，或接人而为人所牵，应物而为物所绕，于是神为气动，气因神迁，神气之归一者，而今又分为二矣。神气既分，心志愈弛，而天地生我之灵、父母予我之德，其所存者亦几希。古云"气息奄奄，朝不及夕"，未尝不自神气分而为二所致也。

吾今叮咛告曰：夫人神气未交，必求其交。慎毋一念之不持，而自即于危殆；一事之不谨，而自陷于沉沦。物欲是幻化之端，性命乃固有之德，与其贪物欲一时之乐，何若求吾千万年性命之真？又况得之与不得，有命存焉，非等良贵，可以由我自主，一得永得之为愈也。

吾更为呼曰：所求无他，只是胸悬明镜，手握宝刀，照破妖魔之胆，拔除物欲之根，不使一有所绕焉足矣。此即古人云："应事接物时，须把静中所修所得光景，时常玩味可也。"总在学者，振顿精神，常将真我安止虚无窍中，不许神气偶离，即《孟子》"平旦之气"，由此常操常存，"以直养而无害，则塞乎天地之间"是。但恐事物纷投，不得不用心力。然须事了事，心了心，断不令外事之牵我心，客气之动我主。如此用不著于用，物不著于物，四大皆空，万缘尽灭。

然而此境未易到也。其初不妨以心光、目光直照丹田，久则神归气伏，自返还太极之天。古云："入定工夫在止念，念头不止亦徒然。"必妄念克除，而后真息乃生。真气既生，则元神自活。夫以气之精爽为心，心之充塞为气，气与心是二而一者也。吾今所示，实为切务。药在此，丹在此，神仙之成亦无不在此。道岂多乎哉？

二、最忌邪火，守拙顺应

下手采取精气，必要心息相依，神气不违，真阳、真药即从此发生出来。行工至此，又要知，以定为水，以慧为火，日夜修持，随动随静，总要心性空明，定而不乱，然后此个元气真阳才畅发得起来。若慧觉花开，此是真慧，不可无也。

今之思虑不息，智谋日多，此是知觉之心，在人谓之智慧，而吾道家则目为邪火。何也？有思虑灵巧，即有营营逐逐之私心。有此私心，得之则喜，失之则怒，怒为邪火，为身心之害者大矣。故曰："嗔恚之火一燃，胎息去如奔马，直待火灭烟消，方才归于庐舍。"所以修行人最忌者，莫如嗔恚之火。而去嗔恚之火，莫如守拙守愚，那聪明才智，半点不用，不唯不用，且必忘焉，然后真气始育。古来得道之士，所以多愚朴也。昔子贡见一丈人，提瓮灌园，曰："何不为桔橰之便？"其人答曰："此机械也。从来有机事者必有机心，吾不为也。"此非仙人，不能见及此。吾今日不愿生多智慧，但愿生等如颜子，堕聪黜明，耳目之用，一概不事，斯得一心不贰，道庶几矣。

且嗔怒之发，最为真气之累，又安能使之无哉？而要不外一觉。心未生嗔时，我唯静定为宗；既动嗔时，我唯以觉照之，务令随起随灭，庶无伤丹之患。由此思之，动为阳为火，静为阴为水，大凡身心一动，必须慎以察之。古人慎独之工，职是故也。总之，动静之时，在在处处，俱要无烦恼之念。须知，欲无烦恼，必先除思虑，塞兑垂帘，动亦定，静亦定，如此动而神气一，静而神气一，自然日充月盛，学成金仙矣。

吾见生各有家务，有妻室儿女，不能如方士出游在外，毫无一点事情，必有人伦之应，庶物之酬，稍不及防，思虑纠缠，即属凡火伤丹。吾今特将上品炼法示之。尔生务须随事应酬，不可全不经心，亦不宜太为计较，唯从容静镇，思一过即置之，行一念即忘之。如此酬应，虽日夜千头万绪，无伤矣。如此用心，用而不用，不用而用，益生聪明智慧，益见安闲恬淡，此即大道常存，而真气日充矣。吾见生行工数年，疾病难捐，只缘动念起火而伤元气。如依法行持，元气一壮，百病潜消，长生可得矣。

三、炼心伏气，道在其中

人之炼丹，虽曰性命双修，其实炼心为要。心地清净，那太和一气自在于此。认得此气真，采得此气实，只须百日可以筑基，十月可以结胎，三年可以超脱。所以古云："辛苦两三载，快乐几千年。"不然，只徒炼丹，不先炼心，吾未见有成也。由是以思，人之炼心，第一难事。试观古圣仙真，有二三十年而未得入门者，盖以此心未曾炼得干净，纵有玄关秘诀，何由行得？此炼心，所以为第一步工夫。

然炼心工夫，又不区区在端坐习静间也。昔邱祖云："吾在闹场学道，胜于静处百倍。"又吕祖见开元寺僧法珍坐禅二十余年，颇有戒行，未知真道，因化一道人入寺，见僧法珍问曰："尔何学？"曰："端坐静养。"吕曰："坐可成道乎？"曰："然。"吕曰："大凡学道，先须炼心；既炼其心，尤须伏气；既伏其气，无论睡眠，而道俱在其中。道岂在坐乎？"法珍不悟。因与上堂，观一僧坐禅良久，顶上出一小蛇，由左床足而下，入尿器，上花台，过阳沟。吕以刀插其前，蛇畏，由右床足而上，复入僧顶。此见心地不清，化为毒蛇，百般幻妄，焉能成得道哉？又马祖兀坐长林，有磨砖作镜之讥。

总之，学道人必于行住坐卧四威仪中，俱要不离此道。子思子曰："道也者，不可须臾离也。可离，非道也。"然此道精微，非举足可企，倒不如吾师所示：性是慈爱的物事，命是身中氤氲之元气；却将此心安意顺之念、活泼蓬勃之气，常常玩味，不许一息偶离，不令一念参杂，此即古人云"行住坐卧，不离这个"。这个即性命，性命即太极也。此为头脑工夫，根本学问。

再者，学始于不欺暗室，又曰慎独。凡视听言动，自家时时了照，稍违天理，即刻灭除。如此炼心，无在不是道矣。尤必加一调息工夫，方是炼命之学。然调息，非闭气之谓也，必要慢慢操持，始而有息，久则息微，再久则息无，始是命学之真。故曰："伏气不服气，服气不长生，长生须伏气。"此个"伏"字，须要认清，不可徒然闭气数息为也。须心无出入，息亦无出入，方是性命兼修之学。

然犹未也。人生之初，始于一念。我必从混沌中，认取一念之真以为丹本，又于真气发生、冲突有象以为丹头，于是行河车工法，即长生之道得矣。如此修炼，始不似僧法珍坐禅二十年，不遇祖师，了无以得也。尔等既知此法，必要用个了照心，恒久不已心，如此三年，大道必成。

总之，炼心、伏气，二者必兼而修之。若但炼心，身命必难保固；若但伏气，纵寿亦是愚夫。生须以两者为法，时刻不离可也。

四、炼己事大，忍辱苦行

夫道曰炼己，不是孤修兀坐、清净自好者可能炼得本性光明，故吕祖炼道于酒肆淫房，邱祖养丹于丽春院。夫以上等根器，犹必如此磨炼性情，一归浑朴，何况尔初学人，可不磨而又磨，以去此气质之私、物欲之蔽者乎？不说成功之候，即今欲行河车，还玉丹以延命，不经几番挫折，焉能看破红尘？既未看破，虽然修炼，而一腔声色货利、恩爱牵缠，必至到老不放，死亦犹然。生等席丰履厚，习惯安常，从来少有折磨，是以置之波靡中，喧哗扰攘不堪，一到静处，始尝乐趣，方知妻室儿女概属尘缘，即血肉身躯亦是幻化之具，除道而外，皆与我无干涉也。由是尘垢一清，炼药有药，采阳有阳，烧丹有丹。不然，以私欲满腔之身，安得有铅花之发？纵云有水有火，神气不败，此心一走，坎离何交？阴阳难合，而先天一气又从何而来哉？孔子三戒[①]，颜子四勿[②]，实入圣之至理，炼己之要言也。

虽然，犹未也。修炼以精气神为主，如不宝精裕气，则神不入气，气不伏神，不能打成一片，犹男精女血，各居其所，两不相合，安有生男育女之时？学道人欲求一元真气，始也水火不交，安有真铅之产？及真阳一动，不行河车工法，交媾乾坤，安得成丹？如此神了神、气了气，不相凝聚，焉得无息之息以成先天法身、不神之神以配两大乾坤乎？生等须认取先天之精气神，于是加以煅炼，对美景而依然不动，任纷华而不稍改移，只有进火行符，水中金生，进火有度，火里木发，退符有功，日运己汞，包固阳精。此炼己之要学，亦变化气质之实工也。

吾愿生，初行炼己，不辞劳瘁，庶入室之时，六根大定，一念不生，自能到混混沌沌之候，有恍惚杳冥之机。此即先天一气从虚无中来，亦即玄关一窍从无生有，庶与我当日生身受气之初一般无二。何也？先年投胎夺舍，

---

① 三戒：《论语·季氏》："君子有三戒：少之时，血气未定，戒之在色；及其壮也，血气方刚，戒之在斗；及其老也，血气既衰，戒之在得。"

② 四勿：《论语·颜渊》："颜渊问仁。子曰：'克己复礼为仁。一日克己复礼，天下归仁焉。为仁由己，而由人乎哉？'颜渊曰：'请问其目？'子曰：'非礼勿视，非礼勿听，非礼勿言，非礼勿动。'颜渊曰：'回虽不敏，请事斯语矣。'"

从恍惚中一念而来，与父母精血吻合。今不顺而逆，乃合阴阳坎离，团聚一区，以寻我先天真意真气。夫真意，即我投生之主宰；真气，即我投生之庐舍。真意，即我得天之理以成性；真气，即我得天之命以成形者。炼己纯熟，方有真神、真气，得与天地清空灵阳之气混合为一。于是进退温养，日夜不怠，久则化形而仙道成矣。

如今学人，不知炼己事大，妄行一时半刻之工，希图得药成丹，不唯无益，且意马心猿，妄动妄走，后天火起，必伤丹而焚身，不唯不能却病延年，而反增病促命也。生等勉之。总要苦行忍辱，推遣自家内魔，积功累德，消除历劫外障，自然天神护佑，大丹可成矣。

五、有无气机，神气之要

炼丹之道，始以离中之无，求坎中之有，到得阳气萌动，然后以坎中之有，会离中之无。有有无之名，必有有无之义。诸子须知，阳生有象，一经采取煅炼，浑化为无，如此之无，即虚无清净之药，结虚无清净之丹是，是即未生身处一轮明月也。果能悟彻本原，不落凡夫窠臼。当其有也，是无中之有；当其无也，是有中之无。虽一阳初动，活子时到，气机似有可象，而究之心无所有，仍是先天之有，斯为真有。及药气来归，汞与铅混合为一，虽谓之无，其实气机之流动又何尝全似于无？如此之无，乃是有中之无，方为真无。是则有也无也，特气机之起伏耳，而其真元，则不在有无中，却不出有无外。总之，流通活泼者气也，虚明洞达者神也。唯于气机之中，有此了灵之景，斯得之矣。

再示诸子神气之要。气产运行，而心神不大爽快者，斯神未与气交也，所谓铅至而汞不应。若心神已快，而气机不甚充满洋溢者，斯气未与神合也，所谓汞投而铅不来。到得铅汞融会为一，然后以如来空空之心，合真人深深之息，相吞相唤于黄房。如静极而动，即忙起火；动极而静，又须停符，任其一升一降，往来自如，合天地之造化，与日月为盈亏，是为小周工法。古人谓一日十二时，皆可为。如觉照则用，不觉照则不用。若行大周法工，则不似小周有间断，所谓无来无去，无进无退，不增减，不抽添，一日一夜，唯有绵绵密密，不贰不息，动如斯，静如斯，行住坐卧亦无不如斯，而要唯以一个了照心，常常觉照，不稍间断而已。若稍有间断，即与走丹无异，所以为大周天炼神还虚之大造化也。

吾教诸子，第一以炼心为要。而今修士，多有不从此下手，后来倾倒者多也。尚其鉴之。

六、认清元神，才有作用

元神者，修丹之总机括也。药生无此元神，是为凡精，无用，不能结胎；还丹无此元神，是为幻相，不能成婴。吾窃怪世之修士，徒知精气为宝，不知元神为主，纵说成药，亦不过保固色身而已，乌能成圣胎哉？

吾今为生道破。夫所谓烹炼阳神者，即此元神采而服之，日积月累，日充月盛而成之者也。不然，何不曰"阳精阳气"，而必曰"阳神"哉？可知炼丹者，即炼此元神一味为之主也。然此是上上乘法，以成金液大还之丹者。若中下两品，虽不全用阳神，却亦离不得阳神，若无阳神，凡精、凡气，亦不能凝结于身心，以成长生不老人仙。若最上乘法，纯是阳神一件，虽不离精气二者，然不过为之为辅助而已。

生须要认得元神清楚，以后才有作用。夫元神，即无极而太极也。当其虚静无事，浑浑沦沦，无可名状；及气机偶触，忽焉感孚，跃然而动。此跃然一动之际，即是真正元神。《易》曰："寂然不动，感而遂通，天下之故"是也。若未动时，先存逆料，是未来心；若已动后，犹怀追忆，是过去心；忽感忽应，忽应忽止，是即元神作用，其中稍有计较，不能随应随忘，是谓现在心，皆不名元神，由此采取，即带浊秽，纵使养成，难以飞腾变化，去来自如。吾今略为抉破，生好好用工，以行采取焉。然微乎微乎！妙哉妙哉！非上根法器，加之以学问优、见识到，则不可语此也。

又云玄关一窍，即此偶然感动之阳神；又云玄牝之门，亦此阳神之触发。然有分别。玄牝之门，是阴阳交媾之后，一元之气絪絪缊缊，始有朕兆。若阳神，则是絪缊活泼之气中灵而觉者是。虽然是二，究竟一也。故太上云："谷神不死，是谓玄牝。"炼丹无此阳神，其所汩没者大矣。虽然，此元神也，亦清清净净、无杂无染、一心一德之真意也。其静也，元神主之；其动也，元神主之；及其采而为药也，亦元神为之运用而转旋也。元神之用，诚大矣哉！生善会之，切莫加一念，生一意。一日十二时中，常动常觉，常应常静，不怕他万感纷投，俱是此个元神作用。否则落于后天甲里，那一点灵光反隐而不见矣。

七、跳出牢笼，得药火候

人生斯世，孰能跳出阴阳之外，不为气数所拘？况风寒暑湿，最易相侵，在虚弱之人，冒兹邪气，多成病患，此何如之苦恼也哉？而且富贵贫贱、病老死生，以及是非荣辱、离合悲欢，等等难免。呜呼！人生天地，诚一牢笼也。诸子现居火宅场中，曾知人生之苦厄，不若为仙之快乐否耶？幸有大道留传，诸子当用心行持，一劫造成，以免生生世世之烦恼焉。

吾今为诸子幸，又为诸子危。幸者，幸闻其道，至此已有成仙之基。危者，危其修道不勤，终难超天地之外。吾示一法。其始恩爱牵缠，名利关锁，不能割者，咬著牙关割去，不能舍者，忍著心头舍去，始而勉强，久则洒然无欲，脱然无累，而金仙之阶堪入矣。否则，半上半下，拖泥带水，终不能超出三界外。又况有德者自有道，德修一分，即道凝一分；德修十分，即道凝十分。故太上三千功、八百行，为修仙之首务也。到得道果已成，回视人间富贵，真是污秽不堪，有厌之而不忍闻见者。试思清空一气，岂容渣滓相参？犹尔世人，身著朝衣朝冠，肯与涂炭之人处乎？诸子勉之，吾师无一言半句诳汝也。

前日教生采阳，是采取元神也。又云以元神斡运其间，岂不是以神役神乎？非也。采取之阳，元神也；采取之神，真意也。以真意采元神，由是聚精累气，煅之炼之，则元神日壮，而金丹可成矣。

又云水府之金，是铅生癸后也，于是以铅伏汞，然后炼出先天一点真气出来，烹而饵之，炼成玄黄至宝，故曰金液大还。然吾犹有说焉。夫药得矣，而犹必有火候，火候不明，终难结丹。古云："药物生玄窍，火候发阳炉。"斯时金已煅出，惟有略用一点真意，采而受之，足矣。若药未出时，不妨温温铅鼎，故曰"药未出矿须猛火，药已归炉宜温养"。足见药生之火，武火也；药还之火，文火也。火候文武，只有意、无意之分焉耳。其余周天火候，只一个温温神火，不即不离，斯无危殆焉。故曰："凝其神，柔其意。"

盖神不凝，则丹不聚；意不柔，则火不纯；火不纯，而丹亦难成也。故升降之际，有沐浴抽添者，此耳。

到得药气已上泥丸，尤当一意不散，一尘不起，凝聚精神，团于一处，温养片刻，然后脑中阴精化为甘露神水，滴入绛宫，冶炼片时，而后化为金液，归于丹田，温养成珠。此处务须温温铅鼎，以行封固可也。然此封固，内想不出，外想不入，人则知之；若泥丸宫内凝聚一时，烹炼成药，人少知也。夫以此个宫内，极是清虚玄朗，落于后天，致有渣滓之窒塞，所以其神不清，其心不灵，常不免于昏愦。若能凝聚半晌，则浊气自降，清气自升，常与天地轻清之气相通。苟能久久温养，则清气充而浊气去，不但身体康强，颜色光曜，而金液大还，无非由此静养之功积成也。

八、真一之气，成仙成佛

所谓真一之气，乃鸿濛未判之元气，混沌初开之始气；生天生地、生人生物，莫不由之；成仙成佛，亦岂外是？以故修道之士，必于此气认得清，以后才有作用。其在人身，虽贯乎精气神之中，而实无迹可寻，非口鼻呼吸之凡气，非虚灵知觉之灵气，非坎离心肾之动气；在先天而不见其先，居后天而不见其后；先天则生乎阴阳，后天则藏于阴阳。所谓"肫肫其仁"者，是气之发育无疆也；"浩浩其天"者，是气之充塞无间也；"渊渊其渊"者，是气之归藏无迹也。程子谓："放之则弥六合，卷之则退藏于密。"《中庸》云："语大，天下莫载；语小，天下莫破"者，言其昭著发见，无处不到，无微不入，并无有罅漏之所。噫！元气之在天、在人，均如此其极，不知生亦曾会及否耶？

近来诸子，气机初动，其来无端，其绪尚微，未必即有此境。然由平旦之夜气，些些微微中，把持得牢固，确切不移，庶几日积月累，无处不是此气之流行。到此地位，才知真一之气实可超三界而出六道，不入五行八卦中矣。其气之神化，为何如哉！虽非后天之精气神，亦非先天之精气神，实为后天精气神之根本，先天精气神之主宰，相像不得，拟议无从，此又如何得以炼成一黍之珠耶？无他，只以人身真阴、真阳，团聚一处，久久酝酿，庶得真一之气于虚无窟子中。若不知真阴、真阳，以团先天元气，而于凡阴、凡阳中求之，一任经年累月，亦不得真一之气；即略见恍惚影子，不免以真作伪，以幻为空，终与凡夫无异焉。虽修炼始基不离凡阴、凡阳，而要不过假后天之气，以团先天元气。若得先天元气，那后天凡气殆粪土耳，有何益哉？诸子得此元气，当知终日终夜静定涵养，不许外邪参入，亦不许真气外出，积之久久，澄之净净，自由夜气而养至浩然之气，以超乎天地阴阳之外。斯时也，自然人欲潜消，天理浑全，那平日之七情八识不知消归何有。是气也，殆能化欲为理，转杀为生。

学人能认得此气真，昼夜用工，方有长益。不然，难矣。若打坐时，不先将六根、六尘一齐放下，大休大歇一场，骤引凡息上下往来，以希此真一之气，未有能得者也。唯能于大静之后，真阴、真阳方能兆象。吾然后以离宫之元神，下照水府，则水府之金自蓬勃氤氲直从下田鼓荡，所谓"地涌金莲"是也。我于是收回中宫，再加神火温养，久之，此个元气潚然而上升泥丸，所谓"天垂宝盖"是也。我于此凝聚片刻，以藏于宥密之地，此即顺天地造化之机，合盈虚消长之数，如是而不结丹成婴者，未之有也。

此即《易》之乾卦中，已备露其机矣。何也？"初九潜龙"，即大休歇一场是也。"九二见龙"，即元气初动于下田也。"九三朝乾夕惕"，即以此气回于中宫，内想不出，外想不入，防危杜渐之义也。"九四跃渊"，即静养久久，忽觉一缕真气直从下田冲突而来，然非真有也，故曰"或"之。"九五飞龙"，即此气升于泥丸，阳气极盛之时也。"上九亢龙有悔"，即此元气动极欲静，我必引而归之虚无一穴，断不贪图逸乐，致令此气长放光明，庶无过亢之弊。诸子深知易道，亦曾悟及否耶？

九、玄关窍开，天仙地位

前示玄关一窍，的是千真万圣传授心法。学者下手兴工，必将双目微闭，了照内外二丹田之间，不即不离，勿忘勿助。久之，一息去，一息来，息息相依，恍觉似有非有，似虚非虚，那口鼻之息浑若无出入，此即凡息停而真息见，坐到息息归元之候矣。学人到此，不知向上层做去，往往探得此个真息初动，速行下榻，不肯耐心静坐以炼气而归神，虽能保得后天色身，究不能见先天本来人也。修炼至此，又必再加煅炼，将那先天元息，慢慢向炉中吹嘘，久久调和，忽觉丹田中滚滚辘辘，不有如有，非真似真，恍若有一清明气象，但不可起明觉心。如起明觉心，又堕于后天知觉，而不可语先天玄妙矣。诸子务要敛尽明觉，一毫不用，即经书所谓"收敛光明，澄神静坐"之义也。如此浑噩，久之，自然精化为气，气化为神，而先天一点真元现象，即玄关一窍大开矣。

然而玄窍虽开，未经神火猛烹急炼，犹不能随遇而安，无入不得，往往一见可欲则爱生，一见可怖则惧生。夫以元气未壮，元神未老，尚不能随圆就圆，随方则方，而与世浮沉，随时升降焉。唯有调息绵绵，养气深深，一任可惊可怒、可乐可哀之事来前，我心自有主宰，毫不能入而乱我神明，非孟子所谓"居广居，立正位，行大道，富贵不淫，贫贱不移，威武不屈之大丈夫"耶？

诸子如今兴工，未必即有此个气象，然亦不可谓全无也。当玄窍初开，不过其机甚微，及养之久久，直觉平日之气息不能收纳者，至此自然收纳，平日之心神不能静定者，至此自然静定。朱子所谓："昨夜江边春水生，艨艟巨舰一毛轻。向来枉费推移力，此日中流自在行"是矣。如此之动，方是真动。否则，此气尚粗，此神多走，犹未为真现也。

诸子欲见真窍，唯此息调心静、气闲神安为真把柄。不然，有为而为，有思而得，亦不无玄窍之动，而究之一时而见，移时即非，不似此自然而然，由静存动察而得者之能耐久也。诸子务于此处认定主脑，一力前进，何患不到天仙地位？

十、收敛目光，集神玄窍

人生在世，竟不如草木之生生不已。或一世为人，转世即堕畜道；或一生受福，转生即遭惨刑。此岂天地之不仁哉？夫以无知之草木，尚知归根返本，以完乎生生之旧，而人则气拘物蔽，日就销没，不能复其本来之天，是以天虽有生育之恩，雨露之润，而无如生理之不存，生机之日殒，何也？吾师哀悯世人，特教人返本还原，永无生灭之患；即不然，亦可保厥本根，不至深沦于三途六道也。

吾常言，下手兴工，莫如人之眼目。盖目者，神之光也。学人每每好贪外光显呈于双眸之前，以为金光焕发，即修真之效验。岂知天道贵收而不贵发，人道又何独不然？古仙云："太阳流珠，常欲去人，逆而纳之，则金华内蕴矣。"苟不知逆而喜顺，常将神光发越在外，驰于视听言动之妄，贪瞋痴爱之非，日殒日销，即欲长有此身犹且不能，而况身外有身、为千万年不朽者乎？惟有垂帘塞兑，常将我一点灵光收入虚无窟里，不出不入，无虑无思，久之金光养足，自可化为阳神，而为我身主宰，且可以化数千百万阳神，充满于虚空上下，而为至玄至妙之神仙焉。岂特一灵炯炯、洞见如来已哉？但恐太阳流珠，有欲去人之意，而我即随其流而逐之，则元神日梏，元气无存，生机遂绝矣。此件工法，浑无难事，只须稍有意思，将目光收敛之足矣。

昨言元神斡运其间，究竟元神在人身中，藏于何所，长于何地？有曰"方寸之地，为元神之居"；有曰"玄关之内，为元神之宅"；又曰"天谷元神，守之自真"。此三处，皆元神之所栖。但不知下手之初，何处为始？《易》云："洗心退藏于密"是。又闻古云："方寸之地，吾身之堂也。玄窍之内，吾身之室也。"众人则守神于方寸之地，耳目得入而摇其精。修士集神于玄窍之间，耳目无门而窥其隙。如此看来，下手之时，即当集神于玄关窍中、虚无圈内，庶几混混沌沌，杳杳冥冥，无人无我，何地何天，方能养成不二元神。若不藏于隐幽之地，而常于方寸中了了灵灵，未有不驰于尘情俗虑，而日夜无休息也。

何谓天谷？盖人头有九宫，中有一所，名曰天谷，清净无尘，能将元神安置其中，毫不外驰，则成真证圣即在此矣。所以《黄庭经》云："子欲不死修昆仑。"是可见，守此天谷，有无限妙蕴也。诸子知之否？

十一、归根复命，凝神调息

学人欲归根复命，唯将此心放下，轻轻微微，以听气息之往来。若气太粗浮，则神亦耗散，而不得返还本窍，为我身之主宰。若听其气息似有似无，则凡息将停，胎息将现，而本心亦可得而见矣。古人谓"心易走作，以气纯之"是矣。苟不知听息以收心翕[①]气，则神难凝，息难调，而心息亦终

---

① 翕：诸本均作"习"，误。

难相依。此听息一法，正凝神调息之妙诀也。

果能以神入气，炼息归神，则清气自升，浊气自降，而一身天地自然清宁。到得天清地宁之候，瞥见清空一气，自回环于一身上下内外之间，而非第胎息发现已也。尤要知，此个胎息，非等寻常，是父母未生前一点元气，父母既生后一段真灵，性得之而有体，心得之而有用，在天为枢，在地为轴，在人为归根复命之原。人欲希贤、希圣、希天，舍此胎息，无以为造作之地也。诸子近来用工，唯将心神了照不内不外之际，虚心以听气息之往来，庶几神依息而立，气得神而融，未生前一团胎息可得而识矣。由是言之，此个胎息，诚修炼之要务也。夫岂易得者耶？

古云："入定工夫在止观。"何以止？止于脐下丹田。何以观？观于虚无法窍。如此，则心神自定，慧光日生，以之常常了照于不睹不闻、无声无臭之地，而胎息常在个中矣。若但粗定其息，未入大定，此个胎息尚非真也。吾恐诸子未到如如自如之候，而凡息暂有停止，即谓胎息自动，则失之远矣。人到胎息真动，一身苏软如绵，美快无比，真息冲融，流行于一身上下，油然而上腾，勃然而下降，其气息薰蒸，有如春暖天气熟睡方醒，其四肢之快畅，真有难以名言者。到此地位，清气上升于泥丸宫内，恍觉一股清灵之气直冲玄窍，耳目口鼻亦觉大放光明，迥不同于凡时也。他如凡息初停，胎息亦不无动机，总不若此大定大静之为自得耳。

吾昨教栖神泥丸，只须以一点神光默朝上宫，不可太为著意。著意则动后天浊气，犹天本清明，忽然阴云四塞，则清者不清矣。此中消息，说来尔诸子慢慢揣度。

十二、胎息凡息，真意为主

当夫静坐之时，一心返照于虚无祖窍，务令无知识，无念虑，尘垢一空，清明常见，庶几混混沌沌中，落出一点真意，即是先天之意。从此有觉，即先天之觉，从此有动，即先天之动。此非难得之时也，随时观照，无不如是。但恐浑沦之候，无有渣滓，而却以昏沉处之，毫不自主。或于混沌中，忽有清明广大之象，不胜欢欣鼓舞，而以好事喜功之心挠之，无怪玄关一窍，愈求而愈不见也。今教生于动静之际，无论气机动否，我唯以了照之心觉之守之，则主人常在，而大丹不难成焉。

总之，清明之神，由混沌而来，故古云"修道之要，不在尘劳不在山，直须求到窈冥端。"夫窈冥端，即虚极静笃时也。虚之极，静之笃，而真精、真气、真神即从此而生。古人谓"玄窍一开，即如太极一动，阴阳于此分"，又谓"伏羲一画，两仪于此兆"。其间千变万化，无穷无极，莫不由此混沌一刻立其基。足见玄关一窍，随时都在，只须一觉心了照之、主宰之，则玄关常在，而太极常凝矣。特患人不入于窈冥，无患玄关之不发见也。

要知此个窈冥，不是空空可得，须从动极而静，真意一到，为之造化，才能入于窈冥。及静极而动，此时阴阳交媾，将判未判，未判欲判，恍恍惚惚中，忽觉真铅发生，此即玄关现象，全赖元神为之主持。吾师见生迷于此个消息久矣，今将妙理一口吐出，俾生等知得玄关一窍，无时不有，无在不然，但以元神主之足矣。至于气机之消长，且听其盛衰，而主宰切不可因之有消长，此即是真正妙诀。

吾师昨言胎息，此中亦要分明。夫胎息，非口鼻之凡气，非丹田之动气，非知觉之灵气。原人受生之初，父精母血媾成一团，此时是个浑沦物事，并无气息往来，只是个中微有一缕热意，与母脐腹相联。自脱胎而后，剪断脐带，即另起呼吸，直从口鼻出入，而天地一点灵阳之气，只落于中丹田。凡息一起，胎息即隔，一点元气不能住于中者，自离母腹时已然矣。虽然，莫谓竟无也。人能一心静定，屏除幻妄，回光返照于印堂鼻窍，自然渐渐凝定，从气海而上至泥丸，旋复降至①中田，何莫非此胎息为之哉？虽然，先天之胎息，非得后天之凡息，无以运行；后天之凡息，非得先天之胎息，无以主宰。人能凡息一停，真机一现，凡息都是胎息。若杂念未除，尘心未净，纵胎息亦是凡息。学者识之。

修炼之道，与天地开辟之道，同是一理。即如而今下元，世道浇漓，人心险诈，亦已甚矣，不将水火刀兵等劫以扫除之，则混乱之天下其何有底止哉？人身亦然。当此私欲正甚、血气就衰之年，不先从极动之处，渐而至于静地，则人心不死，道心不生，凡息不除，真息不见。故必动极而静之际，忽来真意以主持之（此意属阴，谓之己土），少焉恍恍惚惚，似梦非梦，似

---

① 至，底本作"自"，改。

醒非醒，于此定静中，忽觉一缕热气，混混续续，兀兀腾腾，此即神融气畅，两两交会于黄房之中，不由感触，自然发生，此即玄关兆象、太极开基也。唯用一点真心，发为真意以收摄之（此意属阳，为戊土。其实一意，不过以动静之机，分为戊己二土而已。盖以玄牝未开，混沌之中，有此真意为主，即"无欲观妙"之意。及玄牝开而真机现，即"有欲以观窍"。一为"无名天地之始"，一为"有名万物之母"。生天生地、生人生物，皆此一点真意为之机括），我于此，急以真意运行，庶不至感而有妄思，动而又他驰。所以天关在我，地轴由心，宇宙在身，万物生心，皆此时之灵觉为之运用而主持也。故曰"略先一意，则真机未现，采之无益，略后一意，则凡念已起，采之多杂"。学人须于此间认得清楚，纯以真意主持，毫不分散，久之，气机大有力量，一任随其所至，我不加一意，参一见，唯了照之而主持之，得矣。但生等，才初有象，必至静处收持。到得气机壮旺，一静即天机发动，迅速如雷，虽一切喧哗之地，闹攘之乡，其机亦不能禁止。总要有灵觉之心，庶无差忒。

十三、阳生阴含，主翁中镇

修炼一事，不是别有妙法，无非"观天之道，执天之行"而已。如春夏之际，果木畅茂，花草盈畴，何其蓬蓬勃勃之无涯若是耶？又谁知发泄中尚藏收敛之意？古人谓夏至阴生，犹后也。秋冬之时，物汇凋残，霜雪凝结，何其气象之惨淡若此哉？又谁知摧残内自寓发皇之机？古人谓冬至阳生，犹未也。以此观之，足见阳中生阴，阴里含阳矣。

学道人，当其龙虎相斗，水火相射，一似春夏之万物滋荣，我于其中须如如自如，了了自了，不随气机之动而动，是即阳里生阴也。及气机一静，龙降虎伏，水刚火柔，两两相合为一，此即秋冬归藏之象也。我于此时，必入恍惚杳冥之境，不令昏昏似睡，亦不使昭昭长明，却于寂寂之中而有惺惺之意，在我不随气机之静而静，此即阴中含阳也。

吾再进为告曰：修道人，务将一切闲思杂虑扫除，粗息暴气收摄，然后凡阴、凡阳尽息于外，而真阴、真阳始发生于内。古云："若要人不死，除非死过人"者，此也。人若不肯耐心静坐，以除凡思凡虑、凡息凡气，纵说我心能静，我神亦宁，亦是粗粗之神，不足以成道。唯能扫得干干净净，呼吸之息若有若无，思虑之神无出无入，我于此一任寂然杳然，唯以主人翁坐镇中庭，不动不摇，如此温养，自有真阳从虚无窟子出。若不由他自动，却以心去推移斗柄，皆由我之造作存想而来，一任搬运不停，终年竟月，只是后天识神引起后天凡气，不可以成丹也。诸子务于心息相依、阴阳交会之时，久久涵育薰陶，必使我真阴、真阳凝成一黍之珠，然后有真种焉。有真种，犹不可欲速成功，以期玉液丹成，且必俟我这个黍珠，水火淘汰，阴阳含养，果然老壮，如胎婴在母腹中，脏腑肢节百体俱全，方可成个完人。

吾观诸子，每每一入杳冥，即起个计较意，不然亦多有随其杳冥昏昏而睡，全不以主人翁安神静坐，看守其中。所以学道人，无不有丹，只为起大明觉，夹杂后天识神而散者有之；即不起明觉，或因神昏气倦而没者亦有之。所以丹之不结，道之难成也。从今后静坐一次，管他杳冥不杳冥，总将我元神发为真意以为之主。其杳冥境到，阴阳交会一区，我以真意主之。即至杳冥久久，真阳发生，我亦以元神主宰之而变化之，此外不参一见、加一意，方是吾师上上乘修炼之道。

十四、存神听息，修炼良法

近时修养一事，坐下存神入听，务将万缘放下，然后垂帘塞兑，回光返照于玄玄一窍之中。始而神或不凝，息或有粗，不妨以数息之武火，微微的壹其志，定其神。如是片晌，神凝息定，然后将心神放开，不死死观照虚无一窍，唯存心于听息。此个"听"字，大有法机。

庄子云："壹若志，无听之以耳，而听之以心；无听之以心，而听之以气。"要知此气，不是口鼻之气，不是肾间动气，更不是心中灵气，此气乃空中虚无元气，生天生地、生人生物者此也。唯能存心于虚无一气，此心此神即与太和元气相往还，所谓"神气合一，烹炼而成丹"也。若著凡息，还不是神与凡息相交，又何以成丹哉？经云："不神之神，真神也；无息之息，真息也。"我须于混沌中，落出先天一点真意，以之翕聚元气，是元神与元气相交，而大道可成。苟有粗息，我即轻轻微微将此凡气收敛至静。到凡息已停，不问他元气动否，而元气自在个中矣。我当凝神以正，抱意以听，此亦阴阳交媾之一端也。况乎下手之时，口鼻眼目之窍，皆能固闭，独有这个耳窍尚未尽闭。我一心以听，即耳窍常闭，而众窍无音矣。此个听法，第一修炼良法。如此久听，自然真阳日生，而玄牝现象矣。

十五、慎独静观，炼精化气

天地虽宽，原有鬼神之灵，主宰于其内，以为吉凶祸福者也。古云："暗室屋漏之中，无时不有鬼神。质之在旁，临之在上，不是仿佛之见，是的的确确有相在尔室者。"故人能清静其心，无私无欲，所与共往来者，无非清明广大之神。若昏蒙蔽塞，奸诈邪淫，所感召者，尽是魑魅魍魉之类。足见同声相应，同气相求，天下事无不如此。观此，而慎独之工，其可忽耶？

吾传授听气一法，亦是一个名目，要不过教诸子三宝闭塞，全无一点浮游之气著于外，所谓"真气半点不渗漏，而大丹可凝"者，此也。亦要知得，听而无听法则，若一著于迹、著于意，即落边际方向，不可以言本来之道矣。知否？而要不过"凝神于虚，合气于漠"，常惺惺天，活泼泼地，一身无处不照，却一身并无所照，斯道得矣。

至于鼻窍，是从父母媾成一团之际，氤氤氲氲中，那个精血肉团有一线如丝包于周身，此时借母之气渐吹渐长，竟成任督二脉，先生两个鼻窍，故古人谓鼻为始祖是。自生身下地，另开门户，别立乾坤，而呼吸从此起。此时先后二天之气，犹合为一也。迨知识开，而私欲起，扦格于外纯是一团躁急之气，而天地清空之气自此渐相违矣。所以年少日长，及壮则消者，职此故也。吾师悲悯世人，生死无常，轮回不已，因示人返还之术，先教人视鼻端，其即仿天地生物之理，逆而修之于身，以成长生不老之仙欤？要知是法也，非理也。诸子须要有视无视、有心无心出之，斯得其宗旨矣。

他如炼精化气，虽是下手初基，要知人无精则无气、无神，亦犹灯之无油则无火、无光也。但云炼精，而不知生精，又将何以为用哉？黄帝云："精不足者，补之以味。"后人解释，有节饮食、薄滋味之说。又古人云："精以静而后生。"术家以搬运按摩，动摇其精，误矣。广成子云："毋摇尔精，毋劳尔形，毋俾尔思虑营营，乃可长生。"此可见，保精之道，又在乎身无摇动，心无杂妄矣。古人云："精由情感而动，精欲动而窒其情。情由目见而

· 201 ·

生，情一生而冥其目。"保精之道，于此完矣。人果能凝神调息于方寸，一心不散，一息不出，犹天之气下，地之气上，上下相融，自然成雨。精之生也，又何异是？只怕心不静而息不调，上下不相混合，斯精所以日消也。至如心中灵液下降，则无形色可见，而泥丸阴精化为甘露，此有可以窥者，但要勤修炼耳。否则，著有著无，皆耗精者也。

至于精已化气，则神气混合，心息相依，其身体内外，泰然融然，有苏软如绵之意，此即气生之兆也。但此气生时，即玄关窍开时。古云："阳气始生，此身自然壁立，如岩石之峙高山；此心自然凝定，如秋月之澄潭水。"泄泄融融，其妙有不可得而拟议者。故古云："奇哉怪哉！玄关顿变了，似妇人受胎。呼吸偶然断，身心乐容腮。神气真混合，万窍千脉开。"盖此时有不知神之入气、气之入神者。然又非全无事也，不过杳冥之极，有如此光景耳。寂寂中自然惺惺，举凡身内、身外，略有微动之机，无不及觉。以后炼气化神，温养泥丸之宫，化尽阴霾之垢，自见神而不见气也。诸子了然于心，庶不误入歧途矣。

十六、积功累德，见本来人

修炼工夫，进一步，更有一步，直到真空妙有，才算大丈夫功成名遂之候。莫说修炼一道至虚至细，不可以层次计也，即日用应酬之类，亦是由浅而深，要做到无人、无我、无寿者众生诸相，才算与人无忤。又如人欲向善，必先语以因果报应，才肯出力舍财，及习之久久，然后语以仁义之行，不邀功，不计名，从此引入大道，亦是神圣苦心。昔庄子云："名利者，天下之公器，只可以少取，而不可以多得。仁义者，天下之蘧庐也，只可以一宿，而不可以久留。"[1]庄子之言，诚见到语也。

吾前云：积功累德，不必他求，唯勤修大道于己，以之自任，更将此道信受奉行，推之于人。此扶道卫教之功，天下无有出于此者。诸子既闻大道，应以大道自任，其德在是，其功在是，即成真证圣亦无不在是，只怕行有不力耳，又何事以外求功哉？然此一法，只可为造诣高深者说，若与初学人言之，

---

① 参考《庄子》天运篇。

又恐涉于自了，徒知润身肥家而一毛不拔，又无以感神天之悦也。知否？

至玄关一窍，前已屡为抉破，学人必须明这个消息，然后才有把柄，盖所谓"本来人"是，是即人受气成形之初一点灵阳之气。人欲修成法身，岂外此灵阳之气乎？古云："药出西南是坤位，欲寻坤位岂离人。分明说破君须记，只恐相逢认不真。"此人，非如外道以童男、童女为侣伴也，乃是无极之极，太极一动，而有此一点灵阳正气，为人受气成形之本。若得此个本来人，大道自然有成。然非易得也。必须于假中寻真，然后此人始能现象。夫人有身后，日夜水火交会，以生血肉之躯，全赖此心中之火、肾中之水，以为之既济。兹欲寻真，不仍于后天水火中，寻出离中之一阴、坎中之一阳，又从何处下手？故曰"真者，借假以施工也。"

修行人，知生死之关，明真假之故，欲穷生身受气之初那一点虚无元阳，必先向色身中调和坎离水火。迨后天水火既调，然后坎中一阳自下而上，离中一阴自上而下，上下相会于虚危穴中，烹之炼之，而先天一气来归，玄牝之门兆象矣。此坎中一阳、离中一阴，即内财也。日夜神火温养，不许一丝渗漏，即积内财也。能向自家身心寻出一个妙窍，即内法也。前言本来人，即内伴侣也。云虚危一穴，即内地也。欲炼神丹，四者岂可不备乎？内之法财侣地，吾已道破。外之法财侣地，诸子谅已知之，吾不再赘。

有此坎离真阴、真阳，一鼓而出，及至水刚火柔，鼎虚药实，自然天地一点真阳之气，不自内、不自外生出来，此即所谓"真铅"也，又即所谓"先天乾金"也。夫以凡铅而言，则坎中一阳、离中一阴，皆真铅。以先天真铅而论，则坎中一阳、离中一阴，皆属后天有气有质之物。从此想来，此个真铅、真阳，不自坎生，不自离有，原从不内不外虚无窟里，由坎离水火二物煅炼而来者也。吾今道破，以免学人误认坎中阳气为吾人炼丹之本，庶乎其不差矣。

十七、真阴真阳，太和元气

天地之生人也，同是乾元一气，此气即太和之气，在清空中浑沦无间者是。人受阴阳之陶铸，而生此血肉之躯，虽由太极而阴阳，尚是真阴、真阳，无有渣滓，其去太和元气殆不远也。自有生后，气拘物蔽，那色身中阴阳，尽化为思虑知觉之神、呼吸运动之气、夫妇交感之精，有阴无阳，不堪入药，又何能成丹？可知后天精气，概属渣渣滓滓之物，修炼虽不得不借此入门，然而结丹则全不用此，夫以其有形有色，不能成就虚无一粒金丹也。若修性徒炼气质之性，炼命只炼血肉之命，莫说不能成丹，即能成丹，亦是幻丹，堕于狐狸之窟、蛇鼠之群，及其究也，不免天神恼怒，雷霆诛殛，永不得为人身，岂不可哀也哉？至人明得，金丹大道，系清灵之气结成，而清灵之气，又不自来归，必假我身中真阴、真阳，然后可以招摄得来，古人谓"二八同类之物"是也。尤要知，此个元气，本无朕兆可寻，亦无方所可测，于何求之、见之耶？唯即我身真阴、真阳发生时节，即是元气来入我身，以擒制我身中之灵汞阴精，自然凝结为丹。

所以古仙云："修道人，须先晓两重天地、两个阴阳，方好兴工。"所谓两重天地者何？即先天、后天是。所谓两个阴阳者何？即如打坐时，必向后天色身上，有可以为依傍者下手。夫一呼一吸，即阴阳也；阴阳原一气，一气散而为阴阳，此凡阴、凡阳也。学人打坐，必先调外呼吸，以引起真人元息。调外呼吸，必先以意为主。孟子曰："志，气之帅也。"古仙云："若要修成九转，先须炼己持心。"可知正心诚意，为修炼之本也。调此呼吸，以目了照于丹田中，以息下入阴蹻，提起阴蹻之气，上入黄庭，又以息引起绛宫之阴精下会丹田，此亦凡阴、凡阳也。久之，阴精与阳气两相交融，凝于丹田土釜之中，自然阴精化为真阳之精，凡气化为真阴之气，蓬蓬勃勃，充周一身，此即真阴、真阳，与元气不相远也。诸子要知，元气本无形状，其蓬蓬勃勃者，亦是真阴、真阳之气，非天然元气。若谓天然元气，去道远矣。要知此中安闲恬静者，即是元气来归，不离阴阳，亦不杂阴阳。吾师示生，每坐一次，务要有安然天然自得光景，方见本来面目，不可执著元气竟如一物可也。

吾师传玄至此，可谓抉透精微，挖出心肝与诸子看，生须著实行持，如董子"正其谊不谋其利，明其道不计其功"可矣。至于有效无效，毫不期必以为喜忧，庶几近之。

十八、内药外药，采取河车

如今世人，说他不爱身，看一切作为，事事俱向身上打算，究之爱其身者，皆害其身者也。他如娇妻美妾，迷花恋柳，日日消耗精神，斲丧元气。明知美色淫声杀人利刃、毒人狂药，及至死时，恬不知悔，亦何其多！夫名利场、恩爱乡，谁不知大火坑？无奈明知之而明犯之。当其性情已乱，志向昏迷，虽有刀锯鼎镬在前，毒蛇猛兽在侧，亦不遑顾焉。所以古之人多寿而康，今之人多夭而病也。

吾常言，玄功无他，只是一个"顺其自然"，可以尽之。然虽顺自然，其间亦有旋转造化妙诀。即如下手之时，以坎下动气收入黄宫，与离内阴精配合为一，此不是全无事事，如修性者之空空了照也，必观诸阴跷之下、绛宫之上，凝神于土釜，即是初步采取法程。及水火相激，龙虎交争，忽焉真气冲冲，一阳微动，此即真阴、真阳用事。虽不可上下了照，然亦必视真阳上升，我以呼吸略为提之，真阴下降，亦以呼吸略为收之，是为河车工法。

古又云："外药发生，在造化炉中，不出半个时辰，立地成就。内药发生，在自己身中，须待十月圆足。"何以半个时辰即生外药？盖言水火相交，玄关窍开，即是外药生矣。此是最不易得者。但外药发生，金木相吞，水火相射，分毫不可差忒。差忒，则大药不能成就。此非别有一道也，以此外药之生，必心纯意正，了无外驰，药才能生。若有一毫念起，即落后天知识，元气又被打散矣。故曰："白虎为难制之物，倘用之而不得其法，必有噬人之患。首经为难得之端，倘求之而不失其时，必有天仙之分。"此时切忌念动意驰，他如邪淫等心，更不待言矣。人能静定半时，了照气机，自然药归炉鼎，而升降上下，为内药矣。虽然名为内药，其实皆一气也，不过在外时，纯是天然一气，及引之入内，则有后天之精气神在，稍不同耳。然以外药来归，无非欲化内之精神皆成先天一气，故必须十月之久方才圆足。

尤要知，金水非火不能上升，故必需内呼吸之神息。神息，即火也。丹非土不凝，故必以我之真意为之布置调停。其实皆一道也，不过气机之初动、再动略有所分，在下、在中、在上各有一样。故丹经谓之"阳生采取，药动河车"，皆自然之道，无非气机之大小有不同，而河车之大小亦各别也。生等须以活法行之，得矣。若世人之概不言法者差，太沾沾于法者亦差。我今所传，的是真正心法，非心诚好道，不得闻也。

十九、元神作主，归真返本

凡人未生以前，此个灵神原在清空一气之中，及神机一动，而天地之元气即随之而动。盖元气无有知觉，唯神有知觉，故此元气即随神之号令而合为一体，此尚未著人物时也。迨至神气合一而投于父母胎中，人则十月形全始生，仙则十月气完便出，同一般作用，无有二也。诸子明得此旨，日夜修炼，只以元神作主，务令一私不杂、一念不起、寂然不动、感而遂通之体常常在抱，有如子父相依、夫妇相恋情形。此神气交也，即真阴、真阳在也，而天然一点元气即在其中，不必他求矣。此真阴、真阳，会合成一，即是阴精。外边元气，即是真阳。以此阴精、真阳，收罗于后天有形有色之中，即如前日神气合一，投于父母之怀一般，由是日运阳火阴符，抽添沐浴，又如前在母腹中，假母之呼吸日夜吹嘘，借母之精气以为长养，是一道也。

诸子起初下手，阳未生，须虚以待之；阳既生，须勤以采之。收回中宫，久久温养，以真意为媒妁，以呼吸元息为作用，而以精血为养育，大丹于是可成矣。切莫贪淫纵欲，喜动好言，以消散其元气也。唯有温温铅鼎，以养此真阳而已。养之工何在？在回光返照，无一时一刻而或离，即无一时一刻而不养。果能动静有常，朝夕无间，又何患真阳之不生哉？今日所言，确是归真返本之学，生各勉之，勿负吾训也。

吾观诸子各染尘缘，不能扫却。吾再示之。夫人血肉之躯，能有几时，受用亦无多日，何必奔名场、走利薮以自苦哉？在世不过百年，何必作万年之想耶？莫语以外物事，即如生死祸患，亦是各有来历，不可著意忧虑。莫说他人一家，即自己一身，终成粪土，不过迟早各异耳。生等能看得生死事小，而后不为一切外缘所扰，庶几一心一德，专于修炼，自然千万年而如故也。否则，忽而欣欣于内，忽而戚戚于怀，寸衷之地，能有几何？一生岁月，又有许多？精神气血，必消磨殆尽而死矣。那时才悔，迟了，奈何？

二十、炼己于尘，积功累行

今值下元，人心汩没，不得不再三提撕，唤醒梦中之梦。即如修真养性，孰不知去欲存诚？无奈身家念切，妻子情长，终日言道言德，说修说炼，而尘心未断，尘根未除，终不得其道之真谛。吾幸诸子虽未十分抛却、一力潜修，然于此处亦尝致意焉。总之，要丢得开，割得断，悬崖撒手，才算决烈汉子，猛勇丈夫，以之炼丹，不难有成。否则，三心二意，其何有济？吾非教诸子抛妻弃子，入山林而学道也，只要在欲无欲，居尘出尘足矣。

古云："炼己于尘俗。"原不可绝人而逃世，须于人世中修之，方能淡得尘情，扫得垢秽。否则，未见性明心，即使深居崖谷，鲜不炼一腔躁气也。至于玉液已成，再炼金液之丹，不得不寻僻静之区，鸡犬不闻、人迹不到之处以修之，古云"养气于山林"是也。盖以此时之功，全在先天一气，不得静地以修之，则元气不得充满，故古云"入山采药"是也。

吾劝诸子，虽不能将恩爱一刀割断，然亦当渐渐看破。要想人到死时，一切名利室家，丝毫也拿不去，唯有平生所造之业，尽带身傍。如其善业，还有转世之福；若是恶业，不待再世投生，即眼前冥王亦必追魂摄魄。从此一想，倒不如趁早修行，万一道果有成，他日不入轮回，岂不甚乐？即不然，投生人世，亦不受饥饿流离、疲癃残疾之苦，又岂不美乎？况有仙缘所结，上圣高真必不忍舍我而去，此身虽异，此性犹存，亦必再来拔度。如文昌帝君，十七世而得元始之度，往事可征矣。诸子若无仙根，必不自幼好善，切勿辜负前因，以自落于泥涂之中可矣。

论近时修炼，不拘前根，只论眼前积功累行，好道求师，亦准一劫造成。这个大法会，千古难遇，遇之不炼，诚愚也已。生既逢此良会，不移一步，即有真师指引，较法会未开之时，又何如便易乎？待法会收后，要想学道，不知受几多苦恼，无限奔波，才得门而入也。生等勉之，一力造成，不负平生之愿，永脱人世牢笼。那天上清闲富贵，一任人间帝王将相，不能方其万一也。能将仙家之乐一想，自不恋人间之福。苟能深得其妙，其快乐更不知为何如也！吾日望之，生勿负焉。

二十一、修炼要诀，明君臣使

至若修炼要诀，不过以虚为君，以阴阳为臣，以意为使，识此三者而次第修之，神仙之道尽于此矣。

然虚有几等，不是空空之虚，乃实实在在之虚；不是死死之虚，乃活活泼泼之虚；亦不是有形有色、有方有所之虚，乃浩浩荡荡、浑浑沦沦、无量无边之虚。人能知此真虚，向身心上求之，庶得炼丹主脑矣。

然阴阳亦有真伪。不是天地间一昼一夜、一春一秋、寒暑温凉、盈虚消长之机，乃人身中清空一气，由一气而散为阴阳者也。上身为阳，下体为阴；呼出为阳，吸入为阴；前升为阳，后降为阴；发散为阳，收藏为阴；动浮为阳，静沉为阴。总之，阴阳无端，动静无始，不可以方所拘者也。唯平其凡气，纳彼无声无臭之气，斯为真阴、真阳，可以言药矣。

故学道人，第一要明真虚，第二要知真阴、真阳。盖不得真虚则不灵，不得真阴、真阳，则不能变化无穷、生育不测。然真虚得矣，真阴、真阳得矣，若使无意以为之运用，则阴阳不能返而为太虚，太虚亦不能散而为阴阳，又将何以放之弥六合、卷之退藏于密哉？此炼丹之学，所以以意为主也。

但意有先天之意，有后天之意。必从后天有意之意下手，然后寻先天无意之意，庶戊己合而为刀圭焉。即如打坐时，先将双目微闭，是谁闭？了照于有无内外丹田，又谁照？于是采阴蹻之元息，纳心中之神气，会于黄庭宫中，又是谁采、谁纳？殆后天有意之意，即己土也。至观照久久，忽焉混沌片响，不知不觉入于恍惚杳冥，从此无知之际，忽焉有知，无觉之时，忽焉而觉，此即先天之真意，戊土是也。古云："真意之意，方能成丹。"尤须知真意之意，犹是后天之意同，不过意之前无意，意之后无意，从此一知，一知之后不复见；从此一觉，一觉之前无有焉，此为真意之意。如人呼而响入谷底，风鸣而应在井中，忽焉而感，感无不通。又如人呼子之名，不觉顺口而答，不思议，不想象，此即真意为之也。此即真意之前后际断也。

虽然，真意从何而得哉？必将心地打扫干干净净，然后随感而通，触物而动，乃是先天之真，不与后天思虑纷纭杂沓者同。所谓有真心，斯有真意；有真意，然后阴阳得其真，太极得其理，庶几刚健中正，炼成纯粹以精之品。生等须将吾师今日所言，句句返之于身心，著实行将去，方不负吾所传。

二十二、进退火符，卯酉沐浴

邵子云："乾遇巽时观月窟，地逢雷处见天根。"二句，即进阳火、退阴符之大要也。

何谓地逢雷？即坤卦中含孕震卦，震下有一阳来复，即是纯阴之下，忽然有一阳生，即阳生活子时也。谓之天根者，以其混沌世界，黑暗无光，忽焉一画开天，而阴阳动静，迭为升降，天地定位，日月运行，万物之生生不息，此即天之根也。学者须从地下雷动时采之炼之，方有踏实地步，可为仙圣阶梯。到阳气已极，重阳之下，忽有一阴生，此即"乾遇巽时"也。乾，纯阳也；巽，为老阴。学道人，行工而至于阳升已极，蓬蓬勃勃，充周于头目之上，其势有不可遏者，我即静定片刻，停火不行，不知不觉，即有一阴来生。夫以上行之气机，至此而转为下降，即阴生于巽也。到得阴生之时，即真正活午时，我即行退符之法，以目下观丹扃，不似进火之凝神于泥丸，即顺阴生之常矣，是谓之"观月窟"。至若卯门沐浴，即阳气上进于中正之位，是阴中阳生其半也。故酉沐浴者，即阴气下退于中正之地，是阳中阴生其半也。苟阳气太升，则阴气必亏，阴气太降，则阳气必陷，唯进火而不过进，且于中行卯沐浴之法；退符而不过退，更于中行酉沐浴之方，自然阴阳燮理，性命双完矣。

诸子每日行工，到阳气一生，务要顺其上升之常，若稍有壮旺，即行卯沐浴法；到阴气一起，即行下降之工，恐阴气太盛，更行酉沐浴法，定静片晌，不行火，不退符，如此暂休。到得纯任自然，斯道得矣。若阴阳反复，两两归于中黄宫内，当行温养之法。

总之，学道之要，唯以真意为主，所谓以"真土擒真铅"，以"真铅制真汞"，三家合一，两姓交欢，斯道在是矣。

然用意之法有二：一为动时之意，一为静中之意。丹书所谓外黄婆者，通两家之和好，故无位而动。若不知动以采药，先天元气如何招摄得回来？此动中之用意也。内黄婆者，传一时之音信，故有位而静。苟不知静以炼丹，先天元气又如何凝结成胎？此静中之用意也。修行人，时而阳生也，则动以采之；时而阴降也，则静以炼之。

且真阳即真胎婴也，然亦有二焉。一为坎中之阳，收之归于丹鼎，烹而炼之，可成不饥不渴之人仙。一为虚无中之阳，以之炼于炉中，吞而服之，可成出有入无之圣真。学者须从坎中之阳，加以神火煅炼，复完纯阳之体。再从天地中安炉立鼎，采取太虚一气，归于虚无鼎炉之中，饵而服之，自成无上金仙。诸子须循序渐进，不凌节，不躐等，可矣。

二十三、玄关一窍，真觉真意

吾常言玄关一窍，乃天地人物发生之本。其故何也？盖以天地人物，其始皆混混沌沌，一团太虚，杳无朕兆可寻，此即万物之生于虚也。及气机有触，偶感而动，忽焉从空一跃，而有知觉之灵，即是天地人物之真主宰也。吾观世之修士，有知虚无为本，一任天然自然，而漫不经心于其间，多有堕于顽空，无以成神灵变化之仙子；亦有知有为有作，而不知寻出先天虚无之气，所以支离妄诞，造成一等妖幻邪术，而以自害、害人者多。吾今将此两般说出。生等欲求天仙，必先从杳杳冥冥、虚极静笃之后，寻出我未生以前一点太虚之体以为丹头，方不落边际。若偶有方见，不能前后两空，亦非我虚无妙相、真元心体也。果能认得这个无染无著、一空所有之物，又必以灵觉之神为之主宰，方能渐造渐凝，渐凝渐结，成就一个大觉金仙。

是知，虚者本也。而所以能团此虚，以成不生不灭、出有入无、变化莫测之仙者，全在此一觉而已。虽然，此个一觉，在何时寻？务于至阴之中，恍恍惚惚时，了无知觉，忽然有此知觉，不待穿凿，无事安排，机会相触，杳冥冲醒，方是清清净净、无知无识之真觉也。若稍有意想知识，夹杂后天之神，则非真觉，不可以为我千万年之主宰矣。故曰："静时固非，动时亦非。"其机在静极而动之初，其间只一息耳。学者须有拿云捉雾手段，方能乘得此机，采归炉内，以真意守之。

须知，觉与意，皆二而一者也。不过以无心无意，偶尔有知，谓之"真觉"。迨一觉而后，我必加意用心，调停蕴蓄于其间，则为"真意"。然意发而心仍无有物，始为真意，与我先天一点真觉不甚相远。所以无心忽觉为真觉，一心内守为真意，其实皆一觉而已、一意而已。学人欲采药炼丹，除此一觉则无本，除此一意则无用。无用无本，而欲成无上金仙，难矣。故古人云："游思杂念，非真意也。"真意，实从一觉之后，只一心，无两念，如走路人从此一条大路而行，并不旁趋别径，即真意也。莫说此时离不得真意，即后来丹成道备，分身化气，游神太虚，与夫寻声赴感，无求不应，有难必临者，要皆此真意为之作用也。

吾观诸子，近虽识得本体，然色身所有阴渣还未干净，而意之真伪尚未了然，吾详细言之，敬体勿忽。

二十四、气穴炉鼎，养丹持念

炼丹之道，皆以一阳肇端。究竟阳何处寻？在生身受气之初。又何时采？在息息归元之候。吾言混沌中一觉，即人生身之始，所谓"一阳来复见天心"也。此时一知不起，一念不动，忽焉一觉而动，一惊而醒，犹"亥末子初交半夜"是。学者于此，须凝神入气穴。此个气穴，非在有形有象肉团子上，是神气合一之气穴也。神气聚则有形，神气散则机息。学人坐到凡息停时，口鼻之息，似有似无，然后胎息始从下元发起，兀兀腾腾，氤氤氲氲，所谓"一元兆象，大地回春，桃红柳绿，遍满山原"是。于此收回药物，采入金鼎玉炉，煅之炼之，大丹可成矣。

虽然，金鼎非真有鼎，玉炉非真有炉，亦无非神气合一，凝聚于人身气海之旁，即男子媾精之所、女子系胞之地是。然亦不可死死执著此处烹炼也，不过以人身元气，自一阳来复，神气交会于此，归根复命于此，烹炼神丹、采取归来，亦离不得此。除此而外，别无修炼之处。若执著此处，未可以成神胎也。须知神气团聚一区，恍惚若在此，又若不在此，方与虚无之丹相合。尔生明得此理否？

若论养丹之道、生神之理，实与凡父凡母生男生女无异，亦与凡候之投胎夺舍相同。所分别者，凡人之生身受气，成就一个有形有色之体，只因一念不持，及有感而动，浑身俱在里许作活计，所以念头一起，气机一动，而无名火又按纳不住，十月胎圆，遂成一个孩子，只有一体，无有二身。若有道高人，借此一念投胎之象，返而修之于心，纵念有发时，不过因物而动，其实意发而心仍如故也。所以此念虽发，仍是虚无一气，浑浑沦沦，不识不知，自此采入虚无一窍，又以虚无神火沐浴温养。及至十月之久，神胎遂就，故生出虚无之神出来，能一能万，能有能无。所以然者，何也？以其为虚也。虚而有觉，是自然天然之灵觉。若稍夹后天形色意相，则不能以虚无之神，采虚无之气，炼虚无之丹，成虚无之神也。总之，是一虚而已。

生悟得此旨，一阳生时，蕴蓄而去，即是一念之持，与凡夫之意计想

黄元吉集 [道德经注释·乐育堂语录·道门语要]

第二编

象、泛意游思，大有分别。从此采之为药，与凡夫之不能主宰，任其纷驰散漫，亦大不同。何也？只此一念之分焉耳。是知一念之持，即为真意，所以能成万年不坏之身；一念不操，是为幻想，所以生又死，死又生，辗转轮回，竟为六道三途之鬼畜。于此思之，道庶几矣。

二十五、炼己修性，水火既济

初步工夫，如嚼铁馒头，了无趣味。唯有耐之又耐，忍之又忍，于无滋味中不肯释手，自有无穷的真味出来。但要万缘放下，一心迈往，其成功也不难。

吾见生，事物缠绕，工夫不进，吾深怜之，吾又恨之。怜其修之不得其功，恨其迷之不知其脱。从此一日一夜，随觉随修，随修随忘，自有奇效。他如日用云为，皆是人生不可少者，且亦是炼心之境，不可专以无事为功也。第一要事来应之，事去已之，方见真心。若论本心，只如明镜止水，物之照也光不分，物之去也光不灭。如此之心，乃是真心。心到此地，即明心矣。

至于真性，又何以修之？又何处见之？论天之生人也，赋之以气，即予之以理，理即性也。此性原在离宫，理宜离宫修定，始见本来性天，不知此特气质之性，而未可言虚无之性也。学人欲见真性，求之离宫难矣。唯有坎宫，是我先天一点真正乾阳。下手兴工，即从此处用神光了照，久久自见本来真面，然后运神火，起巽风，鼓出先天之金出来，以之收归炉鼎，再加文武火炼之、烹之，以还元元始气，即可以飞腾变化，不可方所者矣。

所谓子精，亦非区区色身物事，必要清心寡欲，方是真清药物，可为大道之借端。否则，亦止充饥壮体，为凡间粗暴之夫，不足为先天药物也。

吾示一法。日间夜晚，第一要收敛身心，不动不摇，然后安炉立鼎，运火行符，橐籥慢吹，琴瑟细鼓，常将雌雄二剑手中不释，以降伏我身中之魔，斩灭我心上之怪。至于天地一昼一夜，原自有个动静，我亦要顺天地之动静以为作止进退，斯道得矣。

尤须用水火既济之工。水即铅也，火即汞也。如炊饭，下米之初，水不过多，火不过大，烹之炼之，自成有味粢盛。然抽铅添汞，又何说焉？其初下米之时，水自水，火自火，犹未经神火煅炼、神息吹嘘之候，神与气不能合一。及用文武火，加以橐籥风，火力到时，揭开鼎盖一看，水入米中而成饭，只见汞而不见铅，抽他家铅，化我家汞，久之，铅尽汞干，亦犹微火薰蒸，则饭成锅粑，现黄金色。丹道还不是一样？

生有大志，必学天地间第一等人物，第二、第三都是下等，切不可先存一个期望，以障道心也。

前言守中，是坎离交之事，故但观气息之上下往来，归于中黄宫内，所谓神气交而后性命见。至真阳一生，以坤炉之药物，引之上升于乾鼎，此为乾坤交，而未始性之性、未始命之命见。此为以水灭火。若非得真一之水，必不能伏后天阴神也。生知之否？

二十六、真一之气，药生消息

诸子静坐，涵养本原，从寂然不动中，瞥地回光，忽见其大无内、其小无外、入无积聚、出无分散、氤氲蓬勃、广大宏通之状，固是天机发动，可采可炼，可以服食长生之大药。即使静坐已久，不见有渊涵一切、包罗万象之机，只要一片清气，无思无虑，不出不入，亦是我真一之气蕴蓄在中，只是我后天气弱，不能冲举他壮大耳，此亦是天真常在，亦可采之服食。切不可以无此蓬勃氤氲，而任其心之走作可也。此为要诀。

又凡行为动作语默，虽极细极微至鄙至俚之时，我亦以此心了照虚无穴中。久之，如有气机动处，我以一念收摄，不许他纷驰散乱；如无气机之动，只要有一片清明在我无极宫中，气不躁暴，神能收敛，亦是真气主宰，我当一心不二，持之操之，亦是烹炼小法，不必再求真一之气大发生可也。此亦修士多忽略者，吾今日并为指出。

大凡天下事，无不由小而大，自粗而精，凡事皆然，何况大道乎哉？吾师金液已还，回想当年修道，还不是一步一步积累而上？若必要天花怒发，真气溶溶，恐尔学人少采取之时矣。但此个采取，不是运行河车，只在一念回光，收归鼎炉就是。若太为用力，恐动后天凡火，丹又伤矣。

吾师前示元精化为先天真一之气，再为细论。夫人身之精，不经火煅，概属后天交感浊精，只可生人，不能成仙，且多夹杂欲火，稍有于中，刻不能容，所以昔人谓"丧身倾命之物"者，此也。此岂能成仙哉？修士必于打坐时，调其呼吸，顺乎自然，一出一入，不疾不徐。如此调息，虽属后天凡息，然亦是自在真火。似此烹炼一番，将那后天有形之精，忽然化为元精。到得丹田有氤氲活动之气现象，即是化精之候。试思，凡精，有形也；元精，灵液也。犹人口中真津一般，不经真火一灼，万不能化为元精。此时究何凭哉？吕师云："曲江月现水澄清，沐浴须当定主宾。若到水温身暖处，便宜进火办前程。"吕师之言，水温身暖，的是化精之验。此时若不采取，必致元精为火所灼，化为血汗，从毛孔而倾矣。

诸子必无思无虑，一任自然之火，精方是元精，气方是元气。从此元精一动，元气即生。那元气中忽有浩浩渊渊、刚健中正之象，与平日凡气微有不同，即是真一之气发生出来。且凡气之动，但见其暖，不见有逍遥自在之处。唯真一之气动，此身苏软如绵，美快无比，恍惚似有可见，又似无可象者，此即真一之气生也。且真一之气发象，只觉清凉恬淡一般趣味。养之纯熟，此心亦化为乌有，了不知有天地人我，此真一之气之明验。诸子未得十分圆满，不必有这几般景象，只要有一点乐处，即是药生消息。至真药发生，必要真一元神以为之招，方不走作。何也？即吾前示玄关窍开，元神发象，可为大药之主宰，故古云"以灵觉为炼丹之主，以冲和为大药之用"。生即此以推，炼丹之工，尽于此矣。

二十七、真空妙有，借假修真

天地间，至无之内，至有存焉；至空之中，至实寓焉。人能于虚无中，寻出真实色相，所谓长生不老之药在是，神仙不死之丹亦在是。

彼不知真空妙有者，盍即方诸之取水于月、阳燧之取火于日而一观之乎？当水火未有时，方诸则寂然耳，绝无水痕之可见；阳燧则冥然耳，了无火色之可言。及至方诸对月而水起矣，阳燧对日而火生矣，此岂水在月乎？火在日乎？如果水火在日月，当方诸、阳燧未悬之时，何以不见月之有水、日之有火？询之日月，而日月不知。抑岂水在方诸乎？火在阳燧乎？如其水火在方诸、阳燧，当未与日月相对之前，何以不见方诸有水、阳燧有火？问之方诸、阳燧，而方诸、阳燧仍茫然也。又岂水火在于空乎？当水火未有时，而太空固漠漠也。水火既有后，而太空仍漠漠也。果何故哉？《易》曰：

"寂然不动，感而遂通。"其意昭然若揭矣。特非人物有感之，则寂寞者仍寂寞矣。唯能善于感，自能妙于应。但感者，非从无人无我、无思无虑中出，则非妙于感也，又焉能妙于应哉？

总之，人能虚极静笃，始能会得本原，而后知形形色色皆后天有生有死之尸气，虚虚无无乃先天不生不灭之元神。可见先天大道，殆一虚而灵、无而妙耳，岂区区在后天精气神哉？然必断交感之精，而后元精溶溶而来，马阴藏象矣。必除呼吸之气，而后元气融融，浩气流行，与太虚无二矣。必灭思虑之神，而后元神跃跃，保合太和，一气充塞虚空界矣。

又非全不用后天也。虽有先天为之主宰，亦赖后天为之运用。倘一概不用，此身又将安寄哉？古所谓"皮之不存，毛将安附"，于此可恍然悟矣。学者借后天形色为煅炼之具，及至真人出现，而假者在所轻矣，所谓"借假修真"是也。虽然，三者之中，又元神为最。必要万缘放下，一丝不挂，庶几有真神，斯有真精，有真气。若无真神，则药为凡药，火为凡火，不唯不能成丹，且反为之害也。生等欲闻道妙，即此是道妙，自古神仙不肯轻泄于人者。

二十八、真药真火，安炉立鼎

生等行工至此，真火、真药，两般俱有。夫真药，即先天真一之气。其在后天，即元精、元气，所谓真阴、真阳形而为真一之气也。是即凡息停而胎息动，真津满口，即验元精之产也；周身踊跃，即见元气之动也。此时清静自然，美快无比，即真一之气，藏于个中矣。然真一之气虽动，不明起火之法，尚不能升于泥丸，化为玉液琼浆，吞入于腹，而结为长生之丹。夫以药生不进火，止于冲举下元、壮暖肾气而已。药即真一之气，火即丹田神息。以神息运真气，方能透彻一身上下中外。古云"抽铅添汞"，又曰"还精补脑"，又曰"以虎嫁龙"。

要之，此工自上而下，由逆而修。始而玄关初开，必须猛火急烹；既而药苗新生，不用逆行倒施，则金丹不就。伍仙[1]示河车工法，所以有"吸

---

[1] 伍仙：概指伍冲虚（1574—1644？），原名阳，字端阳，号冲虚子。江西南昌县人，龙门派第八代，明朝后期著名内丹家。著有《天仙正理直论》《仙佛合宗语录》，后世其与柳华阳合称"伍柳派"。

舐撮闭"之说也。吸者，行工时，聚气凝神于丹田，蕴蓄谨密，不许一丝外漏。舐者，舌抵上腭，使赤龙绞海，而真津始生，化为甘露神水，以伏离中之火，即古云"铅龙升，汞虎降，驱二物，勿纵放"是，又即"以铅制汞结成砂"是。若非舌之上抵，安得七般阴滓之物化为神水，而成一粒黍珠哉？撮者，齿牙上下紧紧相黏，口唇上下紧紧相抱，务使内想不出，外想不入，神依于息，息依于神，神气打成一片，两两不分也。闭者，下闭谷道，上闭口鼻，六门紧闭存神，即教真主坐黄庭，俗云"丹田有宝"是矣。古云："上不闭，则火不凝而丹不结。下不闭，则火不聚而金不生。"是以金丹之要，凝神要矣，而聚气添火之火，尤不可少焉。总之，四者之工，一半天然，一半人力。学者药生之初，微微用一点力，久久则纯乎天，而不假一毫人力为矣。

再者下手之初，必要安炉立鼎，方可采取运用。夫炉鼎有几般，一身上下，亭亭直立，即安炉立鼎，天尊地卑，上下分明矣。此外炉鼎也。若内炉鼎，始以神为内鼎，以气为外炉；继以气为内鼎，以神为外炉。总是身心挺立，独立不摇而已。炉鼎安立，然后心火下降，肾水上升，久之则离火中有真水下降，肾水中有真火上升，从凡阴、凡阳中，炼出真阴、真阳之物来，即是药生，便当采取。

生今年华已迈，气血将枯，宜日夜行持，不可专务于动，竟少静定之时。如此元精自生，元气自壮，而先天真阳，亦于此而现象，长生之果证矣。学道人，只要能停后天凡息，则生死之路已绝。能停后天呼吸，即见真息。真息即真气，同一气也，发则为呼吸之气，藏则为真一之气。此气一伏，即结丹矣。生等务要日夜凝神调息，久久自断凡息，而现真息，如此即仙矣。

二十九、志愿金仙，神水神火

生须体吾一片婆心，速速造成，好代为师行化，且趁此大道宏开，正好挣功立业。不然，过此一会，欲如今日之积功难矣。尔等务期成仙，要成金仙，若人仙、地仙，犹小也；度人要普度世人，若度一二人登仙证圣，犹微也。如此志愿，才算大豪杰、大力量、大知慧。否则，虽登上仙，亦庸庸碌碌，不足道也。然修炼之始，吾即以此为教，生等口虽能言，究竟心中惝惝恍恍，无有一个铁石心肠。定要如此自修，如此度世，才算一个大丈夫，不负天地父母、君王师尊之重托者。

今日看来，尔等工虽不一，要皆各有所得，谅于吾师所示之志愿，已能实力体行，一肩不辞也。试观吕师初遇正阳，教以黄白之术，即不忍累及五百年后之人，继后玉丹告成，誓愿普度世人，自家方才飞升，此其志愿为何如哉？真千古之卓卓者！生等能立此志愿，不患不到金仙地位。趁兹经筵大展，赶紧修持，道不难成，德不难就矣。而今生等有得如此，尘垢谅已看得破，打得穿，但还要加工上进，抛弃尘缘之累，无罣欠，自无拖拽，一心一德，功成易易。

至于修炼之事，无非坎离水火。学道人，欲得神水、神火，先须清心净意。此"清净"二字，即求神水法也。到得意诚心正，自然神游太虚，气贯于穆，我于此始将神光照入虚无窟中，即求神火法也。真水、真火，两两配合，不寒不燥，即龙虎上弦之气生矣。所谓"阴阳平衡，卯酉二八沐浴"者，此也。但初兴工，清净其神即为水，以真意主持即是火。此须神气二者不相克贼，水中神火生焉。至于下照，此为火也，然亦要不急不缓存于其中，此即火中有水。如此用火、用水，出之以无思，将之以恬淡，只有温温液液一点氤氲之气，此即真水、真火中煅出真一之精来也。所谓"片响虎龙频斗罢，夺得金精一点生"，此霎时间事耳。然得之虽易，守之实难。不行子午河车，不用逆施造化，是犹窑头泥瓦，未经火炼，一遇雨来，仍化为泥。其必速采此一点阳气，以之升上泥丸，配合阴精，然后飞者不飞，走者不走，合成一块紫金霜，不怕历遭磨折，且愈炼愈坚也。所以古人喻外来坎中真铅名之为虎，以虎之性好伤人，难以驯伏，必得真汞以合之，则气不下坠，血不外散；内里离中真汞喻之为龙，以龙有奔逸之患，不能善善降伏，必得真铅以制之，则神无妄思，精不外泄。此龙虎之所以名也。至名曰铅，以其下沉而不起，喻人之真气，自从破体而后，日夜动淫生欲，不能完固色身，必得汞火下入，然后水得火而化为一气，所以无走漏也。

尔等近已会上乘妙道，丹经比名喻象，要不外"水火"二物。到得水中火，火中水，水火不分，化成一气，即金丹矣。要之，得丹不难，只须片响之工，唯温养此丹成圣为难。生须勉而行之。

三十、性命交会，始产真种

修炼一事，则无他妙，只是一个太极。若于虚极静笃之际，实实有一段太和气象，完完全全在我方寸，即得真一之气，可炼天元神丹。何况玉液小果之修，焉有求之而不得、取之而不在耶？况此虚极静笃，浑无物事存于胸臆之间，即吾人未生时，此个真元心体在于虚空中是也。然此虚无一气，实统天地人物而同归。《中庸》云："尽性而参天地。"孔子云："修己以安百姓。"其道岂有他哉？不过此虚无中一点真气，为之感而遂通焉耳。人于虚无之气，果认得清楚，踏得实在，天下何事不可为，何人何物不可与哉？修道人，于此一著，要认得端倪，不许他杂，方算至清之水源，可以炼成仙丹者。

虽然，即得此个真气，还是浑沦完具，未曾剖开，犹不足取长生之药，证长生之果，故道家又有性命双修之说。到得虚无之极，忽然一惊而醒，一觉而动，太极开基矣，天地始判矣，而人物之生遂于此无穷矣。此时一觉而动，即太极动而生阳，阳气轻清，上浮为天，如人之有性也。及至动极又静，静而生阴，阴气重浊，下沉为地，如人之有命也。此天地一阴一阳，即人身一性一命。然但曰阴阳动静，而无交合之道，则天地之生机不能畅遂，人身之生理断难完成。天地必须一阴一阳相为往来，阴中含阳，阳中抱阴，方能成亿万年不敝之天地。人身亦必一性一命相为流通，以性摄命，以命归性，方能成亿万年不死之人身。何也？天地一阴一阳交，而生机自畅；人身一性一命合，而生气弥长。未有天地阴阳不交，而能生育无疆者，亦未有人身性命不合，而能长生不老者。

总之，生等既明性命交会，始产本来真种。真种者何？即虚无中一点元气，亦即太和一气。尔等如有不明，不妨求之冥漠无朕间，有一番中和趣味，有一点恬淡意思，身心爽健，腑脏安和，即真一之气所在矣。夫人未有身时，得虚空此个真气，而后投之父母胎中，借天地之灵阳，假父母之精血，而后无形生形，无质生质，十月落地下来，虽与父母分离，而天地一元真气，初未尝与身离也。尔学道人须知，此个真一之气，是天地人物之至宝，有之则生，无之则死。必于此真一之气发动，不许他泄，务运子午河车，将来配合我后天虚无之性，合为一体，返还身中，而后长生可得。再加神火内炼，真息外行，内外交修，而神仙可证矣。尤要知，此个元气，无精粗表里，无在而无不在，处处隄防，外不遣言语应酬而泄气，内不令梦遗交媾而漏精，如此无内无外，无大无小，无一处不施其工，始得聚积而成一洞神仙。不然，未有能成者也。不怕一，只怕积，信然信然。

《乐育堂语录》卷三

一、道贵真传，首务功德

自古师尊传道，鲜有如吾今日之单传直指，必抉至十分透彻，不留一线余蕴者。是岂前圣之不能传哉？亦由时势之各异耳。迄今人心陷溺，世道浇漓，大道之微，存者几希；世教之坏，危于累卵。其沉溺于记诵词章者无论矣，即有笃志圣学，身体力行，直至三五年之久，不得真乐，甚有童年讲学，皓首茫然而不知其底蕴、尝其旨趣者，虽由习染既深，锢蔽日久，后天气质之性、物欲之情，竟视为固然，而要皆由于教养之大坏，不得其真际有以致之也。

或曰：四书五经之解，诸子百家之注，迩来汗牛充栋，较前代为过焉，乌得谓教之无术？府厅州县之学校，党庠术序之师承，当时遍满天下，较古昔犹多焉，何谓养之无所？呜呼！是不知道之所以然，虽读尽五车，无益也；不明教之所从来，虽讲席万座，何裨焉？故言愈多而道愈晦，师愈繁而教愈纷矣。夫以其无承道之人，影响之谈，依稀之论，非徒无益，而又害之。俗云："要知前途三叉路，到此须问过来人。"知不真者，虽多言而何益？行不至者，纵明示而皆非。以故世衰道微，上下皆驰于名利之场，鲜有知仁义之德是吾人真乐地者。

嗟乎！道之不行，由于道之不明，亦因道之不明，愈见道之不行。吾师目击心伤，不忍大道废驰以至于此极也，所以此次所传，必如老吏断狱，不穷究到底而不已。诸子幸遇其际，其前缘前根已结之有夙矣。虽然，不闻吾教诲，得吾提撕，纵诸子凤根未坏，灵性尚存，三五十年亦不能洞彻本原，返还性天也。倘若功未积，德未累，即日夜讲论，直至终身之久，亦无豁然贯通、了道成真之一候。故吾师传道，必以立功、立德为首务，否则魔障难消，修持多阻，不知者反以吾道为非真。

吾师此山设教，其得吾真传者仅有数人，人才之难如此！孟子曰："得天下英才而教育之，三乐也。"吾深信其语矣。如尔数人，个个皆有根缘，人人皆重德行，所以其言易入。若非诸子数人，吾教终成画饼。某生心力俱疲，已得三昧真火，但候功圆行满，炉火纯青，方能跳出迷津，直超彼岸。某生再加猛烹急炼，亦必丹成有象，真乐无穷，回视声色货利，与夫恩爱之乡，皆孽网情罗，了无足系其心者，此为得道之真验。若夫大丹无形，大道无象，或有或无，人不可得而见，即己亦不可得而知。唯有尘世尊荣之事，室家之好，平日所最系恋者，于此有得，重于此，自然轻于彼；乐于此，自然恶于彼，有不期斩除而自然不介意者，此真融融泄泄，大道有得之真验也。

吾今叮咛告戒，欲求超脱红尘，诞登彼岸，得孔、颜之真乐，为天地之完人，其必先行布施，广行阴骘，上格苍穹，而后冤累全消，庶无阻挠。故曰："凡俗欲求天上宝，随时须舍世间财。"又曰："若使凡夫能知得，天上神仙似水流。"甚矣哉！道虽大公无私，然亦不许匪人得入也。此岂天之有私耶？若不如此，善恶何以分明，报应何以昭彰也？某生见已及此，但未至于熟耳。若到纯熟，其乐不可名言，始知古人杀身成仁，舍生取义，人所视为畏途者，彼皆视为乐境也，又何况其小者、外者耶？学人必到此地，方能淡得红尘。诸子扪心自问，然欤？否耶？

二、道合虚无，踏实守中

天地之要，别无妙义，总不过一"虚"尽之。如能于虚处把得定，立得稳，自然日充月盛，学缉熙于光明，夫岂但六通具足已哉？虽然，以言其体，则本虚也，因有生而后，气拘物蔽，如一空屋，本自阔然开朗，只为阴渣尘垢间之，则开朗者不开朗矣。以言其用，则又至灵，只缘习染尘垢，犹金之陷于泥沙，则光明者不光明矣。所以吾道教人，不外"虚实"两字。即如水底金生，有蓬勃絪缊之状，此实也。而上升下降，听之自然，出以无心，则实也而虚之矣。又如灵阳一气，原无声臭可言，此虚也；而彼此感召，自归炉鼎，炼成婴胎，则虚也而实之矣。如此虚中实，实中虚，才是成仙证圣之本。

无奈今之人，知养虚静，而即著于虚静一边；只知踏实，而又著于踏实一边。此为泛泛之虚，非真真之虚；为死死之实，非确确之实。何也？道本无名相也、无方所也。必要以无方无所而又似有方所行之，方合虚实兼赅之妙。彼执无著有，虽所堕不同，要皆同此一病，非大道之微妙。

诸子以吾师今日所示为本，庶几越坐越妙，愈久愈融，不似前此之打坐不久而神气即倦矣。设或稍生息弛心、厌烦心，不须向他处去求，只自问心之虚与不虚，气之实与不实。如或太虚，虚而无著，势必心神飞越，游思杂念因无著落而起矣。抑或踏实，实而不空，又如肩挑背负、手持而足行者，终日终夜，永无息肩驻足，安得不困苦无聊、倦怠不堪乎？总要知，虚也而我无意于虚，实也而我若忘其实，如此行持，即孟子云："若禹之行水也，行其所无事也。"唯其无心于事，自然无事于心，则神不劳扰，气不累赘，打成一片，自然神融气畅，心旷神怡。如此久行，未有不得其旨趣而不能耐坐者。总在诸子心领神会，不许一念之非，据我灵府、乱我心性，得矣。诸子近造吾道，已得三昧之真，只为用火采药多著于实一边，因之不见趣味，故坐久而生厌倦。唯其道不合于虚无，即不似我本来物事，无怪乎气血不流通，坐久而身体俱痛，难以终一周也。

炼丹之道，先要踏踏实实，从守中做起，然后引得本来色相出来。苟不踏实，何以凌空？故三丰云："凝神调息于丹田之中。盖心止于脐下曰凝神，息归于元海曰调息，守其清净自然曰勿忘，顺其清净自然曰勿助。"如此久久，心神畅遂，气息悠扬，不假一毫人力作为，自然神无生灭，息无出入，俱是安闲自在。斯时也，始将不神之神、无息之息，随其自运，听其往来，一若我与神气融洽为一，又若我与神息两不相关，此当放下又放下，而后阳生有象矣。到得阳生，我即收归炉内，颠倒逆用，返还造化，以成无上极品金仙。是故用力者，概不是道；不用力，亦不能自成。须用力于前，顺行于后，所谓"尽人事以听天命"者，是其旨矣。诸子近来工夫，当用力处，到还知得；至于不当用力的，一味听之自然，这就大错，知否？

昨日闻生言，神静气调之会，而有心神搅动，不肯皈依之状，此非神之动也，乃气机未到自然，不免在心中冲突。此无他法，唯有坐镇主人，一灵独照，管摄他，不许他妄走；调和他，不使他不安。久之，气一静，神自恬，安有心神出入之患哉？

又言："天心为主，元神为用"者何？天心，即寂然不动之中而有一个主脑；元神，即感而遂通之后并不知所从来。此皆自然而然，一灵炯炯，万象咸空，虽日用百端，而天心元神究不因之有加损也。生能识得这个消息，始知炼我虚无之阳，以为我成仙证圣之本。噫！此个天心元神，修行人鲜有能识其真者。须知无时不在，但将万缘放下，而我之主宰自若。即私欲满腔之日，而我之主宰亦自若，不过因物欲而偶蔽耳。在初学之士，未得神清气爽，虽有天心元神，尚未十分透彻。我今示尔。唯于寂然不动中，而有一个主宰，不令外来之物纷纷搅扰，即炼我之天心也。及至感而遂通，亦要有个主宰，勿令我之灵阳被物牵引而去，即炼我之元神也。焉有不日积月累，而成一极品之神仙哉？

总之，学者下手之初，须如血战一般，一棒一条痕，一棍一点血，用十分气力，然后有得。否则，因循怠玩，一曝十寒，未有能成者也。吾师此日所言，句句是切近工夫。但要耐烦辛苦，自家猛勇精进一番，然后澄之又澄，静而又静，不觉恍惚杳冥，真阳发生，而人如痴如醉矣。蕴蓄久之，自有真人出现。岂若旁门小术，徒固阴精，以成幻相之神者哉？

三、温养两般，内外符火

论阳生不一，有外动之阳生，前已示过。若内动之阳生，还未亲切言之。夫内动阳生，实由静定久久，自然而生者。有由偶尔入定，当下即生者，此神入气中，融洽为一之象也。我于此再为蕴蓄，内中天然神火，任其静而动，动而静，盘旋于丹鼎中，再用外之符火，听其上下往来、行住起止，所谓"周旋十二节，节尽更须亲"是。到得内火一旺，外火自回环于一身之中，鸿鸿濛濛，无有底止，此即气周神外之候。我于斯时，唯有坐镇主人，凝定中宫，务使内想不出，外想不入而已。

诸子近时已做到此处，吾师看来，还未十分如法。当退符时，一味无思无虑，似乎到佳景[1]，不觉又他去焉。盖因未曾老炼，不妨再数周天之息，以招回之。久之，至于化境，不须搬运推迁，而吾身蓬蓬勃勃，上为薰蒸之气，下为坎水之精，周流一身，上下往来，无有穷期者，此息不期调而自调，精不期炼而自炼，所谓"真橐籥"，又谓"长吹无孔笛，时鼓没弦琴"者是。此非吾独撰也。吕仙云："温养两般，内神火而外符火。保全十月，去有为而就无为"是。此时虽云无为，亦要知，无为之中，有个真正主人为我主宰，才不落空。又还要回光返照，数息而若无数者，方能保固真阳，生长婴胎。柳真人云："一息去，一息来，息息相依莫徘徊。"由此观之，内之神火，须当安闲自得，调停中立；外之符火，是为温养之火，唯加一番谨慎，著十分了照，听其息息归根，息息入定，化为自然之神符，毫不假一分人力，得矣。

吾观诸子，上榻之初，也知数息招摄此个元气，到得返还之后，多有遽行下榻，所以一下榻，身中自然元气又不在了。又有将到佳景，还未十分稳当，忽然此心烦躁，不能久耐，所以未下榻时，元气已经打散。此中工用，须要静之又静，耐之又耐，坐到天花乱坠，周身血气自然踊跃，我身浑如太虚，直若无有身形者然，又若此身在气机包裹中，如春蚕作茧一般，我于此唯有一灵炯炯，独照当中，内外浑忘，有无不立，才是真诠。

诸子积诚已久，结念已深，吾故将此温养神火、符火一齐传出。从今日起，须于未坐之先，一切料理清楚。即有忽来之事，实属紧要者，不妨下榻相应。如非急务，不必通知。无论有效无效，务要用一点神光微照，为我主张。行住坐卧，皆是如此；视听言动，无不如是。推之事物纷投，困苦迭至，亦无有不从容中道者。只怕人心不死，道心难生，又复悠悠忽忽，今日如斯，明日如斯，故终年竟岁而了无进益也。若能遵守吾言，未见有不成者。

四、夜半声雷，玄关诀要

夫玄关一窍，正阳生活子时。吕祖云："万有无一臭，地下听雷声。"古仙云："忽然夜半一声雷，万户千门次第开。"雷乎雷乎？神哉神哉！从此二

---

[1]　景，底本无，据后"又有将到佳景"云云增补。

说观之，难道玄窍之开、真阳之动，色身中岂无真实凭信，而漫以雷声喻之乎？张祖又云："雷声隐隐震虚空，电光灼处寻真种。"古来仙师，个个俱以雷鸣比之者，何哉？吾今直为指出，即尔生入定之时，忽然神与气交，直到真空地位，不觉睡着，鼻息齁齁，一惊而醒，此即是天地之根、人物之祖。吾身投胎夺舍，其来也，即此候忽杳冥，忽焉惊醒之一念也。尔生果于入定时，凭空一觉，即是我本来真面，急忙以真意护持，切勿稍纵，如人乘千里骥，绝尘而奔，暂一经眼，便要认识，不可延迟，迟则无及矣。故曰："以前不是，以后不是，露处只在一息，一息之后，不复见焉。"尔等务要于静定时，偶有鼻息齁齁，急忙起，立将此清空一气，收摄将来。如此坐一次，必有一次长益。果然不爽其时，不差其度，不待百日，基可得而筑矣。此等要诀，古人但说玄关，未有如吾师实实向人身中指出者。是知丹诀关乎功德心性，不易语也。子贡有云："夫子之言性与天道，不可得而闻也。"

生等自此以后，第一要先将念头凡息治得死，所谓"死得过，信才生得起来。"又闻尔生云，光明和尚言："要如落气时节去修炼"，得矣。此时耳无闻，目无见，万缘放下，一丝不染，从此跃出，非大道而何？故曰："从无知无觉时，寻有知有觉处。"斯言洵不虚矣。苟未能息气死心于平时，安得生气大开如此充满世界乎？若夫年老之人，卦气已尽，精神日枯，不从此妙觉修去，何以四大牢固，能久岁月？然但知此窍为主，而不知流行一身，进火退符，调和一身血气，又安得长久不毙耶？故古云："老年人气血已枯，竹若不敲，安能大觉？琴若不和，安得长神？"故解敲竹者，即寂然不动，感而遂通；唤龟者，即礼下于人，必有所得。至鼓琴一喻，以真阳一到，自鼓荡其阴霾，和合其气血也。生等须从此百尺高竿再进一步，道不远矣。

五、火候药物，丹家秘传

古云："圣人传火不传药，传药不传火。"火候之说，不过内外呼吸之息尽之。然直指呼吸为火，又不是。呼吸，风也；火，则神也。以风扇火而成药，即以息运神而成丹。故古云："药不得火不化，火不得风不融。"于此可见火药矣。

又曰："药即是火，火即是药。"盖火药之名，无有定论。当其神气合一，坎离相交，而大药生其间，绲缊腾兀，谓之为药，然火即在药中也。及乾坤交会，龙虎金木，混合为一，收敛黄庭，无声无臭，但以一点真意持守，是即以火温养。故炼时谓之为火，火中自有药在也。然只是一个动静而已。动而有形，喻之为药；静而无象，拟之为火。此殆无可名而名，无可状而状者。

尔等须知，火药二物，是先天一元真气，即《中庸》云："天命之谓性"是。性在此，命亦在此，大道亦无不在此。学者须以心心相印，庶几有得焉。

吾又言外药、内药者何？必内药有形，外药可得而采。内药，吾身之元气也。外药，即太虚中之元气也，此殆不增不减，随在自如。但非内照、内养有功，必不能招回外来之药。故《大集经》云："佛成正觉于欲色二界天中。"即是以元神寂照于中下二田，内之元阳发耀，外之元气自蓬蓬勃勃包裹一身，浑不知天地人我。此殆内外合一，盗得天地灵阳归还于我形身之内，久之则炼形而化气，所谓"神仙无别法，只是此气充满一身内外"焉耳。

生等既知真药，犹要得真火以煅炼之，"以神驭气气归神，不必他术自长生"。倘于此有离，神不守舍，即火药失其配偶而旋倾。此以元神采元气，即如夫妇、子母之不可离，离则药不就，丹不成矣。夫元神，虚也；元气，亦虚也。以虚合虚，即是以虚合道，形神俱妙，与道合真。只怕人心不死，道心不生，凡息不停，胎息不动，则不能与天为一，难以采天地之灵气矣。

若火候之说，更有说焉。火，即神也；候，即息也。要以元神运元息，即绵绵不断，固蒂深根者也。要之，此个火候，必要天然神息，如赤子处于母腹，随母呼吸以为呼吸，自家毫无主焉，斯火真药真，而丹未有不成者也。生等于此思之，大道不难求矣。

六、药物老嫩，结丹于无

古云："鱼跃鸢飞，无处不是化境。水流花放，随时都见天机。"人能于自家心上打扫干干净净，一年四季虽有风云晴雨之不同，而其中之景况，无在而非生机勃勃，有何忧乐之可云哉？独惜人不知道，美景现前而昧焉不觉，只是一腔私欲，身家萦怀，衣食钻心，无惑乎天人不相应也。诸子当此春日在即，久雨初晴，亦有一番新气象否？要知此个气象，即是生生不已之机，一阳来复之状。悟此，即知人之阳生活子如是，如是不增不减也。

但下手之初，务要先将杂念、杂尘，一切扫除，庶有混沌之象，所谓无为者是也。忽焉神气相抟，所谓"玄关火发，杳冥冲醒，"即无为中生出真消息来，始为有药可采。吾见诸子，大半上榻时，不知入混沌境，以求阳气发生，所以空采空炼，不见长益者，此也。故曰"采药于无，恍惚之中，阳气生焉"是也。到得阳气初生，即吾身少阳之气，当以少阴之火配之。此时采取，务须轻轻微微，药方不走，知否？从此一呼一吸，一往一来，久久酝酿。此酝酿时，即是混沌时。夫以天下万物之生，非阴以荫之，雨以润之，则不能抽芽绽叶，何况丹道？故必于一阳之后，又配一阴。到得阴荫既久，自得真阳直上，我因其动而升之，凝于泥丸，又当混沌一刻，使神气交融，化为一点灵液。到得灵液一降，归于中黄正位，我于是以自然火温之养之，待气机再动，再行法工。

诸子工已至此，自有真正神息发见，而口鼻之息，绝无动机，此大药将生时也，故曰"结丹于无"。杳冥之内，灵丹成焉。丹既成矣，养胎于无，温温液液，自然胎婴长成。若非以元气养元神，元神安得充壮？既不充壮，凡遇一切忧郁逆境，皆能动之，盖以神不壮而懦弱故也。孟子养浩然之气，至大至刚，塞乎天地，又有何事之可扰哉？不然，圣人亦犹人耳，何以遇患难不堪之境，以及遗大投艰，无不处之泰然、无入不得？夫岂有异于人耶？只是将元气化成元神，当此之时，气即神，神即气，浑合无分，所以能如此也。

所患学人有求速之心，反加躁暴之气，又患阳既生矣，不知是清清净净一个物事，反生一心，加一意，因之夹杂后天，即使送归鼎炉，封固温养，亦不成胎。古人谓"药老不成丹"，即夹后天阴识故也；"药嫩无可取"，即是阳气未见兀兀腾腾、氤氤氲氲之象，急以意采之。如是行火，反耗散元灵不少。学者须于此审慎行持，庶不为无益之劳焉。

七、先有乐地，炼性见性

天地间景物宜人之处，其实不在景物，在人心之得与不得耳。故同一美景，君子见之以为乐，小人见之以为忧。盖以君子之心虚而灵，无时不与天地合撰，是以相观而益得；小人之心私而暗，无时不与造化相违，是以对境而生悲。总在人心之自取耳！尔等学道有日，亦能随时随地而有自得之乐否也？果能于晴雨晦明皆无所碍，即可以处富贵贫贱患难之境而无入不得焉。此虽小小事端，然即小可以观大。

生等第一要先有本领，然后不为世路崎岖所困。古圣人所以囚羑里而作《周易》，厄陈蔡而操弦歌，即是胸怀浩荡，在己先有乐地，是以无在不乐其所乐也。尔等于此界地，切勿谓圣人可能而我不能也。

某生行工多年，气机虽然条畅，而不见筑固基址者，只因下手之初，未见本来真面，是以妄采妄炼，夹有渣滓在内，故不能直上菩提，大开福果也。吾念汝平素好道心诚，今与汝抉之。否则，尔年迈矣，兼又错走路头，欲其返本还原，归根复命，难矣。

大凡打坐，必先将万缘放下，一丝不挂，即是此身亦置之于无何有之乡，我亦不觉其有象。如此一念操持，即一念归真，到得浑浑沦沦、无人无我、何地何天之候，即性也。性，即仁也。我若有觉，即是真正见性也。由此真性，发为元神，即真心也。明心见性，有何难哉？

盖炼而曰丹，丹即先天元性，然必以真意为之主宰，而后才为我有。夫曰真意，即真心也。有此真性，方为有本；得此真心，方为有用。否皆盲修瞎炼，后来有成，亦不足为仙人重也。到得见性之后，一灵炯炯，万象咸空，于是以吾身蓬蓬勃勃氤氤氲氲先天至精元气，运行于一身内外，上下往来，即是以元神炼大药也。如此采取，如此烹炼，方不是后天神气，亦不至枉劳心力。大约真性一见，真气一动，认真修炼，不过一年半载之久，丹基可固，成一长生不老之人仙。总要下手之初，认真"性命"二字，何为仙，何为凡，庶几采取先天，烹炼一过，自成一先天大道。若杂用后天，犹种良苗而和乱草，乌有好结果哉？

虽然，性之为物，如此易见，何以成道之人如此其少哉？亦以见性在一时，而炼性则在终身。唯能以先天元性为本，时刻操持，自然日积月累，而有缉熙光明之候。如初时见性，不过混沌中一觉，不能八面玲珑。必养之久久，吾身元气与太虚元气无间，方有此境。

又曰："人身浑与天地一气，除却有我之私，皆是天也。天岂远乎哉？"欲到此地位，须心空无物，性空似水，至于忘物、忘人、忘我，才有此太和一气。学者欲与太虚同体，必使内想不出，外想不入，即出入息一齐化为光明，浑觉自家只有一点灵光而已。所谓"元始现一宝珠于空中"；又谓"一颗明珠永不离"；又谓"炼成一粒牟尼宝珠，"其喻名不一，而要不过一灵显象，常应常静已耳。苟非采得先天一点水中之金起来，将神火慢慢煅炼，逼之上升下降，收回五明宫内，乌能结成如此之宝珠哉？此即见性见到极处也，先天元性亦将成法身之时也。吾师今日所云，实实指出元性本末始终形象。生等由此了悟，不拘于吾师之言，亦不离吾师之训，各人在身心上认取出来，方为真得。

八、展窍开关，真药成丹

人生在世，有许多岁月？若不急早修炼，返还固有之天，一入冥途，又不知落于何道？为鬼为蜮、为禽为兽，这就可悲。仔细思量，何如修德明道之为愈也。虽然，修炼固人生美事，独奈红尘滚滚，迷失本来性天，不得真师指示，又安能知道行道而不失其正也哉？故世有多年学道，到头了无一得者；又有终身勤苦，到后竟入旁门者；更有自修自证，不假师传，盲修瞎炼，反有伤于性命者；甚有亲师访友，不惜财力，自喜自得，终久受人欺诳者。兹幸诸子，一入门时，即不落于异端邪教，亦是莫大宏福。遇而不炼，炼而不勤，就辜负夙世良缘，以后恐难再遇也。

某生行工多年，河车运转已非朝夕，何以不见基成者？良由下手之初，不得真清药物，是以夹杂欲妄，一任日积月累，不啻窑头之瓦，夹有渣滓在内，终劳而无成也。今为生示，日夜行工，须要先定一时，灭却知识之神，泯乎思虑之念，身坐如山，心静于水。如此澄净一番，果然身心安泰，气息和平，于是将双目微闭，凝其心神，调其气息，任其自自然然，一往一来，一开一阖，呼而出，不令之粗，吸而入，不使之躁，久久自无出无入，安然自在，住于中宫，此即凡息停也。凡息一停，胎息自见。如此慢慢涵养，自然真气冲冲，上达心府，此展窍也。盖以真气有力，直上冲乎绛宫，庶几一身毛窍亦有自开之时。所谓"一窍相通，窍窍光明"是，又谓"一根既返本，六根成解脱"是。学者行工到此，始可自虚危穴起，往后而达尾闾，直上泥丸之宫。若但气机微动，或仅冲心府，不见七窍大开，又不见一身毛眼皆开，此非真展窍时，切不可骤运河车。况无水行火，必烧灼一身。务要有此景况，方得内真外应，外感内灵，吾身之气与太虚元气合为一体，所谓"真药"者此也，又谓"人盗天地之气以成丹"者此也。诸子果有真药发生，流通一身内外，则多年凝滞阴气自化为汗，从毛眼而出，一切浊垢之污销融净尽，吾身气质变化，自渐近圣贤矣。

吾再示生。前工行久，前路已熟，一时不能丢脱，不妨将我元神收罗于玄玄一窍之中，宛然无知无觉，似一个愚痴人一般，其实心死而神不死也。此即古人筑基已成，只因和砂拌土，起手夹有渣滓，到后还玉液丹，不能坚固耐久，所以又将从前工夫一概抛却，独归浑穆之天，以淘汰乎滓质之私。此亦一法，尔生请自裁之。

吾观斯世学人，有但知炼精者，有徒然伏气者，亦有徒事炼神者。一节之修，不无可取，而要其保血肉之身、出阴识之神，总非大道也。更有口言虚无大道，万缘放下，一尘不染，殊不知放下仍然提起，不染依然大染。不但无为等教多有如此，即从事吾门弟子亦坐此弊。唯尔等有见于此，故吾师喜与生诀。

大凡修道，必以虚灵之元神，养虚无之元气。此个元气，非精、非气、非神，然亦即精、即气、即神，是合精、气、神而为一者也。夫人要修大道、成金身，非得此真虚元气不能也。然知之犹难，何况把持乎？

总之，修炼大丹，非偶然事，不是历有根器，万不能遇。如今切勿自足，还要多积阴功。阴功岂在外哉？只将吾大道，遇有缘有德之人，广为开化，大功即在此矣。

九、温养本原，清真药物

今观诸子静养，多有天心来复，然不见成功者，何也？夫以本原虽彻，而温养未久，以故理欲迭乘，不能到清净自如之境也。今为生告，务要于洞见本原后，常常提撕唤醒，如瑞岩和尚常自呼曰："主人翁惺惺否？"又自答曰："惺惺。"似此整顿精力，竭蹶从事，夫焉有不终身如一日者哉？近时吾不责面壁温养、炼去睡魔之苦工，然饥时食饭，困时打眠，亦要常常提掇，一昏即睡，一醒即持，不可令其熟睡，长眠不醒。似此一举一动，念兹不忘，一静一默，持之不失，即道果有成熟期矣。吾曾云："颜子得一善，则拳拳服膺，又是何等精神？"得一善者，即洞彻本来人也。拳拳服膺者，即于洞见本原后，时时提撕唤醒，不许稍有昏沉，而令本来人为其所迷也。诸子于此有会心，时时无间，刻刻不违，自然心与理融，理与心洽，犹子母之依依而不忍离也。《书》所谓"念兹在兹，释兹在兹"，即是药熟丹成之候，始有此光景也。周公坐以待旦，夜以继日，其即此意也欤？

然下手之初，尤要认定清真药物。精非交感之精，乃是华池中一团神水。《大洞经》云："华池神水融，涌泉灌而润，周流无有穷。"是到底生于何所？动于何时？此非漫然从事也。学人打坐之初，屏除幻妄，收拾精神，轻轻微微坐一晌，忽焉神入杳冥之地，猛然一觉而醒，此时我即观阴蹻一脉动否？如其有动，我当收回空中，即无有动，亦当收回空中，即精生时也。吾观诸子气机不同，姿禀各异，有动者，亦有不动者，要皆始念清明，玄关火发，杳冥冲醒，即无动亦精生也。精生即阳生，此为真实把据。

气非呼吸之气，乃凡息停，真息动，充周一身内外，有刚健中正、纯粹以精之状，主宰乎先后天之呼吸，周流乎身内外之阴阳，殆可知而不可象者也。然究竟动于何时？运于何地？坎离一交，凡息一停，此气即与天地相通，此即气生之候，由涌泉而上，自十指而起，渐渐周流一身，一如天地气机运行不息。苟有一处暂停，即为死物，为病机，非活活泼泼圆通不滞者也。

神非思虑之神，乃由混沌后，无知无觉时，忽焉而有知觉，即真神也。我于是主之，不令游思妄想参杂其中，只一心，无两心；只一念，无两念，即元神用事，识神退听也。

要之，神也、气也，皆乾坤阴阳之所与我者也。乾，阳也，阳赋吾性，性寄于心，而发为神，神则无所不照而无物不知者也。坤，阴也，阴畀吾命，命界于身，而发为气，气则无时不运而无地不充者也。此性命之原，亦即神气之所由立也。然犹非吾人炼丹之本领，修道之真宰也。夫以此个性命神气，犹是玄关一动，太极开基，判而为阴阳，寄之人身，则为性命、为神气，犹是一而二者也。若要真正丹本，必于太极未动之前，鸿鸿濛濛一段太和之气，非性亦非命，即性亦即命，有非言思拟议所能穷者。尔生今已洞彻源头，吾不再劳唇舌。

十、道即太极，山根玄膺

吾师丹还金液，脱却轮回之苦，尔等还在半途，赶紧修炼，直证无上菩提，庶几法象常在，永不为鬼神驱遣，堕入三途六道。不然，难矣。莫说尔等后学，未至大还，即如唐宋以来诸仙，多有仅还玉液，未了金丹，到得福缘一尽，业果即临。看来人不证金仙，犹是凡人一般，不过恶业少，不入牛肠马腹而受诸苦中之苦耳。

诸子趁兹法会宏开，教筵大展，天上高真，不以小过相绳，亦不以资格相拘，只要有志入道，无不遂其愿望之心。独惜遇而不炼，即不免苦恼之场矣。生等正好一力承道，不作古今第二人想，立如此大志，即仙真亦喜助而不厌焉。想法会未开之年，求道之士，欲得真师传授，非由千里万里之遥、劳心劳力之苦，万不能感格上真，下而拔度。生等如今，不出门庭，不劳心力，即得吾师传玄，何便如之？何乐如之？较吾当初得师授诀，十分便易。如此而不修，吾恐仙缘一散，难再遇矣。诸子勉之！

今日再抉修炼之要。夫道，即太极也。心，犹阴阳也。精神魂魄意，犹五行也。此道悬于太空，未落人身，无极太极之理，阴阳五行之精，浑浑沦沦，浩浩荡荡，团聚一区，有何五行，有何阴阳，究有何太极哉？总之，一空而已，一真空而已。当一感而动，一触而起，又至奇至妙、至灵至神，而化生万物于不尽，极奇尽变以无穷也。迨至落于人身，已成血肉之躯，气质之变，物欲之染，五行非其真，二气非其故，即太极亦锢蔽而不见矣。修道岂有他哉？不过教人去其本无之污，以还固有之良已耳。

初下手时，先要认真自家太极。太极，即本来人也。认定此物，以我一点智慧烛之，即达摩所谓"净知妙圆，体自空寂"是。于是无知无觉时，忽焉有知觉，即净知也，妙圆也，即本来人也。故曰："此一觉也，亦无他物，以虚觉虚而已。"吾人于混沌时，有此一觉，急忙摄提真念，用吾真意（此意虽主发作，然只一心无二，犹是本来之意，去道不远）。以此交媾水火，会合金木，久久烹养，后天心肝脾肺肾所藏之精神魂魄意打并一团，浑是先天真阴、真阳，所谓"返于太璞，还于太初"，仍是当初未生时，浑然一团元气是也。如此则近道矣。

人身还有紧要之处，如山根、玄膺二窍，皆是通精气往来要道。人能存想山根，则真气自然上下，复归黄庭旧处。人能观照玄膺，则真津自然摄提而上。尔等每行一次，此二穴不可忽也。古云："玄膺气管受精符"；又曰："玄膺一窍生死岸"；又古云："山根是人初生命蒂。"吾人开督闭任，通气往来，即是此窍。苟能存神于兹，自可长生不老，却病延年。

十一、周天工法，子午卯酉

吾见生等河车之路已通，此时不用河车流通一身，灌溉丹田，势必精盈气满，有倾倒之患。故《易》曰："日中则昃，月盈则食。"天地尚且如斯，而况于人乎？

古人传周天工法，莫如丹经所云："问吾子在何时？不过药生时节。"此药之生，杳无气息可寻，忽焉坎离一交，"偃月炉中玉蕊生"之候也。此为真药发生，我于此寻得太初元始之气为首，以元年元月元日元时发火行工，方是天开黄道，大吉良辰。如此之药，方不夹后天滓质。生于此审慎其机，不过老，不过嫩，方不为药生而不采，仍化为后天有形之物也。

至云午退阴符，又是何状？古云："问吾午在何时？不过药朝金阙。"顾何以知其朝金阙，上泥丸哉？其必于进火之时，轻轻微微，用起后天呼吸，将元气催促上于昆仑顶上。此时虽不见银浪滔天、金晶灌顶、百脉悚然、九宫透彻之大效，然而药气上引，周身踊跃，气机运转回旋，无有一毛一窍之不到者，恍觉身如壁立、意若澄渊。此真阳盛之时，正阴符起手之时，所谓"阳极生阴"，斯其旨矣。生等行工至此，须退而向下，不可仍用催迫之力。若再行火，势必将元气逐散于外，而不能收回五明宫中以为丹本，是空运也，有何益哉？

又云："问吾卯在何时？红孩火云洞列。若无救苦观音，大药必然迸裂。"所以卯门宜沐浴也。夫以气机之运，充周一身，要非先天真火，都是后天相火为之。若意思太重，气息太紧，犹如夏日秋阳，人不能耐，所以有红孩相火之喻也。斯时即当退火停符，一心了照，不东思西想足矣。故曰："若无救苦观音，大药必然迸裂。"夫以观音喻者，以大士大慈大悲，一片仁慈和蔼，常以杨枝遍洒净瓶甘露，以救人间烦恼。此时亦当以仁慈和蔼之心出之，了无烦热为患矣。

又云："问吾酉在何时？即是任同督合。斯时若没黄裳，药物如何元吉？"酉沐浴者，即以气息退于绛宫。此时后之督脉与前之任脉，两相会合，聚于一区。何以知其绛宫？绛宫之地，神气凝聚，势欲充满，甘津滴滴，一路有声。此时，三宝会于绛宫，而炎炎火势又似如焚，我惟以冲和之意，保之守之，而气息之上下，亦听其自然，即退阳火、停阴符也。停之片刻，然后收回斗府，温之养之，太和元气在是矣。学人行工至此，将药气收归炉中，觉照不息，久之，灵光晃发，照于沧溟北海中央戊己之界，如日月之长悬，此我之元神化为玄珠者也，故曰"水底玄珠，"又曰"土内黄芽"。要皆自家本来元神化为真意，到此收敛时，真意仍化为元神，以返还于先天一元之理气，浑然无疵，粹然至善也。

生等每坐一次，亦觉有此元神也，闲闲雅雅，气机动而他不动，气机静而他无静，此正本来人现象也。见此即为见性，知此即为明心。且有此一觉之悟，即大觉金仙之基在乎此矣。生等已了彻此物，实有此物，慎之慎之，毋自负焉。

十二、志心修道，采取抽添

人生斯世，除却修道而外，一任享不尽荣华显耀，皆是虚假文章，空头事业。惟有修成大觉，可以快乐千万年，比人间之声势，为大为小，孰得孰失，不啻天渊之判也。然亦千年而一遇者也。

诸子幸逢良会，赶紧修成，岂不胜人世富贵万万倍哉？而或者难之，以为此个事业，虽遇良缘，幸有前根，要非三五年可得，世有修之终身而毫无所得者，更有造之凤劫而未能有成者，夫岂似人世富贵可旋操而旋得耶？讵知有志者事竟成，苦心人天不负，只怕人无志耳，不尽心竭力耳，焉有修道而道不为我得哉？其不能遽得者，良由见之而不行，行之而不力，因循怠玩，甘自暴弃焉耳。苟能一力前修，如饥者之欲食，渴者之求饮，专心致志，壹气凝神，夫焉有不成哉？古云："辛苦两三载，快乐几千年。"昔贤之言，如此其便，夫岂诳语以欺人耶？又孔子曰："我欲仁，斯仁至矣。"以我自有之而自修之，不似权势功名，操之在天，而我不能为之主持。斯言诚道尽学人之本始，可不勉乎？

兹见诸子身心有得，趁此尝其滋味，再加猛烹急炼之工，而出以淡泊和平之意，不待三年五载，即此一年之中，自有大效昭然。虽前世今生，谁无冤怨，然总在多积阴功，以消孽债，庶一举而成，不受魔缠祸侵矣。且于此工夫有进，尤宜礼斗禳星，请诸仙众圣，同作证盟，代为消魔断障，庶几一直造成。此自古修真人第一要务。诸子勿求速效。须知，急成者非大器，躁进者无大功，不如养神养气，极其刚健中正，纯粹以精，然后行返还七日天机，不患其不成也。且神之养极其纯，气之养极其粹，于此不还玉液之丹，似乎无用，要知此时养得十分纯粹，以后还金液之丹更为便易，不需九载十年之苦，便可飞升大罗。生等思之，然欤？否耶？

无奈而今学人，只道守中一则是历代圣人心法，始而守有形之中，继也守无形之中，即可成仙作圣。岂知守中得药，只算半边学问，纵云阳生，只算孤阳，而无阴汞以配之，犹不能结仙胎。夫以其有男而无女，无由交合以生仙也。尤要明采取之法，药微不升，药老气散，此中须得一苗新药之生，采之取之，以之运行河车，不难矣。此无他法，但观自三十至初一、初二，皆是晦暗之候，毫无光华，此即无药、药微之象也。迨至初三，月出庚方，一弯新月，现于天表，仅有一线之明，药之新嫩，亦是如此。故曰："有人问我修玄事，遥指天边月一痕。"是可见，一阳之动，其势虽微，其几大有可观，须仔细探讨可也。

总之，药生不难，必要元神驾驭其间。诸子须知，真神发为真意，以为主持，自可由微而之著，不至为后天知识之神打搅而散矣。此为要诀。何也？神清则气清，神浊则气浊，一定理耳。

至于抽添之法，即抽坎中之阳，添离中之阴。阳即铅，铅即气也。阴即汞，汞即液也。虽气上为云，云下为雨，雨化为气而成云上升，云化为雨而下降，即气生液，液生气，液气相生，凝聚一堂，以神火煅炼，即成刀圭妙药。

但行工之始，一阳初动，昔人比"地雷震动山头雨"，即教人如雷之忽响，突然而觉，即玄关窍开时也。故曰："静中阳动金离矿，地下雷鸣火逼金"是，是即天人合发。何谓天人合发？从无知、无觉时，是纯乎天，不杂以人，忽焉有知、有觉处，是纯乎人，亦不离乎天，故曰天人合发。如此天人合一，始是真阳，可以为丹母者。诸子亦曾探得否耶？

十三、道不轻传，顺受其正

生等行工已久，损几多烦恼忧虑、疾痛疴痒。即此些些小报，思之亦是人间上品仙也。何况由此而修，更有上无以上，玄之又玄，为万古之仙，享清闲之福也哉？生等思之，孰大孰小？自当从其大者而为大人，不堕于小人之群可矣。第此事关乎天命，非无缘无德、无福无根之人可以消受得。

以故丹道不轻传，惟结得有仙缘，种得有道根者，方能遇而能知，知而能行也。否则，即幸逢法会，得闻正宗，其中魔缠祸侵，断乎不免。就是有德、有根之士，上天亦必多方省试，以观其心性坚贞否。至外侮之来，都是我前生今世所造，应偿者偿之而已，毫无怨天尤人之意。若某生家人不受调度，亦尔孽缘夙缔，"莫非命也，顺受其正"，孟子之言可玩矣。他如修炼，还要无磨自励，越磨越坚，纵有不测之事来前，顺而受之，自然无事。

十四、河车要诀，道即在虚

吾示河车一法，其中还有未仔细处。

夫天人冥合，一阳初动，药之初生，有如此状；身心恬静，专气致柔，丹之初凝，亦为此状，俱离不得以柔以和、以默以静。何也？阳须阴配，若是用刚用动，是男配男也，焉有变化？且心神不归浑璞，一于清清朗朗、光明洞达，神即散游于外，不与气交，此所以心用柔也。太上云："挫锐解纷，和光同尘"，可默会矣。虽然，真阳始生之初，只宜轻轻微微采取提升，古云："二分新嫩之水，以二分火配之。"到得升而至于腰脊，斯时气机蓬勃，略有冲突之状，又不妨意思著紧。总之，河车一路，象天地一年造化。从冬至群阴凝闭，一阳初动起火，试思此时之阳为何如哉？到得三阳开泰，又是何状？至于六阳，已到天气大暑，又是如何？从此阳盛之时，忽生一阴，渐渐秋凉，至于隆冬严寒，进退归炉，俱要观天道以执天行，庶合法度。否则，河车一法，丹经俱言大有危险，不顺天道行工，势必多凶少吉。生等于此思之，河车无难事矣。

至若真阳不见大动，不妨久久静养，十二时中，无有间断，自然气满药生，不须三两月为也。

要之，道一而已，一即虚而已。《清净经》云："内观其心，心无其心；外观其身，身无其身。"学人打坐守中，总要将我血肉之身心，看得空空洞洞，惟有凝神于虚，合气于漠已耳。夫虚也、漠也，即神气混而为一，返还于先天浑沦一气时也，即此是真药，即此是灵丹，别无他物以为药、为丹也。故曰："人必外其身而身存，虚其心而心在。"学人只要心无染著，混混沌沌，自然与道合真。此即采取也，亦即烹炼也。所谓"不采之采胜于采，不炼之炼胜于炼"者，此也。果能如此一空，万缘自放，全体自存，此身自净，此心自灵。夫以其虚而无物，即天地万物无不在我运量之中。天人合一之道，惟此一虚。生等未行河车，不妨出之以虚，不著色，不著空，得矣。

十五、生身受气，本来之人

吾师屡言生身受气之初，诸子还未了悟，吾今再详言之。

人未生以前，此气浑于于穆，同夫太虚，一自念头起处，不知不觉，此气即落于父精母血之间。然而此时，只有精血一团，无有形骸肢体，我又在何处哉？此时一点元阳真气，充满于精血之中，由是日培月养，渐充渐长，遂如鸡卵之形，于是有个腔子，我之元气即附于腔子之内，由是下生两肾，上生一心，心肾相去八寸四分许，而元气滚滚漉漉处于其中。又久之，生督脉于后、任脉于前，而五官百节始渐次而成矣。要皆元气伏于腔子里，而后才成一身之形，内有知觉之灵、神明之变也。后之人，欲修金丹以成金仙，又岂可离此腔子而外有所图哉？故曰："心要在腔子里，念不出总持门"是。

吾道教人，必以心光、目光了照丹田，是千真万圣返本还原、复命归根、滴滴归原之正宗也。诸子已知道本来人，我今特示本来人所居之地。调养久久，丹田中觉有一团氤氲冲和活泼之机在内，即本来人现形也。太上曰："恍恍惚惚，其中有物。"物即气，气即阳也。"杳杳冥冥，其中有精，"精即精明不昧，惺惺不乱也。不是凡精，不是清精，殆所谓"心精独运"者是。"其精甚真，其中有信，"信非旁门云阳生活子与外肾举动之时有个信音至，盖谓此精是"纯粹以精"之精，我心必有一段至诚无妄之心，确信得生死事小，性命事大，任他万事纷来，我皆有个安厝，而本来人毫不为之动色，此即返还无极之真也。

诸子从今以后，务要于一念之萌，果是天良发现，自有一番真趣，我必收养于中，藏之深深，即《易》云："洗心退藏于密"是。若瞥地回光，忽觉丹田中上下往来，周流不息，有活泼不滞、流行自如之机，我亦保之养之，务令此气日充月盛，故曰："仙人道士非有神，积精累气以成真"。此即积精累气之细密工也。至于保身体、养心性，要不过由此而致之。

生恐事物之累，有碍修持，要知今生事物，皆是前生孽缘，不必挂心，听之自然可也。生只管行工如常，时以精气流行为主，虚无不著为用，则在在处处都是我本来人现象矣。生亦知之乎？尚其争著祖鞭焉可。

十六、素位而行，随时觉照

古云："虚之极，无之极，忽然洞见本原，而仍以虚无养之。"不起一念，不参一见，浑若无知愚人，打不知痛，骂不知恨，才算有道高人，所以古云："学到为愚才是贤"。但非若世之愚人，灵机滞塞，全无活泼圆通气象。

吾之所谓愚者，只是一个空洞了灵，一任本来性天，非似凡夫左思右想，朝营暮求，事事都在身家上打算，不知维天有命，毫不能主，到头来，枉费精神，空劳心力。与其后悔，不如急早行仁。虽然，仁又何以行？孔子曰："我欲仁，斯仁至矣。"何便如之！而要其下手时，尤必于平日认得本来人清楚，养得本来人浩大，方为得力。虽动静有二，而其浑灏流转，天理流行，却未尝有或异，所以素位而行，无入不得也。

诸子果能随时了照，收拾神光，一归混沌之天，全空人我之见，才算无极之体。及其一感而动，无物不了了目前，尽在我包涵之内，才见"无极而太极"之用。虽然，全体大用，诸子未必即能，但当于天理来复时，瞥见空洞了灵，切不可以为乐。盖乐属阳，忧属阴，阴阳对待，迭运循环。行工到此，须一切放下，八识浑忘，才完得一个太极之理；运至于鼎，结之为丹，才是神仙真本领。苟于此有分别心、爱憎相，不惟于道添一魔障，且即侥幸炼成，亦要另起炉灶，做还虚一著工法。若能如吾所教，一得之时，毫不动念，天然自然，与太虚同体，不须他日打坐，又费许多精力也。知否？

又人于静时则欢喜，闹时则烦恼，岂知当闹之际，人声沸腾，事物萦扰，此气已为之动。与其以此猛力去恶闹，不如以此大力去习定。古云："人遇闹时，正好著力回头。"当前了照，蓦然一觉，撞开个中消息，胜于竹椅蒲团上打坐百千万亿次。生能确见确信否？试从今夜始，凡遇他人喧嚷，关我不关我之事，我总总益磨益坚，如金钢百炼不为之稍变其色。此中得力，较静处绵绵延延为多也。

吾再示诸子，修炼至此，不似当日身心毫无把柄者。大凡行动应酬，常常用一觉心，觉得我自有千万年不坏之身，以外一切事物皆是幻具，何足为我重轻？不但外物，即此身亦是傀儡场中木具，我在则能言能行，我去则颓然靡矣，又何足为我恃耶？惟有本来元气，生死与俱，动静不离，极之造次颠沛，亦无丝毫增减，我惟常常持守，拳拳服膺，一空尘垢，自能洒然融然，脱壳而去，做一个逍遥大丈夫。此不过数年之工，其成也，亘古今而不变，超天地以独存。较之百年光景，数载荣华，孰大孰小，诸子自能辨之。

呜呼！法会不常，道筵难再，吾振铎此山，已经十余年，幸诸子已得个中三昧，谅想再教一年，大有可观，万勿辜负韶光可也。

十七、阴极阳生，神气交合

修养之道，不外一阳。而阳之始生，生乎阴之已极，犹今日阴霾四塞，不见化日光天，必须慢慢吹嘘，久久薰陶，忽然凡阴不胜真阳，恍为夜半子初，海中云雾漫漫，一如旭日瞳瞳，照破层阴，现出真阳面目，不觉有色有声，为荼为火，大现光华矣。然此个真阳大现，非今日之一静即可得此奇观，必于日久之际，几经培养，几经掩闭，韬光晦迹，藏蓄久久，然后渐而积之，乃有此光辉发越之状。夫至阳赫赫，在乎至阴肃肃，生机在息机之中，生气在息气之内，此天地人物不易之道也。切勿于静里修持不见乾元面目，遽尔下榻。须知，天地之道，万物之情，不养则不胎，不积则不成。日夜息气养神，虽无一点动机、一团生气，然而其机则自此而萌，其端则自此而肇。静养之时，即是阳生之时，不过始初修炼，不大现相耳。

生等逐时气机，有动有不动两般，须知动者固不可自画，不动者亦不可自弃。盖道之为物，失之在终身，而求之期一旦，其可得乎？即云有动，此犹初基，不可以为神妙之极。抑知道无底蕴，进一境，更有一境以相招。果能功无止境，学不中弛，久之而精者出矣，又久之而神妙生焉，所谓"弥久弥芳"者此也。大凡行工，到无味之时，而滋味必从此出。盖天之为天，非阴极则阳不生。夫以物穷则反，道穷则变，天地之理，不穷则不变，不久则不化也。诗曰："山穷水尽疑无路，柳暗花明又一村。"又曰："人做工夫，做到四方皆黑，无路可入处，方有入。"总之，大疑则大悟，小疑则小悟，无疑亦无悟也。

吾师环顾及门行工已久，才当阴极生阳之初，层阴为真阳激动，忽然阴阳交争，两不相下，此中大有不畅，遂谓我无根器，不能入道，一旦而思退者有之；更有一下手即寻效验，因之而遇魔簸弄者有之，要皆愿力不大、修持不坚、见道不明、信道不笃之过耳。生等耐得辛苦，所以有此奇观也。

至于神气有一分交合，自有一分混沌；有十分交合，自有十分混沌。此殆息凡气，生真气，死凡心，生道心之端倪也。有此混沌景象，始验我神气之交，而太极之真还焉。果到神气大交，自然浑浑沦沦，外不知有人天，内不知有神气，宛如云雾中腾空而起，无有渣滓间隔，适与天地人物浑化而为一气也。化即"致中和，天地位，万物育焉"者矣。尔等行工，要到此个境界，才算现出乾元真面目，充满于上天下地而无有尽藏也。从此再加温养，再行煅炼，务使一身之阴尽化为气，一身之气尽化为神，即是百千万亿法身而无有底止也。生等虽未至此，然而法身已蓄，将来自有此壮观，总要积久而后成耳，切勿求速效焉。

十八、缉熙之法，养气之道

吾教生缉熙之法。

熙者何？光明也。人心之明，发于眼目，心光与目光相射，而缉续不已，自然胸怀浩荡，无一物一事扰我心头、据我灵府。久久涵养，一片灵光普照，不啻日月之在天，无微而不昭著焉。只怕一念之明，复因一念之肆，而明者不常明矣。犹养目然，必外慎风寒，内养神气，不使一芥尘埃介于其间，而目自然长明，一见山河人物，无不周知。苟平日未曾善养，则目暗神昏，虽有好歹妍媸，昭然在即，亦不能辨。人之养心，又何异是？夫心非血肉团子之谓也，其中最虚最灵者为心。

昔孟子言，养心在于寡欲，而独《牛山》与《动心》章，一由平旦以存夜气，一由集义以生浩气，亦何重夫气而略于心哉？盖以心乃气之灵，气为心之辅，人能气不动，则神自宁，神一宁，则心自泰，所以不曰养心，而曰养气，良以此也。是养气不诚养心之要诀欤？倘不于气养之深深，而徒于心求之切切，无惑乎终日言养心，而不得其心之宁者多矣。请观之鱼，心犹鱼也，气犹水也，鱼得水则安，心得气则养，一定理也。诸子从学有年，亦知养气之道乎？吾言收摄黄庭，温养煅炼，即养气之工也。尔生亦曾知之否耶？

十九、乾坤交媾，绛宫寒泉

再示坎离交而生药之后，尤要知乾坤交而结丹。

乾者，性也；坤者，命也，即金木合并也。如第运行水火，只有药生，不见丹结，其必由坎离交后，坤交乎乾，四象攒簇一团，方见造化之妙。且水火一交，真阳始产，我于此盗其气机，引而升之天皇宫内，凝息片时，务要奋迅精神，扫除杂念，一意不纷，一念不起。如此温养一番，自然龙虎争斗，撼动乾坤，霎时间，那泥丸阴精，化为甘露神水，寒泉滴滴，落我绛宫，有一片清凉恬淡之致。久久群阴剥尽，一灵独存，喉中堪吸涕，鼻内好栽葱，其境不一而足，皆由神火温养，性地回光，一腔阴私，消归无有。所以神神相通，气气相贯，不但通一身之毛窍，且达天地古今、过去未来之事。噫！神也仙乎？妙哉妙哉！其真玄哉！要不过由一念之明，一气之养，以至于如此者。

吾师今与道破，尔等若遇此景之生，切莫著惊。惊则神驰气散，又辜负金花发现矣。

二十、女子丹法，贞静淑端

淑端守节孤苦，愿修大道，真乃不凡之女流，吾甚怜之，且深赞之。

要之，学道无他，只是一个洗心涤虑。虚其心以为基，虚则灵，灵则真心见焉，元性生焉。此即明心见性之一端也。总要知得，明心见性，不是大难之事。人能一念返还丹田之中，用意了照，始初动念即心矣，明则明此，别无明也。未动念之前，一片空明，虚虚浑浑，了无物事，此即性也，见者见此，别无见也。果能明心见性如此，此即于群阴凝闭之时，忽然一阳初动，瞥地回光，即古人谓"冬至阳生，夜半活子时至"之一候也。我于是回光返照于乳房，是为水源至清，可以炼神仙上药。始之以却病延年，终之以成圣作真，要无非此一候为之基也。

　　然吾说此法极高，犹恐妇女难会，再示浅浅之学。下手之时，身要正正当当坐定，必要安安闲闲静镇，务要自劝自勉，想天下事无一件是我之真实受用，不但儿女夫妻转眼成空，究竟如旅宿之客，终夜而别，各自东西，尔为尔，我为我，两下分张；即血肉之躯，一旦眼光落面，气息无存，此身已成粪土，所存者只此心性耳。平日修炼得好，一片清机，了了灵灵，绝无昏沉，即升天堂矣。及至转世投生，我心如此其明，性如此其灵，又谁肯堕入牛马之群？此可见心性养得好者，千万世俱有受用也。且明明白白，谁肯就贫贱苦恼之家而投胎？必择其好者而生之。此理也，亦情也。若未曾修炼之人，一旦身死，心中憒憒懂懂，其犹瞎子乱钻，不择坡坎险阻，其投生也，如有冤债牵缠，不入三途六道，即堕贫苦之家，此势所必然也。

　　贤贞等有心斯道，迩来阅历险阻艰难，尘情谅已知是幻化，不肯容心再恋。吾师劝尔等，人间富贵恩爱，纵多亦不过五六十年，终要分离，又何如道修于身，享受亿万年而不灭也。趁此看破红尘，打开孽网，用力一步跳出，日夜惟有观照乳房之中，出入之息，一上一下，任其天然自在，其呼而出也，上不至冲动头目；其吸而入也，下不至冲于水府，一听缓缓而行，悠扬自得，或百或千，任其所之，不可记忆。惟是凝神于乳房，调息于乳房，顺其一出一入之常，得矣。久久从事于此，自然阳气发生，一身健旺非常，较平时金玉财帛、夫妻儿女之乐为大矣！此虽微阴偶动，仍收归炉内，不可下榻谈家常、做外事，庶日积月累，大有成效。

二十一、上乘妙道，扶衰救老

　　大道非他，不过一太极而已。

　　天地之间，化化生生，极奇尽变，不可测度，夫岂后天尸气为之哉？殆先天一元之气而已。如今道侣，只炼后天之气，养后天之神，纵然做到极好，亦不过色身健旺焉耳，而一点至灵至妙之神，绝无有也，以故生则寿高百岁，死与草木同腐，虽有强弱之不同，及其归根入墓，仍与凡夫之生死无异，所以生而死，死又生，轮回辗转，不免六道沉沦、三途陷溺之苦。盖以道只一物，药止一味，不得太极根源、大药种子，虽日夜修炼，犹是有形气之姿，而欲其通玄达妙，出日步月，不可得矣。

夫天地间，至神至妙、至精至粹而变化无方、隐显莫测者，莫如太空元气，即无极也。此气浑浑沦沦，实无物象，又曰"虚生太极"是。然古今来，神圣贤豪，及一切飞潜动植、胎卵湿化之灵而异者，无不各得此元气而来。然第曰太极，犹是虚无之端，不可以神变化。迨至气机一动，分阴分阳，迭用柔刚，而太极之功始著。夫太极，理也；阴阳，气也。理气合一，而天地人物生矣。理气合一，而圣贤仙佛之丹成矣。

尔等修炼，必先凝神于虚，合气于漠，此心此身，浑无一物。忽然一觉而动，以我之元神，化为真意，主宰乎二气之回旋，而后二气之实，仍不外太极之虚，所谓真阴真阳结为一黍之珠、微妙圆通、深不可识之神丹也。虽有水火之交，乾坤之运，此往彼来，旋转不息，归炉封固，烹炼无遗，总是一个虚而无朕之意处之，始足盗天地之元气，不似生形生质者实有其种类也。此为无上上乘之妙道。

吾观诸生，有云年老气衰，铅汞欠少，又岂知，先天元气，无虚无实，不比后天物事，有消有长。我今直抉其微。夫人只怕炼心养性之无功耳。果能明心见性，实有诸己，则神一凝而气自壮，神一清而精自盈。盖志者，气之帅也；神者，精之祖也。神聚则气聚，气聚则精聚；神清则气清，气清则精清。尔学人，果能万缘放下，一空所有，则神清矣；果能凝神于虚，回光玄窍，则神聚矣。斯时也，不必求口中津生，香甜味美，然此属枝叶小效，有之亦不足贵。即丹书有云："只见黄河水滔滔逆流"，亦不过言气动精生，虚拟其状有如此者。若云实实有之，亦是后天有形、有色、有味之精，非先天至精，不足重也。总之，神凝气聚，其身内身外，自有油然而上升，瀜然而下降，充周上下，盘旋内外，实有"肫肫其仁，渊渊其渊，浩浩其天"境界，又实有"刚健中正，纯粹以精"气象。生等行工已久，或有此神妙之机，只是未曾酝酿，不见久于其道而大化流行不息耳。生等切勿疑年老药少，日养虚无之神，而不见满口津液，畅于四肢可也。

二十二、止念之功，无思无虑

古人有二乘工法，其法维何？即佛子云："卧轮有伎俩，能断百思想。"此即"入定工夫在止念"也。上乘工法，又古佛云："慧能无伎俩，不断百思想。"此即"豁然贯通，无有无无"之境界也。然此等地步，夫岂易几及哉？必由下乘工夫，勉强支持，久久资深居安，自有左右逢源之候。

吾再示止念之工。夫人思虑营营，自堕母胎而后，已为气质之性拘蔽，不能如太初之全无事事。及知识甫开，嗜好一起，而此心此神，憧憧往来，朋从尔思，已不能一刻之停止矣。于此而欲使有思无思，有念无念，非百倍其功不能。且徒止之，未必即能至于无思无虑，而况念起一心，止念又一心，不惟无以止息其心，且纵此心而纷驰者多矣。此又将何以处之？惟有以神入于丹田，纳气会于规中，此即水火交而为一。到得水火既济，两不相刑，则神之飞扬者不飞扬，气之动荡者不动荡，即是止念之正法眼藏也。

到有事应酬，我惟即事应事，因物而施，称量为予，务令神气之相交者仍然无异于其初，断不使外边客气夺吾身之主气，其工不过些些微微以一点神光觉照之，不使气离神、神离气，即止念矣。不然，一念起而随止之，一念灭而随灭之，起灭无常，将有止之不胜止者。似此之不止，更甚于克制私欲之功多矣。何也？盖神气一交，浑然在抱，即得本来真面。真面现前，即正念现前，那一切邪私杂妄，自不能干，任他千奇百怪，遗大投艰，我惟守我本来，还他外至，斯又何恶于事物之烦哉？然而纷至沓来，未必全不理他，不过如我前所云：惟因物付物，以人治人，斯得应而不应、不应而应之旨也。

生果能止念，则心神自宁，慧光日生，切莫存一自得之念，只觉我之所修，了无一得，纵有寸长，都是几经阅历许多辛苦得来，一旦失却，前功尽废。故曰："学如不及，犹恐失之。"有此一念，自然常操常存，不识不知而顺帝之则矣。否则，忽焉而得，得即欣喜；忽焉而失，失即忧虑。此个欣喜忧虑之念，即打散我之神气也。知否？此为生近时切要。照此行持，即古佛所谓"不断百思想，菩提作么长"之谓也。如未到此境，不妨用刻苦工夫，始至无思无虑之境。

二十三、杳冥有精，真阳发生

太上曰："杳杳冥冥，其中有精。"即此阴气凝闭之时，万物焦枯已极，了无声臭可闻，亦无形色可见。于此浩渺无垠、微茫莫辨之中，正是精生之候。知否？既明杳冥无朕之中，真精由此而毓，若起一明觉，则减一分杳冥，而真精不能完全，无以为生育之地矣。又知否？及杳冥已久，正如今日层阴沍结，阳气于此而胚胎。久久调养，宛若无知无识，同夫蠢蠢之氓，忽焉一觉而动，则恍惚生焉，变化见焉，而后真一元阳即于此见其端倪矣。此正太上云："恍恍惚惚，其中有物。"物即一阳之气，天地人物发生之祖气也，所谓"天地之心"，即此而可见矣。

诸子，务要于一阳未动之前，杳杳冥冥，浑不知有天地人我，始是藏蓄之深，学美内含。迨至一惊而觉，真阳始现象焉。此个阳，非易得也，必于阴气凝闭之极，我惟虚极静笃，一无所知所觉，而后真阳始得发生。

故人之生，生于此阳，即天地万物之生，亦无不生于此阳。试观地有形也，月有魄也，犹人之有身一般。地不得天之元阳，月不得日之阳光，则地与月犹是冷冷淡淡，块然一死物耳。惟地承天之气，月得日之光，地能生育万物，月能照临万物，人之采阳，又何异是？

顾何以采而得之哉？盖人一身，尽是昏沉魄气，惟有双眸之光，始露一点真阳。此阳即真性真命，无极、太极之蒂也。我能回光返照，一无所知所觉、所思所虑，纯纯乎就范于规矩之中，即采回阳以为生生之本矣。

迨至水府之地，忽有一点蓬勃氤氲之气机，自不识不知、无思无虑而来，我将何以养之？不必他求，前以杳冥而得之，仍以杳冥而守之，以还我不识不知、无思无虑之天而已。想吾人一回光，即有生气凝蓄丹田，可以长存不坏，犹物之逢阳则生也，又何况藏蓄之久，真阳发生，焉有不为长生之真人哉？但恐学者，作辍相仍，斯不免有生死耳。果能常常持守，即不筑基，亦可我命由我不由天也。

二十四、玄关一动，仙家真种

今日偶闻生等高谈阔论，大有会心之处。所论人生根本，是无极而太极，一点鸿濛初判之始气，诚不爽矣。然亦知仙凡所分，只争些须耳。且由此而操存之，涵养之，运起坎离水火，以待气机之萌动，然后子进阳火，午退阴符，攒五簇四，会三归一，收归炉内，仍还太极之真。夫太极，理也，生生之本也；阴阳，气也，生生之具也。离太极则无生生之本，离阴阳则无生生之具，又将何以成法身于百千万亿也哉？

吾教所以有"玄关一窍"，佛祖所以有"有情来下种"之论也。若无情则无种，无种则无生矣。第此种发生，稍不及防，即落后天尘垢，不堪为药。吾故教生等，于无知无觉之际，忽然而有知觉，此震雷发动，复见天地之心，是其旨矣。但须平日具得有明镜慧剑，乃能不失机缄。否则，一觉之后，又觉及他事，不可用矣。故曰：太极本无二，只因霎时变幻，即成后天物事。所以后之修士，同一修炼，同一采取，而有幻丹、真丹之分者，盖由此一息偶动之能乘机与不能乘机之故也。果能乘玄关一窍，不失其机（须知，先天元气，必要先天阴阳、水火调养，始能同类相亲，古人喻"抱鸡当用卵，补锅必需金"是矣），由是以我元神，引之开关，上泥丸，我头目之昏晕者，被此神火一照，尽化为神水，入于绛宫，一片清凉，此即《易》所谓"山泽通气"也。然此气、此液，实为长生大药，可以养毓凡体，生成法身。学人果得此真气、灵液，多年顽残宿疾，皆可从此而普消。只怕一杯之水，难救车薪之火耳。

可知玄关一动，其间才有本来人、仙家种。除此一点动机，就是虚室生白，亦是幻境。他如二候阳生，四候采取，一概都是阴阳水火，只可言生物之具，不可言生物之本也。试观天地阴阳不运，则万物不生；人身坎离不交，则四肢难畅。人欲疾病不染，寿命长延，惟有以先天真阴、真阳循环迭运，自享遐龄。至于身内有身，子生孙兮孙又子，百千万亿法身，都从此出。所谓二候温养，即天地涵濡阴阳二气之常也；四候运行河车，即四时行而日暄雨润之谓也。至于橐籥之吹嘘，即风以散之也；精神之振整，即雷以震之也；顺其自然而运，不可不为，亦不可有为，即兑以悦之，而后生机勃发也；进之退之，送归土釜，即艮以止之，而后生息蕃衍也。若非乾之主宰，坤之收藏，维植于中，含蓄于内，其有成者亦鲜矣。

吾常云：只要认得本来人，阴阳水火，日夜运行不息，不必筑基，亦可长生。故历代名儒，只以养虚无之性，为第一大事。至于筑基，概置在后，而且不道，良以心性未纯，筑基反多魔障，知否？此圣贤所以重炼己也。

二十五、动处炼性，静处炼命

吾师前已抉出"动处炼性、静处炼命"的旨，其实"性命"二字，一而二，二而一者。分言之，混沌中，有杳杳冥冥之物为性，人能"惟精惟一，允执厥中"，即养性也；见生生化化之门为命，人能"流戊就己，宝精裕气"，即立命也。要之，性命二者，不过由太极之动静分而出焉者也。

夫太极无动静，而性命之动静，即太极之动静。太极浑沦磅礴，无思无为，无声无臭，而究之思为声臭无一不本乎太极。故曰：太极虽无一物，实为天下万事、万物之根底也。

人能寂而能惺，惺而仍寂，太极在其中矣。太极在中，即生气在中，大药、大丹亦在其中。故曰："有物浑成，先天地生。"若无此物，则无生焉。炼丹者，即炼此太极也。成仙作圣，亦无非此物也。此物在人，即"父母生前一点灵"是。修之于身，岂有他妙？只是混混沌沌中，无知无动时，忽焉而有知有动，即有无相入，天人合发，玄牝之门，生死之窍，要不过自无而生有，自死而之生，自阴而及阳。乾坤之合撰，日月之合朔，人物之重生，基于此矣。

但此阳生，最不易得。太上曰："天地相合，以降甘露。"必于天地合德，日月合璧、晦尽朔初之际，为时无多，俄顷之间，倏忽之候，非平日炼得有慧剑明镜者，不能调和水火，烹出阴阳；且非明镜在胸，不能认得；亦非雄剑在手，不能摘取，直顷刻间事耳。虽然，此顷刻最难得，昔人谓百年三万六千日惟此一日，一日惟此一时，一时惟此一息，一息之间，其妙不过一阴一阳之动静而已。动时固非，静时亦非，惟在静极动初，阴纯阳始。此际浑浑沦沦，不识不知，氤氤氲氲，如痴如醉，寂然不动，感而遂通天下之故之际。此正坎离交媾，水火适成一气，乾坤合体，阴阳仍还太初，纯是太和在抱，天然自然于虚无窟子之中。倘不及防，即动后天念虑，迥非太极完成之物，不可以为丹。吾窃愿尔修士，神而明之可也。

修行人，务须心明如镜，气行如泉，如堆金积玉人家，随其所欲，可以信手而得，然后一阳初动，始能了了明明，可以探囊而取。此时玄关初现，月露庚方，我即运一点真汞以迎之，此二候求药也，又即"前行短"之谓也。迨至运汞求铅，铅汞混合，收回丹釜，温养一番。果然气满药灵，天机勃发，自然而然，周身踊跃，外则身如壁立千仞山高，内则心似寒潭一轮月净，即当运行河车，工行四正，由微而著，自少而多，天下事莫不如此。此四候有神工，"后行长"之谓也。

然必炼己为先，苟炼己无功，焉能筑基？己者何？即本来真性、真命是也。惟于静处炼命，动处炼性，集义生气，积气成义，始有阳生之一候。迩时如某生事繁，莫不谓有损静功，岂知古人炼铅于尘世，大隐居市廛之道乎？夫道何以修？不过扫除尘垢，独露真机。生近时意马心猿，拴锁不住，只为不知荣华美丽，众人之所慕所争者，无非劳人草草，世界花花，纵得如愿而偿，无非一场春梦，转眼成空，况皆耗精损神，得意之端，即失意之端；快心之处，即疚心之处，何如常乐我静，可成千万年不朽之身。生席丰履厚，素处平安，须知热闹场中，不是安身立命之处；必修真养性，才是我一生安乐窝。倘凡心未除，尘情未断，一旦置之天上，其美盛之景胜于人间多矣，其不堕落者亦几希。且此时不能摆脱，以后过关服食，自身内外作祟现怪，谅难看破。又况天魔、地魔、人魔，前来试道，不知此是幻境，往往认为实事，从此打散，半途而废者多也。故非经一番磨炼，不能长一番见识；非受十分洗涤，不能增十分智慧也。此即诸神磨尔处，正是成尔处。故曰："十年火候都经过，忽尔天门顶中破。真人出现大神通，从此群仙来相贺。"如此一得永得，一证永证，亦不堕落也。

吾愿生随时随处，不论事之大小顺逆，总以慧照长悬，宝刀不释，斯无处不是学道，即无处不是静功矣。又况随时随处，猛奋体认，忽然动中撞破真消息出来，方知道在人伦日用事为之际，上下昭著，实如水流花放，鱼跃鸢飞，无在不是天机，不必专打坐也。

夫道之不成者，总由炼己无功。生若不于廛市中炼，犹莲不于污泥内栽，焉得中通外直、独现清洁如玉者乎？世之修士，不知炼己于尘俗，静时固能定，一遇事故，不免神驰气散，贪嗔痴爱，纷纷而起，故每当筑基之候，行一时半刻之工，几至炉残鼎败，汞走铅飞，不惟功不能成，性命因之倾丧。如此修士，妄作招凶，古今不胜屈指也。惟能炼之又炼，自然火性不生，水情不滥，以之升降进退，久久自轻如霞举，和似风调，而丹不难成矣。

二十六、返赤子心，由渐而入

天地间，一气蟠旋，发生万物而已。然一气之中，有理斯有气，有气斯有形，由此形形色色，千变万化，而莫可纪极也。夫理，即太极也；气，即阴阳也；形，即五行也。理为人之元性，气为人之心神，形为人之官骸。官骸一具，则有耳目口鼻之质，即有视听言动、声音笑貌之为。况往来酬酢，日用百端，从此纷纷起矣，情欲由是而炽，伪妄自此而生，竟把本来一个圆明物事坐困而不自主。讵知物不累人，人自累物。何也？本来之性，自破鸿濛之后，识神出而用事，不知返观内照，收敛于无何有之乡，于是心为情迁，情为物役，不知返本还原，天理灭矣。不然，性也心也、情也欲也，皆人所不能无者也，何以圣人借情欲以炼心性而成为圣，凡人以心性逐欲情而至于凡，岂赋畀之或殊哉？亦由不知返还之故耳。

夫返还，亦非难事也。佛云"回头是岸"，儒曰"克念作圣"，只在一念之间焉。所谓"放下屠刀，立地成佛"者，何其便而易耶！孔子曰："苟志于仁矣，无恶也。"又曰："我欲仁，斯仁至矣。"足见一念放肆，即是丧厥天真；一念了觉，即是无上菩提。而要不过洗心退藏于密而已矣。然洗藏之法，不要看难了，犹万丈楼船，一篙拨转，即可诞登彼岸。

孟子曰："大人者，不失其赤子之心者也。"夫赤子之心，何心乎？当其浑沦未破，一团太极在抱，虽有耳目口鼻，究不流于声音笑貌之伪、视听言动之非，至于知觉运用，喜怒哀乐，皆任其天然自然，时而笑也笑之，时而啼也啼之，前无所思，后无所忆，当前亦任天而动，率性以行，如洪钟之悬，扣之则鸣，不扣则已，一真湛寂，万象成空，真所谓天真烂漫，为为自为，了了自了者矣。此即圣人之心印也。人能完得赤子之心，虽一时不能遽臻无上正等正觉，然始而昏，继而明，久则大放毫光，与虚空同体，与日月同用。若此者，非由神气混合而来耶？《心印经》云："存无守有，回风混合。"足见人之不能混合者，多由于明觉心生。古人教人修性炼命，必要混混沌沌，如鸡抱卵，隐隐伏藏，若有若无，不识不知，方能采得天地温和元气合为一体，始能生出鸡雏，依然如母一般。由此观之，人欲修炼，必要死却明明白白之人心，而后浑沦无迹之道心自然在抱。斯时也，欲不必遏而自遏，理不必存而自存。何也？殆太极未分、鸿濛未判之元气，有如是耳。

生等不知此气，吾试切近言之。即如日光了照，万物当阳之时，天朗气清，此间不见其长，但觉其消，惟于向晦之际，浑浑然烟雾迷离，了不知其所之，此即阴荫也，日夜之息也，雨露之润也，所以有向荣之机焉。倘发散而不收敛，则天地亦有时穷。惟能阳以扬之，彰其生生不息之常，阴以荫之，蓄其化化无穷之气，然后一开一阖，一收一放，而成此万古不已之天。人身一小天地，还不是如此一般？至若生等已经衰老，从前发扬太过，渗漏良多，到今犹要日夜退藏，方可延年却病。不然，如春花之发，不久奄奄欲息矣。

吾道所以教人下手先死人心，故曰"由有而无"。此个有者，即后天知觉杂妄之灵也。必死此知觉之心，然后浑然莹然，一真在抱，可得先天无极、太极之真。复又教人寻道心，故曰"由无生有"。此殆玄关一窍开时，及时采取，不可消停片晌，始是至清水源，真正药物火候。由此蕴蓄久久，即孟子所谓"集义生气"也。从此操持涵养，即孟子所谓"直养无害"也。自是而后，日夜无间，焉有不由平旦一点微阳，积而至于刚大，以充塞乎天地之间哉？

无如今之学人，多求速效，期近功，或行工一二月不见长进，以为此非真道，即不耐烦去做，否则以为天上至宝，不轻传于人间，自恨无缘，不得真师拔苦，因此废弛者不可胜数。又谁知"百日筑基"之语、"三年乳哺"之法，皆为神老气旺、气畅神融者言之，且为私欲净尽、天理流行者言之。今扪心自问，神气圆满未也？欲净理还未也？未到此境，其何以筑基哉？

吾说玄关一窍，随时随处都有，只在一点灵机捷发，犹如捉雾拿云，凭空而取，不失其候，即颜子"知几其神"之意也，即吾道"活子阳生，时至神知"之语也。倘先时而知，是未来心；后时而知，是过去心；眼前有一毫思量拟议，即为现在心。著此三心，即为道之障也。三心无著，一尘不染，不谓之仙，又谁谓乎？此为真清药物，自然生清净法身也。而要不过如天地一年造化，离奇万状，无非自冬至一阳之生充之。天地之道，尚且由渐，何况乎人，尘垢污染已深，一时难于洗涤，可不由渐而入、自微而著乎？古来大觉金仙，莫非由玄关一窍下手，其后百千万亿法身，亦由气机微动，随采随炼，积累而成。但此微阳初动，在人多有漠不关心，任其丧失，不知一星之火可以焚山，一涓之水可以成渠，总在人看穿此道，处处隄防，在在保护，日积月累，未有不成无上菩提者。此殆天地间第一难事，惟人自造，天亦不拘乎人也。

《乐育堂语录》卷四

一、筑基了性，还丹了命

修炼之事，以阴功德行为本，以操持涵养为要。至若龙虎铅汞配合之说，殆末务而已。有等愚人，不明此个工夫，动谓我修我性，我炼我命，又何俟外修功德以济人利物为哉？若皆不知“尽性以至于命”之道也。

昔孔子告颜子，为仁之端，必从视听言动下手，吾道不离这个，又岂外是乎？盖以制于外者，即所以养乎中也。故目常视善，则肝魂安；耳常听善，则肾精固；口常言善，则心神宁；鼻常嗅善，则肺魂泰；手作善事、足行善地，则脾土常安，而身体亦健。惟外之六门不入非礼之事，则内之五脏自有天然元气。由是再用内养之工，蕴蓄五脏元气，则肝气化而魂朝元，肺气化而魄朝元，脾土凝而意朝元，心火旺而神朝元，肾水壮而精朝元。所谓三花聚鼎、五气朝元，而凝成一个法身者，此也。若以多私多诈之人，与之真诀，莫说他修不成，即使得成，亦必倾丹倒鼎，为害不小。所以下手之初，必先外积功，内积德，内外交养，始能洁白精莹，可以炼而为丹，故初步工夫名为筑基也。是犹作千仞之台，先从平地起基，必基址坚固，而后重楼画阁不患其倾圮焉。

论吾门弟子不少，从今看来，还是素行好善之人才有进步。设当年未曾积德，与积德而不真者，皆不能深入吾道也。诸子作工已久，受磨不退，心性何等洁白，精气何等壮旺，所以得闻吾诀，行之无碍也。

吾今特传真阳一诀。夫炼丹之学，固须养后天之神气以固色身，尤必养先天之心性以成法身。然色身、法身，虽有精细表里不同，而要不可相离也。无色身，则法身何依？无法身，则色身徒具。凡修行人，必先保固后天神气，然后先天心性可得而修。吾教虽曰炼精化气，其实气即心之灵也；虽曰炼气化神，其实神即性之虚也。惟能长我精气，则心灵始见；保我元神，则性真自存。学者到神定气壮之候，则元气浩浩，元神跃跃，而吾之本来心性，自然洞彻其真谛，由此返还金液之丹不难矣。

故筑基为了性之事，还丹为了命之功。盖谓将性以立命，即以虚无之性，炼成实有之命，生出百千万亿化身，皆此性之凝结而成，无他道也。诸子明得此理，庶知修炼之道，无非成就一个"性"字而已，且还吾先天一气而已。知得此气未有之先，浑然空中，无可分别，既落人身之内，变为阴阳二气，以生五行幻化之身。我于是将阴阳五行，仍凝成一气，即丹矣。养之久，而炼之深，十年之后，必成一个至灵至圣仙子，要无非此元气结成也。元气即性也。惟能以一元之神，运一元之气，道庶几矣。

二、性圆阳生，炼精化气

吾示玄关一窍，是修道人之根本，学者之先务也。不比中下二乘说窍，有形可指，有名可立。尔等须从混沌又混沌，方有丹药底本，神仙根基。

起初打坐，必浩浩荡荡，了了灵灵，游心于广漠之乡，运息于虚空之所。然亦不可专在外也，须似内非内，似外非外，庶吾心之气与天地灵阳之气通矣。到得神凝息调，忽然恍恍惚惚，入于混沌之际，若无著落者然，此即虚极静笃时也，亦即是安身立命处也。于此忽然一觉，现出我未生以前一点真面目来，完完全全一个太极本体，天地人物与我同根共蒂者。我于此一觉而醒，即以先天一点元阳主宰其间，运起呼吸之神息，招摄归来，不许一丝半点渗漏，顷刻间气机蓬蓬勃勃，直觉天地内外，一气流通贯注，到此性地初圆，谓之性阳生。然在后天而论，则为性光见；以先天大道而言，此为精阳生。古云"大道冥冥，太极流精，心包元化，气运洪均"，此之谓也。

有此精生，我惟顺其呼吸之常，息其神志之思，收回即放下，放下又收回，即采取先天之精也。于是以此精，降入水府之中，以元神勾起乾宫落下一点元气回来，即是以精炼而为气也。若窍初开，即下水府去炼，则为药嫩不可采；若到蓬勃之气，充周已久，气机又散，则为药老不可采。学者多于此少体认，往往空烧、空运也。

从此精入气中，火降水里，再运天然神息，自阴蹻而摄入中宫，与离中之精配合，自然水火既济，神气纽结一团。此须知"常守药炉看火候，但安神息任天然"，切不可再向阴蹻问津可也。此为要紧之嘱。当其神气初交，但觉絪缊之气，自涌泉穴一路直上，久久温养，便觉浑身上下气欲冲天，此正当运河车时也。我于是以意引导，凝而不散，犹如筒车之中，有个定心木，于此安稳，不偏不倚，而车自旋转不息矣。然人身一气，原是周流不息，又何俟人引导为哉？不知有生后，此窍已蔽塞不通，若不了照而管束之，犹恐游思杂念参入其中，阳气当升者不升，阴气宜降者不降，升降不定，阴阳失常，则天地不交，而万物不生，适成晦蒙否塞之天也。

迨至运之上顶，为阳之极处，即为阴之初生；降至黄庭，归炉封固，杳无踪迹，恍如我前此未动未炼之时一般，是为一周。于此又再养之，若有动时又炼，静而养，动而炼，如此循环不已，而基址可筑矣。

三、精生玄关，气动玄关

夫玄关一窍，是先天混元一气之玄关，了无声臭可扪，色相可见，此为最上上乘炼虚一著天机。从古仙子，鲜有下手之时，即得悟入此际者。若论玄关，不止一端，如炼精化气之时，则有精生之玄关；炼气化神之时，则有气动之玄关。此等处亦不可不明。

何谓精生之玄关？如下手打坐，即便凝神调息，到得恍惚之间，神已凝之，息已调了，斯时一点真精，即藏于阴蹻一穴之处。我从混沌一觉，急忙摄取阴蹻之气，归于中黄正位，与离中久积阴精煅炼为一。斯亦有药嫩、药老之说。何谓嫩？如未混沌，斯为无药；若已混沌，未能使神气融和，混化为一，即便去阴蹻采取，斯为药嫩，不堪入炼；若混沌一觉，我不能辨认清白，即时提摄，待至一觉之后，又复觉及他事，一动之后，又复动而外驰，斯为药老，更不可用。

若气阳生，药物之老嫩又在何时？盖从此精生，摄之而归，与我离宫灵液，两相配合，斯时神入气中，气周神外，其始神与气犹有时合、时分之状，不能合为一区（神即离宫之神火，气即坎中之神水），迨至神与气融成一片，宛转于丹田中，悠扬活泼，吾身灵气与天地外来之阳气，不觉合而为一，此即气阳生，玄牝现象，所谓"天地相合，以降甘露"，露即外来灵阳之气是。此时须从混沌中一觉，方是水源至清，不染纤尘，于此采取，斯为二分火炼二分新嫩之水，正是药苗新生，又谓"离喷玉蕊，坎吐金英"，是二家交媾而成丹。否则，未能大静，无以为大定也。若未到玄牝大交而采，是为药嫩；既已大交，犹不急采，则新生之灵气已散，是为药老，不堪用。

吾再示一捷法。能混沌固佳，如不能混沌，只要自家绵绵密密，寂照同归，恍惚之而有象，杳冥之而有知，不起一明觉心，两两会萃，和畅不分，又复见吾身之气与外来之气，纲纲缊缊，蓬蓬勃勃，周身踊跃，苏软快乐，此正当其时也，急运河车，大丹在指顾间矣。

四、一窍玄关，安炉立鼎

古云："一孔玄关窍，乾坤共合成。中藏神气穴，内有坎离精。"夫人未生以前，此个元真之气，原自悬于太虚，铺天匝地，究竟莫可端倪。迨父精母血，两神相抟，此个鼎炉一立，其中一个窍隧容受天地元真一气，此即"窍中窍"，又谓"窍中妙"是。是正佛谓"涅槃妙心"，道谓"玄牝之门，天地之根"，儒谓"成性存存，道义之门"。要之，只此一窍之妙而已。及有生后，为尘缘所染，为习俗所移，此窍已窒，此妙又不知归于何处。纵有时窍开，出于不容已，发于不自知，明明现出一轮新月，恰是如来真面，而无如尘根俗气逐日增长，一霎时又不知消归何有。所谓小人不能无仁心，只旋生旋灭，无有一眼窥定、一手捏定而不失其机者。吾今道破，总要知，神气混合，丹田中有融融泄泄、清净无为之妙，即是窍中发现真实色相，可以超生死、脱轮回、成仙登圣之种子。

然而一阳初动，其机甚微，甚气尚嫩，杳无端倪可以捉摸得，尔等又将何以用工哉？必先炼去己私，使此心游太虚，气贯于穆，空洞无边，才算妙手。盖以此窍本虚，以虚合虚，是为"同类易相亲"。若于此身窍隧死死执著，不惟此中神妙不现，而窍隧早为之锢蔽而不通。生等欲窍中生机活泼，元神灵动，又离不得先将神气二者会萃一家，所谓"先立匡廓"，又谓"立橐籥"是。夫匡廓者何？即神气交，又即"炉鼎立"是也。炉鼎一立，然后再以阴阳神火，慢慢烹煎，忽焉神融气畅，入于恍惚杳冥。此即窍中生气入之时也，又即世人所谓"健忘"是也。不是空空神气之交，而有一点清净神丹在内。古云："心者，万事之枢纽，必须忘之，而后觅之。"忘者，忘其妄心也。觅者，觅其真心也。真心之见，必从忘后而乃见。生等能于此辨白得清，又何患真药之不生，而灵胎之不结也哉？此的的真传，从古仙真少有道出这个妙谛。吾念生学道心苦，故将此玄机指出，以后方有把握。

至于真阳一动，大有气机可凭。漫说天地人物不知谁何，就是我五官百骸，到此缊缊蓬勃运行于一身内外，恍如云雾中行、清虚中坐，所谓"忘忘"是。然忘忘又不能尽其状也，不知此气、此神从何而有，于何而生，但觉天地之大、日月之明，皆不足拟其分量，我自有一重天地，两轮日月，不与凡人同此天地日月也。此是杳杳冥冥真景，亦即自家玄窍生气特地现出其状。生等打坐，若得这个窍开，又见这个妙相，即是真阳大现，可以运行河车。

未到此景，犹恐鼎无真种，妄行水火，反将阴气追逐阳气，而日见阳消阴长，到得后来全是一派阴邪之私用事，或知未来事，或见虚室光，不知者以为得丹成圣，又谁知，人身不阴即阳，非阳即阴，阴气滋长，还不是烹炼阳气一般；到得阳逐日退，阴逐日进，还不是与阳神生发一样，俱由积累而成。何也？夫人未经修炼，阴阳两相和平，又自两两分开，犹之主宾皆弱，俱不能斗；及日积月累，阴气亦成其门户，还不是大有气机，令人不可测度者。吾今将此阴气，累积成一个阴鬼说出，使知阴阳之分只一间耳，下手不可不慎也。然此语，千古圣真未有道及，吾今不惜泄漏之咎，特为指出，生等务要隐口藏舌，庶乎尊师重道矣。

五、得见本来，再定久养

修丹别无他妙，第一要认得自家本来面目。此个本来面目，亦岂有他？犹如皓月当空，团团圆圆，不偏不倚，九州万国，无一不在照临之中，此即先天真面目，即心即性，即仙即佛，无二致也。学者于静定之时，忽然觉得我心光光明明，不沾不脱，无量无边，而实一无所有，此即明心见性，实实得先天面目也。但初见此景，不免自惊自喜，生一后天凡心，而先天浑沦之元神，却又因此凡心打散。知否？

示生一法，大凡打坐习静，若有个浑然与天地同体之意在我怀抱，不妨再定再静。纵有念起，我总总一个不理他，那知觉心、惊讶心、喜幸心，一概自无。再者，尔生于静久时，忽入大乘，虽见真性本体，要不过瞥尔回光，还要多多调习，久久温养，使此心、此性实实入我定中，还我家故物，无所喜，亦无所惊。如此久炼，始能返本还原，归根复命。生等已见性原，亦不容易，已苦十余年矣。从此静之又静，定而又定，实实此身浑如懒惰之人，坐在榻上，不爱起居，不思饮食之象，自然日新月盛，大药自生。更还要把我气息养得无出无入，自自然然，不似前此费力，即入大觉之班。所虑者，恐生等各为身家谋衣食，不免与红尘俱滚，吾不早来拔度，恐生等溺而不起，把从前一片苦心竟自抛弃，良可惜也。今照样修持，矢志弥坚，还要不得三两年，只须几月都可有得。知否？如此即是得道，即是成真。不是得道有个得处，成真有个成法。万望生等走千里程，只差一里，切勿不见其家又返转去，况已明明窥见家园近在咫尺，吾所以早来指点，免生退避。过了此关，才算有道，否则犹是凡夫也。

六、主静立极，天罡斗柄

吾观诸子，未明主静立极之道，所以吾前云"内伏天罡，外推斗柄"。伏得天罡于内，又不能推斗柄于外；推得斗柄于外，又不能伏天罡于内，斯时忙了又忙，慌了又慌，一心两用，全无主宰。炼丹之道，岂如是耶？若此者，皆主极之未立，犹天下无帝王以坐镇，文武纷纷大乱矣。

夫天罡，即主极也；斗柄，即文武卿佐，听令于帝王者也。孟子曰："一正君而国定矣。"孔子曰："譬如北辰居其所，而众星拱之。"即此可知主静以立人极之道也。由此推之，天地之位，万物之育，上下与天地同流，岂有他哉？无非主极立而气机流通，自与天地万物潜孚矣，其实致中、致和而已，并未尝于中和之外逐物而流也。孔子曰："天何言哉？四时行焉，百物生焉。"

夫天亦不过端其主极，而四时行、万物生，一听造化之自动焉耳。夫人主极一立，则阴阳造化自动自静，即天地万物之气机与之俱动俱静。况人原与天地万物息息相流通者乎？朱子曰："吾之心正，则天地之心正。吾之气顺，则万物之气顺。"不待移一步，转一念，而自有己立立人、己达达人之神化者欤！自夫人气质之拘，物欲之蔽，其与天地万物不相通者久矣。所以一身之中，尚为胡越，何况以外之天地万物哉？古云："天人一理，物我同源。"在人以为虚拟之词，而不知实有其事也。吾今再为抉之。

大凡打坐之初，须先养神。神与太虚，原同一体，但不可死死执著，务先游神于虚，方能养得纯，神自来归命。夫既神凝于虚矣，又须慢慢收回虚无窟子中，调之养之。到得神已归命，然后验其果一无所思、到虚极静笃否耶？如能虚极静笃，一无所有，此即端本澄源之学，而主极立矣。主极一立，以神下入水府，即是以神入气穴，又是以性摄情，以龙嫁虎，种种喻名，不一而足，无非以我一点至灵至圣、至清至虚之元神，下与水府之铅配合，犹之以火入水乡，少时火蒸水沸，而真阳生矣。夫下田属阴，又属水，阴与水，皆寒性也。中田绛宫属阳，又属火，火与阳，皆热性也。故人一身，上半为天、为阳，下半为地、为阴，非有神火烹煎，则水寒金冷，必沉溺不起，而人之昏者愈昏，昧者长昧矣。吾言以神入气，即交媾水火之道。水火一交，那其中氤氲之气，蓬蓬勃勃发生起来，即水中金生，又云铅中银出，又云阴中阳产，总皆喻人之命蒂，实为长生不死之根本也。斯时也，神已定，息已调，身心爽快，苏绵快乐，飘飘然如凌九霄之上，游广漠之乡，有不知其底止者。此即神与太虚同体，气与天地万物相通，实有不知其所以然也。此主极立矣，断无有伏得天罡，而斗柄不推迁、推得斗柄而天罡不内伏者。

诸子须知，主极未立之前，不妨慢慢凝神以交气。气神若已和合，于是杳冥恍惚乡里，变化生铅。果然铅生，时至而事起，机动而神随，轻轻举，默默运，一团太和之气，上下往来，易于顺水之行舟。斯足征神气会萃，化三元为一元，合五气为一气，而主极以立，仙道可修。诸子亦曾会悟否耶？

七、凝神于虚，合气于漠

吾师云："后天之先天"何也？后天者，凡神凡气、凡精凡血也。此是血肉团子，以之修炼金丹，毫无所用。下手之时，凝神于虚，合气于漠。此虚、此漠，方是后天之先天。吾直直告汝，打坐时，虽不离有形之丹田，与眼光心光、口鼻呼吸之息，然必要活活泼泼，始得还玉液之丹。何以云玉液？以人身涕唾津精气血液七般物事，算是养幻身不可少者，然在一身之中，有形有质，有声有色，纯是一股阴气，所谓臭皮囊者此也。惟从色身上，修炼那一点虚而无、灵而秀者，始得后天中先天。切不可死死执著丹田，凝目而睹，用心而照。惟虚虚的，似有似无，不急不缓行将去，斯得真正之药矣。

太上云："谷神不死，是谓玄牝"数句，已将玄关妙窍道尽。何谓谷神不死？谷，即虚也；神，即灵也；不死，即不昧也。言人欲炼成大道，必认取虚灵不昧者为丹本。然而无形无象，不可捉摸，故曰"要得谷神长不死，须凭玄牝立根基"。夫谷神，何以必依玄牝哉？以虚灵不昧之真宰，必于玄牝之有形者形之，其实是无极也。若使玄牝不立，则胎息未形，本来生生不息之机，从何而有？惟此凡息一停，胎息自见，一开一阖之中，此间玄妙机关，人之灵明知觉，从此而起，人之心思知虑、性情魂魄，无不由此而生，至于成真作圣，皆从此一动一静立其基。盖静则无形，动则有象，静不是天地之根，动亦非人物之本，惟此一出一入间，实为玄牝之门。虽然有形，却是因后天阴阳之形，形出先天一点真气来。此个真气，虽是后天之先天，以元气较来，还是后天物事，以此元气非真有也，还是一无极而已。然而开天地、生人物，莫不由此一个窍隧发端。此殆天下之至虚，生天下之至实；天下之至无，生天下之至有者也。总之，浑沦忘象，到也不难，惟一觉之后，立地护持，毫无别念，斯为难也。知之否？

八、宝镜高悬，慧剑时挂

夫人之心，原是虚虚活活，洞照靡遗，只因生身而后，百忧感其心，万事劳其形，有动于中，必摇其精，精不足则气不足，神亦因之不灵也。古人所以喻人身之精如油，气如火，神之灵者，即其灯光之四射不可捉摸也。吾故教尔等炼心之学，先以"宝精裕气"为始。况此心一虚，此神即灵，此精一足，此气自旺，不待他日功圆丹熟，而有远照之慧光即在目前；亦觉私欲之萦扰，恩爱之牵缠，亦能照破一切。所患人心营营逐逐，才见一念光明，不片刻间，却又滚入人欲甲里。今为生计，总要平日猛撑须眉，高立志气，将身中宝镜高悬，慧剑时挂，自然清明在躬，志气如神。斯时也，天理人欲，自然分辨清楚。且天理自天理，振作得起，不许人欲之相干；人欲自人欲，洗刷得净，不令天理之偶违。

要之，其效见于一时半刻，其功必待三年九载，而其得力，全在养我慧光，铸我慧剑。虽然，慧光无可见，古人说"在天为日月，在人即两目"，可以昭然共揭矣。诸子须于平时，收摄眼中神光，返照于丹田气海之中，久之，虚无窟子内，自然慧光发现，不啻明镜高悬，物来毕照矣。慧剑亦无由知，古人说"在天为风雷，在人为神气"，只因神不凝、气不聚，是以锋芒不利，明知此非善行，有伤精气，然不能一刀两断，立地剪除，明知故犯。环顾吾门，大抵如斯，可叹也夫！可悲也夫！今再疾声大呼曰：戒色欲以固精，寡言语以养气，节饮食，薄滋味；闲思杂虑，不关吾人身心性命之微者，皆当却之勿前，防之惟恐不力。如此后天精气易生，而先天精气自有依傍焉。到得先天精气圆足，自然身形日固，而慧剑成矣。

近观诸子，日间打坐，不见精明强固者，皆由平日凝神敛息，用工之时少，间断之时多也。如能行住坐卧，神无昏倦，息无出入，将从前气质之性、物欲之私，一扫而空，久之，自见一灵炯炯，洞照当空，一任他声色货利，与夫穷通得失、祸福死生，皆不能盘踞心地，乱吾天君，而令我心之明者不明、健者不健。此非必多年然后可成功也，只要一心内照，不许外缘尘累一丝扰我灵府，即顷刻间亦见心灵手敏之效。尔等须知，心之不灵，由于神之不清，淘汰性情，必具刚果之气为之；气之不壮，由于息之不敛，保固真精，必具十分火候。如此刻刻返观，在在内照，日月因之而转旋，乾坤是以能颠倒。至若外缘外侮，到眼便知，闲思闲虑，入耳即明，不怕他火炎薰蒸，势不可遏，自能一灭永灭，有不可思议之效焉。

九、参赞化育，上品丹法

学者凝神静养，务令天地阴霾之气，抑之自我，化之自我，则位天地、育万物，补天地之偏，培造化之缺，亦非难事也。独奈何人将天地看得甚大，以为造化之权，自天主之，人莫如何，却不思古圣先贤常称天地人为三才，人固赖天以生，天犹赖人以立。若无其人调和造化、燮理阴阳，则天地又何赖乎人哉？故曰"人者，天地之心也。"苟无至人出世，以参造化之权，赞天地之化，则天地亦成混沌之天地，而不能生育于无穷也。此匹夫之微，亦具有此参赞，非高远离奇为圣者独能任之也。何也？凡人之心一正，则天地之心亦正；凡人之气一顺，则天地之气亦顺。天地与人，其感孚处虽至微至妙，而其为用却在一动一静、一语一默之间。夫以天人本一气相通，此动彼动，此静彼静，此安则彼安，此危则彼危，原在一呼一吸之微，非深远莫致者也。只患人不肯寡欲清心，以自明其清明广大之天耳。如能一念不苟，则一念即位天地矣；一息不妄，则一息即奠天地矣。造到自然境界，则我即天，天即我，不但如此，更能包罗乎天地，化育乎天地，我不受天地鼓铸，天地反受我裁成焉。圣人知我其天，岂在苍苍之表、漠漠之外耶？殆一内省间，而即通其微矣。

他如修炼之道，还有上品丹法，以神入于虚无中，不著色，不著空，空色两忘，久之浑然融化，连"虚无"二字，亦用不著，此即庄子所谓"上神乘光"者是也。佛家牟尼文佛，即用此"真空妙有"之法以成佛，后人鲜能知者。禅和合子有"如来修性不修命"之说，不知此个光中，即包罗神气在内，太极而无极，无相为相，无声为声者也，且是神气发生之根本。故炼此一光，无不完具，夫岂若后天之神、之气，尚分阴阳者哉？此理后人难明，无怪其落于修性一偏也。至若山精水怪，亦能走雾飞空，而究之心性未完，多流于机械一边，终不免于天诛。此等又何修乎？庄生所谓"下神乘精"者是。是以不净不洁之神，凝于后天精窍之中，久久炼成，亦能入定，亦能出神，总是一个污浊鬼耳，即云长生，亦只守尸鬼耳，断无灵通变化，且无仁义道德，虽有奇技异能，只是一精伶鬼而已。诸子取法乎上可也。

十、持盈保泰，勉力用功

今年百谷色色生新，莫不谓今岁大有秋也。讵知至美之中，有不美者存焉。夫岂天之不以全福与人乎？盖以天地之道，阳极则阴生，阴极则阳生，阴阳相胜之理原是如此，不然，盛极难为继也。惟君子有见理之明，知几之慧，故于隆盛之际，而有持盈保泰之妙策焉。若无识愚夫，不知阴阳胜负之常，往往于盛极之时，恃其豪富，不知谦抑为怀，更以骄傲存心。若此者，几见有不败者乎？处家之道如此，即治国之道，亦莫不然。推之保身良策，亦当以此为准。吾见生虽然年迈，而精神尚觉强干，若不趁此机会，勤勤修养，在在保持，吾恐阳盛之下，而秋阴继其后矣。大禹所以惜寸阴者，只为身命之不常也。生等须当慎之。

某生粗闻妙诀，未能实尝道味，尚须勉强用工，方能到自然境界。否则，半上落下，终不得见本来真面也。况今年华虽老，而日用事为半点不理，衣服饮食取之宫中裕如，且身安体泰，儿孙林立，室家胥庆，在在皆安乐之地，时时一丰稔之秋，正好行吾乐意，向大道中钻研。况生善根夙具，并非无德之人，不能消受得神仙福慧，焉有修之不前而为群魔阻扰者耶？趁今闲暇无事，外无忧虑，内无疾疢①，于此不学，又待何时？日月逝矣，岁不我与，呜呼老矣，是谁之咎？

吾想生好道之心，本于至诚，何以日日行工不见大进？此由间断之时多也。犹之煮物，始而入鼎，必以猛火烹煎，烹煎一晌，然后以文火温养。如此烹调，方得有真味出来。若起初有间断，势必半生半熟，了无滋味也。至武火之说，非教之用气力、切齿牙以为工也，要不过振顿精神，一日十二时中，常常提撕唤醒，了照在②虚无窟子间耳。最可惜者，日间有空闲气力，空闲精神，不用之于保精炼气，而用之于观闲书、谈闲话、作闲事、用闲思者，就将有用之精神，置之无益之事物，呜呼哀哉，诚可惜也！

就说生年华已老，神气就衰，不能闻道于壮年，而得明道于暮岁，纵有十分精力，恐不能成大觉金仙，这就错想。须知，有志者，事竟成；苦心人，天不负。古往今来，壮年得道者，能有几人？历观古仙，无一个不是晚年闻道，到百余岁，始证金仙。生怕无志上进耳，果然有志，天神岂肯舍尔哉？以生之功德有加，心性不迷，久为神天见爱，就说此生不成，今日已曾下种，到来世，因缘自然不绝。吾愿生，从今以后，立定课程，务以不理闲事、不读闲书为志，惟以凝神于虚、合气于漠为常。一日行住坐卧，常常照

---

① 疢，萧天石本作"疾"，据蒋门马点校本改。

② 在，天华馆本作"于"。

管，不许一息放纵，一念游移。如此半月之久，自然见效。若到气机微动，即速备河车。何也？始而采取微阳，久则精盈气壮而真阳发生，大有形象可验。到此地位，何乐如之？

论人之未生也，在太虚中，原是与天同体。及至生时，幼冲之年，犹是天真烂漫，浩浩乎与天之气机流行不息，浑然潜通。因知识一开，浑浑沦沦之体，因之凿破而不完全，于是乎浩荡靡涯之量，转而为抑郁无聊之心，昏昏罔罔，即一身之内尚不能把持，又何况以外之事，其来也无端，其应也靡常，有不为其所馁者耶？故朱子云："内则无二无适，此心寂然不动，以为酬酢万变之本。外则整齐严肃，严威俨恪，终日如对神明，以保护其天君。"迨至用力久，自然惺惺了了，精明不昧，坐照无遗，又何忧事物之纷扰哉？夫心如钟然，空则叩之而即应，实则叩之而不灵。人能将此心悬于太空之表，不横生意见，纯是天理用事，得矣。

十一、真性真命，舍财求道

学者欲返本还原，必从后天性命下手。后天气质之累，物欲之私，务须消除净尽，而后真性、真命见焉。真性、真命者何？夫心神之融融泄泄、绝无抑郁者，真性也；气机之活活泼泼、绝无阻滞者，真命也。总不外神气二者而已。元神、元气是他，凡神、凡气亦是他，只易其名，不殊其体。古佛云："在凡夫地，识强智劣，故名识性。在圣贤地，智强识劣，故名正觉。"尔等须认取正觉，莫认取识神，下手才不错。

又闻古人云："心本无知，由识故知。性本无生，由识故生。"有生即有灭，有知即有迷，生灭知迷，乃人身轮回种子，皆后天识神所为，非元神也。元神则真空不空，妙有不有，所以与天地而长存。苟不知元神湛寂，万古长明，却疑空空无著，乃认取方寸中昭昭灵灵一物，以为元神在是，强制之使不动，束缚之使不灵，是犹以贼攻贼，愈见分投错出，直等狂猿劣马而难驯。若此者，皆由采炼后天之识性故也。景岑云："学道之人不悟真，只因当初认识神。"一念之差，沦于禽兽，可不慎欤？

朱子云："人欲净尽，天理流行。"神无一息之不舒畅，气无一息之不流通，此等玄妙天机，诸子谅能辨之。然莫切于孔子云"乐在其中""乐以忘忧"，子思子云"素位而行"，"无人不得"，而要不过任天而动，率性以行，即适其性，合于天。倘有知觉计较、作为矫揉，即非性非天，乃人为之伪，虽终日谈玄说法，一息不忘坐工，究与未学者等。且作伪乱真，只见心劳而日疲，犹不如不学者之尚存一线天真也。吾故教诸子，先须认得本来面目，是个空洞无际、浩渺无垠①、乐不可拟之一物。无如诸子本源未能澄清，不甚大现象焉。苟能一空所有，片念不存，打坐时不须一炷香久，自能瞥地回光，超然物外，自家身心，亦觉浑化。但尔等营谋家计，日夜俱为货财田产握算持筹，是以入见道德而悦之，出见纷华而亦悦之，拖泥带水，不肯撒手成空，故学道有年，不见大进，只为天理、人欲，两相间隔故也。

吾示生，要求天上神仙，须舍人间货财。盖不吝财者，才不贪财。不贪财，才算真真道器。夫人之心，除此财字，别无健羡之端。苟能打破这个铜墙，跳过这个迷障，自然心冷于冰，气行如泉，性空于镜，神静于渊，而谓大道不在兹乎？况凡人之所好，至人之所恶，为心性累，为道德障，古人喻之为病病。人果能去其病病，则天真见矣。又况修道在人，成道在天。若能轻财利作功德，天神自喜而佑之。故曰"钱可通神"。非神果好财也，以其人有载道之资，可以超凡入圣，因轻财而愈钟爱之，故有通之说焉。诸子亦曾看破否耶？

十二、神聚玄窍，集义生气

学人起初打坐，心神不爽，气机不畅，犹如天地初开，鸿濛肇判，万物无形，百为鲜象。惟有一意凝注，将我神气聚会于玄玄一窍之中，亦犹天地之主宰立焉。于此一呼而出，一如天地之气轻清者上升；一吸而入，一如天地之气重浊者下降，我惟委志虚无，主极立矣。至于阴阳升降，我只顺其上下自然运度，迨真积力久，自蓬蓬勃勃有不可遏之机。然此阳盛之际，又须知持盈保泰、归根返本之道。否则，盛阳之下，必有隆阴，欲成纯阳之体，难矣。故邵子云："美酒饮教微醉后，好花看到半开时。"此非知道者，孰能明之？吾观生等，每于气机壮旺，心神开朗，尚多纵火扬烟，不知返还本

① 垠，萧天石本作"痕"，据天华馆本改。

始，是以发泄太甚，则生机断灭。故太上云，"持而盈之，不如其已。"此言真可法矣。至守候之道，古云："真人潜深渊，浮游守规中。"如此观照此窍，恪守规中，不霎时间，真阳自从空而出，此身如壁立，意若寒灰，斯时气机氤氲蓬勃，即阳生活子，可行河车之时。前之炼精，为二候采牟尼；此之阳生，为四候运河车。此亦各有其景，不可差也。

再示静坐修持之事，人所共知，而动中修炼，人多或昧。如孟子养浩然气，是从集义而生。但集义之道，所赅甚广，非特静中有义，动中亦有义。如孟子乍见孺子入井，发恻隐心，此非义乎？推之敬老尊贤，济人利物，与夫排难解纷等等，非谓义耶？他如见人有善则欣羡之，见人有恶则愧耻之，无非义也。至云恻隐之心为仁，羞恶之心为义，辞让恭敬之心为礼，是非好恶之心为智也。此四端之发，其机甚微，世人忽略者多，即尔等亦往往错过。虽有知之，亦止明得慈爱之良，是尔天真，当其微动，犹少知纳入丹田者。今为生道破，自此以往，举凡日用云为，一切喜怒哀乐之生，皆我真机发动，我须收之、养之，回光返照足矣。要之，四端发动之初，出于无思无为者为真，有思有为者为伪。尔等一日之内，如此四端萌动，不知凡几。若能乘得此机，采而取之，饵而服之，正所谓遍地黄金，满堂金玉，无在非炼丹之所，无时非药生之候也。故曰："大道在人类求之，同类中取之。"所以古人修道，大隐市廛，不栖岩谷，以道在人伦日用，不在深山穷谷也。果能随时知觉，随时采取，则红尘中随在皆道机发现，亦随在皆修炼工夫，特患人不返而求之耳。

十三、性命阳生，不理景象

今日干旱流行，禾苗欲枯，似乎天下人民，尽无生路。不知极凶之中，有极吉者在；大祸之日，有大祥者存。生等识得此理，只管自修其身，那一切吉凶祸福报应之来，一听之于天，免却多少闲思杂虑、忧愁烦恼。盖天欲与之，其谁敢废？天欲死之，其谁敢生？此殆天所主宰，凡人不得而参之也。惟尽人事以听天，此是人所能为者。否则，干造化之权，不安自家之分，势必人心愈乱，而天心益不能安，更速其劫难之来矣。此天人一贯之道，生等谅能了然，吾亦不暇深论。但愿生等，从此自修其德，以与天地流通无间，自然天心相合，虽当荒岁，另有厚泽深仁之加也。

他如修炼之道，所贵绵绵密密，不二不息，以底于神化之域，不贵躁切为之。孟子云："进之锐者，退则速矣。"又况迫切之心，即属凡火，不惟无益，且有焚身之患。所谓不疾不徐，勿忘勿助，斯为天然真火。天地生万物，圣人养万民，皆不离此温温神火，何况修炼乎哉？总贵常常了照，不失其机可耳。吾见生等用工，每多或作或辍之行，所以将欲造其堂，而又出其户；将欲底于室，而又退于堂，不见一直向前，毫无退缩者，职是故耳。

古云："藏神于心，藏气于身"，常常不释，即命复而归根，长生不死之丹得矣。顾何以能令神气藏于身心，时时不失如此哉？法在从玄窍开时，太极一动，阴阳分张，时可进而即进，势当止而即止。何也？玄窍初开，只见离宫元性，所以谓之"性阳生"。然此是神之偶动，非气之真动，只可以神火慢慢温养，听其一上一下之气机往来内运，蕴藏于中黄正位，此为守中一法，水火济、坎离交之候，又谓前行短、二候采牟尼是。到得神火下照，那水见火，自然化为一气，氤氤氲氲，兀兀腾腾，此方是水底金生，古人云"阳生活子时"是，又曰"命阳生"。果有此气机之动，不必蓬蓬勃勃充塞一身内外，即粗见气机，果从神火下入水乡，是为坎离交而产药，亦是微阳初动，亦要勤勤采取，运动河车，栖神泥丸，所谓补脑还精，长生之道在是矣。

人欲长生，除此守中、河车二法，行持不辍，别无积精累气之法焉。虽然，守中之火，只有温温铅鼎，惟河车逆运，则有子午卯酉、或文或武之别。诚能常常温养，令我元神常栖于心，元气常潜于身，虽欲死之，其将何以死之？以神气交媾，常常不失也。尔诸子总要于行住坐卧，无论有事无事，有想无想，与夫茶里饭时，在在收神于心，敛气于身，久则神气浑化，前不知有古，后不知有今，上不知有天，下不知有地，内不知有己，外不知有人。如此者，非神仙而何？

近观生等，工夫到此，将有异状显露，吾今道破。凡有异彩奇香，或见于目，或闻于鼻，或来于耳，总不要理他。抑或心花偶发，能知过去未来，一切吉凶祸福，总要收摄元神，坐镇中庭。虽偶而发露，天然一念现前，不待思索而能预知休咎，亦是识神用事，切不可生一喜心。喜心一生，即不入于魔道，亦恐自恃聪明，反为外事纷驰，而修炼从此止步矣。至于景象现前，多是自家宿根习气，被识神牵引而动，我总置之不论，庶我无心而景自灭矣。此为近时要紧之务，切不可羡慕景象，自堕魔道，妄论休咎。此皆自家气习所致，非元神元气，不可信为道焉。

十四、造端夫妇，百日筑基

子思子曰："造端乎夫妇。"究竟是何夫妇？岂若后之儒者云："闺门之内，肃若朝廷。交而知有礼焉，接而知有道焉。以此一节之能，扩而充之，足以化家国天下而无难。"如此言道，亦小视乎道，而不能充满流行至于如此之铺天匝地者，以其有形有迹，有作有为，尚可限量也，乌足以言道之大哉？此个夫妇，盖在人身中，一乾一坤而已，一坎一离而已。总之，是一个水火，是一个神气，又是一个性命。性命合一，即还太极。由是太极一动一静，一阴一阳，无在不与天随。以之修己，而己无不修；以之治世，而世无不治。要皆神气归真，返还我生初一团太和之气，常常在抱。若但以有形有象人世之夫妇言之，纵使举案齐眉，相敬如宾，亦恐不能化家理国、易俗移风，至于无处无时而不与人合、与天一焉！圣人恐泄天机，不肯一口说出，必待其人积功累行，存心养性，果然心地无亏，伦常克尽，然后抉破天机，始不至妄传大道。生等行工至此，谅亦实实明得造端夫妇之语，非外面夫妇，乃人身中夫妇也。

诚能下手兴工，常常念及"造端夫妇"一语，始而以神入气，即是以凡父配凡母。凡父、凡母一交，则真铅生，即真阳出矣。此中所生阳铅，是从坎中生出，阳即为灵父。迨气机壮旺，冲突有力，从虚危穴起火，而上至泥丸，我于是凝神泥丸，温养阴精，即以灵父配圣母，以阳铅配阴汞，以阳气制阴精，此为灵父、圣母交而产药。药非他，即久积泥丸之阴精，为神火一煅，则化为甘露神水，此为灵液。自灵液下降，而心中灵性、灵知，即从此生矣，所谓气化液也。再引入丹田，乾坤复合，以神火温烹一番，灵液又化真气，久久运转河车，千淘万汰，千烧万炼。灵液所化之气，即是先天乾元一气。从此一动，即为外药生，由坤炉而起火，升乾首以为鼎，降坤腹以为炉。炉起火，鼎烹药。自此一动一静，不失其时，则如顽金久经煅炼，愈炼愈净，所谓百炼金刚化为绕指柔矣。如此采外药，以结内丹，久之外丹成，

第二编

内丹亦就焉。总之，外丹贵乎用刚，然后木载金行，火逼水上。不如是，则金之沉者不升，水之寒者不沸；内丹贵乎用柔，不柔则丹不结，而元神亦难以坐照自如。此乾刚坤柔，即子思云"造端夫妇"之道。人果从一阴一阳下手，不著于清净无为，亦不执乎名象有作，不过百日之久，可以筑基矣。

十五、小药大药，内外二火

大道原无奇异，只是完吾本性而已。夫本性，岂有物哉？要不过一自然之天而已。顾何以知者多，而得者少耶？盖人自有生以来，始为血气之私所锢，继为情欲之累所迷，而求其本性之克见者尤难。虽然，亦无难也，在人能念念知非，事事求是，此心湛然莹然，绝无一物介于其间，佛家谓"无善无恶中，独见空空洞洞、了了灵灵之真主宰"，即道矣。此又有何难哉？《书》谓"罔念作狂，克念作圣"是。是不过一敬之间，而性即还其真，道即返其本。生等谅能识得，吾不再赘。

第思真性之生，只在俄顷，但于发动之际，浑浑沦沦，无渣滓，无念虑，认得为圣贤仙佛之真者少。纵或认得，而当此初萌之际，犹衣服为油污已久，苟非十分磨洗，不能一朝遽去。颜子得一善，所以有拳拳服膺之工也。生等业已明得，一念回观，一念即道，念念返本，念念皆真。第一要有坚固耐久之心，方能到清清洁洁、独见真诠地位。虽然，一念了照，易易事也。吾观今世修士，于此一念发端之初，本是性地完纯，圆融具足，而或疑未必是道，乃加一意，添一见，参杂其中，而性真于此反昧矣。

生等既能识此一念之动，为我成仙作圣的物事，就是太上三清，神妙无穷，又岂有他术哉？亦不过由此一念之偶萌，日积月累而成耳。但其始也，天性之自动，气机之偶萌，亦觉微微有迹，不大显相耳，吾教所以名为小药生，又曰一阳初动。及至采取过关、服食温养之候，虽有丹田火热，两肾汤煎，目有金光，口有异味，耳有鹫鸣，脑有风生，六种效验，然亦无形之形附于后天有形之尸气而昭著，实非有浩然之气至刚至大在于目前而充塞于两大之间者也。此亦虚拟其状似有如此之盛，要皆我神觉之，我神知之，非外人所得而窥也。吾教谓之真阳大动，又曰大药发生。以其实有可拟，故曰真阳；以其气机之大，不似以前之微动，故曰大药。生等识此，始不错动凡火，错走路头，为后天尸秽之气所害焉。

要之，采取先天以补后天，究竟有何采，有何补哉？不过一阳之动，不妄走作，不外渗漏。久之，一气薰蒸，薰蒸之气，药也是他，火也是他，于此外而内之，下而上之，逆而收之，即采取也。于此收回鼎炉中，即返补也。火即是药，药即是火，火与药是二而一者。人知得太和一气，无半点闲思杂虑，只见空洞了明，大而无外，小而无内，微有气机之似有非有，似无非无，即道也。有此一气薰蒸，即药也。收敛此神、此气，不许参杂一知半解，即补矣。自古神仙，亦由此而修，实为修士所不可忽者。

他如呼吸之息，为炼药修丹之要务。若无此内呼吸，则水底真金岂能由下而上，自外而内？全凭此神息逼逐而催促之，以上至于泥丸。及神气交媾，下注黄庭，温养成丹，亦无非神息为之用，所以古人谓神息为外火也。学道人，虽得天然真火，尤必凭外火抽添文武，增减运用，而后药生有自，丹成可期。若无外炉火候调分文武，则虽天然真火虚灵洞彻，则亦仅能了性，不能立命。此内外二火，一性一命之火也。且人有内火，而无外火，则性无以恋命，命亦无以恋性，是谓孤阴不生，独阳不长。吕祖云："信死清净里，孤阳难上升。"是知内火内丹，全凭外丹外火所炼而成者，神息所以为修士之要道。

生等已知内火外火之道，然吾观其于外火之逆用，尚未十分了明。夫以凡呼吸与真呼吸，二者一体一用也。无先天之神息，则凡息无主；无后天之凡息，则真息无自而生。但逆施造化，颠倒内修，而金丹自返还于内矣，此为紧要语。

十六、觉照之心，炼丹之主

夫人之所以前知后晓、灵明不昧者，无非此一个觉照之心而已。佛曰"长明灯"，道曰"玄关窍"，儒曰"虚灵府"，要皆无思无虑、无善无恶之中，一个了照之神焉。下手时，不寻出虚无无际物事出来，则无性，无性则无丹本。不从虚无中，养出一个灵明妙觉、洞彻内外之神出来，则无主宰。无主宰，虽日夜勤行，终日昏昏罔罔，到头而无用也。诸子务先把万缘放下，直将知觉之妄、物欲之私，慢慢的起风运火，煅化于无何有之乡。自家内照，果然一无染著，一无束缚，空空荡荡，了不知其起止，此为本性见矣。本性一见，又要有个觉心，照而不照，不照而照，此即主宰常存，昔人谓"主人翁"是也。有此主宰，炼丹可成；无之，犹一家无主，焉能兴得起家来？此个主翁，实为炼丹之主帅。至于本性，是炼丹之丹头。但起初，即欲本性发见，浑沦无际，浩森无垠，万不能得。只要一个泰然无事，心地清凉，有点趣味就是。若欲清清朗朗，浩浩渊渊，大无外，小无内，则必火候到时，方有此鸿鸿濛濛无可端倪之一候。惟于尘缘不稍沾滞，推得开，放得下，即是性见，炼丹有本矣。下手之初，此心未必即能降伏、洞照如神，只要此心不走作，不昏迷，能为我家主宰，不为外物所夺而去，这即是此心常在，为我炼丹之主矣。

诸子此时，尚在阴阳之交，还须立起志气，扶持真阳，抑制群阴。久之，阳欲进而不能遽进，阴欲退而不肯遽退，所以有如痴如醉之状。盖以阳虽能主，而阴犹未卸驾也。吾故教诸子，不要除思虑、屏气息太为著紧，紧则又动后天阴气，必不能耐久焉。

总之，神仙之神妙无方、变化莫测，还不是此一点虚寂之性、灵应之神，为之作主耳！诸子于无事之时，不要求浑沦磅礴，只此一念归静，莫管二念，即是性在。古人收回又放下，放下又收回，即性之见者多矣。久久用工，自然本性常圆，无在而无不在焉。只要此心常常了照，稍有闲思杂虑，我能随时觉照，即惺惺常存矣。自古神仙，亦无非此一点觉照之心造成，切勿轻视此觉照也。吾念生等，诚心向道，今将道原说明，下手用工，以免心性之昧，庶可言丹。

十七、勘破世情，回天妙剂

吾师此山设教十有余年，至今门前桃李枝枝竞秀，真不枉吾一番辛苦。顾其间弟子不一，有了悟大道根源、跳出红尘、高登清灵之府者，吾师所以去而复来，往返不厌也。从此深造有得，无在不洋洋洒洒，悠然自乐，以比抑郁穷愁为何如者？任尔金堆北斗，名高东国，总无有片刻之清闲，是人世又何足恋哉！况终朝终夜营营不已，刺刺无休，其能久享荣华、长保寿考，斯亦可矣。无如光阴似箭，日月如梭，一转瞬间，黑头者已白头，青年者成暮年，倏忽韶华，不能久待，一旦无常来到，撒手成空，岂不枉费精神，空劳气力乎哉？纵说创业垂统，上承宗祧，下裕儿孙，万载明烟所在，不得不为之谋，然亦有个顺水行舟，任其去来，我惟摇橹把舵足矣，何苦经营万状，直将满副精力施之于家室儿女、田产屋宇、金银货物之间，而不肯稍歇？设一朝西去，了无一物，岂不可惜？古云："黑漆棺中，财产难容些子。黄泉路上，妻儿又属谁人？"可不畏欤？甚有生前作孽，造下罪恶弥天，才兴家而立业，那知死后魂销森罗殿上，形受地狱牢中，儿孙在世，固享不尽之荣华，那先人幽囚于泥犁苦恼之地，而谁为之设法超度耶？苦由我受，福自彼享，和盘打算，值不值得？更有儿孙不才，不思前人挣家费下千辛万苦，为后裔作万年之计，彼反谓昔之人无闻知，今时格不同上古，于是好赌玩烟，群夸脱白，贪花滥酒，尚想焚黄，堂上稍为告戒，反厌琐絮难堪，不相觑面者。甚有平日恩宠过隆，一旦而加以辱骂，胆敢于父母为仇，挺身对敌者。俗云"膝下儿孙尽成仇"，洵非虚语。由此思之，你为儿孙计，儿孙业已如此，又值不值得？他如刻薄成家，理无久享，俗云"老子钱串子，儿子化钱炉"。一任堆金如山，置产万顷，及到儿孙之手，一概消磨，岂不枉为家计，空费神思耶？更有现眼现报，前人买地，账犹未清，而后人即为卖出；前人修居，工犹未备，而转眼已属他家。《诗》曰："宛其死矣，他人入室。"又曰："维鹊有巢，维鸠居之。"死后不闻，斯亦已矣；当前若见，岂不伤而又伤？知此，则知世上衣食百端，各人原有天命所在，不可苦苦持筹，自讨烦恼。莫说谋之不得，就令所求如意，亦是命该如此，即不求而亦可得者。如此看来，何若作事循天理，百为顺人情，安分守己之为得乎？况天定胜人，人定亦能胜天，与其为不义而获罪于天，何若多行好事而上格于天耶？人能惟善为宝，人心与天心合，天其有不保佑命之耶？作善降祥，信不差矣。

今日闲暇无事，再为生等谋之。大凡天下事为，到头总是成空。惟有性命交修，才是我千万年不朽之业。莫说红尘富贵，难比清虚逍遥，就是目前所享、日用所需，尽都是重浊之物，何如天上玄霜绛雪，蟠桃美酒，种种皆是馨香。一清一浊，相去何远？又况所需无几，所享不多，又何苦死死不放，将我一片灵明，直染得污秽难堪，岂不辜负心力乎哉？无奈今之世，昏而不明，迷而不悟，以至于牢不可破，如此其甚也。更有明知之而明犯之，又如此其多也。噫！良可慨矣！

吾前示生等，以养正气、去客气之道，的是医俗良方，回天妙剂。何也？人之不肯回头者，一则昧于道德，一则柔其精力也。如生业已知，道之为妙，非他物所能换得一丝半毫，尚且拖泥带水，不能斩断孽缘，直上凌霄，而况以外人哉？为今之计，总要一乃心志，养乃精神，任他荆榛满道，不难一刀两断，理欲频分，孟子养气之说，所以层见迭出而不惮其烦也。果能矢志弥坚，不怕他千磨万难，自不难直造清虚之地焉。近来工夫，正在天人交战，理欲相争，苟不努力一战，终是鹬蚌相持，难以取胜。趁此机会，只须一七、两七之久，将天理养纯，直把那客气消除，凡情殒灭，如此则天德流通，无往而不自得焉。生平素有才有识，有胆有量，与其施之于无益之场，孰若用之于大道之地也！生其勉哉，吾深望焉！

十八、炼铅尘世，知不如行

大凡修真程途，必要先明次序。初入门时，一片浪子野心，犹之劣马狂猿，一时实难拴锁，必欲强之就范，势必收取邪火，不惟生机不畅，而且真气为邪火烧灼，即不至病，而生气为之打散者必多。古云："炼铅于尘世。"必于人世上，有事则应事，无事则养心。久之，看破红尘，打开孽网，此心乃得恬淡，此神乃得圆明。若但趋尘逐浪，势必愈染愈深，不至性命消亡不已。惟有处处提撕，在在唤醒，不辞苦，不厌烦，此神此气方能打并为一。而今有等愚人，全不讲内德外功，或因事情不遂，或为身家难言，即要抛却人伦，入山修道。如此之人，满腔污浊，一片邪火，其为害于身心也，讵小故哉？

某生先年不弃吾师，一片虚心访问，为师已曾教尔多积阴功，少趋尘境，日间得闲，即打坐参玄。无如尔尘情太重，名利牵缠，儿女恩爱难割，每日营营逐逐，奔走尘途，不觉陷于名缰利锁矣。岂知"生死有命，富贵在天"，而今其信然耶？论尔讲经说法，吾亦在所不及，但知者不言，言者不知。生之言，又如孔子得太上语："子之言，可谓其人与骨皆已朽矣，独其言犹在耳。"又古人云："说得万件，不如行得半点。"但生要成大道，此时生心所欲，概属空套，了无可用，不如就下而上，自浅而深。孟子曰："道在迩而求诸远，事在易而求诸难"，尔生急宜戒也。又况精神虽健，年华已迈，再不勤勤修炼，吾恐铅汞日消，他日欲打坐收心，亦不能也。至于近时，生所行工，惟有静则炼命，动则养性，切勿速求深山。《悟真》云："劝君修道莫入山，山中内外皆非铅。此般至宝家家有，自是愚人识不全。"生其信焉否耶？论生慧悟，不是一劫修来，俱由前生修积，真是载道法器。又况吾门诸子，论见大道，鲜能及尔。无奈知得十丈，不如行得一寸，真实下手工夫，有得于身心者少也。吾今为生道破，所讲解会悟者，在他人是诚中形外，在生是一个大大魔头，若不一齐塞断，吾恐日习日深，自喜自悦，一腔心血竟为这个记忆魔头丧尽矣。吾师从不道人长短，品人高下，姑念为求大道，辛苦数年，到今只成一个口头禅，与今之释子棒喝、机锋何异？可惜一番精神，误用在记忆学问去了。且生具此慧悟，以之进道无阻，以之成道不难，不比他人之懵懂、东窜西走、不知大路者比。所以吾不舍尔，故以直言告戒。

生又云，志在积功行仁，然亦知立功、立德，亦不在寻人去立。俗云："有缘遇著，无缘错过。"圣人之道，中庸而已。中庸之道，顺其自然而已。若必欲立功，到处去做，又是自家好事生事，非圣人之道也。古来许多仙子，多有闭门不出以终其身，然或一言一行，即得超升天上，足见功不在多，在一心。人能心心大道，上下与天地同流，生可知其故矣。今日所言，句句都是金针，生其体之。

十九、朝屯暮蒙，琴剑刚柔

吾见生等阳生之时，进火之际，尚未明得易道朝屯暮蒙真正法则。盖易之屯卦，坎在上为药，以坎中一阳生也；震在下为火，以震下一阳即所进之火也。尔等逢阳生时，不管他气机往来何如，略以微微真意，下注尾闾，那真元一气，从前之顺行者，至此不许他顺，且意思向上，而顺行之常道遂阻。顺道既阻，无路可去，自然气机往上而升，自后而上，势必至于泥丸，此自然之理，有不待导之而后升、引之而后上者。暮取蒙之义何如？蒙，坎水在下，中有一阳，即药在下也；艮山在上，上有一阳，阳即所退之符，符即阳气升于泥丸，温养片时，化成甘露神水，实皆阳之所化，非真属阴也。

以其行工至此，精化为气，气化为丹，宜行顺道，不宜如前进火时运刚健之气，故曰阴符。总之，药朝上阙，泥丸气满药灵，有一片清凉恬淡之象，即阳气上升于头目，宜退阴符之时也。此时不须引之降下，但以神主宰泥丸，意注于高上之天，自然循循降下重楼，入于绛宫，温养片响，导入丹田，与气打成一片，和合一团。斯时不进不退，无出无入，静候个中消息，再行周天。学者勿视为怪诞也。

论阳生之始，气机微嫩，要不若孟子所云"平旦之气"为最切。继而抽铅添汞，渐采渐炼，愈结愈坚，又不若孟子所云"其为气也，至大至刚，以直养而无害，则塞乎天地之间"为至论。古仙又云："吾有一物，上柱天，下柱地"，非孟子所谓浩然之气充塞两间者乎？

又曰琴剑者何？盖以至阳之气，中含至阴，学者执著一个阳刚之气，则不能成丹。剑之取义，刚是也，而又加一琴字，取其刚中有柔，健而和顺之义。然在下手之初，不得不知刚柔健顺，方无差错。若到水火调和，金木合并，则刚者不刚、柔者不柔，且至纯熟之候，更不知有刚柔，惟顺其气机之流行，自然天然而已矣。

生等只怕不久坐，不耐烦耳。如能耐久静坐，不过一月两月，大有神效。夫岂但凡息能止，真息能见者哉！必有至真之药，不二之神，透露机关出来，令尔等上彻重霄，下临无际，浑忘天地人我者焉。夫药是一气，丹是炼此一气积累而就。只怕不肯积精累气，所以终落沉沦，浪流生死，转转生生，循环报复，无有穷期耳。若发狠心，加之朝乾夕惕，日就月将，始而了彻本源，知外物为幻物，久之，不但外物为虚，即凡身亦假，我不以之介意，生死任他，了无瞻顾徘徊。古人视死如归，置之刀锯鼎镬而不畏者，非不怕死也，只是见得理明，信得命定，守得真常之道而不失耳。不然，即一饮一食、一言一事，尚且争之不已，何况生死，焉有舍之而不顾者哉？此盖真者已得，而假者不恋也。

吾愿生将从前打散之神气，而今攒聚一家，以火煅炼。久之，自然妙合而凝，混成一气，与天之虚空无二，如此即了却尘缘生死，永不堕爱河欲海矣。总之，神气打散，分而为二，即属凡人，有生死苦乐、禽兽草木不可测度之变化。若能复归一气，混成无间，久久煅炼成真，即金刚不坏之体，一任天地有坏，而我性无坏；日月有亏，而我命无亏也。诸子其亦知所从事耶？

二十、气质之性，薰陶温养

古云"道在眼前"，是知天地间无处不是道。道者何？即清空一气，盘旋天地，充塞乾坤，无人不在造化之中，即无人不在大道之中。以故古云："人身内外，无不是道。"道之浩浩渊渊，真有不可以限量者。然在太空中，流行不息，只为阴霾太重，将元气锢蔽而不见，所以旱干水溢等等乖戾作矣。而在人身中，亦时时昭著发现，贯满内外，无如气质之性萌动，人欲之私迭起，正气不敌邪气，所以声色货利、一切人为之伪作矣。学道者，必去其外诱之私，返乎本然之善，久久淘汰，才见清空一气，盘旋于身内、身外之间。莫说酒色财气之私，不肯稍容在内，即自家尸魄之气、神魂之灵，亦不许夹杂于中。夫以清浊不相投，邪正不并立也。

凡人之所以不肯抛弃尘缘、牵缠恩爱、贪恋名利者，只为气质之性横梗胸中，是以清明广大之天不现，不得不以苦为乐，认贼作子，终年竟月而不稍释于怀来也。是以凡人元气，只见日消，消至尽净而死，故堕于地狱，发变昆虫草木，受诸苦恼，以为阎王老子驱之使然，吾以为自投罗网。何也？日丧天良，毫无生理，即无生气，冥王纵欲生之，其如自趋于死何？惟圣人知得，生生之理，适为我成仙成佛之本，享福享禄之根，独炼一味元气，日日薰陶，在在温养，久则渣滓去而清光来，洞见本然至善之天，不肯稍罹尘埃以自污其性天。生等近来所见所得，有此个景况否？若未得清真之乐，不得不随波逐浪，从人世中暂时之福去想去求，犹之不得佳肴，即粗疏饮食，亦觉可口。若已得其精华，则道味浓而世味淡，太和元气自常常在抱矣。

吾愿生，日月不违，动静无间，切勿不自防闲，任一切尘缘骚扰，恩爱缠绵，修之百年，亦是凡夫俗子，不免轮回苦趣，这就可惜。如能存养本来，烹炼真气，不出一月，亦有大效。效非他，即真乐也。人能得真乐，那假乐自容不得。孔子言道，只说个"乐"字。生等近来，有得于心，已知外来物事，尽是尘垢，再加维持之力，庶几抛脱尘累，一扫而空，超凡入圣，即在于此。然非尔等尊师重道，立德立功，岂能遽至于斯？从今还要尊重吾道，方有大超脱之日。须知前有功行，方见性天，以后成丹，还要大开眼孔，济人度世为心，始能成得大觉金仙。不然，区区一仙子，犹非为师设教之至意，嘱望之深心也。尚其勉旃。

二十一、法效天地，性命之药

天地是个空壳子，包罗一团元气，生育万物，亦只顺其气机之常，而浑浑沦沦，不识不知，所以亿万年而不朽也。人身包罗一段氤氲之气，何以不如天地之长存哉？盖以七情六欲日夜摧残，先天元气却因后天凡气为之遮蔽，耗散者不少，是以有生老病死苦也。惟天之气运，万有不齐，非日月不为功。日月者，天地之功用也，故一往一来，寒暑迭嬗而成岁。人身气机之行，作为万类，参赞乾坤，非胎息不能立。是故天地者，人之郛郭也。日月者，人之胎息也。天地阴阳，往来而成造化，无非日月运之于内。人能效法天地，以呼吸之神息，运于其中，绵绵密密，寂寂惺惺，亦可悠久无疆，与天地而并峙也。《悟真》云："安炉立鼎法乾坤，煅炼精华制魄魂。"又曰："先把乾坤为鼎器，次抟乌兔药来烹。"乌兔药，即离中之阴、坎中之阳是。真阴、真阳，合化为精华一气，即药也，即可制伏后天魂魄之灵，使之浑浑沦沦，还于太极。神仙大药，即此一味。

总之，有心性之药，有命气之药。何谓性中药生？即恍惚中物，而要不外从无生有。且孔子云："乐在其中。"夫人守中，如有一点乐意，即药苗新嫩，正好采服。何谓身命之药？即杳冥中精，此精之动，大有凭据，丹田有絪缊之象，活动之机，或一身上下流通，洋洋充满，真有无孔不钻，无窍不到，此即命中阳生。在初学人采取，又不必如此壮旺，只要身之不能伸者，至此而略有伸机；心之无可乐者，至此稍有悦意，即可采取。夫以天下物，稚嫩者有生机，老壮者少生意，故丹家取嫩而不取老，老则气散不堪用矣。果得新嫩药气，自然宿疾潜消。太上又云："其精甚真，其中有信。"是知精生药产，实有的真效验。若云符信一至，浩浩如潮生，溶溶似冰泮，犹是粗一层景象。惟得真精、真药，此中虚而能灵，灵而实虚，直如天地莫知始终，日月无从断续，其虚至于无极，其量至于难拟，所谓"与天地合德，日月并明"者，此也。生其勉哉！第一息机主静，寡欲安神，足以配天地而后可。

二十二、元神主宰，动处炼性

吾示生等，要得道妙，须混混沌沌，寂之又寂，始是父母未生以前一团太极之理。此个混沦，即鸿濛未判之祖气，天地将判之元气。人身赋气成形，感无极之真、二五之精，妙合而凝，乾道成男，坤道成女者，即此四大未分，五行未著，一个浑沦完全之元气。人有此则生，无之则死。此为修道第一妙机，不可不讲也。

然浑沦之中，漫无主宰，又堕顽空，致成昏昧。修道人，于五行混合为一气之时，必以元神为之主宰，然后道气常凝，而金丹可炼。此岂远乎哉？举念即见，开眼便明，不拘随时随处，遇常遇变，皆有道气存乎其间，只怕不肯静定耳。当其未发也，不自回光返照，保护无声无臭之灵源；及其已发也，不肯壹气凝神，操存不识不知之天德，以故未发时，则昏愦而如睡，一中湛寂安在乎？既发时，又精明而好动，一和中节不得也。是以任意气之纵横，随私欲之纷扰，直将本来浑然之体，遮蔽不见，消灭无存。呜呼！生理已亡，生机安得？欲其不堕入牛肠马腹、鸟兽草木之类，不可得矣！是知，道在人身，无时不有，无在不然。只要一个元神常常了照，以保其固有之天，即修道，即炼丹矣。

无如致中、致和之道，多因事物之纷投而为之耗散焉。在不修炼者无论矣。往往有身入道门，云修云炼，多有静处已见道源，常凝道味，及至事物纷来，心为所乱，道即不存者多矣。此殆只知静中之道，而不知动处无非是道，是以静存而动散。吾念生心诚求道，抉破动时天机，庶知头头是道，无处不是天花乱坠。故曰："会心今古远，放眼地天宽。"只在人了悟斯道，始有得于日用百为之际。其初勉强支持，久则禽鱼花鸟，无在不是化机焉。何者？古人云："险而戎马疆场，细而油盐柴米，识得道时，无在不是道机。"即如遇亲则孝，遇兄则恭，前无所思，后无所忆，如心而出，不知是孝、是悌，亦不计利、计功，此即天良勃发，突如其来。凡人不知保之养之，往往举念即是，一转念间，又为游思杂念打散矣。保养又非别有法也，凡事应得恰好，处得最当，我无喜也，亦无忧，无好也，亦无恶，即顺天地之自然，极万物之得所。生须任理而行，听天安命可矣。

二十三、天机之发，元精化生

前示"动处炼性"一法，随时随处，皆有天机勃发。总要在在发动，在在觉照，陡起精神，去做一番，不要空过。如此，日无虚度，心有余闲，自然妙义环生，无往而非道，无往而非修矣。

或者曰：天机之发，如孟子乍见孺子入井有恻隐之心，一日能有几何？必待此机萌动，而后采而炼之，是则空闲之时多，安得谓无间断耶？不知孟子之举，特一端耳，其间庶事应酬，不论为大为小，为己为人，均有前无所思，后无所忆，如心而出，因物以施，此即古云："无心心即是道心"，"心到无时无处寻"是。学者能从凡百事为，与静里无事时，用回光返照法，内不见有我，外不见有人，即玄关窍、玄牝门，立其基矣。三教圣人之道，别无他法，总之一个收心于虚无气穴之中。即如以火炼药，必要此时此情，浑无一事，方是元神发动，与孟子乍见孺子入井，怵惕恻隐之真心同一机轴，此所以心无其心，神即元神，始可为炼丹之统帅。当下一眼照定，一手捉定，即谓安炉立鼎。由是以元神发为真意，采取先天元气以为结丹药物，庶不似修性一边之学也。

然在初学之士，若不得先天元精以涵孕之，又安得元气之生，以深根而固蒂？精如何养？必淡泊以明志，宁静以致远，一日十二时中，不动一躁性，不生一妄心，庶凡火不起，而凡精从此而有形，元精亦从此而有象矣。凡精者何？即口中之甘露也。元精即甘露中一点白泡，如珠如玉，精致莹洁者是。生等日夜之际，如有津液微生，即是微阳初动，总贵勤勤收敛，采而摄之于玄宫，不久自有气机大动之时。但人不知，养之千日，败之一朝者多矣。广成子曰："毋摇尔精。"精即汞，汞即心中之灵液，元神之所依托者也。油干灯息，汞竭人亡，此又不可不慎也。所望诸子，于无知无觉时，或忽焉心地清凉，或时而甘津满口，皆产元精之真验也。能于此，觉之即收，收之即炼，鼓橐籥之风，一上一下，听其往来，即炼精，即前行短，二候采牟尼之法也。吾道最重者，在此一刻间，呼吸之息，不失其机，即玄关窍开，水源至清之时也。从此一生一采，毛窍疏通，适有晶莹如玉之状，此即精化气时也，急忙采取，运行河车，切勿失其机焉。

灵液滋生，口有甘露，俱是后天有形之精，算不得真精。惟精明之精，庶几近道。然精生有时，知真时者，便知真精。究竟精生之时，在人为何时哉？盖精者，其静而寂寂也，则为先天之元气。及静养久久，忽焉而有动机，此即鸿濛未判将判之时，元气已有动机。元气之动，即静为元气，动化元精。此时之精，非交感之物事也，亦非有形之精，周身踊跃也。必从混混沌沌中，无知无觉时，忽焉而有知觉，是元精化生也，又谓真知、灵知也。

总之，元精无形，惟此万念齐捐，一灵独运，炯然朗抱，浑然而知，即为精生，即为水源至清。从此一念不纷，即以此个真意主宰真精为丹头，又以一呼一吸之胎息为火，以慢慢的之呼吸神火，烧灼此个元精于丹田之中，久之，火力到时，则变化生焉，神妙出焉。何也？精生无形，不过一个精明之真知，只一心，无两念，从此以神主宰，以息吹嘘，不久那丹田中，忽有一股氤氲之气，蓬勃之机，从下元涌起，渐渐至于身体，始犹似有似无，不大有力，孟子谓"平旦之气"是。久则油然心安，浩然气畅，至大至刚，有充塞天地之状，自亦不知此气从何而始，从何而终，此即精化气时也。

是气也，虽有形可知可见，然元精、元气，分之则二，合之仍一，以其动言之则为精，以其静言之则为气。此气之氤氲蓬勃者，皆后天有形之尸气，元气附之而形，非元气实有形也。知得此个元气，则元神亦在其中。又非谓元气即元神也，在天地未有之前，只一元气而已，及太极一判，而三元分矣。从此元气发生，采之而返于鼎中，则元神自此而增长焉。何也？夫以神无气则无依也。生等自气生时，惟运河车工法，那慧悟频开、前知后晓，自在个中矣。

二十四、胎息元气，修炼工夫

吾教诸子，以修身为本，而修身以凝神为要。夫既知收神光于两目，则元神聚而此身有主，于是学孟子"持其志，毋暴其气"，常常提撕唤醒，先将后天凡息持平，而先天胎息始克现象。盖元气，母气也；胎息，子气也。元气与胎息虽二，而实一也。若无先天元气，则后天之胎息无以生；无后天胎息，则先天之元气无由寄。欲招先天元气，伏养于身中，必凝其神，调其息；迨至后天息平，先天胎息见，似有似无之内，先天元气寓焉。久之，凡息顿灭，先天胎息自在个中，一往一来，阴阳造化，充满于一身内外，有不知其何自而起、何由而止者。人能于此直养无害，则跳出乾坤之外，包罗日月之中，较诸天地为尤大也。此岂别有法哉？要不外一神光之朗照，调后天呼吸，引起先天胎息，而元神、元气自寓个中，为我身不朽之主也。是知凡息一停，胎息自动，而生死由我矣。到得真息大动，而神仙果证矣。

生等须知，胎息之用，有勉然、自然之分，为文、为武之用，而其要紧者，惟在万缘皆空，一尘不染，如如自在，朗朗常明，我惟以元神化为真意，主宰之而运用之，毋令一念游移不觉，一息昏怠不明，常惺惺天，活泼泼地，如太阳之往来无停，日夜不息，而其光之所照，无一处有遗，无一刻不在也。如此久久，胎息常住于金鼎之中，不从口鼻出入，亦无明暗起灭，一息如斯，万古如斯，始而结成刀圭妙药，渐而凝成玄黄至宝，终则大而化，化而神，为千古不坏之仙矣。要不外以神为胎之主，以气为胎之辅，以息助胎之成，故胎息即成仙之首务也。

人能凝神调息，注意规中，呼吸绵绵，不徐不疾，神与气两相抱合，凝于丹田之中，即炉鼎安立矣。及至胎息和平，神凝气聚，即阴阳持平，二八平分，正宜采取元阳真气，以收回玄宫。既知采药，尤要明得炼丹，知得服食。采药是阳生事，是二候采牟尼，前行短法；炼丹是阳壮时事，行子午卯酉，四正之工。服食之时，是药气收归炉内，慢慢温养，如人家煮物一般。采、烹二候，俱有工夫，惟服食之时，安享其成，坐而晏饮，不俟一点工夫为也。此殆所谓养太和之天，嬉游光天之下，有不知其所以然者。生如悟此，修炼工夫尽于此，大道亦了于此矣。

二十五、时将解馆，详示诸说

时将解馆，群弟子出而请曰：先生垂训多年，弟子等已渐开茅塞。但而今学人，每以丹经所言铅汞、戊己诸说，惊为奇异，争竞不已。先生何不纂集发明，以醒迷徒？

先生曰：此当今高贤，亦有详解之者，吾为诸子述之。

神者，心中之知觉也，以其灵明，故谓之神。而神有先后天之分。先天神，元神也，神即性也。盖神为心中之知觉，而性即心中至善之理，其始浑于一元。有生之初，知觉从性分而出，如孩提知爱，稍长知敬，知即神，爱即性也，见神即以见性，神与性未尝分也，此为先天之神，此即乾得于坤之中爻而为离，所谓地二生火之空阴也。盖人之有心，于五行属火，于八卦为离。火外明而内暗。外明者，以离有乾之二阳在外，阳故明也；内暗者，以离有坤之一阴在内，阴故暗也。然坤德至静，静则生慧，浑然在中之阴，寂然不动，与上下二阳相安于静。二阳明于外，一阴静于内，则天理浑于其中，灵明裕于其外。外阳等于乾父，内阴同于坤母，阴阳皆太和之本体，是以为先天之元神。性原不在神外也，自蔽于私欲，而神失其初矣，性亦为神所蔽矣。神之所发，常与性反，此为后天之神，盖失其天而配于后焉者也。先天之神静，后天之神动；先天之神完，后天之神亏；先天之神明，后天之神昏。先天之神，神与性合；后天之神，神与性离。道之修性，去其蔽性之私，绝其梏性之欲，寂之又寂，归于至静，洗其心于至清，涤其虑于至静，所以有清静因也。所谓修性者，即以养此先天之神而已。

气者，体之充也，人所受之以生者也。而气亦有先后天之分。先天之气，元气也，气即命也。命者何？天以五行阴阳之气生人，人受此元气以生，承天之命也。故守此天命而不舍，所谓天一生水之空阳也。盖人之有肾，于五行为水，于八卦为坎。水外暗而内明。外暗者，以坎之上下二爻，坤之体也。内明者，以坎之中阳，乾之精也。坎居至阴之北，阴极而阳生，此天一之数从此而生。天有此一阳之复而气回，地有此一阳之复而物生，人得此一阳之复而为人，是为先天之气。先天者何？盖此气为太极之气，先乎天地而有者也。未有天地，先有此气；有此气，然后有天地，故曰先天。人得气于天地，实得此先乎天地之气也。有此气则生，无此气则死。是气也，即人之命也，人欲固命，不可不固此气。而气有后天者何？呼吸之气是也。呼吸，元气之门户。有元气而后开呼吸之窍，是之谓后天之气，盖以受天之气而有于后焉者也。先天之气，本也；后天之气，末也。先天之气，源也；后天之气，流也。先天之气，丝竹也；后天之气，丝竹之音而已，丝竹坏而音杳矣。先天之气，兰桂也；后天之气，特兰桂之香而已，兰桂凋而香息矣。人恐断此呼吸之气，不可不培养本源，以固此太极之元气。

此神气、性命之辨也。大抵道之言性命、神气，与儒有异同。儒之言命，有主理言者，有主数言者，而道则专指为先天之气。至言性之善，或与儒同，而道之修性，与儒之尽性，又有异。儒之尽性有实工，道之修性为静境；儒之言神，则圣而不可知之境也，而道则以养神为始基；儒之言气，集义而生，道之言气，养气而生；儒者养成之气，塞乎天地，功在一世；道者养成之气，亦塞乎天地，功在一身。其论不同，其用各异，而要皆各有至当不易之理。盖儒之道大，道之径捷；儒之理醇，道之理空；儒之道及于人，道之功成于己。此不可以强同者也。

是以养先天之神，谓之修性；养先天之气，谓之修命。所谓性命双修者，惟在神气二者而已矣。而修炼之家，又尝以精与神气配说，至叩其何者为精，则茫无以应。即诸书亦有言精者，然而情词恍惚，并无确据。间有执交媾之精对者，至叩此精藏于何所，则又茫无以应。不知此特后天有形之精，非元精也。元精无形，即寓于神气之中，贯乎耳目百体而无可指。夫精者，粗之对也。如日者阳之精，月者阴之精。先天之神，为离中之空阴，则元神即阴之精也。先天之气，为坎中之空阳，则元气即阳之精也。又如髓者，骨之精也；脂者，肉之精也，而尤有贯乎髓与脂之内者，髓与脂乃流而不息、润而不枯，则所谓元精者，即元神、元气酝酿流行之精华也。脏腑配五行之气，阴阳寓焉，浊气为粗，清气为精，所谓二五之精也，而坎离之神气即寓于其内。五官百骸，皆元神、元气之所统，亦即元精之所贯，则但言神气而不必言精也。即如交媾之精，则神与气感化通体无形之精，徐而成形以出者也。故养神于寂，养气于静，精无由泄矣。倘神与气交感而动，而独责精以不走，能乎不能？则所谓精者，无可著力，惟加意于神气而已矣。

神气何以养？神有知，气无知，无知之气，必赖有知之神以养之。何也？心不静则神不定，心不清则神不明，心不正则神不足。惟其不定，则甫为凝神于气，神忽散而他往矣；惟其不明，则强为注神于气，而神已昏然入梦矣；惟其不足，则勉为纳神于气，神终漠不相关矣，而究何益于气？此后天之神，断不可用也。故养气先养神，养神必养心。孟子曰："养心莫善于寡欲。"必将一切私欲，扫除净尽，如《大学》所谓"欲正其心，先诚其意"。务使心如明镜，绝无尘埃，此"喜怒哀乐之未发谓之中"也，此即所谓先天之神。斯时之神，始可用之于气矣。且用神于气之时，凡视听言动，不但非礼者勿云，以其有损于神气也，所以其工在于静坐。静坐之工，必俟内念不萌，外感不接，此心如停云止水，然后凝神而注于下田，合耳目与心皆交并于其间，如猫捕鼠，视于斯、听于斯、结念于斯，此道家"顾提天之明命"也。

其所以然者何哉？盖坎中之一阳，为人身之太极，即邵子所谓"天根"也。人受此气以生，自孩提以至成立，皆赖一阳以滋长。自男女交，而此气遂损矣，旦旦伐之，而此气愈损矣。伐之不已，久之而其气渐微，久之而此水渐涸，坎宫日虚，水冷金寒，地道不能上行，天道不能下济，上乾下坤，此否之象也。天地不交，火日炎于上而不能下，水日润于下而不能上，水火不融，心肾不交，上离下坎，此未济之象也。人身有此二卦之象，生机日危，百病皆作矣。道者知其然也，以先天之神，凝而注于先天之气，是天道下济也。孟子曰："志，气之帅也。"将帅从天而下，卒徒必随而俱下，是以乾照坤矣，是以火温水矣，是即所谓"金灶初开火"也。灶因火而名金者，指坎中之一阳也，得于乾金者也。火初开者，初得乾阳离火之下照也，是以离之上下二阳，暖坎中之上下二阴，以离中之空阴，养坎中之空阳，以中女而畜中男也。其所以然者，又何哉？盖阳性主动，动则易泄，惟阴可以畜之。故男之性，见女则悦，得女则留，此小畜皆取以阴畜阳之义也。况前以乾坤一交，乾之中爻，入于坤而为坎；坤之中爻，入于乾而为离，是夫妇之情投意洽，阴阳互易也。今以离中坤入于乾之阴，下求坎中乾入于坤之阳，是再世重逢之真夫妇也，两情交悦，可以蓄空阳而不使之泄。孤阴不生，独阳不长。有此空阴，以养此空阳，一动一静，互为其根，乃可以回既损之元气，使潜滋暗长于极阴之地，以冀七日之来复也。此神能炼气之秘机也。世传性命诸书，从未有如此透发。

即以神炼气，亦多隐语，如龙虎、汞铅诸说是也。龙者，灵物也，变化莫测，喻离中空阴之神，以火生于木，木色青，故或云青龙；火色赤，又或云赤龙。虎者，猛物也，坎中空阳之气，此气纯阳，阳则易动，有如虎之难防，此气最刚，刚则性烈，有如虎之难制。惟龙之下降，可以伏此虎也。汞者，水银也，活泼灵动，无微不入，喻空阴之神。铅者，黑锡也，其色黑，有似坎中之水，其体重，有似坎中之金，以喻空阳之气。且铅非汞不能化，亦犹气非神不能化，而铅又可以干汞，气又可以化神，故以为喻。老子所谓"知白守黑"，又所谓"抱一"者是也。白者，金之色，黑者，水之色。知坎有乾金之白，故守水之黑者，正以守黑中之白也。所守者气也，守之者神也。又云戊己者，云彼我者。戊己属土，以坎中有戊土，离中有己土。五行分配四时，分配脏腑，而惟土则旺于四时之季，统乎脏腑之全。故人之六脉，皆取有胃气则生，以万物发生于土也。故《河》《洛》之数，一与六共宗，二与七同道，三与八为朋，四与九为友，皆以中隔五数，阴阳乃能相生，而又以五、十居中。盖天地之数，皆不离乎土，惟人亦然，所以坎有阳土之戊、离有阴土之己也。以己合戊，亦指降神于气也。彼者，指坎中之阳也。我者，谓离中之阴也。气无知，神有知，以有知之神，求无知之气，以神为主，以气为宾。主者，我也；宾者，彼也。凡此皆以神炼气之隐语也，本无关于精义，而诸书皆以此拒人，好异者惊为奇谈，甚至谬解而入于邪语，特破之以释其疑。

总之，因天地不交而否，欲由否而转泰，不得不恭敬以礼下；因水火相隔而未济，欲由未济而求济，不得不降心以相从，此以神炼气之由来。炼之久而水渐生，气渐复，积而至于一阳萌动，所谓“地逢雷”也，此即“天根”之发现也。然阳气尚微，动而仍伏，正宜培养而不可恃，此《易》所谓“初九，潜龙勿用”也。积而至于阳气渐长，已有反骨之势，显然可睹，即《易》所谓“见龙在田”也。积而至于阳气愈长，送信骨中，计程已得其半，然不安于下，又不能即上，更宜日夜培养，兢兢而不可忽，即《易》所谓“君子终日乾乾，夕惕若厉”也。积而至于阳气弥长，进而愈上，且其下不时震动，此佳兆也，即《易》所谓“或跃在渊，无咎”也。积而至于阳气已战，不可遏抑，即《易》所谓“飞龙在天”也，庄子所谓“抟扶摇羊角而上者”是也。积而至阳气已极，月在天心，三五而盈，盈则听其自亏，所谓“乾遇巽”也，即邵子所谓“月窟”也。倘盈极而不亏，即《易》所谓“亢龙有悔”也。盈而有亏，即《易》所谓“见群龙无首，吉”也。至降而复升，升而复降，流行不息，天地交，万物通，此人之泰也，天根、月窟自此可以闲来往矣。此亦可谓九转丹成也。九者，阳也。转者，阳气逆而轮转也，指坎中之一阳上蟠下际，生息无穷，长生之大药，亦可谓之小成也。此丹道之初功也。下学上达，入妙通神，皆从此始。然行之有自然之机，而不可一毫勉强。

老子曰：“道生一，一生二，二生三，三生自然。”言此数之生，由一而二，二而三，此阴阳自然之机也。《河》《洛》之数，“天一生水，地六成之。"天，阳也；地，阴也。六数阴极，而阳则自然而生也。"地二生火，天七成之。"七数阳极，而阴则自然而生也。"天三生木，地八成之。"八数阴衰，而阳之三自然而长也。阳生阴成，阴阳生长之机，何一而非自然者？其阳之动也，静之久而自动也；阳之转也，气之战而自转也；阳之静也，动之极而自静也。行乎其所不得不行，而不可或止；止乎其所不得不止，而不可或行，即孟子所谓"勿忘勿助长"也。忘则失养之道，助则挫长之机矣。世言运气，则谬甚。气可养也，而不可运。养当俟其自动，如气自坎生，所谓"源头活水来"，运而迫之使行，则气从离出，无殊火牛入燕垒矣，是与揠苗之宋人何以异？知长不可助，而动静亦听其自然，则不至养人者害人矣。

老子曰："玄之又玄，众妙之门。"妙难悉数，姑以益人之妙言之。其始也，以神炼气，至气之逆而轮转，则坎中之一阳，时过而化离中之一阴，化之久，空阴得空阳之照，如月之得日光而明，则离变为乾，内外通明，所谓"至诚之道，可以前知"也。离中之二变为一，则诚矣。诚则心愈清，神愈明，所谓"诚精故明"者此也，此所谓以神化气也。但神炼气，出于无心；气化神，安于无意。炼必凝乎其神，如火之炼夫顽金也；化惟听之于气，如物之化于时雨也。至全体一气相通，翻天倒地，反骨洗髓，阴阳团为一气，五行并为一途也，鸢飞鱼跃之机，常静观而自得，雷动风行之象，非外人所及知，行云流水，别有天地，时见道之上下察也。此玄之妙也。过此以往，日久功深，更有妙之又妙，此无关于人事，言之徒骇听闻，功至自知，不可预言。

二十六、天根月窟，换骨洗髓

先生述已，群弟子又起而请曰：先生述此，详明剀切，足解疑团。而邵子又说"天根月窟"，究竟何所指乎？祈先生一并解释。"

先生曰：邵子之诗，亦有人注之者，吾一并录出。"

邵子月窟天根诗解：

耳目聪明男子身，鸿钧赋予不为贫。

因探月窟方知物，未蹑天根岂识人？

乾遇巽时观月窟，地逢雷处见天根。

天根月窟闲来往，三十六宫都是春。

天根者，天一生水之根也。得之一数生于水，盖坎中之一阳也。此一阳，乃先天之气，于人为命，于天为太极，在天地为发生万物之根本，在人为百体资生之根本。其气在人，其原出于天，是以谓之根，而推本于天也。月者，金水之精，人身之用，指坎水也。坎有水而无金，何以名月？不知坎中之一阳，得乾金之中爻，是以为中男。乾为金，此爻即金精也。金与水俱，是以谓之月。言窟者何？月亏而有窟也。人身之月窟安在？在乎泥丸。盖坎中空阳发动，上贯头顶，如满月然，头为乾、为金。天水之精，团聚于斯，所谓"月到天心"也。精气之成，活活泼泼，如风之来于水面，此月之盈也。盈极则亏，而有窟矣。不言月满，而言月窟者，言亏以征其盈之极也。况盈则必亏，亏则又有所往，天机原无一息之停，此所以状月之盈而言窟也。天根何以蹑？以意蹑之也。一意注于天根，如足踏实地，卓然自立，是以谓之蹑。蹑乎此，乃识人之为人，其根在是。月窟何以探？以心探之也。一心照乎月窟，如手摩囊物，显然可指，是以谓之探。探乎此，方知物之有是妙，其窟最明。乾遇巽者，天风姤也。盖坎中之阳精，升而满乎泥丸，阳极阴生，一阴伏五阳之下，是乾之遇巽也，是即月窟之验于上田也。地逢雷者，地雷复也。盖坎中之阳精，积而动乎丹田，阴极阳生，一阳配五阴之下，是地之逢雷也，是即天根之萌于下田也。往来者，阳动于下，升而上乎泥丸，是天根往乎月窟也。精满于上，降而下乎丹田，是月窟来于天根也。来而复往，往而复来，轮转不息，所谓"上下与天地同流"也，所谓"直养无害，则塞乎天地之间"也。谓之闲者，有自然发动之机，有从容不迫之意，所谓"此日中流自在行"，即孟子所谓"心勿忘勿助长"也。三十六宫者，腹之脏腑及包经络，其数十有二，背之骨节，其数二十四，合之共三十六宫。都是春者，皆为阳和之气布濩充周，生意盎然也。

邵子之诗，意盖如此。所以然者，得天地阴阳之气以生，欲延生机，其运行当与天地等耳。天地之所以时行物生，万古不敝者，亦以天根月窟妙于来往也。天地之月窟安在？上下皆乾，四月纯阳之卦，至五月则阳极阴生，一阴伏五阳之下，是乾之遇巽也，是夏至即天地之月窟也。上下皆坤，十月纯阴之卦，至冬月则阴极阳生，一阳配五阴之下，是地之逢雷也，是冬至即天地之天根也。自冬至一阳之复，而二阳临，三阳泰，四阳大壮，五阳夬，六阳乾，阳极而阴复生，是天地之天根，七日往乎月窟也，往何闲也！自夏至一阴之姤，而二阴遁，三阴否，四阴观，五阴剥，六阴坤，阴极而阳复生，是天地之月窟，七日而来于天根，来何闲也！此所谓"七日来复，见天地心"也。寒来暑往，暑往寒来，阴阳迭为消长，流而不息，而一岁三百有六旬，生机不已，亦犹人身之三十有六宫，得月窟、天根之来往而生意不息也。

且月窟、天根，岂特岁有然哉？惟月亦然。月之初三，一阳生于下，是"地逢雷"也，是月之天根也。月之十六，一阴生于下，是"乾遇巽"也，是月之月窟也。一来一往，而成一月之生机。岂特月有然哉？惟时亦然。巳时阳极，时之四月也；午时则一阴生矣，是午即时之月窟也。亥时阴极，时之十月也，子时则一阳生矣，是子即时之天根也。一来一往，而成昼夜之生机焉。是则积时而月，积月而岁，皆赖此月窟、天根之来往，故运行而不息。

人欲长存乎天地，以历岁月、日时之久，不默法天地、岁月、日时阴阳消长之机，乌乎可？于斯二者而往来之，是之谓伐毛，是之谓反骨，是之谓洗髓，是之谓还丹。伐毛者，真阳之气攻伐毛窍之阴邪。反骨者，真阳逆行于骨中，自顶至踵，如水泻地，无微不入，一气贯注，通体之骨节皆灵，阴气消除，通体之骨节皆健，故又谓之换骨。洗髓者，即空阳洗涤骨中之阴髓也。还丹者，还其既失之金丹也。丹以药而得名，药以治病。坎中之一阳，乃先天之祖气，即人身之太极，此长生之大药也，故谓之丹，以得于乾金，故谓之金丹。人得此气而成形以生，则此丹为与生俱来之物，自男女交而此金失其初矣，栉之反复，而此气愈觉其微矣。至此气绝，而坎变为坤，则命气绝矣，天根拔而月窟空矣，后天呼吸之气亦须臾而与之俱尽。知人之所以死，以无此气，即知人之所以生，不可不培此气。孔子曰："未知生，焉知死？"是明言知其所以生，即知其所以死，是教以求死之理于生之理，斯知之矣。愚者不察，反疑圣人不明乎死生之理也，不大谬哉！人能以既失之丹，正心诚意以采之，养性立命以培之，使天根动而往乎月窟，月窟满而来于天根，一动一静，互为其根，则固有之元气返之于身，如久客归家，如故物重逢，是以谓之还。

邵子之诗，复参以愚说，天人一贯之理，可以窥其底蕴，丹道之初功，已得其大半也。然不过以其人之道，治其人之身耳。彼秦皇、汉武，求丹于海外，是不能明乎圣贤之理，不能窥乎天地之机也。世之吞日精月华以求长生者，是欲速死于外感，其愚更可笑也。无论第吞其气，即使纳日月于腹中，试问能长生乎？有不顷刻立毙者乎？世之左道多矣，服粒、餐霞、辟谷诸说，俱无关于性命，不惟无益，而又害之矣。窃愿忠孝之人，有志延年，以邵子之说为确，即有志成真，亦必以邵子之说为始。

先生述已，谓群弟子曰："此二段文，最醒豁，最透彻，与吾言互相发明，诸子当书列于后。"

重刊《乐育堂语录》跋

上《乐育堂语录》四卷，为黄元吉先生门人记录。先生生于元代，《张三丰集》中叙述师承，先生姓名亦在其列。是书成于道、咸年间，计时几历千载，而犹聚徒讲学，殆所谓留形住世之俦欤？

世衰道微，人心陷溺，非阐明性命之学，无以唤醒群迷。而古来谈道之书，如《参同》《悟真》，文字玄奥，解人难索。此外诸书，多借铅汞、坎离、水火等名词，牵附比喻，读者如入五里雾中，杳不知其所指。求其明白简易，深入显出，于行工次第确有程序可循者，不稍概见。

是书朴实说理，畅发玄风，诚性学之梯航，命宗之津逮也。腾剑往年曾获旧本，残缺不完。戊午来省，得借观于康千里处。恐希世之宝，年久而散失也，爰商之同学诸子，精校分刊，广为印刷，以公诸世。后之读者，潜心玩索，当不河汉余言。

民国八年己未（1919 年）七月中浣荣县龙腾剑谨跋

《乐育堂语录》卷五 ①

《乐育堂语录》序

乐育堂，先生之馆名也。自甲戌（1874年）来兹设帐，至癸未（1883年）始行解馆。其间《语录》甚繁，今纂其切要者，附于《（道德经）注释》之后。其意何居？盖以予等樗栎庸材，春风久座，扪心自问，有负师传。因思天下后世，人才迭出，杰士挺生，倘得《语录》以为津梁，所造殊难限量。予等虽未获有成，而天下后世所成不少，亦差慰吾师之苦衷也。以此意请之先生，先生慨然曰："此中天机毕露，妄传匪人，天律所禁。"

予等避席而言曰："天下岂有匪人而肯学道者乎？抑岂有学道而犹为匪人者乎？是必前为匪人，后非匪人可知矣。既往不咎，天人应有同情。况此间成败，主之在天，非人所能为。纵使修入非非，而功德十分未圆，渣滓一毫未净，终属神天不佑，难免倾丹倒鼎之虞。若夫匪人，就明明道破，直直说出，亦难其会悟，安望有成？先生以普度为心，应行普度之事。至于人世因缘，亦听诸天，而毫不预计，实为两便。"

先生曰："生等以普度为请，吾又何吝此金针？但须郑重此书，切勿轻授，以干罪咎可也。"

予因叙其颠末，以志之首。

受业弟子等顿首敬识

一、尽性立命，先后天气

命功虽在性中，然脱胎成圣，以至百千万亿化身，亘古亘今，盖天盖地，此中别有一层工夫。若依后儒说来，只一尽性而已，此外别无学问。独

---

① 《乐育堂语录》卷五，原在木刻本《道德经注释》书后，现据之增补。参校萧天石《道藏精华》本《乐育堂语录》卷四后增补之《语录》。

不思《易》曰："穷理尽性，以至于命"乎？明明分出三层工夫，不是说尽了性即可至命。若说尽了性学，就不须用命功，孔子当日又何必说"以至于命"四字？此可知，尽性之后，明明有将性立命之功在。其功微何？语云："性可由悟而得，命必待人而传。"非不授也，良以世人多贪命宝，不尽力于心性伦常，则大本未立，欲求神仙之证难矣。且即成神仙，那天上美景，比人间更甚，性地未定，见财则起贪心，见色则生淫念，还不是终坠于地狱之中，犹虚空起九层之台，不可得也。况人性学未至，一片私心，所炼之精气神，皆是后天污浊之物，不惟无益，且必邪火焚身。是以仙家不肯轻泄于人，必其人三千功满、八百行圆，然后与之谈玄说法。又况前世今生，孰无过愆，孰无冤怨？不多多立功、立德，则孽债难消，于中阻挠必多。当此阻挠来前，不知者反谓吾道非正，故有天神谴罚，因而阻后来修士之路不少。是以吾之教人，必先修功德，而后授以口诀也。

生等学吾之道，颇有会机，但要明先天气、后天气。何谓后天气？即人口鼻呼吸，有形之气是。若论先天气，虽无形声可拟，却贯乎一身内外，浑浑沦沦，无动无静者也。其所以云动者，特因后天呼吸往来升降，觉得冲动，岂先天之气果有动乎？吾恐生们，不明先天气无有动静，到得神凝气调时，理合归炉，封固温养，犹然引之上升下降，如水本静也，而风之动摇不已，则终无澄泓之一境焉。生等会得此旨，不但呼吸停时，务令此元气不动，即不停时，亦当令此真气常凝，夫然后纲缊不断，酝酿时存，以之化精、化气、化神不难矣。夫人食五谷之味，其有停蓄不化者，由于中气太弱，医家以辛温之药服之，则尽消化。难道自家氤氲之气，常常收敛于中，犹有不化精、化气、化神者乎？学者但须回光返照，将我元气、凡气，收入于玄玄一窍之中，久久自有无穷妙用，夫岂但身体康强、为长生不老之仙乎哉？语云："一失①人身万劫难"，生其勿怠焉可也。

二、清静神息，制外养中

吾指示玄门、牝户、黄庭三个地步，正为生们近日知凝不有不无之神，

---

① 失，底本、校本均作"劫"，改。

调不内不外之息，方是至清至洁、自然天然一个神息。究之神也、息也，打成一片，何合、何分之有？且皆清静自然，又何有、何无之有？吾前不明明分别者，以粗浅工夫，生等尚未明得，骤以此示之，恐滓质浊气收敛于中，犹如妇女未得男儿一点真精交媾团结，血气虽蓄于胞，到一月时，仍化为污浊之物也。近来生已会得清静之神息，向坎宫牝户之中，采此一阳来归，犹之女子得男子之真精，媾成一团，及至十月胎圆，生出婴儿，与父母无异。此即以清静之神息，炼成虚无之化身。若死死执著一个血气之精，其能生虚无之神否耶？吾故教生，先息思虑，庶一片神光炯炯，直达其所，不久之间，仍如幼年稚子，阳气薰蒸，日充月壮，其精神健旺无已也。

又莫谓真阳如似一物，实有形象，而丹田实有地方。虽古人谓为气海，谓为祖窍，谓为天地之根、玄牝之门，有其名，却无其实，然亦不可谓全无实也。以为虚也，而万化生于此；以为实也，究竟寻不著一个物事出来。久久于此，即吾所谓丹田地步，亦杳不知其所之，似在空中盘旋一般。然亦不可竟向空中驰逐也。此中分际，一言难尽，在生自家理会焉可。

如今学人，未用工，速期效；既用工，即欲仙。此等之心，横于胸次，即是一团私欲，私欲就为阴滓，安有凝炼阴滓而可以成无形无象之阳神乎？无是理也。吾师尝言：血肉躯，原属后天滓质之物，大道却不在此。但精不足，气安在？气不足，神安壮？神犹未壮，又安能合虚无之道、成自然之仙也哉？吾教教人，必先从固精下手。固精之道不一，非第色欲一端已也。如节饮食，薄滋味，和脏腑，以及津液血汗，行住坐卧，随在皆当保养之，呵护之，庶精不渗漏于外而精足，则气自足矣。虽然，亦不可即谓足也。孟子《养气》一章，"牛山"一喻，教学者由平旦之气，操存固守，久之自有浩然刚大之气，充塞两间。若非养之深，安得气之壮乎？又要知得，此为内养之道，而外面视听言动，亦当常常持守，不使一刻流于非礼一事，近于不情。如此制外以养中，由中以达外。若古来忠臣孝子，殉节死难，只知道义所在，而道义之外，毫不计焉。虽曰道义充实，其实道义皆虚也。所以实此道义者，气为之耳。若非涵养功深，安有浩气凌霄、丹心贯日，如岳武穆、文文山、金正声等烈士乎哉？非不畏死也，只是见得理明，养得气足，所以视生死为一致也。生们勿谓后天精气不关先天，须知养后天正是培先天，只怕仅明得粗粗一个色身，全不打扫一切，竟成无用之躯壳也，良可慨矣。

三、尽其在己，不著形象

诸子勿谓至诚尽性以尽人物之性，至于参赞化育，不在语默动静、日用作为，而别有神奇也。须知，至平至常，即是至神至奇。生们但尽其在己，强恕而行，而天地万物皆在我个中。大家细细参之，然欤？否欤？如能真知其中之奥，日间涵养本原，忽焉浑浑沦沦，清清朗朗，则二气之絪缊，一元之默运，诚有不在天地而在我者。此即至诚无息，于穆不已，为物不贰，生物不测者也。切勿自怠自逸，将自在之天，忽焉晦蒙否塞，则以外之乾坤人物，亦因之有不安者。

炼丹之法，别无奇异，只是炼自然之药，成自然之丹。古人一切比名喻象，不过想像得药成丹光景，心神开朗，志气清明中，大约有似于此耳，其实非真有也，学者须善会之。试观天地，清空一气，虽有烟云横塞，风雷震响，究有何声色哉？人之修炼，无非效天地之法象，顺造化之自然，有何景象？如谓实有物事，横亘于中，要皆后起之尘缘，殊非我本来之面目寂然湛然、天然自然者焉。生们切勿以虚为实，认假作真，一如天地之不以清空为实，反将烟云等等幻形、幻色为天，岂不大错乎哉？吾师恐生们不悟，水中明月，镜中昙花，虽有实无，恍惚似之。倘刻舟求剑，其不为魔魅牵引而去者鲜矣！

果深造有得，非但影响俱亡，形声尽灭，即所谓虚空一气，亦无之焉。不然，一有所著，则所知有限；一有所形，则所限有方，断不能出有入无、千变万化而莫测也。生们思之，神妙万物，性通万物，是不是一个虚无元神，才有如是之无方所、无形状，而实包乎天地之外不为大、入乎尘埃之内不为小耶？若云迹象，则一于此，即不能移于彼；若云知识，则悟其半，即不能得其全也。吾愿生们，将心中虚灵之神，一时晃发，勿令外注，速行收拾入内，久久薰蒸烹炼，自然脱胎换骨。他如有形有色，皆后天滓质之物，即有动荡，不可理他，务须温以神火，自将后天之粗精、粗气，化为先天之元精、元气，否则不惟不能成丹，且因此形形色色者，移我元神驰逐于外，终年竟岁，主人未归，又安能作得我主张，为得天地之真宰耶？此理明明，无容赘矣。

四、清烦制欲，敛神为本

生等闻吾教训，已非一日。"水乡铅，只一味"，此中诀窍，可能会通否？吾想此二语，已将始终修炼成丹结胎之妙，包含在里。

许初下手时，凡心太重，凡火倍浓，是以一切尘情、尘景，莫道求之不遂，火性炎炎，即使求之而得，亦是痴情恋恋，忧虞心、欢喜心，患得患失，轮回不已，竟把自家清净元神窒碍不通。生们总要识破，这个风尘景色，皆是劳人草草，过眼花花，全不着意，得也由天，失也由天，有也如是，无也如是，不许一丝半蒂扰吾灵府，增吾烦热，则一副清凉散，制吾未来之火热症矣。若不一刀两断，藕断丝连，据吾灵府，致生烦恼。惟觅清凉洞中，全家迁居于此，安然坐定，永不出外游行，直向安乐窝，讨个活计，求个方便，久之忽然开朗，别有一重天地，如游羲皇太古，如入桃花园中，其间乐趣，诚有难为外人道者。此制已生烦热之清凉药也。

至若情欲正浓，身心难耐，有如沸汤翻鼎，海潮涨天，此烦热正甚之际，纵之难图，激之生变，其法果安在哉？兵家所谓：缓攻弱取，以柔制刚，以纵为擒，可学也。斯时退居清凉山，全身放下，犹恐火炽炎蒸，勃勃难遏，收之在内，反将吾灵府中所素有者，一齐烧灭殆尽。惟有学兵家，停兵息战，任彼百般攻取，万弩齐发，号叫不已，辱骂难堪，吾惟忍之耐之，不理他，不张他，恍若无事一般，只有一心坚守营砦，休养士卒，昼夜巡哨，谨慎不怠而已。待彼火焰方息，我则一面守吾灵府，一面捣彼巢穴，如此一鼓而攻，可以除奸削寇，而无难矣。用兵与制欲，其道有同揆也。吾恐生们，不知此法，将欲火团聚在中，鲜有不连母带子而飞散者。

以后炼丹，只将眼耳口鼻、一切神光，不用于外，一齐收入丹田中，以为吾身生生不息之本。道家别无玄妙，惟有团固元神，不令外出，长使在家，则寿长千岁者在此，神超万古者亦在此。故人生则身热，死即身冷，神即气也，气即火也。天有此火，则生育无疆；人有此火，安得不眉寿万年乎？至于视听言动，酒色财气，一切微末之事，皆当向好边行持，以免销灼神气，则金丹有本，法身可成。此中诀窍，不可妄传。非天不许人修道也，良以造恶之徒，自家身命犹有冥司鉴察，刑罚难逃，且又历劫冤仇不肯饶他，倘若轻与，成得小小人仙，略知收敛神魂，藏于无极，异日仇者莫能寻得，地府无由追魂，致使三界善恶不明，冤声四起，谁之咎欤？言至此，吾已悚然，生等宁不惧耶？

五、有欲观窍，无欲观妙

生来拜吾，吾无妙法以教。窃思太上有言："有欲观窍，无欲观妙"二句，以为生补漏之局，亦为生成真了道之本焉。

欲，非私意也，亦非有意之意也。要想此个"欲"字，是在有意无意之间，即吾常言"略用一点意思"是。窍，非脐下一寸三分之谓，亦非下田水乡之称。教生略用意思，闭眼光，凝耳韵，缄舌意，持身以正，亭亭矗矗，如岩石之耸高山，悠悠扬扬，似皓月之印潭水，收我一切驰逐于外之物欲、牵缠于内之杂念，一刀斩断，一齐收拾，片丝不挂，半蒂不存。于是以满腹精神，尽收入于虚无一窍之中，时时照顾，念念不忘，久之自有天真发现，阳气来生，将尔腹中久积阴霾之气，自然变化而无复有焉。由此再加猛烹急炼，常常了照，则真阳一动，收而采之，行升降之法，用退火之工，而大丹不患无成。若有念起情生，不妨将自家元神振整一番，屹然特立，挺然不摇，自然情不生而念不起矣。又还要念，去日已多，来日已少，假如一朝不幸，不知何生始得了脱凡笼、免诸苦恼？尤要思，我之一身，天地所依赖，父母所栽培，原望学成仙佛，造到涅槃，苟不深造有得，其何以卓立人寰，而答天地父母之宏恩也哉？如此一思，正气不患其不伸，邪气不患其不除焉。能如此，自然精不外泄，气不外倾，神不外散，而色身可固，法身亦即此存矣。此即太上"有欲观窍"之说。

至于"妙"之一字，道之实难。总在生作工到气血融和之地，精神舒畅之时，潇潇洒洒，无思无虑，亦不是全无思虑，只是思虑之起，如浮云之过太虚，毫不留恋，了不介意，此即妙之之象。然还要从此推之，举凡平时抑郁者，到此能不抑郁，昏聩者，到此能不昏聩，皆是妙之作用。古云："神仙无别法，只生欢喜不生愁。"斯得妙之真矣。

再示"观"之之实。到此时也，未尝不照于方寸，而实无方寸之可照；未尝不注于丹田，而却非丹田所能了。若有意，若无意，随其气息之往还，我惟了了于中极，不为气息之一上一下所牵引焉。此观之之妙也。总之，始而稍稍垂头以顾诿，继而微微伸腰以缉熙，终而至于天机活泼，气节崚峋，即是长生之诀也。

吾见生，形气衰颓，精神疲惫，教之如后生小子实实了照于丹田一寸之间，则恐用力太劳，反为不妥，故示以活泼之观法，无论随时随地，俱可做得。然而坐有坐法，睡有睡法。坐法吾且不说。至于睡法，未睡身，先睡心，举凡一切事为，已就床榻，思之何益，而且枉劳其心。惟有收摄神光，以头微微曲，照入于一窍之中，自然神与气交而熟睡，火与水济而安闲。至于行也，须将神光照在两三步远，有如清风拂拂，缓步而行，不使累身可矣。若住立于何处，须知卓立不摇，如松柏之挺持，不拘束，不放旷，斯住之法得矣。

六、欲起情生，坐镇中庭

吾师当年学道，还不是家人父子夫妻，羁绊萦回，不能一时斩断。常将日月已逝一想，不由人不着忙，于是割不断的亦且割去，因而一心一德，得成金玉之丹。使当时因因循循，今日不丢，明日不舍，日夜为儿孙打算，那知无常一到，欲再留世上以为修炼之学，万不能矣。然亦非教尔生忍心割去也，是教生等，勿似世俗庸人，朝朝暮暮总为撑家立业，以为后人计。趁此年华已逝，务将那为后人忧虑之心，换作我修性、炼命之用，不痴痴呆呆去管儿孙事业。况儿孙自有儿孙福，何苦痴心妄想，空作无益之事乎哉？总要自家明白自家的事，莫待西山日落，茫茫然犹入宝山之人空手而回，真可哀也。生等此心扫得干净，将来修炼大丹，亦易成耳。如闲思杂虑，往复萦回，即使勤勤修炼，亦难得真火、真药。生等须知，欲起情生，急忙坐镇中庭。若待欲炽情浓，虽有昆吾宝剑，亦难拔其根株也。惟有撒手成空，全身放下，若无事者然，得矣。切不可与之相敌，亦不容妄为采取。吾今所示，切中生等之病，莫以为老生常谈而忽之。

请从今日始，将一切恩爱情欲，牵缠留恋，一刀割断，不许一丝一忽横梗于中，即数月之间，亦大有效验。然亦非教生们，绝俗离尘，毫不与人事也。须知身在尘俗，心在道德，处欲无欲，居尘出尘，此方是圣人大道。所患者，立志不坚，不能常常具一觉照之心，以了照之耳。若能常常了照，存存隄防，无论视听言动，处闹处喧，皆不离乎方寸，未有不日充月盛，积而至于美大化神之域。不然，古来仙真多矣，鲜有离尘独处者，且更多家贫、亲老、妻幼、子弱者，何以亦能成仙耶？只是一念之不纷，用力之不怠而已。此为最上上乘之修炼出世法，仍不离入世法者焉。

七、温养为先，有进无退

凡事必先阴以荫之，而后阳以生之。若无先一段温养之功，骤欲真气细缊，出而现象者，未之有也。故《易》曰："一阴一阳之谓道。"明明说先阴荫，而后阳扬也。天地生物之理，无不如此。何况修炼之术，法天象地而运神工者乎？今与生等道破，欲真阳现象，须从静中蕴蓄，养之深深，方能达之亹亹，切莫徒望真阳之生，而不于静中早自调养也。吾观生们，各皆明吾真诀，但温养未深，性命自初生以来，所带滓质之污垢，不曾洗涤得尽，以故发生时，不免夹杂凡气，无由一直煅炼修成一粒黍米玄珠，故有得而复失之患。苟能久久调养，竟将受气成形之始，与有身以后所带一切尘垢，一一消除，自成一颗牟尼宝珠，永无走失之患。此生等贴身之病。近时作工，莫求生阳，但求无阴足矣。且不可因道之难进，遂生退缩，又莫以勤勤不怠、了无进益，遂有厌倦之心。要知，苦尽始甘回，阴极乃阳生，天地间无物不然，何况修出世之道、成上品之仙乎哉？俗云："出家如初，成佛有余。"生等勉之。

吾师所收弟子，已不乏人，至今传二步者，尚无几许，岂吾之爱惜不与乎？抑其人之志向隳颓，见识浅陋，未得若以为得，未足若以为足，不知道之浩浩无有穷极，进一境又有一境以相待也。如某生者，皆由平日少积功行，不修阴骘，冥冥中有魔障为之阻拦，是以退而不前，疑而不信也。吾观此辈，更属嚇然。愿尔弟子，立大志，奋大工，直欲度尽斯民，自家始证道果。如此居心，天下一家，中国一人，不谓之仙，又谁谓乎？

总要知，尘世一切荣华之境，皆是苦恼之场，必跳出这个关头，方不堕落红尘，世世生生受尽千般苦恼。否则一念不持，尤恐堕鬼魅之场、禽兽之域者，更苦中之苦。罔念作狂，克念作圣，圣狂只隔几希；妄心为物，正心为人，人物不甚相远。遇而不修，真愚人也。惟有打破这个迷团，才算大丈夫功成名遂之候。至若妻室儿女，一切恩爱，不过旅邸之相逢，信宿而别，各自东西。语云："黑漆棺中，财产难容些子；黄泉路上，妻子又属谁人？"从此一想，只有这条大路才是我出头之路。当今幸闻正法，又得良辰，可以自作自由，若不急早皈依，修持自力，吾恐过此以往，难逢这个好缘会也。

吾师喜生等有志，有进无退，是以不惜饶舌，尽情为生破之。难道为师之言，生们未尝不知？但恐视如平常，习焉不察耳。亦犹越王欲报吴仇，常使一人在侧呼曰："勾践，尔忘吴王之辱尔乎？"吾师之言，亦是提撕唤醒之意。愿生们，将此浅近之言，佩服不忘，于以鼓其精神，奋其迈往之志可也。只有今生，难得来生，遇而不炼，空有此奇缘也。吾为生等幸，又为生等危焉。

八、动处炼性，静处炼命

昔人云："动处炼性，静处炼命。"二语已包性命双修之要，独惜人不知耳。吾请详论之。

何谓动处炼性？动，非举动不停之谓，乃有事应酬之谓也。人生世间，谁无亲戚朋友，往来应酬？亦谁无衣服饮食、身家意计？要知此有事之时，即是用工修性之时。于此不炼，又从何处炼焉？我于此时，视听言动，必求中礼；喜怒哀乐，必求中节；子臣弟友，必求尽道；衣服饮食，必求适宜。如此随来随应，随应随忘，已前不思，过后不忆，当前称物平施，毫无顾虑计较，所谓我无欲而心自定，心定而性自定。炼性之功，莫此为最。否则，舍却现在，而于闲居独处之地，自谓诚意正心，此皆空谈无著。何如对境而有返勘之念，于时时应事，即可时时养性，稍有念动欲起，人不指谪[①]于己，即己亦有不自安之处。此所以炼性于动处，其工夫为易进也。古人云："炼己于尘俗。"邱祖云："吾于静处修炼，不胜大益。及后游行于廛市，应酬于事为，始知动处之炼，胜过静处之炼多矣。"

至于静处炼命，又是何说？静，亦非不动之谓，乃无事而未应酬之谓

---

① 谪，木刻本作"摘"，萧天石《道藏精华》本作"责"，校者改。

也。我能于无事之际，无论行住坐卧，总将一个神光下照于丹田之处，务使神抱住气，意系住息，神气恋恋，两不相离，如此聚而不散，融会一团，悠扬活泼，往来于丹田之中。如此日积月累，自然真气冲冲，包固一身内外，而河车之路通矣。若非真机自动，漫将此气死死用意翻上河车，鲜有不烧灼一身精血，变生百怪诸症者。如此炼命，一日十二时中，又有几时不得闲？只怕生们不自打紧耳。何患事累烦多，而修性、炼命无有空闲之候耶？生们思之，一日间，不是炼性之时，即是炼命之候，又何俟有余闲而后修炼乎？

至若河车之路，的于何时始通？如生们打坐时，始也神入气中，只觉神气相依，交会于黄庭之地，久久积精累气，则真气冲冲，自踊跃于一身，觉得一身之中，真气已行包罗，我如在云烟之内，乘驭而上一般。如此再加积累工夫，肾精不泄，耳目口三宝亦无发通之处，不过一月、两月之久，河车之路自通。惜人有此真气，又为尘垢所污，私欲所蒙耳。否则，五漏未除，精气又泄，所以将底其阶而又退下也。生们从此用工，务具一番精进勇猛心。到此关头，臻此盛境，一任如花如玉之容，极富极贵之境，可惊可怖、可哀可怒之事，我总总不动心，惟有炼性、炼命是吾究竟法门，亦吾落点实际，毫不因物而有变迁。如此而不长进者，未之有也。

吾师今日所教之法，在生们闻之已熟，但未能如吾之体恤周到，在在有工夫可行，无余闲之候耳。照此行持，自有大效，但不可稍为怠玩，虚度光阴可也。

九、玄关一窍，积铅添汞

人生岁月，能有几何？少年多不更事，到老壮之秋，始知前日为名为利，俱是消磨岁月，枉费精神，欲寻一归根复命之术，往往不遇其师，到头来，不但一事无成，空手归去，且将自己本来之物，消耗殆尽。岂不大可痛哉？生们既逢法会，又遇吾师指示上上乘真诀，当此斜阳欲暮，好景无多，还不勤加修炼，一到西山日落，雾影沉沉，悔之晚矣。

但修炼法工，在他们不过以后天之意，收敛有形之丹，纵得造成，亦小术耳。即使闻得性功，非合全体大用而论之，还是拘于形色，不能超然于色相之外，寻得真正本来人，所以儒门修性之学，到有得时，犹是纷纷纭纭，逐于世境，不能空诸一切也。他如但修下田、中田者，又渺乎其小，即成，亦难与上上乘相提并论。盖以此等修士，只知以凡心为运用，识神作主张，不得生生之原也。夫意念一动，知识一起，先天真灵之体，浑浑沦沦者，不知消散何有。先天纯朴之体既散，后天知觉之心，遂为我身主宰，纵使保固形身，要不过一个守尸鬼而已，乌能出有入无，分身化气，而成百千万亿化身，享百千万亿年华哉？

吾故教生们，于玄关一窍大开时，而寻出那真灵乾谛之真人也。此个真人，不离色相之中，却又不在色相之内，日用行为，概是他作主张，但因气质之拘，物欲之蔽，一有动机，不为气质之性所障碍，即为物欲之私所牵缠，非有大智慧者，不能烛其幽隐也。吾示生们，须于万缘放下，一丝不挂之际，静久而生动机，不从想象而来，不自作为而出，混混沌沌之中，忽有一点灵光发现，此即我之元神也。若能识得元神，常为我身之主，自是所炼之丹，必成天然大丹。否则，不识元神，懵懂下手，焉能与天地同德，为万古不坏金仙哉？三丰云："人能以清静为体，镇定为基，天心为主，元神为用，巧使盗机，返还造化，何患不至天仙地位？"生们于有事无事之时，常常以清静为宗，镇定为体，如如不动，惺惺长明，此即天心作我主也。若有动时，即是元神作事，方可行返还法工，知否？

然而下手之初，又要勉强操持，具一个刻苦心、真实心，不可一味贪虚静，落于顽空一流，自家本来生机全无动气。要知凡事先难而后获，漫说自然，必无自然。古人云："先用武火猛烹急炼，后以文火温养。"自然私欲顿除，智慧明净，而先天元神昭然发现。生们近虽闻吾大道精微，然未到还丹之候、用炼虚一步工夫，仍不离武炼、文烹，以薰蒸其浊垢，销镕其渣滓，始有先天元气、元神浩浩而出。若炼虚一着，一私不有，万事无为，乃属自然之工。否有半私一蒂，当行烹炼之法焉。

他若玄关一窍，并无形色可窥，亦非心肾之气两相交会始有其兆。但心有心之玄关，肾有肾之玄关，不经道破，不成佳谛。始而以性摄情，忽然肾气冲动，真机自现，此肾之玄关也。继而以情归性，忽焉心神快畅，气机大开，此心之玄关也，即真知、灵知之体也。人能于此立得住脚根，不为他物而迁，自然日积月累，以几于光明之域。要之，玄关何定？到得大开之时，一身之内，无处不是玄关；一日之间，无事不是玄关。此非粗浅人所能识也。然吾今日所传，虽曰命工，其实上上乘法，此为玉液还丹，见性明心之事，不同旁门之但言命工，死死在色身作工夫、寻生活也。生们须慢慢的将心性真髓，认真修炼，此处得手，以后工夫，无非将此心性造成一个有形之物而已。

若论归根复命，证圣成真，则又全在积铅添汞，不区区于景象之迟早分也。夫人多谓少壮人易于积铅，老年人难于添汞，殊不知真铅、真汞全非色身上物事，总不在老少分也。古云："此铅不是尘中物。"此汞亦不是色相中有，须于清空一气，鸿濛未判时求之。所以道云："积铅于尘世。"如为色身物事，尘世攘攘，无有清静之区，安能累积真铅哉？虽然，铅亦有别。命阳发生，静里修持之事，此积铅之一法也。若性地之铅，即孟子所谓"浩然之气，由集义而生"者是。夫义之所在，不止一端，或于敦诗说礼而有得，或于谈今论古而有感，或于朋友相会而有所悟，或于观山玩水而有所见。更有型仁讲让，济困扶危，种种义举，偶然感附，忽地悟入大乘。此等积义，犹为真真踏实行持。人能于机关偶露之际，实实认得为吾家本来故物，一眼觑定，一手握定，日夜用绵密寂照之工，如此之悟，是为真悟；如此所得，是为永得。此为集义妙法。孟子云："恻隐之心，仁之端；羞恶之心，义之端"等语，我能如心而出，平情以施，且随时随处将所发情景常常酝酿，不使随来随去，旋灭旋生，即是扩充集义之真实行持也。自是日夜谨慎，不稍使此心有不仁不义之处，以负惭于幽独，抱憾于神明，则我心无不快畅，我志自然圆满，即孟子所说"直养无害，至大至刚，塞乎天地之间"是。是即积铅积到极处也。若偶尔微露，不自觉察，将我一点真元心体，虽浩浩渊渊，实有所得之象，一转瞬间，或一事不谨，一念稍差，此心便不快畅圆满，此即孟子云："行有不慊于心，则馁矣。"生们亦知之否？此为动处积铅，性中之玄关窍发端。

吾观今之修士，多有专务命蒂，竟忘性根，只说静里修持可以积铅添汞，不知动中铅汞犹须随时采取，以故所得不敌所失，生之日少，而丧之日多也。如果能向动中，不论大功小德，一概行去，恰如分际，适中机宜，此神无有不快不足，此气自觉浩然勃然，腾腾欲上，有凌霄冲汉之状。我即乘此一觉，而扩充之、推广之、防闲之，自然气势炎炎，升腾霄汉，足包天地，亘古今，而不可思议名状者也。岂但静时之养，氤氤氲氲，蓬蓬勃勃，穿筋透骨，洗髓伐毛已哉！

无奈而今学人，多昧于此，往往习惯安常，反以世上金玉财帛、娇妻美妾、声色之娱为自得。殊不知，此中虽有所得，而其间一段暴躁气、骄傲气、满假悭吝气，种种尘缘污垢，真气为之汩没者多，独惜其迷而不悟至于如此其极也。

今为生们，叮咛嘱咐，举凡日用事为，万感千端之来，我总一个因物付物，以人治人，无论大纲小节，随处有一段太和之气，我即于此把持之，使不再纵，则义积矣。由此一点欢欣鼓舞之意，凡有动处，我即积之，日充月盛，不难冲举四海，包含六合。只怕学者，不细心辨认，当前错过此本来人耳。生等具有真心，自有真气；有真气，自有真精，以故把玩无穷，嘉赏不已。喜怒哀乐，在在皆然。只要留心体验，自无有不得其真者焉。而又非等人世乐境，惟有一点清凉恬淡之意，不独人不能知，即己亦不知其所以然者。切不可此气既生，不自扩充，又另去寻他，是仁之端、义之端，则又为事所役，为理所障，其有害于道，有伤于气，则一而已矣。

十、清源复本，取坎填离

吾言集义生气，是去人欲以存天理之学；金丹大道，是化气质以复本来之方。此中大有分别，何者？去人欲之学，洁流之学也；化气质之学，清源之学也。盖人欲缘于后起，气质禀于生初，因气质之有偏，而后物欲因之而起。若但去乎外诱之物，不化其气质之累，本源未清，末流安洁？纵使造诣极深，其如气质未化、根柢犹存何耶？所以古人炼丹，其间只有炼己，不闻克己。可见古仙于生初气质，曾经神火煅炼，犹除恶如除草而拔其根，树德如培树而深其柢，不似集义之学，只向外面驰求，而不知先从根株是拔也。

如《道德》《黄庭》等经，其中所传，惟教人煅炼工法，其余克去己私之学，概未详及，何也？人之所以有生死者，由阴阳之根未除。夫乾三阳也，坤三阴也，有此三阳、三阴，而生死即于此系矣。古人知阴阳之根不除，而生死尚牢牢系定，由是将吾三阳种一阳于坤宫，坤遂实而成坎，复抽一阴以寄于乾，乾遂虚而为离，此即以有投无、以无制有两段工法。

取坎之法，即是取我所种之阳，纳之于中黄正位，以与离之灵汞为一，炼出一段缊缊之气，即丹本也。学人得此丹本，于是运起神火，加以外炉火符，催逼而升于泥丸，复自泥丸而还于绛宫，以与阴精配合，炼出一个元神，慢慢的以神火温养，异日胎圆，即化出一个真人出来，灵通无比，变化不穷。此即"将他坎位心中实，点我离中腹内阴"是也。无非以先天一元之气，取为丹母，丹母之中，又产阳铅，以此阳铅制伏离中阴精，久之，精神血气都化为一个纯阳至刚之体，薰肌灼骨，直将后天气质之性煅化殆尽，更将血肉之躯灭完，只腾得一点真灵乾阳之气，能有能无，可大可小，所以超生死，出轮回，天地有坏期，而我独无坏期；人物有生死，而我独无生死，以此个阳神至虚至无故也。然虚之极，即实之极；无之极，即有之极，故我能生天地万物，天地万物不能生我也。由此思之，学人造到此境，就是天地之大，亦不能及我矣。

生们莫谓此境为难事，只怕人不肯积精累气，以立其基。如能立起根基，自有真乐所在，并无劳苦不堪之处。但昔人比初步工夫为铁馒头，不易嚼耳。苟能于无味中嚼出有味来，以后工夫，势如破竹，不难渐次而造其极矣。

十一、混沌一觉，仙家根本

古云："混沌一觉，即成仙种子。"洵非虚也。但要知此一觉，不是有心去寻，亦不是无心偶得。从混混沌沌中，涵养既久，蕴蓄得深，灵机一触，天籁自动，所谓"前后际断"是。是即性光也，即正觉也，即无上正等正觉也，亦即本来人也。若不先将神气二者，交会于虚无窟内，积习既久，神融气畅，打成一片，两不分开，安有突然而醒之一觉哉？此殆无心有心，有心无心，有如种火者然。始而一团薰蒸之气，凝聚于中，不见有火，而火自在此，犹混沌里内蕴知觉之神，迨积之久久，火力蓄足，忽然阳光发现，烧天灼地，有不可遏之机，而火初不自知，亦不自禁，是即知觉中仍还混沌之象，此喻最切。生等须从混沌中，有如此之蕴蓄，使神光凝而不散，然后一觉，始圆明洞达，无碍无欠，才是我一点灵光本来真面，可以超无漏、证涅槃，而成大觉如来金仙。尤要知，一觉之前，只有一段缊缊；一觉之后，只有一段灵光，独运空中，并无有半点念虑知觉夹入其中。莫道以外之事，就是我灵光一点，亦不自知也，惟适其天而已矣。

凡人一觉之后，千思万想，一念去，一念来，即一刻中亦有无穷之生死轮回，安问没后不受鬼神之拘执、阴阳之陶镕耶？是以神愈昏，气愈乱，幻身尚且难保，何问法身？即神气尚存，而沉沦日久，以苦为乐，认毒作甘，至死昏迷，尚不醒悟，所以贪嗔痴爱，无异生前，以故生生世世无有出头之期，不至消灭尽净不已也。若此者，皆由一觉之余，不克蕴之为性、发之为情，任诸自然之天，听其物感之虑，隐显一致，寂照同归，故时而喜怒，时而哀乐，以邪为正，将伪作真，直将固有之良，澌灭殆尽。又谁知，起①灭无常，当下即是火坑，目前无非黑狱，岂待死后乃见哉？

惟至人穷究造化妙义，识得生死根源，于此混沌，忽然有觉，立地把持，不许他放荡无归，但只一晕灵光洞照当空，惺惺常存，炯炯不昧，初不知有所觉，并不知有所照，更不知有所把持，斯为"时至神知"，知几其神。由此日运阳火，夜退阴符，包裹此太极、无极之真谛，久久神充气盛，顿成大觉金仙，永不生灭。勿谓此一觉，非我仙家根本，而别求一妙术也。盖此时一觉，但见我身心内，空洞了灵，无尘无翳，不啻精金良玉，故一觉之后，其乐陶陶，不可名状。是一念知觉，即一念之菩提；一刻晏息，即一刻之涅槃也，不诚一觉神仙哉？

虽然，混沌一觉，有真亦有伪。如今之人，昏迷一下，即以为混沌；知识忽起，即以为一觉，此皆认贼作子，断难有成。惟一无所有中，忽然天机发动，清清朗朗，虚虚活活，方才算真混沌、真觉，不然，未有不以昏迷为混沌，知识为一觉也。生们须知，混沌非本，一觉非根，必从混沌一觉中，而有湛寂圆明、清虚玄朗之一境，方得真际，切勿以"恍惚"二字混过可也。

十二、不动之心，本来之人

天地间，无非一个红炉。人能受得世事煅炼，一任轰轰烈烈、凄凄惨惨之境，我总一个不动心。知得我血肉团子，皆是四大假合，非我本来真身。我之真身，原寓乎形体之中，立乎官骸之外，时而静也，浑浩流转，不啻海水之汪洋；时而动也，流利端庄，何殊江澜之往复。如此一动一静，皆默会

① 起，底本作"超"，校者改。

其天真，久久冰融雪化，自有不假形而立，不借身而存者。此所以一切事务之应酬，艰大之负荷，皆视为乾坤之炉锤，所以不动心也。且不惟不动心，而亦与我本来人不相关涉。况本来物事，更假此外缘之纷投，万端之丛脞，而益淡尘情，愈空色相，于是超超然独于形骸之外，而特立乎天地之间。如此不谓之仙，又谁谓耶？

吾观世人，大半贪于势力、慕乎声色，浑不知吾身内有个真仙子，卓立其间，突出其外；一遇不遂心、不如意之事，来试于前，辄谓天命不祚，神灵不辅，更有口出怨詈，心生诽谤，而以冥漠之天、虚寂之神，如此之不佑、如此之无知。噫！皆由不识吾身有个本来人，不与形骸共生死者在也。何也？盖人人有个虚灵本体，只因安常处顺，溺于声色货利之场，但知有个凡身，不知有个真身。所以古人云："顺境难逢，逆境易得"者，此也。故孟子谓人之"生于忧患，而死于安乐"，不信然乎？

盖以本来色相，千万年而不变，自混沌以至于今，贤不加多，愚不减少。顾何以得见如来、返本还真者，何其少也？特以此个本来人，不激则安于常，不磨则囿于习，所以无由得见耳。惟于事物之纷至沓来，交集磨励，因之时穷势迫，不得不返而思故物。故曰：乾坤一大炉锤也。又况天地开阖，轻清者上浮为天，为圣、为神；重浊者下凝为地，为凡、为物。惟人处天地之中，半清半浊，夹阴夹阳，如能自修其德，以复本来之面，则轻清上升而为仙矣。若是自贪其欲，徒养形骸之幻，则重浊下凝而为鬼矣。犹之红炉炼金，渣滓销镕，化为尘泥，精金冶炼，成就宝刀。若非此火之猛烈，何以化渣滓而成利器哉？此君子所以素位而行，无入不得，要无非认得本来人真切，那以外之逆境穷途，皆不为之动意，不惟不动于心，且因此事物之艰难，反能使我操心危、虑深患，独求一个安乐窝也。是以古圣人，履险如夷，皆由困苦磨励而至。

总之，境遇不足累人，能累者，凡夫俗子耳。若有道高人，先已明心见性，识得我之为我，不在此血肉腔子内，有超然特出，巍然独隆，陶然自乐，悠然自得之真。他如血肉团子，不过因我当初一念之差，不能把持，是以堕于四大红尘之中，因之寄迹于此，留形于此，此殆幻化之身，有之不过百年，终归朽坏，得之何荣，失之何辱，生又何安，死又何苦也哉？我于是益励其操，益坚其志，总要于红尘炉内，加意煅炼。有事物之累，以艰巨为省身之炼；无事物之投，以清静为洗心之炼。如此处常处变，境遇虽各不同，而其煅炼我色身，使之干干净净，精明不昧，则一也。

尔等亦曾真正识认得本来人否耶？吾师念生等求道已久，今将本来物事一点色相指出，庶几胸有把柄，然后不怕尘劳之累也。何以见之？此即动而浩浩，静而渊渊，一团气机，流贯周身者是。生等亦识得否？即古人云："精气神三宝合一"者矣。如果养得此物，返还于内，则丹田之中，觉得有一团氤氲冲和活泼之机在内，即本来人现象也。生等恐多事之累，有碍修持，只要认得本来人清楚，随时随处以此为本，所谓"万紫千红总是春"是矣。

十三、进德修业，养心自然

凡天下事，极盈即寓极虚之象，至盛即寓至衰之机。夫以物穷则变新，人穷则返本，时穷则复元，又况浊精不去，焉得清气流行？古圣人当忧危交迫之际，而毫不动心者，此也。故文王囚羑里而演《周易》，孔子厄陈蔡而奏弦歌，凡遇不堪之境，人所不能安者，圣人独处之泰然。正以德慧术智，因历灾疾忧患，而其智愈深，其德愈明，较之居安处顺者，其进益更无疆也。人生业患不能修，不患外侮之迭至；德患不能进，不患万祸之频来。盖以一时之逆境易过，而万世之清福难邀。惟能于艰难险阻之备尝，而后奋力前进，矢志潜修，坐得千万年之富贵功名而不朽也。彼曹奸秦贼，逞一时之声势，遗万载之臭名，且堕入狱底，永无出世之期，较之武圣人、岳少保，一生蒙垢，万代流芳，其优劣为何如也？且二圣人，以血肉幻化之躯，直将秦曹二贼千百年之真身害脱，其得失有不待辨而知者。又况富贵荣华，皆是傥来外物，得不足喜，失不足忧，何如保我灵阳、乐我性天之为大且久欤？

无如世人，不通幽明之故，不识人鬼之理，所以恋恋尘缘，至死不放，又谁知凡人以生死为异、昼夜为常，至人深通阴阳生死之微，直视生死如昼夜。犹之今夜之事，一寝即休，待至明日，而父兄妻儿如故，朋友亲戚依然，至于酬酢往来，情性交乎，与一切恩仇忧乐，无一丝半点不犹然在焉。此轮回因果之说，所以千万劫而不易也。奈世之人，今生不好，往往期诸转劫，却不思今日无知，来世又有知乎？此日无能，他生即有能乎？无是理也。语云："万里之行，始于足下；千层之台，始于累土。"欲望老来享福，必从少壮勤劳；欲期异日聪明，必自今生涵养；欲求二劫富贵，必从此日栽培。故"老子不自天生，如来非从地涌"。无非勉勉循循，见得理明，守得性定，而于是与天地参焉。特恐世人，不肯放下屠刀，徒思立地成佛，所以童年志学，皓首无成，适以滋其妄想而已。又闻古人云："都是眼前事，悟者天堂，迷者地狱，共归无上因。明者生机，昧者杀气。"故丹经云："即入世之法，而修出世之方；即常道之顺，而修丹道之逆。"是以酒色财气，凡人以之丧身，圣人以之成德。同床异梦，圣凡只此敬肆之分焉耳。

生等知本来真面，如今进修，还要直上菩提，竟成大道。第一要养得此心，如秋月光华，纤尘不染，春花灿灿，天资自乐，若无一事者然，才算圣人空洞了灵之学。否则，莫说恶念之存，为心之累，即是善心之在，不下摩尼，亦是吾道之障。纵古人亦有因刚因柔之正气，而直造到落落难合、休休有容之地，要皆得其一偏，即使有成，亦不过一灵祇而已，终难免转劫投生、轮回六道之苦。

吾再示生们，正法修炼之始，不过无事使此心不乱，有事令此心不扰，于静于动，处变处常，任外患频来，而天君泰然，绝不因之有损益也。故曰："廓然而大公，物来而顺应。"有事无事，处安处危，只易其境，不易其心。如此存心，即欲不遏而自遏，诚不存而自存矣。然此无他妙法，只一个小心翼翼，昭事上帝，始而勉强，终归自然。

生们更要知，道在伦常，德在心性，切不可孤修兀坐，以求仙丹之就。孟子养气，集义所生，行有不慊，气即馁矣。生们日用行为之际，还要事事求其合节，有时得心应手，心安理顺，无论观山玩水、喜怒哀乐之时，皆是浩气流行，正气常伸，有晬面盎背、四体不言而喻之状，务要蓦地回光，昭然认识，集而养之，扩而充之，以至于美大化神之域。切不可参一见，加一意，只是如如自如，了了自了，拳拳持守，保而勿丧足矣。

十四、摄心之法，觉照常惺

天理、人欲，不容并立，亦无中立之理，不是天理，即是人欲。凡人未修炼之身，念念在尘情上起见，举凡不关紧要、不干己分内事，无不随起随灭，转转相生，了无止息。而自人观之，似乎无善无恶、调停而中立者。不知杂念不除，尘根不断，后之恶妄诸缘，从此而伏其根矣。此即人欲之胎，万恶之种，学者不可不细察也。

人欲除其根，必先摄其心。摄心之法良多，佛有止观、持戒二语，此为最好法程。何谓止观？即是数息观鼻端，看出入息回旋往来，微微以意收敛之，调和之，即儒者变化气质之学也。至于摄心为戒，即儒者克去己私，非礼勿视听言动之法也。此二法门，一去私欲于无形无象之际，一去私伪于有作有为之间，正是儒者动静交修、内外兼养之道。如此去欲，方能克去得气质之偏、物欲之累。否则，但止观不持戒，但持戒不止观，此中人为之伪、外来之私，恐不能净尽无遗也。如此，欲去即理存，犹云消即日现，不必于遏欲之外，又加一番存理工夫。若再加之以存理，是加以后起之私识心，反把本来一点无声无臭、无作无为之真空妙有障碍矣。今之学人，多于去欲之外，又加存理，所以明明天光日色，当空了照，如如自如，了了自了，而一动知觉之识神，亦犹太空本空，而又以浮障浪烟，遮蔽太空。若此者，虽与妄心、恶心迥别，然其障蔽太空，则一而已。以故终身学道，究之一事来前，不能应酬得恰好至当，或当事而退缩，或临事而躁迫，种种滋伪，了不能除，般般恶习，究常时在，无怪乎真性不见，恶念难除，以至于求道而不能得道也。此岂不辜负一生心血哉？

总之，性本虚也，一旦清静自如，即见性矣；心本灵也，一旦光明觉照，洞达无碍，即明心矣。于此心明性见之后，着不得一毫思议想象，惟有顺其天然自然而已矣。生等若未臻此神化之境，一旦此心空洞，此性圆明，而养之未深，调之未熟，稍纵即失，又不妨振顿精神，提撕唤醒。《书》曰："人心惟危，道心惟微。惟精惟一，允执厥中。"此十六字之心传，皆不无提撕唤醒之力也。虽然，著"提撕唤醒"四字，亦是疵病。不善会通微意，又不免于提撕之外加一提撕，唤醒之外加一唤醒，又若浮云之障太空一般也。吾为生等示一要诀，心神若昏而不觉，不妨提之唤之，然亦惟一觉照、一常惺而已矣。一觉之外，不容再觉；一惺之后，不容再惺。此为不二法门，用工真际。

十五、存心养性，洞彻源头

修炼之道，第一要识得心性，直切了当，然后火候药物，合清空一气以为煅，而后不至于顽空，亦不至于固执。

夫性者何？《诗》云："上天之载，无声无臭。"至矣，妙矣！性之为义，无以加于此矣。尔等既明得此旨，犹当以浑浑沦沦、不识不知之神守之，一纯任乎天然自然，即可与太虚同其体也。

何为心？即吾人之灵知①真觉，孟子所谓"良知"是也。总之，此个真心，不同凡心。凡心则有有无生灭等相，或因缘而起见，或随境而生心，种种变幻，不可端倪，此之谓私识之心，不可以云真心，不可以为炼丹修道之本。惟有真心之觉，不因缘起，不自境生，湛然常照，真净妙明，所谓"能应万事，无有滞碍"者，此也。

而要必存灵觉之心，然后可养虚无之性。若不先存此心，则本性亦昏而不明，其堕于顽空者多。尔等既明此性，与虚空法界，无有二体，当以吾心之灵觉了照之、管摄之，而主持之，而后此性之大，大于太虚，任一切生死常变、顺逆境遇，而皆不能乱我性天。故存心所以养性，而养性又莫先于存心。

宋儒以心性分为体用，性是心之体，心是性之用，亦差近理。然细按其微，亦不能尽其妙也。夫性无动静，却又赅乎动静之中，贯乎动静之内，不可以体分性、用分心明矣。虽然，为示后学方便法门，不得不分心性为二物，以性无端倪，无从下手，惟存后天真知真觉之心，以养先天无声无臭之性，其实存而不存，不存而存，养而不养，不养而养，庶得心性之本原，而不流于后起人为之造作。此在生等默会其机，吾亦不过道其大概如此。

吾愿生们，一动一静之间，寂寂而惺惺，惺惺而寂寂，则虚灵之体用已立其极。久久涵养，心与性融，性与心洽，浑化为一，杳无迹象之可寻，要不外虚而有觉、觉而常虚也。果然静定如止水，澄清如皓月，不照而照，照而不照，无时不打成一片，浑化无痕，由此应事，一任千条万绪，无不有条有理，此一真湛寂，俨如天地之无不覆载，如日月之无不照临者。然此个地位，是大化流行，与天无二，实不容易到此。

吾亦不责诸子。为尔等计，只须一个从容静镇，无事则心性不昏，有事

---

① 知，底本作"之"，改。

则心性不乱，闲闲雅雅，疏疏落落，因物而施，随缘以应，我不于事之方来生一厌心，亦不于事之未来生一幸心，如镜光然，清清朗朗，无尘无垢，不增不减。此无事时之养也。及事物纷投，势难一二遍悉，惟有不烦不躁、不怠不荒，次第以处之，优游以应之。此即真心，不参人心，以之应事接物，自能千头一贯。苟杂一有无生灭、喜怒哀乐爱恶之凡心，则一灵炯炯洞彻十方娑婆诸界者，因此后天阴识为之矫乱、为之遮障，而我能静能应之灵神，亦为其所污染而不灵矣。

生等近已明心见性，务要时时涵养，始而勉强支持，久之义精仁熟，无在不适其天怀。此非难事也，近在吾身，俯视即是。然亦非易易也，古人有"一旦知之而有余，百年成之而不足"者。法惟贵乎恒而有渐耳。吾见生等，处静则惺惺寂寂，不昧心性之源；而其处动，因物为缘、随缘以应之机，尚未能十分周到、十分恳切，犹不免有劳倦厌烦之态。何也？由养之未深，行之未至也。如今已明此心、见此性矣，不妨随时随处，都要空空洞洞，了了灵灵，使一尘不染，万缘咸空，如此则真心常存，而凡心自不能干矣。

再示生一法。此心务如明镜，物未来时，此心空洞如故，静以养其本体；物既来时，此心灵觉如常，亦虚以养其神明。更还要明得元性凡性、元神识神，而后不至于认贼作子也。

学人果知得本来心性个中消息，其味自有无穷，以视外之因缘，不染他，而且视如粪土，了无一点趣味，惟有保护灵躯，真常时在，其乐有不可得而名者焉。生等若到时时俱乐之候，真有千金不能换我一刻光阴者。特恐学人不见真性，不得真乐耳。果然一得，自然永得。古人杀身成仁，舍生取义，皆于此认得真，养得定，虽刀锯在前，鼎镬在后，宁丧身殒命，不肯昧心失性。不然，彼独非人哉？何以不畏生死如此？殆由见道明，守道力，而得个中真乐也。愿生们，由一点真药，养而至于浩气流行，洋洋洒洒，此时纵有绝色之娇姝，至贵之良玉，亦不肯以此而易彼也。此非勉强为之也。圣人之学，原无强制，强制非道也。惟任其自然，不劳一毫心力，方是圣贤真正学问。苟未到此际，纵云心性洞彻，亦不免游移两可。若造其巅，真有介千金而不顾、屣万乘而不惜者。吾观生们，洞彻心性源头，真是无忧无惧，应不随富贵贫贱而变迁者焉。

十六、明心见性，虚静觉常

三教圣人，言仁、言丹、言空，各有不同，总不出一"性"字。至若"心"之一字，不过以性无为，为者必出于心之知觉，其实皆性中自然之灵觉也。古人于性之浑浑沦沦，无可捉摸以为下手，故教人于气机之动静处，审其端倪。又云："静则为性，动则为心。"其实皆有语病。性无物事，何有动静？动静者，气机之升降进退也。佛有云："动作世界，静为虚空。"世界有成败生灭，虚空无成败生灭。古佛如来教人，不过以人知虑纷纭时，无从见其性之真际，犹空中楼阁，旋起旋灭，旋灭旋起，无端憧扰，难以见天光明月也。故教人于一切万缘放下时，瞥见清空一洞中，无个物事，但觉浑沦磅礴，其大无外，其小无内，入无积聚，出无分散，不可名而名，无可状而状，故曰性也。性则无为而无不为，无在而无不在，古佛如来灵山说法四十余年，实未曾道着一字，即性之无可端倪者也。生们不必另寻真性，但能虚静，即是性。知得虚静，了无物事，即是见性。我以无为无虑、勿助勿忘处之，即常见性，而性常在我矣。

至于心，又怎解？吾想人之生也，得天之理以成性，得天之气以成形。心即气之虚灵，有知识思虑作为者也。舜告禹曰："人心惟危。"下个"危"字，舜之亲身阅历。此个知觉一起，稍纵即流于伪妄，堕于禽兽路上。人禽之关，正在此一息之顷。克念作圣，罔念作狂，真危乎危乎，险矣险矣！

尔等明得玄关窍开，忽焉一觉，实为正等正觉，无上菩提。大觉金仙，即在此一觉中，虽一觉不能尽其妙，然莫不由此一觉而起也。此一觉也，尔等切不可轻视之。自此以后，觉而迷，迷而觉，总从觉一边去，久之自然无觉而无不觉。如此者，非所谓"不神之神"乎？生等莫视为难事，只是用一个觉字、静字、常字，即可为正法眼矣。否则，静而不觉，觉而不常，神有间断，何时而后心定如止水，月印万川而无波哉？亦不必深山枯兀静坐为也。只要我心一静，自然了觉，常常如是，无论千兵万马营中，皆是清静灵山也。总在各人自静、自觉、自常，即可证无上菩提矣。否则，静而不能动，还是一偏之学，非吾道全体大用、治身治世之大法也。

但自孔孟而后，明心见性之说，虽时在人口，顾其所明之心，概是识神，所以造出刑名法术、奸盗诈伪出来。纵云见性，只是从性中发出仁义礼智来的。偶然见仁，便以为性只是爱，墨子所以堕于兼爱也；偶然见义，便以为性只是和，子莫所以流于执中也。甚至纵情任性，各成好恶之私。言功烈者，不喜清谈；甘泉石者，羞云仕宦。各执气质之偏，各从所好，所以一点真灵之性、知觉之心，本是我一元真气，可以随缘顺应，无好无恶，直造一重天地，证波罗密。无奈不知存有觉之真心，养无为之真性，由是纵其私情，荡其防检，不知返本，天理灭矣。若此者，其与禽兽之困于气质，蠢蠢然一无灵明者，岂不相近哉？所以愈迷愈肆，愈肆愈灭，虽在光天化日之下，亦如黑暗地狱一般。

生等思之，苟一时有错，一念有差，不能明心见性，是不是昏昏沉沉、愁眉蹙眼？噫！这就堕无间地狱。苟能猛然思省，扫去尘氛，拔除杂妄，清清朗朗，便是天堂路上，由此直入清虚，跳出孽海，大放毫光，上照三十六天，下照七十二地，虽至细至微之处，无不明明洞彻。登道岸，非俗所谓登天堂乎？生等细思，是耶否耶？以后尽管从"虚静觉常"四字用工，即可直超无漏矣。

十七、先得性真，继加命学

大道原是本来物事，一毫增减不得。而论我道家将性立命之法，其间工夫，非真仙不能传授而得其真谛也。

夫"性"之一字，的是金丹种子。单言修性，亦是孤阴不生，莫说千变万化、出没神奇，不能得其妙奥，即肉身亦不能保其长存而自主持其生死也。古人谓："阳里阴精质不刚，独修一物转羸尪。"所以吾道家斥修性不修命者，谓之"独坐孤修气转枯"，良不虚矣。夫以性本虚也，无天地灵阳之实者以配合之，犹人世独收得有五谷种粮，不置之于粪土之中，受天地风雨、日月寒暑、阳阴之变化，虽有真种，而不能自生自长于仓廪中。所以人欲长生不老，以成百千万亿化身，必如五谷之美，得种于地，而后母生子，子生孙，生生不已，化化无穷也。要之，性本无物事，非实非虚。至于言虚、言实，皆是后起尘垢，不关性分上事。盖以气质之性，皆由物欲为之拘滞而夹杂，所以纷纷不一，难以名状。若言真性，则空而已。孟子云："夫道，一而已"，二之则不是。若果了性，莫说修之一字着不得，即悟之一字亦讲不得，盖以性本无迷悟也。所云明暗清浊、断续真幻，皆后天气质之纯驳、人欲之生灭为之，非性之真有此变幻离奇也。生等明得此旨，则知本来心性，无染无净，原是湛寂光明，无论贤智之士有之，即愚夫愚妇亦莫不然。莫说人为物灵，有此真性，即下至鸟兽草木，亦莫不如是，盖以人、物本无间也。

生等既明心见性，须求向上之事，才能使此凡躯化为真躯，使此有限之身化为无穷之身。此非别有工夫也，即古人谓"以性立命，以命了性"是矣。《悟真》云："劝君穷取生身处，返本还原是药王。"此即吾师指示玄关妙窍，一阳一阴之道，是药王也，即真种也。夫人未成胎，身心性命，浑受天地之涵濡，阴阳之鼓荡，故天寒亦寒，天热亦热，自家一毫主张不得，亦犹人在母胎中，随母呼吸以为呼吸。一经性命合一，加以文武火温养成形，即是"跳出天地外，不在五行中"，"鬼神不能拘，天地不能囿，阴阳不能铸"，"我之为我，别有一重天地，不与众同生灭"者，此也。而要不过，先得性真，继加命学，于以采取烹炼，成丹而已矣。

如今儒佛之教，大抵只言心性，到得空洞了灵，即以为道尽于是，不知此但性学之归根，犹非吾人托生父母成形受气之全量也。尔生们，既得真性，须知真常大道，了无希异之为，不过将此了灵空洞，倾下造化炉中，再加煅炼工夫，异日必现千百万亿法身，或霎时而升天，顷刻而降地，无不随心运用。如不修命以实性，吾恐心性虽极圆明，要皆虚而无着、散而不敛，不能有此大力量、大智慧、大精神、大威武也。

吾道家六通具足，天地人物、幽明鬼神之微，无不前知后晓者，此岂别有术乎？即此一灵炯炯，洞照当中，积而至于阴尽阳纯，是以化机益盎，昭著人寰，随时皆在目前，当下即能取证。又非此时而后有也。当其扫却尘缘，真如独现之时，即此一知一觉之微，即是将来六通具足之根。诸子修养有年，亦能实实取证否耶？

生等业已明心见性，要知心性非他，即吾人固有之物，但能心中无物即是性，一心无二即是心，明之见之，必返观内照而后知也。此可随地随时，立地取证，当下圆成。诸子已了然无疑，决不穿凿，以失本来真性真心。况此心此性，人人具足，只要去其闲思杂虑，心性即在是矣。切勿于心无一物之候，又去思量忖度曰：如何为心，如何是性。若是，则本明之心、本见之性，又因后天私识计较，反不明不见矣。此际分别，殆些须耳。生等须具慧照以了彻之，快剑以斩断之，庶几由一线之明，积而至于神光普照，实有与日月同其光明者。只怕不肯耐心习静，日夜勉强而积累耳。

十八、三才一气，修德回天

天地人，一气相贯注者也。但天地无为，而为之机在乎人，所以人与天地号为三才，而人又为天地之主也。古人每见天地变幻，星辰异常，不归咎于天之所为，而归咎于人事之感召。故齐有彗星而知警，以后仍然无事；晋有石言而忽略，以后遂成杀劫。此古来回人心以转天心，事之可凭可据者也。故曰："善言天者，必有验于人。于人心之顺逆，观天心之从违。"此言洵不诬也。否则，不自回心以挽天意，而概诿诸气数之适然，未有不亡身灭家者。噫！若果气数之逢，一定不易，生于中者，尽可如泥塑木雕，毫不须自谋身家矣。古今来有如是之事乎？吾知天定胜人，人定亦可胜天。旋乾转坤之为在人，自强不息而已矣。目今天气晴红，已经数月之久，不见甘霖之降，此岂天为之乎？殆人为之也。《书》言休征咎征，概属人事之默召，古圣人岂有欺人之语哉？足见天无心，以人之心为心；天无为，以人之为为为，其权总在乎人，不必上希乎苍苍之天也明矣。然合之，三千大千世界共一天，分之则蠢灵民物各一天。俗云："各人头上一重天。"天者何？即理也，即吾心之主宰此理者也。我能时时了照，主宰吾固有之天，即是生生不息，内之则神恬气静，四大皆安；外之则甘雨和风，一时迭降。此不易之道也。

吾见生们，近见天气亢阳，回念身家，几有愀然不安之意。噫！如此设想，想何益焉？夫既以其权归诸天，则天主宰其间，斯人不能为力。虽然，亦不得诿之天，而漫不经心也。果能修德于身，未有不自全其天而为天所厌弃者，足征人各一天，天不在外而在内也。生等明得此旨，自然素位而行，无入不得也。

吾上年为生们示大道在兹，即天命在兹，虽有种种劫难，能奈人何，不能奈天何，但须各自默验，我之天果常在当中否？若在当中，一切外侮不须虑矣。如不在中，莫说大劫临头，腾有凶灾，就是太平盛世，未有不罹于凶咎者。此可见，顺理则吉，从欲则凶，只在明①人自奋自勉，自办前程，又何论大劫之有无耶？生们属知道者，而今业已见道若此，体道奉道若此，只管平平常常度去，晴也由他，雨也由他，惟有一点虚灵之性、觉照之心，时时涵泳之而保护之，即是修德回天大妙法。

夫以天与人，同此一气者也。吾之心正，则天地之心亦正；吾之气顺，则天地之气亦顺，如谷应声，如月照影，自然感召，不必有心为之，而自能格天者矣。否则，不惟忧之无益，反将此心五分四裂，私伪杂起，殆与天相悬绝，而天愈无由回也。故曰："感之而有以感，则必不能相孚；感之而无以感，适乃与天为一。"若在他人，吾不敢说此上乘格天之法，而在生们业已升堂，深得个中三昧，吾故以此道，教之修也，即以此道，教之格天，圣道、王功，合而为一也。

十九、同源异流，天人一贯

圣凡原无他异，只是圣人尘情不染，即空洞了灵，以成圣座；凡人尘情常著，即生死系缚，以坏真心，故曰同源异流，大相悬远。即如伏羲开天之后，至人借此一觉，以返本还原，归于静定海中；凡人因此一觉，以生心起事，入于沉沦狱底。生等已明玄关，认得一觉，从此一觉之后，不容再觉。举凡一切事物来前，不必另寻意见，惟听我一觉之真，是非善恶，平常应去，自然头头是道，无处不是中和，无物不归化育。此王霸之分，有为、无为之别。孟子谓："所过者化，所存者神，上下与天地同流。"此是何等境界，何等襟怀！而要不过一觉之积累而成也。生等勿疑吾大道真传，别有妙谛，但从此一觉一动，将神气合而为一，还丹在此，成仙证圣在此，赞天地之化育、参造化之经纶，亦无不在此。

《书》曰："一人元良，万国以贞。"其信然欤？虽然一人甚微也，何以使万姓生灵，尽入畊耰之内，咸沾雨露之恩哉？以迹而论，荒渺不足信也。岂知我能尽己之性，即是尽人物之性；能尽人物之性，即是赞参天地、经纶造化之旨。朱子谓："吾心即天心，吾气即天气。"诚见此天人一贯、物我同源

---

① 明，《道藏精华》本作"各"。

之道，形动于此，影照于彼，无有或爽也。上年每逢干旱水溢，与一切不虞之患，常以此理示之。夫道之所在，即天之所在；道之发皇，即天之春风流行。焉有斯文在兹，而犹令其室家啼饥号寒、受穷遭厄者乎？无是理也。况斯文在兹，天心默契，即一乡一邑，鸟兽草木，幽明人鬼，亦无不包涵遍覆，尽得托荫受生。生等亦能了照否耶？只怕认道不真，信道不笃，自小其器局，褊其心性，是以神气间隔，无由得感孚之妙也。苟能明心见性，一真自如，即天地定位，人鬼咸安矣。由此日充月盛，神与气融，气与神洽，即太和在抱，四时皆春，生生不已，化化无穷焉。

总之，心能打扫干净，不令放纵逐物，则性即天性，命即天命。倘到自然境界，则我即天，天即我，不但如此，且我能包罗乎天地，化育乎天地，我不受天地鼓铸，天地反赖我栽培矣。孔子云："知我其天"，岂在苍苍之表、漠漠之外耶？殆一内省间，而即通其微矣。

二十、主宰在我，须常把持

昨闻生讲论工夫，我亦为之感触，而有开发之机。生言主宰在我，须常常把持，不可一息放过。此语直贯古今圣贤、天地人物之学。无论为圣为凡，皆少不得这个主宰。若无主宰，则颓然一物，必散漫而无存矣。圣人一生，别无工夫，即到真空地位，此理、此气，自然真机流行，流通无间，犹必有个主宰，存而不失方可。故曰："惟圣罔念作狂，惟狂克念作圣。"念者何？即主宰也。一息稍放，即无主宰。无主宰，即流于人欲之伪而不觉。所以圣人犹必以罔念为戒。生等知此身此心要有主宰，日夜间，无论有为无为，处静处动，总总一个了照心，常常知觉，即有主宰矣。

吾见某生，事物牵缠，精神疲敝，皆由心无主宰，为外边事物所困，是以千头万绪，千感万应，为之阻塞其真机、劳扰其志气，是以为事所役所苦，直至精竭神疲如此。若能收拾此心此气，不令昏怠，常常提撕唤醒，有个主宰，以之严密管摄，不许此心一息游移，一念放荡，不许此气一息荒怠，一念屡弱。如此有主，自然无欲，无欲则此心圆明洞达，了无一物而虚，虚则无论繁冗事物之事，皆有主而不乱，可以顺应无差。到得顺应无差，内无愧怍，外无艰难，此气不长长浩然直贯两大者乎？且人无欲而静，不但静能静，即动亦能静。夫以无欲之心，有如明镜高悬，物来自照，虽时来时去，层出不穷，而其中湛寂光明之体，自然常存。此可见有主于中之义矣。生等知得，有主于中，自然无私无欲，以之应天下事，虽百感而不扰，纵千虑而不烦，以其纯任乎天，不参以人也。生等务于"主宰"二字，加意焉可。

二十一、玄关一窍，动静之间

圣门一贯之道，何道也？即吾所示玄关一窍是也。若离此一窍，即是旁门。夫以人之生也，生于此一气；人之死也，死于此一气。究之人身虽灭，此气不灭。未有天地之前，此气自若；既有天地之后，此气依然。人未生，而此气在于虚空；人既生，而此气界于人身。诚能了悟此气，真有天地非大，吾身非小，生有何荣，死有何辱境况。无奈世人，不闻真诀，日夜营营逐逐，总于声色货利、富贵荣华之途是恋，又谁知因几十年之尘缘，害却千万年不坏之真身也。人可不自省乎？若必如文帝十七世而始得，斯亦已矣，只在辛苦两三载，即可快乐几千年，又何惮而不为哉？闻而不炼，真是愚夫，甘自陷于泥涂而不思跳出也。虽然跳出之法，岂有他哉？只在此一窍而已矣。又岂必几十百年哉？只在顷刻之间而已矣。

或谓：尔弟子已数年于兹，如今始有闻者，先生何谈之易易耶？

不知积功累行，与积精累气，须在平日慢慢操持。若了悟之机，只在一时也。果能一丝不挂，万缘齐消，此一刻中，未必无所得焉。无如后之修士，鲜有此般真志气、大力量耳。如能一朝脱然，自能一旦豁然。故佛家有"放下屠刀，立地成佛"之说，此顿法也，如此之勇猛精进者最少。下此循序渐进，日充月盛，忽然醒悟，即入大乘，此渐法也。无奈人自有生后，无一个不染红尘、不是破体。所以吾道教人，先教断除尘缘，填补精气，子精固，然后神火一煅，方得元气发生，玄关现象。了悟此个玄关，始知吾之生而入世也，非此窍无由来；吾之化而出世也，非此窍无由往，得之则生，失之则死，理有必然者。学道人，只要凝神壹志，常将此气收于虚无窟子之中，生固生，死亦生也。夫以此虚灵长存而不昧，纵脱却幻化之身，而我依然如生。若使失却此气，虽血肉之躯独存，终日昏昏冏冏，无可奈何，求生不得，欲死不能，故虽生而犹死，且不如凡人之竟死也。此可见玄关之妙，非同人间势力，只可守之数十年，又非若势力之有患得患失，百忧虑心，万事劳形也。

生等了悟到此，再加涵养之工，随时操存，不要间断，即可证无上涅槃。然操存之法，始而不入静中，不能了照收持，如今工夫已久，还要在应事接物时，处烦处变时，略用些儿意思照管，即如静中修持一般。果能常常如此收摄，其得力更胜于静中万万倍也。如此动静交养，本末无遗，一任错杂纷纭，而主人自不乱，此即仁熟义精之候也。岂有他哉？不过于玄关动时，要乘得此机，不失其候，以前要涵养此机，毋忘于心；以后要操持此机，不许走作，久久纯熟，自然不思不勉而从容中道也。

但玄液玄关，要凡息停，真息见，方得现象。若到胎息停，六脉俱尽，则玄关窍开，更有不同。非玄关有二也，只是气质之性净与未净之分耳。

吾引孟子乍见孺子，恻隐之端发动，此是性阳生。若混混沌沌中，一触而动，此是命阳生。必如今日所示，乃是性命合一之旨。何也？以其虚而灵也。当其寂然不动之中，而虚灵之性常在。何以见之？以其未开之前，了照此中，一无所有，而实有清明广大之机，此所以养虚灵于未动之先也。及其感而遂通，谁为为之，孰令听之？在己亦不知也，此虚灵亦常存也。要有此番涵养操持，性命始得合一。且凝神即性，调息即命，有动有觉，为命为气，而无动无觉，即性即神。此个玄关，不在动静，而在动静之间，方是真正玄关，随时皆有，特患人不细心讨探耳。诸子诸子，着意着意，于此切勿忽略焉。

二十二、豁然一觉，玄关窍开

炼丹一事，自古圣贤，千经万典，说不尽金丹妙蕴，而其的的真宗，只须一言可尽。昔人云"玄关窍"，可以了结千经万典之义。

夫以天地未开之前，一元真气，宰于一理之中，古人无可名而名之曰无极；然而宇宙间，生生化化，有形无形、有声无声之物类，无不包括于其中，又名之曰太极。此实为天下万事万物之大根本、大枢纽也。所以动而生物，则为阳；静而归根，则为阴。一阴一阳、一动一静之间，为天地人之最玄最妙者也。修道人，欲修大道，炼金丹，又岂可离此无极太极之理、阴阳动静之气，而能有成耶？学者必识得此理此气，返之于身心日用之间，而后有道可修，有丹可炼也。吕祖云："未采药，立匡廓，交合之时用橐籥"二语，实为金丹之本。盖药物未生，此时须如天地未分、鸿濛未判之初，浑浑沦沦，混混沌沌，无可见为阴，又无可名为阳，此殆无极之极、不神之神者也。我于此，为将此心安放在虚无窟子，若有知，若无知，若有想，若无想。孔子云"君子坦坦荡荡"者，其殆是欤？此时虽无阴阳理气，然此理此气，为阴为阳，皆蕴蓄于其内。及乎一感而动，则阳生矣。迨至动极而静，阴又从此生焉。此阴阳之大端，有如此者。

学道人，果能于鸿鸿濛濛、杳无朕兆之时，似有似无，如痴如醉，寂寂无踪之内，有惺惺不昧之情，此即无极而太极，理气混合为一之际也，此玄关也。至忽焉有知有觉，此玄关开时，即如天地初辟一般。天地辟，而万物丛生；人身开，而毛窍毕露。此一觉也，诚为万劫之主宰欤？生识得此旨，金丹之道过半矣。

二十三、打起精神，整顿志气

夫人为学，欲成千古人品，须具一付大肚肠，然后志气清明，神魂爽快，自足以配天地而立极，与古今而共遥也。不然，以区区斗筲之量，而欲上出云霄，共乐弥罗之殿，莫道上帝不许，即使容之，而以一片私情上对至尊，其自顾当亦赧然，有觍面目，而不能片刻安也。又况上界天府，无界有界，无府有府，犹生等之见性明心，立命了道，适于一无所有中立脚，又岂容鄙陋之姿、秽浊之肠、一腔俗虑者，所得而参耶？盖以清空一气，原要斯人之清空一气，方能吻合，若投以昏浊，是犹冰炭之不相入也。

吾见生们，既已知性知命，实实于无象中有象，无形中有形，如此方见真精、真气、真神。且即此而混合为一，并不知有真精、真气、真神。诚哉巍巍不动，立清静之元基；荡荡无痕，为仙人之妙境。尔等已寻得真际而入矣，然犹是见道之影，而未能实实行到其间也。吾示生们，从此见道之后，务要将所得所见之神气，与太空而俱融，常常以此自甘，以此自乐，浑不知天地间富贵荣华、儿女妻妾，更有大于此、胜于此之快畅者，而惟恋其真，不慕其假,立其大,不务其小。位置不妨自高,志气不妨自壮,曰彼何人也,我何人也,我焉肯为彼所困哉?大丈夫四海为家,万年为业,一时浮荣事物、因缘子女,无非是一场春梦,转眼成空,即吾人血肉之躯,不过臭囊朽皮,生而寄之于此,死仍还诸太虚,纵受尽磋磨,寸寸割裂,亦不关我真身上事。如此眼界,如此胸襟,始不愧天地生我,圣贤教我,父母养我。到得功完道备,自然永证清虚,题名仙塔,方是大丈夫功成之候。

生等如今用工,总要淡一切尘情,空一切俗虑,打起精神,整顿志气,以天地第一等心为心,以古今第一人为人,此性命方算双融。倘明道而不能造道,还是半边学问,算不得将性立命,知之否?

二十四、抅命之学,不二其操

生本有根之士,心性纯良,可以入道,无奈牵缠太甚,一时殊难撒手。然古人玉液之时,还要大隐市廛。是知天下事不累人,人自累耳。凡人一生,衣食与妻室儿女,未必教人废弃,废弃即灭纪坏伦矣,如此道何有欤?然其中有义在,不可外义以求也。古人于义所当取者取之,虽千金万两不为贪;于义所不当取者取之,即一丝半粟亦为过,其戒欺求慊为何如哉!

他如穷通得丧,原主其权于天,不可越分而求。如逆天命而求得来,则奸诈之徒皆身家富足,无稍欠缺矣。顾何以不求而不得,愈求而愈不得者多也?子夏曰:"死生有命,富贵在天。"古人之言,洵不诬矣。是何如安分守命、顺时听天之为得乎?又况"天薄我以福,吾厚吾仁以生之。"如此之求,天亦听其人之自修自造,而假其权于人也。故曰:"病能养性魔无术,贫到忘愁鬼失权。"君子所以有抅命之学也。

彼庸夫俗子,谓学道必遭魔折,受穷苦。试思道为大道,天地人公共之善也。为善反不得好,未必为恶反得福乎?且天之爱有道者,不啻慈母之保赤子,一见其人好道,此心即契天心,犹儿子合父母之心意,父母宁有不保之爱之耶?虽百般至宝,亦必留以与之矣。切勿疑时人之言,而自阻行程可也。就说孔子厄陈蔡,文王囚羑里,下至韩公、朱子,个个皆遭魔折,然后成一圣贤。噫!此亦偶然气数之逢,不可拘以为常也。但天神考较人材,亦有以魔苦,定其德性志向,以分别贤否智愚,此亦恒有之事。

然而诸子，已历试诸艰，皆无退志，谅必为出类拔萃之人。生呀生，曩者屡遭魔折，尚能不二其操，今将告厥成功，切勿区区于身家小愿是务，而不直上菩提也。《书》曰："靡不有初，鲜克有终。"吾为生戒之。尔生其亦自戒焉否耶？

二十五、炼丹之道，进退火符

昨日秋雨淋漓，不啻春风润物。顾何以春夏之交，不见如此膏泽，而乃于秋深之际，始行夏令，猛似翻盆哉？夫以今世人心，大都败常乱俗，天地因之而变节。幸于反常之中，尚有正气森森，上冲霄汉，故其感孚之妙，如此神速也。是岂人世忠孝节义，区区一德之能者，所得而格耶？良以世人学习大道，身心泰然，一股清灵之气，上蟠下际，弥纶宇宙，故于肃杀横冲之候，而有一段祥和元气，克享天心如此也。总之，天何心哉？不过一元之气，为之旋运。人若无清灵之气，则天地元和，尽为所蔽，有如冬日阴霾，推之不去，照之难开。兹遇一堂仙材，清气上升，适与天心相合，感通之神，遂有如是之速也。"一人元良，万国以贞。"生等当了然矣。看来人心一正，天心即正；人气一和，天气即和，不必人人而有之也。只要于乱离难堪之日，有一个正人君子，浑然与道为一，即与天合德，在一邑即能冲开一邑烟雾，在一乡即能冲开一乡浊垢，非虚语也。试观污秽之中，臭不堪闻，若以清净上品之香薰之，而臭气自消散矣。又如大暗大黑中，忽有一盏长明灯，当空了照，而黑暗自放光明，无微之不照矣。故曰："一人之心，即千万人之心；一人之气，即千万人之气。"有如斯也。生等只管自修，至于通天达地，其机之速而神、感而应，实有如此者。吾故常言，修真之子，为天地第一人物，上参造化，下泽人民，何等功业！即使泉石自安，亦有如此旋乾转坤手段，宜乎一登仙册，永受无穷之明禋也。"君子落得为君子，小人枉自为小人。"诚不虚矣。门外汉见不及此，切勿为外人言也。

夫炼丹之道，还须以灵光为之觉照，以冲和为之运用，才是一片纯阳，至清至洁，不杂半点阴浊之品。虽曰命工有作有为，其实有作为中，仍当听其自然之度。些些出以私意，则后天阴识夹入其间，阴识一起，天宝即闭，不说大丹不成，且于大道精微，虽明明近在目前，了无奇异，亦见之而不知，知之而不明也。夫以阴浊不消，而慧性难长，故如是其昏愦也。生等务于下手时，未得真谛，不妨出以猛力，苟得真实地位，急须拿定此境，下榻时，无论有事无事，亦要常常细玩，久久操持，熟极自巧生矣。

至于子进火、午退符者，是坎离交媾于曲江之下，聚火载之而上升于乾。乾即鼎，鼎即首也。乾坤交媾，于泥丸之地，聚火凝之，而下降于坤。坤即炉，炉即腹也。是聚火之法，为修丹要旨。昔人云："下不闭，则火不聚，而金不升。"金即气，气即药也。"上不闭，则火不凝，而丹不结。"丹即外之阳气，以合人身之阴精，两相交合为丹，犹夫妇交会，精血结为子也。总之，得药结丹，火为要矣。火即神，神即我修道之主帅也。下闭，即凝神下田；上闭，即凝神上田。世之修士，多有知下田凝神之法，而泥丸一所，能知凝神片晌者少矣。盖此时金气虽升泥丸，要知此气，从至阴浊秽之中煅出，虽名真阳，其实夹杂欲火者多。既上泥丸，无非神火猛烹追逐之力为之上腾，其中渣滓，尚未能淘汰得净、煅炼得清，于此不凝神一刻，则阳气不真，安得收归炉内而成丹？故曰："都来片晌工夫。"轻清者，上升于天；重浊者，下降于地。故经一番洗刷，然后收归鼎炉，加以神火温养，自然缉熙光明，犹太阳之洗刷于海中，然后旭日曈昽，越见光华可爱，清净无尘耳。此理同也。

他如卯酉周天，即东木西金，平时两相间隔，不能大畅所怀。惟卯酉，为生杀之门，卯酉正令一行，而阴自消，阳自纯。金木合而为一，即性情合而为一也。何以卯酉为生杀哉？以喻卯酉沐浴之时，洗心涤虑，息气存神，庶几阴私尽消，阳气长凝，即去欲存诚，以比生杀也。生等行工，不但身有烦热，当停符退火，行卯门、酉门之沐浴，即行之已久，而得玄关妙窍，犹天地开辟，其间生齿日繁，世道人心，不无变迁，故当顿除思虑，以温养之。故曰："忘机绝虑为生杀"是，是即长保玄关，而使之常与天合，不杂以人。所以每行进火，数至百遍，即当停火，职此故也。古云："一年沐浴防危险。"是言子午卯酉之工，俱当防危虑险，不可大意也。

夫以金丹即真阳，无杂之物而成者也。稍夹杂外物，即如刀斧之铁，夹有灰滓，即不中用，何况丹道？第一要收得纯清药物，始无倾丹倒鼎之患焉。

二十六、玄关窍开，胎息元神

昔人云："玄关窍开，即如梦如迷，如痴如醉。"此时浑诸于穆，还于太空，故有如此之无知无觉者。然非全无知觉也，不过一神为主，入于浑忘之天，其间一盏长明灯，犹昭然而不昧也。及乎一觉而动，不由感孚，忽焉从无知而有知，自无觉而有觉，此即无中生有，鸿濛一判，太极开基。从此阴降阳升，而人物之生于此始。学者悟得此旨，于混沌时，一切浑化，于开辟时，以入化之元神，发为一点真意，主宰此升降往来、阴阳阖辟之机，自然身心内外，一如天地之清升于上、浊降于下，而天清地宁，人物生育无疆焉。修士至此，务要振顿精神，提撕唤醒，其气机之动也，主宰其动，不使有过焉；其气机之静也，主宰其静，不使有不及焉。且升之降之，在初学不能自升自降，我以真意，顺而导之，逆而修之，斯合天地之造化，而为人身之主宰，庶乎其有据矣。要之，气机静时，了无一物在胸，但觉一灵炯炯，洞照无遗，而又非出以有心也，故曰混混沌沌中，而知觉常存，不过主宰不动而已矣。既混沌中，而有知觉之心，又要明得神气打成一片，如痴如醉一般。若明觉一起，先天元气，即为后天阴识所遮，又隐而不见矣。太上云："恍恍惚惚，其中有物。"是可见恍惚而得之，即当恍惚而待之，如酒醉之人一样，方不将神气打成两橛。神气既已混合，如此运动河车，上下往来，庶无处不是太和元气。有此一点元气，即是真阳。真阳者何？即神依气而凝，气恋神而住，两两不分者也。

若行工时，不知深入混沌，"恍惚里相逢，杳冥中有变"，而惟喜清净光明之致，则神气不交，中无玄黄至宝，又焉有确确可凭而深自信者哉？故曰："先天气，后天气，得之者，常似醉。"若先天、后天不并为一，即水火不交，金木不并，安有四象会中宫，而结为完完全全之真身耶？生等务从混沌时，会萃五行，和合四象，以后依此为符，常存混沌之机，但有了照之神足矣。此为河车筑基之要法。苟未至河车大动，不妨以此存守规中，久之而真气自生矣。

吾前云"抽添"者，即升降往来之用也。若无此抽取真铅，以添阴汞之法，则阴气不消，阳气何长？学者河车已动，必须行子午逐日抽添无间之工，无躁进之性，绵绵密密，不贰不息，久之铅将尽，汞亦干，化成一粒灵丹，故曰："两物将来共一炉，一泓神水结灵酥"是也。

他如"龙虎"之说，尤有道焉。龙行则雨降，虎啸则风生。果是初弦龙气之升降，必化神水，降于中宫；果是初弦虎气之升降，必有真息，往还于上下。此所以真阳一动，而呼吸起矣，而神水亦生矣。如非真阳，抑或间以阴浊之私，必不能风生雨降如此其快遂焉。生等知此，庶可保正气常存焉。

至若河车未动，不妨以守中为主，养育胎息为是。这个胎息，非易事也，即元始虚悬一气，落在人身，即胎息也。夫人自父母媾精之初，斯时一点精血相凝，而其间细缊活动、似有似无者，即胎息也，即天地灵阳之气也。由此胎息，而后胎成有象，初生鼻孔，呼吸之气生焉。夫自胎息而生凡息者，人道之顺行也。仙家逆炼，必从凡息而复还胎息，以此胎息变炼形骸浊垢，又将元精合一，于以日充月盛，而成能有能无、能升能降之身者，由此胎息，不顺行而逆修，不炼凡气而炼真气，所以形神俱妙，与道合真也。生等务要炼出胎息，色身方有主宰，且有变化之妙。夫此胎息，非徒凝气调息之谓也。此息是父母未生前一点太极，既生后一点元阳，性依此气以为主，命得此气而不坏，在天为天枢，在地为地轴，在人为北斗。天地必有枢轴，而后可以长存；人身有此北斗，而后可以长生。此气诚元气也。所谓真阳一气之动，即此胎息所积累也。

生等第一要积胎息，不但却病延年，即仙体亦于此固结焉。夫以丹即胎息之所凝也，神仙即胎息之所成也。胎息之在人身，最关紧要者也，生等切勿小视焉。

第二行工要在于元神。元神者何？即吾身心中之主宰也。天地未生我时，此神在于虚空，只一气浑然而已。然在天为命，命即气也；在人为性，性即神也。人欲炼神，离不得此元气。夫以气之精爽者，为我之元神；气之重浊者，为我之形体。欲得元神长住，日见精纯，至于六通具足，必须采清空元气，敛之于身心之内，久久烹炼，秽浊之体变化纯阳之躯。此气是何如之灵哉？故曰灵阳是也。然欲采外来灵气，务先空其心，绝无翳障，而后天地元气得以入之，且人之胎息与此元气合一。胎息究在人身，是有形之气，非至灵之神，不比先天未兆，气即神、神即气也。

又须知，人之神，在于两目之光。此光超日月，出三界，逃却生死轮回。故人受胎之初,先生两目;其死也,亦先化两目,故眼光落面,万古长夜。学者欲炼元神,离不得先炼两目。炼目之法,不外垂帘以养神而已,调息以养气而已。生们河车未动,不妨用此二者之工可也。

二十七、炼气工夫,周天法程

守中一步,虽属入道之初基,其实彻始彻终皆离不得这"守中"二字。始也以有形之中,用有为之守,所谓"静中看喜怒哀乐未发之中作何气象"是,终则以无形之中,用无为之守,所谓"凝神于虚无一窍,实无虚无窍,与太虚同体"者是。吾向传工,只将"守中"一步工夫,教之从色身修炼,及至外阳勃举,然后用采取烹炼、升降进退、归炉封固之工,不曾与生们抉破炼气一层者,非秘而不宣也。盖以人生天地,食五味,需百物,声色货利之私,日夜营扰,梦魂宛转,不经神火煅炼,化浊为清,则色身所有,尽是滓质有形之精气,骤而示之炼气,所炼之气,一概凡气,有何益哉?且未到淘汰之时,精气尽是私妄,采之不惟无益于身心,且有损伤乎性命,此吾所以不敢遽言炼气也。古云:"炼己未纯,不敢得药;筑基未得,不敢还丹。"古仙所示工夫,俱是一步一步慢慢的传授,躐等凌节,未有不以伪作真、认贼作子者焉。

生们已久于采炼外阳,实将色身浊秽滓质,十分中已淘洗几分,吾今再示一步工法。其实炼气之法,即寓于守中无火无候之中。到今凡气略尽,真气初生,始有药物可采、可炼,不过以从前无火无候之守法,自家慢慢的体认,有火有药,有时有候,毫无差池,皆是自然为升降进退者,顺其势而利导之耳,非别有炼气之法,要不过守中之候。至此气机已旺,见得气动、气静,实有如此往还,与春夏秋冬、盈虚消长之机,实无差别。故古人云:"一刻之工夫,即夺一年之造化"者也。

生等闻此诀后,还要知此中真消息,方不错过机会。昔人取一月圆缺晦朔之义,实有可凭。故曰:"有人问我修行路,遥指天边月一轮。"若月无光,借日之光为光。自前月廿八日,坤到东北丧朋之会,至初三,合为五日,五日为一候。此一候,即温养元神,纯返于无,无之至极,而后有生焉。三日所以月出庚方，其卦为震。震卦一阳伏于五^①阴之下，故谓之一阳来复也。此阳初生，其气最柔最嫩，有如一弯新月，隐隐耀耀现于天上者是。若无前五日温养，即有阳生，亦是凡夫俗子，夹杂邪私之气，概不可以入药。故一阳初兆，先必有一段温养之工，此大致也。由是思之，若无守中炼精一层工法，所生之气皆属凡气，与庸夫之精之气无异。岂有未经淘汰之物，可以成丹者乎？无是理也。及至初八之夕，为二阳生，二阳象兑。兑卦二阳伏于二^②阴之下，其时药气成质，实如天上之月，半轮滚滚，照耀无边，一身之气，自与前一阳大不相同。《悟真》云："月才天际半轮明，早有龙吟虎啸声。"生们思之，此际月到中天，其光晃晃，其神跃跃，不有如龙吟虎啸、夫倡妇随、情谊款洽于无极者乎？至十五，月光正圆，有如乾。乾卦三阳开泰，纯是阳气，绝无一点阴滓。其在人身，精神晃发，一身抽搐，实有不可思议之状。昔人谓水火相交，金木合并，龙虎会于中庭，婴姹谐于祖窍，实有不知神之为气，气之为神，神气打成一片，和合而不可解者。此古所谓："溶溶如冰泮，浩浩似潮生。"这边吐出真铅，喻为"虎向水中生"；那边现出一点真汞，喻为"龙从火里出"。铅即凡铅，汞即水银。水银，非得凡铅，不能凝聚，势必流行不止，喻人心之灵，非有真水以制伏之，则心不能定静，如人得虚症，血水太枯，心神易动。此可知，炼神必先炼气，炼气必先炼精也，不愈明乎？到此时，身如壁立，意若寒灰，但觉气机来往不停，由下而上，复由上而下，自然五脏六腑、一身四体，无处不到，无窍不开，如甑中气，蓬蓬勃勃而不可遏。此即如四月夏阳，万物盈盛之时，而天地不许阳气太发，即有一阴生于六阳之中^③。学人到此景象，即忙踏住火云，收回蓬勃之气，复静养于玄玄一窍之中，三丰真人所谓："若还到此休惊怕，稳把元神守洞门。守洞门，如猫捕鼠兔逢鹰。"如此守候久久，自然渐收渐凝，复还于虚无之乡。其月之十六为巽辛，一阴伏于二阳之中。到廿四，为下弦，为艮。艮卦二阴伏于一阳之下。至二十八，为坤，乙纳西方。坤卦纯阴，在人身中，神归气伏，复还于太虚之天是也。此为一周天工夫。学者由一阳、二阳而至三阳，则升之已极，复还而至于一阴、二阴及三阴，仍还于虚静之

---

① 五，当作"二"。震卦☳，下为一阳爻，上二阴爻。

② 二，当作"一"。兑卦☱，下为二阳爻，上一阴爻。

③ 四月，为乾卦☰，为六阳。物极必反，一阴潜生，到五月则为姤卦☴。

地，方是一年气候，了一次工夫。否则，生者不生，死者不死，升者不升，降者不降，半上半下之学，何年才得成丹？生们此时，正宜用此炼气工夫。

然炼精、炼气，虽分两候，其实并行不悖，不是判然二候也。如此炼精，则精愈明；炼气，则气弥净，所谓"水净沙明，真金自现"，还有倾丹倒鼎之事，与夫淫根不断、欲念不除、妄心常起、杂念时生者，未之有也。此即抽铅制汞，以神驭气，如鱼得水，悠然而逝。若无此清净神水，抽取配合，烹炼温养，未有不情欲生而杂念多者焉。此千真万圣从源头上制伏情欲神思之一法。无奈世之学者，昧昧而不知也，且有不肯用工于积精累气，而徒求之于制欲制情，无怪乎少年而学，皓首犹然不断情丝也。生们宝之贵之，一息毋忘吾训可也。

至于此气长时，还有多少景象，吾今略示其机，临时免得惊恐。古云："得了手，闭了口。"炼气炼得极好，归炉封固之时，虽无物事在中，却有道味无穷，一若吾心中安乐之境，实有资深逢原者在，任他以外可欣可羡、可荣可贵，皆不如我心中这点真趣，凡事懒于应酬，毫不料理，如愚蠢人一般。此即收藏之深，得真消息之会。若有一毫驰逐外慕，自家工夫还有未尽者也。及至真气充充，犹有多般景象。古人谓：虚室生白，自腹至眉端，一路白光晃发，久之眼有金光，耳有琴韵，脑后若鹫鸟之鸣，丹田似热汤之沸。生们遇此景象，未免生惊怖心。吾预为道破，庶无疑贰。且到此境地，更宜澄神汰虑，或礼斗、或步罡，上求天神之佑，以行七日过关之工。总之，真景到时，此心安然，才为实据，切不可生一喜心，起一怖心，听其自消自息，庶不为魔鬼所骚扰也。

二十八、修炼性命，和光同尘

人生在世，除却性命以外，皆是幻景。莫说得丧穷通，有命所在，非可求之而得，即使求得来，亦是幻化之物，焉能与我共生死而一致？何如"性命"二字，为我生生之本，可以保固形骸，覆护英灵，极之千万年而不变。无奈世人昏迷，甘自沉沦于爱河欲海之中，而不知修性炼命，以保其天真，良可慨矣。吾师为世人悲，更为尔生虑也。尔等既入吾门，愿学吾道，第一要看破这个迷团，打穿这个孽网，方不为他所牵缠。莫说思虑营营，事为扰扰，不能成丹，即使斩得他断，祛得他去，而一心在欲，一心在理，究属拖泥带水，终未能干干净净。幸而有成，亦妖狐野怪之类，不足论也。

生等已明此旨，谅亦消遣得去。以吾观之，静处似可无事，而当物交客感之会，又未免尘情交累。即如某生，尔子将家屋搞坏，此是尔之孽缘，如此正是消尔孽，降尔福，何为以此隐忧竟成心腹之病？不知逆来顺受，是即非载道之器、成道之资矣。由是推之，举凡人世毁谤之来，在人视为祸患灾殃，而在修道者受之，正是消前孽而招后福，人方戚戚而忧者，吾正欣欣而喜也。只缘尔后起修士，认理不明，见道不真，不免与红尘而俱滚焉。吾师今日所言，是生等贴身之病。总要自家握算，我是学何等事，为何等人，竟与世人同荣枯、共名利，又何以为超凡入圣之作用哉？

总之，学道人，日用饮食，与人无异，只是于人所争趋者，视之淡然，于人所轻弃者，不胜珍重，外面同乎流俗，存心异乎凡人，老子所谓"和光混世"者此也。吾愿生们效之。他如富贵功名，概属身外事物，毫不关我性分一丝半蒂，何苦重外而轻内哉？况修性炼命之学，无非窃天地之造化以为丹。道在目前，求之即得，非若今世学人，寻深山，觅财主，而远以求之者也。

二十九、听天安命，顺其自然

生为此馆开端之人，须知天地间，万事万物，无一不有命在。人能听天安命，享了多少自在逍遥之乐！不然，先事而防之，当事而忧之，既事而忆之，此心憧憧扰扰，无有宁日。难道如此眷恋，维天之命遂可转移耶？还不是以有用之精神，置之无用之地耳。倒不如听乎天命，顺乎自然，日夜惟将此心收敛在虚无窟子中，到头来还有无穷受用。若此百般顾虑，岂不枉费心机，了无一得？吾见世人，大抵皆然。吾愿尔生，打破此个关头，不为红尘污染、事业牵缠，不亭亭乎一出世之大丈夫哉？否则，难与人道矣。学道人，天人分界，正在于此。于此而置念，则为凡夫，凡夫焉得成道？于此而放心，是为至人，至人自能上升。呜呼！一念之敬肆，一事之忆放，即可见圣学之大，圣道之高。生等从吾已久，此理谅亦明白，但不知能如此丢得开、看得空否？

总之，学道人无处不是学问。若能在在处处，提撕唤醒，不作无益之事，不存无益之思，惟以吾长久得享受者为准，那一切是非祸福、穷通得丧，漠然不关于心，斯诚有道高人、神仙真种。吾今所示，教生随时随处，以吾身心要紧事业、可大可久者，念念不置，即处处有益无损矣。不然，明说天理人情，其实人情不得，天理无存，枉将有为岁月辜负，岂不可惜？即云喜怒哀乐，人所不无，圣人亦人情中人，岂无此等事故？但圣人处中得正，前后除断，当其喜怒哀乐之临，临则应之，及事过境迁，淡然忘之矣，且亦如浮云之过太虚。古人谓之"应迹不应心"是。吾愿生等，各求有益于身心，为千万年不朽之人，勿留心于些小之病可也。

人生天地，万事万物莫不有因缘在焉，惟当顺其自然可也。否则，不尽己之心、存己之性，而徒以有用于己、有益于身之事，憧憧扰扰，日夜向外驰逐，如此日复一日，年复一年，自家染成冤病，一旦不起，又谁为之忧哉？岂不是，天下本无事，庸人自扰之，而自丧之也耶？尔生有志大道，已算大丈夫。从此须行大丈夫之行，心大丈夫之心，亭亭物表，皎皎霞外，才算是真为己、真修道者，且才是善于保身安命、为儿为孙者。否则，一事之来，你也忧，我也愁，愁来愁去，吾不知何所底止焉。生须放开怀抱，作个闲净道人，那以外之事，一概天命所在，我只尽人道以听天，落得无边受用，无限逍遥，岂不美哉？生须听吾之言，病者自愈，尔夫妇亦不致病，岂不大家安泰？切勿心疼太甚，反令儿女又疼尔甚可也。总之，人要爱人，不如自爱。若一心为儿女忧，一旦自罹于疾，为之奈何？岂不是不知自爱者耶？

况天下事务，皆是幻假，不可为我所有，惟大道一事，实为我千万年之根本，不可轻忽者也。试观古今来，富贵荣华不少，到此还有存焉者乎？即人生一家骨肉，无非风云偶聚，春梦一场，所以吾师不贵也。何如求我真常，置之方寸，不良善乎？至于精气一聚，神剑成形，锋芒犀利，自然认得玄关，采得真阳，四正工行；一真返本，然后活泼泼一位真人出现，方知有道之妙，比人间一切，高出万万倍也。生须大开眼孔，放宽胆量。那以外之事，纵说要紧，亦不过转眼间事，有何足恋，有何足愁？惟此大道，得之则可千万年而不朽，失之即眼前咫尺皆是火坑。生须务其大者远者，自家为个君子，落得千万年享受，岂非美事乎？又非要五十年、一百年之功也，就在眼前三两年之间，即可得此大享受。生何不为其大者远者，而甘为小者近者以自苦焉？是不智也。

他如玄关之动，有真有幻，只在一念之间，敬肆之分而已。于此一动之际，须忙中著个缓性，热里著个冷眼，闲闲淡淡，有心无心。如此求玄，随在皆真。若稍有一念不净，则落后天，不可用矣。生须勉之。

三十、时将解馆，临别叮嘱

时将解馆，先生升座，诸子侍位。——验功毕，浩然叹曰：百岁光阴，能有几何？夏禹所以惜寸阴，陶侃所以惜分阴者，正以流光易逝，迅速而不可留也。生们已经半世有余，试回头一想，又宁有几时哉？况后此年华，更不啻西山之日、朝阳之露，最易没而易散者也。吾为生们虑之，不知生们亦曾惕惕乎危惧焉否？而且人生斯世，不曾修炼得色身上精气神充满具足，其间风寒湿热之淫气，难保不入其身，岁星凶暴之恶曜，不能不侵其体，人到晚年时节，所以疾病时多，安康时少也。生们思之，危乎不危？若使不闻正法，不遇奇缘，斯亦无如何耳。尔等已闻正法，俱透彻根源，了无疑意，何至今日犹不整顿精神，无论行止坐卧，时时加一了照之心，使此心不稍走作耶？此个了照，大属难事，吾亦不怪，然俯首即是，不假于人，不须用力，又何惮而不常常提撕唤醒也？吾今再三告戒生们，各宜勉旃。如忽焉一病，欲坐不能，欲卧不得，如某生其人，可借观矣。生们果能于平安之日，作一疾病时想，自不肯轻易放过。

师言至此，不禁泪落。众请其故。

先生曰：曩者新开道德之场，日授精微之蕴，原欲及门诸子，悉由粗入细，自浅企深，直达天人之奥，解脱生死之门，岂非吾所甚乐？无如大道玄微，仙阶甚远，非有根基者不能直下承担，非有功德者不能了然醒悟，所以古今来，迷之者多，悟之者少也。即有机缘凑合，偶尔遭逢，亦似乎力果心精，知真行挚，而究之，执德不宏，信道不笃，不免魔障为累，退缩不前，初勤而继怠，始合而终离也。吾师教尔等有年，尔等从吾师有日，今夜将此因缘道破，尔等须急力造成，切勿再迷再误，堕落于万丈火坑中，而无有出头之期可也。夫大道倡明，原关天地运会，非可常常遭逢。故如来降生，自谓"吾以大事因缘下界"。试思天地间，除却大道一事，孰有大于此者乎？愿尔弟子，开大智慧，具大力量，发大慈悲，行大方便，一以肩担大道为务。不但酒色财气，与一切富贵功名，一毫染著不得，即功满人寰、德周沙界，亦须一空所有。盖本来物事，修而炼之，可以了生死，脱樊笼。若聪明才智，与百工技艺，极其尽变，皆是身外之物，当不得生死，抵不倒轮回，不惟于我无干，且心系于此，神牵于此，适为我害道种子。生们不可不知也。

东方发白，吾将起程，有诗数首，生其敬听：

（一）

一瓶一钵作生涯，踏破乾坤不为家。

玉笛吹开千里月，瑶笙度去万重霞。

八卦炉中烧大药，九层台上炼丹砂。

何人了彻神仙诀，准与清风送日华。

（二）

八卦炉中火焰飞，神仙隐隐炼玄微。

黄芽遍地群生育，白雪漫空万物归。

直向虚无寻密谛，端从元始辨真机。

空明洞达浑忘我，落点根源识者希。

（三）

子规日夜费婆娑，不转年华可奈何。

春去秋来如逝水，毋将岁月自蹉跎。

（四）

低头即见哲人心，水月镜花不易寻。

当下扫除方寸地，空中色相自长临。

先生吟诗毕，忽有弟子跪而请曰：弟子侍教有年，稍知大义。奈何天下苍生，昏昏罔罔，长迷不悟，祈师一并普度。

先生曰：人生坏事，莫如财色。交朋接友，更要选择。吾今道破，各宜体贴。

窈窕原属好逑，色又何可偏废？乃自有好色狂徒，贪花浪子，朝夕流连欲海，不数年而精枯气弱，力倦神疲，抱病在床，呻吟万状。回想当年，迷恋花柳，自诩此生风流，那知粉面油头，才是杀人利刃，至今奄奄残喘，求

· 328 ·

生不得，欲死不能，父母见之而心伤，妻子观此而泣下，那时才悔，亦云晚矣。可见天下快心之处，即疚心之处；得意之端，即失意之端。凡事皆然，岂独色欲已哉？纵不至病，而他人妇女被尔勾引，入尔迷魂，上而爹妈含羞，下而子孙结怨。杀人三世，罪恶弥天，还有眼前活报，妻女酬偿，儿孙灭绝。生前之报应难逃，死后之冥刑不贷，其惨有不可胜言者。诸子诸子，苍生苍生，难学柳下惠之坐怀不乱，宁为鲁仲连之闭户不容可也。

贫富主之在天，得失原来有命。各宜安分守己，听诸自然。不但非分之财不可幸邀，即属应得之货，亦从宽取。如此人情胥洽，到处皆安。又况刻薄必生败子，吝啬应产骄男。一旦魄散魂飞，何曾带去半点？吾见前人创业，后嗣败家，不几年而片瓦无存，子孙落漠，还做出许多丑事来。言念及此，与其贪财而失德，何如散财而积福乎？纵说家不甚大，只要父父子子、夫夫妇妇，一团和睦，虽困苦亦有余欢，较之饶裕而衅墙相斗者，不诚高出万万倍耶？论上天之财，原看斯人之善恶。如人善而受贫，实以偿前生之孽，孽尽而福来；若人恶而得富，聊以报前世之功，功亡则殃至。如此看破，富有何加，贫又何损？自有无形之良贵，不假外求者。试观当日孔、颜，穷苦亦所不免，然而庙貌巍峨，子孙显达，至今昭著人寰者不少。自此一想，志气自大，胆量自雄，区区财物，何足为吾身累哉？

至若交游一事，最宜小心。古有因友善而成德，亦有因友恶而败名者。人生事功德业，学问文章，全赖友朋为之羽翼。若泛爱众人，广交天下，不别妍媸，概称莫逆，吾知习俗移人，贤者不免，而况未必贤乎？其在上等之人，宽厚和平，大有包容度量，无论屑小匪人，概叨恩宇下，就使赋性残忍，亦默化而潜消，如魏延之遇孔明是也。下此德不足以服人，才不足以御众，宁学伯夷清高，勿学柳下谦和，以免他时受害。如党人之禁，清流之祸，皆缘不择交所致也。由此想来，直到后来识悔，不如当前慎交。孔子云："友必如己。"子夏曰："不可者拒。"其信然欤？不然，日与小人相征逐，非特正人见之不雅，即自顾亦觉怀惭焉。

师言至此，有一老生，近前禀曰：自今一别，不知相会何时。但恐弟子等，旧疾复作，为之奈何？祈师再度金针！

先生不禁为之歌曰：吾不愿生长惺惺，吾但愿生长昏昏。归命莲台上，洗心玉井旁。似睡而非睡，如醒又未醒。保守玄关窍，大开解脱门。如痴又如醉，无见又无闻。如此养生，自然长生。大道岂有奇异？只在遏欲以存诚。此即丹道，此即神仙修炼之根。尔生尔生，听我诀言：打破迷津，切莫为身家谋衣食。朝也耽心，暮也耽心，瞀①起眼睛，一夜想到天明。如此耗散元神，不怕你勤修苦炼，不过霎时片刻又散倾。试观世上学道人，大半多是愚蠢汉，不会打算，不会思存，只有昏而又昏，浑不知有富贵，不知有功名。吾爱生，性愚蠢，差堪与曾子、柴氏共比伦。真是入道种子，何不听天安命？素乎富贵贫贱，患难与生死，无时不自在，无事不尊荣。此个乐常在，大道即此成。尔生尔生，急急修积，养成羽翼，自然身轻足健，飞腾上玉京。那时节，才知吾道不害人，才知你今不虚生。叮咛兮复叮咛，好好修养，保尔灵明。好好修养，保尔灵明。

言已作别，弟子依依不舍，送十余里许，见一古庙。

师曰：此间暂驻，吾有要言。

刚入门首，见左厢内有无数老叟在此饮酒。师徒即于右厢坐定，将全功一叙。

先生曰：吾示炼矿成金，始从凡身中炼出一点清气来，犹矿中用红炉火煅，炼出真金一样。继而再煅再炼，以烹以镕，直至炉火纯青，矿尽金纯，方成灵剑，始变黍珠。然犹未尽其妙也，必于百尺竿头，再进一步，直到铅尽汞干，珠灵丹熟，乃成一龙虎上丹。然而道人不可就此止步也。若以为得意，止而不前，只成得一位散仙，不曾成得历亿千万浩劫、经千万盘古而不坏之金仙，犹有生灭轮回，未到极顶。惟有将所得之灵通，一齐贬向无生国里，由是收敛神光，销归祖窍，一切不染，寂灭久之，神光满穴，阳焰腾空，内窍外窍，窍窍光明，如百千灯照耀一室，而人与物，莫不照耀于神光之中矣。但犹未能塞天地而贯古今，以及无边世界。复晦迹敛神，韬光静养，则神光自化为舍利，包罗天地，照彻古今，与三千大千世界无不光光相映，复从三千大千世界放无量毫光，直贯注于极乐世界，与诸圣贤、如来相会，始尽神仙分量。虽然，自太上而下，少有修道造至此者。吾有感于诸子与天下后世之学士，将来有成大觉金仙，因将大道之无穷者，略为之记，无非欲尔诸子，不拘一隅，不限一所，以为修务，扩宽大量，存玄远心，庶几

---

① 瞀，底本及各本均作"估"，据义改。

可与太上并驾焉。

言毕，突有老叟数人，从旁请曰：老夫窃听良久，先生所讲，真换骨丹也。吾侪老迈，岂敢语此？但要如何修积，然后可求子得富？

师曰：体《文昌帝君阴骘文》行去，自求子得子，求富得富。

老叟曰：未知其文若何？

师曰：吾幼年曾爱其文雅俗，今犹能记忆，吾为尔等述之：

人生自有良贵，为甚不去遵行？也不知他是甚么心肝脾肺肾？劝世人，不要算命，只要依我阴骘文，行古来行的都有应，何忧富贵何忧贫？富贵人，越修越有劲，锦上添花好前程；贫穷人，修积更要紧，否转为泰天凑成。请看那全不修的，枉自劳神，忙中得来忙中用，到头还剩有几文？最可恼，悭吝人，就把钱财当如命。那知他的富贵，都是前生今生祖父修成。有钱也要会使用，为甚的积与儿孙去贪淫？儿孙好，要钱何用？儿孙不好，几千万也是贫。君不见，晋何曾，万贯家财一旦倾。倒不如，安分守己听天命，广积阴功与儿孙。人生事事皆前定，为善的，有祸都轻，有福更觉福无垠。我今日苦口良言相劝，怎奈尔入了迷魂，暮鼓晨钟唤不醒。如此劳劳碌碌，不过求钱财并求子孙。果能够修得好，我那桂香一些子，不妨分个与你，早晚奉侍香灯。至钱财，更可不论，你无非要千要万，只看你功德为准，修一分更得一分，我这里断不负人。劝你们，从今后，不要算命，只要读我阴骘文，行我阴骘文。读得熟，行得精，自然有好报应。奈世人，不听劝，甘自沉沦。我只为救劫消灾，存不忍。莫谓神仙不显灵，举头三尺原来近。听者信从，不信者随他挣，但后来，莫要怨天与尤人。

老叟闻毕，拍掌称善。抄回，相揖而别，同出庙门。

先生回顾诸子曰：此文虽为老叟说法，诸子亦当体行，各宜保重。为师去矣，好好遵吾训，体吾言，不数年间，吾又来与尔证功，切勿师在俨然，师去茫然也。

言已，飘然而去，绝不回顾。

诸子怅望良久，同声叹曰：吾师已去，各宜争著祖鞭，以副先生之嘱望焉，可。

附录：

重刊黄元吉先生《道德经注释》序

丰城黄元吉先生，入蜀讲道乐育堂，实始有清道咸之交。是编成光绪（1871—1908 年）中，蜀南父老犹能举其言笑，而状健乃若中年，仙耶？人耶？斯固已奇矣。而元代张三丰，自述师承，乃亦称道先生弗绝。时近千载，依然健在，则其事为尤奇。事之奇者，世或难言，今惟言其书。

先生之书，有《乐育堂语录》四卷，荣县龙先生既重刊以行于世，其论道之明切，读者既自得之矣。所注《醒心》《求心》诸经世不传，传所注经惟是编，顾其讹误杂乱，犹有待于整齐。同人无似，所见浅而所愿者宏，所得微而所求者奢，未涉大道之藩篱，而妄欲一窥其堂奥，不自揆度，窃欲执先生之书，以共证于天下有道之前。

夫道也者，不可以言传者也。其可言传者，又以法会之故，往往言理则无不周，言体则详于后天，而先天恒略。元吉先生，知道者也。顾其所著书，言诠洞达，不惜往复开说。庄生有言："道隐于小成，言隐于荣华。"自释氏有教外别传，而庄书称孔子见老聃，聃曰："吾游于物之初，心困焉而不能知，口辟焉而不能言"，退而自比醯鸡之发覆也。今籀老氏书，可以知其故矣。

世传《老子》注，自河上公已下，无虑数十家，而真本多不传，世儒诵数，恒缴绕于文辞章义之间。韩非《解老》之说至矣，其次则王辅嗣，唐宋注本，多出羽流。今执先生书，曲参道家之言，以诵圣证，其节度深浅，学者自能得之，初无待于区区筌蹄之辞也。

民国十一年（1922 年）二月继尼仙房同人谨序

重刊《道德经注释》例言

1. 原书刻于光绪十年（1880 年），版存自流井，计四册，分上卷二卷，下卷其第四册又称四卷，《语录》附焉。今改从古本，别为上下二篇，似较整齐。

2. 原刻后附《语录》，较民国八年（1919 年）重刊之《乐育堂语录》不过四之一，讲论虽有出入，要亦不甚相远。兹刊略去，俟他日再求得黄先生遗著时，当仍为彙集刊行。

3. 原刻中，凡经文下，黄先生引证旧注及解释字义之语，其字体大小缮写形式均不一，兹刊悉为改作双行小注以归一。

《道德经注释》重刊序

（北京道德学会印版）

《道德》一经，旧多注释，而圆通无碍者，盖鲜。岂曰全无识者，毋亦天时未至，太上玄妙之秘钥，或未许轻启耳。黄氏元吉，夙契玄门，豁然有得。斯经之注也，通天德王道为一气，贯儒、释、道三教而无遗，面面俱到，句句证实，俾后之读是经者，可以穷理，可以尽性，亦可以至命。无虑悬放旷之病，而有平易近人之思。则其言亦不朽之言，而其志即立德、立功之志也。夫因其与我正元夫子，夙有道缘，故特表而出之，以饷世之好道德者。

《道德经注释》施序 [①]

《道德经》一书，为老子出函谷关时，应关尹子之请而著。全书五千言，后人分为八十一章。注解该经之人，不下数百，就中以王弼之解释最简，以黄元吉之注释最精。研究修心养性，当以元吉氏之注释为最佳。

予初读王弼之解释，时在军旅中，卷不离手。在湖南长沙有刘世成兄，见余爱读《道德经》，将其伯父（曾任北大教授）之黄元吉所注解之木版《道德经》上下两册赠余研读。此书之每章，有刘教授加注二字，作为纲领。八十一章计有一百六十二字，精粹之处在此，余恒喜爱之，对道家修炼口诀，发挥尤广。黄元吉之注释，本为修道人士而作，刘教授之每章加以二字纲领，使读者更为明了，当为数百种注释中所独有，学者不可等闲视之。

抗战中期，余奉派赴印度进修热带病学，随身携带此书阅读，由加尔各答入境时，被检查人员扣留，云须检查后认为可放行者始可发还，并云须一周后持收据来取，于是此书似列于半没收范围。余在加尔各答只留一夜，次日即乘车到孟买哈夫金热带病学院攻读。一年之后，又分发各地实习。在印一年又半，顺便研究瑜伽，返国时须经加尔各答乘机，于是持收据，到检查

---

① 《道德经注释》，〔台湾〕真善美出版社，1978 年 1 月初版。

所取回《道德经》。印人对余云："此书乃中国经典中之至宝，我们特请专家阅读之后，准予放行。何以时隔年半，始来取回？"余笑云："此经，我之爱物，尤以木刻藏版为贵。依照贵国法律，凡书籍须经检查后，才准放行。我在贵国，四处奔走，颇感兴趣，尤以便中，学习瑜伽学，更觉有幸。我国有《道德经》，为自古以来修养身心之宝典。贵国有瑜伽学之深奥哲学，亦可自夸。谢谢保管，以后再见。"返国后，仍将此经，时时携带，刻不离手。胜利返乡，不久又被派来台，所有书籍证件，均存放在沪，而独携此书随身。

有一天，葛长耀兄见此书每章有刘之纲领二字，认有付印推广之价值，复商之宋今人兄。宋兄一见，立刻允印，并极赏目，尤以刘之二字纲领为名贵。宋兄特为本书编制目录，以便查阅。全书即将印就，其热诚之心，令人佩服。我亦敬仰葛兄，二兄要我在此作一藏书之经过。特将上述数语，以报二兄之热诚，兼告读是书之诸君子。

1978 年三月施毅轩序于台北市，时年八十

《乐育堂语录》序 [①]

（《乐育堂语录》单行本，湖南同善社刻本，板存湖南同善社）

乐育堂，先生之馆名也。都讲始于甲戌（1874 年），迄于癸未（1883 年），前后语录甚繁。惜弟子等，樗栎庸才，虽春风久坐，而扪心自问，有负师传。因念天下后世之人，或有志于此而无以导之，倘得先生语录，以为之津梁，则弟子等虽未获有成，而必有能成者出其后，亦差慰吾师之苦衷也。遂纂其切要者，请之先生，先生慨然曰："此中天机毕露，妄传匪人，天律所禁。"弟子等避席曰："天下岂有匪人而肯学道者乎？又岂有学道而犹为匪人者乎？果匪人而肯自新，则既往不咎，天人应有同情矣。且此事，成败主之在天，纵使修炼甚勤，而功德一分未圆，渣滓一毫未尽，亦难望有成。即造诣极深，亦常须防危虑险，始免倾丹倒鼎之患。况彼匪人，未能革心，虽窃其说，安能有所得耶？先生以普渡为心，当行普渡之事，至于人世因缘，亦听诸天可也。"先生曰："生等以普渡为请，吾又何吝此金针，但仍须郑重传授，免干天咎。"尔弟子等既得请，爰叙其巅末于首。

[①] 此本《乐育堂语录》可称节要单行本，即本书《乐育堂语录》第 5 卷的节要本。

《乐育堂语录》后跋^①

是编为丰城黄先生，于光绪甲戌，至癸未间，设帐讲授，其门弟子述所闻而录存之者。识大识小，领悟各异，鞭辟近里，洵学者入德之门。旧附合川会善堂所刊先生注释《道德经》后，卷帙颇繁，亥豕鲁鱼，层见间出者，易滋疑误。今悉心校订，别出印行，以广其传。谨识数语，纪其源流，且以志景仰之意云。

民国己未（1919 年）季秋宁乡同善分社识

重印《乐育堂语录》序

（《乐育堂语录》全卷。封面题：震乾兄惠存，弟张觉人敬赐；
壬午冬刘念祖同志赐于成都，梦禅记，张梦禅印）

旧传丰城黄元吉先生《乐育堂语录》四卷，原序不著姓氏。近代荣县龙腾剑、浤水赖秉权为之序跋，言之甚详。余获觌于成都书肆，爱不忍释。壬申（1933 年）客游沪上，复购得《语录》一卷，其中直抉性道精微，提醒人群迷误，警策非常，与前四卷同一口吻，而词句多不同。意其时门弟子有闻即录，亲炙时各殊，故纪录或异。迄今时局阽危，人心愈坏，觉聋振聩，更不可缓。刘君宗汉，谋于余，爰约同人，醵金颠印，以广流传，与前四卷并行于世，抑亦救世之善心也。书成有日，乃为次其翻末，以告世之有缘共济，愿出迷津者。

时中华民国三十年（1941 年）岁次辛巳春二月天彭贺维翰谨序

《乐育堂语录》袁介圭先生校勘弁言

玄籍之深且奥者，庶人为之瞠目；丹经之浅而显者，士人为之侧目。欲求一既不偏重夫心性，又不专事乎色身，而能深入显出，剖幽析颐，出之以口语气氛者，其惟黄祖元吉之《乐育堂语录》欤？智者无妨涉其幽，初学不妨习其渐，是诚圆音狮吼，三根普被，利钝全收者也，余故乐为之较。

一、《语录》有四卷者，有五卷者，亦有不称五卷，而继于四卷之后，

---

① 版本同上。

另成一卷者。

二、更有第四卷末，附有三百余言一篇，内述采大药前后之功法。此篇殊罕见于各种精校版本之内。大概出于某会刊版之中，其间有不类黄祖之处者，是否后人搀入，殊堪疑问，且有费解错字处。兹为读者得窥其内容，一字不改，照旧录附。

三、《语录》为门人所记，偶有辞句欠顺，而义不背者，为存真面，尽量不宜修改。否则，各修其修，各改其改，势必真赝莫辨，面目全非。

四、坊间较差之本，其错误，竟有超越六百余处之多者。今采用之版本，与取以对勘之蜀版（非二仙庵版）等，固系甚佳之版本。今经再予校订，当可更臻于完善。

五、此次校覆，不另作勘误表，就其相异处，逐行加注于眉端，以省翻阅对照之劳。原本字旁，其谬者，或不当者，志以"×"；非谬者，志以"√"；两可及不悖者，誌以"?"，庶读者知所取舍也。

壬子（1972年）冬月虞阳袁氏识

第三编

道门语要①

清·黄元吉　撰

《道门语要》序

念不出总持门，心要在腔子里。

自古三教圣人，诀惟此而已矣。

修道清静无为，随地随时皆是。

不用习静观空，自然止其所止。

从来道本天然，无有动静终始。

人欲无事于心，必先无心于事。

善恶都莫思量，有甚人欲天理？

如镜之光无镜，来则应之而已。

本来妙觉圆明，何事修己克己？

犹目本自光明，难夹些微芥子。

天地原自至宽，何恶亦何所喜？

虽云有作有为，成始成终靡底。

勉强亦归自然，妙入无为之理。

《道门语要》刊成，聊序其事如此。

---

① 本篇据文山遁叟萧天石主编《道藏精华》第二集之三《道门语要》整理，自由出版社印行。参校《藏外道书》第二十六册影印北京天华馆藏板《道门语要》，巴蜀书社出版。

道门语要

元吉黄裳 著

一、探性命之原

"易有太极，是生两仪。"太极者，性也；两仪者，命也。名虽有二，实则性为之主，流行于阴阳之间者也。然性本无迹，而命微有迹；性无生灭，而命有生灭；性无始终，而命有始终；性无动静，而命有动静。未有命时，而性之理长悬天壤；既有命后，而性之理已具人身。大哉性乎，蔑以加矣！而要非命则性无由见，是性也、命也，可合而不可分者也。

夫人自父母媾精之始，一点灵光，藏于胞胎之内，先天元性化为离之阴汞，是谓元神①；先天元命化为坎之阳铅，是谓元气。自此一水一火，一升一降，神气交而心肾具，温养久而胎婴成，由是脱离母腹，独辟乾坤。虽有形质之拘，不如先天一气，然而不识不知、无作无为，其去天地也不远，所以形体日长，智慧日开，有不知其然而然者。

迨至二八期完，一斤数足，不知返还之术，致令习俗之移，往往欲心生而贪恋夫声色，侈心起而驰骋夫荣华。志一至焉，气则随之；气一动焉，而神则因之。于是内萦外扰，神驰气散，而性命不保矣。

学者欲还先天性命，非复后天神气不可；欲固后天神气，非复先天性命不能。试观古今来成真证圣、跨鹤登仙者，无非修性以立命而已，断未有修性不炼命、炼命不修性，各执一偏而能有成者。盖性为命根，命为性蒂，二者虽有先后之不同，而其功，断不容以偏废也。胡为末学缁流，每每偏于性、偏于命，竟至终身无成，而尚不知悟耶？

夫性为一身之主宰，命是一身之运用。若不保精裕气，徒事妙觉圆明，

---

① 是谓元神：该句底本无，据后文义增补。

则身命不存，性将焉寄？若不涤虑寻真，徒事烧丹采药，则心性未见，命亦空存。况天之生人也，必先有理而后有气。若无理，不犹树木之无根，其能向荣也哉？而人之修道也，必修命以至于了性。若无命，不犹灯火之无油，其能辉煌也哉？总之，道原一致，功必兼修，庶几不堕于一边，而有"独阳不长，孤阴不生"之诮也。

二、论精气神之实

《心印经》云："上药三品，神与气精。"是知人身之大药，即人身之大丹也。学者于此而次第炼之，庶不堕于一边矣。

夫论人之生也，先从虚无中一点元神而堕于胞胎之中，是谓神生气，气生精，于是十月怀胎，三年乳哺，合五千四八之数，而始成四大一身，此顺而生人之道也。若返老还童、成真证圣，其必炼精化气，炼气化神，于以还虚合道，此逆而成仙之工也。

要之，炼精者，非徒炼交感之精；炼气者，非徒炼呼吸之气；炼神者，非徒炼思虑之神。必于色身中，寻出先天真精于何而生，先天真气自何而动，先天真神自何而存，以之炼丹，不难矣。否亦幻丹而已，焉能长存不坏哉？

虽然，炼精者，必先炼元精，而后天交感之精亦不可损；炼气者，必炼元气，而后天呼吸之气亦不可伤；炼神者，必炼元神，而后天思虑之神亦不可灭。盖先天者，道之体也；后天者，道之用也。人未生时，则用在体中；人既生后，则体藏用内。若不由用而复体，又将何以为凭藉处？况夫淫欲无度者，则身命难保矣；私欲不除者，则天理无存矣；趋蹶不常者，则神气多惫矣。欲完先天精气神，非保后天之精气神不得。其实精气神三者，虽有先后之名，实无先后之别，不过有欲、无欲之分而已。学者苟能打破尘缘，看空羁网，不但身外之物视为非我固有，即身内之身亦等作幻化之躯，不甚经意，由此而炼精必成元精，由此而炼气必成元气，由此而炼神必成元神，以先天之大药，成先天之大丹，不诚易易事哉！

然而下手兴功，必先垂帘塞兑，默默观照脐下丹田一寸三分之间。继而精生药产，始用河车搬运，将丹田所积之精，运而至于周身。灌溉久之，精尽成气，充周一身，此炼精化气之功也。至于精尽化气，由是而过关服食，温养大药，此炼气化神之事也。自此已后，则为面壁之工，还虚之道。始由下田而炼，继则中田而修，终由上田而养，所谓"三田返复真生涯"者。是此修养之路，学道人不可不照其理，以为修养之基也。

三、见性量之大

凡人欲见真性，必先于静定中寻出端倪，实实知得吾心之内，有一真湛寂、光明不昧者，然后静而存之，动而察之，于以施之万事万物，无一时或违乎至善，久之深造有得，自然昭昭灵灵，无时无处而不在焉。

性者何？即太虚中虚无湛寂之妙，张子云"太和所谓道"者是。其体则有仁义、礼智之性，其用则有恻隐、羞恶、辞让、是非之情。其存之于内，则为寂然不动之中；其发之于外，则为感而遂通之和。无有偏倚，无有乖戾，而所存所发，俱见性量之宏。微而德慧智术、发谋出虑之初，显而视听言动、衣服饮食之末。其接人也，则有亲亲仁民之度；其处物也，则有鸟兽草木咸若之怀。总之，无内无外，无动无静。能知其性之真，自无一时一物之有碍。盖性中原来包天地、亘古今、统人物而无有或外者。特为人私欲间之，一身之内且为胡越，何况国家天下民物，乌有不隔绝者乎？

是以君子之学，于事之未至也，廓然而大公；及事之已来也，随机而顺应。前无所迎，后无所逆，因物付物，随缘就缘，物有变而己无变，事有穷而己无穷，有如明镜当空，美者自美，恶者自恶，而己毫无容心于其际，是以"心普万物而无心，情顺万物而无情"，有"语大天下莫能载，语小天下莫能破"之量焉。非然者，拘于一偏之学，或务于静以为修，或逐于动以为行，如此纵有所见，亦是旋得旋失，又安能合内外、平物我、等动静人己而一之者哉？此圣贤存心养性之功。学者于无动无静时，寻得出有动有静之根本，于以拳拳服膺，极之造次颠沛而不违，斯心与理融，理与心浃，打成一片，了无内外人己之分。

虽然，其诣岂易言哉？盖尝旷观古今，阅历人情，无一不外重而内轻。朝朝为己营私，只贪声色货利，以求一身一家之安，无有知性之最重，天下无有加乎其上者。即或知之，亦皆摹仿依稀，或静处有而动处无，或一念起而一念灭，无有的的确确寻出一点真际。如孟子所谓"居广居而行大道，得志与民由之，不得志独行其道"，极之富贵、贫贱、威武，有不淫、不移、不屈之概，如此拓开心胸，独高眼界，一任天下是非善恶贤愚，总无有入而乱我之真，此其人果安在耶？

惟望后学者，第一先寻得者个物事，无实亦无虚，无声亦无臭，静而存之，动而察之，随事、随物而虚以待之，顺以应之，未事而不先，已事而不后，佛氏所谓"过去心、未来心、现在心"，三心永灭；"人相①、我相、众生相、寿者相"，四相皆空。如此存其虚明广大之体，涵养深纯，于以措诸天下后世而胥宜矣。

总之，性无涯际，无可捉摸。若要知性之真，其静也，只是一个空洞无边、惺惺不昧之象；其动也，即孟子所谓"今人乍见孺子将入于井皆有怵惕恻隐之心"是。

但人莫不有性，性亦莫不有发之时，往往一发之后不复见矣。良以如心而出，无所计较，是为真性。一到转念之间，则种种利害好恶之心生，遂为汩没而不见。所以孔子云："再思可矣。"末学者流，于静中之养，亦尝洞见本原，浑沦无际，每于持身接物之时，不免打成两橛，不能合动静而一致，良由未明性中之度量，实有包罗宇宙，而无有出吾性分之外者。若不于此而悟彻了明，鲜有能至于道也。

此千圣的的心传，为学人第一要著。务要由一念之仁，充而至于塞天塞地；由一事之善，积而至于亘古亘今。觉天下万古，无一事一物不在怀抱之中，如此实实见得，又何事修丹炼汞为哉？

四、言立命之要

吾道言性命双修，虽分性命为二，其实则一而已。性是命之根，命是性之蒂，无命则性无依，无性则命无主，二者是二而一也。人能明得性命之源，则一切情伪之私、知觉之运，皆是命中之障，于以修其后天气息之命，而还乎先天元气之命，庶不堕于实有，亦不堕于虚无，而于真仙之道得矣。

---

① 相，底本无，据文义增补。

否则徒养后天血气之命，而不知先天虚无之命，纵得长生不老，亦不过守尸之鬼，其究也，必至生生世世流浪于爱河欲海而无有穷期。

《易》曰："天地纲缊，万物化醇；男女媾精，万物化生。"人受天地之元气以成性，受父母之精气以立命，由是一开一阖，一屈一伸，十月胎圆，生身下地，独辟乾坤之界，则有阴阳之分，其实与天地父母仍然一般无二。若一息未至，则必死矣。夫天地之气，必缊缊于其中，而后生人、生物于无穷。若但云"升上降下"而已，则是天地之气虽交，而仍分而为二也。人身之气，亦必缊缊于其中，而后生男育女于不息。若只云"呼出吸入"而已，则是人身之气虽交，而仍不能合而为一也。此亦何由成万古不坏之身哉？

学者必由呼吸之息，以复夫太和之元气。其道维何？"无摇尔精，无劳尔形，无俾尔思虑营营，乃可长生。"又曰："心不动，名曰炼精，炼精则虎啸风生；身不动，名曰炼气，炼气则龙吟云起；念不动，名曰炼神，炼神则元精溶溶、元气浩浩、元神跃跃矣。"若犹未也，必先寡欲以养精，寡言以养气，少思以养神，迨至还精补脑，则精自不泄矣。心息相依，忘言守中，则气自不散矣；形神俱妙，与道合真，则神自不扰矣。若非由后天之精气神，以默会乎先天之元气，未有不堕于一偏之学者。古云："后天呼吸起微风，引起真人造化功。"旨哉言乎！又云："万籁风初起，千山月乍圆。急须行政令，便可运周天。"

学人必守中之候，以调养乎丹田，久之精生药产，神完气足，由此而行八百抽添之数，三百六十之爻，进阳火，退阴符，于中用卯酉沐浴之法，则丹铅现象，有六种效验，然后行五龙捧圣、七日过关之工，庶可还玉液之丹而成不死之身矣。再用炼虚一著，必至如如不动，惺惺长明，浑无半点作为之迹，而究无一物一事之不能作为。到此境也，方算得大丈夫功成道立之候。古云："这回大死今方活。"又云："若要人不死，除非死过人。"由此思之，无非凡心死而道心生，凡机息而真机见也。

吾观世之学道者，多有炼色身，不炼法身，纵得长生，亦是偶然之事；又有炼法身，而不炼①色身，讵知父母未生以前，此气在于空中，杳无形色

---

① 炼，底本作"讲"，据文义改。

可拟，及父母^①既生以后，此气在于身中，实有端倪可据，而况既得人身，则浑然元气陷于气质之中，苟不先保凡身，则先天元气从何而见？此二者，皆未窥全体大用之学矣。或曰：世有清净而修者，炼性不炼命，及其成功，则性复先天而命亦归夫太极，彼独修命者，恐不能有此神效也。虽然，亦视乎各人之体为何如耳。如色身毫无亏损，精气神三者俱足，此又何待于命功为哉？若是色身不健，体质多亏，不先从命功下手，纵能造到极处，亦是一点阴气，无有阳光。故古有修性不修命者，虽能调神出壳，游行四表，究皆恍惚离奇，一切虚而不实，皆由未能踏实，无以为凌虚之境也。后之^②学者，其必由粗以及精，自有以返无，庶不为孤修寂炼也。

五、详守中采取之义

炼丹之道，在身体素壮、精神无亏之人，则不须守中一切工夫。若在四十、五十，应酬世故已久，生男育女已多，此工断不可少。夫以破体不完，精神尪羸，不用守中工夫，则破漏之躯，神气消散，欲得精生药产难矣。法在以眼观^③鼻，以鼻对丹田，将神收摄于祖窍之中，久之真气冲^④足，其内也心神开泰，其外也气息悠扬。或夜卧，或昼眠，不论何时何地，忽然阳物大举，此即精生药产之明效也。《道德经》云："未知牝牡之合而朘作，精之至也。"总要不著欲念，才是水源之清，稍触欲念则浊。学者审此阳物之勃举，果系无欲念计较，于是乃用收摄之法，上升于丹田土釜之中，以目上视，以意上提，稍稍用意，久之外阳缩尽，外囊收尽，然后温温铅鼎，须以有意无意行之，微微观照而已。然此多在夜间酣眠之时，切不可贪眠不起，致使阳动而生淫心、起淫事，以伤损乎真精焉可矣。或谓乎人自有真精，这个粗精原是生生不已，又何必区区于外精之固为耶？讵知精无真凡，必要有此凡精，而后真精有赖，苟无凡精，则气息奄奄，朝不虑夕，虽以应酬事故，亦且不能，而况成仙证圣乎？此不知精之义也。

---

① 父母，底本作"天地"，据文义改。
② 之，底本作"有"，据文义改。
③ 观，底本作"默"，据文义改。
④ 冲，似疑作"充"。

学者必先于打坐时，凝神调息，调息凝神，将一切为身为家、恩爱牵缠念头，一齐扫却，务必立起志向，整顿精神，我如今年华已老，到底想为个甚么人？今日应做些甚么事？于此桑榆晚景，还不知猛修急炼，快快回头，吾恐日月逝矣，岁不我与，到头追悔无及，嗟何如哉！能如此自劝自勉，以离火下焰于丹田，或数息，或不数息，总要百无存想，万虑潜消，顺呼吸之来往，听气息之自然，不可过长过短，致令大药不生。盖过长，则有水寒之患；过短，则有火热之弊。二者皆为身之累也。其法惟以神光下照，则先天一点乾金，自乾坤交媾之后，沉于水底，伏而不起，神火一逼，则水蒸金沸，自然出现于祖窍之中。若不起而盘坐，则阳物一举，活子时来，转眼之间，必生淫欲，纵无其事，亦必出乎其位，而化成后天之精，其势不可挽回矣。若未知阳未举，而妄用升提之法，则药微无可采；阳已举，而不用提掇之法，则药老而不可用。此学者下手之初，务要明觉之心，刚果之力，一觉便起，一起即坐，用一点真意，微微升提，务要外阳、外囊收缩尽净，庶可以生真气焉。苟阴阳不交，而有阳物勃举之候，必有欲念以杂乎其中，此等不清之水源，虽不可用采取，然亦不可听其摇动而不已，有耗吾一身之精，此当用存理遏欲之工以窒塞之，切不可认为真阳发生，而妄用升举，以为患于一身也。更要知得，真阳之生，自然而至，不由计较，于是引之归炉就鼎，不①须片刻工夫，自然精归于鼎，身如壁立，意如寒灰，有恍恍惚惚、杳杳冥冥景况。此采一回，有一回功，古仙云："积得一分精，便得一分力，积得十分气，便得十分力。"此较平时之静照，其得力为倍也。特患人不肯猛省起坐，而忽尔过之，这就可惜。况乎不用收摄，势必浸淫积累，仍化后天之精也。此守中初步之工，为学者之急务焉。

若论吾道，始终只是一中，始也守有形之中，以炼精而化气；终而守无形之中，以炼虚而合道。此时觉得苏软如绵，美快无比，有如春日融和，熟睡方醒，又如新沐者之体泰，新浴者之身安，飘飘然如鸟之冲举，似鱼之游翔，任天下万事万物，无一不惬于其心、不称于其意，实有何天何地、无人无我之概，觉一身之内外，无处非中，无时非中，斯可以语金丹大成之候焉！

---

① 不，底本作"又"，原注"疑作不"，据之改。

学者切勿视守中之法为粗功，亦勿以数息之法为难事。要之，心无所系，神无所依，势必泛泛然如野鸟之无归，故必以数息为初学之功，然较释氏之数牟尼，若为有所归宿焉。夫释氏之数牟尼，其神摄在于外（非也，此局外之言），此虽拘于数息，然不出乎丹田之中，而况以目光下焫，以心意下引，直将狂猿烈马拴锁，则气息归于土釜，而气液不由此而生也耶？试观金石之上，以口鼻之息嗅之，必生成水珠，焉有将气息返于虚无一窍之中，而不生精、生气者乎？故古云："其气油然渝然，自许精生药产，流通于一身之中。"此可知炼精化气之说，为不虚矣！

六、运小周天之法

前言守中温养一法，是为钝根漏体之初工。若能精气神三宝无亏，有如童体，则又不必用守中工夫，直从河车搬运下手。然吾观世之人，幼年尘情正炽，恩爱难割，虽体无亏欠，而性又难纯。迨至中晚之年，始因尘事一切磨炼，方知人生世上，纵然荣华富贵，享福不了，亦无非苦恼之场，而况乎贫贱忧戚种种拂意之事难除哉？故尔一心向道，独修先天之性。无奈命已垂危，性将何依？

吾道所以言守中之一候，只是教人神凝气穴，息住规中，会三姓于一堂，合五行而归一，无非将外之五根、内之五灵，从前为气质所拘、物欲所蔽，放而营之于外，有以耗吾之精血者，从此而敛之于内，满副精神，纯纯乎祖窍之中，久之自有真阳发现，以运用河车之工，行进退之法。

若但外阳勃举，则是微阳初动，非真阳也，只可以目引之而上升，以意引之而归壶，不可遽转河车。若转河车，则一身骨节之间精血未充，遂以意运气，势必烧灼一身精血，为害不小。而况心意未静，不能不有凝滞，倘或血气为杂妄所窒，在背则生背疽，在头则生脑痈，在肺则生肺痈，肠痈、单腹鼓胀之病，在肾不是滑遗精血，就生杨梅、肾痈等症不一。总之，无水行火，水愈灼枯而火愈炎烈，其势有不能遏者，此邪火焚身之患，学者所当戒也。纵有性纯心定之人，或不至于此极，然不目暗耳鸣，必至心烦意乱，切不可轻意乱动也。

必也丹田有温暖之气，冲冲直上，自脐至眉目之间，一路皆有白光晃发，如此至再、至三，审其属实，其气冲冲，绝非虚阳显露，然后行河车搬运之法。尤要知得，真阳之气，至刚至壮，其必丹田气突，始能开关展窍，不须多用气力引之上升而下降也。况人身血气，本来运行毫不相违，自知识甫开，私欲介之，思虑挠之，遂不能顺天之自然运行于一身之内，所以必先收敛身心，整齐严肃，将内外五官百骸，尽藏于丹田之中，迨至心纯气静而精足，自然周身灌溉，运用不穷。若不以意摄之上升下降，又恐心有所杂，气有所乱，不有过长之病，即有过短之忧，而真精不能归于中黄正位，色身又安能长久耶？于斯时也，只须以微微引之，一顺呼吸之常，恰与天地合度，则纲缊之气，自然养胎结丹，而成不老之身。

吾道所谓返老还童者，不是本来所无，只是因其所有而利导①之，以还乎孩提之初焉。然不可不知，子进阳火、午退阴符、卯酉沐浴之法。自审真阳发现，果系无他，由规中少著一点意思，将此真阳之气，从内肾偷过下桥，由尾闾、夹脊双关上玉枕，直至泥丸之宫，引至印堂，下至重楼绛宫，然后送归丹田，温之养之，烹之炼之，丹自结矣。

虽然，周天之数，亦岂漫无度哉？又岂死死执著乎度哉？总之，一日之间，一年之内，皆有十二时辰，自子至巳，为六阳时，必于每时数至三十六度，合得二百十六数；自午至亥，为六阴时，亦必于每时数至二十四度。然卯酉二时，是沐浴之时，除却二时不数，还得周天三百之数，所以谓之小周天河车者此也。然始也，一夜或行一、二周天，久之或行三、五周天，再久之或行十五周天，如此大药将产，河车将停之候也。然亦必有六种效验，方可停工，目有金光，鼻有抽搐，耳有风生，脑后有鹫鸣，丹田有火珠之耀，腹中有震雷之声，如此方可停火，而行七日过关大周天之工夫。此所谓龙虎交而黄芽产，小河车之事也，又谓百日筑基以成不老之丹者此也。

然果能心性工夫从前养得纯粹，如曹还阳不五旬而大丹成。言百日者，举其大概也。即云河车者，亦举其大概如此。在智者神而明之，以行乎自然之度得矣。夫为常人言，不能不拘其度数，恐其无知妄作，万亦不能成丹。故进阳火之时，其阳尚嫩，迨至寅位，已将一百之数，势必阳气勃勃不可已矣，于此又须以有意无意行之，此所谓卯沐浴也；退符之际，以阳气引归土

---

① 导，底本作"道"，改。

釜，纯用真意，于午前午后之际，其阳不盛，迨至酉位，则阳之归还必极，又必纯任自然以运之，此所谓卯酉沐浴也。又火生于寅，不可不知火墓戌。此中皆有微意，吾亦不敢一口尽泄，有志修士，自家揣度其真谛可也。

小河车之工如此，然亦炼精化气之候。顾何以知其精尽化气哉？外阳收缩尽净，精窍知其已闭。若有一分精未化，必其阳不收、其窍不闭，气不团聚，不能变化而成六种之神效。此的的口传心授，学者照此行持，勿忘勿助，斯道得矣。

七、行大周天之工

吾前言炼精化气，行小周天之功，亦本人身之所有者，返而炼之于一身，以还夫本来之元气。盖人之气，原自具足，特为知识甫开之时，气质锢蔽，物欲交攻，其气因之散乱，不能归根复命。惟借浑然之气，收摄吾身之气，使之纯就范围，合而为一，久之精生气化，足保形色之躯，丹经所谓"水府求玄，二候得丹"者是也。

当此百日筑基，炼精化气，运用河车之时，其必外无所著，内无所染，身如槁木，意若寒灰，万缘顿息，五蕴皆空。如此殷勤修炼，不差毫发，水火停匀，铅汞配合，龙虎不相争斗，龟蛇合为一体，其始真铅现象，如月之出于庚方，只有一线微明，其气尚柔，其质尚嫩，维时但于铅阳发现时，运行进退符火之工。迨至积精累气之日久，筑基炼己之功成，其气油然渝然，融融似冰泮，浩浩似潮生，滔滔汩汩，直周流乎一身之内，势有不能遏者，于是乃用炼气化神之工，行七日半过关服食之天机，用五龙捧圣之真诀。时在神知，妙用现前，阳光发动，大药呈形，于是轻轻然举，默默然运，微以意而动气，运造化之枢机，自然水见火化为一气。诀云："依法度追魂摄魄，凭匠手捉雾拿云。"务使神冲气，气冲形，薰蒸百体；火炼铅，铅炼汞，会合三家。功到此时，如龙养珠，如鸡抱卵，念念在兹，日夜不忘，自然见先天一气，混合离宫之阴精，化成一体，有不知神之为气、气之为神者。然要非有存想、有作为，自然而然，有莫知其所以然也。古云："夜来混沌颠落地，万象森罗总不知"，此其候矣。

而要之，小周天之火候，有文、有武，有爻象、铢两可计。而大周天之火，固非著有，亦非顽无，始似不著于有无，久则定归于大定，使汞性之好飞者不飞，炼成一块紫金霜之色，浑无动荡，所谓"肘后飞金精入泥丸，抽铅添汞而成大丹"，此大周天之法象也。

夫从前炼精化气，实在下田炼出此先天一点真铅，此时下田已满，腹如孕妇之状，于是尽抽此铅以添汞。迨至大周天工作，惟于身前观照，听其气息之左旋，如此观照久之，铅性乾，汞性足，则神与气交融和畅，此即炼汞化神之征也。

功夫到此，百脉自停，胎息自住，可以长生不死而成人仙。但前过关服食之时，气绝如死，若非多培心田，广积善因，亦多有为魔劫去而没者。此须审得自家心性，毫无一点渣滓，然后行此大工，以还玉液之丹。此自古仙家多有不肯泄露者，恐为奸邪窃效。而人第修命宝，不修性学，纵不受魔缠鬼侵，亦于尘情未空，欲习气未除，如妖狐蛇精，为害世人不少。

总之，欲还玉液之丹，必须明累神之事。如饱食闷神，饥餐伤神，久睡昏神，好动乱神，多言损神，多思挠神，多欲耗神，种种害神之举动、言语饮食，早宜切戒。惟有此心中，存一灵独运耳。一灵内蕴，眼光内观，鼻息内藏，舌华内蓄，四肢运动而有常，一心返照而清净，始焉勉强以支持，久之自然而运度，动而不动，静而不静，至无而含至有，至虚而浑至实，斯还丹不难矣。

八、重炼虚之学

前言炼气化神，是移炉换鼎于中田，以炼离中真阴，昔人所谓"离宫修定"是也。斯时也，精已尽化成铅，由是以铅炼汞，周围包裹，坚固不泄，铅汞打成一片，融会一团。久之，有阳神出现，由绛宫而上至泥丸，突然神光晃发，直冲霄汉，霎时间，游行五湖四海、九州万国，有莫知其所以妙。

然必其人未修命时，先将心地源头十分透彻，觉得吾人未生之初，性地本是圆明，清空原无一物，及至身生人世，皆是一念之为，所以结成形质，况身外之物，有如娇妻美妾、良玉精金，与夫一切纷华美丽，都是缘之外起，纵或有之，亦是梦幻泡影，不能长存。如此高著眼孔，独辟心胸，不但视物为外物，即身亦视为幻身，惟有中间一点真常湛寂，乃是我不生不灭、万古长存之身。果外不染一尘，内不杂一念，常觉我清净了灵、虚无妙觉之性真，与天地同其终始，至此已造纯熟之域，而高明广大之气，浩然充塞于古今，到此十月胎圆，一点阳神发现，上出于天壤之间，方可任其游行自如，逍遥物外。

若从前本无性功，单从命宫修起而炼成阳神者，此时一出则必速速收回。盖以性地未明，尘情未断，一见可欲必喜欢，一见可惧必心怖，七情六欲，无不可以动其心。不速收回，吾恐一念之差，遂为魔魅夺其魂魄而不复返。即使不遭其害，须知一念之起，堕入于马腹牛胎，转生人世，亦未可知。不知者，以为此人阳神已出，仙阶必登，岂知因念而生，被魔而劫，其为害非浅鲜也。夫人功修臻此景界，不知受了几多风霜、几多磨炼，而始得身外有身，只因未能炼虚，不免为患，岂不可惜？

工夫至此，从前无性功者，尤必再修再炼，内培心地，外积阴功，将本来一点圆明之性，务认得的、把得牢，不可遽自欢喜，时将阳神放出在外，纵一无所患，然亦驰逐于外，不能为我有也。至此再安神炉，复立神鼎，直将已成之阳神，送归于泥丸八景之宫，时时温养，若有若无。以炼还虚一著，尤必将先所炼之元神化为乌有，浑不知神之为虚，虚之为神，庄子所谓"蝶化周，周化蝶，不知蝶为周，周为蝶"，是二是一，浑浑沦沦，无可以破其际者，此方是还虚之说。若犹未知吾神即太虚之虚，太虚之虚亦即吾神之虚，神与虚尚不能合而为一，则不可轻于放出也。虽然，万物皆有象，惟虚无象，万物皆有名，惟虚无名，而实天地之大，四海之遥，无一民一物、一草一木之不包罗于虚中，此其所以不可思议也。学者修炼到此，即可与大觉如来同登法座矣。有此境界，了此因缘，即迁神出舍，换形脱壳，而用金液大还之工，亦不受魔缠鬼侵焉。

不然，人生旷劫以来，岂无前仇夙怨？未能消灭者，若未昭昭明明，超然于尘世之外，了然于生死之关，即不障魔为祟，或化女人身，或化为恶厉状，或变成房廊屋宇、金玉绫罗，种种功名富贵，神仙兵马。到此之时，性地未了悟者，鲜不为他夺魄褫魂而去。此炼虚一著，所以为修道人不可少者也。

虽然，但每日间静坐，全不理人间事务，不管世上忧劳，则亦未能充其本然之性，以至于广大无边之境，而况无功无德，漫道不成仙子，即或有成，亦参不得大觉仙，上不得大罗天，以其人孤修寂炼，忍心害理，天上神仙，无有此种人才，又安肯许之同列而为仙也耶？学道者，务必敦伦纪、修阴骘，以广性中之事；民同胞而物同与，以充性中之量；参天地、赞化育，以建性中之功。如此，庶可以配天地而立极，又何患仙之不成也哉？

九、明修炼之序

前言修炼之路径，由粗及精，由有还无，工夫一层深一层，无凌躐失次、颠倒不伦之语。且将古人一切譬喻，虽未尽行扫去，却亦未似古人之多隐语而不直言指陈也。学者虽未一时遽造其巅，层层次次亲历其境，亦有不可违者，如人行路，既已离家日远，必由其远处一步一步踏实归来，未有不由其远而遂可以升堂入室也。若其人灵根夙种，生质无亏，则又如人之未离家庭，回头即到，举念即还，此又不可拘乎法之先后也。能如此之人，自古神仙，亦寥寥无几，何况凡人？果能精气完全，心性洞彻，直达无上涅槃，吾宁不羡慕其人？无如三代以下，如此其选者，殊难也。

总之，无粗非精，无有非无，分之则有三等，合之皆为先天一点真阳。如炼精化气，不是别有个精、别有个气，只是将人固有之精、本来之气，汩没于声色货利之场者，敛而归之于丹田，以还童稚之真体。而要属后天气质，不可以证无上菩提，盖以纯杂相参，清浊居半，即能功至十分，终不免于灭亡。故必从此中炼出这一点真铅，再加猛烹急锻，火分文武，法行进退，沐浴温养，务令铅炼汞，汞成丹（果圆按：此即抽铅添汞，铅尽汞乾。而大丹成，实乃抽坎中之阳，填离中之阴，久久阴尽阳纯，化为非阴非阳、即阴即阳之太极，而命立矣，是为无中之真有。竿头再进，亦归空于无极，而性圆矣，是为有中之真无。长春祖师云："初心真，久之心空。心空性见，而大事毕。"即此也），养成婴儿，以复吾父母媾精之初，神气凝成一团之象，浑浑沦沦，兀兀腾腾，虽有形色，究无思维。

工夫到此，已造塔九层，然终属后天之真阳，迥非先天一气其大无外、其小无内、入无积聚、出无分散者可比也。故必再加精进之工、薰蒸之力，将此有形有色之胎婴，炼而至于神化之妙，不知有气，亦不知有神，以还未生以前一点虚无元气，视之不见，听之不闻，抟之不得，以为非有，则机动神随，直充塞乎宇宙而无间；以为不无，则虚极静笃，实无一丝半粒之可捉摸。操修至此，由太极之蒂，归于无极之真矣。

不然，或但执后天之精气，不知先天之神化，其究也，必成兀坐枯禅；若但言先天之神化，不修后天之精气，其卒也，必至踏空顽无。既知先后合一之功，性命双修之学，或躐等凌节，先者后而后者先，吾恐杂乱无伦，混淆失次，无论其不能入道，即入道也，不堕于此，即落于彼，不能中道而立，以跻乎仙圣之门也。

吾今传此要道，并非仓卒兴工、造次妄动，实因目下旁门日炽，左道愈多，彼以分门别户，各执一说，以訾议吾道。不得已，再三恳命，乃饬吾著此《道门语要》，以为天下后世津梁。有志斯道者，其亦鉴予之苦衷也夫！

十、明炼己之功

性命二字，名虽有二，实则一也，吾道故谓之双修。

如"守中"一节，虽说既散之气，约而归之丹田，以炼先天一阳，若非去游思、除妄想，扫却一切尘缘，亦安能息息归根、时时入定哉？又如真阳发生，采此坎中之真铅，以炼离中之阴汞，行子午升降之工，运沐浴温养之法，以炼己而筑基。若非涤虑洗心，忘情绝念，惩忿窒欲，去邪存诚，又焉能水火停匀、阴阳交会，以成黍米玄珠，而长胎育婴也哉？此修命也，而修性亦在其中焉。

至玄牝相孕，丹光①成象，百日筑基之候，又必行大周天之工。此时惟存神汰虑，寡欲清心，以温养薰蒸，炼成玄黄至宝。倘非以无为之神火、有作之真机，升之降之，烹之炼之，亦不能成阳神而冲破天门。迨至阳神已出，而大丹已还，必用神鼎神炉、真火真药，团炼于泥丸之宫。如但谓虚极静笃，无作无为，待其自然而冲于九霄之上，吾恐生知上哲，亦不能空空无为，而即能跨鹤登仙也。此虽修性，而修命亦在其中焉。

总之，性是先天元②神，命是先天元气，其原皆出于天，其实体备于己。

---

① 光，底本作"先"，改。
② 元，底本作"原"，改。

可分为二者，是为初学言其大概，而要之分之则二，合之则一也。学道人，不明者个中消息，独炼一宗，即非中庸之道，而乃旁门左道之流也。

或谓：守中之道，先生已详言之，一在身中之中，一不在身中之中。尧、舜、禹相授微言，惟曰"允执厥中"，"中"是彻始彻终之学。修道人终身由之而不能尽者，业已晓然于心目之间，不待再教而明。但先生所谓小周天、大周天者，到底从何分别欤？

予曰：小周天者，是坎离交媾之火候，是外药产之时也，一日十二时，但有阳生，皆可行之。纯阳祖曰："一阳初动，中宵漏永，温温铅鼎，光透帘帏"，是即精生药产，宜行小周河车之事。若犹未也，即不可妄作以招凶也。若大周天之道，是内药生而胎婴现，所谓"阴阳交媾罢，一点落黄庭"。此时惟有不即不离，勿忘勿助，以绵绵密密之神，行不二不息之工，一日一夜无有间断可也。广成子云："丹灶河车休矻矻，鹤胎龟息自绵绵。"张仙云："终日昏昏如醉汉，悠悠只守洞中春。"此小周、大周之功用，各有不同如此。

可知始于有作，终于无为，迨至无为而无不为，斯道得矣。第学者必先于炼己之学纯熟，然后行此无为之工，始无大危险。若炼未到十分，其危险不可胜言矣。第一要火候分别清楚，药物识得的明，无怠无荒，不缓不急。尤要勤修功德，多积善事，上感神天之降鉴，下化魔障之凶横，庶几一得永得，一成永成，而无危途焉。

此性命之源，双修之道，已写得明明白白，后之学人，还有各执一偏，或修性不修命，或修命不修性，各持门户，互相诋毁，是无仙缘之结甚矣。至于小周大周、内药外药、内火外火，略书大概，学者于此反隅，可以实知其候，的确不移者焉。自古神仙，如张、吕等大圣，积诚感神，如此至再、至三，方尽命功。至于性学，二仙当日仰天大叹，连番不绝，然后得仙传授，而成一洞真仙。后之学者，亦何幸而得此真诠也，可不勉哉！

十一、分火药之功用

夫未得丹之前，最难得者外火候也；既得丹之后，又难得者内火候也。

盖外火候者何？即人身呼吸之息；内火候者何？即由呼吸调停之时，而天然若有若无之元息。要之，外呼吸者，虽见为有，必归于无；内元息者，虽似于无，不可著有。若强无著有，不惟内之元息无以见，即外之呼吸亦不调矣。《入药镜》云："天应星，地应潮"，此明外火候也。紫阳云："自有天然真火候，不须柴炭及吸嘘"，此明内火候也。要知火候虽有两般，而其总归一致，不过绵绵密密缊缊之气而已。老子云："绵绵若存，用之不勤。"崔公云："先天气，后天气，得之者，浑似醉。"由此思之，则知内外两个呼吸，只是一般绵密而已矣。

学者果得其中消息，运行于周身百节之间，其气浑浩流转，无有止息，无有间断，遍体苏软如绵，爽快无比，但见滔滔汩汩，缊缊缊缊，油然而上升，薰然而下降，一开一阖，一往一来，适如天运之不差其度。学人有此真阳之火，任他外而肢体，内而脏腑，多年顽残宿疾，真火一逼，自然化为汗液，从遍身毛窍而出。如有不能化者，只是他火力尚微，未得真阳之气。盖阳者，刚也，健也，其性原来至动。身中疾病，多阳弱阴强，积成沉疴痼疾，一得真火之候，犹之冬雪坚凝，牢不可破，到春日载阳，其气温和，任他久凝而坚之冰霜，焉有不见晛曰消者？人身之疾，无非阴气凝结而成，有此阳气，亦焉有不化者哉？吾道所以能却病者，不是别有妙法，只是得天地真阳之气而已。

至于药物，亦有几般。始而呼吸粗息，调回天地元气，收于丹田之中，积累日久，自然有真机发动。此以呼吸之火，炼出先天一点元气，昔人谓之"儿产母"，即水中生出一点真金是也。须知天地之道，无非一个自然，何况炼丹纯乎法象乾坤，又安有不由自然之道而有作为之事者焉？夫自乾坤交媾之后，一点乾金落于坤之中爻，变而成坎，坎水性寒，非有神光下炤，则凝阴沍寒，水不腾而金不起。一自阳火一逼，自然火蒸水沸，而真金浮而上升。先天真金藏于水中，得真火锻炼，复还无极，愈炼愈明，谓之真金，此身中本来之丹也。因人有生以后，嗜欲汨之，思虑介之，一片阴邪之气，真金为其所蔽，犹之柴①炭置之冰窖之下，亦为阴寒所凝，而阳不能独出。今为真火所灼，忽然先天之金自坎归之，所以吾道谓之外药，其实皆固有之物也。

---

① 柴，底本作"兽"，据文义改。

自此一阳现象，不可任其自浮自沉，飞越在外，徒用于日用行习之间，以逞其聪明才气之雄，又必学仙人河车升降之法，引此真铅上升于离宫，以烹炼离中阴汞，使之和合一家，化为一体，不飞不走，久久行持，离阴自化，真阳自生，此即所谓内药也。顾离中之阴，何以必待坎中之真阳哉？盖离属火，非得坎之水，则气息奄奄，发为七情六欲，做出无端怪诞来。即无怪诞之作，然无水不能制火，则终日终夜发越于外，一毫不能收敛，有如水火同居，势必烧尽而后已。世人之所以不得长生者，只是心神日发，全无真水以克之，所以发越尽而死矣。

若此修炼，始也以神火下焰，而炼出坎中之金，继而以金水同归，降服离中之火。故外药是坎离交媾而产者，内药是阴阳交会而育者，实皆阳中求阴，阴中求阳，阴阳配合而成者也。至此而人仙之事备矣。

由是再将此阳神，重安炉鼎，复立乾坤，以阴阳和合之神，再升于泥丸之宫，以炼成不坏金身。亦非别有道也，只是阴阳交会之神，都从色身中炼出，总不免于重浊夹杂，难以飞空走电、驭雾骖霞，以上升于虚空之界，久而不堕，故又必以将此有象阳神，复升于清虚之上、空洞一窍之中，由是以无息之息、不神之神，由有象而炼至无象，有为而炼至无为，此即金丹大药，火化药熟之候。其实皆以清空之一阳，而配合阴阳之一阴，及其大成，只是天然自有之元气，究之何有、何无？吾再申其说曰：纯任自然而已矣。

夫人为学，必先明修炼之原，始不为盲修瞎炼、妄作胡为以招祸也。此自来仙师未肯轻泄者，吾今为天下后世泄之，尚其珍重焉可。

十二、论人及早修持

古人"筑基先明橐籥"者，团神聚气之谓也。盖神不团则乱，气不聚则散。神为气之主，气为神之辅，不先团神，则气浮游在外，不能凝聚于一身，势必日散日消，而疾病死丧从此生矣，又安能蕴诸内而成大丹也哉？古云："神归者，气自伏。"此学人修炼之不可少者焉。

至于鼎炉，无非此色身也；琴剑，无非明去欲存理；玄牝，无非明真机自动也；守城，无非明药就范围而用火温养也；野战，无非明药初生而用火采取也。名目不一，要皆借名比象，以隐藏玄中之奥。学者于此遵循不怠，修炼无差，虽不能跻于金仙之列，亦可却病延年，永享人间福寿焉。

总之，始终离不得炼心一步工夫，亦始终离不得积功一段因缘。夫人得入此门，幸闻真诀，不堕旁门，不入外道，不知几生勤修阴骘，广积道缘，而始有今日之遇也。否则终不得遇，遇之亦当面错过，且疑信相参，不能出信心而有定力也。人既遇此仙缘，第一要莫看轻易，勤勤修炼，一火铸成，免得另起炉灶。若遇而不修，修而不勤，吾恐善缘消而孽缘来，转瞬即不能再逢矣。而况乎时非大劫，应五百年名世挺生之数，虽屡生修得有大善，结得有道缘，时候未至，仙圣不临，则亦不能闻此大道。今既生其时，又闻其法，幸处无事之秋，其间之福泽，天之所予者至矣。于此不极力造成，又待何时哉？

况功善有大小，故造就有高卑，不得一样。如炼精化气，却病延年，以成人仙；炼气化神，归根复命，以成地仙；炼神还虚，调神出壳，以成天仙。仙有几等，要皆天神论功升赏以为凭，非徒修炼工夫可自主持者。其次则生前一志凝神，死为灵坛法主；生前聪明正直慈惠，死为社稷神祇。再次则大修功德，广种福田，或捐躯赴难，或为国救民，虽不得为神，转世必生帝王身。又有矜孤恤寡，敬老怜贫，转世则为富家翁。排难解纷，捐资成美，转世或为贵宦子。如此良因不一，无非自作自受，天神不过因其所修而畀之，非阎罗所能为人造命也。

吾劝学者，不闻道则已，一得闻道，不造其极则不已。如或有怠心、厌心，转而思我今幸遇仙传，"此身不向今生度，更向何生度此身？"且良辰不再，乐事不常，恐过此以后，无有好辰、好会，若不急急修持，恐过此以往，千劫难逢，浪流于滔滔滚滚之世，欲翻身跳出，就难乎其难矣。如此猛省，自然神清而气壮，其用工也不患无精力焉。务要自家时具一觉炤之心，猛省之力，常常持守不失，庶"苦心人，天不负；有志者，事竟成"。

至于其中机密之处，虽未尽传宣，然所争不过些子之间。如果内修性命，外积功善，无有怠志，自有天神指授。盖人间私语，天闻若雷，暗室亏心，神目如电，焉有奉道勤修之士，为天神特加钟爱，起心动念，能无闻乎？人莫患道之不得真传，特患得真传而不实用其力也。后之学者，其亦凛予言而知所奋哉！

十三、训及门语录

生等迩时打坐习静，升降之法，还未到恰好处。夫升降虽是粗工，却亦有法。升之太上，必不免神气多散；降之太下，又不免昏沉欲睡。若不知升久必降，降极必升，在上不免火起病生，在下不免火逼走泄，其为患有不可胜言者。如一呼一吸，亦有个升降在内，始而以意降入丹田，继而以意由尾闾上至泥丸，再由泥丸而降至土釜之中，此一呼一吸之升降，然而三百六十周天，运用河车之法，亦无不准诸此。始也金沉水府，陷而不起，不得不用武火以逼之；至逼之升，又不可太为用意，其必轻轻举，微微运，若有意，若无意，即孟子所谓"勿忘勿助"是也。到得神气上升，斯时也，眼空世界，量并乾坤，此即春夏发扬，生育万物者是也。到此境地，不可再为升提。升提则神气散漫而无归，势不至耗尽而不已，故道家有降下之法。降即藏也，所谓"藏心于渊"，"合气于漠"。将一切眼、耳、鼻、舌、身、意，尽入于玄玄一窍之中，此即秋冬退藏、归根复命者是。

如此藏之久久，或睡或醒不拘，总要知得睡气不睡心，方能不昏沉放纵，孔子所谓"寝不尸"者是。世人每解孔子"寝不尸"，但以为蜷[1]足缩首，不似死尸之象，其实非也。世人一睡如死，每唤不醒；至人睡体不睡神，其气息不粗，其心神常觉，如无声响则已，一有声响，无不昭昭灵灵，此即吾道之睡法。生等于睡时，亦能到此境地否？如未到此，不须别处寻讨这个消息，但将尔平日有急事时，一想此时虽睡，此心不能放下，故一触便觉，如此一悟，自知睡体不睡神之法矣。总之，只是打起精神，提撕唤醒，不令一念稍宽即是。然此不过为尔等未能具得一番惊觉者，设一个法子，其实心造其微，则又不必拘拘于此也。

至藏此心于冥漠之中、虚无之窟，久之自有一阳来复之机。若是无归宿，则亦安能有阳生之候？即或有之，亦是幻象，非真阳生也。又云：藏之深深，方能达之亹亹。

生等此时，真阳未充，不必专责乎阳气之生，必须先从事此静养。迨至

---

① 蜷，底本作"捐"，改。

精盈气盛，而后真阳发生，其势有不可遏者，否则无秋冬之藏，又安能为春夏之发耶？要之，升降之道，观诸一年春夏秋冬，与天一昼一夜，即悟其微矣。须知一息有升降，一周天亦有升降，在尔等善学者自己审定其中消息，或当升，或当降，不差毫厘，斯无火热水寒之患矣。

及到归藏时候，则有三花聚顶、五气朝元、和合五行、攒簇四象之景。苟未到其间，则上离下坎、左肝右肺，各不相谋。生等打坐，则外之气不调，内之气不静，上之气不降，下之气不升，所谓"坎离不交"者是。丹田两边之气，又如两扇交开，一撞而来，又复一撞而去，所谓"龙虎不交"者是。生等务将外之气，与内之气会成一团，上下左右攒做一处，此即是三花聚顶、五气归元。斯时，离中真精与坎中元气，中间用一点真息以媒妁之，是即三家合一，浑成一团太和，如此方算炼丹。若一有不齐，即不成丹，有如夫妇交媾，将一身四体五官百骸之神气，无不聚积于丹田，由是而生男育女，胎能无一不具。若一有不到，即有所缺，如缺耳缺鼻、独足独手者，皆由父母媾精时有一处不聚者也。生等欲修炼大丹，变出百千万亿化身，其必先聚精会神，将一身元气尽包罗于玄玄一窍之中，自然不求丹而丹自结矣。

尤要知得，道有一定，法无一定，犹之士农工商，各务一业，皆可以养身保家，不必区区于一定也。惟天理良心，是吾人生生之本，固有之良，无论何人皆少不得。若不求诸内而责诸外，务要为农者同乎士，为士者同乎商，则又万难齐矣。生等既明得这个消息，则视三教圣人设法，各有不同，要皆归于一道。否则执此为是，斥彼为非，未有不互相排挤，而刺刺不休也。果能如此见明，即一切旁门小术，亦无恶于志也。

但尔等破漏之躯，不得不从事于修命、造命之学，以先固其精神，然后方有大智慧以烛道、大精神以任道、大力量以扶道。以下学上达之基，须自家明明确确，会得其真，方能不受他人之惑。

如今人心日坏，世俗日非，皆由大道不明，以至斯极也。若欲挽回世道，救正人心，非将大道明明道破，直直说出，万不能将浇漓之世界，变而成淳厚之风俗焉。但仙佛垂书尽多，究其指出本源、抉破性命之旨者，寥寥无几，此岂诸仙众圣之不务本而逐末哉？良由斯世斯人，痼蔽日深，沉溺日久，即语之以下学，犹觉不能亲切有味，何况最上上乘之道哉？

惟生等能明三教同源、内外合一之旨，故为师奉命前来，大泄天机，以为天下告焉。此下手之工，不过了命之学，未可遽语于了性之工。然要知吾道性命双修，虽曰修命，性在其中矣。若修命无性，则所谓先天一味大药，又从何而有哉？吾门弟子尽多，然能明得性源，又能知道命蒂，必从踏实下手，而不落于顽空者，惟生等差足语此。外此但知修命，不解修性，亦有但知修性，不解修命，此皆落于一边，其于中道何有哉？

十四、励及门语

生等欲为上等之人，必行上等之事；欲行上等之事，必先存上等之心、立上等之志。举凡一切饮食衣服，日用营为，皆须出乎群众之中，不与庸流为伍，不然心欲仙圣，而所作所为究无异于凡夫，莫说不知道妙，即使知之，亦是口头禅耳，又何益于身心也哉？况夫学仙道者，是超凡入圣，请试思之，所谓超凡者，我何以超凡乎？所谓入圣者，我何以入圣乎？此可知学道之人，虽曰不出夫天理人情之外，然而庸众之所好，我必不好；庸众之所恶，我必不恶；庸众之所不为，我必为之；庸众之所为，我必不为。如此事事自反，概不侪于流俗，方可为出类拔萃之大丈夫。如但心慕圣人之道，而不志圣人之志、行圣人之行，日徒与世往来，闹世驰逐，纵使得火、得药，亦任修得非非相，亦不过五通之灵鬼耳。而况夫不返庸众之事为，而入圣之堂奥，其所炼之药，亦非真药；所炼之火，亦非真火。无真火、真药，即欲成就凡丹，以却病而延年，亦不可得，又何能超然物外，而为出世之神仙也乎？

生等既具此愿力，以后还要苦修苦炼。第一以忍让为先，于人所不能忍者，我必忍之；人所不让者，我必让之。由是抛其世外，鼓我一往无前之量，一心以仁道为己任，不怕艰难险阻，我总猛力撑持，努力渡过，方算打破愁城，跳出苦海。否则一心向道，一心营外，犹之一足在苦海之中，一足插彼岸之上，如此且前且却，终不能到洒然油然地位。吾劝生等，其于大道不知则已，知之必尽力而行；其于世欲不明则已，明之必撒手而去，不要拖泥带水，以自遏其修持而自阻其行踪也。况夫理欲并行，入见大道而悦，出见纷华而亦悦，不能一刀两断，安有真精、真药之产也哉？

夫人年华已老，精血枯涸，骤欲得药，势有不能，其必法行守中。守中既久，微阳初动，是为精生。斯时不用周天之火，但一升提，收回中宫，待至阳物收缩，有如童子之状足矣。若起周天之火，则药微火盛，药反随火而耗散，且用火不善，还有许多疾患在此。然精方初生，浑浑然一如童子，未知牝牡之道忽而峻作，方是真精。若稍杂欲念，则水源不清，不可用矣。况精之初生，其气尚微，斯时仅有暖气，其实无精，若任其外阳勃举，久而不收，亦或知而不采，与不知而随其所举，转眼之间，气必化成精，而由熟路趋走，向外而泄矣。此所以下手之初，欲其阳生智长，必先积精累气，如生得一分精，即采得一分气，久之精盈气满，方有一阳来复之象。虽然，气之长也，非长呼吸之气，乃长先天元气。元气无形，呼吸有形，无形必假有形者而始生也。如外之呼吸，似有似无，出入往来，微微而无声臭。若外之呼吸，犹然粗大，了无调停之候，则元气必为呼吸之气所挠，不能自主，随其升降，而耗散于一身血肉之间，欲其凝聚而为药、成丹，不可得矣。

至于用火，有呼吸之火，有元气之火，有元神之火。呼吸之火，能化穀精之气而生元气；元气之火，能化呼吸之息而生元神；元神之火，能化元气之火而成大丹。始而用火，只是调其呼吸之息，待呼吸一调，元气自见。此间消息，务要认得明白，辨得的确。切不可著一躁暴之性，躁暴则元气为其所伤。古人所以教人，下手兴功，必将尘境看空，不要与之争论，尘劳看破，不要动辄仗才仗气，至于一切非礼、非义之事，更无论矣。尤不可著一惰慢之气，惰慢则元气无以团聚，又安能有药、成丹？此所以《书》云："惟精惟一，允执厥中"也。他如元气之火，即是离中之阴火、坎宫之阳火。其始兴工，则以眼光下炤丹田，即是离中之阴火，此际亦要不即不离，勿忘勿助，方合自然之道。若过急过缓，皆不能逼出水中之金。到后水中之金，为离中之火逼出，于是外阳自动，丹田自暖，此时又是坎中之阳火出来行事。然而坎中之阳火躁急，学者切切隄防，早为收摄，不然一转瞬间，即化为后天淫欲，而随熟路而走矣，此中切不可忽也。

总之，火有文武、有沐浴温养，第一要用火无火，不著一用之之象，斯为得之。学者尤要以外息之调停，静观内里之消息，方可得药还丹。然又何必观内之真息哉？外之呼吸一呼而出，则内之元气自吸而降；外之呼吸一吸而入，则内之元气自呼而升。个中消息，非明师不能知，非有道之士不能悟得此中玄妙也。生等务于外息调停，审内气之升降。于此辨认明白，而丹药不难成矣。此为修士第一诀窍，闻者其勿轻视焉可。

附录^①

自解妙悟

有眼界遂有意识，有意识即有罣碍，而恐怖颠倒梦想，相因而生。我心自动，我不自解，而谓他人能解乎？然幻由人生，老僧何以能解一语？以是不解之解，且是真解，且是妙解。解此则色相皆空，不生不灭，不垢不净，依然复我先天，所谓无智亦无得也。昔五祖说《金刚经》，至"应无所住而生其心"句，六祖言下大悟，乃言："何期自性本自清净，何期自性本不生灭，何期自性本自具足，何期自性本不动摇，何期自性能生万法。"识得此心，妙湛圆寂，不泥方所，本无所生云云，于以知悟道不在多言，惜凡夫之闻妙谛而不解也。

了了子自记

学道何须要出家，清心寡欲过年华。

一切营谋都不管，谁知我在学瓜瓜。

学得瓜瓜却也佳，昆仑顶上聚三华。

和气一团胎结就，后来生个怪娃娃。

骂声老汉不公道，养得儿子学强盗。

群仙会上献蟠桃，偷个回来哈哈笑。

我笑世人颇好道，好道未必知其窍。

知其窍者少恒心，只言凡夫修不到。

有感而作

古圣修真修在里，璞玉浑金同一体。

达者原多济物心，天涯历尽无知己。

异于人者在几希，世俗何能辨是非。

那些者个谁能问，识得他时身已飞。

我亦平常苦劝人，劝人修炼反遭嗔。

---

① 附录，底本作"以下附录"。

痴心贪恋如春梦，欲问何时唤得醒。

回心向善便回头，翻身跳入渡人舟。

猛力撑持登彼岸，大劫临时我不忧。

夜间悟道忽笑作此以记之

悟透禅机我好笑，其间颇得玄中妙。

谁知大道本寻常，可惜世人知不到。

混元仙曲①

圆阳道士真游戏，访道抛官如敝屣。

八年失偶梦孤栖，夜凉铁枕寒鸳被。

看容颜，白了髭须。论年华，犹余生意。

我劝你，早觅黄婆，娶个娇妻。

男下女，颠倒坎离，天台仙子温柔婿。

洞房不知天和地，性情交感，命共眉齐。

浑浑沦沦，那时才见你真心；

恍恍惚惚，才见你真意。

这道情，是你们初步仙梯。

李西月

昂藏六尺躯，笼络三千界。

人号臭皮囊，我称香口袋。

假借好修真，漫把色身坏。

痴人欲弃之，跳出天地外。

上士圆通之，自由还自在。

---

① 本首词，底本无题，据《张三丰全集》卷八《水石闲谈》补。

附录

唱道真言 [①]

青华老人　传

鹤臞子　录

鹤臞子序

　　觉行年三十有九，不知修真之为何事也。直至己酉之岁，行年四十，受炼元皇笔箓大法，承青华道父祖师降坛，诲谕谆谆，始知天地间，有长生不死之道，人人可为，不择圣凡，求之即得。自此以后，每日穷究丹经，探索义理，见其假名立象，厚自秘匿，喟然叹曰：丹经之作，本以度人而觉世也，如此深藏不露，殆非所以度人而适以迷人也，非觉世而适以惑世，虽颜、闵复生，亦何能窥其万一哉？

　　如我青华道父，直指真诠，为万世含灵，廓开荡荡平平一条大路，坦然行之，可以直达三清，与元始天王，心心相印者乎？夫丹经之所以厚自秘匿者，诚恐误传匪人，违太上之科禁也。我道父既以"炼心"两字为广大法门，则传受自然得体，匪人自不能参。夫天下安有匪人而肯炼心，与炼心而为匪人？授受之际，又何疑乎？至于讲采取火候，盖微言之。即此微言之中，至理以备。人果炼心得灵，则此理自然悟出。於戏，我道父之立法，可

　　① 据《道藏辑要》本（见《藏外道书》第十册）整理，参校丁福保《道藏精华录》本（见萧天石《道藏精华》第一集之二）。

谓简而严，直而巧，宽而不滥，大而能精，从古以来，未之有也。

觉奉侍道父三载，屡度奇厄，危墙两次崩摧，父子不致殒命，以至盗贼过门而不入，邻患瘟疫而不侵，恶疮毒疟宿疾尽蠲，蔬食布衣，不求而足。小子觉，以流俗下尸，荷元皇道父，天光主照，向上有阶，备父母师保之恩，沾覆载生成之德。盖以传经启教，千载难逢，既值其时，不可虚度。道父所以护持小子，实欲小子护持此经，传之后世，以至一劫、万劫、无穷劫也。觉敢不自勉，以答道父意乎？

法嗣洞阳鹤臞子谨序

青华老人自序

南极天宫，青华上帝，大悲大愿，至圣至仁，降炁垂光，谈经演教，历持浩劫，度人无量天尊，无上道祖仙师圣制

吾见世之学道者，往往谬于传习，说铅说汞，哄动一切含灵，痴心妄想，希图长生；究其所传，不过指点一二工法，自以为骊珠在握，要人财宝，受人礼拜，做出师家模样。吾每见之，未免叫一声罪过。夫修行之士，未有不了明心地，而可以跳出阴阳五行之外，与太虚而独存者，所以真仙度人，每每教人从心地上做工夫，炼得方寸之间，如一粒水晶珠子，如一座琉璃宝瓶，无穷妙义便从自己心源上悟出，念念圆通，心心朗彻，则自古以来仙家不传之秘，至此无不了然矣。使其把自己心源上悟出之理，做自己性命上切实之工，到此时，必然巧生言外，妙合彀中，魔障不干，永无棘手之处。故炼丹之道，原最活泼泼地，而世之师家，徒以纸上陈言，小家工夫，欲人人比而同之，何异绵丸打弹，胶柱鼓瑟？指望成就，盖亦难矣！

岁在己酉春三月甲辰之旦，法嗣鹤臞子觉受炼文昌笔箓大法。老人与鹤臞子本有宿契，即日降坛，迄今已近三载。吾所传与鹤臞子者，不过只"炼心"两字，千言万语，亦不过只发明得"炼心"两字，为千圣总途，万真要路。大罗天上，玉京山中，无数高真，断无舍此两字而可以逍遥于真光法界之中，为元始天王入室弟子。——勘验，从未之有也。

吾忆初下坛时，将此两字授鹤臞子，初不之信，以为炼丹必有秘传，炼

心两字，人人说得出，个个做得去，故其所辩难请益者，大约修命之说居多。我随他问着，只顾把"炼心"两字讲得亲切。及到一年之后，鹤臞子修持已有进步，有实得，方信我为师者，不是个空言之汉。

仙家济度众生，先要人见了长生不死之性，而后修长生不死之命，此之谓性命两修者也。

於戏，吾与鹤臞子讲学以来，寒暑三迁，蓬莱水浅，蟠桃花又放矣。梅亭草偈，蕉馆谈玄，有所发挥，鹤臞子必退而登之于册，总计之有五万余言。鹤臞子欲公之于天下，以为后代之矜式，而问序于我。我思修持之要，是籍备载，特以"炼心"两字，恐人看得十分容易，不肯信心，故再将此两字重加申明一番。我老人从无始劫来，于元始天王前，发度人无量之愿，不敢诳语以欺天下后世也。

鹤臞子逡巡执经而进曰："先生序甚善。特是经所以阐扬玄化，传之万祀，不可无名。"

我曰："炼心两字，是太上度人，唱明大道，真真实实之要言也，名之曰《唱道真言》何如？"

鹤臞子降阶稽首曰："善！"

青华老人笔

青华老人题词

南极天宫，青华上帝，大悲大愿，至圣至仁，含和保真，溥思宏化，监察万国，巡行九州，弭灾销劫，度人无量天尊，无上道祖仙师圣制

此经之作，先言炼心，次言炼命。人能依此修持，可以了明心地，坚固命根，六贼不除而自除，三尸不灭而自灭。道成之日，飞升上清，亿曾万祖，尽得生天，子孙世世，永为仙家。真莫大之法门，万真之要路也。

如有不肖之徒，罔知天命，狎侮圣言，将此经言，不加珍秘，展阅不避妇人，收藏不于净室，当有护法诸神，录其罪过，上告南北二斗星君，畀以非殃，死遭冥祸，直待一人成道，斗府有赦罪牒文，方能超脱幽冥，许放托生。呜呼！慎之，毋自陷于匪德焉。

此经之作，虽为鹤臞子一人，实可以公诸人人，使天下之士，有缘遇是经者，于性修之则为圣，于命炼之则为仙，予彼上达之阶，弘我度人之愿，不亦快哉？然得其人而不传，与不得其人而妄传，均有天罚。授受之际，宜三思焉。

传经启教，贵得其时。得其时矣，又得其人，然后发琼笈之秘，泄至妙之蕴。道有科禁，不可不慎也。务得立心正大、制行端方之士，考其先世无有天瞋，及背弃君亲，世业不仁之术者，方以此经授之。仍须叮咛嘱诫，令勿泛传。如其人果系大贤，亦不必因其先世而弃置勿取。好法易闻，上士难得，此等人乃上士也。若复有人，先习不善，至于中年能一旦悔过，心诚向道者，亦许其浣濯自新，不得概行拒绝，以体太上慈悲度人之念。

於戏，我言有尽，我愿无穷。天覆地载之间，何人不可学道，何人不可修道？人人有副性灵，个个自具妙用，登仙入圣，夫复何难？只因宿生气习，昧却本来，眼前幻境，昏我正觉，遂至认贼为亲，迷真逐妄，三途八难，去而复来，六道四生，回而又往，以天门为寥廓之乡，视地狱为熟游之地。嗟乎，如此岂不悲哉！

吾愿天地众生，受此经者，各发勇猛精进之心，同登莲花化生之果。道岸非遥，求仁即得；鸾舆麟辂，刻日可期。此丈夫也，予日望之。

修道受此经者，先得持斋守戒，结坛净室，焚起十二种信香，礼诵：摩利支天斗姥天尊宝号，北斗七真，南斗文昌，总理天官，斗府无数高真，洞天福地一切威灵，传经启教历代师真。如是四十九日，方许开经阅视。不得赤身裸体，及近污秽不洁之物。

是经所在，有仙真下观，神光瑞气，氤氲满室，使人心地开通，精神涌发。稍有触冒，仙真不来，恐外道邪魔乘机扰害，不可不知。平日间，宜谨身节欲，广行善事，遇斗降之辰，键关习静，存运一心，上朝紫府。然后北斗为子削落死名，注上生籍，身家俱泰，灾祸不生。有所思维，即时解悟。其于道也，庶乎不甚相远矣！

修真之士，能于是经恭敬不懈、至心受持者，吾当护念是人，如保赤子，常以神光灌其顶门，使其智慧日生，于此经文，无有疑惑；若在朝廷，急流勇退；若在家园，子孙贤肖，外侮不干；若在山洞之中，蛇虫虎狼、山魈木魅，诸种妖兽，屏迹远遁，不来侵扰；若渡江河，龙神俯首，波浪不惊；若在市廛，募缘乞食，使男女老幼，一见是人，咸生欢喜，布施不倦；一切水火刀兵之厄，不能害之；修持之际，不使外道邪魔得乘其便。吾与是人，始终眷顾，时刻护持，直至道成之日，是人神通广大，我愿方毕。释典云："如来不诳语者"，吾岂独不然哉？

唱道真言卷一

南极天宫，青华上帝；为扶桑之教主，秉太乙之乾纲；气运九天，权综五岳；现千万亿之化身，示圣真仙之密谛；大悲大愿，至圣至仁，祯祥瑞应，度人无量天尊，无上道祖仙师赐箓

（一）

今日读《清静经》，便要行清静法。夫清静者，清静其心也。人之病根，大约在种种妄念。妄念既除，尚有多少游思，扰于胸臆。去游思之道，惟在内观。始而有物，至于无物，无物之极，至于无我，澄水不澜，明月无影；以为非空，纤毫洞彻，但见光明；以为本空，冥冥默默，万象咸具。此际著脚不得，著想不得，洞洞朗朗，玄玄寂寂。结丹之道，备于斯矣。

（二）

功行乃升仙入道之津，而积功行当自孝始。济施非贫士所能，然言语之间，诱人为善，阻人为恶，在我不过口舌之劳，而人蒙无限之福，便是莫大阴功。诵《大洞经》，持斗姆咒，可以超拔祖先，弘资冥福，即是孝心。

无益之书不必读，无益之戏不必为。有事则干之，务要忠厚存心，利益民物。无事则清心静坐，或诵经，或默朝，念念对越上真。上真至慈至悲，其视学道之士，如慈母之爱其赤子，刻刻放心不过。岂有赤子眷恋慈母，而慈母漫不为顾之理？

嗟乎！人生于世，光阴弹指即过，圣人惜寸阴，我辈当惜分阴，诚格论也。有志须立真志，为学须做真学。久而不懈，灵光一透，仙岛天宫即在眼前，堂堂一条大路，朗朗一座法门，自在人方寸之间。此路即升天之路，此门即入道之门。人肯第一步上进此大路，进此法门，念头不差，脚根便快，

成仙作佛，极易易事。

（三）

子读《清静经》，当句句玩味，言言解悟，以吾心合上真之心。自家有得手工夫，忘言之妙，乃为真境。

游思亦无难除，随起随灭，一刀截断。静坐时，此心不可执着。若为游思之故，束缚太苦，性地安得圆通？灵光何由透发？反要潇洒自如，旷旷荡荡，浑然太虚之体，不为物累。故昔人参喜怒哀乐未发之中，执守一中便为非中，以此故也。游思之不能无，如浮云之不足以累天。久久磨洗，自然拔本绝源，空灵无有。前以游思喻浮云，此确论也。

至于日间应酬，非山中习静羽流，岂能免此？吾亦有法嘱子，任他可喜可怒、可哀可乐之事，随时应付，过即不留。譬如风雷电雾，天所不能无，而不可谓风雷电雾之即天。喜怒哀乐，心所不能无，而不可谓喜怒哀乐之即心。天有真天体，心有真心体，由我应酬，而湛然空寂，常惺惺存，活泼泼地，此为要诀。

（四）

炼丹先要炼心。炼心之法，以去闲思妄想，为清净法门，仙家祖祖相传，无他道也。吾心一念不起，则虚白自然相生，此时精为真精，气为真气，神为真神。用真精、真气、真神，浑合为一，炼之为黍米珠，为阳神，而仙道成矣。

以神合气，静养为工，孟子所谓"存心养性"是也；以气合神，操持为要，孟子所谓"持其志，无暴其气"是也；以精合神，清虚为本，孟子所谓"养心莫善于寡欲"是也。

虽然，精气神三者，分之则三，合之则一。神气者，听命于精者也。人能完其精而神自旺，完其精而气自舒，然后加以调剂之工，返还之道，无患灵胎之难结，而大丹之不成也。此入门下手之法，特书以示子。

（五）

子欲炼丹，而不先炼心，犹鞭马使奔而羁其足也。炼心为成仙一半工夫。心灵则神清，神清则气凝，气凝则精固。丹经所谓筑基、药材、炉鼎、铅汞、龙虎、日月、坎离，皆从炼心上立名。至于配合之道，交济之工，升降之法，烹炼之术，此其余事。若心源未能澄澈，情欲缠绕，则筑基虽固必复倾，药材虽具必多缺，炉残鼎败，龙战虎哮，日蚀月晦，坎虚离实。此时欲讲配合则阴阳不和，不明交济则水火不睦，欲升而反降，欲降而反升，三尸害之，六贼扰之，一杯之水，难救车薪之火。故曰：炼心为成仙一半工夫。此至言也，确论也。此一语道破天机，打穿魔障者也。

（六）

炼心者，仙家彻始彻终之要道也。心地茅塞，虽得丹道，亦是旁门，虽成顽仙，不登玄籍，参不得大罗仙子，进不得大乘法门。是故欲结圣胎，先登圆觉，此要语也。

调剂之工，全在升降。升降之法，全在静观。静不终静，静中有动；有动非动，造化转旋；观不执观，观中有觉；有觉非觉，灵光恍惚。静而后观，观而能静，是为静观。当此之时，鼎虚而药实，水刚而火柔，一烹一炼，一嘘一吸，皆与天地同其玄化，日月同其运转，阴阳同其清浊，四时同其代序。从有入无谓之黍珠，从无入有谓之阳神。工夫至此，形神俱化之时也。

若未曾炼心，依旧是七情六欲污秽俗肠，而欲求长生之术，窥金丹之妙，是犹武夫执干戈而操丝桐之韵，劣马服羁靮而骤羊肠之阪，欲五音调畅，六辔安闲，难矣！

上章言炼心，为成仙一半工夫，此万派归宗之论，历代祖师心心相印，非子好道，我决不传。

然炼心有不同，有炼闻见之心，有炼无闻无见之心。

何谓闻见之心？事至物来，随感而应，无入而不自得，取之左右逢源，儒家圣贤已曾道过，譬如明镜宝珠照物者，镜光珠彩而镜静常明、珠圆自皎，何尝因所照而辄变，因照多而辄晦耶？

何谓无闻无见之心？寂寂返照，朗朗内观，无人见，无我见，无有见，无无见，无无有见，无无无见，有镜之光而实无镜，有珠之彩而实无珠。当此之时，大觉如来亦当让子一座，而诸色声界尽在子光明白毫中矣。

然炼闻见之心，须于动处炼之。炎炎火炕，焦天烁地，而我心清凉自在，如一滴杨枝露水，此谓动处之炼。无闻无见之心，须于静处炼之。一觉万劫，泡影电光，随起随灭，而如如不动，慧性常空，此为静处之炼。虽然，闻见之心，与无闻无见之心，总一也，则动处之炼，与静处之炼，总一炼心，何分、何不分之有？

（七）

张紫阳丹书，发前人所未发，诚丹家指南也。然采取火候，多用隐语，彼以灵丹为天地之所秘，欲学者静参而自得之。张真用心良苦矣。吾则不然，务要淘尽宿尘，独显一条大路，使学者朝发而夕至，凡有慧根，无不可以造渊微，证大罗仙之位。

然而难矣！即如"炼心"两字，为成仙一贯之学，苟非坐破蒲团，磨穿膝盖，岂能不起思为，一无染著，洞见本来面目，证彻无上根源？故炼心，为仙家铁壁铜关。攻得此关破，打得此壁穿，所谓圆陀陀，赤洒洒，黍珠一粒，阳神三寸，自在玄宫，周通法界。虽有烹炼之工，养火之候，亦可谓造塔七层，独余一顶，直顷刻间事耳。

子深有道心，勇于砥砺，诚当今之豪杰，何患道之不明，丹之不就？然静观工夫，非心如死灰，形同槁木，不能撇弃一切，撒手悬崖。子世念虽轻，家缘未断，何由猝办此种襟怀、这场事业？嗟乎！青春易过，白发催人，子其勉之，宜自警省。

（八）

问曰：弟子觉，世缘虽薄，家业正纷，儿童绕膝，衣食萦怀，频年舌耕餬口，虽有学道之心，不获静栖之所，颠倒尘缘，沉沦业网，恐一旦无常，永堕苦海。惟师悲悯，何以教我？

师曰：炼丹之法，千言万语，总尽"炼心"两字。而炼心之法，不必出世。古之成仙者，岂尽入林，杜人事，而后得跨鸾乘鹤，逍遥紫府哉？总之，日用饮食，无非是道；仰事俯畜，无非是道；戎马疆场，亦无非是道。昔人所谓："动处炼神，静处炼命"，旨哉其言乎！

至于习静工夫，《中庸》第一章即说："戒慎不睹，恐惧不闻。"人能不睹不闻时，戒慎恐惧，致中而天地位，致和而万物育，便是如来最上一乘。乘狮坐象，不过此心此理，何以异于人哉？

吾子以尘缘俗累为忧，是欲舍现在而更求超脱之处，君子素位而行，谅不为此也。昔文王囚羑里而演《周易》，仲尼厄陈蔡而操弦歌。圣人遇患难不堪之境，尚能尽性达命，况子今日所处，未必至于如此之极乎哉！我子但患无志，不患多累。有真志，即有真学。上而洞天福地，下而羊牢马枥，学道之人，须平等视之，究竟大菩萨莲花宝座，与罪鬼铁床火炕，本同一境。何也？菩萨此佛性，罪鬼亦此佛性也，君子言性而不言境也。

（九）

张紫阳"意为媒说"，寥寥数言，殊未通畅。吾今并为子足之。意原于心，而成于性，故有真心，乃有真性，有真性，方有真意，此意谓之先天一意。夫先天，物象未形，不露朕兆，安得有所谓意？当夫静坐之际，一心端坐，洞然玄朗，无渣滓，无知识，即先天性体也。从此空中落出一点真意，如太极一圈，而阴阳于此孕，伏羲一画，而两仪于此生，故谓之先天一意。以之配水火，引铅汞，用无不灵。丹道之成，皆此一意为之运用而转旋也。丹家之用意如此，而张子言之，殊见脱略，岂所以教后学、示来兹乎？

（十）

玄关一窍，微妙难知，以为在内，非在内也，以为在外，非在外也。虽《中庸》第一章亦曾言过，曰："喜怒哀乐之未发谓之中，发而皆中节谓之和。"夫未发，非玄关也；既发，非玄关也，惟将发未发、未发忽发之际发之者，玄关也。略先一息，非玄关矣；略后一息，非玄关矣。故玄关之在人，方其静时，转眼即是，及其动时，转眼即非，是直须臾耳，瞬息耳。自其大者而言，造化以前方有玄关。何也？造化以后，天地日趋于动也。天地之动，谁为动之？玄关动之也。一动之后，即非玄关矣。自其小者而言，鸢之飞也，鱼之跃也，昆虫之化也，蟋蟀之鸣也，谁为飞之跃之、化之鸣之？一玄关为之也。若就人身而言，则有不同者。何也？手足之举动也，耳目之听睹也，鼻之臭，口之味也，不可指为玄关也。玄关者，万象咸寂，一念不成，忽而有感，感无不通，忽而有觉，觉无不照，此际是玄关也。感而思，觉而照，即非玄关矣。然则玄关之在人，如石中之火，电中之光，捉摸不著。

呜呼！炼丹不知此玄关一窍者，汩没大矣。今人皆气质之性用事，玄关之闭而不通，自出母胎已然矣。惟静之又静，寂之又寂，玄之又玄，空之又空，方得见此玄关一窍。此窍也，乃真心、真性、真精、真神、真气之所自出，而玄关者为之机括耳。邵子曰："一阳初动处，万物未生时。"此内有个玄关一窍，顷刻不见，须急寻之。

（十一）

昨论玄关一窍，先天不传之秘，历代祖师所不欲尽言者，尽付于子。夫玄关一窍，乃诸圣诸仙特从明心见性时节，提出两字以教学者。心何以明？忽然而明，此玄关也。性何以见？忽然而见，此玄关也。玄关为明心见性之灵机，结胎炼丹之妙括。故古人凭空提出两字以教后学，使其从针锋上打一筋斗，电光中立一注脚。仙家之分身化气，出水入火，上天下地，千变万化，皆从此玄关参得来，把得定，打得筋斗转，落得注脚实，则变化由心，幽显惟我，无难事矣。此数言，皆天机也，非有十年苦工，钻研不透。虽然，执着十年，便是痴见，易则顷刻，难则终身。子具宿慧，谅决不难。

（十二）

启曰：弟子觉，以宿世因缘，得遇圣师，指示大道，非不黾勉以从，卒为口舌之故，频年教授，如伏枥之马，为人驰驱，志在刍粟而已，而性命之学，从未望见，苦海深沉，举头无岸。一念及此，不觉心火上炎，通身汗下。惟师悲悯，何以教之？

师曰：子今日工夫，自问可以做得的，只管做去，做得一分是一分，虽非要道，亦是将来得道根基。譬如造屋，先要筑得屋根坚固，排得四柱著实，则重楼复阁、画栋雕梁，可以次第而成。苟尺土不施，寸薪未积，而徒妄想高堂，游心广厦，何异缘木求鱼也？丹书不可不看，亦不可按图索骥。子试习静修，一有入手，自然妙绪纷来，头头是道，虽欲住手，不可得矣。子宿具慧根，注名仙籍，深造以道，何可忽乎哉？

我从来教人，只说从下等工夫做起，下学自然上达。虽然，亦无所谓下等上等也。如"炼心"两字，下等在内，上等亦在内。去妄想，除游思，便是下等。顷刻之间，直超圆悟，便是上等。古亦有之。彼丈夫也，我丈夫也，吾何畏哉？然未做工夫，与方做工夫，不可便作此想，恐躁心乘之。先难后获，实静修之要诀也。

至于采药炼丹，子既读丹经，已知大略。静修既妙，自能节节相生，头头是道，无穷妙境，从先天一意流出，非但空空之知、虚虚之觉，实有真乐、真受用处，一元常见，万象回春，不可以言语形容也。

我之于子，无言不尽。宿世根由，一朝觌面，非惟子不能无我，我亦不能无子。子道之不成，我之忧也。日中稍暇，须端坐片时，内观心体。子忿念瞋念最多，若能清净，便拔出一大业障。凡诸病根，次第除之，绵绵做去，自有机缘辏合，天从人愿。尘累一清，身心无碍，根基自如，大道何难？

（十四）

吾教子从下等工夫做起去，古来成仙得道者，类多如此，岂独子为然哉？静以养心，明以见性，慧以观神，定以长气，寡欲以生精，致虚以立意，此要诀也。静则无为故心清，明则不昏故性见，慧则能照故神全，定则常存故气舒，寡欲则一元固故精生，致虚则万缘空故意实，此要诀中之要诀也。

至于丹经所立种种名象，甚觉可删。曰铅汞，曰日月，曰乌兔，曰金木，曰婴姹，曰东三西四南二北一，皆后人因义立名。其要语也，不过精气神，而三元五行尽此矣。宜降则降，宜升则升；静以守之，虚以合之；运之以意而未尝有意，得之于心而本无心；动而与天行之健，其动则静中之动也；静而与地体之凝，其静乃动中之静也。而吃紧处，在玄关一窍，要见得透，捱得定，前日两论已尽之。

大道无为而至简，并无奇怪足以骇人听闻，固尽人所可为者，况聪明笃志如吾子者乎？丹士好为新奇可喜之论，我不知其道为何道、丹为何丹也？

（十五）

子看丹经，当得其大要。如紫阳氏所著"心为主，神为君，精气为从，意为媒"诸说，皆要言可听；至其抽添换火，立为十转之法，此不可尽信者也。夫炼丹，犹如炊饭，火急则焦，火缓则生，不急不缓，饭乃味全。炼丹火急，则铅走汞飞，故贵绵绵若存；火缓，则鼎寒炉冷，故贵惺惺常在。不急不缓，火候到时，群阴自消，阳神自见。何必多立名色，行歧途以乱学者？今再将二字诀申明一番：曰静，曰观。观时主静，静时有观，炼丹之法，备之矣。

（十六）

张紫阳丹经后段，以日中十二时，配左右分数，或其自历之境，亦未可知。然人身脉络微有不同，则用火或有不合，各人自去阅历、自去证验，而张子欲以一己律天下之人，则惑矣。吾所以教子以炼心习静，而以火候付之自然者，我之火候如此，子之火候未必如此。我自有心得，必欲强而同之，是胶柱鼓瑟矣。

子一俟秋凉，即便习静。一点诚心，万缘俱息，内魔既清，外魔自绝。且子诵《大洞经》，护法诸神不离左右，可无以此为虑。夫人心业未断，自己便是一大魔头。意念知识，俱是魔将魔兵；肝肾肺肠，俱是魔巢魔窟。若心地灵明，性源澄澈，志立得真，愿发得大，虽有十万魔军，周匝围绕，何惧之有？大丈夫铜肝铁胆，为宇宙干大事业，虽见刀锯鼎镬，尚不怕死，况魔者不过幻境乎？何曾见幻境能乱真心？勇往直前，有进无退，子其自矢勿懈！

（十七）

问曰：静坐几时，可见元神、元气？

师曰：静坐至无思无念之时，则真息绵绵，元神见而元气生矣。

曰：神气有形乎？

师曰：清空一片，安得有形？

曰：然则何以谓之神？何以谓之气？

曰：其中灵者谓之神，运者谓之气。

曰：无形何以结丹？

曰：无中生有。

曰：静坐几时，方能无思无念？

师曰：初学打坐者，数刻之后，方能屏除幻妄；习静既久，一饭之顷，恍恍惚惚，已入无何有之乡矣。初学不但于坐时存心，凡操作经营，须要把打坐时所悟所得，时时护持，则定力易成，妙境易至，入定益深，遍体融化，如岭云川月。丹家采铅引汞，亦于心斋坐忘之际，流出一点胎息为之耳。

（十八）

问曰：弟子觉，凤遘冥凶，动遭多难，自分此身早填沟壑，茫茫万劫，芥子牛毛，何幸今生今世得遇圣师指示大道，感而思奋，继之泪零，诚敬益加，灵丹秘旨，望悉相传，弟子得道之后，誓当长居门下，永远皈依！

师曰：吾向来所谈，本详性而略命。子心所未慊，在此而已。夫结丹始于炼心，炼心在于静观。静观之至，大药自生，三元互见矣。安炉立鼎，巽风坤土，紫阳之说可听也。至于火候之运行，则更有说焉。夫人身血气流通，其循环升降，原应周天之度；动中不觉，及至静时，则脉络骨节之间，嘘然而上升，油然而下降，分寸不差，毫厘不爽；自尾闾逆至泥丸，自泥丸顺至绛宫，翕聚神房，与五行之气，浑合为一，归于中黄脐内。所谓"一点落黄庭"，此其时矣。抽铅添汞之法，不过如此。诸说纷纷，琐碎极矣。

（十九）

阳神之脱胎也，有光自脐轮外注，有香自鼻口中出，此脱胎之先兆也。既脱之后，则金光四射，毛窍晶融，如日之初升于海，珠之初见于渊，而香气氤氲满室矣。一声霹雳，金火交流，而阳神已出于泥丸矣。既出之后，全看平日工夫。吾所以先言炼心，正为此际也。平日心地，养得虚明，则阳神纯是先天灵气结成，本来无思无为，遇境不染，见物不迁，收纵在我，去来自如；一进泥丸，此身便如火热，金光复从毛窍间出，香气亦复氤氲；顷刻间，返到黄庭，虽有如无，不知不觉，此真境也。

若心地未能虚明，所结之胎决非圣胎，所成之神原带几分驳杂，犹人气禀昏浊，多以气质之性用事，其神虽出，一见可惧则怖生，一见可欲则爱生，殆将流连忘返，随入魔道。此身虽死，不知者以为得仙坐化，谁知阳神之一出而不复者，殆不可问矣。

前言炼心，为成仙一半工夫，由今推之，则炼心为成仙彻始彻终之要道也。昔言一半，今曰十分，再加之曰十二分。圣人复起，不易吾言矣。

（二十）

问曰：倘心地未能至虚至明，而胎神已出，为之奈何？

师曰：必不得已，尚有炼虚一著。胎神虽出，要紧紧收住，留他做完了炼虚一段工夫，放那猴子出去，则真光法界，任意逍遥，大而化之，不可得而知矣。

敢问何以谓之炼虚？

曰：难言也。

（二十一）

前言火候之法，子今日所看丹经，与我意合，不过主静内观，使真气运行不止而已。又谓之抽铅添汞，不过真水常升，真火常降而已。古圣“惩忿窒欲”四字，是沐浴抽添之要诀也。忿不惩则火宜降而反腾，欲不窒则水宜升而反泻。虽十分工夫，做至九分九厘，亦必丹鼎飞败，真元下泄，且有不测，不止不成已也。然惩忿窒欲，尚是勉强工夫，必至无忿可惩，无欲可窒，连惩窒之念俱忘，方可成丹。

（二十二）

炼丹之法，始于炼心，继以采取，终以火候，如此而已矣。

炼心之法，静观为宗。静中之观，有观无物；观中之静，以静而动；元精溶溶，元神跃跃，元气腾腾，三元具矣。

采取之法，真意本于真心，真元由于真意，引之而升，如珠之引龙，濡濡乎不蹻不慢，引之而降，如竹之引泉，涓涓乎不疾不徐，如奏笙簧，如调琴瑟，男欢女爱，夫刚妇柔，两情和畅，送入黄宫，而采取交会之理毕矣。

至于火候，以真气薰蒸为沐浴，以绵绵不绝为抽添。一年十月，有物如人，从中跳出，徘徊于太阳之宫，出见于泥丸之府，而一身之丹成矣。

至若炼虚，全要胸怀浩荡，妙至忘身，无我无人，何天何地，觉清空一气，混混沌沌中，一点真阳，是我非我，是虚非虚，造化运旋，错行代明，分之无可分，合之无可合，是曰炼虚。炼虚者，以阳神之虚，合太虚之虚，而融洽无间，所谓"形神俱妙，与道合真"者也。此出胎以后之功，分身以前之事也。

（二十三）

问曰：阳神出胎以后，尚在人腹中，何能与太虚合体？

师曰：虚其心，可以忘形。人而至于忘形，则阳神在腹中与在太虚无异，何不可合体之有哉？总而言之，炼虚只完得炼心末后一段工夫。但幻身有形，故曰炼心；阳神无形，故曰炼虚。

曰：炼虚工夫，要做几时？

师曰：九年温养，不过做得炼虚一著。炼虚之妙，变化无穷，可以踏霞驾云，浑身飞去，岂特出神而已乎？然此一著，最不容易，千人万人中，难得一二人也。

（二十四）

问曰：炼心炼到一无所有，脱胎之后，可以省却炼虚一节否？

师曰：既炼至一无所有，则身心皆化于虚，更何虚之可炼？以一无所有之心，结一无所有之胎，养一无所有之阳神，合一无所有之太虚，显大法相，放大毫光，百千亿万身，遍满虚空际，譬如明珠发光，总一光而已。若炼心时节，未能淘尽宿根，则阳神为夹杂之神，虽欲飞腾霄汉，犹如绵里藏针，油中著水，不容相入，是以假九年温养之工，做脱胎炼虚之学，仍炼到一无所有而后已。约而言之，炼心之阳神，性之也；炼虚之阳神，反之也；性、反之间，非人所能为也。

问曰：诚如师言，炼心之阳神，可以不费温养之工，而出神太早，丹经所呵，此何义也？

师曰：我所得传于子者，以炼心为最上一乘，从此结胎，是个圣胎；从此出神，是个圣人；放大光明，超出三界，与太虚而常存，后天地而不毁，此西方古佛修行之妙道也。奈何世之师家，但知炼命，不知炼性，但知开关闭气、移炉换鼎之法，不知性始真空、浑然无物之理，所结之胎原是凡胎，所出之神原是凡人，依旧上不得天，依旧参不得圣，无可奈何，只得重做工夫，使这孩子重去修真学道，重去明心见性，实者虚之，有者无之，此所谓"因其本而反求其末"也。譬如一人，本元虚弱，兼带风寒，盲医无识，但去补其虚弱，连这风寒通补在内，病何由去？仙家炼命之学，补元之药也；炼心之学，去病之药也。欲要炼命，必先炼性；欲要补元，必疏其杂病而先去之，此一定之理也。

是以精修之士，独重炼心，淘得一点元神，如水月交辉，火候到时，胎神圆满，揭开鼎盖，跳出轮回，尽天地，遍乾坤，都化作一团紫彩金光，上贯三清，下彻六道，将见元始至尊，与毗卢遮那古佛，欢然来会，与之握手，叙契阔之多时，恨相见之已晚。此近在顷刻之间，而更何九年温养之可言哉？

（二十五）

数息者，所以收其放心。若能静观，刻刻内照，安用数为？夫静观到一念不起之时，方可用意寻玄关一窍。既云一念不起，而又何用意寻？不知用意之法有个妙处，在无心中照顾，如种火者然，不见有火而火不绝。万境皆空，忽然一觉，非玄关而何？从此便要认得这个机关清，譬如有人乘千里骥，绝尘而奔，吾要认得这个马上人，暂一经眼，牢牢记著，颊上三毫，宛在目中，如此玄关方为我有。长生不死，超出万劫之外，全凭此时一觉，为我主张；千变万化，全凭此时一觉，为我机括。然此一觉，非易事也。明珠美玉，无价之宝，可以智力求，而此一觉，不可以智力求。然亦非难事也。走遍天涯，原来近在这里，个个人自有的，不费一钱去买。

或者曰：炼丹应有切实工夫，安用此一觉为哉？

吾应之曰：此一觉，无始以来不可多得，太极得此一觉而生天地，吾身有此一觉而成仙作佛。总计之，有两个一觉。

然此一觉，在何时寻、何处寻？

曰：静极而动之际，有此一觉，静时固非，动时亦非，露处在一息，一息之后不见矣。

唱道真言卷二

南极天宫，青华上帝；为上清之使相，本元始之分形；代代显灵迹，时时见化体；居崆峒而传杳冥之诀，度函关而修道德之文；在世为帝王师，在天为神仙伯；大悲大愿，至圣至仁；赦罪锡福，度人无量天尊，无上道祖仙师赐篆

（一）

太极者何也？

曰：混沌以来，一粒金丹也。

生天生地之后，太极无乃涣然而散乎？

曰：太极可以变化，一变而为万，万具一太极；万化而为一，一仍一太极也。此太极也，大则包天地，小则入芥子；天地形而太极无形，天地毁而太极不毁。呜呼！知此说者，可以炼丹矣。

丹者何也？

人中之太极也。一身可分为万身，万身仍合为一身，犹太极之一而万、万而一也。呜呼！知此说者，可与言阳神矣。

（二）

问：玄关一窍，窍字如何解说？

师曰：窍者，至虚之义。凡物虚处，触之而易动，人呼而应在井中，风鸣而响入谷底，自然之理也。人心，无物则虚，至虚之中，偶有触著，机会相照，跃然一动，此跃然一动之时，即是一点灵光著落处。《易》曰："寂然不动，感而遂通，天下之故。"此之谓也。

（三）

问曰：太极生两仪，有所蓄积而然乎？

师曰：气有蓄积，而神无蓄积。这个机关一到，资始资生，间不容发。故太极一开基，而万象皆从此兆。

曰：无极、太极，何以分？

曰：此中有个玄关一窍，此无极、太极所由分也。无极即是太极，此不易之论也。吾只言太极，不言无极，意盖如此。恐子不明，故又曰：无极即太极。夫无极，○也；太极，⊙也。但有个玄关一窍，而无极太极之名由此分，其实无可分也。若曰太极生天地，天地既分，而太极遂判，似也。然天地判，太极未尝判也，太极浑沦，原如未生天地以前。《中庸》曰："语大，天下莫能载"，太极包乎天地之外也；"语小，天下莫能破"，太极入乎万物之中也。合之，天地同一太极；分之，万物各一太极，而太极何判之有？

然阴阳判而为天地，何耶？

曰：此太极之用，而非太极之体也。阴阳者，太极之用也。天地之外，天地之内，犹太极包涵贯注者也。太极毁，则天地毁矣，然天地毁，太极终不毁也。何也？虚而灵也。虚则无物，灵则长存，何毁之有？故结丹者，还太极之体，则丹成矣。

夫吾言玄窍一觉而为太极，亦何与结丹？不知人见得玄关一窍时，则至虚至灵之物，完完全全，在我方寸。此完完全全者，太极是也，炼神之太极也。有此太极，使阳升于上，阴降于下，结而为丹，犹太极之生天地也，炼形之太极也。

（四）

丹者，单也。惟道无对，故名曰丹。天得一以清，地得一以宁，谷得一以盈，人得一以长生。一者，单也。故吾解之曰：单，一之义。

夫太极生阴生阳，阳与阴对，何名曰单？夫太极未尝有阴阳也，一而已矣。生阴生阳，其在两仪将判之时乎？凡物偶则生，太极一，乌能生阴生阳？吾则不言太极，试言伏羲一画，此何义也？偶则生，一则否，伏羲何不画二而画一？《中庸》曰："其为物不贰。"不贰，一也。《易》曰："一阴一阳之谓道。"一阴一阳，道之用也。若道之体，则无阴无阳，而为阴阳根。故曰：太极未有阴阳，阴阳者，在两仪将判之时乎？

夫太极，既无阴阳，则此一物○，是何物也？

曰：神也。神为化体，得玄关一动，而动者判为阳，静者判为阴，而太极开花结子矣。然则太极，其一乎？其单乎？人身件件皆偶，返乎单，则丹矣。

所以返乎单之道，何在？

曰：致虚守寂，则返乎单矣。丹，太极也。无极即太极也，一而二，二而一也。

（五）

问曰：师前言玄关一窍，而无极太极遂分，则似乎气在先而神在后；今日太极之一〇神也，则似乎神在先而气在后。愿吾师以圆通识，以广长舌，解弟子之疑！

师曰：太极以神而生气，分之无可分也。譬如空中有火，火性本空。既云空中有火，则大地山河、园林草木，尽应烧却。又云火性本空，则以空丽空，究何著落？两空相见，性于何生？太极之于阴阳，亦犹是也。太极无阴无阳，而阴阳之元苞于此。假使太极先有阴阳，而灵光落入于中，则所谓太极者，渺乎其小矣。惟是混混沌沌，氤氤氲氲，无可见为阴阳，不可分为阴阳，而玄关一动，阴阳各判，为天为地，蔑不由此。譬如取火之镜，其中不见有火，而日中一照，灼艾焚手。由此观之，何者为所先，何者为所后乎？

（六）

问曰：师言太极，一〇，神也。浑浑沌沌、氤氤氲氲者，气耶？神耶？神从内生，抑从外入乎？弟子汇神集聪，恭听法音！

师曰：一真未凿，谓之混沌；一元方兆，谓之氤氲。神生气，气生精，太极之所以顺而生也。精化气，气化神，人以逆而为仙，返本还元之义也。神非从内生，非从外入。若从内生，则必有太极而后有神，先成一个〇子，以待神之生。太极无待也。若从外入，则太极之大，其大无外，更有何处从此入来？太极无外处也。既不在内，又不在外，神从何始？始于自然耳。自然亦何所始？有太极便有神。虽然，便字亦著不得，太极以神为太极。虽然，为字亦著不得，太极即神，神即太极。虽然，即字亦著不得，一经思议，一经诠解，便非太极。总之，一〇而太极之义完矣，何外何内、何始何非始耶？

即如石中有火，镜中有火，此火从何处始，从何时始？或从内生，抑从外入？若谓生石时始，铸镜时始，石未生，镜未铸，其火安在也？若谓从石中、镜中生出，则石何不为灰、镜何不为液？若谓从外生入，则金石至坚，岂有罅漏？此际不可以拟议也。

然则果何以始，何以生耶？凡物皆始于空。太极，空者也。以空遇空，无微不空。以空归空，何性不同？空能生一，一能生万，以万还一，一复于空。空者，万之祖也。学者要见真空，勿见假空；要见灵空，勿见顽空；要见全空，勿见半空；要见性空，勿见形空；要见虚空，勿见实空；要见常空，勿见怪空；要见本来空，勿见过去空；要见仙佛空，勿见外道空；要见日月星辰、山川动植，有形有象之空，勿见霜花泡影、石火电光，无踪无迹之空，曰空。

（七）

丹者，金之体乎？天一生水，水无金母，何以能生？吾故曰单。丹者，单之义也。又解之曰：单者，一也，取天一之义也。

夫地四生金，水生时，金未曾有，不知太极流下阴阳之气，中具五行，金性完全在内，而太极一片空灵明净之德，其性是金性，其色是金色，统于五行之先。故阴阳两判，第一便生水，母生子也。地四生金，据形质言耳，非所论于无形无质之时也。

何以见太极之为金性、为金色？夫得道之士，证圆明妙觉元，则身见金色，头放金光。夫圆明妙觉元，太极之体也，而金光金色，即时相应。仙家结丹，先求身中太极，而所结之丹，如一粒紫金，阳神示现，遍身皆作紫磨金色。太极何独不如此？且以理言之，五行之中，惟金性最空，惟空能久。凡物空则响，金能响，是以知其空。金性又最动，动则灵，灵则能变化，以其所生之子知之。金之子，水也，水性流而不息，象其母也。以子性知其母，惟太极者，空而灵者也，其色金光，其性金性也。

（八）

炼丹者，炼一也。何谓之炼一？一者，天一也；天一者，金也。太极，金性也，此自然之妙，非有形质者也。故炼丹者，炼其金为纯金，而丹成矣。

夫人五行皆具，而金为最先，何以故？天一生水，水，金之子也，凡物无母不生。要知先天一点真金，在人身内，人之声音，是即身中之金也。就五行而论，木有声乎？木之声橐。水有声乎？水之声潺。火有声乎？火之声飚。土有声乎？土之声坌。惟金之声锽。故小儿出胎，锽然一声，金为之也。金空则响，子离母胎则空矣，故能响也。母就子养，金就水居。水，天一之所生也。世间金之所在，必有白气上冲。人身之精，其色白，金之气也。故炼丹者，采取元精所吐之华，与离中汞，结而为丹，火候既到，金光外射，其所本然矣。

然而金畏火烁，见火则销，奈何以坎中之金，反就离中之火？以法象言之，金长生于巳，巳，火也。人但知金之畏火，而金实爱火，人不知也。何以见之？金在土中，但见有土，不见有金，被真火一逼，而土气始消，金形遂显，犹如儿在母胎，不能自出，灵机之动，始见三光。火者，金之灵机也。故土中有金，其上必无霜雪，金爱生于火，原带火性也。然则以坎中之金，就离中之火，盖还其所本，从其所好也。丹之为金，廓然矣。

（九）

泛意，非意也；游思，妄想也。意者，的的确确从心所发，意发而心复空，故又曰：有意若无意。意之为用，大矣哉！初时阳生，意也；既生之后，采取元阳，意也；既采之后，交会神房，意也；既会之后，送入黄庭，意也。意之为用，大矣哉，不特此也。阳神之出，意也；既出之后，凭虚御风，意也；游乎帝乡，返乎神室，意也。意之为用，大矣！

（十）

或问：阳神能饮食言语，亦有脏腑乎？

曰：可以谓之有，可以谓之无。其有者何也？十月之后，明明生出一个孩子，会笑会话，能饮食，能步履，若无脏腑，是一傀儡耳，言语坐作，谁为主之？我故谓之曰有。其无者何也？阳神，至虚而无物者也，日行无影，泥行无迹，入火不焦，入水不濡，可以藏形于金石，可以变化为飞潜动植之类；若有形质，何能辗转圆通、化机无碍？吾故谓之曰无。

然则阳神，其真有乎，其果无乎？

曰：有，则天地间皆阳神；无，则我心中本无物。高上之士，与道合真，道能变化万象，随物赋形，则阳神之有也，信矣。道者，无形无声，包络天地，以空生一，以一生万，万复于一，一复于空，以空运空，乃见化工，则阳神之无也，信矣。学者须领会这个原头，方不为幻形幻想所惑，而阳神之成与不成、出与不出，可听其自然矣。

（十一）

结丹之道，一而已矣。得其一，万事毕。一者，一也。一可以名言者乎？

曰：可。一无他，虚而已矣。

吾自与子谈道，只说得一虚字。炼心，虚也；用意，虚也；采药，虚也；结胎，虚也；火候，虚也；阳神，虚也；炼虚，以虚还虚也；玄关，以虚觉虚也。千虚万虚，总是一虚。虚非空空之虚，乃实实之虚；虚非散散之虚，乃浑浑之虚，故曰一。我今不说虚字而已，若说虚字，子试观身内，件件皆虚乎，件件皆实乎？本来皆虚也，而子皆实之。心本虚也，而子以根尘实之；神本虚也，而子以思虑实之；精本虚也，而子以淫欲实之；气本虚也，而子以劳扰实之；意本虚也，子以喜怒哀惧实之；鼻本虚也，子以多嗅实之；耳本虚也，子以多闻实之；目本虚也，子以多见实之；口本虚也，子以多言实之；手足本虚也，子以妄作实之；毛窍本虚也，子以腥秽实之。本来件件皆虚，经子件件皆实，而身心遂为实所桎梏矣。嗟乎！以至虚之物，而遇至实之子，如毛羽之入水，不能飞扬，必至腐烂矣。

然则何以返乎虚？儒家曰止，道家曰静，释家曰定。将实者刻刻消除，如一只空缸，满以粪土，去之要费工夫。若能当下即证本来，片时直超无漏，如疾风卷尘，太阳消雪，斯为无上明觉，结下丹元，转盼间事耳。

（十二）

问曰：人之妄缘，皆生于见，何以能使见如不见？

师曰：善哉，此切问也。人之根尘，惟见为害最大。子问见如不见，惟全其神，使安其心。其要有三。

一者，于未起知觉时，涵养如空中之月，澄净明洁，无有渣滓，如如不动，了了常知，美色淫声，究同我性，物不异我，我不异物，物我不分，神无留去，常在于心矣。

一者，于将起知觉时，惺惺不昧，发皆中节，如琴上之弦，太和之音，应指而发，悠然有领会处，而不著于物，则起而不起，神在于心矣。

一者，于知觉交代之际，辨得明白，见得机微，如御车之马，二十四蹄谐和合节，众马之行如一马，众蹄之动如一蹄，云行水流，出于自然，不使杂尘混入其间，则流行无碍，旋转太虚，神在于心矣。

虽有所见，神与见离。神虽在目，见与神合。

何谓神与见离？

物即触见，见不缘物，见即触物，物不缘见，如镜光照影，影未尝有心入镜，镜未尝有心触物也，神何驰之有？

何谓见与神合？

无物无见，见性不灭，有见有物，见性不起，万形外过，一真内涵，如琉璃中火，照见一室中所有之物，而火在于琉璃中，不在琉璃外也，神何驰之有？

总之，静照常明，真神自在；日月有尽，慧眼无穷。子不见夫鱼乎？鱼不见水，鱼性自乐；鱼若见水，鱼性自劳。见如不见，应如是观。柳下惠纳女于怀，目中不见有女也。

炼丹、炼心，总是一炼。炼心者，炼其所有之心也；炼丹者，炼其本无之丹也。心谓之有，丹谓之无，何有何无？此中有妙理焉。心以神为君，神在于心，则丹为我有，神驰于物，则我不有心，我不有心则火炎，火炎则汞竭，大药失其一矣。大道虽贵无心，然无中之有，斯为真有。炼心者，炼其无中所有之心也。

丹以精为主，精非交媾之精也。交媾之精，夹杂欲火在内，水中带火，其味咸而不用。故海水可煮盐。海者，火之谷也，深夜从高岗望之，往往火光灼空，浮游水面，此其验也。大丹无形无声，无色无味，岂容得杂火之精？故采精须采元精，清空一点，若有若无，结下灵丹，一个赤条条的孩子，从此中跳将出来。这个孩子，虽若有形有象，其实无形无象者也。以本无之精，炼本无之丹，养下本无之孩子，故炼丹者，炼其有中本无之丹也。若神不守舍，则为无心，无心则孩子不灵，但会著衣吃饭，不会读书谈道。若精非元精，则为精卤，精卤则孩子不育，虽结胞胎，半途必废，如女人小产，未见真形。

故心要有，又要见无中之有；丹要无，又要是有中之无。有有无无，乃为化机，名曰至道。

（十三）

炼丹，非有事事也，无所事事，方谓之炼丹。人能无所事事，以至于心斋坐忘，丹亦何必炼？丹至于不必炼，乃善于炼丹者也。

世之附会于炼丹者，把炼丹看作一场大事，惊天动地。嗟嗟，这个主意，便与丹远矣。道以自然为宗。太极生天生地，亦最寻常、最平易，不知不觉，以虚化虚，以真合真而已。人身中自有太极，既有太极，则阳升于上，便是生天；阴降于下，便是生地；天地混沌，仍是一个虚灵含元之太极，并非奇怪，不假思为，安坐一室，欲仁仁至，以我身之所有，为我身之大丹，如富户人家著衣吃饭，取诸宫中而有余也。自家有性，自去见性；自家有命，自去立命。丹道无他，不过要"性命"二字而已。今人不要性命，是以速死，而诿之大数，难道悟真登仙者，其大数该是长生不死，超出三界的？良可笑也。

佛经云："不生不灭。"今人做病，本于生生太过。以妄想生妄尘，以妄尘生妄境，以妄境生妄业，转转相生，生生不已。有生必灭，有灭必生，累千万劫，转生转迷。于俄顷间，一念忽生，一念忽灭，即此一念，便是生生死死之因。有念必有相，一相忽生，一相忽灭，即此一相，便是生生死死之地。有相必有物，一物忽生，一物忽灭，即此一物，便是生生死死之缘。人于一日内，不知生生死死、轮回欲海几十百千次，而幻形之变化，此其远者矣。

或曰：太极生天地，何谓不生？

曰：太极生天地，而有不随天地生者在，故太极不灭。

（十四）

炼无可炼，丹何以丹？炼虚而成其为虚，则丹成矣。虚者无物，炼些甚么子来？子要炼丹，正须拣没有甚么子处炼，炼出些甚么子来，究竟没有甚么子，则大丹在于我矣。夫无上之道，原无可道，无上之丹，原无所为丹，欲执形象而求之，背道远矣。

子试思自己身中，那一件实实是有的？手乎、足乎？耳目、口鼻乎？

肝肾、肺肠乎？心胆、骨血乎？情识、知虑乎？其中采出一件来，实实可以认得是吾有的，子便将认得是吾有的这件炼起。细思之，都是幻形，与我无干，非惟无干，只因这几件为我大累，使我不能成仙作佛。于今将这几件尽行撤去，单单寻出实是我有的一件来，做个不生不死之根本，则长生由我，超出三界由我，飞腾变化，何事不由我？而奈何以有形之物而累无形之本哉？嗟乎，世人庸庸碌碌，自谓求生，其实求死，良可哀矣。

子为人不慕荣利，不贪酒色，诚入道之根器，而机缘未到，滚滚红尘，翘首云霄，致身无路，犹千里之马，困于盐车，无可如何。子姑安心待之。若能身在红尘，心空白浪，时时见性，刻刻修身，随他火山万丈威光，洒我银瓶一滴甘露，使炎炎之势，片时烟消焰灭，这个便是真正学道，真正炼丹。弥久弥笃，不厌不倦，自有仙真下顾，授以灵文宝箓，为世仙师。子其勉之，勿谓我言之妄也。

炼丹者，全然不要把"炼丹"二字，放在心上。就是果有一粒金丹，吐在掌中，被人劈手夺去，我亦不以为意，看他不甚希罕，毫无芥蒂，方是炼丹之人。夫丹为宝丹，非比珍珠美玉，何为看不甚希罕？如此轻贱他，岂不是大罪过？要知炼丹之士，不具此宽大心肠，年年日日炼丹，究竟炼丹不成。何也？丹者，虚无之体也，以有心执持，则非丹矣。是故未炼之先，我如不欲炼丹；既炼之后，我如不曾有丹。升乎清虚，游乎碧落，徜徉乎金彩玉光之中，遨游乎珠宫璇阙之下，吾如不曾见些甚么来，视异境犹如常境，视真人犹如常人，都看做是固有之物，如我平日著衣吃饭，家常使用，方是豪杰襟怀，真仙种子，孟子所云"不动心"也。譬如人获一颗明珠，把他做一块瓦砾看，则我与珠相忘，珠安于我，我安于珠，何等快乐！若竟作珠看，时时抚摩，刻刻记挂，则此珠反足为我累。有累则心不空，心不空则背道矣。楚人得一玉杯，以为至宝，恐有惊触，纳之匮中，裹以锦茵，可谓善藏矣。揭而观之，既置复取，既取复置，两目清黄，双手颤发，误触其匮，玉毁不全。人之于丹，亦犹是也。视之不甚惜，深所以惜之；视之为奇珍，适所以害之。

就是火候，也要平平常常，有心无心，勿忘勿助，听其自己运用，水到渠成，薪多肉烂。分寸铢两之说，大足误人。此矜夸自玄之辈，作此议论，迷乱学者，以为炼丹乃至难之事，舍我莫知。呜呼！吾尝阅丹经图籍，都说火候，必有秘传，心心相授，孰知至庸且易，平淡无奇者乎？吾以子好道，故以一言点破，传之世间，令不知学者省却多少心思，此我之大阴功、大济度也。

（十五）

子骨胜于肉，魂强于魄，虽瘦不妨。所嫌心火太旺，火旺则血枯。日中宜寡言少思，闭目以养神，调息以养气，身若浮云，卷舒自如，物来触我，我不著物。久久行之，自然诸疾销除，身心舒泰。此非难事，动静可持。程子云："万物静观皆自得，四时佳兴与人同。"此学道有得之言。看他心地，何等灵通，何等快乐？便是活泼泼地一个神仙也。

从古升玄之士，有历千年方登仙籍，有历几世始跻云路，最少也有百年、六七十年，又最少亦有三四十年、一二十年，方得真仙接引。子以百日之功，随冀异常之遇，从古以来未之有也。吾与子约：子勤修不怠，三年如一日，许子仙缘辏合，上达有阶。子其自爱自勉，毋负我心。

精气神，名虽有三，其实一也。人俗情未断，游思纷扰，故精气神各分头以应之。至人斋居坐忘，精气神何分之有？太上不言丹而言道，良有以也。浑之则三，澄之则一，三者非神、非气、非精，一者是神、是精、是气，囫囫囵囵，一个太极，一粒金丹，动含一切，静照十方，至灵之机，不分之象，其妙不可尽言也。

吾与子言道，可谓深且悉矣。知之非难，行之非易。子能穷究，得其指归，融洽于心，体验于事，虽未即飞升遐举，亦是一个得道高人，天神相之，道体圆通，灵根永妙，悠悠乎神仙之徒矣。

夫道之要，不过一虚，虚含万象。世界有毁，惟虚不毁。道经曰："形神俱妙，与道合真。"道无他，虚而已矣。形神俱妙者，形神俱虚也。

（十六）

吾向来谈道，始言炼心，直至白日飞升，参此一条线索，更无别径可以令人朝发而夕至也。子其于此认得清乎？

性命两字，如玉连环，分解不开。今人修道者，畏性功之难，先从命宗下手，沾沾于坎离水火之际，胎既结矣，神既出矣，未能荡涤尘根，直超无漏，则升腾变化之间，究竟有些滞碍，清虚玄朗之境，不容站著脚根，欲其游行太虚，竟同一虚，难矣。

夫人之能断生死、脱轮回者，全从性宗了当。于此有未彻，虽婴儿养得长大，到底是一俗汉，是一顽童；升至半天，恐落下来，或过几千百岁，难免堕落。何也？不曾晓得虚字，纵使晓得，亦不曾实实到得虚字也。即使先做命功，后归性学，是留难的在后面；阳神初结之时，胞胎里必带些夹杂之气，非再加面壁之工，恐难磨洗一清。

是故，先命而后性者，殆欲求速效，连累这孩子不能成个圣婴。由性以至命者，要做真学问，心要见真心，性要见真性，神要见真神，精要见真精，气要见真气，性命不分，一举两得，道成之日，位为天官，超出三界，先天地而有，后天地而存。此的的真宗，任他花言巧语，不能出我这几句。

（十七）

请问：佛家舍利，与道家金丹，是同是异？

师曰：佛家以见性为宗，精气非其所事事也。万物有生有灭，而性无生无灭。涅槃之后，此物固是圆明，超出三界之外，永免六道轮回，所余精气结为舍利，时放光明，忽隐忽现，佛之神通，大抵如此。

夫佛既涅槃，遗下精气，乃无知之物，何分隐见，谁放光明？吁！乌得言无知也。虽然，亦何得言有知也。譬如明珠放光，谁为为之？珠生于蚌，蚌之精华结而成珠，珠既出蚌，与灵性别矣，而圆明如月，由其精气在是也。人身精气神，原是一非二，佛家独要明心见性，洗发智慧，将神光独提出来，余下精气，交结成形，然其诸漏已尽，百结俱销，则其精为元精，气为元气，虽不比神之洞明普照，然亦固是灵物，故光明隐见，变化不常，此其理也。而其所见之色，各有不同者，世间宝物数种，光彩陆离，随其质性。精气，人身之宝物也，身具五行，故有五色，故舍利所见之色不同。由此道以推之，佛家之所谓不生不灭者，神也，即性也；其舍利，精气也，命也。彼修性而不修命，故灭度之后，神升于虚，而精气留于世也。若吾道家，性命双修，将精气神，浑合为珠，周天火候，孕成一个轻如片云，娇如处女，与吾一般的孩子，神在是，精在是，气在是，分之不可分也。

或曰：修仙之士，亦有坐化的，流出舍利，既是性命双修，何得复有舍利？

吾应之曰：若因有舍利，其所修者，必是佛而非仙，详于性而略于命者也。性命双修之士，将此身精气神，团结得干干净净，骨血皆化，毛窍皆虚，血如白膏，体若纤云，赤如日，热如火，贯通于百体四肢之间，照耀于虚无朗净之境，故能升沉变化，随意圆通。释、道之不同若此。至若性体本空，六根常寂，不以有物累无物，始能以无物照有物，慧炬无方，真如永湛，则又同。

（十八）

炼丹者，阴尽而阳自见，阳壮而阴自销。人身七情六欲，总是阴根，拔去这根，真阳发露。凡物，阴重而阳轻，阳清而阴浊，轻清而上升，重浊而下降，故未有情欲方炽而可以冲举霄汉者也。阴性寒，阳性热，一阳初动，大地回春。子独不见天时乎？三冬阳伏，则天地闭塞。今人机心内运，精涸气嘶，一派冬令，故毛发凋枯，肌肤皱裂，何异冬天摇落之象？交春阳气发生，群阴退听，故百卉舒华，土膏润泽，犹人真阳在中，则发白重黑，齿落复长，肤理腠密，融莹如玉。人身、天时，异形同理。

凡人情欲未断，则精为阴精，非阳精也；气为阴气，非阳气也；神为阴神，非阳神也。

何以精为阴精？凡身中之火，为情欲所发，此为阴火。精为阴火所灼，则命门之精，随火而泄，是以阳精无形，阴精有质。

何以气为阴气？凡气之散漫于形骸之间者，皆尸气也。阴性凝滞，故气行骨节间，忽然壅塞，遂生疮疡。若真阳之气，薰蒸如火，舒卷如云。如火，则诸毒遇之皆散；如云，则壅塞遇之皆通，何有疮疡之疾？

何以神为阴神？神本阳也，被七情六欲驱遣阴精，阳气埋没在下，如一块炭火置之冰窖之中，热不能胜寒，阳不能胜阴，君子不能胜小人也。

总而言之，精气神，为先天之物，则件件皆阳；为后天之物，则件件皆阴。孔子曰："道二，仁与不仁而已矣。"

唱道真言卷三

南极天宫，青华上帝；唱玄风于羲农黄唐之世，培道脉于虞夏商周之间；或隐居于清庙明堂，或显真于名山灵洞；神通莫测，变化无端；原天上之岁星，游戏蟠桃园内；作人间之仙吏，诙谐金马门中；大悲大愿，至圣至仁，逍遥观世，度人无量天尊，无上道祖仙师赐箓

（一）

炼丹，无所炼也。何以说无所炼？炼其所无也。无者，虚也。心本虚，情识意知实之。炼心还于本然之虚，则丹可成矣。何以言之？丹本虚也，是以心虚而丹可成，从无有一物中炼出一物来。何以从无物中炼出一物？譬如我在未生以前，未尝有五官四大，并未有个人身，忽然一念，自去投胎夺舍。此投胎夺舍者，果是何物？既有神，自有气，既有气，自有精，投入一个胞胎，十月满足，恰成一个人身，从泥丸宫里跳出，遂能出有入无，后天不老。若我心地未虚，情识意知纷纷不一，则我依然是人身了。既有人身，还思想再得一个人身，安有此理？人身只得两耳两目、一鼻一口、五脏六腑四肢，那里可以再增一倍？断然不能。

故炼丹者，须把耳目鼻口，脏腑肢节，尽还于虚，如未曾托生，一件不有，只一点神光炯炯不昧，然后结下胞胎，还我耳目口鼻、脏腑肢节来。一个阳神，单单是我，并未尝再加一倍。然阳神虽出，其耳目鼻口、脏腑肢节，到底原虚，到底未曾有身，故可以不生不死，与道合真。

炼丹之道，尽于此矣。

（二）

学道以无为为宗。有为出于无为，则虽呼风唤雨，拔山断流，终是无为之旨。不然，一举一动，一符一箓，未悉道原，总是小家伎俩。是炼丹炼无为之丹，行法行无为之法，诵经诵无为之经，持咒持无为之咒。"无为"二字，天之体，道之原也。欲于无为之外，别寻枝节，是为旁门外道。子其合天之体，明道之原，何患《洞经》之不解，诸法之不通？吾其望之。

（三）

无为者，道之体也。丹者，无所为而为者也。上古圣人，悯人之不能及于无为也，故教人炼丹，使之从无为中，讨出有为。故采阳于无，恍惚之

中，元阳生焉。阳既生矣，结胎于无。杳冥之际，灵胎成焉。胎既成矣，乃以无为火，绵绵若存，用之不勤，惺惺常在，守之不败，一年十月，阳神出焉。神既出矣，所出之神，原归于无，紫气光中，有物非物，有形非形，无象为象，无声为声。此何以故？道原如是也。而其所忌者有三。

采阳之时，忌动。阳之生也，一意融结，静则阳生，动则阳歇。阳有形乎？以我之意，为阳之形。神能化气，神静则气有不生者乎？一动则意止，意止则神不续而阳息矣。

结丹之时，忌滞。阴阳交会之后，急用一意，将黍珠一粒，送归黄庭，封固鼎内，稍滞则精老，不能含阴，遇火则躁，恐难成胎。

用火之时，忌暴。阳既采，胎既结，十月之火，犹如一日，一日之火，犹如一刻，此为纯火。胎从纯火中烹出，则坚刚不坏，旷劫独存，上天下地，飞腾自在。若有时忘却，一念忽及，加意烹炼，一团躁急之气，虽坐到息息归元之候，终是暴火，由其自断续加意为之也。

由此观之，炼丹非易易事也。自知无火，方能用火；自觉无阳，方能采阳。如天地清空，一无所有，而时行物生，万古不息。

子患训诂自给，不能习静，然明心见性，现在可为，吾原教子从此做起。夫炼心，为成仙一半工夫，子何不且做一半，留此一半且待机会？子何必舍现在而为无益之忧耶？既能寡欲，大本已得。从此安其神明，恬其思虑，静中参悟，玄关一窍，跃跃欲动矣。

（四）

结胎以无所事事为结胎。无所事事者，胎之原也。何以故？太极生天生地，自然而然，不知不觉，上而清者为天，下而浊者为地，自自在在，优优暇暇，而天地生焉。若太极于生天生地之际，掀翻颠倒，则阴阳反覆，五行错杂，未成世界，先尽彝伦，便非道之体矣。人知太极所以生天生地之故，则结丹之际，可以无所事以为事矣。阳之宜升之，阴之宜降之，犹如太极之生天，清者在上矣，太极之生地，浊者在下矣。然天地虽分，而太极不分，于是阴阳混合，结为宝珠，浑浑沌沌，原是一个太极，此丹之所以为丹也，胎之所以为胎也。

火候既到，阳神出焉。要知此阳神，是浑沌未凿之物，不是四大五行结而成形的。若是四大五行结成的，便是人身，既是人身，便有知巧，既有知巧，便不能无所事事，而背道远矣。

是故，这个阳神，就是太极。既是太极，为何又有形象？吾为之解曰：这个阳神，是洪荒之世，天开于子，地辟于丑，人生于寅的时节，第一个人，知周万物，道济天下，无所能而无所不能，无所知而无所不知，太璞不雕，太淳不凿，虽有形象，实是太极。太极者，道之祖也。

（五）

丹有祖，子知之乎？丹以太虚为祖。太虚生神，神生气，气生精。神与气精，同祖一太虚，则宜象厥祖翁，而何以一件不虚？是为悖道之子，不肖之孙。太虚何不幸而有此若子若孙也？

然则可以返于虚乎？

曰：可。

返于虚之道何在？

曰：无思无为，则返乎虚矣。虽然，无为之本，又在于无思。何也？人能终日静坐，杜绝人事，悠闲自在，旁人看他，岂不是一个自在神仙？恰象有道的高人，全真的仙侣。不知他的心内，谷谷碌碌，转许多念头，藏无数傀儡，一念之轮回，种无边之生死。是故，无为人所能，无思非至人不能也。子试问，己心果能无思乎？非惟不能无思，恐不能一刻之无思。既不能无思，则事至而惊，物感而动，虽欲无思，不可得矣。

子流落尘缘，方以训诂自给，岂能一无所思？然思有不同，有本分之思，有出位之思。所谓出位者，无论声色货利，即要成仙作佛这个念儿，亦是不守分，为希冀之心，侥幸之心，通该绝去。自己绵绵密密，做现前有益于己的工夫，无求于人的学问，如何可以悟真，如何可以入圣，刻刻不肯闲过，自然心逸日休，志气如神。把"仙佛"两字，丢在一边，其实是成仙的派、作佛本源，真仙、真佛，乃从此出。

孟子曰："舜居深山之中，与木石居，与鹿豕游，异于深山野人者几希。"看他心地，何等光明？"及其闻一善言，见一善行，若决江河，沛然莫御"，看他灵机，何等迅速？这才是真会炼的人。人若肯做深山野人，不以为耻，打不哭，骂不笑，痴痴颠颠，顽顽钝钝，似一个蠢孩子，其于道不相远。然而这个人，岂真是顽钝痴颠的？大有志气，真有学识，其量如江河，澄之不清，挠之不浊，其操如松柏，春不见秀，冬不见凋，殆至人欤？呜呼！吾安得若人而与之谈道也哉？

（六）

子处境寥落，儿女盈前，苦哉！子为境所困矣。然办得一副有进无退的心肠，要受一番千磨万折的境界，然后打得铁壁穿，透得火山过，成仙作佛之基，方能于此际，立得牢牢实实，排得安安定定。不然，仙佛是何等事，岂尽人可尝试哉？子其咬著牙根，安心守去，此身可生可死、可冻可饿，而向道之心，由他生死而此心不落生死，凭他冻饿而此心不知冻饿，立志之坚，果能如百炼之钢，难道天上无数高真，尽是聋瞆，不来照顾的？断无是理也。然则子患立志之不坚，无患境之不堪也。既有真志，则何境不可处？虽在刀山剑树、铁床火坑，亦可立地成仙作佛，况黄薤淡饭，啜粥饮水，贫士之常乎？

（七）

丹者，太初以来一点真元，至于今日始见得著，捉得定，认得清，故谓之丹。譬如取土作丸，要把砂石尽数淘清，方可和合上来作个丸子。炼丹者，须把七情六欲，亦细细淘尽，无一些渣滓，则一点真元，如秋月扬辉，然后再以升降之工，作和合之方，而一粒金丹，团团圉圉，在我中黄太乙之宫，见得清，认得清，永远不消失矣。

"上药三品，神与气精。"神者，气之母，精之祖也。子无不从其母，孙无不顾其祖。故炼丹者，凝神而气精自随之。大药虽有三名，其实一也。采阳之时，意也；交会之顷，意也；送入黄庭，用意封固，意也。至于十月火候，刻刻内观，时时返照，无他，神而已矣。后天之意谓之意，先天之意谓之神。神之所在，气即从之，由气依神而生，亦依神而息也。故结胎之时，静则阳生，静则神安，神安则元精吐华，而气生焉，气之所以依神而生也。十月之火，内观观于此，返照照于此，吾之元神，全注于此，故五行于此朝元，胎息于此运转，气之所以依神而息也。以其全用一神，故出胎之后，谓之阳神。神之为用，大矣哉！

（八）

丹，以气为母，以神为父，精为子。

何以气为母？丹者，一气之所结。采阳，气也；火候，气也；犹母之生子，形骸脏腑，皆母氏精血为之。

何以神为父？气为神之所生，神不能独用，而藉气以为用。气虽虚而有形，神则虚而无物。炼丹之士，先凝神入气中，而后结为灵胎，犹父之不能孕子，必传精于母腹，而后阴阳和合，诞生婴儿也。

何以精为子？精者，养丹之物，犹龙之与水。龙虽能飞腾变化，然失水则神不能御形，与蜥蜓无异。神胎虽结，无真精涵养，则枯而无用，取子能养老之义，故以为子。

是以真修之士，必要三全，由三全以至于三圆，方许修道，指望成仙。世俗之人，则以交媾之精为阴精，结丹全不藉此，虽浪费亦无害。不知精无阴阳，无欲则身内之精皆阳精，有欲则身内之精皆阴精。阳精无形，阴精有质，一欲与不欲之分也。

（九）

经曰："上药三品，神与气精。"凡人不知有精气神，虽识而不能用。故圣人教之曰：这个精气神，是修丹之上药，不在外边，总在汝身内。若上等根器之人，既知有道，勤修密印。混混沌沌，鸿鸿濛濛，何神、何气、何精？以为神耶，而气与精在焉。以为气耶，而神与精在焉。以为精耶，而神与气在焉。如糖和蜜，似粉入面。在五行未兆之先，当三才未判之际，此为丹祖，太极是也。于此用一点灵机，静中作用，结为黍珠，以太乙祖气烹之，十月之后，出为阳神。夫"阳神"二字，不可专在人身上偏看。生出天来也，是这个阳神；生出地来也，是这个阳神；生出日月星斗、胎卵湿化、飞潜动植也，都是这一个阳神。

阳神何以能生得许多？

曰：太极者，阳神也；阳神者，太极也。以为阳神，则不能生阳神；以为太极，则无所不生。此至理也。不然，神仙变化莫测，难道他有无穷本事？要知非神仙为之，太极为之也。

（十）

丹本无形，未尝无物；分合无端，变化莫测；可分之而贯通于周身，可合之而静藏于一窍；一变而成象，再化而为虚；鬼神莫喻其机，天地莫穷其妙。"神无方而易无体"，其神丹之谓乎？是故丹有先天之丹，后天之丹。先天之丹，太极无二，生出人来，必是圣人，由太极之气，清和淳厚，鸿濛既兆，灵秀集焉，故太古之世，多产神奇之圣，开物成务，制礼作乐，丹亦如是。后天之丹，浊气而浮，鸿濛既散，灵秀亦衰，故中古之人，每逊太古，求其刚健中正之德，盖亦罕矣。先天之丹，其义云何？以太初无形之物，结而为丹，而以太乙祖气烹之，是则所谓先天之丹也。道莫大于太极，而丹象之。何以故？丹不可以名物器数求。清虚洞玄，鸿濛一气，道之体也。

或问曰：丹之为物，何为而象太极？

吾应之曰：丹之象太极，太极便是丹。一粒黍珠，造出世界，从太古以至于今，阳神日日变化，时时变化，刻刻变化，而生于其中者，习焉不觉，由焉不知。呜呼！觉之知之者谁乎？冥慧之士，穷究其理，便知丹之为丹矣。以为无为耶，则天地何以判？以为有为耶，则天地何以混沌而复还于太极？此中殆有神焉。

夫人之身，自心以上谓之乾，自脐以下谓之坤。天气不下施，地气不上接，其卦为否，《易》曰："天地不交，而万物不通也。男女不交，其志不同也。"故有道之士，以离中之火，补坎中之阴，以坎中之水，育离中之阳，其卦为泰，《易》曰："天地交，而万物通也。男女交，而其志同也。"虽然，其道安在？莫若恬其心而为之。苟恬其心则神安，神安则精气和，神安而精气和，以至于分之不可分，则丹本立矣。然丹本虽立，尚是无定之体，于是用吾无中之有，炼成有中之无，于打成一片之中，取其尤精者，和合而为珠，金精木液，战斗一番，鼓九阊之璈，而弹八风之瑟，日月出于脐下，风云起于腋间，圆陀陀，赤洒洒，仍是一个清虚洞玄、鸿濛一气之太极也。此中有天地焉，有日月焉。飞潜动植，胎卵湿化，无一物不备。灵机一到，万籁齐鸣，一元显象，不可言尽。老子曰："玄之又玄，众妙之门。"

丹以无为为之而丹灵，以有为为之而丹未必灵。此何以故？丹也者，天地自然之道也。天地之道，有阴必有阳，有水必有火，有阖必有辟，有升必有降，道之所以为道也。一身之内，有阴阳焉，有水火焉，有阖辟焉，有升降焉，此事非强而为，莫之为而为也。物各从其类，使之各得其所从，而万物生焉。此旷劫不易之道，吾乌从而易之？不能易之，则顺之而已矣。世间凡夫，以炼丹为夺造化之权，泄天地之秘，不知我何所容心于其间，顺其道而已矣。

子患采阳之无据，夫阳生有候，顺其候而已矣。子患火候之不准，夫火之发也有时，其息也有时，子顺其时而已矣。子患真汞之不生，夫心为五脏之中气，中气上升，然后诸脏之气从而上升，中气下降，然后诸脏之气从而下降，孟子曰："志，气之帅也。气，体之充也。"子立其帅，顺其命而已矣。夫炼精还气，炼气还神，炼神还虚，事事从逆，独是丹家作用，又要心心从顺，念念从顺。逆炼而顺以成之，此炼丹无上之要诀也。

（十二）

太极生天地以来，凡物之有形有象、有质有性者，日滋月长，天地苦于生生之不已而又不能不生，万物戴天地之恩，沐天地之泽，而不知天地之苦于生也。天地之元化，泄而不止，流而不还，天地且罢矣。以既罢之天地，而求其所生之物与道同无尽，是犹执不胜匹雏之子，而望其穿杨之技，有是理乎？

然则有志之士，一心发愤学道，将如之何？

曰：使我之阴阳，返于混沌之初，则可以炼丹矣。始之以无为，终之以无思，则天清宁于上，地安其位于下，然后阴阳浑合以成珠，收罗于玄玄一窍之中，颠之倒之，恍兮惚兮，一炉造化，万斛神光。当此之时，天地罢而我不劳，天地散而我不分，天地方苦于生生之不已，而我安于息息之有余，天地经累千万亿而混沌，我则时辟时阖，随分随翕，且生且息，或万或一，究其至也，同于太虚，岂天地之所得而比哉？

（十三）

丹也者，何所本为之？

丹以无所本为本。

何以言之？

曰：丹者，天地万物之本也。

何以为天地万物之本？

曰：丹者，道也。道者，虚无之体也。虚无不可立名，故圣人强以"道"名之。虚生一，一生万，万还一，一还虚。

虚何以能生一？

曰：此化机，不可言尽。虽然，大略可得而言之。虚者，无形无象，何以生出有形有象的来？要之，太虚所生之一，原是无形无象的。

既无形无象，与太虚同体，何以名之曰一？

曰：虚即是一。太虚之体，无有间断，无有夹杂，浑然至纯而粹精，故谓之曰太虚生一。

曰：一生万，其义云何？

曰：万亦是虚。要知太虚，不是板然之体，以其无间断夹杂，故曰打成一片。然即此太虚之中，得其气者成形，得其理者成性，可分可合，可大可小，可方可圆，可动可静，故又曰虚空粉碎。

虽然，太虚究无形象，何以能成此有形有象之物乎？

曰：此非太虚为之，而在乎太虚之中者为之也。使太虚有意生万物，则太虚有尽时矣。是故炼丹之士，一粒黍珠，与太虚同体，然后此中化化生生，太虚无为而万物自遂，太虚无心而万物自滋。呜呼！至矣哉，蔑以加矣！吾何以赞之？赠之以一圈。虽然，一圈有界限，不足拟此道之妙，仍赠之以虚。虽然虚者，散漫无涯之谓，恐后之炼丹者疑焉，吾有以赠之，赠之以一圈，圈复赠之以虚。

（十四）

凡炼丹者，以无为君，以有为臣，以水火为佐，以意为使。

何谓以无为君？上药三品，件件皆无，七尺之躯，空如一粒水晶珠子，不著一物，那时精气神方得打成一片，清空浩荡，浑浑不分，而丹本立矣。

何谓以有为臣？一无之中，万有具焉。以言无精，其实有精；以言无气，其实有气；以言无神，其实有神；如太古之世，民风熙熙，无在非德泽之洋溢，不可执一名一象以求之，而礼乐政刑，灿然具足。

何谓以水火为佐？水火，药物也。水在下而升之使上，火在上而降之使下，犹王者政治均平，无内重外轻、内轻外重之患。玉烛调和，金瓯丰满，黍大之珠，万物备而四气周，八风平而三才具。工夫至此，十有六七矣。

何谓以意为使？水之所以升，火之所以降，谁为为之？意为之也。意之先无意，意之后无意，只得中间单单一个真意，而采阳结胎、脱体出神俱藉之，而炼丹之法尽矣。

（十五）

丹者，先天之物，非后天之物也。如其后天，则是世间一种好奇之人造作出来，为旁门外道。丹也者，道也。上古圣人，千言万语，只教人惟道自务。苟明于自然之道，则明于自然之丹矣。夫太极之生天地也，阳升于上而为天，阴降于下而为地。故炼丹者，当知未有天地之先，如何是个太极？太极者，清虚无为之体也。未有形声气数之时，有灵之至而神之极者，太极是也。

太极何为乎生天地？

曰：太极原未尝生天地，而天地得其灵气，苍然者为天，块然者为地，而太极何尝生天地哉？太极为天地所以生，则天地生而太极死矣。人心，一太极也，丹之祖也。修玄之士，以我心一点灵气，凝于丹宫，神气相依，遂成形象，久之变化无方，可与太极同无始终。何也？非物也。既成形象而非物，则其为物，果何物乎？天之上，地之下，未尝有是物也。以其非物，可名之曰道。以其非物而终有形象，可名之曰丹。虽然，必如是，直谓之太极。太极者，道所从出也。

（十六）

人之生也，脐在最先。脐带系于胎根，外通母腹，一点真元，包含生理，为真真种子。自泥丸至涌泉，脐为一身之中，自燕尾至外肾，脐又居中，譬之天为嵩高，地为中原。诸天宿星所拱，五方风气所朝，得五行之全，居百骸之会，于此置鼎，不偏不倚，不上不下，何善如之？以其正位乎中，故名黄庭。黄者，中央之色也；庭者，虚而有容之象也。紫阳氏所谓"有形之中"，《金丹四百字》所谓"此窍非凡窍"也。

（十七）

"辟户谓之乾，阖户谓之坤。"辟者，交会之后，送入黄庭。丹体至健，阳刚之德，鼎辟而丹落其中，故谓之乾。阖者，丹既归鼎，用意封固，如人之阖其户也，此时全要安静为主，如坤之体，故谓之坤。

（十八）

问五气。

师曰：五气者，五脏之气也。气在气穴之中，而流通于五脏之间，于肺则为金气，于心则为火气，于肝则为木气，于脾则为土气，于肾则为水气，是谓五行之气。平日间，气行于五脏，各有衰旺，过衰则病，过旺则病，甚至阏塞不通，则有瘫痪痈肿之病。人到息息归元之后，气穴中之气，蓬蓬勃勃，从尾闾上透泥丸，与脑中之髓，如银灯相映，下至重楼，遍薰诸脏，如一轮烟月，照耀于潇湘洞庭之间，结成一粒黍珠，送归黄庭金鼎之内，胎受五行之全气，故日后阳神依然与人身一般。若一气不足，阳神便少一件，不成其为人矣。然须静之又静，玄之又玄，使这五气为先天之气，则生出阳神必是至灵至圣之物。若杂用后天，恐不成胎，虽成而不灵；求其通玄达妙，不可得矣。

炼丹之要，的的确确不过"凝神"二字。

凝神在何处？

曰：生身受命之初。

凝神在何时？

曰：真息归元之时。夫气在人身，一日十二周天，犹斗柄之指十二辰也。其升也，五脏之气皆升；其降也，五脏之气皆降；既降之后，五气合而为一，丹经所谓"金木并，性情一"，此其时矣。若论起汞来，则当真息归元之际，离中之汞，已与五脏之气同升，况铅到神房，金能生水，铅金自生木液；金公求雌，木母求雄，必然之理，子又何疑哉？夫静功真境，以笔传之，不若以身验之。

禅家以了悟为见性，道家以归元为得命。夫见性方能知命，故性学先之。得命亦能知性，故胎息归根，自与一点灵光，融通浃化。性与命，似有先后，实无先后也。惟敏达之士，始能知之。

（十九）

问：阳神何以能分为百、为千、为万？

师曰：阳神者，一团真气结成。真气所流，犹如火爆星飞，其火星四射，点点皆有火性。丹者，太极也。太极生天生地，生人生物，生出无数有形有象的来。金丹一粒，浑然是个太极，自然可以生出无数人来，一个鹤臞子可以布宇宙。然天地人物，既有形象，则必有毁坏。大丹所生之阳神，虽有形象，而实无形象，故分出来可为万，合上去原是一。

然阳神既无形象，如何饮食？

曰：一块纯阳之气，如夏日秋阳，何物不熔化？

然则阳神又分为阳神，其灵通可是一般无二的？

曰：凡有形象的，分出来，或有不同，故聪明的人往往生出顽劣儿子。阳神是神，并无别样夹杂在内，其灵通自然，一般无二。

然则阳神既分，四面八方分投散去，将如之何？

曰：至灵之物，天上地下，无微不彻，铜山崩而钟鸣，剑化龙而复合，无情之物，尚能相感如此，散去之说，非通论也。

（二十）

问：丹有形象乎？

师曰：交会之后，遍体融和，如暖春天气，熟睡方醒，胸境洞然。此交会果是何物？是神、是精、是气，非精、非气、非神，名之为道，见之为丹，拟议之为太极，十月之后，即阳神也。总而言之，炼丹件件皆虚，黍珠一粒，浑然太虚之体。于此参之，思过半矣。

子要识丹之一字。丹者，身也，像人之身。一者，脐也，像人之脐。脐者，丹也，像脐中之丹。丹像身，身像丹。一画何以像脐？像脐，何不一圈而乃一画？取义何在？此一画，即伏羲一画之义也。伏羲于未有八卦之先，先有此一画，犹人在母腹，五官四肢都未有时，先生脐轮，上系胞带，通于母腹。丹字一画，取义如此。故结胎不于他处，而于脐中，盖以脐为人之命根。炼丹所以立命也，立命不于命根之所在结丹，而又奚属哉？

丹之为物也，有神焉，在于通玄达妙之宫。得其神，则丹可成；不得其神，则丹未可以岁月计也。此神果是何神？此神便是丹祖。当子发下誓愿，要修道时，其神便随斗罡真气，降居子之心府，以和会一身之物，使人心地清明，气质纯粹，皆此神为之也。此神恶动而好静，恶实而好虚，静虚之至，则其神自灵。既灵矣，自然显大作用，管摄五脏六腑一部神王，而为之攒簇五行，会合万象，如船中操楫者然，遇湾则随湾而转，遇岸则逐岸而移，永无触碍棘手之处。人工夫做过一分，其神便将第二分工夫引你，做过二分，又将第三分工夫引你，随时诱掖，多方启沃，直至九分十分，工夫圆满，皆其神一力为之。子如今好将二字为供养其神之具。如何是二字供养？曰静、曰虚。

唱道真言卷四

南极天宫，青华上帝；尘劫护生之慈父，万世文字之宗师；金声玉振，开正学于东洲；狮座莲台，演教传于西域；神化之妙，不可名言；变动之机，略无端倪；似狂而实圣，居时和清任之间；虽暗而必章，在进退荣辱之外；大悲大愿，至圣至仁；多方设法，度人无量天尊，无上道祖仙师赐箓

（一）

问：身外有身之后，还做什么工夫？

师曰：善哉问也。此其道有二。下士委身而去，其事速。上士浑身而去，其事迟。何以言之？阳神透顶之后，在太虚之中，逍遥自乐，顷刻之间，飞腾万里，上之可以摩弄日月，高踏云霞，下之可以遨游岛屿，眺览形胜，千变万化，从心所欲，回视幻躯，如一块粪土，不如弃之，是以蜕骨于荒岩，遗形而远蹈，此委身而去者之所为也。若有志之士，不求速效，自肯做迟钝工夫，阳神可出而勿出，幻躯可弃而勿弃，一味保守元灵，千烧万

炼，忘其神如太虚，而以纯火烹之，与之俱化，此浑身而去者之所为也。并列于此，听人自择。有志者，不当取法乎上哉？

曰：此与炼虚一著，是同是异？

师曰：炼虚是补炼心未至之功，此一著是补炼气未完之事。若炼心既炼到一无所有，脱胎之后竟做此一著，何等简捷！若先命后性者，恐到末路来，只好顾性，不复能顾命矣。具宿慧者，浑而一之，亦妙。

（二）

修真之士，抱道而处，神游于太虚。太虚无所谓道，因人而名之。人亦无所谓道，道而不道，乃有所谓道也者，而实无所有焉。嗟乎！道之名，何自而来哉？天地内外，皆太虚也。有天地，而道之流行于太虚者，因天地而壅塞，是故天地毁而道全矣。吾与太虚，廓然同一虚也，以有形象，遂与虚隔，虽有九窍流通，而吾之太虚，亦逼窄而不宁乎！惟其不宁，则蕴而为有情，发而为欲，时而喜怒，时而哀乐，千态万状，穷工极巧，以一点无碍灵光，而沉沦于血肉之中，宜其困苦无聊而为伎俩矣。沉沦既久，渐忘其虚；既死之后，犹复迷而不悟，堕入恶道，一生不已，转死转生，欲求解脱，不亦难乎？

然则身之为害如此，仙家何苦要白日飞升？

曰：此化体，非凡体也。化体与太虚无异，真火烹成，形质俱化，故聚则为形，散则为气，聚散之间，有莫知其然而然者。

（三）

修真之士，在名山灵洞之中，与在街头巷口、湫隘嚣尘之所，俱可炼丹。体热如火，心冷如冰，气行如泉，神静如岳，此之谓得道成仙。如此等人，吾久不得而见之矣。

炼形之法，虚其身心，去其作用，而听诸天道自然之运行，则久之而化，无质可寻。

末学缁流，往往讥我道门为拖尸带骨，以管窥天，何足与语天体之大！岂知我道家精修妙炼到那形神俱化之时，寥寥太虚，但见紫光玄气充满于天高地厚之间，明则为日月，锐则为雷电，鼓荡则为风，润泽则为雨，寻声救苦，无感不通，握大造之枢机，为众生之父母，其所造岂不光明俊伟哉？此固士君子之本分。大罗天上，原非人迹所到之处，顾所以自命者如何耳。

（四）

太上度人以道，不闻以丹。神仙度人以丹，未尝离道。其他小小羽流，便夸秘传。自古以来，未有以术度人而可以长生不死，解脱诸趣者。延年却病，理或有之。古人著下丹经，惟《参同契》为当，余皆真伪相参。然真中涉伪，真亦不真。奈何修玄之士，徒泥纸上之陈言，欲夺天上之造化，群瞽营营，大道见而不知，丹经矫诬而反信，舍夜光之璧而珍其所非珍，此杨子所以有歧路之悲也。嗟乎哉！古今茫茫，玄家无数旁门，尽属捏空作饼，何救于饥？

有志之士，宜修至道，以大贤大圣为宗师，以明心见性为准的，烦恼菩提本非二境，天宫地窟总在一心，用绵绵不绝之工，踏实实自修之地，则在世为地行仙子，上升为玉殿真官，子子孙孙永处福地，岂不是大结束、大休歇也哉？

至若炼丹之法，静则无丹而有丹，动则有丹而无丹。子试少静片时，神谧如也，气渊如也，从此神气相依之后，再用真心发真意，捣成玄华至宝，藏之丹田。自此之后，时时内视，刻刻返观，泼天炉火，遍地黄金，斗罡从此而转旋，阴阳因之而颠倒。功满道成，纯阳至刚之气，薰肌炼骨，法体温和，四季皆春；太阳在顶上，有昼无夜；造化在身中，有生无杀。分一为万，合万为一，是谓真人，神形俱妙，与道合真也。

（五）

仙家作用，并非神奇，以平常之道，行平常之事，为平常之人而已。孔子云："庸德之行，庸言之谨。"天上神仙，乃世间庸人也。吾向来教子，只是平常说话，无足以惊世骇俗者。子率是而行之，何怕仙路之难登，仙阶之难跻，仙官之难做，仙禄之难赏？乘云跨鹤，出有入无，此乃士君子必由之路，儒者家风，何足为怪？子何疑乎？

夫炼丹之说，太上原教人以养性为至，而复命次之。真常之体，旷劫常圆，使阎罗老子无从下手处。彼虽能生人杀人，不能把无际无涯之道而生之杀之。

至于炼命之学，火候到时，浑身飞去，翱游太清。然吾问子，身内之物，果是何物？先要淘洗得此物干净，超出生死，然后连那身儿，亦可以超生死。若是身内之物淘洗不净，则死生根苗尚尔牢牢系定，譬如一间好屋，主人不肯安心静坐，只管向外逐驰，花街柳巷，目荡心怡，暂返欲出，一出忘返，屋无人住，必至倾圮。故炼性之学，先要留住主人，无心向外。炼形之学，是主人修理房子。子细思之，孰轻孰重，孰先孰后，不待知者而自见矣。

静坐之时，此心悬之太虚，待气息调和，身心安稳，然后徐徐收摄上来，内照本体，果然空空，一无所有，乃于此时自证妙觉，十方世界，尽入觉中，而实无所觉，觉性不生，觉性不灭，乃为真觉。本来一点空灵，至圆至妙，小则毫毛，大则须弥，凡物之有形象者，从此得形象，无形象者，从此得无形象，天地日月，胎卵湿化，有则分为万，无则合为一，果何所为而不为之哉？

夫物，实则必坏，不坏则空。人之有身，由四大生我，及其死也，原归四大。惟此空而灵者，得无所归。若云归空，本来是空，以此之空，归彼之空，空无彼此，将何所归？惟空无归，故不死者空也。就是炼丹亦是空。所谓阳神，并非四大假合之身也，何得谓之非空？若阳神者，正是空而灵的一件东西。此空而灵者，不可描画，不可捏塑，雕风镂月之手，不能于此著一针锋。独有这阳神，分明把空而灵的三字，造下一个影子。是则禅之与玄，相去直一间耳，不可谓之异，不可谓之同。同异之间，非上智不能造其极也。

（六）

学道之士，以能忍为本。喜怒哀惧，非吾心之所有，一切扫除，何等快乐！虽然，忍之一字，难言之矣，非大勇，其孰能之？非浩然之气，塞乎天地之间者，其孰能之？子既有志斯道，当以大勇自期，浩然之气自负，姜桂为心，冰铁为骨，真金遇火，越见光华。至于禅宗了当，证明心地，既悟之后，须以静力待之。

在家之人，与出家之人不同，何也？出家之人，所见者仙典，所居者山房，纵使日动，亦是日静。在家之人，非劳苦以营生，即奔波而应事，纵使日静，亦是日动，若非忙里偷闲，闹中求空，则性不归命，命不合性，虽曰任运腾腾，然欲求真息之归元，元神之露体，黄芽之遍地，白雪之漫空，盖亦难矣。

吾子既已发愿入我玄门，须做真实工夫，从自己本原上勘验，根尘净尽还未净尽？心体圆明还不圆明？方寸位中，七尺躯内，果能一无所有，如一座水晶塔子、琉璃宝瓶否乎？果能如是，再于静中求静，志上加志，硬著筋骨，挺著肚皮，卧绳床，坐蒲席，有见若无见，有闻若无闻，去摸索身内玄关妙窍，位置金鼎玉炉，采取元阳真气，勿助勿忘，日增月长，将如水底之珠，石中之璞，精华自然蕴结，光耀自然发越，一年十个月内，婴儿透出灵胎，仗此元阳一气，撞得天顶门开，此豪杰大丈夫之事也。

（七）

问：采取、填补、抽添等法，俱要次第遵行否乎？

师曰：此是圣贤救世苦心，不得已立下许多名色。果有上知之士，一朝悟入大乘，能于行住坐卧四威仪中，一空所有，时时返照，半年十月，火候到时，自然性月当空，元神出现。所以圣贤又教人竟修上关炼神还虚一著，此妙妙之论也。但人习静既久，周身之气，不免循环升降，上应周天度数，如十五夜潮汹涌而来，穿筋涤髓，骨节粉碎。圣贤恐学人，到此境界，惊恐发狂，以致败事，是以发大慈心，立下采取填补抽添诸种名色，要学人先见过来，庶几临事从容，当境不乱，任他风浪漫江，由我舟随舵转。我实实对子说，炼丹之要，决不在此，子知道么？

人人说个炼丹炼铅，岂知真丹不是铅作。寻著自己这件丹头，方知丹经千错万错。咦！就是吾说的，也都在千错万错之中，须检取无文字处。

子心多惧，只缘求道不切，见性不真，信我不笃。若立誓要求道，便认真肯做见性工夫。师传一句信一句，师传半句信半句。既遇真师，既受真诀，何嫌何忌而不为哉？子心惴惴然，惟恐求道无益有害，想到静工，疑畏交生。具此胆识，做不得忠臣，做不得孝子，更做不上仙人。要知性是我自己的性，命是我自己的命，都自天赋的。天赋之而魔夺之，有是理乎？且学道之人，有无俱舍，看得此身尚是幻妄，凭他刀锯鼎镬，能害我身，不能坏我虚明之体。此体不坏，就是今生果为魔杀，这一点虚明之物，金坚火烈，再托人身，自然要还我成仙得道之愿。况一心不乱，万魔不来，一心能敌万魔，一真能舒万幻，吾亦何惧之有哉？且上界圣贤，于嗣法嗣道之弟子，爱之若珍珠宝玉，珍玉有价，如好弟子无价，当初起首时节，立下念头，便把姓名乡贯列之天府，日日有圣贤降临，察其功过。若果志真念确，圣贤喜之不胜，虚空护持，不减慈母之于赤子也，岂肯置之度外，任这凶魔恶鬼去扰害他，侮弄他，戕贼他？断无是理也。子既已发心为我道门弟子，须鼓大勇，立大誓愿，要做顶天立地的丈夫，旋乾转坤的豪杰，大振玄风，宏开法署。即使身陷魔巢，命悬魔窟，犹可凭著自己性灵，放大光明，照耀幽隐，使群魔遁迹，众鬼潜踪，况清平景象，高仙为友，而乃生畏弛之心，岂豪杰丈夫之所为乎？

（八）

学道之士，闭口则息，开口则笑，和乐之极，动与天俱，日日在春风之中，时时在明月之下，故可以上合高真，与仙为侣。若此者，子所不能为也。男子以天地为庐，湖海为襟，云踪缥缈，何所不之？奚必拘拘一处哉？子因儿女太多，所以不免匏系，然庞居士一门修道，张志和浮家泛宅。吾思古人，实获我心，高风不远，芳躅可追。得道之士，到处俱是亨衢，逢山便为宅舍。老子驾青牛而西去，达摩舍天竺而东来。放脚出门，自是大路，妻子何足为累？随身本事，便是行粮，何足以为患哉？

（九）

吾见上古修道者，炼得心灵，一应妙理，皆从自己心上悟出，做得来亲切有味，更无魔障。后世之士，忘了这一著，件件俱从师家口里讨肯綮。又有一等瞎眼师家，便去装模做样，盟天立誓，受人礼拜，及至传来，都是小家工诀，以言大道，彼尚未曾望见，以讹传讹，以妄逐妄，群瞽相随，众聋聚话，以求登真入圣，不亦难哉？不亦悲哉？

若真仙教人，只传得一个炼心口诀，使他一步进一步，一层进一层，尽从他心坎上细细流出。若得上根上器之人，豁然了悟，超入大乘，举头便是天宫，山河大地，无非是黄金世界，仙朋道侣，不时来往，直到那形神俱妙之时，连自己身心，一概俱用不著，何况师家传授直如土块，方知前工夫走远道路，不得不然耳。吾言不肯诳天下人也，惟上根上器之人，方信得到。以子根器好，故书以示子。

（十）

学道之士，心有神目，天上地下，无所不见。故从上圣贤求道，都不向外驰求，静而求之于一心，无不具足。太上老君九鼎神丹，原是一心相授，以心合心，并不从口中说出，书中写出。若要从口中书中传授大道，虽传授来，亦不亲切，做去决不如意。是故心也者，万物之本，一元之会。舍心而别求，犹离根而求叶也。吾见世间修玄之辈，晓得一件两件，便要做出师家模样，要人礼拜，受人斋供。吾若见之，不免叫一声罪过。夫千古宗师，度人无量，只是教人明心见性，磨洗玄珠，灵光透发，他自能生出妙悟，暗契真机，与我心朗朗相印。他既从心中悟出，必然觑得亲切，做得如意，及其成功，万法总归空，一真含万法，得意忘言之妙，夫岂他人可以指点，别人可以领会？而乃聒聒焉求之于语言文字之间，不亦谬乎！呜呼！天下无真师久矣。而谈玄之士，十室有九，人人自谓已得骊珠，厚自期许，装模做样，岂不可羞？吾见他，不免叫一声罪过。

（十一）

学道之士，有不知其然而然者。何以言之？灵机到来，自己初不著想，忽然之间，悟入微妙法门。此何以故？由其夙具灵骨，夙有灵气，故能如此。

吾子诚有仙品，而习气太甚，大足为学道之累，宜时刻扫除之。古圣"惩忿窒欲"四字，决定离他不得。和以处众，宽以乐群，寡言以养德，常定以安心，一切恶习荡涤殆尽，便是一位在世仙人。

夫天上神仙，原最喜交结朋友，同游同宿，此倡彼和，杯酒往来，诗歌赠答，与人一般无二。只缘世上少个与他志同道合的，他只得兀兀地住在天上，或隐山林，不肯出来。你若是真能做虚心实腹，与他志同道合，两心相印，话必投机，他必然飞跑到你家里，与你做个莫逆之友，非惟你不舍他，他亦不能舍你，保你丹成行满，携手同登，何乐如之？是故求仙，不必外求，总在自己心上校勘。

道不可以言求，亦不可以知取，须随事证盟，随事勘验，积有功行，天神从之，非惟丹成，法亦灵矣。

（十二）

故上士学道，体之于身。中士学道，索之于言。下士学道，求之于术。学者多而成者少，良由道在迩而求诸远也。

吾子绝意荣华，甘心穷饿，惟斯道之是求，可谓有志者矣，然未做切实工夫。何谓切实工夫？孔子云："攻其恶，无攻人之恶"，便是切实工夫也。恶之见于事者易见，恶之匿于心者难修。故好学之士，时时刻刻，只在自己心上勘合。何谓勘合？盖勘我隐微之处，有合于道否也。一念之动，或邪或正，吾自知之。如其邪念，登时销殒，如锄苗者去其草，拔本绝源，不使有发。如其正念，扩之充之，日增月长。孟子曰："人皆有所不忍，达之于其所忍，仁也。人皆有所不为，达之于其所为，义也。"由是推之，而仁不可胜用矣，而义不可胜用矣。仁义充于心而畅于四肢，发于事业，被之于当今，传之于后世。子看这等人，是甚么人？难道不叫他仙人，不称他菩萨？这就是真正仙人，活大菩萨也。

我与子为师弟以来，言丹言道，深切著明矣。试窥子心，尚以为未尽于此者。夫大道平常，本无异于人处，人能行之，登峰造极，天人相应，直在呼吸之间。金简玉书，降自帝廷，金童玉女，常在侍从，可以执券而取，子何必舍切实工夫，而希心于玄渺之境？是自走歧路，虽曰求道，转与道远；虽曰求仙，转与仙隔，岂吾来度子之初心乎？

修真之士，越遇难处之境，越要降心抑气，怡然顺之。山之阿，水之滨，茅茨容膝，一瓢一笠之外，更无他物，风雨萧萧，烟火不举，万壑松声，洞门雪积，道人破衲不完，蒲团污敝，结跏瞑坐，屡空宴如，与冻鹤为群，寒猿作伴，此是何等境界！庸夫俗子以为清苦难堪，吾以为极乐国土，清静海中也。子有蔬食可以充肠，布衣足以蔽体，夜有藤床絮被，偃卧竟夕，无有俗情萦怀，世纷系念，此小小地仙之福，子尚以为未足乎？

至于炼命一著，虽授口诀，尚待仙缘，自有人来接引。天高听卑，决不放子独做一半也。吾言尽于此矣，子当书诸绅。

（十三）

请问阳神、阴神之分。

师曰：阴阳本无分也，阴未尽而出神太早，谓之阴神。其出之时，或眼中见白光如河，则神从眼出。或耳闻钟磬笙管之音，则神从耳出。由其阳气未壮，不能撞破天关，旁趋别径，从其便也。既出之后，亦自逍遥快乐，穿街度巷，无所不之，临水登山，何往不得？但能成形，不能分形；但能言语，不能饮食；但能游走人间，不能飞腾变化。若盛夏太阳当空，则阴神畏而避之，是以虽带仙风，未离鬼趣，岂能形神俱妙，与道合真也哉？

问：阴神可以炼为阳神否乎？

师曰：可。譬如陶人冶人，造下器来，有渗漏处，不妨将这原器来打得粉碎，倾入模中，再行鼓铸。学仙之士，阴神既出，不甘以小成自居，只得再行修炼，将那阴神原形粉碎，倾下金鼎玉炉，重新起火，千烧万炼，火候到时，自然阴尽阳复，真人显象。

问：何能使阴神原形粉碎？

师曰：忘其身，虚其心，空洞之中，一物不生，则可以换凡胎为灵胎，变俗子为真人，而事毕矣。

（十四）

古人随遇而安，虽遇毒蛇猛兽，与之同居，亲若兄弟，况同类之人乎？子欲择地，皆因自己学问浅薄，无大主张，无大包容，无大涵养。见俗子，闻俗语，气怦怦然辄为之动，思得一清静之区，离群索居，方惬所愿。具此胸襟，将何适而可？吾子过矣。有度量人，有学问人，决不如此。彼以逆来，我以顺受；彼以瞋至，吾以喜当。幽兰生于萧艾之中，未尝自别于萧艾，而芬芳自吐，行者顾而爱之。鹤立鸡鹜之中，未尝自标风韵，而仪度蹁跹，自有凌霄之志。古之得道者，往往有投入魔宫，为魔眷属，德性薰陶，魔王稽首，敬爱交至。凶魔尚可化诲，亦何患于人哉？

（十五）

子欲修道全真，发无上菩提之愿，而乃与妇人女子争一日之短长，不亦可羞之甚乎？至于坛之结与不结，此乃末务，不必拘拘。子方寸之内，自有灵坛，果能扫空宿垢，以先天之火，焚起一炉信香，吾将降于此中，与子密密相印，传授秘法可也。外此，吾何求焉？

（十六）

问：静中如何有许多景象？

师曰：凡物之生，为我有身，以我有心。是故由动而生者，谓之景；由静而生者，谓之象。何以谓之景？大约起于人之妄念，攀缘不已，而海市蜃楼，空中造出，一念觉照，亦即时销殒。何以谓之象？初学之人，日日在动中颠倒，才上蒲团，六根俱寂，识神闲而无用，彼不耐静，自然作孽起来，神头鬼面，种种现前，一心不慕，亦即登时销殒。此景与象之分也。然而景虚设而无形，象幻生而有物。此何以故？动为阳，阳故无形；静为阴，阴故有物。要知静中所见之物，即动中所想之形。景象不分，俱是识神伎俩。学道之士，诚能于日用动缘中，时时慧镜高悬，刻刻智珠朗耀，随起随觉，随觉随灭，一灭永息，息不再生，则此识神已从动中灭尽，静来更有何物到我面前白日鬼跳？一位真人来显化，十方世界永无魔，何便如之？何乐如之？今人但知静中之象，为可惊可怖，而不知动中之景，尤为可骇可愕也！无人无我，廓然大公，己所不欲，勿施于人，是之谓道。太上忘情，忘其所以为情者也。

人以尔我之见，故情生焉，情生则境生，境生则妄生，妄生则幻出无数空中楼阁，而人于此生，亦于此死。生死之由，别无他道，只此一念尔我，而一点灵光，在太虚之中，视人间爱乐淫欲，根苗不觉于此打动，譬如种子复发萌芽，而生死之念起矣。业缘既结，无明之火，按捺不住，倏忽之间，堕入腹中，阴阳为主，六根藉以作用，昏然如醉汉之随路而宿。是故修真之士，照破向来幻妄，从假处觅真，情中见性，如大梦方酣，猛然惊觉，灵明湛然。当此之时，业缘断而生死之路绝矣。然则此一惊觉，犹如海底翻身，于层波叠浪中透出头来，凝神定虑，把眼一看，彼岸非遥，清虚玄朗之乡，依然不改，如浪子还家，游人返舍，不亦快乎！

吾见天下之人，迷真逐妄，难得一二于做梦热闹时，将一碗凉水蓦头泼下，幻缘幻境，登时消殒。虽或有之，又苦不遇明师，盲修瞎炼，到底无成。生死之困人如此，豪杰岂能不自主张，为天地间一大自在人哉？读书讲道，挥麈而谈，探赜索隐，焚香而坐，游六合以外之名山，观八方不及之风气，鼓瑟于琪林瑶圃，艺药于琼馆芝田，至于天上，高真分司造化，佐天帝于真空妙有之境，握枢机于太上无极之宫，如事其事而不劳，如行所行而不乱，天地之大，如指诸掌，近在目前，何乐如之耶？

修玄之辈，有数千家，由术而进者，十分而去其九，仅余一分，三元五气，七转九还，可谓正矣。然欲求明道通玄之士，万人中难得一二。嗟乎！皆由长生之说误之也。夫"长生"二字，从古以来，无人解得。未识长生之体，先窥长生之用，故坎离水火、采铅炼汞之说，纷纷于世。众生无知，遂以一点贪妄之心，希图成就，半途而废者多。即便成就，不过支持寿限几百几千，总是有尽的日子，乃傲然自托于大道，不亦可羞之甚哉？夫长生者，要知吾身真元妙体是长生，四大五蕴，皆有生死。惟此真元妙体，独无生死，人而得此，便是无上灵丹，从此炼度，本末兼修，以五载十年之火候，养成至神至圣之仙胎，使宿生习气，销熔殆尽，名为炼丹，实为养心。此太上教人炼丹之要旨也，从无有人点出，吾故一言道破，使世之学炼丹者睡觉，不亦可乎？

（十八）

性命之学，是一非二。苟能见得真真性体，即能立得真真命根。纯至十月胎全，阳神透顶，虽云了命工夫，实是完全我性分内事，岂非性命原不可分？

（十九）

修持之要，千圣万真，总归寂灭。学道而不至于寂灭，未有能度劫者也。然而仙佛有分，于炼性炼炁之间耳。佛家重炼性，灵光独耀，迥脱根尘，此谓性长生。仙家重炼炁，淘出纯阳之体，金光法界，自我为之，此谓炁长生。究竟到得无上之根源，就是炁也是性，长生也是寂灭。何也？此炁若是阴阳五行之气，是有形有质之物，以如是生，亦以如是死，以此为人，亦以此为鬼。至若仙家所炼之炁，盖有超出于五行之外者，约而言之，总是元始以来一点灵光，浑融周遍，太和至真之物，而实无有物也。既无有物，则更有何劫之可度？而世之学仙者，妄意推测，以为仙人是享福受用一班快活的人。夫有福可享，则便有罪可遭；既有快活，则便有愁苦。二者乘除之数，相对之理也。而世人愚痴，作此等见，是与贪瞋痴三种妄心，一也。以此学道，去道远矣。

唱道真言卷五

南极天宫，青华上帝；分木公之始气，为金母之邻家；游戏瀚海之滨，安神昆仑之顶；救群生于水火刀兵之劫，制众魔于阳九百六之灾；忽到人间，化就一方神圣；旋归天上，融成万里祥光；金炉炼造物之丹，下药医形，上药能医神气；玉碣刊长生之句，灵方度世，妙方直度仙真；荡荡无名，不可思议；巍巍至德，难以形容：大悲大愿，至圣至仁，默回潜运，度人无量天尊，无上道祖仙师赐箓

（一）

觉问：如何可以见心？

师曰：子欲见心，当于静定中讨出。静定时，要把万缘放下，如皎日当空，一无翳障。此时一知不起，一觉不生，从此有知，从此有觉，便是我真元心体。若竟认无知无觉是我心体，是为顽空；若竟认有知有觉为我心体，是为前尘妄想，均失之矣。于无知无觉时，寻有知有觉处，此所谓太极开基也。

然则知觉未起时，此心何在？

孟子曰："天下之言性也，则故而已矣。故者以利为本。"子于知觉未起时，不知心之所在。子试静坐到如如不动地位，忽有人呼子之名曰某，子必跃然应之曰在。这个应的是谁？子必曰：应的是口。把来答应的是谁？这便是子之真元心体。由此推之，知觉不起时，心固自在也，不假思索，随呼随应，此即孟子之所谓"故"也"利"也。《易》曰："寂然不动，感而遂通，天下之故。"即此义也。

（二）

问：知觉纷起时，心之真体何在？

师曰：子前问知觉不起时心体何在，吾教子静坐，一无知觉，忽有人呼子之名，子必跃然应之曰在，这便是真元心体。吾今即将此说，再指点知觉纷起时之心体与子看。子于静坐时，物感心涌，种种杂尘，混乱胸臆，亦有人忽呼子之名曰某，子必跃然应之曰在。这应声的时节，把向来种种杂尘，尽行丢去了，无限纠缠，如葛藤蔓草，慧剑剖不开，知力照不破，忽地一呼，跃然一应，情识俱断，根蒂皆消，将吾本来灵明之体，从此一应间，凭空提出。由此观之，知觉不起时，万境皆灭，即呼即应，一真自如，方知心不与境俱灭；知觉纷起时，万境皆生，一呼一应，真元剖露，方知此心不与境俱生，此之谓不生不灭。子能于此际豁然，便可以了当生死，就是父母未生前原是这里，父母既生后原在三千大千世界。

言未既，有抚掌而笑者曰：若说未生前原在这里，试于未生前呼子，子可应么？

曰：怎么不应？吾尚无形，子将谁呼？子若呼空，应必责空。既空无应，有应不空，是以不应名为空应，谁谓吾不应耶？

笑者曰：若说既生后，原在三千大千世界，则有人呼子，便三千大千世界，俱在应声，何为应者独子？

曰：谁谓三千大千世界，不俱作应声？若执吾应，必吾外无复声。要知吾之一应，即是三千大千世界，同时俱应也。子毋以形求之，以形求之则窒矣。譬如以木取火，子若执著此火，是此木所发，则必此木有火，凡木尽非有火，即便有火，则必一木有一种火，非木木之火，一火有一种性，非火火之性。须知一木之火，即木木之火；一火之性，即火火之性，漫天漫地，亘古亘今，同一火，同一性，故如来于一毫端遍能受十方国土。云何云何？如是如是。

（三）

或有问者曰：心体本空，一物不有，则喜怒哀乐，果从何来？若是本无，则遇境不能相感；既能相感，则喜怒哀乐决非外来。

　　吾应之曰：喜怒哀乐，非境不生，乃知是遇境而动之心。若说心体本来有喜怒哀乐，则当不见喜而喜，不见怒而怒，不见哀而哀，不见乐而乐矣。有人焉，无故忽喜忽怒、忽哀忽乐，人必笑他为痴，指他为魔。何也？人心本无喜怒哀乐也。由此推之，人必见可喜而后喜，见可怒而后怒，见可哀而后哀，见可乐而后乐，必有所见而后应之，岂不是遇境而动之心？

　　或又曰：师既说心体本无喜怒哀乐，何以《中庸》之说"发而皆中节谓之和"？

　　吾应之曰：心，灵物也，遇境即发，自然应得恰好，不假安排，故谓之和。《易》曰："寂然不动，感而遂通，天下之故。"寂然不动，未发之中也；感而遂通，中节之和也。圣人作《易》，下一"感"字最妙，感而后发，乃知心体本无喜怒哀乐者矣。

（四）

　　或又曰：师言喜怒哀乐，遇境即发，乃知心所固有。

　　师曰：心体本然无物，使心有物，则亦一物也，一物何以能应万物？凡喜怒哀乐，皆外境入感于心，惟心体最灵，故感之即通，一感之后，亦复无有。若谓心体本有喜怒哀乐之根，子试于此刻内观己心，喜何在？怒何在？哀何在？乐何在？如果有根，则于无喜怒哀乐之时索之，而喜怒哀乐随见。子于此刻勉强要喜怒哀乐不得，乃知心体清空，一物不有，以其虚而至灵，境来感之，心即随感而发。故孟子曰："乍见孺子将入于井，皆有怵惕恻隐之心。"此时一见，怵惕恻隐之心与见俱发。未见之时，此心空空如也；既见之后，此心又便无了；惟乍见之时，此怵惕恻隐不知从何处来，若决江河，沛然莫御。若谓此怵惕恻隐预先安排下的，则未见之时，为何空空如也？既见之后，为何便就无了？既已无了，他日又见，这怵惕恻隐又随见而发，发后又无，无后又发，试问此心，有物乎？无物乎？无他，虚之极，灵之至也。惟虚而灵，故能随感而发，发过即无。吾道家所谓玄关一窍，于此思过半矣。

　　然乍见孺子入井，怵惕恻隐随发，与夫见财忽起盗心，见色忽生淫念，此淫念盗心，亦与境俱发，何所分辨？

　　不知凡念头发得十分圆满处，便是心之真体，稍有未慊，即为妄心。乍见孺子入井，此怵惕恻隐，何等切实，淋漓痛快。烈烈轰轰，如夏日秋阳，凄凄切切，如悲风苦雨，与大菩萨慈悲救苦之心，他不多一些，我不少一些，岂不是心之真体？若见财起盗，见色生淫，虽淫盗之心，或亦与境俱发，然毕竟道是自己不好心，不可与天知，不敢对人说，欲做不敢做，欲舍不即舍，比那怵惕恻隐之心，不十分圆满。及至自己悔悟，知这个淫心、盗心，断断然成就不得的，登时雪消冰解，当此雪消冰解之时，这点真心又十分圆满，子即可跨上莲花宝座，为大众说法，一点灵光，闪闪烁烁，明明亮亮，可照见三千大千世界。故曰：凡念头，发得十分圆满，便是心之真体，稍有未慊，即是妄念，此之谓也，此孟子所以言性善也。

（五）

或言曰：师云喜怒哀乐，皆是外境入感于心，然乍见孺子入井，未尝不是外境，而怵惕恻隐，孟子便谓仁之端也。由此观之，仁义礼智，皆是遇境而动之心，本非心所固有，而孟子曰："仁义礼智根于心"，儒者辄言"吾性中有仁义礼智"，此何说也？

吾应之曰：儒家言性，大约即用以穷理，而推其本，则曰根于心。若论心体，固是一物不有，寂然不动之际，与太虚无异，将谓太虚中有仁义礼智耶？

或曰：天地生物之谓仁，四时代谢之谓义，往来有序之谓礼，分别万物之谓智，恶得言太虚中无仁义礼智？

吾应之曰：此气化之流行于太虚者也。气化流行于太虚之中，而不可谓气化之即太虚也。

或曰：太虚中既有气化，则人心中自有仁义礼智，气化流行于太虚之中，则仁义礼智运用于人心之内，原是相同。

吾应之曰：此亦是后段说话。当夫气化未有之先，难道就不成一个太虚？一点真元，虚空寂灭，固自若也。

或曰：然则根心之说非乎？

吾应之曰：不非。自太极以来，大化日趋于生，生也者，仁也，既有仁，必有义，与礼与智，而人生于仁，故心象之，有感即发。以此推之，遂有根心之论。若直穷到百尺竿头以上，则心字尚说不得，而况仁义礼智耶？

故儒家谈心性，只说得后半段；道家谈心性，又从前半段说起。若喜怒哀乐，发皆中节，即是仁义礼智，但有毫厘之差，便是人欲，故不可谓之根心。

（六）

太极以来，一静之后，大化日趋于动矣，动者根乎静者也。儒家于动静交接之际，浑浑言之，故有仁义礼智根于心之论。道家原始要终，原始则必穷其静极而动之先，要终则必穷其动极而静之后。此儒与道立说之异也。若伏羲、神农、黄帝、尧、舜、禹、文、周、孔诸圣人，则又未尝不言也，言之而人不察也。

（七）

道家谓之虚，佛家谓之空。空能无所不见，无所不闻。假如发个念头，两人相对，此不知彼，彼不知此，以有形骸之隔也。空无所隔，空本无量无边，故人发一念，同室之人不知，而无量无边之空知之。《书》曰："天视自我民视，天听自我民听。"民视民听，天何由知？天空故也。儒家之慎独，畏空故也。小人闲居为不善，君子如见其肺肝，君子之心空故也。空之为用，大矣哉！

或者曰：吾心之空，与太虚之空，有大小之不同，何以能无所不见，无所不闻？

吾应之曰：凡物有二，惟空无二。若是吾心之空，与太虚之空不同，则瓮中之空与空中之空不同，室中之空与庭中之空不同，庭中之空与屋上之空不同，而世界内外竟有百千亿万之空，不得比类而一视之矣。子试思，空有形乎？有象乎？若空有形象，则此空之形，不能当彼空之形，彼空之象，不能当此空之象，直谓之空有不同可也。空者，无有边岸，无有穷际。凡物有断处，惟空无断处；凡物有异处，惟空无异处；凡物有隔处，惟空无隔处；凡物有分处，惟空无分处。浩浩荡荡，团团围围，一个太空中，有灵光联络贯注。毫毛之细，空能见之；蝇蚋之声，空能闻之，犹如人之一身，血脉流通，精神融洽，虮噆蚊钻，无有不觉。空之为空，何以异是？子能遣有还无，一空性海，则吾心之空，与太虚之空，野火照家灯，是一非二。若说有二空，定是非空。若是真空，断然无二。子试空之，以验我言。

（八）

道者，一也，不变而至常之谓也。太极既判之后，起初是此时，到底是此时，起初是此物，到底是此物，自一世界以至于十万世界，皆是此时，皆是此物，未尝有少变而失其常也，此道之所以为道也。

人之心体，原是不变而有常的，其所以变而不常者，是妄想杂尘也，非心也。使心有离合，有久暂，则天之道亦当如是观乎？知天之道，则知人之心矣。然则人生于世，始终为妄想杂尘所迷，何尝能自有一刻之心？能见一刻之心，是我真心，则终身终世，一劫万劫，皆是此心，无以异也。然则人之生也，妄想杂尘生之，心无有生也；人之死也，妄想杂尘死之，心无有死也；人之历一劫，以至万劫，妄想杂尘，辗转历劫，心未尝有劫也。是故人苟能见一刻之心，则此一刻之心，已与生生世世，一劫万劫，登时斩断，再不复生，再不复死，再不落劫，超出三界，永免轮回，皆在此一刻上边。所苦转昏转迷，自死至生，自生至死，自一劫以至万劫，妄想杂尘，无一刻之断，如瓜之牵蔓，葛之引藤，枝上抽枝，节上生节，无穷无尽，不断不联。嗟哉！万劫茫茫，可谓远矣。而妄想杂尘，无一刻之断，是以三途八难，去而重来，回而又往，竟作熟游之地。兴言及此，可以为之痛哭者矣。

吾子好道，当培养灵根，宏修德行，自去认真，要见那一刻之心。有此一刻之心，则已与生死路绝。自一日至终身，自一刻以至万劫，皆是此一刻之心做主。引而伸之，触类而长之，飞升高朗时，事之易易耳。

（九）

道生天生地，生人生物，而人为最灵，成仙入圣，惟人是赖；参天赞地，唯人是为。是故人也者，天地之所不得而并者也。然则修玄之士，听诸天乎？操诸己乎？人听诸天，天亦听之于人，天人交相让，而茫茫宇宙，曾无一两个撑天撑地之人？嗟乎！何人之众，而成其为人者之少也？是以有志之士，当于自己方寸位中，做出旷古以来有一无二的事业，天赖以清，地赖以宁，人物赖以生成。此人耶？仙耶？圣耶？凡夫也，仙也，圣也。凡夫也，天下事皆是凡夫做得。人惟不肯做凡夫，吟诗作赋，自谓多才，不知天地间，那少你这几句文字？描山画水，自号专家，不知天地间，那少你这几笔墨水？枉将有限之光阴，徒为无益之闲戏。伤也乎哉！

吾如今劝众人，人生于世，不可多得，一转眼间，死期即至。要做事，须做天地间少不得的事，凡无之不为轻、有之不足重者，让那一班闲汉做去，抵不得生死，当不得出头。本领前程，牢牢系念，如寒之思衣，渴之思浆，睡里梦里，不肯放过。法身现在，法界非遥，一呼一吸通乎气机，一动一静同乎造化，回阴阳于一壶之内，罗日月于半黍之中，大道冥冥，太极流精，心包元化，气运洪钧，上朝苍昊，下扫幽阴，回风混合，百日功灵，天仙地仙，水王山君，同登大愿，广度众生，风云龙虎，叭喳鹏麟，常侍左右，助转法轮。《易》曰："夫大人者，与天地合其德，与日月合其明，与四时合其序，与鬼神合其吉凶。先天而天弗违，后天而奉天时。天且弗违，而况于人乎？况于鬼神乎？"

<h2 style="text-align:center">（十）</h2>

太上教人修道，只是修身，身外无道。孝弟忠信，便是道也。玄门更无别，即此为是。登仙证果，率由乎此。人能尽得子臣弟友之道，天宫虚位以待，子其勉强而行之。

夫炼丹之要，明心第一。天上无数高真，尽是心源湛澈，不然奋上去，原要落下来。太上老君度人十万八千，无非心心相印，无异无同，稍有异同，不成正果。是故炼心二字，为清净法门，万真总路，子不可以其易而忽之也。子心地比前较为清澈，然无之又无，玄之又玄，竿头再进，直到大休大歇，始能拔出生死之根。大丈夫勇往直前，立志既真，天魔辟易。孔子曰："当仁不让于师。"吾为子师，道无别道，法无别法，吾之所知，子能知之，吾之所行，子能行之。"舜何人也？予何人也？"圣贤所言，诚千古之龟鉴耳。

夫大道如布帛菽粟，一日不得，则饥寒切身，一日不由道，则堕入禽兽，但见披毛戴角，与吾分形异体，揆之方寸之间，异耶同耶？将无同矣。呜呼！彼之现前，吾之将来也。

《大洞经》文，古奥莫测，行持圆满，心地灵通，登时解悟。但知之非难，行之非易。子欲酬愿，当彻始彻终，数年如一日，何难直证真宗，修无上道哉？是故"至诚之道，可以前知。"诵经入贯，诚字先之。"返身而诚，乐莫大焉"，则"万物皆备于我矣"。夫人身有万物，不诚则妄，妄则幻出妄缘。三尸六贼，随人意见所著，造出海市蜃楼，做出千态万状。心如工伎儿，尸贼为之害也。诚则实，实则真，真则真神发见，敬心所结，端拱无为，玉容金质，星罗棋布，心空如镜，一尘不染，为清净法身。既有法身，必登法界。是故意诚心正之学，为今人之所厌闻，将谓黄老之学不由名教，崇尚简略，不知正心诚意，方是修真切实工夫。谒天君，蹈仙境，总不脱诚正二字。骄气惰容，害道之贼，学者远之如仇，克之如鬼，方许进学堂，为我玄门弟子。不然，亦安用之矣？

夫升仙之子，始而从事于性心，继而从事于鼎炉。事有始末，不容倒置；理有轻重，毋可混矣。子能做得圣贤，何患不为仙佛？元始天王，亦是人做。孟子曰："人皆可以为尧舜。"信然也。人率谓元始天王，是先天至尊，吾试问他：天下何人是后天来的？清虚玄朗，便是先天；昏愚鄙浊，便是后天。人有先后天之分，心无先后天之分，随人做去，上天不限人以资格，为圣为凡，好去自行卜度，毋得自贰其心。古往今来，只得两条大路。为圣则仙，仙则处天宫，与元始天王，从容谈论；为凡则鬼，鬼则居地狱，与阎罗老子，时刻追随。而天堂地狱之判，只在一心。上天亦有路，直达宸居；入地亦有路，直通鬼窟。孔子云："君子上达，小人下达。"上下之间，辨在几微。《书》曰："人心惟危，道心惟微。"危微之际，间不容发。思及于此，能不悚然？

（十一）

《中庸》曰："喜怒哀乐之未发谓之中。"太极浑涵万象，从至中之处，一点灵机，生天生地，包络二仪，而万物各得其中。由此推之，人心之中可悟矣。人心虚而最灵，不偏不倚，静而求其至中之体，固自在也，动而求其至中之用，固自在也。天无为而神行其间，人无为而神守其舍，荡荡乎，浩浩乎，与太虚同虚，非造物者之可以驱而役之也。天地间，有阴阳五行，结而为物，是为鬼神。人一念初动，便落阴界，鬼神知之。当此之时，机关一转，鬼神便乘此机关，驱入血海之中。故人自既生以来，情见日生，机巧益熟，皆此一念为之也。学道之士，拔出生死之根，不过拔出此一念耳。若此一念不动，鬼神孰从而驱之？古佛如来，经几千万劫，天魔外道，从之如云，伺其念头动处，了不可得，故能长保法身，永处法界。今人于一饭之顷，日不移晷，而情见意识，无数纷来，猥云学道，吾未之闻也。古佛如来，与人一般著衣吃饭，饮食起居，无念不动，实无一念可动，无一时不动念，实无一时动念。孔子曰："七十而从心所欲，不逾矩。"妙哉言乎，至哉言乎！

是故学道，莫先炼心，使心体虚圆，如一粒黍珠，这便是极妙神丹，不生不死，永远逍遥自在。为仙为佛，不过如是，而又何他求哉？今人不求道而求丹，不言心性而言水火，无乃舍其本而末是图乎？上古圣人，著书立说，未尝著一丹字。丹之说，起于汉代。盖上界高真，悯众生之陷溺，故以炼丹之说，引而掖之于道，后世之人，遂分为性命两宗。其实不能炼心，徒从事于阴阳离坎之术，虽至弥勒下生，究难成就。夫大丹无形无声，至灵至妙，而欲以秽恶之心，为贮丹之器，有是理乎？淫心才举，真气分崩，而欲以七情六欲之身，为大丹之鼎炉，有是理乎？是故炼丹之要，炼心二字尽之。

（十二）

大道之要，尽于一虚。虚之一字，万法该焉。从虚而有，斯为真有，从虚而实，斯为真实。元始天王之宝号，曰虚无自然，虽万圣万真，不能出此四字。物之所以有生死者，以其未能虚无也。天有阴阳五行，则天不虚矣，地有刚柔燥湿，则地不虚矣，故天地不能逃生死，而况于人哉！试以鬼神言之，似乎虚矣，然生前不能修道，虽形骸脱去，究之七情六欲，与一灵原相牵染，故流落幽冥，沦于鬼趣，虽具聪明正直之德，亦难几于浑化，为灵为爽，总是孽因。惟得道之士，念念合虚，心心无著，培养灵元，如龙抱珠，真光透发，与天真法界合而成章，如是而不飞升碧落，有是理乎？

嗟乎！吾见世之修道者多矣，而能得其要者，盖亦少矣。何也？以其立志决要务成仙，本来一副肚肠，造下多少妄念，以为仙家变幻不测、受用不尽，而自己一件大事，反置之不问。如此学去，虽累千万年，终无个休歇日子，岂不可惜？太上之为太上，万劫一心，心心不乱，虽司造化，道妙自然，真境逍遥，永无贪著，不言而化，不怒而威，何尝凭空造出事来？以虚应虚，而化理章章，自有世界以至于今，如一日也。

（十三）

天有高下，仙有圣凡，等第不同，看人之道德何如也。无有道德不修而指望可以成仙者。有志之士，其可自忽乎哉？

丹之一字，其理甚微，须得真师真诀。既遇真师，又授真诀，亦须自己死心蹋地，杜绝尘缘，以明心见性为第一乘工夫，以坎离水火为第二乘事业，以分身炼形为第三乘究竟，至其飞升，必得三千功八百行，圆满之后，方有指望，非浅躁之辈所能侥幸于万一也。

是故修真之士，预当培养灵元，扶植善本，言不轻发，目不邪视，耳不乱听，事不妄为，凝道于身，自问可以对真而无愧，然后安炉置鼎，引铅炼汞，则天神相之，魔不敢侵，九代祖翁，咸超仙界。今人往往以粗鄙陋劣之躯，希图登仙入圣之事，试问玉殿真官，岂同人间富贵，可以智取而力求者？是故，人患不能修道，何患不能成仙？

孔子曰："道不远人。"子臣弟友，便是神仙最上法门，无数高真，俱从此入，断无泛求。为圣为贤，自然天宫享福；为兽为禽，自然地狱当灾。碧桃花下，吹笙鼓瑟，与仙侣传觞；黑山窟中，吞铁饮铜，与修罗作伴。孰忧孰乐？何去何从？究其所以然之故，只在一心上别却路头。嗟乎，危哉！此谁为为之耶？夫人发一善念，如一缕微烟；发一恶念，如万重山岭。然则善之成也，何其难？恶之积也，何其易？是以明道之士，务使善端充长，以至有善而无恶，又何仙之不可成哉？

（十四）

夫炼丹无别法，安其心，和其神，怡其气，足其精。阴邪为丹之蟊贼，机巧为丹之仇人。苟能念念在善，节节在善，则阴邪自消，机巧自灭。心无不安，神无不和，气无不怡，精无不足，而事事物物，皆先天为之作用。否则，以秽浊之心，攀缘之神，浮露之气，淫佚之精，而曰我已炼丹也，成乎？不成乎？

（十五）

学道之士，有初心，有中心，有末后之心。何谓初心？发愿是也。何谓中心？不肯半途而废是也。何谓末后之心？成功是也。此三种心，即是三种孽。发愿发了痴愿，一团妄想，指望成仙，享天宫富贵；虽不肯半途而废，而修持之际，就中有数层转变，自己撰出，不能从一条大路上直走到底，行一法，未几又变一法，弃故易新，以求速效。至于末后一著，尤为紧要工夫，做到九分九厘，如未曾做的一般，云生足下，顶有圆光，视为极平常事，方是有大器量人。一生欢喜之心，未免径入魔道，数年辛苦，一朝而弃之，岂不大可惜哉？此三种孽，学者所宜戒。

（十六）

学道之士，当修大定。所谓大定者，定时固定，不定时亦定，浮云出岫，本来无意，流水离源，岂是有心？道家行住坐卧，如一羽空中，随机逐缘，用不著一毫芥蒂。受人礼拜，不以为荣；受人骂殴，不以为辱。膏粱在前，无贪得之念；糟糠在御，无厌苦之心。逢著轩冕，只是平常礼数；看那乞丐，犹如自己六亲，方是有道德的大人。上帝闻之而叹赏，诸圣闻之，以为不可及者也。人修行到此，而不得飞升云路，上朝玉京，吾未之见也。

（十七）

学人立志贵乎真，其持己也贵乎雅饬，而与人交又贵乎春风和气，兼是三者，方可谓有道之士，出世入世，无往不宜。天上真仙，闻其风者，必且爱之慕之，仰其为人，而况于下焉者乎？

子年逾四旬，正当君子行，成名立之候，德宜进，登时就进，恶宜惩，立地便惩。若以如此之年，而迁善改过，尚在逡巡怠忽之间，恐必有所不及迁、不及改者矣。吾子勉之！

圣贤非他人之任，豪杰以精勇为期。黄鹤非难致之禽，呼之即至；白云岂无情之物，召之必来。须要问自己，是天上人物，还是地下人物？在金阙瑶阶，诸大仙真鹤班鹭序之中，可以容我站得定脚跟否？问之又问，思之又思。此时可以自信，可以无愧，则断然便是一位神仙也。是神仙，不是神仙，再不消去问别人，亦不消寻个活仙人来问他，只是自己较量，自己品度，信得过十分，无一毫欠缺，则金阙瑶阶，自然有你个站立所在；大罗天宫，自然与你一所住居宅子；云路迢迢，自然有个活仙人，来接引与你同上天去。《大学》曰："如恶恶臭，如好好色，此之谓自慊。"孟子曰："行有不慊于心，则馁矣。"子能自慊，吾将与子为寥廓之游，万朵祥云，一天笙鹤，何其乐也。

（十八）

学道之士，何所为而为之？为长生不死乎？为文章事业乎？一无所为也。惟一无所为，而后可以谓之学道之士。然则学道，为无用者耶？老子曰："无用者，用之本；无为者，为之基。"明乎此，而可与言道矣。

我见天下之人，往往以一派妄心，希图登仙入圣、离却五浊恶世，不知天上神仙，日日在尘劳中，来来往往，慈悲救苦，比之世间吃闲饭、干闲事、说闲话、作闲戏者，十分劳碌，十倍忧勤。千辛万苦，度得一人两人，无裨于世道。此一两人，超脱而去，而大地众生，受苦自若，昏迷不悟自若。於戏，圣贤之心，有尽者耶？无尽者耶？世界有尽，而圣贤之心无尽；日月有穷，而圣贤之心无穷。故人当登仙入圣之候，便把乾坤大大一个担子挑上肩头，直至大地众生，各得解脱，然后那个担子可以安放得下。《书》曰："一夫不获，是予之辜。"圣贤之心，旷劫如一日也。是以真心学道之士，以济世度人为本分内事，不为自己一个长生不死，不为自己一个文章事业，分明要做三途八难、六道四生、无数含灵一大父母，见他受苦，如己亲尝，见他痴迷，如己陷溺，千方百计要他听我化诲，与我同到清净无为大罗仙境，方完我向来发下大愿。是故学道之士，必得有如此念头、如此根本，与天覆地载、日光月明，同体合德，则修持之际，自然众圣来现，诸神拱侍，愿其道成，愿其修到。何也？志同、愿同而道同，千人、万人唯一人也。鹤臞子勉之，吾以此望汝。

（十九）

修真之士，有所从来。或从天来，或从蓬莱三岛、名山胜境中来，或从人间智慧福德中来。三者虽有不同，均可成仙。上二种，俱系大根大器，道念一发，天神随即照顾。何也？譬如有人，曾做过朝官，或暂居林下，其僚友显贵者多，一旦荐举还朝，何难之事？若从智慧福德中来，欲要求道，须得勉励清修，十年五年，方能感格天心，乃有仙真降鉴，譬如单寒之士，非力自振拔，无人汲引，故比上种较难，至其成功，则一也。不得一以凉德薄才，希图大道，犹如井底之蛙，仰盼云霄，终难自致。即果得真传，不思积功累行，硬自操持，真仙不到，凶魔必来，徒害自身，岂不深可惜乎？

（二十）

初学之士，定力尚浅，要识我所从来。如何可以识得？当修持之际，心地灵通，犹如宿解，纷纷妙悟，不一而足，便是有圣贤在空中指点，暗里护持，为上等根器之人。若自用苦工，多历岁月，做得一分方有一分，做得二分方有二分，《中庸》曰："人一能之，己百之；人十能之，己千之。"如此苦心，难道仙真不发慈悲去救他？少不得有个日子。此为中等根器之人。若心虽慕道，作辍靡恒，或在家恋妻子之乐，或在外溺交游之欢，性不耐静，念与道违，此为最下等无根器之人，虽圣贤与居，亦无可奈何得他。今生如是，来生可知，一失人身，难乎难矣！

修真之士，处于暗室屋漏之中，如在光天化日之下。有此真品，便是真仙，蹈虚无而登寥廓，乃其本分内事。

（二十一）

人能以豪杰之才，为圣贤之学，以慎独之工，养浩然之气，则日后升天，定居高位，超拔幽冥，福荫子孙，功名事业，顾不伟哉！吾今见流俗之士，未有寸善寸长，可以度越流众，而妄自希于坎离水火之术，俗情未除，而胎仙岂结？志在温饱而梦想清虚，不几令大罗天上无数高真，闻言尽为绝倒哉？吾今明明为众人说破，不是圣贤豪杰，切勿指望成仙；不是一代儒宗，莫作玄门弟子。天律最严，天听至卑。妄念一生，殃及七祖。

是经所在，有祥光紫气，上冲云霄，诸天生喜，众圣来观，功德无边，不可思议。倘有不肖之徒，本昧玄修，妄加诋毁，当有飞天神王，击其本身，旁及眷属，生罹奇疾，死堕酆都，万劫茫茫，虽悔何及，可不慎诸？

万清和跋

孔子曰："道二，仁与不仁而已矣。"吾玄门之道，亦有二，何也？正法与邪见而已矣。固于正者，难惑于邪，亦犹之胶于邪者，难挽以正，一也。独是将溺而未沦于深，与夫思入正而未能固执，尚介于可成、可败之间者，则余犹有说焉。夫大道之要，原自虚无而生有，其儒者之所谓"始言一理，中散为万事"者乎？既则自有而归无，以还我太虚一体之本初，即释氏所谓"万法归一，一归于无"之说也。类而推之，草木之花实，岁时之春秋，人事之荣枯，贞元之通复，皆不过此原始要终、屈伸往来之定理耳。又何疑焉？所可怪者，儒者中庸之道，若青天白日之长耀于古今；释氏正觉之宗，如洪桥巨筏之四布于宇内，独吾道教清静正理、性命真诠，几如敝屣之见，弃于谈玄者流，此何以故？良由邪说旁门滋蔓肆毒之深也。苦哉余也！其亦受病之酷，而中毒之惨者矣！颠倒十数年来，驰驱几遍海内，乃一旦翻然悔悟，今复得返自然矣。吾安能以吾当年困心衡虑之行，发而为感慨悲歌之苦？今复得返自然之乐，大白于天下，拯玄门之沦溺者，尽超登道岸乎？

岁庚子，流寓楚南攸邑，偶睹鹤臞子笔录青华上帝《唱道真言》五卷，三复而玩味之，有如梦将觉而闻晨钟，漾春暄而饮以温醴也，万籁齐鸣，容光必照。奈何此经不公诸世，为吾辈清流作正知见哉？余方怀梓布而愿未舒。今岁秋，余徒罗子一纯，偕海宁贯三陈子，自南昌重来，访余于吉水金牛洞中。余素不知贯三居华胄而苦志吾道，第细聆其生平所访闻者，强半皆如余向者受时师所传乾龙坤虎、敲竹鼓琴之说。余以一日之长，且迹其胸次洒落，语言解脱，殆所谓以豪杰之才，而向真修者也，于是为之剖玄关锁钥、死户生机、震男兑女、金鼎玉炉，无非法相，总属形容。贯三子夙命清静，根机利捷，一语跃然，群疑顿释。因出是经以证之，乃述予素志，陈子慨然遂有同心，愿携归浙东，独捐金为我精梓之，功成，载板来告，以酬吾素愿云。

噫！贯三子此一举，乃恻然出乎隐中，其于三千八百之功，过半矣。审尔，则莫之为者，岂非天不秘道，而是经应出为苦海作津梁哉？岂非贯三子宿有仙缘，故天不假手他人，必俟贤者而传之哉？又岂非天悯余披教情殷，不肯独劳我以心神，阴相余以疾成厥功哉？寤言以思，是经之得固奇，而是经之梓也又更奇矣！有念即契，无感不通，人自负道，道亦何负于人乎？堂堂一条大路，朗朗一座法门，近在己身，不离己心；在迩求远，在易求难，自罹陷阱，反以为贤，知一往而不回心之钝根，厥疾弗瘳矣！

吾之此刻，愿吾辈尚德羽流，受病未深，匪石可转，介于可凡可圣之间者，有缘得遇此经，早舍鱼目而自摸衣中之珠，尽洗情欲而戒欺求慊，于以内全性命，外积功勋，则青华上帝冥冥之感应，诚有如经中所云者，余有所试矣！

吉水金牛洞全真弟子归一万清和谨序

雍正元年岁次癸卯九月望日薰沐拜题

郁教宁跋

自有天地而道存焉，道一而已，而分三教。三教者，圣人云："天无二道，圣无二心，万法归一"者是也。及列国百家子书杂出，汉魏伯阳真人始作《参同契》，为丹经之祖，宋张紫阳真人著《悟真篇》，为丹经之宗，中间杂出更多，不能尽述。仆本陋愚，曾为杂出所惑，务奇务怪，旁门僻径，涉历有年，本来所有之良知、良能，几变为鬼肠、鬼肚矣。呜呼！非大有根器者，而欲祈一旦豁然归正，不綦难哉？若非当头一棒，猛然醒悟，不可得矣。

吾辈学道，务先立心正大，事事合乎天理人情。无论丹经子书，断不可搜求深奥秘密心法，即求高明口诀工夫，亦须合乎天理人情，断不宜著相用意。正心诚意，绵绵密密，行到化处，以至千磨百难，生死关头，但能忘我，自然心胸宽阔无碍，灵光当前不昧。祖师慈悲广大，洞悉其中，自然普济，特患宗之祖之之不专耳。

丁酉春，故友至山谓余曰："曾读《唱道真言》否？"余曰："未也。"随出袖本示余。余焚香九拜开诵，恍然如梦初觉。人生六十，方知五十九年之非，洵不诬也。将前所见所闻，有不慊于心者，今知改正。是书正大，合乎天理人情，蠲私欲，除邪僻，释智巧奇异，旁门外道，一切扫却，至于有为、无为，总归雪释冰消之见，洗出真人本源妙觉灵明。笔难尽述，后之贤者，得见是书，务祈留意，其中平正道理，希自得之。

乾隆戊戌夏仲越岗郁教宁薰沐敬跋

口诀钩玄录

（初集）

陈撄宁

第一章　学说之根据

本集内容，概依清朝光绪时代江西丰城黄元吉先生所撰《道德经讲义》并《乐育堂语录》二书为根据，不掺杂别家学说，以免混淆。此二书虽曾经好道之士捐赀刊印，惜流传不广，甚难购置。至于坊间通行之道书，名目虽多，然言理者不言诀，言诀者不言理。学者观之，或感觉空泛无入手处。或执著死法而不知变化，以致皓首无成。故黄先生昔日教人，理与诀并重。学者先明其理，而后知其诀乃无上妙诀，与旁门小术不同。既知其诀，更能悟其理乃一贯真理，与空谈泛论不同。余所以亟为介绍于今世好道之士。

第二章　书名之意义

此书原拟名《黄元吉先生学说钩玄录》，因嫌其太长，故省去五字。又因"学说"二字，不足以包括此书之优点，且易于令人误会为虚浮之言论，非实行之方法。所以改名为"口诀"，要使人明白此书中有历代圣哲口口相传之秘诀。学者果能按其所说，见诸实行，则了道成真，自信当有几分把握。从此以后，不必累月经年，搜神语怪，乃知正道本属平淡无奇；不必千山万水，访友寻师，乃知真诀即在人生日用。岂非一大幸事乎？

昔贤读书治学，都有一种研究的功夫。唐《韩昌黎先生文集》有云："记事者必提其要，篡言者必钩其玄。"今按：提要，就是挈其纲领；钩玄，就是取其精华。余细察黄元吉先生所传《讲义》《语录》二书，皆当时黄先生口授，而门弟子笔录。其初意本不要著书传世，故其书无次序先后，无纲领条目，东鳞西爪，不易贯串。而且文笔亦不整齐，烦冗琐屑处甚多。虽有最上乘修炼口诀包含在内，但初学观之，亦难领会。今为学者便利计，故提要钩玄之法不能不用。

况本书全部精华，就在"玄关一窍"。二书论玄窍之文字，皆散见于各处，而不成系统。今为之聚其类别，比其条文，删其繁芜，醒其眉目，当较原书为易于入门矣。学者果能将玄窍之理论，一一贯通，玄窍之工夫，般般实验，何患不能籍天地于壶中，运阴阳于掌上？功成证果，可与三清元始并驾齐肩，岂区区玉液、金液、长生、尸解之说所能尽其量哉？！此《钩玄录》所由作也。

第三章　应具之常识

第一节　道家与道教之异同

提及儒、释、道三教，凡是中国读书人都能领会。在昔明清之际，曾有倡为"三教一家"之说者。盖以道的本体而论，三教原无分别。若依事实而论，则不可混为一谈。

中国自轩辕黄帝而后，经过许多朝代，直到周朝李老子，皆属于道家一派，其学说是有系统的。用于外，可以治国齐家；用于内，可以修身养性。古时读书人，皆能运用此学说以处世。在位则帝王将相不以为荣，在野则陋巷布衣不以为辱，所谓"达则兼善天下，穷则独善其身"，无往而不自在，无时而不安乐。这个就叫作道学。汉时的张良，三国时的孔明，亦是此道中人物。

至于寇谦之之科诚符箓，张天师之正一派五雷法，邱长春之全真派经忏斋醮祈祷等类，这些都叫作道教。虽各派之中，也有修养的方法，但其宗旨与作用，比较古代的道家，完全不同。学者须要认识清楚，不可张冠李戴。

第二节　道家与儒家之异同

儒家学说，出于孔子。孔子以前，止有道家而无儒家。孔子当时曾受教于老聃，又自称"述而不作，信而好古"，可知儒家亦发源于道家。至于儒、道二家学说异同，前人议论，甚为详尽，今日不必赘言。

读者须知：儒家缺点，就是把人事看得太重，毕世讲究做人的方法，没有了期。设若一旦我们感觉人生若梦，人寿短促，人之能力薄弱，人之范围窄狭，生不愿意做人，死不愿意做鬼。既不欲为肉体所拘，又不甘偕肉体同归于尽，是必求超人之学术，然后才能达到我们的目的。

此等超人学术求之儒家，颇不易得。当年孔子赞《易》，亦深悉此中玄妙。但是他对于门弟子不肯显言，除颜曾而外，得传者甚少。因此后来儒家仅知世间法，而不知出世法。止有山林隐逸之士，如陈希夷、邵康节辈，尚私相授受耳。黄元吉先生所传之道，就是此一派。

第三节　道家与佛家之异同

道家是中国古来所独有的，佛教是汉朝由印度传到中国来的，在历史上根本就不相同。

魏晋六朝时代，士大夫崇尚清淡，翻释佛书者，不觉将《老》《庄》一部分之玄义，混融于佛教经典之内。故佛说与道家言偶有可以相通处。唐时佛学家，尝以八卦之理，解释佛教《华严经》，因此可知道通于佛。近代学者，又以内典之理解释《庄子·齐物论》，因此可知佛即是道。

愚见认为，佛家与道家在理论源头上，本无不同。其所以不同者，乃在下手修炼的方法。道家工夫，初下手时，与肉体有密切之关系；佛家工夫，专讲明心见性，不注意肉体上之变化，遂令人无从捉摸。印度本有小乘坐禅法，亦颇注意身内之景象，并不限定日期，证某种果位，获某种神通。无奈中国佛教徒专喜空谈，不肯拼苦用功实行修炼，故大乘之说最为投机，而小乘工夫无人过问矣。

第四节　道家与神仙家之异同

出家人光头无发者，名为和尚；头上蓄发挽髻者，名为道士。凡有眼者，皆能分别。若一问及彼等修行方法其不同之处何在？非但普通人不能回答，即彼和尚、道士自己，亦莫明其妙。

吾尝见和尚庵中供吕祖像，道士观中供如来像；又尝见某老僧精神矍铄，问其坐功，乃邱祖小周天口诀；某老道化缘，口中声声念的乃是无量佛。出家人尚且如此，何怪一般在家人认识不清？遇见吃斋诵经、拜偶像者，不管他是佛是道，是出家，是居俗，总而言之，送他一个修行人的雅号。至于修些什么，行些什么，现在的效验如何？将来的成就如何？都不愿去研究。

当今之世，论及佛道之异同，已属多事。若再提起学道与学仙之分别，更觉曲高和寡，知音者稀。虽然吾人求学，当以真理为依归，不可随世俗相浮沉。况且此等学问，本是对上智之人说法，不是拿来普渡一般庸愚之士。因为此事非普通人所能胜任，试观历史传记，每一个时代，数百年间，修行人何止千万，结果仅有少数人成就。可以想见此事之困苦艰难，谈何容易？读者诸君若有大志者，不妨先下一番研究工夫。把这条路认识清楚，然后再讲实行的方法，幸勿河汉斯言。

古时道家与神仙家，本截然两事。在《汉书》中，道家列为九流之一，神仙列为方技之一。何谓九流？曰道家、曰儒家、曰阴阳家、曰法家、曰名家、曰墨家、曰纵横家、曰杂家、曰农家，共为九家。后世俗语，有谓九流三教者，三教人人皆知，九流则知者甚少，其实即发源于此。何谓方技？曰医经、曰经方、曰房中、曰神仙，共分四种。考其类别之意，九流大都关于治术，方技则偏重于养生。治术是对人的，养生是为己的。其宗旨自不同也。

老子为道家之祖，凡讲道无有过于老子者。一部《道德经》中，有讲天道的，有讲人道的，有讲王道的，皆是杂记古圣哲之精义微言，并非专指某事某物而作此说。至其最上一层，乃是讲道之本体。其言曰："有物混成，先天地生。寂兮寥兮，独立而不改，周行而不殆，可以为天下母。吾不知其名，字之曰道。"其意盖谓道是宇宙万物之根源，无名无形，绝对不二，圆满普遍，万古常存。所谓修道者，就是修这个道，读者须要认识清楚。

今再论"仙"字的解释。"仙"字又可以写作"僊"，《字书》谓：人年老而不死者曰仙；仙者迁也，谓迁入山中也。古代传记，凡记载神仙历史者，其末后一句，大半是"入山不知所终"，决不似普通人老死于牖下。至于学道者则不然，《论语》曰："朝闻道，夕死可矣。"《中庸》曰："道也者，不可须臾离也，可离非道也。"又曰："君子之道，造端乎夫妇。及其至也，察乎天地。"《易经》曰："一阴一阳之谓道。"据此可知学道不必定要长生不死，止求能闻道、悟道、证道，虽死无妨，不必一定要入山苦炼。虽伦常日用之间，何处非道之所在，所患者人不能参透阴阳之消息耳。故凡种种奇怪骇俗之事，皆学仙者所必有，而为学道者所厌闻。其不同如此。

再者，学道与学仙，前人意见，常有冲突处。唐白居易诗云："皇皇道祖五千言，不言药，不言仙，不言白日升青天。"此盖据老子之说以谤仙也。又抱朴子云："五千言虽出老子，然皆泛论较略耳，其中不肯首尾全举其事。至于文子、庄子、关令尹喜之徒，虽祖述黄老，但永无至言。或复以存活为徭役，以殂殁为休息，其去神仙已千亿里矣，岂足耽玩哉？"此又据神仙之说，以谤道也。

历代以来，如此类者，数不胜数，皆是己而非人，党同而伐异，其实皆搔不著痒处。亦犹之乎佛教中性宗与相宗对立，净土与参禅互讦，徒费唇舌而已。至于后世之性相融通，禅净双修等法门，若可以调和于二者之间矣，然不免骑墙之诮。道之与仙，亦犹是也。

人生斯世，资质本至不齐，境遇又不一律。能学佛者，未必能学道；能学道者，未必能学仙。此言其人之才力有胜任与不胜任之分。凡好学佛者，未必好道；好道者，未必好仙。此言其人之性情有相近与不相近之别。既不能舍己以从人，又何能强人以就我？只要大体无差，不妨各行其是，毋庸彼此互相攻击，徒见其器量之小耳。

第四章　口诀之来源

上古时代，没有纸笔墨砚，若想做几部书，流传于世，供大家阅看，是一件最困难的事。故凡有玄微的理论，切实的工夫，以及普通处世的格言，都是师以口讲，弟以耳听。犹恐语句太多，不能记忆，遂将其中最关紧要者，摘出几句，编成简括有韵的文章，便于使人背诵不忘，临时即可应用。其例如后：

《曲礼》曰："坐如尸，立如齐；礼从宜，事从俗。将上堂，身必扬；将入户，视必下。游毋倨，立毋跛；坐毋箕，寝毋伏。傲不可长，欲不可纵；志不可满，乐不可极。"以上皆言做人的道理。

《书经》曰："人心惟危，道心惟微；惟精惟一，允执厥中。"此十六个字，将修养的道理，已包括尽了。

《易经·系辞》曰："天地氤氲，万物化醇；男女媾精，万物化生。"后世丹经所言阴阳的道理，不能外此。

《庄子·在宥篇》引广成子教黄帝之言曰："至道之精，窈窈冥冥；至道之极，昏昏默默。无视无听，抱神以静，形将自正，必静必清。无劳汝形，无摇汝精，乃可以长生。目无所见，耳无所闻，心无所知，汝神将守形，形乃长生。慎汝内，闭汝外，多知为败。我为汝遂于大明之上矣，至彼至阳之原也；为汝入于窈冥之门矣，至彼至阴之原也。天地有官，阴阳有藏，慎守汝身，物将自壮。我守其一，以处其和，故我修身千二百岁矣，吾形未尝衰。"

撄宁按：这段文章，把长生不死的道理，和盘托出，玄妙无伦。凡后世丹经所言，炼己筑基，周天火候之说，无不在此。黄帝为道家之祖，而广成子又是黄帝之师，其言如此显露，如此切实。奈何后世学道者，不于此寻一个出路，反去东摸西撞，七扯八拉，真所谓盲人骑瞎马，愈来愈错，越弄越糟。

《列子·天瑞篇》引《黄帝书》曰："谷神不死，是谓玄牝；玄牝之门，是谓天地之根。绵绵若存，用之不勤。"这六句古语，本在《道德经》内，读者必认为老子自己做的。今观《列子》所引，明明说是黄帝之书，可见此语乃自黄帝以来历代相传的口诀，不是老子自造的。传至于今，已经过四千六百余年矣。

以上数条，略见一斑。诸如此类，皆可名为口诀。秦汉以前的古书，常有此种口诀，隐藏在里面，后人往往忽略过去。《钩玄录》非考古之文章，亦不必详征博引，仅使学者心知其意而已。

第一节　传口诀之慎重

道书丹经，所习用的"口诀"二字，其初盖出于《参同契》书中。其言曰："三五与一，天地至精；可以口诀，难以书传。"据此可知魏伯阳真人之意，就是不愿把口诀写在书上，所以满纸都是引证。

读《参同契》者，莫想在书中寻出一个法子来，他自己已经说过，其言曰："窃为贤者谈，曷敢轻为书。若遂结舌喑，绝道获罪诛；写情著竹帛，又恐泄天符。犹豫增叹息，俯仰缀斯愚。陶冶有法度，安能悉陈敷？"照他的意思看起来，若完全写出，则恐泄天符；若闭口不谈，又恐绝道脉。弄得他说也不好，不说也不好，真是进退两难。到了结果，下两句断语，就是："天道无适莫兮，常传于贤者。"呜呼！魏祖之用心，亦良苦矣。

《参同契》既如此隐秘，试再求之于《黄庭经》，看其如何？《黄庭经》之言曰："授者曰师受者盟，云锦凤罗金纽缠；以代割发肌肤金，携手登山歃液丹，金书玉景乃可宣。"据此可知《黄庭》一派传授，亦极端慎重，口诀亦不易得闻。

《参同》《黄庭》，皆如此其隐秘矣。试再求了于《抱朴子》，一则曰："不得名师口诀，不可轻作"（《黄白篇》第十六）；再则曰："此法乃真人口口相传，本不书也"（《释滞篇》第八）；三则曰："至要之言，又多不书，登坛歃血，乃传口诀。苟非其人，虽裂地连城，金璧满堂，不妄以示之"（《明本篇》第十一）。诸如此类，不可胜数。考《抱朴子·内篇》，本专讲神仙之术者，其重视口诀也，较之《参同》《黄庭》，若出一辙。

以上三种古籍，如《参同契》，如《黄庭经》，如《抱朴子》，皆仙道门中最有价值之书。其作书时代，距今已在一千五百年以上。后来所出各种内外丹法，以及符咒禁术等类，大半是由此三部书脱化而出。纵偶有轶出范围之外者，其宗旨仍复相同。所以历代以来，凡传授丹经法术，莫不以口诀为重。盖千载如一日也。

第二节　口诀不肯轻传之理由

余昔年访道，执定一个见解，就是虚怀若谷。不管所遇之人，是正道、是旁门、是邪术、是大乘、是小乘，总以得到口诀为最后之目的。故凡关于口诀一层，耳中所闻者，实在多得无以复加。虽不能说白费光阴，徒劳心力，然在我所得的口诀中，百分之五十，都是怪诞鄙陋，不能作用的。又有百分之二十，虽然能用，而无大效验。其可以称为真正口诀者，仅百分之三十而已。

仅此百分之三十，尚有上中下三等之不同，难以一概而论。现在我对于口诀二字，著实有点厌闻。但因多年阅历，刻苦研求，遂发明"口诀不肯轻传"之理由如后：

一、造化弄人，要人有生有死，有死有生。而修道者，偏要长生不死，或永死不生，以与造化相反抗。设若你没有超群的毅力，绝顶的聪明，深宏的德量，结果定归失败。到了失败以后，不咎自己资格欠缺，却怪为师者妄语，口诀不灵。是多收一个徒弟，就多一层烦恼。因此非遇载道之器，不肯轻传。此为第一种理由。

二、凡事若得来容易，在自己心目中，看得就不十分贵重。一旦实行，必以游戏之态度处之。世上人情，大都如此。

修道是一种最高尚之事业，若视同游戏，请问能有好结果否？因此传道者，常故意使学道者受过相当之困难，以观察其人是否有诚恳之心志，所以不肯轻传。此为第二种理由。

三、道是宇宙万物所共有的，法是人类智慧所发明的，术是依法证道或护法行道之种种手段。道只有一，法则有上中下三等之差别，术更有古今邪正巧拙利害之不同。

道可以公开宣讲，与千万人听闻；著书立说，与全世界相见。法当按三等之阶级，选择上中下三等根器而授之，不可以一法教多人，免致扞格不通。术更须择时、择地、择人、择社会环境，而酌量其可传与不可传。有几种秘术，虽能速获神效，而未免惊世骇俗，易招毁谤。若一显扬，必生反动，对于实行上大有障碍，宁可秘而藏之，免致门外汉乱加批评，因此不肯轻传。此为第三种理由。

四、为传道之师者，亦有三等资格。第一等是已经完全修炼成功的人，或是古代圣真之化身。第二等是一半修炼成功的人，其肉体上之生理，与凡夫绝不相同。这两等人，传道即传道而已，没有什么交换条件，亦无须要凡人去帮助他。第三等的是已经千辛万苦，得受口诀，但因环境不佳，经济困难，未能实行用功修炼，只得根据人类互助之原则，寻觅一个有财力可以帮助自己修道的人，而后传之。但其人虽有财力可以助我，而品德欠优，不足为载道之器者，照例亦不许传授。此为第四种理由。

附告：读者至此，不要误会，以为作书者心中想人帮助，故意造出许多谣言。老实说一句，我现在的程度，虽然不敢与第二等资格并肩，但可以凭我个人的力量，赶上前去，尚不十分困难，毋须要人帮助。我现在所做的事，都是为人，不是为己。若欲独善其身，自然有我分内应该进行之事，何必在此舞文弄墨，惹许多麻烦？读者须要把市侩的习气除脱，然后看我的书，方没有障碍。

五、为师者当日学得口诀时，必定要发一种誓词，如"不许妄传匪人，若妄传者，必遭灾祸"等语，此乃最平常之誓词。尚有比这个更厉害的，如

"生受人天之诛,死受地狱之苦"等语。既然发过这许多誓,自己总不免忐忑于心。因此为师者,日后传人,都是战战兢兢,恐怕自己偶不小心,犯了誓语,所以不肯轻传。此为第五种理由。

六、为师者自己当日得传口诀,很不容易。或经过许多岁月,或历过许多艰辛,或受过许多磨折,最后方能得诀归来。从此他就认定了自己生平所经历之过程,就是普通一般初学人的榜样。设若你所经历者,不合于他自己当日之过程,他以为太便宜于你,非普通学人之本分,因此不肯轻传。此为第六种理由。

七、地元丹诀,黄白点金术,自古至今,皆守秘密,不肯公开。但每一个朝代,总有几人承受此法。

从前生活程度,比较现代是很低。他们修道的人,本不想发财,只要一个月炼出几两银子,就可过生活,不是隐于山林,就是混于城市。彼既无求于人,人亦不能识他。

像这一类的口诀,也是不易得闻。设若公开宣布,大家都会炼,银子生产过剩,必要扰乱全国金融,又恐匪人得之藉此作威作福,所以不肯轻传。此为第七种理由。

八、剑术,也是极端秘密之一种。上等的名为剑仙,次等的叫做剑客。他们的戒律,不许管国家大事。现在常听人说,彼等为何不替国家出力?这都是门外话,决不可拿看小说的眼光去猜想。

究竟他们费二十年光阴,牺牲一切,专炼此术,作什么用处呢?因为中国自古以来,就有这一派,乃地仙门中之旁支。他们修炼,是要跑到悬崖绝壑,采取灵药,服食辟谷,吐纳呼吸,翕受日精月华。各种工夫与金丹法门隐居城市修炼者不同。假使在深山中,遇到毒蛇猛兽,肉体无力抵抗之时,就用剑气去降伏。待到二三百年以后,道成尸解,肉体既不要保存,剑术遂归于无用。

他们若有不甘于小成者,半途上再求进一步的工夫,参透造化阴阳之消息,拿出旋乾转坤之手段,将后天金气,变而为先天金气,于是又走向金丹大道正路上来了。这种人性情甚为固执而冷僻,若是你的资格不合于他的条件,无论如何,他决不肯相传。此为第八种理由。

按:前几年在四川重庆一带,传授剑术的那位先生,难免带点江湖上的习气。他收了许多徒弟，弄了不少金钱，在他自己，甚为得计；可惜剑仙名誉，被他丧尽。西北几省，也有人在制造剑仙的神话，完全与真实剑仙事迹不同。吾恐又是一种欺诈手段，好道诸君，切切不可入其圈套。

九、符咒祭炼，遣神役鬼，降妖捉怪，搬运变化，三蹻五遁，障眼定身，拘蛇捕狐，种种奇怪法术，十分之九都是假的。然而真假是对恃的名词，有假必有真。其真者若误传匪人，则国家社会皆受其影响，传者受者同遭灾害，如昔日白莲教之类皆是，所以不肯轻传。此为第九种理由。

十、祝由医病，符水救急，运气按摩，针灸点穴，这都是他们一生衣食之资，你若没有相当的报酬，决不能得到他们的口诀。其中也有专以救济为怀，不靠此谋生者，虽不吝于传人，但学者亦不许营业。若私自收人家报酬，又违背他们的戒律，连累师父，所以不肯轻传。此为第十种理由。

十一、内家、外家两派武术入门的架子，以及普通的拳脚，虽可以公开传人，稍为深一点的，就要正式拜师父，才肯指示其中奥妙，不能随便乱说。尚有家传绝艺，只传儿子不传徒弟者，亦常有之。一者恐怕徒弟学会了要打师父，二者徒弟不能担负养活师父一家的重大责任。

若拜访方外人做师父，就没有第二个问题。你若是运气好，非但师父不要你养活，并且师父还可供给你的用度。然第一个问题仍不能免，总要稍为留点秘密本领，防备徒弟倒戈。所以中国武术，愈传愈劣，一代不如一代。此为第十一种理由。

十二、佛教耶教，是世界性，道学仙术，是种族性。凡含有世界性的宗教，无论你们是什么种族，总普遍欢迎你们加入他们的教团。你不信，劝你信；你既信，拉你进。

至于道学仙术，恰好立在反对的地位。设若你不是中华民族黄帝子孙，你就莫想得他丝毫真诀。我当日学道时，曾经照例发过誓语，永不公开。就是怕让外国人得著，去拼命死炼。假使他们一旦炼成功，真似虎之添翼，我们中华民族，更要望尘莫及了。不如保留这点老祖宗的遗传，尚有几分希望。将来或可以拿肉体炼出的神通，打倒科学战争的利器，降伏一般嗜杀的魔王。因此不肯轻传。此为第十二种理由。

或问：佛教重慈悲，耶教讲博爱，就算老氏之教，与佛耶二教不同。然观《道德经》所云：清净无为，退让不争，柔弱者生之徒，强梁者不得其死等语，皆是老子的本旨。外国人果真信仰道教，决不至于恃强凌弱，以侵略为能事。此条所言不敢公开之理由，未免过虑。答曰：请观东方之佛教国，慈悲何在？欧洲各国，大半信仰耶稣教，博爱又何在？

这些都是空谈。在实际上行为，极端相反。况且我等今日所研究者，乃中华民族自古相传之仙术，不是宗教，不是道德，更不是专讲心性的工夫。圣贤君子学此术，固不失为圣贤君子，强盗小人学此术，仍旧是一个强盗小人，甚至于增加其作恶之能力。历代仙师所以严守秘密，不肯轻传，确是理由充足，非过虑也。

十三、神仙家的思想理论与方术，综合而观，可以称为超人哲学。虽其中法门，种种不同，程度有深浅之殊，成功有迟速之异。然其本旨，总在乎改变现实之人生，不在乎创立迷信之宗教。后世一般宗教家，常感觉自己教义之空疏，不足资以号召，每每利用神仙之学说，混合于其教义内，以装饰自己之门庭。

试看各处秘密小教，以及某会某坛某社某院等等，遍布全国。你若加入彼等团体之内，即可以窥见一鳞半爪，若隐若现，似乎真有神仙降世，暗作主持。及考察彼等全部之理论，对于古代神仙家之学说，大都隔膜而不能贯通，并且将圣贤仙佛、菩萨鬼神，夹杂一处，七扯八拉，于是乎神仙本来面目遂无人认识。

幸而彼等未窥堂奥，仅仅涉及皮毛，故关于神仙家根本学说，尚不至被彼等摇动。假使使今日毫无疑虑，将天元神丹，地元黄白，并《参同》、《悟真》之秘诀，完全公开，让彼等得知。其合意者，则作为彼等资以号召之材料；其不合意者，则假借仙佛名义，胡乱批评，贻误后学。是未见公开之利，而先受公开之害。因此不肯轻传。此为第十三种理由。

十四、上条所言，乃过去与现在之流弊，尚有将来之隐患，亦不可不防。盖旧式教徒，志在保守，故对于非彼教所有者，概目为外道，神仙亦在彼等排斥之列。虽嫌其气量狭隘，不能容人，亦喜其界限分明，各存真相。所患者就是新式教徒，志在侵略，每欲将他教之特长，以及神仙家之秘术，尽收摄于己教范围之内，以造成他们的新教义。显宗能容纳者，即入于显宗；显宗不能容纳者，概归于密宗。其手段譬如商家之盘店，把我们店面的招牌取下，又把我们店中存货搬到他们店中，改换他们的招牌，出售于市，并且大登广告，说是他们本厂制造的。假使此计一朝实行，中华民族自古相传之道术，就要被他们销减干净。吾辈忝为黄帝子孙，不能不努力保存先代之遗泽。因此不肯轻传。此为第十四种理由。

编者按：本篇后因时局不靖，刊物停版，未获续竟；但其内容，为修养之士所不可不知，故采列之。

（载陈撄宁《道教与养生》，341—354页，华文出版社，2000年）

附录：《与朱昌亚医师论仙学书》（摘录）

仙学首重长生，长生之说，自古有之。老子曰："深根固柢。"庄子曰："守一处和。"《素问》曰："真人寿蔽天地，至人积精全神，圣人形体不敝。"然理论虽著于篇章，而法则不详于记载，学者憾焉。自《参同契》《黄庭经》出世而后，仙家炼养，始有专书；唐宋以来，丹经博矣。而隐语异名，迷离莫辨；旁支曲径，分裂忘归。既不明男子用功之方，遑论女修秘要乎？上阳子云："女子修仙，以乳房为生气之所，必先积气于乳房，然后安炉立鼎，行太阴炼形之法。"又丹经常言："男子修成不漏精，女子修成不漏经。"至问其气如何能积？经如何不漏？皆未尝显言。《黄庭经》云："授者曰师受者盟，携手登山歃液丹，金书玉简乃可宣。"《参同契》云："写情著竹帛，又恐泄天符。"又云："三五与一，天地至精，可以口诀，难以书传。"是知修炼家隐秘之习，不自今日始矣。

"口诀不肯轻传"之理由，详言之，有十五种，已见于《扬善半月刊》历次所登《口诀钩玄录》中，不复赘述。今特简而言之，大端有六：

一、有生有死，造化之常，而仙学首重长生不死，与造化争权，若轻泄妄谈，则恐致殃咎（现代人眼光观之，或嗤为迷信，然前人确有此种心理）；

二、邪正之判，间不容发，邪人行正法，正法悉归邪。口诀不载于书者，恐为邪人所得。

三、其得之不易，故其传之亦不易。百艺皆然，丹诀尤甚。

四、道可明宣，使世间知有此事；术宜矜慎，俾师位永保尊严。

五、世鲜法眼，谁识阴阳，若不深藏，易招谤毁。

六、在传授者本意，是欲接有缘。若偶一失察，则得传授者，或不免视口诀为奇货可居，当作商品交易，与传授者本意相违，故不敢轻传。

以上所列隐秘不传之理由，概指正法而言。若夫江湖方士，假传道之名，为敛财之具者，不在此例。圆顿既深悲夫群骛于形而下者而忘返也，辄欲抉破古人之藩篱，以显露其隐秘。裨卓荦不羁之士，富于高尚之思想者，不至误用其聪明，而陷于危域。然事与心违，徒存虚愿，今亦仅能择其可言者言之而已。

从来丹诀，重在口传，不载于书，而女丹诀尤甚。今欲穷原竟委，俾成为有系统之研究，非易事也。

（载陈撄宁《道教与养生》，482 页，华文出版社，2000 年）